2017 中国小说排行榜

2017 ZHONGGUO XIAOSHUO PAIHANGBANG

小说选刊 / 评选

北京工业大学出版社

图书在版编目（CIP）数据

2017中国小说排行榜/《小说选刊》评选.—北京：北京工业大学出版社，2018.2
　　ISBN 978-7-5639-5941-9

Ⅰ.①2… Ⅱ.①小… Ⅲ.①中篇小说—小说集—中国—当代②短篇小说—小说集—中国—当代 Ⅳ.①I247.7

中国版本图书馆CIP数据核字（2017）第320715号

2017中国小说排行榜　　　　/《小说选刊》评选

策　　划：	文　欢
责任编辑：	李　冉
封面设计：	天之赋设计室
出版发行：	北京工业大学出版社
	（北京市朝阳区平乐园100号　邮编：100124）
	010-67391722（传真）bgdcbs@sina.com
出 版 人：	郝　勇
经　　销：	全国各地新华书店
印　　刷：	河北鸿祥信彩印刷有限公司
开　　本：	720毫米×1020毫米　1/16
印　　张：	24.5
字　　数：	360千字
版　　次：	2018年2月第1版
印　　次：	2018年2月第1次印刷
书　　号：	ISBN 978-7-5639-5941-9
定　　价：	58.00元

版权所有　翻印必究
（如发现印装质量问题，请寄本社发行部调换　010-67391106）

目　录

短篇小说

玛多娜生意	苏　童	002
北方化为乌有	双雪涛	014
天下太平	莫　言	026
写一本书	郝景芳	045
五十一个强光点	冯　唐	056
我们去战斗	曾　剑	065
猎舌师	房　伟	080
白光	格　尼	101
我不是尹丽川	庞　羽	112

中篇小说

旁观者	马金莲	124
雄鸡一唱	叶　舟	148
流杯池	黄　茜	188
大树	张　忌	216
大乔小乔	张悦然	249
母亲	曹　寇	281
流年	杨　遥	303
设防	周李立	334
黑画眉	老　藤	366

「短篇小说」

选自《作家》2017年第1期

玛多娜生意

苏 童

1

那些年，我也做过生意。

我和庞德合伙的鸢尾花广告公司开张了五个多月，人气很旺，庞德每天都在公司接待好几拨客人，咖啡机烧坏了两台，一次性纸杯用掉了好几箱，但我后来得知，并没有一份像样的合同，那些人都是来找庞德谈艺术的。有一个摇滚乐手喝啤酒喝醉了，捏着那玩意儿在公司里跑来跑去，对着每一盆植物撒尿，嘴里高喊，Come on！Come on！那些杜鹃、龟背竹、发财树不知所措，没几天，就一盆一盆地枯死了。

必须介绍一下庞德。他是我的朋友，一个业余诗人，一名音乐发烧友，本业则是美术设计，朋友圈公认他为最有艺术才华的人。但现在，他是我们公司的经理，才华不能挣钱，要它何用？大家可以想见我的恐慌，五个月颗粒无收，我对庞德的敬佩，已经变成了愤怒。我多次奚落了庞德的无能，也顺带抨击了他所热爱的一切事物：诗歌的酸腐、音乐的无用，甚至诋毁了庞德最崇拜的大师毕加索，说他不过是个色情狂。也许是类似的电话接多了，庞德的抵御非常理智，逻辑性很强，他说，我请问你，失去一点金钱，就有资格诋毁艺术吗？然后我听着他对经营的失败做出流利的辩解：一切都归咎于一个香港天皇巨星的爽约，朋友介绍来的合作伙伴极不可靠，其中一个是诈骗犯，还有一位洽谈户外广告的家具商人，竟然是目不识丁的文盲。后来不知怎么提到了公司的名称，他埋怨我们盲目听从一个女画家的建议，注册了鸢尾花这个倒霉的名字。鸢尾的花季很短很短，知道吗？凡高画了鸢尾花就疯了，知道吗？现在可好，鸢尾的诅咒应验了，我也快被你们逼疯了。说到这里，他旧事重提，我本来是要叫南方草原的，记得吗？庞德大声嚷嚷，南方，草原，多么开阔多么好听的名字，是你们反对的。

那一阵子庞德还坚持续租太平洋酒店裙楼的写字间，悉数保留所有雇佣的员工，每天西装革履，开着他的桑塔纳轿车出没在太平洋酒店。他对人心惶惶的员工说，放心吧，苹果树上的最后一个苹果，一定是最红、最甜的。有人告诉我，他女朋友桃子生日的那一天，他给桃子送去了九十九朵玫瑰，这让我怀疑他对浪漫与享乐的追求，会把公司账户上最后一点余额挥霍一空。我再一次打电话谴责了庞德，也就是那一次，庞德与我翻脸了。我听见庞德电话里的声音变得傲慢而尖锐，你那点钱，可以撤走，我根本不在乎。然后在一阵蓄意的沉默之后，他向我亮出一张底牌，令人难以置信。玛多娜，玛多娜你知道的吧？庞德清了清喉咙说，我透露一个消息给你，玛多娜要来了，我们的大生意，马上来了。

我在太平洋酒店的咖啡厅里看见了庞德。

他和一个陌生姑娘面对面坐着，喝咖啡，说话，耸肩膀。与以往一样，庞德与姑娘在一起的时候显得格外帅气，意气风发，耸肩的动作会极其频繁。我走过去的时候，他似乎忘了之前的不悦，很大度地向我介绍了身边的姑娘。深圳来的简玛丽小姐，玛多娜生意的合作伙伴。他这么说着，看我猜疑的表情，用胳膊肘捅了我一下，轻声补充道，简老大的侄女啊。

庞德嘴里的简老大，我当然知道是谁。所谓广告界的大鳄和教父，一个传奇的成功人士，白道、黑道还有红道，路路皆通。我只是本能地怀疑这笔大生意的真实性，庞德社交生活的浮夸与芜杂，多少让我对这个陌生姑娘心存戒备。我记得很清楚，简玛丽当时没有站起来，似乎是回敬我多疑的眼神，她皱皱眉，将一只手懒懒地伸出来，让我握一下，明显是作为恩赐的。她将嘴里的咖啡渣吐在纸巾里，团了团扔在烟灰缸里，愤愤地说，这叫什么咖啡？瞟一眼远处的侍者，又宽宏大量了，说，什么样的地方做什么样的咖啡，不计较了。什么时候我带你去喜来登，那儿的蓝山咖啡，还算不错。

她是一个时髦、高贵而且神秘的姑娘，穿皮裙、短靴、白衬衫。肤色微黑，脸形稍显方正，谈不上多么漂亮，但是，有某种说不出的动人之处。当她的面孔朝向庞德，眼神单纯清澈，微笑的时候，那一丝妩媚与羞怯，似乎还属于一个少女，偶尔目光朝我瞥过来，一切都不同，我从她的脸上发现某种明显的骄矜与冷酷之色，我相信那是刻意流露的，对我的多疑，她给予了必要的报复。

我其实插不上什么话。他们在热切地谈论玛多娜：她的音乐，她的舞台，她的造型和头发的颜色，甚至谈及她新婚的丈夫——一个英国导演。他最近拍了一部什么黑帮电影，杀人，杀得很浪漫。我急于打探玛多娜巡演的代理细节，庞德明确阻止了我，称现在我们还没有资格商谈细节，鸢尾花能否承接这笔生意，还要等简玛丽回到深圳再说，一切都要简老大决定。听起来这是可信的。我问简玛丽，简老大是你叔叔还是伯父？她抿了抿嘴唇，用征询的眼神看看庞德，庞德照例耸耸肩。她突然凌厉地看着我，你猜呢？我并没有从她眼睛里发现任何的虚弱，倒是看到一丝孩子气的调皮，我像庞德一样耸了耸肩，这怎么猜？她发出了一声突兀的冷笑，其实你猜得出的。然后她从包包里掏出一支口红，开始修补唇妆，问我，吕先生你听过玛多娜吗？我说我听过，就是一时不记得她唱了什么了。她斜睨我一眼，忽然灿烂地一笑，我知道你们这款男人最喜欢什么，《像一个处女》，你肯定喜欢吧？

玛多娜生意后来不了了之，这在我们很多人的预料之中。好在事情并未能向前推进，除了庞德陪同简玛丽去黄山和杭州的那点旅游费用，鸢尾花公司并没有什么损失。那个简玛丽究竟是不是骗子，暂时成了我们心底的一个悬念，难以追究。

朋友圈内有人在上海遇到过简老大，有幸与他攀谈了几句，自然问起了那笔玛多娜生意。回答是确有其事，只不过中间人太多，演出承包商那边的预付没有谈拢，生意最后黄了。后来问起简玛丽这个人，简老大矢口否认，说他从来没有什么侄女。大家对简老大浪漫的私生活都有所耳闻，身边美女如云，否认是侄女，并不排斥是其他什么人，简玛丽与简老大的关系尚待多方查考，那朋友只好自己找台阶下，说，一定是碰巧了，姓简的人不多，那姑娘恰好也姓简。

鸢尾花真的很快凋谢了，广告公司关了门。庞德愤怒了几天，又沮丧了一阵，最后一次去公司的办公室，他枯坐在办公桌前，对着一本画册发呆，手里把玩着一把美工刀。有人注意到那是凡高割耳后的自画像，立刻引起了警惕，告诫他道，庞德你别想不开，公司开开关关很正常的，割了耳朵你怎么泡妞？割了耳朵你怎么听音乐？庞德说，别吵，我离发疯还早呢，我不过是在体会什么是背叛，什么是悲伤。还好，庞德最后化悲痛为力量，他只是用美工刀在办公桌上刻了四个大字：壮志未酬。刻得缓慢艰难，因为是篆体的。之后他把美工刀扔在纸篓里，扬长而去了。

有一段时间庞德销声匿迹。谁也找不到庞德，包括他的女友桃子。庞德向我们描述过他的好多人生计划，最惊人的莫过于去青海塔尔寺做喇嘛，其中并不包括失踪这一项。有人猜他是设法去美国了，那是他多年的梦想。但桃子说庞德被美国大使馆拒签了，无论是去拉斯维加斯听玛多娜的演唱会，还是去哈佛大学留学的计划，暂时都只是庞德的空想而已。

桃子是少年宫的琵琶老师，也是圈内公认的淑女，容貌酷肖邓丽君。之前庞德狂热地追求她，追了三年，还是个朦胧的恋人。桃子的父母嫌庞德浮夸不可靠，一直反对女儿的爱情。等到桃子终于说服了父母，准备谈婚论嫁，庞德却不辞而别了。

我们都同情桃子的境遇。她的生活已经习惯了两个内容：被庞德宠爱，孩子和琵琶。庞德不在，孩子和琵琶的陪伴便可有可无，桃子的生活彻底失去了平衡。她憔悴了许多，跑到庞德的所有朋友那里哭诉，言辞之间多少流露出对我们这帮朋友的抱怨，是我们把庞德拉上一条贼船，现在船沉了，大家都不管他了。哭到伤心处，桃子要大家设法转告庞德一个限期，如果在六一儿童节之前不回来，她会抱着琵琶从少年宫的塔楼上跳下去。有点危言耸听，但桃子以满眼泪水告诉我们，那不是威胁。看着一个知书达理、楚楚动人的淑女形象，转眼成为一堆绝望恐怖的碎片，大家都心痛，也感慨爱情的变幻无常。都说他们的爱情是一坛浓烈的蜂蜜，可是这坛蜂蜜居然打翻了，打翻之后凝结成一把锋利的刀，连我们都被刺伤了。

寻找庞德，就这样成了一件人命关天的事，当然也成了我们这个朋友圈的义务。证券公司的小辛先找到了一丝线索。是一张用傻瓜相机随意拍下的照片，背景灯光紊乱刺眼，导致影像有点模糊，但还可以分辨出庞德那张意气风发的面孔。倚靠在他身边的那个外国女郎，银发红唇，艳光四射，引起了我们的一片惊叫：玛多娜！玛多娜！那分明就是大家错失了的玛多娜。庞德真的去了美国吗？这么快，他就见到玛多娜了吗？

很快就冷静下来，不可能的。定下神来分析那个玛多娜，应该是一次模仿秀，一个替身而已。细看照片的一角，隐约可见庆祝什么股份公司上市的横幅标语。至于庞德身边的那个冒牌玛多娜，她眼神里放出的空茫而妖媚的气息，几乎可以乱真，但仔细甄别容貌，应该是我们的同胞。是谁呢？有人说出了几个当红歌星的名字，而我当时就联想起了简玛丽，只是印象里的简玛丽脸形稍显方正，做玛多娜的替身，她的脸该怎么拉长呢？还有鼻梁和眼窝，是怎么化妆的呢？

后来的消息证实了我的直觉。那个玛多娜，是蛇口玛多娜，所谓蛇口玛多娜，其实就是简玛丽。我们寻找庞德的义务，就这样演变成对一个外地女孩的暗中调查。

很快就水落石出了。简玛丽的履历背景，不像庞德说得那么神秘，也不像我们猜想的那么简单。她最初是川东一个小城的歌舞团演员，跟着几个朋友南下深圳，成立了一个舞蹈团，专门为晚会伴舞。舞蹈团不久散了，朋友各奔东西，只有她留了下来，拜师学声乐。有很多深圳一带爱泡夜场的朋友，见过她狂放的歌舞，说她唱功一般，经常对口型，但舞台形象令人难忘，劲爆火辣，性感无敌，蛇口玛多娜这个艺名，对于简玛丽来说是恰如其分的，她确实住在蛇口。有人了解到的信息属于隐私，说简玛丽曾经被一个香港的中年地产商包养，有一次不知为何拿了一只高跟鞋追打那个香港人，从电梯追到公寓大堂，再追到停车场，邻居们看见她用高跟鞋将香港人的轿车玻璃砸出一个坑，光着脚提着鞋子往回走，对邻居说，这下有点爽了。所以，她在那幢公寓里又有个特殊的绰号，叫作"有点爽"。还有一些人在电视上见过简玛丽。她参加过很多选秀活动，也在几部电视剧里跑过龙套，甚至还经商，是一种韩国美容乳液的代理商。关于简玛丽的种种消息，我们最关心的是她的现状。她的现状简洁明晰，却没有人敢告诉桃子。

听说在深圳，简玛丽与庞德已经同居了。

2

五月将尽的时候，桃子的父母和庞德的兄嫂联袂去了趟深圳，把庞德押回来了。

不知道为什么，庞德如此归来，竟仍然给人衣锦还乡的感觉。他约了我们一帮老友见面，不在以前我们的聚点太平洋，而是在喜来登酒店的西餐厅，喝香槟，吃牛排，花销明显要贵很多。桃子也在，她很少说话，只是以一种悲伤的手势握着庞德的手，告知我们爱情失而复得的艰辛。庞德穿了一套奇怪的镶白边的黑色西装，当我们对他的西装表示出好奇，他不以为然，说，你们是穿惯冒牌货了，少见多怪，知道吗？阿玛尼的新款，从来都这么出位。我们又问他"出位"是什么意思，他懒得解释了，耸耸肩，给我们递上了新的名片。公司名字叫热带风暴演出经纪公司，他身兼三职，法人、董事长、总经理。有个朋友讽刺地说，庞德你在深圳就这三个职务？不止的吧？庞德倒是不介意，自嘲道，别的职务，名片上就不写了。他身边的桃子听出了话音，脸上乍然变色，大家就不忍心再拿庞德开涮了。无论如何，"六一"的隐患已经消除，他们的复合是一件好事，至少省却了朋友们的烦扰。

最初谁也不知道，简玛丽尾随庞德，一起回来了。庞德后来声称他对此毫不知情，那是否是谎言，我们一时无法证实。只是在事情发生之后，我们很多人联想起桃子那天在喜来登西餐厅的奇遇，她不过是去了趟洗手间，白色长裙的裙摆上，居然被人用口红打了一个红色的大叉叉。

那天是六月五号了，照理说桃子的通牒已经失效，但她还是上了少年宫的塔楼。学习琵琶的孩子们说，有个金色头发的玛多娜阿姨[1]一直在等桃子老师，后来庞德叔叔也来了，他们在课堂里听见庞德叔叔与玛多娜阿姨在外面争吵，等到孩子们跟随桃子出去，庞德叔叔已经不见了。当天的琵琶课程因此草草结束。孩子们看见桃子和玛多娜阿姨说着话，先是在草坪上，后来桃子老师就拿着琵琶往塔楼上走，那个玛多娜阿姨跟在她身后。

她们站在塔楼上，塔楼上有一面鲜艳的少先队队旗迎风飘展，她们就站在那面旗帜下，为爱情交涉。两个人影，一个是黑色的，一个是蓝色的。孩子们听不清她

---

[1] 玛多娜阿姨即简玛丽。

们在塔楼上的交谈，只是目睹了黑色与蓝色长时间的对峙，突然，他们听见了玛多娜阿姨尖厉的声音，你跳啊，你跳我陪你跳！

孩子们看见他们的桃子老师扶着栏杆哭泣，看起来真的有跃身而下的危险。有聪明的孩子叫来了别的老师。书法老师先来了，据说他一直暗恋着桃子，他径直冲向了塔楼，随后少年宫的负责人严老师也来了，严老师不敢上去，她脸色煞白，嘴唇哆嗦着，向着塔楼质问，那位小姐，你从哪儿来？玛多娜阿姨回答，从地球上来。严老师跺了跺脚，又向桃子发出了严正的谴责，这是少年宫！看看你头顶的旗帜吧！桃子你别让爱情冲昏头脑，孩子们都看着你呢，当着孩子们的面，就在少先队队旗下面，你怎么敢？立刻下来！

桃子被书法老师扶下来的时候，一直用琵琶盒子遮着自己的面孔，很明显她不想让孩子们见到她崩溃的样子，但琵琶盒子遮掩不了她颤抖的身体。桃子的身体在颤抖，她不停地对孩子们说，对不起，对不起，我太软弱了，不配做你们的老师。有个女孩上去扶住了桃子，出于一颗爱憎分明的心，女孩朝玛多娜阿姨啐了一口，你不是玛多娜，你是女魔鬼！

少年宫的人们都看着玛多娜阿姨。那天她黑衣黑裙，戴着两个硕大的贝壳耳环，脚踝上套了一圈彩色布条，布条上系了一只红色的铃铛。他们看见她皱起眉头，用纸巾擦去了女孩的唾沫。再抬起头来，她猩红的嘴角出现了一丝宽容的微笑。你那么小，还不懂玛多娜。她用手指在女孩脸上刮了一下，有时候玛多娜是仙女，有时候她就是魔鬼。

3

简玛丽就这样成了一个黑暗的传说。

六月发生的事情，让我们对庞德失望透顶，甚至无法确定他的归来，究竟是为了与桃子复合，还是为了与她做个了断，或者干脆相信，庞德到最后都没有拿定主意，他是需要桃子，还是需要简玛丽。对于庞德残存的友谊，迫使很多朋友向他晓以利害，告诉他简玛丽今天对桃子有多么冷酷，未来对你就有多么冷酷。庞德为简玛丽做出了辩护，你们不了解她。他说，她其实很善良。有人尖刻地问，跟一块石头比，还是跟一头狼比？他说，跟我们大家比。又说，跟我在一起的时候，你们不知道她是多么善良。这是可能的，因为爱情。大家没有反驳，他便来了精神，你们猜猜看，她收留了多少流浪猫？没人理睬，他自己回答，举起一个巴掌说，五只啊，她收留了五只流浪猫，一只叫白玛，还有一只叫花玛，跟我们睡在一起的。又期盼地看着大家，等待谁来提问白玛和花玛是什么意思，偏偏没人配合他，他只好自己解释，白玛是白猫，就是白色玛多娜的意思，花玛是一只花猫，花花玛多娜，懂了吧？

看朋友们的表情充满讥讽，他无奈了，整了整领带总结道，我知道你们对她有偏见，你们不懂得爱，爱，是独占性的。告诉你们吧，是爱的独占性，才让她变得那么疯狂。

庞德留在了我们的身边。可以说，是在多种逼迫之下做出的选择，也许算是悬崖勒马，也许是出于对桃子剩余的爱，也许，仅仅是某种畏惧，他害怕桃子的以死相胁。不久之后，庞德与桃子举行了婚礼。桃子那天的打扮，以及她的一颦一笑，都酷似我们众人热爱的邓丽君。有个朋友注视着容光焕发的新娘，忽发感慨，说，毕竟是在我们的地盘上，看，邓丽君打败了玛多娜！

我们挽留了庞德，多少也为自己挽留了一些累赘。庞德的热带风暴公司还在，只是离开了简玛丽，也就离开了玛多娜，离开了玛多娜，他对自己能做什么陷入了空前的迷惘。他与桃子的婚房坐落在聋哑学校附近，有一天路过那里，他看见两个美丽的聋哑女孩在学校门口以手语激烈争论，突发奇想，决定要组织一场聋哑人辩论大赛，让电视转播。必须承认，我们的朋友圈里不再有人愿意与庞德合作，却有人还愿意赞美他的创意和智慧。庞德受到了鼓励，开始为此奔忙。聋哑学校方面倒是有兴趣借此推广他们的品牌，电视台也勉强承诺，可以先录一期节目，看看节目效果再说。关键是赞助商，要找一个愿意赞助聋哑人辩论的商家，很不容易。那一段时间里我们频频接到庞德的电话，记得最清楚的就是庞德沙哑而充满激情的声音，类似宣言，也好像是恫吓。会轰动的，这一次，商业效益跑不掉，社会效益无法估量，一定会轰动的，他说，你们现在敷衍我，到时后悔也来不及！

只剩下桃子陪着庞德，到处游说。那个做大理石生意的郝老板，我们原来都不认识，听说是桃子琵琶班上一个学员的父亲。庞德能够与郝老板签署赞助协议，是琵琶，或者说是弹琵琶的桃子立下了汗马功劳。庞德那一阵子去赴郝老板的饭局，总是带着桃子，或者说，是桃子带着庞德和琵琶，吃完饭，她照例要为满桌客人弹一曲《春江花月夜》。我们知道，那是桃子最擅长的琵琶曲。

电视台录制节目的前夕，我们很多人受到了庞德的邀请。为了见证庞德这次辉煌的起步，我也去了电视台的录播大厅。庞德忙得团团转，无暇顾及我们，只是匆匆地向我们介绍了郝老板。那是个胖胖的黑乎乎的福建男人，笑起来很憨厚，眼神里又透出几许精明。桃子陪着他，不知为什么，看起来并没有多少成功的喜悦，倒是心事重重的样子。

聚光灯下的聋哑孩子们在辩论一个关于爱与怜悯的主题，相信那是庞德的构想，对于孩子们来说有点难了，所以我不断地看到一个美丽的聋哑女孩忘记台词，急得要哭的样子，另一个男孩则情绪激烈，以旋风般的手语向对手发起攻击。我问旁边的人他说了些什么，原来那男孩在控诉对手不配谈爱与怜悯，昨天夜里他还被对手逼迫，喝了一杯尿液。突然，那男孩涨红了脸，以手做枪，扳动扳机，向对手做了一个开枪的动作。下面一片哗然，有人不停地哄笑，我隐约听见庞德在摄影机那边大叫，红方红方！二辩住嘴！Cut！Cut！

桃子和郝老板静静地坐在一起，有点混乱的录像场面并没有影响他们的坐姿。他们的腿应该在一起，挨得近一些，无伤大雅。但是我无意中瞥见，他们的手在暗处交流。郝老板抓着桃子的手，尽管很快被桃子推开，但我相信，那不是我的幻觉。在郝老板与桃子之间，似乎已经发生了什么。我所不能确定的是，在桃子与庞德之间，到底发生了什么。这么快，桃子就决定背叛庞德吗？为了庞德，桃子背叛了庞德吗？他们之间那份以命相许的爱情，再一次让我陷入了疑惑之中。

庞德的聋哑学生辩论大赛在电视台播出了一期，紧急叫停了。有关部门认为节目导向不明，又涉及特殊人群，没有任何积极意义。庞德写了洋洋万言的申诉材料，奔波于各个部门，最终徒劳，不得不放弃了他的心血之作。之后他疝气发作，住进了医院。我们到医院去看他的时候，他有点委顿地总结了自己的得失，我跟官僚机构天生打不了交道，我还是适合做音乐。他说，你们知道吗，玛利亚·凯丽要到香港！大家一下就都不说话了。庞德的眼睛放出光来，我过几天准备飞香港，去见见她的经纪人，我有个同学在纽约，认识那个经纪人。我们看他的眼神，等着他的下文，果然他的声音开始变得神秘，那个经纪人对中国市场很有兴趣啊，这是个好机会，你们有兴趣吗？

我们因此提前离开了庞德的病房。在走廊上，我们遇见了桃子。桃子一脸倦容地提着她的琵琶，说是刚刚去乐器行给琵琶换了弦。我们问她是否要跟庞德一起去香港。她露出一丝哀婉的微笑，还去香港呢，机票都买不起了。现在都是我在挣钱养家。她突然拨响了琵琶，拨出一声刺耳的杂音，我现在，上门给学生做家教啊！

4

那年冬天多雪。

庞德在一个雪夜不约而至，敲响了我家的门。一定是临时起意，我注意到他只穿着毛衣和睡裤，满身雪花，看见我他的手举起来，亮出一只料酒瓶子，你看，我家里的料酒都喝光了。他说，现在没地方买酒，你借我一瓶酒。

他的眼神是破碎的，走路的脚步已经踉跄。我把他扶进屋子的时候，他很感恩，忽然在我脸上亲了一下，喷出一嘴酒气。他说，还是朋友好，只有友谊，可以天长地久。

其实我猜到发生了什么，桃子去为郝老板的女儿做家教，做出了些意外的插曲，庞德与桃子分居多日，朋友圈里已经有所耳闻。大家没有想到的是，庞德悬崖勒马，桃子变了心。听说郝老板的妻子曾经找到少年宫去，不知为何，最终也跑到了少年宫的塔楼上。桃子跟着那女人，与她并排站在一起，桃子说，你想好要不要跳，要跳就数一二三，我陪你跳。这件事听起来很像谣言，桃子这么快就变成了简玛丽，谁也不敢轻信，但有人认识少年宫那个美术老师，按照他吞吞吐吐的口径来推敲，似乎那是真的。

我不知道该怎么开导庞德。我们坐下喝酒。他不说话，指指喉咙，捂捂胸口，意思是嗓子哑了，心碎了。我害怕他跟我谈论他的婚姻危机，试探道，你喝成这样，我们还是谈谈诗歌、谈谈音乐吧，要不谈谈毕加索也行。

他目光炯炯地审视着我，看透了我的畏惧，忽然发出一声尖锐的冷笑。诗歌，是狗屁；音乐，也是狗屁。顿了一下，打了个嗝，他哑着嗓子说，毕加索算老几？他不过是艺术的男伎。

我几乎要笑，不忍心，打岔道，玛多娜呢？玛利亚·凯丽呢？她们是什么？

他想了想，没有再贸然羞辱他曾经的偶像，只是坚定地摇着头，我现在不听她们了，一个太商业，一个太肤浅了。他说着从毛衣里挖出一张CD来，你可以放一下听听，震撼，震撼，我现在天天听这个，听一下，心情就好多了。

是一张黑色封面的进口CD，银色的骷髅头长了两片鲜艳的红唇。我不认识那一排花哨的洋文。庞德介绍道，骷髅玫瑰乐队，曼哈顿的地下摇滚。我好奇地把CD放进音响，先听见一阵阵呻吟，伴随着玻璃碎裂、汽车奔驰和推土机、打桩机的噪声，然后各种电声乐器涌入，夹杂着一个女声疯狂的尖叫。正值夜深人静时分，我赶紧把CD退出来，问庞德，谁给你的CD？吵死人了。他的脸上又出现了我所熟悉的神秘表情，你猜。我照例不猜。他说，是简玛丽给我的，她现在在纽约。又问，你知道那女主唱是谁？我摇头。他说，听不出来？就是简玛丽啊！她的乐队、键盘、吉他、贝斯、鼓手，不是白人就是黑人！他们去过黑暗厨房演出，黑暗厨房你听说过的吧？简玛丽现在不跳舞，做地下摇滚，成功了！

我知道简玛丽去了纽约。我以为她是去寻找玛多娜的，预计她暂时会在一家中餐馆或者服装厂、洗衣店打工。庞德嘴里简玛丽的成功，我凭本能觉得可疑。然而，庞德不容我对简玛丽的成功提出任何质疑，他捏着拳头捶了下大腿，我错过了她，我说过只要给我五年时间，我就会把她打造成国际巨星，你们都不相信我。庞德说着说着伤感起来，抱住头说，我错过了她。也错过了我自己的幸福，我不怪你们，怪我自己被绑架了。我一惊，谁绑架你了？他愤愤地看着我，突然吼道，道德！还有你们这帮虚伪的朋友！你们利用了我的善良！然后是他所擅长的自问自答环节，善良是什么东西，你知道吗？他说，告诉你们吧，善良，是个最大最臭的道德狗屁！

窗外大雪飘飞。我想象此刻纽约的街道上说不定也在下雪,此刻的简玛丽会在做什么,我头脑里却一片空白。我与简玛丽匆匆一面的印象已经模糊,说起简玛丽,我眼前浮现的竟然都是玛多娜且歌且舞的样子,有点吵,有点窒息,但某种妖娆的挑逗隔空而来。真的有点奇怪,一个川东姑娘,就这样以玛多娜的形象驻扎在我记忆里了。

那个雪夜,庞德留宿在我家里。他酒醉严重,去卫生间吐了两次。第一次呕吐的间隙,他还清醒,向我透露了下一个人生计划,说他在等简玛丽的绿卡,她有了绿卡,他就可以去美国了。第二次呕吐很厉害,庞德抱住马桶,流出了眼泪。他抱着马桶哭泣,有点胡言乱语了,他说他恨不能从马桶里钻到美国去,要是可以钻过去,简玛丽一定会在下水道的出口等他。

5

现在看来,庞德的出国之路,其遥远程度堪比丝绸之路。简玛丽的绿卡遥遥无期,而庞德等不及了。是一个旅行社的朋友替他安排了一条漫长而诡谲的路线。他先去了云南,从云南去了越南,从越南去了澳大利亚。按照他们事先的计划,最终还是要越过太平洋,目的地确定不变,是美国。

大多数朋友都收到过庞德在悉尼歌剧院门口的照片,是与卡拉扬的演出广告合影,他说他听了卡拉扬的音乐会,无比震撼,还将去听瓦格纳的歌剧《尼伯龙根的指环》,必将更加震撼。这如果是真的,当然令人羡慕,只可惜无从证明。悉尼有我们的朋友。最初我们听到他的消息,大抵是找工作、找住房之类的琐事,庞德没少去麻烦别人,后来便失去他的音讯了。大家以为他是设法去了美国,后来知道,庞德没能去美国,不清楚是他无能,还是简玛丽那边的变故,他瞒着悉尼的朋友,去了新西兰,到一家葡萄园摘葡萄去了。

没有人料到他在新西兰摘葡萄,摘了那么多年。也是葡萄,后来与庞德结下了不解之缘。大约是五年之后的一个夏天,朋友圈里纷纷得知一个消息,庞德回来了,兜里揣着一本新西兰护照。他以一个葡萄酒酒庄经理的名义回来,回来开拓营销市场,顺便邀约了过去的朋友,参加一个品酒会。

五年后的庞德依然相貌堂堂,衣着考究,我们想象的艰辛与沧桑在他的脸上并没有留下多少痕迹,只是白色的紧身西裤夸大了他的肚腩,看起来是发福了。他向我们展示了几款葡萄酒,不停地说着单宁、甜度、果香、黑品诺之类的词汇,我们都听不懂,只是注意到席间有个戴耳环的白人男子,看起来四十岁左右的样子,忙着招呼几个洋人,不时与庞德传递眼神,热烈,多义,还有点诡秘。我们都察觉到他与庞德之间关系亲密,悄悄打听他的身份,庞德说,他是杰克,伟大的酿酒师啊。庞德忽然笑了,笑得有点腼腆,大家都看着他,不明白他笑什么,然后我们就听见庞德压低声音说,他妈的,我明明是一串西拉,被他酿成了一杯夏多内!

我们都对葡萄酒一无所知,也就没有人听得懂庞德隐晦而真诚的告白。庞德的美国梦,他自己已经放下,我却记得清楚。我想起那个雪夜庞德的誓言,忍不住追问他,这些年来,你究竟去没去纽约,见没见过简玛丽?他叹口气说,去了,见了,人家已经是两个孩子的妈妈。我问他简玛丽嫁给了什么人,他说,谁也没嫁,一个女孩,是跟白人的混血,一个男孩,是跟黑人的混血。我一时默然,问,现在呢,她会不会还在等你?他又耸肩,做了个天知道的动作。我试探庞德,你为什么还是单身,你还在等她吗?他发出一种短促而夸张的笑声,不知道是对我的愚蠢表示轻蔑,还是表示感伤。你知道我在等谁吗?他的笑容很快变得狡黠起来,瞥一眼远处杰克的身影,打了个响指,告诉你,我和杰克在等李嘉诚,李嘉诚已经收购了我们隔壁的酒庄,我们在等他收购我的酒庄。又晃了一下手里的酒杯,你看我们的酒,这酒体,这果香!庞德说,都是黑品诺,都在玛尔堡,我们不比他们差啊!

庞德与简玛丽依然隔着太平洋,天各一方。他们之间,似乎还刻意保留着朋友关系。两年前的一个春天,我忽然接到庞德打来的电话,说简玛丽要带着孩子回国探亲旅游,会在我们这个城市停留,他要我们几个朋友替他招待一下简玛丽。坦率地说,大家都想看看这个传奇的简玛丽,现在是一位怎样的母亲,朋友们都一口应允,为了纪念大家的相识,也为了向一个破碎的爱情故事致意,我们特意将他们安排在太平洋酒店。

我们请简玛丽一家吃饭。简玛丽带着两个混血孩子,姗姗而来。她那天穿了件白色镶嵌蓝边的旗袍,头发恢复了黑色,盘成一个复古的圆髻,她的脸被很厚的粉底罩住,口红很重,岁月的痕迹被谨慎地涂抹之后,看起来很像是20世纪30年代的烟草广告女郎。有人这么直白地说出自己的感受,她淡然一笑,说,我的打扮很正常啊,现在纽约流行复古风。

我带去的葡萄酒来自庞德的酒庄。她瞥一眼酒瓶就猜到了,说,基佬酿的酒,味道都很复杂,我要多喝一点。果然就喝了不少,人也显得松弛了。席间不知是谁提起了桃子,被人在桌子底下踢了脚。没想到她倒坦然,主动问,听说桃子后来嫁给一个大富翁了?听说有几个亿?大家猜到是庞德夸大其词了,在任何时候,我们都需要掩护庞德的虚荣心,没有人轻率地接茬,简玛丽也没有再追问下去。庞德酿造的葡萄酒在她身上起了奇妙的效用,她勤于回忆往事,又毫无保留地披露她在纽约的生活。是她自己主动提起了少年宫塔楼上的那件往事。说到跳楼，真的没什么大不了的。我在曼哈顿，差点也要跳，三十七层的大厦啊，比少年宫那塔楼高多了。她这么说着，诚恳地看着我们，我不光是为了爱情，也是为了房租，为了，为了——心碎。她艰难地选择了心碎这个词汇，眼睛里忽然闪烁出一丝泪光，我都已经写好遗书了，我已经走到楼顶了，知道是谁救了我吗？空气骤然紧绷，大家都紧张地看着她，猜测她要宣布的人选，我记得我当时思维偏向电影化，脑子里跳出的是玛多娜，而我注意到对面小辛的嘴型，他明显轻轻吐出了庞德的名字。简玛丽抿了一口酒，以莞尔一笑，原谅了我们的轻浮或愚昧。别猜了，你们猜不到的。她突然用手指着她的混血女儿，是露西亚，露西亚那年才五岁，她穿着睡衣追到楼顶上来了，她对我说，妈咪你别丢下我，我陪你跳，你抱着我，我们一起跳。

一时满桌静默，谁也不敢说话，大家的目光都聚焦在露西亚脸上。露西亚是一个美丽的混血女孩，腿很长，头发是亚麻色的，眼睛有一点点发蓝。我们很少见到蓝眼睛，难以定义露西亚的眼神，它流露的究竟是纯真还是早熟，是羞怯还是无畏。她正与弟弟一起玩游戏机，这时候抬起头，以一种谴责的目光看了看她母亲，她用英语说，妈咪，你喝多了，我不准你再说话了。

简玛丽吐了下舌头，果然不说话了。为了调节气氛，有人小心地与露西亚搭讪，露西亚，小美人，你喜欢玛多娜吗？

露西亚摇了摇头，说，不喜欢，玛多娜早就过时了。

【作者简介】苏童，1963 年出生，1984 年毕业于北京师范大学中文系。1983 年发表小说与诗歌处女作。现为北京师范大学教授。著有中短篇小说《妻妾成群》《红粉》《西瓜船》《拾婴记》《茨菰》，长篇小说《米》《我的帝王生涯》《河岸》《黄雀记》等。曾获英仕曼亚洲文学奖、华语文学传媒大奖、鲁迅文学奖、茅盾文学奖等。

选自《作家》2017年第2期

北方化为乌有

双雪涛

刘泳看着饶玲玲，束手无策。作为出版人，饶玲玲无疑是最好的：敬业、聪明、敏锐，珍惜每一页纸张，善于整束所有人的资源。作为一个女人，她一塌糊涂：没有结婚，没有孩子，没有信仰，基本上是靠着虚荣心在工作。还有最要命的一点，就是酗酒。此时，2012年1月22号，除夕夜，她坐在刘泳在北京的寓所，已经喝了七个小时。有那么几个时刻，她似乎已把刘泳当成酒保，不时用食指敲敲桌台，示意他把酒给她续上。她身材高瘦，令人想起福楼拜那个著名的比喻，裹在衣服里，如同一柄剑插在剑鞘。她喝掉了自己带给刘泳的两瓶红酒，上面还绑了花。目前开始蚕食刘泳珍藏的威士忌，公寓里的干果已经被她吃光。刘泳看她用手指在空盘摸索，便套上羽绒服下楼。超市关门了，街角做卤味的福建人也已回家过年，铁门上写着大年初十恢复营业。漫天的烟花，路上飞散着硝磺的气味，好像一场战役刚刚落幕，地上尽是红色的纸屑。突然从黑暗里蹿出一支炮仗，在刘泳头顶发出一声巨响，吓得刘泳一激灵。那炮仗像是残敌掷来的手雷，震得窗框直晃，却不知对方藏在哪里。

按理说，饶玲玲这时候来找刘泳，刘泳也应该反省。来之前，她没打招呼，算准他在，算准他是一个人，算准他无所事事也不会睡觉，算准他如果不是无所事事就是在摆弄着电脑写着新的长篇小说，算准他再讨厌她的行径，也不会撵她走。这足以证明刘泳在饶玲玲心里是怎样的一个人。刘泳三十一岁，一米六七，六十五公斤，头发白了三分之一，蓝色羽绒服里头穿着一件旧衬衫，前襟因为抽烟破了一个洞，不过此时掖在裤子里看不见。灰白色的运动裤，裆前有尿渍，左边大腿上有一块醒目的油点。

他一直使用洗衣机，洗衣机不会针对一个油点。

刘泳和饶玲玲合作了三本书，两本长篇小说，一本小说集。之前出过一本小书，跟没出差不多，只是几个大学里年轻的批评家发现了有这么一个人写得挺有意思。跟她合作之后，他的境况有了明显改善，靠着版税可以过活，一本小说正在改成电影，接触的人，也终于逐渐地，喝红酒和威士忌的，比喝白酒的多了，有几个人还用喷枪烧着雪茄。不过他还是和过去一样，羞于见人。虽然不需要再为生存恐惧，他的作息和工作方式没有变过，每天八点起来，下楼吃早餐，回来写一上午，中午吃饱一点，午睡。睡醒之后处理一些邮件，回一些电话和微信，然后接着写一点。晚上也许自己喝一点酒，或者就在家附近见见老朋友，或者自己去电影院或者躺在沙发上看一部电影。唯一的区别是，当有了一些积累之后，他能够更从容地准备。他准备把萦绕自己多年的故事写出来。先写上一年初稿，信马由缰，然后再说。

刘泳回来的时候，饶玲玲已经脱掉毛衣，只穿一件贴身的T恤。刘泳说，你别再脱了，我很两难。她仰头说，你两难个屁，你从来没想动过我。他说，不要贬损自己，也不要贬损我。她说，没有贬损你，你他妈的一向精于算计，你要是对我有念想，你就不会跟我合作，你就是这么他妈的无聊。我一直纳闷你这么乏味的人，怎么会有人买你的书？他说，那是你的本事，你是这个意思对不对？她的眼睛一喝酒就扁一圈，目前是两块菱形。她说，你坐下。他坐在她对面。她三十三岁，溜肩，胸很平，这就少了不少尴尬，他可以将其看作胸肌。她说，说真的，小泳，我做你的书，不为别的，我看你的书都哭。他说，你没跟我说过，你算版税算得可细了。还有我说过好几回，别叫我小泳，不是你叫的。她说，我是南京人，没去过东北，你写的东北我不相信，但是我会哭，这就是为什么我做你的书。他说，你不相信，这个不好。她说，那是你意念中的真实，那些人没那么好，对不？要不然你也不会大年三十不回去。他说，喝多了谈论文学是最没劲的事儿，实在无聊的话你就继续脱。她说，你有个小说说下了一场大雪，工厂的托儿所很旧，礼堂改的，木制的，被大雪压垮了，你们这帮孩子一点事儿没有，就在雪和木头里头玩捉迷藏，阿姨在后面追。刘泳说，我写过。她说，不知为啥，看到这儿我哭了，但是我不信。你们一个大厂子，车间都是石头的，我就不信托儿所是木头的。而且房梁都下来了，人的密度那么大，会没事儿？这就是你们东北人吹的那种牛逼。他说，这事儿有。她说，放你妈的屁，我的故事你为什么不写？我小时候学舞蹈，一身都是伤，在台上一转圈甩出去都是眼泪。来了北京，先从图书批发干起，跟大老爷们一起搬书，睡过五六个作家，后来发现他们都是朋友，有一个群，背后谈论我，你为什么不写？他说，我是个东北男人，写不了南方女人的人生，况且，我要是真写了，你第一个蹦出来说我诽谤，对不对？她说，不是这个原因，是你除了你的童年你什么也不会写，你狭隘。她想激怒他，饶玲玲经常会尝试激怒别人，尤其是男人，在争吵中实现男女平等。刘泳没有生气，一是他明白她的企图，二是他已经过了在意这种批评的时候，有些批评家也会这么说他。这很中肯，不过对他没什么影响，他自己也没有因此感到羞愧。

接神的时刻来了，窗外的爆竹声密如一场暴雨，终于过去了，又归为沉寂。北京已变成空城，归家的人卸掉了这只巨兽的内脏。刘泳想起去年春节的时候，他还不认识饶玲玲，自己穿着羽绒服跑到长安街上骑自行车，骑得忘乎所以，满身大汗。随后他又想起小时候在家里过年，奶奶会包两种饺子，一种是三鲜馅的，一种是芹菜馅的，三鲜馅给大家，十几个人吧，芹菜馅只有他一个人吃。爷爷用筷头蘸一点白酒喂给他。小勇，酒是粮食精，张嘴。爷爷在工厂的事故中失去一只眼睛，面部失去了平衡。那只假眼珠像果冻，好像一敲他的下巴就会掉下来。他死时，刘泳在高考，没人告诉他，他得知时他已给烧成灰，下葬在城市背面的山坡上。他成年之后经常会想起那只眼睛，他的面容和高考的试卷一样已经仅具轮廓，只有那枚果冻似的眼睛永远不会腐朽，似乎一直在某个高处看他。

饶玲玲站起来走向她的背包，他以为她要走了，心情突然有点不好。她没有走，从背包里拿出两摞书稿。她说，你这个长篇的开头我看了，你准备写多少字？他说，没想好。她说，我看了这两万字，觉得你这本书得三十万字。他说，有可能，也不一定，那两万字也许不能用，我最近在琢磨，开头可能得重新写，你知道我想用书面语写一个小说，过去写不太长，可能跟一直用短句子有关系。饶玲玲说，写在书面上的就是书面语，我警告你，别老为语言瞎操心，怎么舒服怎么写。他说，嗯，我准备先这么磨磨蹭蹭写着，不能用也没关系，等天暖和了，我回一趟东北，摸一摸素材。她说，你怎么干我不管，我现在跟你说你这个开头。我看了之后没睡好，不是别的，是挺激动，你知道吧，我这人碰到这样的稿子，总是睡不好，想出一百种方式给你做好。他说，要不你也失眠。她说，傻逼，失眠和睡不好是两码事。你写了一起凶案，说是你十六岁住在工厂，你爸是个钳工，车间主任是个小个子，姓董，宣传口上来的，不太懂生产，贸然用了德国来的机器，出了几起事故，然后在一天晚上，在办公室被一柄匕首插进喉咙，第二天一早被打扫卫生的发现，血已经流干了，对吧？他说，是，你复述得准确。她说，办公室在三楼，窗户在里面锁着，冬天，大雪刚过，即使窗户没锁，也冻死了。办公室门虚掩着，行凶者应该是从门进来的，然后再从门出去。这个车间有两个大门，正门冲南，后门冲北，北门连着一块空地，是生产线上的拖拉机下去之后，直接开动测试用的，下班之后就锁上。一般情况下，下班之后有一伙人在换衣服的工具箱旁边打扑克，所以正门先不锁，到八点左右，打更的老马把这些人清走，然后把正门在里头锁上。董主任那天下班之后走了，据老马回忆，十点左右又回来了，好像喝了点酒，说要写点材料，老马开门让他进来，他上了三楼办公室，你们家当时住在车间的二层，动迁之后没地儿住，你爸就央求董主任让你们家住在二楼的杂物间。因为你爸喜欢下棋,董主任也喜欢下棋,而且想跟你爸学棋,就答应了。那天你爸妈去锦州参加婚礼,只有你自己在,你以第一人称儿童视角写道:我看见了老董走进办公室的背影,穿着灰色的工作服,拎着一只暖瓶。刘泳说,你歇口气,你说的都对,你要干吗?她说,你等我说完。老马的口供很详尽,他是个老更夫,在这个车间打了五年更,每一个角落都熟悉。他确认,八点之后除了你之外,没人在车间里,之后也没人进来过,因为大门从里面用钢筋闩住,不可能钻进来,四面的高窗除了高达两米之外,也都从里面锁好,玻璃第二天完好无缺。所以除了你,没人能够杀人,我这个逻辑对吧?他说,慢一点说,这是我的小说,你这么激动干吗?搞得像在开庭。她说,你这个故事里面有多少东西是真实的?他说,你这是外行话,永远不要问作家这样的问题。她点点头,拿起威士忌放在书稿上,说,行,我是外行,这个事儿先按下不表,说另一份稿子。其实在饶玲玲说话的时候,刘泳已经瞥见了另一份稿件,上面的字体比他的大,分段也比他多,且没有题目,也没有题记,上来就是一个自然段。她说,这份稿子是我昨天在邮箱里发现的,然后打印出来。是十几天前一个莫名的邮箱发给我的,被系统当成垃圾邮件处理了,碰巧我昨天整理垃圾箱,扫了两眼,把它恢复了。这个小说没写完,看格局像是个中篇,目前写了七八千字,还没写出所以然,想到哪写到哪,文字很朴素,语病不少,但是才华尽显,你知道吧,就是一看就不想放下的那种,这是文章的魅力,你明白吧?他说,明白,但是你跟我说不上这个,我不是编辑,专业不对口。她说,你别急。说着她把书稿推到刘泳面前,拿起压在书稿上的威士忌抿了一口,说,前面七八千字,写了一个罪案,跟你写的一模一样,不是叙述一样,是故事的核心是一样的,对那个车间的格局描写也一模一样。你看这段,你写道:车间的后门是红的,却有一个白色的叉在中间,不知何意。她这里也有对这个后门的描写,她写的是:车间后面是一个红门,上面一个白叉,是我趁人不在,用喷漆枪喷上去的,因为我课本上都是这玩意。我没有比较你们的文学造诣,你是老江湖,此人是个生瓜蛋子,她这七八千字,一边写这个匕首案,一边写了很多闲篇,上学的事儿,好像上的厂办的技校,让人着急。但是她好像对于同一件事情有不同的理解。刘泳看着书稿,一动不动。饶玲玲感到这个除夕夜有了点意思,继续说,我不是说你抄袭,作为出版人,我的直觉告诉我,你们两个没有看过对方书稿。你往后看,她还提到了你。

  在文章的末尾,当然不是结尾处写道:据查当时车间里有一个十六岁男孩,是唯一可能的目击证人,他却声称什么也没有看见,也没有听见。当然他也可能是唯一的凶手,只是匕首和门把手上都有完整的指纹,不是他的,也不是老马的,也不是能够值得比对的任何人的。于是少年自此排除了嫌疑，使此案成为货真价实的无头案。

刘泳又把文稿从头到尾看了一遍，然后放在桌子上。他说，她当时不可能在车间里。饶玲玲说，她没这么说，虽然用的是第一人称，但是看出来是想象，比如她说罪案发生前，有一只野猫走上了三楼老董办公室的前面，想要点吃的，这是一只经常在车间里徘徊的野猫，谁有吃的就给点。这是想象，只不过细节很逼真。刘泳说，这不是想象，那只猫是我养的，叫武松，那天它确实上过三楼，我看见了。

饶玲玲坐直了，看着刘泳。刘泳说，写这东西的是谁？干什么的？男的女的？多大？饶玲玲说，你冷静一下。刘泳说，我没有不冷静，这是很简单的问题，请你回答一下。饶玲玲说，这东西没头没尾，作者署名叫米粒，没有留地址，只有一个电话。刘泳说，请你现在给她打一个电话吧。饶玲玲说，现在是大年三十儿，这人可能五十岁，在美国刷碗，也可能十八岁，现在正在跟父母一起在黑龙江某个县城守夜，你想干吗？刘泳说，不可能五十，也不可能十八，应该跟我差不多大，你打个电话。饶玲玲说，你有病，我没有，我要回去睡觉了，要打你自己打。刘泳一把抓住饶玲玲的手腕，说，今儿我们俩在一起喝酒，就是世上最亲的人，我求你帮我这个忙。饶玲玲说，你别唬我。刘泳说，我的小说里有虚构的部分，就是我当时是待在车间里，但是并非住在里头，我只是去玩。那天十点，我和老董一起回来的，他上楼去写材料，我在车间的另一头拿螺丝摆长龙。因为，这个老董，姓刘，是我的父亲。他死时我十六岁，后来我妈改嫁，嫁到深圳。要不然我不会在这里过年，你说对不对？

电话那头响了好一阵，饶玲玲几乎在听筒里听见自己的心跳。刘泳坐在对面盯着她，她第一次感到这个东北男人并非一个文弱的书生，他的眼睛微微眯着，手放在桌子上，纹丝不动，那上面的关节，那连接肉的骨头，好像随时会拧成一把什么铁器。

一个女孩儿的声音。

女孩：喂？

饶玲玲：请问，是米粒吗？

女孩：哪个米粒？

饶玲玲：大米的米，颗粒的粒？

女孩：大颗粒？

饶玲玲：米粒。

女孩：啊对，米粒，我是米粒，不好意思，我喝多了，睡前还吃了安眠药。

饶玲玲：我是饶玲玲，做出版的那个饶玲玲，我收到了你的书稿。

女孩：看了？

饶玲玲：看了，写得有意思，你是做什么的？

女孩：我没写完，不知道往下咋写了，你说往下咋写？

饶玲玲：这你不能偷懒，你得自己想。

女孩：你在北京吗？

饶玲玲：在。

女孩：你看到有一个特别大的烟花没？就在刚才，就在我窗户前面。

饶玲玲说：没看见。

女孩：特别大，像一只大蜘蛛。

饶玲玲：你怎么没回家过年？

女孩：跟你有关系吗？你怎么也没回家？你不是挺牛逼的出版人吗？不应该拿着一堆成功的样书回家？

饶玲玲：我提醒你一下，你得尊重我一点，你家人没教你怎么跟人讲话？

女孩：为什么要尊重你？我就是闲得无聊给你发了篇自己写的破玩意，我指着你能吃饱？我当个傻逼作家？把青春都烂在椅子上，然后到处舔出版人、评论家的屁股，还他妈的穷得叮当响？你家人没教你除夕夜打电话把人叫醒应该抽你大嘴巴？

饶玲玲打开免提，把手机放在桌子上。

饶玲玲：这样，我旁边还有一个人，就是你说的那种傻逼作家，他想跟你说两句。

刘泳：你好，我叫刘泳，写小说的，出版人和批评家屁股什么味道，我不知道，我想知道一件事情，你写的那个故事，是听来的，还是你看见的？我恰巧也写了这么一个故事，为了证明一下，我告诉你，那个死去的车间主任，姓刘，那只猫，你没有描写，我知道，是黑白相间的花纹，尾巴尖也是白的，公猫。

女孩：你是谁？

刘泳：我说了，我叫刘泳。

女孩：哪个刘，哪个泳？

刘泳：原名是姓刘的刘，勇敢的勇，笔名改了一字，改成游泳的泳。

女孩：哦，本来挺勇敢，现在要随波逐流？

刘泳：游泳也可能逆流而上，你住哪？

女孩：你多大？

刘泳：我1981年生人，今年三十一。

女孩：你是老刘的儿子吧？

刘泳：有可能。这样，这么闲聊总是差点意思，我相信你知道我不是骗子，我也相信你肯定跟我有点交集。我住在朝阳区阳光上东22号楼2单元5楼3。你要是方便，你过来一趟，我和老饶都不是北京人，都没回家，在这儿搭伙过年，你要是愿意，请你过来，有酒，一起守夜。

沉默。

女孩：我没兴趣，你们俩自己玩吧。

忙音。

饶玲玲说，困了，我得走了。刘泳说，留下帮我做个见证。饶玲玲说，说实话，我很欣赏你，我们也是挺好的搭档，但是我们真没有那么熟。刘泳说，所以你是见证人的最好人选。刘泳站起来走进卧室，出来拿着一块带血的布。刘泳说，这是我爸当时穿的工作服的衣领子，烧之前，我偷偷把衣领子剪下来，这么多年一直带在身上。后来我一直跟我爷爷奶奶住，我爷在我高考那年死了，夏天，搬了个大西瓜回家，心脏病突发死在院子里，西瓜倒没有摔碎，滚到墙角。我当时住校，这是我奶后来告诉我的。过了五年，我奶死了，死在炕上，她那时已经糊涂了，我在旁边，她把我当作我爸，问我什么时候回来的，这么长时间去哪了。也不赖她，我和我爸长得确实像。这些事情我没跟人说过，你说我们俩不熟，我们现在也许熟了一点，如果你也这么觉得，我请求你留下来，帮我把这件事情弄明白。饶玲玲想了想说，我陪你等到天亮，也别天亮，万一阴天下雪天不亮不好说，我陪你等到早晨七点，如果这女孩儿没来，我也没办法，我不是你老婆，不能一辈子在你屋子里待着。刘泳说，好，你想再喝点吗？饶玲玲说，不喝了，你给我找件外套，冷。刘泳把自己的薄羽绒服给饶玲玲披上，拍了拍她的肩膀。然后从电视柜的抽屉里，找出一副新的一次性拖鞋和一副跳棋。刘泳把拖鞋放在门口，坐回来说，没事儿干，玩会儿跳棋吧，有时候我自己跟自己玩，你要红的要绿的？

刘泳的这间公寓位于朝阳区的南面，地势略高，房间面积大概90平方米，两室一厅，他已租了两年。家具都是自己买的，北欧风格，简单，硬朗，且无一不是米黄色，件数也不多，茶几、电视柜、餐桌、四把椅子。客厅里只有电视是黑色的，不过连电源线都没有连。卧室在南，书房在北。书房四个立式书柜，一个长方形书桌，从这头到那头，顶到了窗户底下，地下也满是书，有的书里夹着纸条。靠着北墙，放着一个小黑板，上面写一点也许跟小说有关的提示性的东西，此时小黑板上写着：匕首/少年L/开枪的是人，提供子弹的却是上帝。

楼道悄无声息。刘泳下起棋来全神贯注。有时候会用手摸一下下巴，大部分时候双手支在桌子上，头垂直于棋盘，呼吸均匀。大概是深夜两点半，楼道里的电梯门开了，随后是脚步声。脚步停在门前，等了几秒，手在敲门。刘泳说，你别动，一会儿下完。此时他的绿色棋子，已经有半数进入饶玲玲的本营，而饶玲玲的黄色棋子，昏昏欲睡，如一条长蛇，都在路上。

女孩穿了一件黑色帽衫，挺瘦，但是也挺结实。

"撂下电话我就睡着了，睡醒了想起有这么一个事儿。"女孩说。

"把鞋搁这儿，这拖鞋是你的。"刘泳说。

"你家挺热，你是饶玲玲？"

饶玲玲有点不知该说啥，从没遇见这样的人。她挺想生气，给她一个白脸子，但是发现自己的气已经消了。不管怎么说，小说写得不错。

饶玲玲点头说，坐吧，喝什么？

女孩从怀里拿出一瓶白瓶牛二，52度，你们喝得惯这个吗？

她没化妆，黑色短发，脸很小，白白的，尖下颌，冷丁一看以为是高中生，仔细一看眼睛，也许超过三十岁，或许比刘泳还要大一点。那是一双常年没有休息好的眼睛。

三人落座，刘泳刷了三个玻璃杯，女孩（姑且还是称为女孩吧）和饶玲玲坐对面，他坐中间。玩跳棋呢？女孩说。她的面前摆着刘泳的棋子。刘泳说，打发时间，等你。女孩说，你咋知道我一定会来？刘泳说，感觉吧，你打车的钱，我可以给你。女孩说，给你省了。我离你不远，走过来的。刘泳说，你住附近？女孩说，不是附近，是一个小区，我住你旁边那栋，和另一个女孩合租，刚搬进来。你能不能干了？养鱼？两人干了一杯牛二。刘泳说，冒昧地问一句，你是干什么的，小说写得很好，过去写吗？女孩说，我那也叫小说？就是闲着没事儿胡编乱造，当时叫了外卖，正吃大米饭，就署了名叫米粒。我啊，常年混在剧组，什么都干，剧务、美工、副导演、编剧，最近还当了几次演员。刘泳说，什么电影，我们看过吗？女孩说，肯定没看过，都是小制作，特矫情那种。我问你，你家有饺子吗？我来不为别的，过年想吃顿饺子，你有吗？刘泳说，速冻的行吗？女孩说，生的我都能吃一盖帘儿，就想这口了。饶玲玲说，我去煮吧，你们聊。刘泳说，冰箱左门那个门，第二层，厨房的灯在那。女孩说，你俩两口子？饶玲玲扭头说，两口子他告诉我灯在哪？女孩张口喝了半杯酒，一笑，露出一排小白牙说，是我傻逼了，但是你们文学圈谁知道谁跟谁怎么回事儿。

刘泳不抽烟，但是家里有烟，也有烟灰缸。他戒烟五年，一根没抽过。女孩抽中南海，刘泳看着她抽了半根烟，说，听你口音，是东北人没错，我也不绕弯子，小说好，我表扬完了，我想问一问，这个事儿你怎么知道的？女孩说，我说完还能吃上饺子吗？等吃完再说。刘泳说，好，那咱们就等饺子。做电影有意思吗？女孩说，别没话找话了，咱们把跳棋下完吧。两人便下，女孩用饶玲玲的残棋，她也不往前走，就是处处堵刘泳的路，刘泳有时候偷偷瞥她一眼，她面带笑意，在这种消极的战法里得到极大的快乐。她的脖子很长，带着一个银制的十字架，嘴唇有点干，时不时用舌尖舔嘴唇，黑眼圈如同刺青渗入肌肤。饺子好时，刘泳还剩一个棋子没有走进女孩的阵营，女孩的那枚棋子也死活不出来。开始吃饺子，女孩说，没有腊八醋？刘泳说，确实没有，遗憾，外酸里甜。女孩说，醋是绿的。于是继续吃，女孩吃了几个说，没有喜钱。算了，你这是速冻的。饶玲玲说，什么是喜钱？刘泳说，就是饺子包一个洗干净的钢镚，谁吃着谁新的一年走运。当年我们家年年都是我爸吃着。吃完了饺子，女孩和刘泳一人喝了一碗饺子汤。三人继续喝酒。

　　女孩说，吃得很好，你想把饺子抠出来也费劲了。刘泳说，肚子里的全是你的。女孩说，好，这故事我是听来的。刘泳说，听谁说的？女孩说，我姐。刘泳说，你这岁数，城市里不可能有俩孩子。女孩说，我是超生，所以我爸妈都没了工作，去你爸的厂子当临时工，刘主任是你爸吧？刘泳说，是，你继续说。饶玲玲说，我可以用手机录一下吗？女孩说，随便你。你可以选择录，我也可以选择怎么说。刘泳说，行，不录。饶玲玲把手机揣起来。女孩说，我家住南教堂那儿，你知道南教堂吧。刘泳说，知道，俄国人修的。女孩说，我爸是天主教徒，我爷也是，那教堂是老毛子修的，我们家跟着老毛子信的。所以我妈怀了我就给生出来了。我姐当时十八岁，没考上大学，在你爸车间当喷漆工，啊，对，那个后门的白叉，就是她喷的，其实是个十字架，喷歪了，我在小说里写的是胡编的。当时我姐和你爸老刘正在谈恋爱，爱得死去活来。饶玲玲看着刘泳说，我看这孩子没一句真话。刘泳抬起头说，少说多听。说完他对女孩说，我当时有感觉，我妈也应该有感觉。你姐叫什么？女孩说，忘了，你还想听吗？刘泳说，想，说吧。女孩说，我姐后来跟我说，活了这么长时间，遇见你爸之后才觉得活着有意思。我爸妈以前给她讲的那些道理，遇见你爸之后才觉得是真的。上帝就是爱啊。女孩喝了一口酒说，你爸虽然个子不高，但是心是善的。那套德国机器，在其他很多车间没有开箱，只有你爸强令开箱使用。为啥？因为那时候工厂已经要完了，其他车间主任都在打自己的算盘，先让工厂倒了，然后把新机器弄到自己的小作坊里，工人裁掉三分之二，我姐说，这么干国家是支持的，叫小舢板突围。刘泳说，嗯，有这个说法。女孩说，你爸是想救工厂，不想看着工人都回家，他那时候经常跟我姐说，工厂完了，不但是工人完了，让他们干什么去，最主要的是，北方没有了，你明白吧，北方瓦解了。你爸是宣传口出来的，还他妈文绉绉的。刘泳说，他写一手好字，你还是叫他老刘吧，我能稍微舒服点。女孩说，行，那就彻底第三人称。老刘答应我姐，做最后一搏，如果这套机器上了，还是不行，等他妥善处理完遣散工人的问题，就和我姐私奔，什么也不要了。饶玲玲没忍住，私奔？女孩说，是私奔，跑到更南的地方去。推着三轮车卖早点也行，一起背着货跑单帮也行，反正不能分开。那机器呢，谁也玩不转，主要是工程师心早散了，都在想自己的后路。几个人出了事故，有一个年轻工人，刚来不久，很想表现，结果被"咬"掉一只手。刘泳说，老刘出事儿跟他有关系吗？

女孩站起来，在身后握住双手，把身体抻了抻。刘泳说，有关系吗？女孩说，坐太久了，你们作家怎么能一天坐那么久？刘泳说，那你动动。女孩说，嗯，我不想说了。刘泳说，什么意思？女孩说，没意思。你给我弄口水，喝完我走。刘泳说，哪儿不对了？女孩说，你是个写小说的，你说写到这时候怎么写？刘泳想了想说，卖了个关子？女孩说，你摆地摊卖吧，我鞋呢？刘泳说，也许应该写写这个姑娘？女孩把手移到身前，活动着手腕，说，继续说。刘泳说，如果是福楼拜的时代，也许应该从姑娘的头发和吃穿用度开始写。女孩说，不用扯那么远，头发可以。刘泳点点头说，黑发，大黑辫子。女孩说，颜色对，弄那么长辫子给机器绞脑袋？刘泳说，是，黑短发，刘海过眉。女孩说，可以。刘泳看了看女孩说，身材不高，但是很挺拔，皮肤很干净。女孩说，可以。刘泳说，话不多，但是有脾气，有意思，说出的话招人听，遇见不对路的人一句话也不说。女孩说，喜欢看书吗？刘泳说，确实，老跑厂里的图书馆。女孩说，行，说说她和老刘怎么认识的。刘泳说，朋友，我毕竟是老刘的儿子，让我揣测这个伦理上有点问题。女孩说，你是作家还是儿子？刘泳说，都是。女孩说，首先是啥？刘泳说，好吧，我随便猜，女孩爱看书这点让她与其他女工不同，老刘注意到了。女孩说，新年联欢会女孩演了个节目。刘泳说，对，朗诵？女孩说，诗朗诵。刘泳说，《沁园春·雪》？女孩说，屁，戴望舒。刘泳想了一下，说，应该。女孩说，继续说，怎么私奔？刘泳说，老刘带上家里的钱，女孩带上一点首饰。女孩说，再带上一箱子吃的？你以为是羊脂球？老刘只带两百块人民币，剩下的留给老婆孩子，女孩带几件衣服和几本书。两人要去哪？刘泳咬着牙说，实在猜不出来。女孩说，你身上流着老刘的血。北京。

女孩摆了摆手示意他不用据此回答，然后坐下说，挺无聊的哈。饶玲玲此时已经趴在桌子上睡着了，脸靠着盘子，嘴微张着，披着刘泳的羽绒服，因为个子高，身体如虾一样折着，好像鼻子不通气，一直用嘴吸气。刘泳看着她，意识到刚才她说困了是真困了，另外一层是，这件事情只是他自己的事情，或者说一个人身上发生的事情都是自己的事情。女孩说,跟那些受伤的工人没关系。是你们厂长。刘泳说，我都忘了厂长姓什么了。女孩说，有人记得。当时老刘老是半夜来写材料，其实有一个目的是跟我姐幽会，我姐有一副老刘办公室的钥匙，下班之后她就自己进办公室，藏在柜子里，等老刘去而复返。刘泳说，嗯，他得接我放学，还回家陪我妈和我吃饭。女孩说，另一个目的是确实在写材料，他写五份，举报你们厂长副厂长四人，侵吞国家财产，挪用工人养老保险在农村买地给自己盖房子，等等吧，准备寄到五个部门。说实话，这些事情，都是我最近才知道的。刘泳说，哦，最近才知道。女孩说，不知道厂长从哪听说了此事，便要弄死老刘，他自己不可能动手，就雇了一个人，他们当时详细地研究了车间的图纸，发现就在老刘的办公室的顶棚，有一个废弃的排风扇，通到外面房顶。几乎没人知道，多年不用，是当年按照苏联图纸建造的，后来觉得，东北风大，不用非得这么排风，就多年不转了。此人就是用一条绳子，顺着这个排风口下来的，然后又顺着绳子爬上去的。我姐已养成了习惯，她没敢开灯，因为开灯就会有人上来找老刘说话，老刘并不在，会露。她都是摸黑藏进柜子里，然后打开手电筒看书，累了就睡一会儿。那天老刘回得很晚，也许是打开柜门，发现她睡得很香，就没叫她，先坐在办公桌前写材料。杀人者悄无声息从他头顶降下，一刀就把他刺死了，然后拿着材料又顺着绳子爬上去，我姐醒时，看见人已经爬回顶棚了。

天更黑了，彻底安静。很难知道北京城到底有多少守夜的人，大部分窗子都瞎了，偶有几只灯笼亮着，好像哭红的眼睛。女孩说，我姐后来很少睡觉，老刘在她睡觉时死了，她可能对睡觉有恐惧吧。刘泳说，故事讲完了吗？女孩说，我很累了，但是还有一点。从那天起我再没见过我姐，这些事情都是她写信给我我知道的。第二天早晨，她从办公室的门走出去，就开始追踪这个杀人者，十几年了吧，终于在一个月前，把此人杀死在一个村庄的河边。她跟我说，她把他的双手割下扔在河里头了。

刘泳拿起酒来喝了一口。酒真凉啊，到了肚子里四方流散，无孔不入，刘泳连脚趾都觉得暖了。

刘泳说，你姐叫什么？女孩说，你不用知道。她说她累了，先歇一歇。刘泳说，嗯。女孩说，不过她歇完了还会上路吧，一个一个来，是吧，要一视同仁。刘泳说，你这个故事不错。女孩说，一般吧。刘泳说，如果老刘活着，也会觉得是个好故事。女孩说，不一定，也许他会觉得她永远躲在柜子里最好。女孩站起来说，我走了。我住很远，到家天要亮了。刘泳说，好，不送你了。女孩说，好，你坐好。刘泳点头说，不是一个小区？女孩说，不是。女孩推门走了出去，头也没有回。

饶玲玲动了动，没有醒。虽然姿势有点难受，但是她还能坚持。

刘泳走到窗前，看着女孩走出门洞，又走出大门。世界漆黑一片，如同海底，只有两个小姑娘在大门口放烟花，海马一样，似乎是背着大人偷跑出来的一对姐妹。女孩对其中一个小姑娘说了什么，那姑娘把两支燃着的烟火递到她手里，她一手一个，展开双臂将其摇晃。火焰四处喷射，夜海浮动，不知要将她带往何处。

【作者简介】双雪涛，1983年生，沈阳人。2013年起创作中短篇小说，作品见于《收获》《十月》《上海文学》《中国时报·人间副刊》等刊物，曾获首届华文世界电影小说奖首奖，第十四届台北文学奖年金奖入围，第五届西湖·中国新锐文学奖。

选自《人民文学》2017年第11期

天下太平

莫 言

1

小奥，大名马迎奥，但除了学校里的老师叫他的大名，村子里的人都叫他小奥。

星期天上午，因为下雨，没法放羊，爷爷让小奥在家学习。他趴在炕沿上，翻了几页课本，心中感到厌烦。又看了一遍那本看过很多遍的儿童绘本，更烦。他的目光盯着墙上一只壁虎看……突然，那壁虎向一只蚊子扑去。蚊子到嘴时，壁虎的尾巴一声微响，断裂了。另一只壁虎从黑暗中蹿出来，把那条在炕席上跳动着的小尾巴吞了下去。小奥大吃一惊，蹦了起来。他很想把奇迹告诉爷爷，却听到了爷爷响亮的鼾声。原本坐在灶旁用柳条编筐的爷爷手里攥着柳条睡着了。他悄悄地从爷爷身边绕过去，顺手从门后抓起一个破斗笠扣在头上，然后轻轻地穿过院子，蹿出大门。两只拴在柿子树下的山羊咩咩地叫着，他没理睬它们。

雨下得不大不小，头上的破斗笠发出噼噼啪啪的响声。新用水泥铺成的大街上汪着明晃晃的雨水。他一边跳踩着水汪，听着咕叽咕叽的水声，一边念叨着同学们篡改过的诗句："小鳖他老姐，最爱把气生。哭了一整夜，天明不住声。圈里母猪黑，窗上玻璃明。养猪发大财，全家进了城。"

大街上没有人，一条狗夹着尾巴，匆匆地跑过。一只麻雀叼着一只知了从很高的空中飞过。那知了尖厉地鸣叫，拼命地挣扎。小奥听出了知了的愤怒和不服气，这么大的知了被小麻雀儿擒住，它怎么能够服气？果然，那知了挣脱了麻雀的嘴，尖叫着钻到天上去了。小奥从来没有想到知了能飞得这样高。那只失去了猎物的麻雀，筋疲力尽地落在张二昆家的门楼上，半天才发出了一声叫，仿佛老人叹气。

张二昆家的大门是村子里最气派的大门。在张二昆家大门两侧白色的墙上，右边写着"改建新式厕所"，左边写着"享受文明生活"。张二昆是村子里最大的官。村里人都不乐意把改建厕所的宣传口号写到自家墙上，二昆说那就写到我家墙上。

张二昆当官两年就把这个乱得出名的村子治理得服服帖帖。张二昆让村子里的人都坐上了马桶。张二昆说农民坐着拉屎是小康社会的重要标志。小奥想到刚开始爷爷蹲到马桶上骂二昆,过了几天爷爷坐到马桶上夸二昆。张二昆当官前是村子里最大的刺儿头。他曾经将他的前任拖到村西头那个大湾里。小奥记得那天的场面,真像过节一样。那个官不会游泳,在湾里挣扎,喝湾水把肚子都喝大了。那个官刚爬到湾沿上就被张二昆踢下去。爬上来又踢下去,爬上来又踢下去,后来那个官哭着说:"二昆,爷爷,我承认了还不行?"张二昆说:"你大点声说,让大家伙都听到,你承认了什么?"那个官说:"乡亲们,我承认,我将黑青铁路占咱们村的公留地的赔偿款挪用了一点点。"张二昆说:"大家伙儿都把手机拿出来录视频,你大点声,当着大家的面说清,说你贪污了多少,怎么贪污的。说不说?不说你今天就在湾里泡着吧……"小奥记得那是前年二月里的事儿,湾里的冰刚刚融化,水很凉,小北风一吹,站在湾边的人都忍不住打哆嗦。大家都开了手机录视频,那个官站在湾沿,浑身流着水,嘴唇发青,哆嗦着交代罪行。小奥爷爷不会用手机录像,急得跳脚。小奥把爷爷的手机夺过来,点了几下。爷爷说:"小东西,你跟谁学的?"张二昆说:"乡亲们,把证据保存好,千万别删了。我去投案了。"乡亲们说:"二昆,我们联名保你。"

小奥路过张二昆家大门口时,看到路边停着一辆黑色的奥迪,车后粘着一个银色大壁虎。他畏畏缩缩地靠近那壁虎,想用手指戳戳它。就在他刚刚伸出手指时,一扇大门嘎嘎响着打开了。张二昆跟随着一个五大三粗的黑汉子走出来。那黑汉子腆着肚子,腰带扎在肚脐下边。张二昆与那黑汉子握手,脸上挂着笑,嘴里连声说:"您尽管放心,袁武的工作我去做。"小奥不认识黑汉子,但他知道袁武是他的同学袁小鳖的爹。袁小鳖大名叫袁晓杰,小鳖是他的外号。黑汉子距离奥迪车还有七八步时,司机从车里猛然钻出来,把小奥吓了一跳。司机小快步绕到车右,拉开后边的车门。黑汉子对着张二昆双手抱拳晃了晃,弯腰钻进车里,车体猛地落下去一截,车轮也瘪了一些。司机不轻不重地推上车门,然后疾步回到驾驶座上。车轻快地往前跑去,排气管里冒出白色的雾气。张二昆对着车招手,目送着车沿着湾边的公路右拐北去。这时,他才像突然发现了似的,惊讶地问:"小奥,你在这里干什么?"小奥指一指门楼上的麻雀,悄悄地说:"知了飞了。"张二昆冷笑一声,道:"什么知了飞了,回家写作业去。"

小奥站得笔直,盯着张二昆看。他看到张二昆穿着一件壁虎牌T恤衫,胳膊上刺着一条青色的壁虎,与T恤衫上那条壁虎上下呼应。张二昆虎着脸说:"看什么?鳖羔子,回家让你爷爷给你爹娘打电话,让他们赶快滚回来,我们太平村要干大事,不用出去打工了。"张二昆转身进门,大门哐当一声关上。这时,小奥发现那只麻雀大概是死了，因为它蹲在瓦楞上一动不动。它一定是气死的，小奥想，麻雀气性真大。

2

溜达到村西大湾，他看到湾边有两个男人在打鱼。两个男人一高一矮，高的年轻，矮的年老。他听到那个高的叫了一声爹，才知道这是爷儿俩。现在的儿子都比爹高，他记得张二昆站在大街上说，儿子为什么都比爹高？是人种进化了吗？非也，非也，是生活水平提高了！他们身上都披着那种带连帽的红色塑料雨衣，手里都提着一张旋网。湾水灰白，疏密不定的雨点儿将水面敲打得千疮百孔，细密的乳白色雾气升起来。红色的打鱼人站在水边显得格外醒目。湾边有十几棵粗大的垂柳，树干因雨淋湿而发黑，柔软的绿色枝条，直探到水里。有几只燕子贴着水面飞翔。最北边那棵柳树下倒扣着一条锈得发红的铁皮船，这是前任村官购置的。他异想天开，想吸引城里人到湾里来划船。小奥不记得有人坐过这条船，从他记事起这条船就这样倒扣在柳树下。那两个打鱼人赤着脚，挽着裤子，裸露着小腿。老打鱼人枯树干一样的小腿上，沾着褐色的泥。年轻打鱼人的小腿很白，丰满的腿肚子上沾着黑泥。他们的面目模糊不清，但口中不时龇出的白牙齿，让小奥感到他们是在按捺不住地窃笑。他们手中提着的旋网，底下拴着铅制的沉重的网脚，散开口比碾盘还大。他们在撒网前，总是先站稳脚跟，铆足了劲儿，掂掂量量，唰的一声，就撒出去了。网在空中短暂飞行，接触到水面的那一刹那，网脚已经散开，像一张圆形的大嘴，带着吞噬水中万物的霸气，把一片水域罩住。稍停片刻，打鱼的人开始往上拉网，缓缓地，试探着，小心翼翼。网的上端是细的，越往下越粗大。拖上来的部分，淅淅沥沥地滴着水，一环一环地挽在臂弯里。水底的淤泥被网脚拖动，湾里的水浑浊起来，漾起了怪臭的气味。到了最后，整个网脱离了水面，打鱼人将身体弯下去，用胳膊挽着网，猛地提起来。这时的网分明重了许多。可以看到网里纠缠着黑色的水草，还有活的东西在水草里挣扎。打鱼人把网提到湾边较为平坦的地方散开，将网中兜住的东西抖出来，有水草，有淤泥，有沤烂了的鸡毛掸子，有破塑料盆，有砖头瓦块，还有各种颜色的塑料袋子。但每一网总有几条鱼，大多是鲫鱼，明晃晃的，像犁铧一样。好大的鲫鱼啊。小奥兴奋地想着，看着。黑色的蛤蟆，在那些被网拖上来的淤泥和水草中，笨拙地爬动着。打鱼的人把蹦跳着的鲫鱼按住，抓起来，塞进腰间的蒲草包里。与那些大鲫鱼相比，蒲包的口儿似乎小了。有几网，除了鲫鱼，还有黄鳝，还有泥鳅。

最为奇特的一网，是儿子撒出的。儿子比老子高出半个头，胳膊也长出一截，力气也显然比老子大得多。小奥看到那儿子在水边站成一个马步，有条不紊地将网理好，挽在胳膊上，然后身体前探，猛地撒了出去，嘴巴里发出哎嗨一声，那网直飞到大湾深水处，无一折叠地打开，成一个优美大圆。这一网连小奥也觉得精彩，嘴巴里发出赞叹之声。老头子更是欣赏，眼睛里放射出光彩。网沉水中，稍候片刻，儿子便慢慢收网，一截一截地，挽到胳膊上。下边越来越粗，网眼越来越大，网眼上形成的水膜儿哗哗响着破裂。网猛烈地抖动了一下，湾水中泛起灰绿的浪花，似乎网住了大家伙。小奥看过很多次打鱼，知道网住大鱼一定不能急，如果拉急了，大鱼暴躁起来，一挺身子，那锋利的鳍尾，就把网给豁了。儿子的脸色顿时凝重起来，老头子也不再撒网，看儿子收网，低声提醒着："稳着点，稳住……"那网收到五分之四的样子，网里又有一次大动，儿子和老子的脸色都成了铁。老子将自己手中的渔网放下，低声说："不要拉了，稳住。"老子小心翼翼地下了水。儿子说："爹，你来拢着网，我下去。"老子不回答，慢慢往水中走。水淹到了他的肚子。他弯下腰，摸着网口的铅坠，慢慢往里拢。小奥虽然看不到，但他知道那网口已经在水下合拢。老子给儿子使了一个眼色，儿子手上又使了劲儿。老子在水里几乎把网揽在怀里，慢慢地往前推，终于靠近了水边。爷儿俩配合默契，将臭烘烘的网抬出水面，沿着倾斜而滑溜的湾涯，水淋淋地拖到了湾边的水泥路上。

他们竟然网上来一只鳖。一只浅黄色的大鳖，比芭蕉扇子还要大一圈儿。那鳖一出网就飞快地往湾里爬，儿子用双手按着鳖盖子，才制止了它的爬行。老打鱼人从腰里摸出一根白色的尼龙绳子，拴住大鳖的后腿。他看看儿子的腰间，又看看自己的身上。爷儿俩腰间的蒲包都塞得鼓鼓胀胀。小奥知道他是想把这只大鳖挂在儿子或是自己腰间，然后继续打鱼。但这只鳖实在是太大了，无法挂。这时，老打鱼人看了小奥一眼。

小奥忽然意识到，这个大湾子，是属于自己村的，湾里的鱼，应该是村子里的财产，这两个不知哪里来的打鱼人，打走了这么多鱼，还有一只价值不菲的大鳖，这是明目张胆的偷盗。他正犹豫着是不是应该去向张二昆报告时，听到那个年轻的打鱼人说：

"爹啊，这个大鳖足有十斤重，蒲包子也满了，我们该回去了吧？"

"急什么？"老打鱼人压低了嗓门说，"今日该咱们爷儿俩发利市了……"

"没地方盛鱼了啊！"年轻的打鱼人大声说。

"小点声音，怕村子里人不出来是不是？"

老打鱼人不满地责备着儿子，然后说："把裤子脱下来。"

"干什么？"儿子疑问着，但还是摘下腰间的蒲包，将裤子脱了下来。

老打鱼人看了小奥一眼，将拴鳖的绳子递给儿子，自己也弯腰脱下裤子。老打鱼人的内裤破了一个窟窿，幸亏有塑料雨衣遮挡着。老打鱼人先将自己的裤子两条腿扎起来，撑开裤腰，让儿子用脚踩住拴鳖的绳子，腾出手，把蒲包里的鱼，扑棱扑棱地倒了进去。然后他又将儿子的裤子腿扎起来，将自己蒲包里的鱼倒进去。他从裤腰上抽出发黑的牛皮腰带，扎在红色塑料雨衣外，显得很是精干。儿子学着老子的样子，把棕色的人造皮腰带抽下来，扎在红色塑料雨衣外，显得很是利落。最后，老打鱼人折了几根柔软的柳条，将裤腰扎起来。老打鱼人黑色的裤子和他儿子的灰色的裤子，就像两条分岔的口袋，鼓鼓囊囊地躺在路上。雨点儿落到裤子上，鱼在裤子里扑棱着。小奥知道，如果是鲢鱼，离水片刻就死，但鲫鱼命大，离水许久，还能扑棱。

老打鱼人扯着拴鳖的绳子，看看小奥，笑着说："小伙计你好啊！"

小奥点点头，没有搭腔。但老打鱼人脸上的微笑，消解了他心中的敌意。老打鱼人将那两裤子鱼放在那棵裸根如龙的大柳树下，又把那只大鳖，拴在了柳树凸出地面的根上。他做好了这些，低声对小奥说："小伙计，帮我们看着，别吭声，我们走时，会送给你两条鱼，两条最大的鱼。"

小奥看着那两裤子鱼和那只大鳖，依然没有吭气。

那只大鳖错以为得到了解放，急匆匆地往湾里爬，但拴住它后腿的细绳很快就拽住了它，它一挣扎，就被绳子拴住，一条后腿被长长地拉出来。再一用力，它翻了跟斗，肚皮朝天，四条腿蹬歪着，好不容易翻过身来，继续往前爬，随即又被拖翻，肚皮朝了天，再翻过来，再挣扎。折腾了几次，它不动了，似乎在生闷气，两只绿豆小眼里放射出阴森森的光芒。

小打鱼人蹲下身，脸上流露出孩子般的顽皮神情，伸出一根手指，去戳鳖甲。他得意地说："爹，其实咱有这只老鳖就够了，野生大鳖，贱卖也要给咱们两千……"

老打鱼人瞪了儿子一眼，低声呵斥："闭嘴吧你！"

小打鱼人继续用手指戳鳖甲，甚至去戳鳖头，脸上的喜色掩饰不住地洋溢出来。

"你找死啊？"老打鱼人训斥道，"被这样的野生老鳖咬住手指，它是死活不会松口的。"

"说得怪吓人的……"小打鱼人不屑地嘟哝着，但那根刚触到鳖头的食指，机敏地缩了回来。

"不被鳖咬你就不知道鳖的厉害！"老打鱼人说着，突然打了几个喷嚏，低声嘟哝几句什么后，对小奥说，"小伙计，怎么样？今天算你好运气，既看了热闹，又白得两条大鱼。"

"我不要鱼，"小奥盯着老打鱼人眼睛，低声说，"我不要鱼。"

"你不要鱼？"老打鱼人皱了皱眉头，问，"你竟然不要鱼，那你想要什么？"

"我要这只鳖。"

"你要这只鳖？"老打鱼人冷笑一声，说，"你可真敢开牙！"

"我不要鱼，我就要这只鳖。"小奥坚定地说。

"你知道这只鳖值多少钱吗？"小打鱼人提高了嗓门，说，"这两裤子鱼，也卖不过这只鳖。"

"我不管，你们如果要让我看鱼，我就要这只鳖。"小奥说。

"我们凭什么要给你这只鳖？"小打鱼人顶了小奥一句，看着他的爹，不满地说，"我们为什么要他看？鱼装在裤子里，鳖拴在树根上，跑不了的。"

小奥傲慢地说："我根本就没要给你们看鱼，是你们让我给你们看鱼，是你们要给我两条大鱼。"

"那么，"小打鱼人说，"我们现在不要你给我们看鱼了，我们也不要送你鱼了。"

雨不大不小地下着，鱼在湾里翻着花儿，发出哗啦哗啦的声音，湾里散发着腥臭的气味。

老打鱼人看了一眼湾里的水，说："小伙计，你先帮我们看着，至于这只鳖，等我们要走的时候，再跟你商量，也许，我们高了兴，还真的把它送给你。但如果你捣蛋，惹我们不高兴了，那我们不但不会送你鳖，我们连一片鱼鳞也不会送给你。"

"你们去打鱼吧，反正我要这只鳖。"

"反正你要这只鳖？！"小打鱼人轻蔑地说，"反正个屁！我们什么也不会给你，你能怎么样？"

"我能怎么样？"小奥冷冷地说，"我能跑到村子里去，到张二昆家，告诉他，来了两个打鱼的，把湾子里的鱼快要打光了，还打了一只鳖，一只大鳖。他们已经打了满满两裤子鱼，他们还在打。"

"这鱼是野生的，鳖也是野生的，我们为什么不能打？"小打鱼人说。

"这个大湾子是我们村子里的，"小奥说，"这湾子里的鱼，自然也是我们村子里的。"

"屁，你们村子里的，你叫叫它们，它们答应吗？如果你叫它们，它们答应，那就算是你们的。"小打鱼人说。

"我叫它们，它们不会答应，"小奥毫不示弱地说，"但张二昆叫它们，它们就会答应。张二昆家里养着一条狼狗，像小牛一样高大，每次可以吃五斤肉。张二昆家还有一面大铜锣，他一敲锣，全村的人都会跑来，把你们围起来，没收你们的鱼，没收你们的鳖，没收你们的网。如果你们不老实，就把你们扔到湾子里去，哼！"

"吓唬谁啊？我们是吃着粮食长大的，不是被人吓唬着长大的。"小打鱼人说。

"你这个小伙计，年纪不大，口气不小啊！"老打鱼人看看湾子里被雨点儿打得麻麻皱皱的水面和大鱼不断翻起的浪花,抬手擦了一把脸上的水珠,说,"小伙计,你也不用吓唬我们,我和张二昆,早就认识,我们两家,还是瓜蔓子亲戚,论道起来,他该叫我表叔。你叫来他,他就会请我们去他家喝酒。我不愿意惊动他,是怕给他添麻烦呢。"

小奥冷笑着,不说话。

"其实,不就是一只鳖吗?"老打鱼人说,"等我们把这两个蒲包打满,我们就把这只鳖送给你,但你必须帮我们看着这些鱼。"

"好吧,我帮你们看着鱼。"小奥说。

"爹,你真是慷慨!"小打鱼人气哄哄地说,"我们凭什么给他?"

"行了,你就少说两句吧。赶快,趁着雨天鱼儿往上翻腾,多打几网。"老打鱼人对儿子使了一个眼色,转回头对小奥说,"小伙计,你可千万别戳弄它,被它咬住就麻烦了。"

两个打鱼人急匆匆地沿着斜坡下到水边,他们不时地回头看树下,显然是对小奥不放心。他们对着湾中大鱼翻花的地方将网撒下去,丰盛的收获,使他们暂时忘记了往这边张望。

小奥看看空无一人的街道和寂静的村子,心中又感到无聊。他看到有几户人家的烟筒里冒出了白色的炊烟,知道做午饭的时候到了。他有点记挂爷爷了,但既然答应了给人看鱼,而且那个老打鱼人已经答应了会将这只大鳖给自己,他不能离开。他想,这只老鳖到手后,是拎到集市上卖了呢,还是炖汤给爷爷补身体?自从去年奶奶去世后,他发现爷爷的身体越来越不好了。爷爷过去编筐时从不困觉,现在爷爷编筐时经常打呼噜。爷爷是编筐的高手,张二昆说要帮爷爷把筐卖给外国人。

裤子里的鱼渐渐地安静下来,那只大鳖也认了命似的一动不动。小奥仔细地观察着这只鳖,只见它背甲绿里泛黄,甲壳上布满花纹。甲边的肉裙又肥又厚。脖子周围,臃着黑色的疙瘩皮,头是黑的,但鼻子是白的。小奥知道这是只上了岁数的老鳖,心中生出几丝敬畏。小奥看到鳖头上那两只晶亮的绿豆眼放射着仇恨的光芒,忽然感到身上发冷,很多从爷爷和奶奶嘴里听过的鳖精故事涌上心头。小奥觉得眼前这只被拴住后腿的鳖,就是一只鳖精,只要它一施展法术,就会水势滔天,决堤毁岸。只要它摇身一变,就会变成一个白胡子老头,站在自己面前,讲述前朝旧事。那老鳖似乎看出了他的胆怯,猜到了他的心思,两只小眼的光芒愈发地明亮凶狠起来。

一时间小奥不敢与鳖眼对视,他用求助的目光去寻找打鱼人,却发现他们已经转到大湾的对面去了。他们的面目已经模糊不清,身上的红色雨衣在雨中洇化成两大团颜色,他们的旋网像一道道明亮的闪电,不时地在水面上颤抖着展开。他想喊叫他们，但突然感到他们行迹诡异，也许他们也是鳖洞里的老鳖，幻化成人形，来考验他的意志和忠诚。于是就努力地回忆他们的模样，越想越觉得他们的容貌怪异，仿佛带着假面的妖精。他抬头往远处看，正好看到那条从大湾南面斜着穿过的黑青铁路上，有一列绿色的只有四节车厢的火车无声地滑过。车上似乎也没有乘客，一闪而过的车窗上似乎都挂着洁白的窗帘。他记起村里人关于这条铁路和这列神秘列车的议论。人们实在想不明白为什么要占数万亩的良田，花数十亿的资金修这样一条斜劣霸道的铁路，每天只有这样一列似乎什么也没拉的火车从这里滑过去，列车时刻表上查不到这列火车的任何信息。他于是感到这条铁路、这列火车都与这个大湾里的老鳖有关系。鳖洞是不是像那些绘本上所画的那样，连通着另外一个世界？而另外那个世界里的人，长得是否跟老鳖一样？

越想越怕，低头看老鳖，似乎觉醒了似的，又开始了挣扎，重复着向前爬行、绳扥后腿、四肢朝天、困难翻转、再爬再翻的游戏。小奥下定决心，要放了这个老鳖。他想，既然两个打鱼人也是老鳖变的，那放了同类不正是它们期待的吗？也许这就是应对它们考验的最好的举动。放了老鳖，让鳖精知道我的善良，然后它们就会保佑我的爹娘多挣钱，保佑我的爷爷身体好，保佑我考试得高分……于是小奥解开了树根上的绳子，低声说："你走吧。"但那老鳖竟然一动不动了，刚才还疯狂挣扎呢。小奥看着老鳖，老鳖也瞪着两只小眼看小奥。老鳖尖尖的嘴巴，晶亮阴森的小眼，让小奥感到似曾相识，似乎是在什么地方见过的一个男人的脸。小奥又重复了一声，说："你走吧。"但老鳖依然不动。小奥终于明白，老鳖是不愿意拖着一根尼龙绳子下湾的，那将给它带来诸多的不便，也会让水族们嗤笑。小奥说："老鳖，老鳖，我明白你的意思了。我帮你把绳子解开就是。"小奥弯下腰，试图去解拴在鳖后腿上的绳子时，那老鳖，却以闪电般的速度，咬住了他的右手食指。

3

小奥惨叫一声。与其说是因痛苦而喊叫，不如说是因恐惧而喊叫。他猛地站起来，但不得不随即蹲了下去。因为老鳖咬住了他二分之一的食指，他的站起，只是把老鳖的脖子拽出了腔壳，它的四个爪子牢牢地扒着地面，身体没有动弹。深刻到骨头里的疼痛让小奥不得不乖乖地蹲在了老鳖面前。他感到老鳖的咬劲很大，似乎尖利的牙齿已经刺进了自己的指骨，只要挣扎，半截食指就会断在老鳖的嘴巴里。小奥一屁股坐在地上，大声哭喊起来。

小奥喊叫那两个打鱼人，但他们已经转到了大湾的南边，那两团红色的溰影更加模糊，而那一道道闪电般的网影也更加明亮而梦幻。小奥又往外挣了几下手指，但似乎每挣一下，老鳖嘴巴上的力道就更足了一分。他哭着诉说："老鳖啊老鳖，我是想放你的生啊，我是善良的孩子，我奶奶信佛，不杀生。我刚才想把你杀了给我爷爷炖汤喝是我错了，我一时糊涂了，我只记得行孝，忘了我奶奶对我的教导。老鳖，老鳖，你饶了我吧……"

"小奥，小奥！"绝望中他听到了爷爷的喊声，同时也看到了爷爷的身影。他不敢大声回应，生怕因此惹老鳖生气而加大咬劲儿。他低声哭泣着说："爷爷……爷爷……快来救我……"

爷爷终于看到了小奥，并尽着一个老人的最大的力量，跌跌撞撞地来到大柳树下。气喘吁吁地看清楚了孙子和老鳖的关系后，爷爷抬起拐棍就在鳖壳上捣了一下子。小奥随即发出一声哀号，仿佛那拐棍不是捣在鳖壳上，而是捣在了他的背上。爷爷不明就里，抬起拐棍又要捣，小奥哭着哀求："爷爷，别捣了，您越捣，它咬得越紧……"

爷爷焦急地转着圈子，叨叨着："这是咋整的，我还以为你在学习呢，你怎么跑到这里来了？这是咋回事，谁的鳖，怎么能咬着你呢？真是的，这是咋回事呢……"爷爷前言不搭后语地念叨着，围着老鳖和小奥转着圈，似乎时刻想抬起脚踢那老鳖。小奥哀求着："爷爷，爷爷，您千万别踢它，您踢它，它就把我的指头咬断了……"

"这怎么办？"爷爷望着湾对面那两个打鱼人，吼道，"这是你们的鳖吗？你们的鳖把我孙子的手指咬了，你们要负责……"

两个打鱼人没听到爷爷的喊叫，只顾一网接一网地打鱼。不断有银光闪闪的大鱼被他们从网中抓起，塞到腰间悬挂的蒲包里。

"爷爷，您快去叫我星云姑姑吧，她一定会有办法救我。"

星云是小奥姑奶奶家的女儿，是村子里的医生。小奥相信，星云姑姑一定有办法让这老鳖松口。

爷爷拄着拐棍一瘸一颠地走后，那两个打鱼人过来了。他们腰间悬挂的蒲包已经塞满了，几条大鱼的半截身子露在蒲包外摆动着，随时都可能蹦出来。他们托着沉重的、散发着臭气、滴沥着污水的旋网，虽然看上去步履踉跄、筋疲力尽，但脸上洋溢着喜气。小奥哭着喊："救救我……"

老打鱼人是大为吃惊的样子，小打鱼人却是满不在乎甚至幸灾乐祸的表情。

"你这小伙计，我不是跟你说了，不要戳弄它吗？"老打鱼人懊恼地抱怨着，放下渔网，摘下蒲包，蹲下观察情况。

"小子，"小打鱼人轻佻地问，"被鳖咬着什么滋味？"

老打鱼人白了儿子一眼，道："赶快，想办法让老鳖松开口。"

"那还不简单吗，我一只脚踏在它的背上，还怕它不松口吗？"小打鱼人说着，就要将泥泞的大脚踏到鳖背上。

小奥用哀号制止了他。

老打鱼人也说:"不行,鳖这东西邪性,你越踩它,它越用劲,那这小伙计的指头就要断在鳖嘴里了。"

小打鱼人说:"断了就断了呗,不就是根指头嘛!"

老打鱼人看看从村街上匆匆跑过来的几个人,低声道:"他的指头断了,我们还走得了吗?"

"怎么就走不了了?"小打鱼人嘟哝着,"又不是我把他的指头咬了下来。"

老打鱼人压低了嗓门说:"你就闭嘴吧。"

小奥看到了爷爷和背着药箱子的星云姑姑,还有一个大个子,是星云姑姑的丈夫、县畜牧兽医局的侯科长。他激动得鼻子发酸,眼泪溢出了眼眶。

"怎么回事?"星云姑姑弯下腰,观察着情况。

侯科长严肃地质问打鱼人:"这是你们的鳖吗?"

老打鱼人抢着回答:"这鳖确实是我们从湾里打上来的,但我们已经把它送给了这个小伙计。"

侯科长摇摇头,说:"这么贵的东西,你们怎么会送给他?"

"是这样,领导,"老打鱼人看出了戴着眼镜、镶着烤瓷牙的侯科长的官员身份,谦恭地说,"我们让这个小伙计帮着看鱼,我们把这只大鳖送给他了。"

"刚开始我们只是要送给他两条鱼,但他一定要这只鳖!"小打鱼人说,"我没有答应,但我爹答应了。我们打到的鱼加起来,也不值这只老鳖的钱。"

"君子一言,驷马难追!"老打鱼人说,"从我答应了那一霎起,这只大鳖就是这个小伙计的了。"

"是这样的吗?"侯科长问小奥。

小奥点点头。

侯科长道:"你们真够大方的。"

星云姑姑打开药箱,拿出一把镊子,戳了戳鳖头。那鳖的头猛地往后搐了一下,小奥发出一声哀号。

侯科长急忙道:"你不要乱动!鳖这东西,是有性格的。"

"什么性格?"星云道,"不就是一只鳖吗?低级动物。"

"别这么说,别这么说,"爷爷目光哀怨地看看众人,然后低头对老鳖祈告,"大帅,大帅,原谅他小孩子无知,您松口吧……"

小奥不明白爷爷为什么将老鳖称为大帅,他知道这名称后定有好听的故事,但他现在顾不上了。

星云姑姑试试小奥的额头，又摸摸他的脉搏。抬头问候科长："要不要给他输点液？"

"不用吧？"侯科长想了一下又说，"不过输点也没有坏处，加点抗生素，防止伤口感染。"

星云姑姑说："那我回去取药。"

侯科长道："你顺便喊一下二昆。"

老打鱼人跟儿子使了一个眼色，说："领导，那我们走了。"

他弯腰抓着一裤子鱼，将裤裆叉在脖子上，两条盛满鱼的裤腿顺到胸前，腥臭的污水也顺着裤脚流下来。侯科长一把抓住他的胳膊，说："您别急着走，这个村的书记马上就到了，等他来了，说清楚了你们再走也不晚。"

"凭什么不让我们走？"小打鱼人怒气冲冲地说，"这只老鳖值好几千块呢，我们不要了还不让走？你们限制我们的人身自由，是犯法的。"

"年轻人，火气别这么大。"侯科长笑着说，"看，我们的村官来了。"

二昆叼着烟卷，打着饱嗝，懒洋洋地走过来。

"怎么回事，爷们？"他低头看了一下，扑哧一声笑了，"太好玩了，爷们儿，你真是会玩，我活了大半辈子，还是第一次看到鳖咬人。什么感觉？"

小奥咧咧嘴，哭着说："大叔，救救我吧……"

"哭什么？"二昆道，"这还不好办？看我的。"他将烟头放在嘴边吹了吹，将火头猛地按在鳖头上。

小奥又是一声哀鸣。一股暗褐色的腥臭液体从鳖尾巴下窜出来。

"不能这样！"侯科长道，"你这家伙，实在鲁莽！"

"奶奶的，这问题还真有点严重了。"二昆摸出手机，拨打了110，他安慰小奥，"爷们儿，不要急，110马上就到，他们有办法。"

侯科长道："你这家伙，亏你想得出。"

上下打量着两个打鱼人，二昆指指老鳖，问："这个鳖玩意儿，是你们弄上来的？"

老打鱼人从腰里摸出一个塑料纸包，揭开，显出一盒皱巴巴的香烟，用湿漉漉的手笨拙地抽出一支，递给二昆，道："书记，请抽烟。"

二昆道："老爷子，少来这一套，我不抽你的烟。"

老打鱼人尴尬地笑笑，说："您是嫌咱的烟不好呢，穷打鱼的，能抽上这个就不错了。"

"别说这些没用的，我问你话呢。"二昆道。

"要说这鳖，确实是我们打上来的，不过，这小伙计要，我们就送给他了。"老打鱼人道。

"这么慷慨？"二昆道，"这鳖玩意儿最少也有十斤！我这辈子没见过这么大的鳖，大叔。"

他转脸问小奥的爷爷："大叔您经多见广，您见过这么大的鳖吗？"

小奥的爷爷摇摇头。

"您呢，畜牧局的专家，"二昆问候科长，"您见过这么大个的鳖吗？"

"前几年龟鳖协会在市里搞过一次评比，鱼滩养鳖场参展的一只鳖跟这只个头差不多。"候科长说，"不过，那是人工养殖的，用配方饲料和激素催起来的。"

"我们这大湾也被袁武这个狗日的给污染了，满湾激素。"二昆恨恨地说，"所以，这也是一只激素鳖、变态鳖！"

"这次市里下了大决心整顿不合格畜禽养殖场，"候科长说，"袁武这个场问题很多，必须关闭。"

"你们这次可要狠起来，不能虎头蛇尾！"二昆道，"你老婆一家也是受害者呢。"

"壮士断腕，毫不留情！"候科长斩钉截铁地说。

星云姑姑拿着盐水瓶子和挂吊瓶的器械来了。村子里很多人也跟着来了。

不知何时，雨停了，东南天上出现了一道彩虹。小奥看到彩虹，马上想到去年奶奶死时，天上也出现过彩虹。想到奶奶他悲从中来，便抽抽嗒嗒地哭起来。

"哭什么啊爷们儿？"二昆大大咧咧地说，"男子汉大丈夫，挺起来，就算把这根指头喂了老鳖，那又怎么样？闭嘴，不许哭！"他摸出手机看看时间，道，"110这些家伙，怎么还不到呢？"

星云姑姑将吊瓶支架竖起来，柔声说："小奥，没事啊，姑姑给你输上液，咱们跟老鳖较上劲儿，看看谁能熬过谁。"

星云在小奥的左手背上扎上了针头，可能是被鳖咬处的疼痛分散了注意力，往常打针都会吱哇乱叫的小奥，竟然一点都没感到针头扎进血管的痛楚。

老打鱼人对小打鱼人使了一个眼色，说："二昆书记，还有各位乡邻，这只价值三千元的大鳖，自然是这个小伙计的。除了鳖之外，我们再奉献出一裤子鱼，给各位尝尝新鲜。"老打鱼人将自己裤子里的鱼倒在柳树下，说，"如果没有事，我们就走了。"

那些生命力顽强的鲫鱼，在柳树下蹦跳着，一片银光闪烁。二昆飞起一脚，将一只蹦到他脚边的肥大鲫鱼踢到大湾里。小奥似乎听到那鲫鱼落到水面时发出了一声惨叫，很像小孩子的哭声。他听到二昆冷笑着说："怎么会没有事呢？事多着呢。等110来了后，如果他们让你们走——这些家伙，怎么还不来呢？"

"来了！"一个清脆的童音喊叫，"我听到警车的声音了。"

喊叫者是小奥的同学袁晓杰，这个外号"小鳖"的男孩，浓眉大眼，唇红齿白，十分英俊。

"这才是真正的小鲜肉呢。"二昆看了一眼星云，仿佛要让星云同意自己的说法，但星云低着头观察小奥被鳖咬住的手指，没理他。他又说，"小鳖——小鳖，谁给咱这俊孩子起了这么一个外号——小鳖，去，把你爹叫来，就说我找他。"

"我叫晓杰，袁晓杰！""小鳖"怒冲冲地说，"你的外号我也知道的。"

二昆笑道："晓杰晓杰，袁晓杰，去把你父亲袁武叫来，就说我张二棍子或者是张二混子有要事找他。"

一辆警车鸣着警笛，呼啸而至。车盖子上泥浆斑驳，仿佛从一万里外赶来。车门打开，走下两个警察。一个是瘦高个，面孔黑黢黢的，鹰钩鼻，目光犀利。另一个体态壮硕，红脸膛，蒜头鼻，眼睛发红。还有一位白净面皮的，手把着方向盘，稳坐在驾驶座上。壮硕的警察掏出一张纸巾沾沾流泪的眼睛，问："什么事儿？"瘦警察则麻利地分拨开众人，站在小奥与老鳖的旁边，弯下腰，仔细地观察着。壮硕警察也走近前来，看了一眼，浑身立刻松弛了，打了一个哈欠，问："谁报的警？"

"我。"二昆道。

"你是什么人？"

"中华人民共和国公民啊。"

"我问你的职务！"

"报警还要有职务？"

"我不是这个意思。"

"那你是什么意思？"

"故意的是不是？"壮硕警察烦躁地说，"大事大事，我还以为多大的事！驴踢着鳖咬着都报警，接下来是不是连老母鸡下不下蛋、圈里的猪不吃食都要报警？把我们当成什么了？"他清清嗓子，吐了一口痰，低声嘟哝着，"奶奶的……"

"你骂谁？"二昆冷冷地问。

"咦，"壮硕警察道，"我骂人了？你听到我骂人了？"

"我不但听到了，而且还录了下来。"二昆晃晃手机，说。

"我是骂你吗？我怎么敢骂你！"壮硕警察道，"我是骂我自己，骂我的嗓子，骂我不争气的身体，昨天夜里也不过出了三次警，就咳嗽、发烧、流泪……"

"少来这一套，"二昆道，"驴踢着鳖咬着不能报警吗？人民警察为人民，人民被鳖咬着，鳖不松口，医生无计可施，你说，不找警察找谁？"

瘦警察来到二昆身边，道："老乡老乡，消消气，人民警察为人民，别说被鳖咬着，就是被蚊子咬着，也可以找我们。"

"这话说得，有水平！您一定是队长！"二昆道，"本来，我是想给你们个出头露面的机会。"二昆晃晃手机，说，"我们村子里的人，在我的培训下，都有强烈的新闻意识，都能熟练地使用手机的录像功能，上到百岁老人，下到五岁儿童。"二昆指指举着手机的村民，继续说，"你们想，人民警察，顶风冒雨，前来解救一个被鳖咬住手指的留守儿童。这样的视频，在网上发布后，你们马上就是网红。你们成了正能量满满的网红，你们领导也会高兴，你们领导一高兴，等待你们的，不是立功就是提升！可是，你们竟然发牢骚，骂人，这个视频要是在网上一发布，那是什么后果，你们自己想想吧！"

瘦警察掏出烟，递给二昆。二昆不接，瘦警察再送。二昆接了烟，瘦警察给他点上火。瘦警察自己也点上烟，低声说："我是副队长，您一定是这个村子的书记，一把手。"二昆点点头。瘦警察说："我们这个同志，带病坚持工作，心情不好，请多多谅解。"二昆道："您这样说，咱们自然理解。警察也是人嘛。""谢谢谢谢，"瘦警察道，"那段录像……千万……他也不容易，老婆刚跟他离了，自己带着个三岁的孩子……""兄弟，人民群众是通情达理的，"二昆高声道，"大家伙儿注意，今儿个的视频，谁都不许发，都给我删了，待会儿我发一个正能量满满的版本，你们使劲儿给我转。"

瘦警察抓住二昆的手，使劲儿握了握。

壮硕警察大声地吆喝着："让开点，让开点！大家保持安静，请相信我们，我们一定能尽快地把这个孩子的手指从老鳖的嘴巴里解放出来！"

4

瘦警察抽着烟，皱着眉头思索着。壮硕警察像一头大熊，转来转去。他拍拍枪套，说："陈队，干脆，我对准这王八盖子上放一枪，然后让医生慢慢收拾。"

小奥带着哭音喊叫："不要开枪……不要打死它……"

"那就用电棍搞它一家伙！"壮硕警察提着警棍比画着说。

"不要……"小奥哭着说。

"你是医生？"瘦警察问星云。

星云点点头。

"能将老鳖麻醉吗？"瘦警察说，"让它丧失意识，肌肉完全松弛。"

星云摇摇头。

"要叫救护车吗陈队?"壮硕警察问。

瘦警察摇摇头,又蹲下身,先看小奥,再看老鳖。看小奥时他面带微笑,看老鳖时他满面严肃。小奥感到老鳖也斜着眼睛盯着警察,眼神里充满了仇视与不屑。小奥甚至猜到了老鳖的心思:我就是不松口,看你有什么办法。警察的表情突然转换了:看小奥时严肃,看老鳖时微笑。仿佛成竹在胸似的,他站起来问二昆:"能找到猪鬃吗?"

"猪鬃?太能找到了,"二昆道,"你看,我们的作恶多端的太平养猪场的场长来了。"

袁武在儿子的引领下,来到众人面前。他是个大个子,背有点驼,瘦长脸,大眼,头发花白,胡茬子很硬,下巴上有道血口子,看样子是刮胡子刮破的。他看到了警车和警察,眼神里似乎有几分不安。他问:"书记,您找我?"

"你赶快回去,弄几根猪鬃来。"二昆道。

"猪都杀光了,哪里还有猪鬃?"袁武道。

"你少给我装蒜,"二昆道,"不是还有两头老母猪一头大公猪吗?"

"老百姓总还是要吃肉的嘛。"袁武嘟哝着。

"袁晓杰,你腿快,你去拔,"二昆又对村子里的文书说,"孙奎,你跟晓杰去,拔那大公猪的,小心别让猪咬着。"

"找我就这点事?"袁武问。

"找你的事多着呢。"二昆道:"袁武,你还记得咱们小时候,这个大湾里的水,是什么样子的吗?"

袁武低声嘟哝着,听不清他说了什么。

"那时候,水清见底,湾里生长着芦苇和蒲草,我们在这湾里游泳洗澡,那时候,湾边有口水井,咱全村人都吃这口井里的水。可自打你建了这个太平养猪场,大湾渐渐地成了一个污水坑,井里的水,也散发着刺鼻的臭气,不能吃了。"二昆说,"你自己倒是发了财,听说在青岛、威海都买了房子,随时都准备迁走。你说说,你缺德不缺德?"

袁武道:"二昆,话不能这样说,我办养猪场,是得到了当时的领导支持的,县里和镇上奖给我的牌子都在家里挂着呢。再说,村子里修路、建庙,我是捐款最多的。村里人遇到难处,我也是慷慨相助的。何况,十几年来,我为人民群众提供了大量的优质猪肉,这也是有功劳的。"

"呸,你还好意思说你的猪肉!你的猪,是用十几种药物催起来的。过去,我们养头猪,一年半才能长到一百五十斤,可你的猪,四个月长四百斤。你生产的猪肉,是百分百的毒药。"

"大家都是这样养，这是科学的进步。"袁武辩解着，看一眼侯科长，说，"我们用的配方饲料、添加剂，都是从畜牧局下属的公司购买的。侯科长，您是专家，您给评评理。"

侯科长不置可否地摇摇头，说："对任何事物的认识，都是需要一个过程的。"

"我想不明白，不久前还给我披红戴花，一转眼就成了罪人。"袁武道。

"你还挺委屈？我问你，你的养猪场里，是不是有一条暗道通到这个大湾里？你污染了一湾清水，还污染了我们村的地下水源。"二昆道，"省环保巡视组的人已经到了县里，你看着办吧。"

"你们看着办吧，"袁武说，"大不了我把公猪和母猪也杀了，养猪场彻底关门。如果还不行，你们就把我抓进去呗。"

"嗨，你还挺硬气的。"二昆道，"公猪和母猪，你可以卖给符合环保条件的大养猪场。你这种往大湾里排污的养猪场关门，那是必须的。但抓你是不行的。即便公安局来抓你，我们也要把你留住，等你把这个大湾的污水变成清水，把井里的臭水变成甜水，才能放你走。"

"二棍子，"袁武怒冲冲地说，"你不用跟我玩花样了，不就是有人看上了养猪场这块地儿吗？要在这里建什么养老别墅？我让出来还不行吗？"

"你可以不让，你就在这里挺着。但你害得全村人买水吃，害得村里三十多人得了怪病，害得全村的年轻人都不敢回乡，这事你得负责。"二昆道。

"什么都怪我？年轻人不回乡也怪我？欺人太甚了吧？"袁武说，"湾里有鱼有鳖，就说明水质很好。"

"不怪你？你看看这些鱼，看看这只鳖。"二昆指指柳树下那些还在蹦跶的大鲫鱼，说，"你看看，这是鱼吗？身上都是瘤子，你看看，"二昆用脚踢着鱼，说，"连腿都长出来了，你见过长腿的鱼吗？"二昆指指那只大鳖，"还有这只鳖，你看看它的头，看看它的脖子，看看它的眼神，对着它的眼睛看，你不感到害怕吗？世界上哪里有这样的鳖？咬着人死不松口，小奥，咬着你有两个小时了吧？这都是你的养猪场污水喂养出来的怪物。"二昆看看两个打鱼人，道，"你们以为我们是想扣留你们的鱼？白给我们也不要。当然我们也不允许你们把这样的鱼拿到集市上去卖。"

老打鱼人点头哈腰地说："这些鱼，我们全部扔回湾里去，然后我们就可以走了吧？"

"那不行，这些鱼多半死了，扔到湾里去不是让湾水更臭吗？你们要将这些鱼做无害化处理，焚烧掩埋。"

"你这书记，总要讲理吧？"小打鱼人气哄哄地说，"鱼本来就在你们湾里，我们扔回湾里，这叫物归原主。"

"那你问问警察同志，他们让你们走，你们就走。"

"不行，"壮硕警察严肃地说，"这个小孩被鳖咬的事还没处理完呢。"

老打鱼人垂头丧气地说："他娘的，今日真是被鳖咬着了。"

5

在众人闹哄哄的说话声中，小奥似乎睡了一小觉。他睡着的证明是梦见了爹和娘。爹在一家小饭店里当厨师，娘给他打下手。他梦到爹在厨房里剁下了一条眼镜蛇的脑袋，而那个落在地上的蛇头又突然飞了起来，咬住了爹的手指……他惨叫一声，浑身是汗，星云捏着他的耳朵，说："小奥，小奥，不要睡，马上就有办法了，警察同志想出好办法了。"

小奥睁开眼，看到周围人脸上的表情都怪怪的，一股股浓重的腥味令人作呕。他看到自己的同学袁晓杰右手举着一撮闪闪发光的猪鬃跑过来，后边跟着跑的是村子里的文书孙奎。而最让他感兴趣的是袁晓杰低垂的左手里提着的一个贴着红色商标的塑料瓶子，他知道那是可口可乐。

当袁晓杰将可乐瓶口送到小奥嘴边时，小奥的眼睛里流出了热泪。他暗自发誓今后不再叫袁晓杰的外号，也不再传唱编排袁家是非的歌谣，同学情谊高于一切。他咕嘟咕嘟地喝了半瓶可乐，感到身上有了力气，精神也不恍惚了。他甚至试探着从老鳖的嘴巴里往外拽了拽食指，但钻心的疼痛让他立即停止了动作。他不得不面对着严酷的现实：老鳖咬人，是下定了与被咬者同归于尽的决心的。小奥甚至考虑到，请星云姑姑索性将自己的手指割断，就算自己送给老鳖一份礼物。他同时还在祈求，祈求梦中所见的情景，永远不会变成现实。他也似乎明白了，自己被鳖咬，并不是无缘无故的，因为他的父母打工的那家餐馆，是家野味餐馆，父亲除了每天杀蛇外，还要杀死很多鳖。

瘦警察跪在地上，将猪鬃的尖儿，小心翼翼地捅到老鳖的鼻子里。小奥发现这个鳖的鼻孔特别大，特别圆，小小的鼻尖亮晶晶的，像钻石一样放射着光芒。瘦警察又将一根猪鬃插进老鳖的另一个鼻孔里。众人都屏住呼吸，目不转睛地盯着瘦警察的手指。十几个手机，盯着鳖头拍摄。那个开车的白脸警察也下了车，举着一个小型录像机录像。他很专业的样子，既录全景，也录局部。瘦警察那几根被香烟熏黄了的手指，灵巧地捻动着猪鬃。老鳖的眼睛似乎眨巴了一下，众人的心都提了起来。老鳖突然闭紧眼睛，尖尖的鼻子里打出了一个响亮的喷嚏，与此同时，瘦警察抓住小奥的手腕，猛地往后一扯，在鳖口里受苦多时的小奥的食指，终于获得了解放。

众人齐声叫好。

袁晓杰跳跃着欢呼。

爷爷泪流满面。

星云姑姑匆匆地用碘酊给小奥受伤的食指消毒。

"发视频,发视频!"二昆兴奋地说,"满满的正能量!大家都发朋友圈!"

"陈队,真有你的!"壮硕警察大声说,"没有我们人民警察解决不了的问题。"

瘦警察看看小奥的手,问星云:"需要去医院吗?"

"不需要吧?"星云问小奥,"你感到有什么不舒服吗?"

小奥摇摇头。

星云给小奥的手裹上纱布,顺便拔掉了他手背上的针头。

此时,那只老鳖,悄悄地向湾边爬行。小奥看到了老鳖的行动,但他不想吭声。他期望着老鳖回到湾里去,回到那个深不可测的鳖的宫殿。就在老鳖猛然加速时,县畜牧局的侯科长一脚踩住了鳖后腿上拖着的绳子。老鳖往前挣扎着,嘴巴里发出了愤怒而绝望的叫声。听到鳖的叫声,人们的脸都变了颜色。这是一种尖厉的声音,就像铁皮哨子发出的声音。世界上听过蛤蟆叫的人比比皆是,但听过鳖叫的人寥寥无几。

小奥祈求地望着侯科长,低声道:"放了它吧。"

侯科长看看众人,众人的眼神都很暧昧。

"二昆,"侯科长神秘地说,"你仔细看一下,鳖盖上有什么?"

二昆低头看了一下,抬头说:"没有什么呀?"

"鳖盖上有字。"侯科长指点着说。

"有字吗?我怎么没看出来呢?"二昆道。

"你看,"侯科长比画着说,"这是天,这是下,这是太,这是平。天下太平。"

"太棒了!"二昆道,"咱们村叫太平村,这个湾叫太平湾,抓了个鳖叫太平鳖。"

十几个手机近距离拍摄着鳖的背壳。

小奥眼含着泪水,望着二昆,低声说:"放了它吧。"

"这个老鳖是小奥的,小奥要放了,那就放了。"二昆盯着老打鱼人说,"但是,不能让'天下太平'拖着一条尼龙绳子下湾吧?是不是啊小奥?"

小奥点点头。

"解绳还需系绳人。"二昆盯着老打鱼人,说,"二位,请吧。"

老打鱼人抓住绳子,猛地将老鳖提起来。小打鱼人趁势抓住了老鳖的那条没拴绳子的后腿。老打鱼人将绳子解了下来。小打鱼人将老鳖放在湾边。

老鳖静静地卧着,仿佛死了一样。众人的手机盯着鳖拍。二昆跺着脚喊:"走吧走吧,'天下太平',放你的生了。你看,我们村子里的人多么善良!"

老鳖将脖子从鳖盖里慢慢伸出来,脑袋转动着,似乎在探测周围的环境。突然,它的身体立起来,像一个锅盖,沿着斜坡,向大湾滚去。众人还没反应过来,大鳖已经消逝在湾水中。

二昆鼓掌,众人和之。

"天下太平!"二昆大声喊。

众人跟着喊:

"天下太平!"

【作者简介】莫言,原名管谟业。山东高密人。中国作协副主席。著有《莫言文集》(12卷)。中篇小说《红高粱》获全国中篇小说奖。2011年8月,长篇小说《蛙》获第八届茅盾文学奖。2012年10月,获诺贝尔文学奖。

选自《天涯》2017年第3期

写一本书

郝景芳

母亲坐车离开后，叶阑站在十字路口，犹豫要不要给姐姐打电话。

在刚刚的两个小时里，阿阑经历了一段非常不愉快的过程。先是母亲带她去看新楼盘，反复讲涨房价。然后是一顿午饭，和母亲的几个老同学吃，席间少不了自我贬低与相互恭维，自我贬低子女和相互恭维子女。阿阑又被母亲说了几次"这孩子没天分，又不知道上进"，然后听了几次"别人家孩子"的故事，不外乎是工作家庭双重稳定。阿阑冷冷地听着，心里一直在数数。1，2，3……45，换了话题。1，2，3……85，又换了话题。

她想着母亲给她计算的数字，2003年如果买一套房子，2007年卖了换大的，2010年再卖了，买个更大的到今年，能涨几十倍，换一个两千多万的豪宅，这是多么不可思议的数字关系。她几乎想以此写一个故事了。

人流从她身边经过，分流向两边走去。仰头看高架桥，对岸的绿灯看上去遥远。城市在灰色的天空下露出森严的内核，玻璃墙俯瞰人间，笔直的线条没有修饰，黑蓝色立方楼体，上端和阴霾的天空融为一体，下端向两侧磅礴延伸。城市之网在头顶悬浮，越压越低。

她掏出手机，找到姐姐的电话，犹豫着，不知道该不该打。她把手机里自己打印的书稿翻出来看。她想把书稿给姐姐看，求一个评价。只是越到关键时分，越不敢拿出来。人流从她的两侧分开又合拢，她用耳机给自己制造了一个泡泡。

她并不满意，从第二章开始就有些欠妥。主题并不吸引人，有一点平庸，前面显得繁复啰唆，后面又跳跃得太快。她翻着翻着就有些羞赧，几乎想随手扔在路边，但不知为什么，她不但没动手，还鬼使神差地拨了姐姐的电话。她看着号码拨出，想挂断，却没有挂断。她是有一点不好意思拿出来，但是更不甘心不拿出来。

"姐姐，你今天下午在家吗？我能去一趟吗？"

"阑阑，是你啊！好啊！"姐姐的声音听起来欢愉，有一点惊讶，有温和笑意从听筒里溢出来,"好久不见了,你来吧。"

公交车穿过城市,阿阑坐在窗口。

阿阑想起一年前和母亲第一次斩钉截铁。她那么多年,就勇敢过那么一次。省城嘈杂的购物中心五层,大排档美食中心,她在母亲端来虾仁馄饨和炒面之后尚未坐稳之时,就脱口而出:"我要去北京找姐姐。"美食中心的广播和麻辣烫的气味掩盖住她的胆怯和母亲的错愕。她很后悔自己没有在高三的时候有勇气说出这句话,以至于大学只在省城度过。她在人生的前二十年有太多次想和母亲说:我要——可是最后总是点点头说:好的,妈妈。

那一天到今天,已经过去快一年了。她到北京安顿,辗转奔波,租房子,去她书里看过的地方转,只是仍然没见到姐姐。

阿阑坐在座位上,想起除夕那天下午她一个人出门坐公交车,从五环到二环,只花了不到半个小时,呼啸而过的马路,灰色的天空。室友提早回家了,其他在京的同学朋友也都走了。这个世界仿佛就剩下她一个人。她春节假期没有回家,留在房间里写小说。那时她经常想起《人性的枷锁》中在巴黎自杀的学画女孩;想起毛姆的另一个短篇,有热情但没才能的在慕尼黑学钢琴的男孩;想起《青春》,在伦敦工作之后写不出一篇小说的男孩;想起库普林写过的故事,很有天赋却堕落得靠乞讨为生的油画学生。

她想起中学的时候坐在操场上,和室友一起读书。她们在跑道边上的铁架子看台上坐着,看细沙跑道上的学生一圈一圈循环。她们读喜欢的书,交换对喜欢的作者的看法。在她们的膝盖上,一直有姐姐的书。狂野、不羁、叛逆的青春和诗歌、曲调、酒精混杂的朋克生活。姐姐的笔调灵动而无章法,年少成名的桀骜不驯和目中无人,那么令人向往。阿阑羡慕姐姐,又有几分自豪。她们是姑表姐妹,很近的表亲,从小一起长大。她也希望像姐姐那样写一本书。

她想起记忆中的金色湖水,想起许愿时的冲动和每每试图放弃时的不甘心。想起大学时日复一日读书,从图书馆出来,绕着操场一圈一圈走,一个方向能被太阳照亮,跑道泛光,另一个方向看到清晰的阴影。冬天下了雪,雪地里只踩出她一个人的脚印,阳光照在雪上,整个世界化为影子。那时候她的心里多么静,抱着雪地一般无人知晓的愿望。

阿阑忍不住从随身包里把打印的书稿拿出来。她一直想找时间修改,却一直都没有头绪。《金色湖水》,打印的黑体字仓皇简陋地印在蓝色封面上。她翻开第一章的某个段落:"她小时候也是喜欢游泳的,在她还小、姐姐已经不那么小的时候。她曾经跟着姐姐和姐姐的朋友们去游泳,因为还小,没有什么可羞涩的。看着姐姐修长的身体,那已经微微蓬勃而有了线条的身体,在燥热的夏日阳光里,在湖边嬉戏。姐姐游得很好,不像这个世界的生物,而是在这个世界和另一个世界自由穿梭的生物,一会儿消失不见,一会儿又出现在任意角落。金色的水面一会儿平静得没有一丝涟漪,一会儿又突然爆破开,只见到一个女孩钻出水面,身体矫捷,线条悠长,饱满湿润,几步攀缘,爬到湖边山下的一块大石头上,朝大家挥手笑。有时候打水仗,姐姐还穿着裙子就掉到水里,就穿着裙子接着游。上岸的时候裙子包裹身体,姐姐就躺在石头上吃雪糕等它晒干。她在湖边的角落里看着。姐姐不怕和任何男生打水仗。她和他们对战,有时也拥抱或接吻。六月阳光总是潮湿的,柔亮而潮湿。"

她知道她放不下。微弱的希望像一点光,在风中摇曳,忽明忽灭。

站在姐姐家的门厅,阿阑静静打量着房间。这是她第一次来姐姐家。

房子是联排别墅的三四层,精装修,小区里有大片竹林和小桥流水。

姐姐刚才在电话里跟她笑道,新居很没品,开发商装得千篇一律跟住旅馆似的。阿阑站在门厅看着,觉得很好,并没有姐姐形容的那么糟糕,暗金色电视墙,顶天立地的玻璃隔断,沙发是很厚很软的那种,摆满了胡乱丢的绸布垫子,沙发后有棕色绢花,墙上是抽象画。

阿阑站在脚垫上,彷徨,不知道下一步该干什么。一个年轻男人来到客厅。很高,瘦长脸型,头发立着,眼睛不大,横平的眼型,但眼神有光,微带笑意。

年轻男人和人有自来熟的本领,并没有寒暄,直接给阿阑拿了拖鞋,问:"堵车吗?小区还好找吗?"

姐姐在厨房里,瘦了,似乎稍稍黑了一点,看上去健康,穿一件黑色吊带背心和蓝色的长衫,长衫下摆一摇一摇,从身后看去,极显腰身窈窕。姐姐向阿阑粲然一笑。

"皓明今天晚上有事,要早点走,"姐姐说,"给他随便弄点吃的,咱俩慢慢吃。"

这是阿阑第一次见到姐夫,比她想象的干练精明得多。

阿阑进入厨房帮忙。姐姐说姐夫比她大两岁,之前在美国留学,在华尔街工作了两年,从高盛纽约派到英国参加培训,姐姐参加了他们的结业舞会,姐姐弹吉他唱歌,两人由此认识了。之后英美两国之间飞来飞去几次,很快结婚。

两个人说着,姐姐开始切洋葱,一边切,一边讲。阿阑的眼睛被洋葱香刺激出了眼泪。芝士凤尾虾,先融化黄油,再加入奶酪,半融化状态放入虾和洋葱,加白葡萄酒烹煮。上桌之前再加奶酪略微烤一下。剔骨牛排,前一天晚上就用盐与胡椒腌好，煎锅要热，煎的时候要加红酒，洋葱和蘑菇加蜜汁炒成配菜。

餐桌上有细白的瓷餐盘，银色手感很沉的刀叉，雕花的铜烛台，五只长蜡烛，与高脚杯形状很像。姐夫拿来一瓶白葡萄酒，给三个人都斟上。

"皓明、阑阑。阑阑、皓明。"姐姐笑着左右摆手，算是正式做了介绍。

阿阑尝了尝杯子里的液体，不觉得好喝。姐夫却赞了一声，姐姐也点了点头。第一道菜是蟹肉沙拉配碎面包。阿阑看姐姐先动手盛了，自己才效仿着动手。吃了两块面包还想拿，姐姐却止住她，站起身来，将吃得差不多的沙拉撤掉了，把三个人的刀叉和小盘子也撤去了。很快又摆出了更大的刀叉和餐盘，并把刚才的虾和牛排端来，让阿阑先盛。阿阑小心地盛了蘑菇和洋葱。瓷器看上去陌生而脆弱。

阿阑高三的时候来过北京一次，当时姐姐已经大四了。

阿阑那年参加了姐姐和朋友的读书会。大学的阶梯教室，不大，人也很少。姐姐和朋友轮流读他们选出来的诗，也有人读自己写的诗。有一个男生读了姐姐的作品，姐姐不以为意，但阿阑心里是骄傲的。她坐在教室背后，台上的人说着一些神秘的话。教室的窗口外有遮住阳光的爬山虎叶子。

读书会后，她跟姐姐去看演唱会，在一条铁路边的一个院子，顺着铁路走荒僻的小径。很破旧的宅子，地上摆满装碟的纸箱子，墙壁水泥剥落，裸露着砖头，贴着各种乐队的海报。演出开始之前，吉他和线缠绕着休息，乐手在吃方便面。有的人抽着烟，有的人躺在小沙发上跷脚晃，有人一边喝酒一边聊最近来的新碟真牛逼。阿阑就坐在后面，悄无声息看着。他们不怎么注意到她，烟雾缭绕中，未来在舌头上仿佛触手可及，无限远的未来。

事后过了很多年，阿阑仍能在梦里看到那个地方，看到姐姐在铁道边奔跑，一边跑一边回头叫她。她也跟着跑。阳光晕眩地晃在她的眼前，墙边的爬山虎叶子一闪一闪。

铁道、院子、酒瓶、海报。风在耳边缭绕。

再往以前，是高一。

阿阑还能回忆起来姐姐那年夏天给她读书的样子。当时姐姐放暑假，去她家玩。姐姐读的不是她自己的书，而是她们系现代文学林教授的书，那本书很动人，姐姐坐在窗口，声音平稳好听，窗外是深秋散逸浓郁香气的桂花。姐姐常给阿阑讲她们教授的事，讲他们上课的事，讲她读的书。阿阑喜欢听。姐姐还会给她读卡夫卡和福克纳，她说这两个人的书有力量，有相同又相反的力量。哦，班吉明我那苦命的孩子。

姐姐说，好的小说家是这个世界的创造者。

阿阑想留在北京。她从没想过在这里买房子，那是多昂贵的事物。她只想要一个阁楼。姐姐前两年去伦敦留学，她记得姐姐说过，在伦敦，很多人都租阁楼住，城里都是几百年的老建筑，都是人家家族遗产或者整栋楼买下来的，没有人轻易卖，居住者都只能租。姐姐说她英国导师年轻的时候曾在城里租了十多年房子，直到第三个女儿出生，才在郊外买了一套房子。

姐姐说伦敦很好玩，南岸有好多好玩的艺人，伦敦的骨子里有股闷骚，就是Suede（英国摇滚乐队）那种闷骚范儿。泰晤士河雨过天晴的时候最好看，塔桥都是金色的。姐姐在英国搬过好几次家，和中国人住过，也和英国老太太住过。姐姐说她喜欢搬家，她说每一次坐着搬家公司的车，又突突突地开往下一个目的地，她就觉得一种全新的生活在眼前豁然展开了。

姐姐说四海为家，风是唯一的伴侣。

恍然间，那已经是很久以前的事情了。

姐姐一直聊家常，问阿阑家里的事、学校的事，问她是不是恋爱了，是不是考研了。

"姐，"阿阑问，"你现在做什么呢？"

"我啊？在一家投资公司，做文化产业。"姐姐说得干脆利落。

"你去做金融了？"阿阑惊讶道。

"嗨，也不算，就是投投影视剧，看看项目。也没什么正经的，瞎闹。"

"那你现在自己也做电影吗？"

"我？"姐姐笑笑，"我可不做。现在国内做电影的没几个靠谱的，都是一窝蜂。我才不要凑热闹。"

皓明这个时候凑热闹，打趣道："说得跟自己多清高似的。你不愿意凑热闹，那上个月谈IP的时候怎么不见你推辞？"

"我那是了解了解行情。"姐姐也不恼，似乎类似的打趣随时随地都在发生，"不了解行情，以后怎么去跟别人谈？上礼拜那公司，明显就不靠谱，大股东就是个钢铁厂的老板，现在有闲钱了，拉出来做个基金，想捧自己手底下那俩姑娘。我能跟他们签吗？"

"那你跟他们谈了多少？"

"没多少，几十万吧。也就一个短篇。"姐姐轻描淡写地说。阿阑注视着姐姐的眉眼，想从中读出情绪，她想知道让自己这么震惊的数字是否对于姐姐真的不值一提。"他们承诺给一些公司股权，我不同意，要影视收益分红，他们说再想想。"

"哎，你说到这个我想起来了，"皓明把盘子里剩下的两个虾分给阿阑和姐姐，然后提起了一个网络上的超级红文，"据说那个大 IP 整体卖了快一个亿？"

姐姐嚼完嘴里的牛排说："没有一个亿那么夸张，但几千万是有的。也正常。这么大的 IP，多少粉丝呢。你看上礼拜，有个网上征文比赛的第一名，一个短篇，也卖了一百万。我看了一下真没什么的。"

说到这里三个人静下来。突然的一个气口，只听得刀叉相碰的叮咚声和刀子划过盘面，于是三个人都更加意识到谈话的中断。姐姐停下来看着阿阑，歪着头想了想，似乎想要重新寻找一个开始的话题。空气有一点凝滞。阿阑感觉自己也有责任。

阿阑小心地开口道："姐，我前一段时间去你们学校旁听过课。"

"哦？"姐姐显得很有兴趣，"什么课？"

"西方现代文学。你们系林老师讲的。"

"啊，林老师啊，我超级喜欢他。"姐姐放下叉子，看上去很高兴。

"嗯，我知道啊，"阿阑说，"他说话好幽默。他又讲到那句'就是为你开的'了，果然很震撼。"

"什么'就是为你开的'？"

"卡夫卡的《法律》啊，还是你给我讲的呢。"

"哦？是吗？我都忘了。"

皓明笑了，又打趣道："还想当文艺女青年，露馅了吧。"

"讨厌！谁是文艺女青年！"姐姐轻捶了皓明手臂一下，"你这个二逼男青年少说我。"

阿阑低下头。她不知道是什么地方出了问题，是姐姐的问题，还是她的问题。也许什么地方都没有问题，是她觉得有问题这件事有问题。她不说话了，用刀子费力地切一小块牛筋。姐姐和姐夫谈了一会儿影视公司估值，又谈股市，谈新三板融资的可能性。

过了一会儿，皓明不吃了，站起来，从姐姐身后经过，俯身低头，凑近姐姐脸庞，姐姐很自然地抬头，两人轻吻了一下，又相互笑了一下。整个过程流畅自然，简单得像是两个人都只是下意识。阿阑却突然有点脸红。

皓明在门口换鞋，对着穿衣镜正了正领带。姐姐趁这当口对姐夫说："皓明，你最近闲的时候帮阑阑留意一下工作的事吧，你也不必刻意，就顺便问问，你们公司或者你同学那儿谁要招人，就帮阑阑递个简历，她本科学工商管理，一般财务什么的应该也能做。"

OK。皓明比了个手势。

"就不陪你们了,"皓明出门前笑着说,"你跟你姐好好聊,不行就住这儿,客房还空着。"

他的背影有一种义无反顾的力量。关上的门给房间带来气流的冲击,一时间安静无比。钟表指针连成一条线,似乎从疯狂的转动中突然停下来,像是给时光画上一条截然的分割。阿阑松了口气,又似乎更僵硬了。有片刻时光,她和姐姐都没有说话。她不知道姐姐为什么要说那些话,也不知道自己该说什么。然而她似乎必须说些什么,一切似乎都等着她开口。她想谈谈她的小说,可是无从谈起。

"姐,我有些话想说……"

"嗯,你说。"姐姐微微笑笑。

"找工作的事,我想……还是不用麻烦姐夫了。"

姐姐没回答,却反问她:"你知道我为什么跟你姐夫说吗?"她伸过手轻轻拍了拍阿阑的手,顿了顿,然后说,"今天你说你来,我就给你妈妈打了电话……"

"我妈?"阿阑放下刀叉。

姐姐没有抬眼睛,继续用平稳的语调说:"你妈妈让我帮你留意一下,看有没有合适的工作,早点定下来,也好谈朋友,还问我有没有合适的男生给你介绍一下,也让我劝劝你,早点安定了,把工作家庭的事情安顿好了,有什么爱好再发展也不迟。"

阿阑沉默了。母亲的叮咛仿佛一道无形的烟尘竖起来,让距离一瞬间变得无限遥远。

好一会儿,阿阑问:"你说什么?"

"我说好的。"姐姐顿了顿又说,"我确实觉得你妈妈说的有道理。"

姐姐特意笑了笑,她或许希望阿阑也笑笑。但阿阑没有笑。两个人都沉默了。刀叉切在盘子上都有些潦草。余下的菜很快吃完了,阿阑也不记得味道。姐姐撤了刀叉盘子,又端上来焦糖布丁。柔软得像心事一样的布丁,甜得令人不敢碰的焦糖。吃过甜品还有水果。姐姐点了根烟,冲了杯咖啡,问阿阑要不要,阿阑说不要。姐姐抽烟的样子一点都没变,仍然是拿得远远的,就像是拿一支笔或者一根筷子。那个姿势似乎是连接过去与现在的唯一支点。烟圈轻盈地飘荡到空中,在两个人头上萦绕。有两次姐姐坐直了身子,弹了弹烟灰,似乎想说些什么。

最后还是阿阑开口了:"姐,我最近也写了一本书。"

"哦,是吗?什么书?"

"一本小说。"阿阑借着未消的最后一丝冲动把书稿拿出来,"一个长篇。刚写好。想给你看看,求一些指点。"

"好呀,我看看。"姐姐说,"阑阑也写书了,真不错,我一定好好看看。不过你着急吗？我可能得下个月再看了，过几天出差一圈。"

"不急不急，"阿阑急忙说，"不知道你还有没有认识的出版社编辑……"

"有。我回头给你发几个联系方式。"

又静下来。阿阑觉得一切都似乎很对，又一切都不对。

"姐，你最近写什么呢？"

"我？"姐姐摇摇头，"最近什么都没写。早就不写了。"

"你……太忙了吧？"

"嗯，"姐姐想了想又说，"不过也不是。没什么意思。"

姐姐的话淡淡的，不带强烈的情绪。阿阑低下头。初春暖气已停，气温仍然未升，夜晚越来越冷，仿佛有隆冬的温度。阿阑不自觉地抱紧了双臂，手指轻轻地扣进皮肤。姐姐燃尽一根烟，又点燃一根。阿阑不禁想起姐姐本科时玩乐队，做主唱，在摇滚音乐会结束之后，也总是这样，不说话，一根一根抽烟，眼影会在眼睛周围晕开成黑色的一圈。

姐姐的最后一支烟，细长而没有味道。这是姐姐少年时绝不碰，而且会嘲笑的女士烟，洁白精细，无烟。姐姐轻轻抽了一口，然后将烟交在左手，轻轻用右手抚过阿阑的头发。

"其实呢，"姐姐终于开口了，阿阑不由得有点紧张，"阑阑啊……"

就在这时，姐姐的手机忽然响了。姐姐歉意地笑了一下，掐了烟，接起来。是姐夫。

"……嗯，对……是Chanel（香奈儿），黑的，要黑的。……嗯。多少钱？换算成人民币是一万四？那也不便宜啊。算了，改天我还是自己买吧……好，没事了。"姐姐刚要挂电话，忽然想起阿阑，"皓明，等一下。你给阑阑买个钱包吧……随便，秀气一点就行。"

电话挂了，屋子里一下安静下来。姐姐少有地微微地红了一下脸，须臾一瞬，阿阑注意到了。她知道姐姐从小就很少脸红。其实没什么吧，阿阑想，这一切都没什么吧。不是吗？但她什么都没说，姐姐也没再说。一种无言的气息笼罩在两个人上空。

收拾完，姐姐要找几件衣服送给阿阑。阿阑推辞，姐姐说自己的衣服买多了，放不下，阿阑和她身材相似，穿了肯定好看。有瘦长的裤子，阿阑觉得合身就收下了。有露背短洋装，阿阑怎么都没要。她试了一条黑色的连衣裙，姐姐连说这件好，让她直接穿回去。

姐姐又说要是再化化妆就更好了，阿阑连声说不要，姐姐说女孩子大了该学学。补水就弄了半天，画眼睛又画了半天。阿阑乖乖地坐着，像一个娃娃，听姐姐的吩咐将眼珠向上转，向下转，嘴张开，嘴闭上。她偶尔用余光从镜子里看到自己的样子，眼角鼻翼弄得很精细，眼眶很黑。镜子里的自己越来越陌生，发光的边框像环绕着另一个世界。

离开的时候，姐姐披上黑色的斗篷，送她到小区门口，叮嘱一番。阿阑一一答应了。她回身朝姐姐挥手，姐姐的身影在昏黄的路灯笼罩下渐渐变成一个黑色剪影。

阿阑走到公车站，心里一片空旷，空旷到怆然。

她从一站坐到另一站，从一个终点站坐到另一个终点站。她坐在座位上，春夜的凉风让额头清凉到麻木。路上空寂的灯光像没有内容的故事。车穿过飞驰的夜，穿过暗夜中沉睡的工地大门，穿过繁华富丽和苍茫困顿。夜晚的苍茫从四面八方包裹而来。说不出哪里难过。学校里静默的雪。读书。写作。身体的藤蔓。有这么多不归的车，都在匆匆奔向什么。

她仍然记得姐姐的那些句子。姐姐的书有信马由缰的快意。姐姐说小说要有力，有些人比喻奇妙，但读久了觉得不够有力。姐姐不喜欢伤春悲秋。只有福克纳是永恒的，她说，无论什么时候都是最好的。八月之光。我弥留之际。喧哗与骚动。

阿阑靠着窗户，心里有种说不出的茫然。马路延伸着像是无尽头的长廊，一辆辆小车闪过，车窗映出阿阑的影子。她像是看到自己穿过这一切丰沛变幻的不属于她的风景。这一切成了夜晚与不安的象征，我觉得好像是躺着既没有睡着也不醒着，我俯瞰着一条半明半暗的灰蒙蒙的长廊。在廊上，一切稳固的东西都变得影子似的影影绰绰，难以辨清我是谁，不是谁。

路灯的余晖勾勒楼盘的塔吊，光亮的车窗上映出一张面孔，一个不像自己的女孩。近在咫尺，远在天涯。姐姐坐在镜子前，给自己画上眉毛和眼睛，就像镜子前一个乖巧的娃娃。班吉明那孩子。他老爱坐在镜子的前面，百折不挠的流亡者在他身上冲突受到磨炼沉默下去不再冒头。班吉明我晚年所生的被作为人质带到埃及去的儿子。哦，班吉明。

姐姐说她穿上她的衣服就像她，可是她看不出来。她怎么可能像她？姐姐的身体那么美，而自己这么瘦而平，这么羞涩。姐姐躺在湖边的石头上/她正躺在水里/她的头枕在沙滩上/水没到她的腰腿间/在那里拍动着水里/还有一丝微光/她的裙子一半浸透/随着水波的拍击/在她两侧沉重地掀动着/这水并不通到哪里去/光是自己在那里扑通扑通地拍打着/这水并不通到哪里去。这路也不通到哪里去/光是自己在那里延伸延伸/可是延伸不到哪里去。她以为它能通到哪里去呢/以为她能带她离开这个世界到另一个世界去/可是最终还不是哪里也到不了/只能和其他人到同一个地方去。

回忆如水从四面冲击，现实交杂在回忆中间，切割阿阑的心。

　　她意识到自己在姐姐说出不再写作的那一瞬间，她心里升起的复杂情绪。她有那么一瞬觉得愤怒和解脱：你也就是沽名钓誉，最终还不是这么轻易放弃，我还是比你走得远。但是下一瞬间她又意识到自己的悲伤：我走了那么远，就是想和你站在一起啊。

　　阿阑突然跳下车，不知道自己是在哪里。她看到一座正在拆的房子。一座小小的古建筑，在一大片在建的广场之中，在大刀阔斧建设的中央，像洋流湍急环绕的一座孤岛。水流中的孤岛。它的房檐、它的灰墙、它的窗棂。从容、古旧、孤立无朋。

　　她向它走去，不知为什么，莫名被吸引。危险而又静谧。

　　她走着，忽然在墙上看到了姐姐。一个清晰的身影。她向那影子跑去，离近了才发现，那是自己映在旁边工地里靠墙放置的大玻璃板里的倒影。路灯将人映得澄亮。黑色的裙子，黑色的鞋，金属的项链，镜子里的脸。

　　她再仔细看，发现镜子里是姐姐。她看到姐姐的眼睛和笑容。

　　是你吗？姐姐。

　　阿阑伸手碰触清楚映照着倒影的大玻璃，玻璃很凉。

　　是的，是你。我知道是你。她好像松了口气似的笑了。

　　我知道，你没有离开，你一直都在的。

　　她看到镜子里的人向她笑了一下。她心里有一种酸涩的释然。她站在大玻璃前面，落满石灰的废墟台阶上，抬起手，轻轻触摸镜子里的人的脸庞。镜子里的人眼神怜爱而忧伤。她的指尖没有触感。背后夜行的汽车呼啸而过，刮起她的头发和衣角。

　　你一直都在对不对？姐姐。我知道你一直在。

　　这才是真正的你。你没有走。阿阑的手继续抚摸镜子。

　　姐姐，你知道吗？我很想你。

　　突然一瞬间，镜子里的风景变了。玻璃尽头出现高二那年的铁道边，杂草茂盛，头顶是明亮的阳光。姐姐在前面轻捷地跑，头发一甩一甩，阳光照在头发梢上，金棕色发亮，穿着黑色短裙。姐姐就那么跑着，像一头小鹿，背影轻捷，脚步悦动，却并不真的跑远，像是在等她。

　　阿阑感到天启。她抬起右脚，轻轻跨越镜子的边界，走进去。镜子的波纹悠荡了几下，很快回到平静如湖。她感觉进入了真正的自己，在镜子里奔跑起来，脚下的杂草触感柔软。黑色的短裙在阳光下发亮。她觉得身体充分解放了，心也变得轻盈。她的眼睛被照亮了。她很快乐，从来没有这样快乐。她的脸上充满笑容。她飞了起来。她笑了。她回头看。她知道自己很美。

第二天早上，有人在拆迁的土地庙前，发现了一个昏迷不醒的女孩。

在她昏倒的地方，身边的玻璃上出现一个漂亮女孩在奔跑。画面印在玻璃上，面容很像前几年出名的一个写作的女孩。人们来往经过，都没有发现奇异，都以为那就是一面原本就印了画的玻璃。

【作者简介】郝景芳，作家，现居北京。主要著作有长篇小说《流浪苍穹》，小说集《去远方》等。

选自《天涯》2017年第4期

五十一个强光点

冯 唐

题记一：

　　某些参透顶级智慧的僧侣甚至能够在事情发生之后再来决定它应该怎么发生。但是需要指出的是，这些僧侣也只是恒河中的一粒砂，尽管他们知道在某个刹那这粒砂该放到天平的哪边。

——鸠摩罗什读经笔记残卷翻译

题记二：

　　鸠摩罗什本来可以修成第二个佛陀
　　如果他不破戒
　　真好奇，他如何破了什么戒

——冯唐短歌集《不三》之四十二

1

　　公历2011年10月6日，乔布斯死后第二天，在地球范围内，有十三个人在十个城市用不同方式宣布他们继承了乔布斯的衣钵，给出的理由也彼此不同。

2

　　公历2011年10月6日那天，我走在中关村大街上。

　　现在想起，我忘掉我为什么走在中关村大街上了。可能只是因为那天天气好。天蓝得又高又透，小风儿脆脆的，让脑子清爽又不让身子冷。北京像某些长得按你命门的妇女，一身的毛病，但是偶尔好起来，让你在瞬间忘记她一切的毛病，在瞬间仿佛初次相见。

每当有个好天儿，人民欢天喜地，从各自的住处钻出来上街了，各个公园都挤满了人民，各种老人推着各种小孩儿，没小孩儿可推的老人在好天儿里唱京剧、跳新疆舞，各种非老人、非小孩儿的人民五公里、十公里、半马跑、全马跑，不辜负任何好天气。

我走进清华校园，在有隐约民国气质的大草坪前站了几分钟。草坪上有三对在婚纱摄影，三个男的一直在忍不住乐，还偷着抽烟，三个女的用眼神、手势或者嗓音提示这些男的，严肃点，你们丫能不能严肃点啊，照个婚纱都这样，以后笑床完成不了宇宙生命中的大和谐怎么办啊？我看了看这三个女的，一副女娲补天的控制感，我看到了那三个男的未来有很多需要借酒消愁的瞬间。

我试图混进北大，北大的保安似乎比其他大学的保安智慧很多，总试图在分辨坏人的表情。40多岁的我戴上个眼镜，还是混进去了，完全没被盘问。我内心得意，如同在旧金山参禅中心，刚吃完烤翅、喝完啤酒，被问："你参的是不是曹洞宗？"北大校园里的姑娘还是一个个屌屌的，拎着比她们脑袋还大的饭盆在饭堂和教室之间直立行走，旁若无人。银杏树还没变得金黄，我记得它们金黄之后的样子，直立在路边，仿佛一排被点燃的火柴。

在中关村大街上转悠的那天，我先后遇上三个人，年龄相差不到10岁，都问我："你信不信？乔布斯之后，就看我的了。"

年岁最大的，就是我认识很久了的小浩浩。他痛恨在人民面前讲话，但是人民喜爱听他讲话。小浩浩真诚地说过很多次，他愿意用十年阳寿换不必在人民面前讲话，但是，一旦一年内他不在人民面前讲话，他想做的事儿就进行不下去。他在人民面前讲话的时候常常紧张，他的必杀技是往那儿一站，嫣然一笑，不说话。那天，他遇到我的时候，他没笑，他说："你严肃点，乔布斯昨天死了，我很难过。他打下了那么好的基础，他做创意，库克做执行；他负责战略，库克负责战术。手上现金无数，他的见识又修炼到了金字塔顶尖下一米的高度，太可惜了。在科技上唯一能给我压力的人不在了，我很伤心。你不要笑。昨天听到消息后，我勉强开完公司里必须开的两个会，天黑了，我一个人走出公司写字楼，在路边的煎饼摊儿点了个煎饼，在等大妈做煎饼的时候，我终于忍不住了，坐在中关村大街的马路牙子上，哭出了声儿来。煎饼好了，从大妈手上接过来，一边吃，一边哭，泪水流在煎饼上，和葱花、辣酱、鸡蛋、薄脆、面饼混在一起，我不管，我大口吃进嘴里，泪水是咸的。但是，我今天又想了想这个问题，从另一个角度上看，在科技上唯一能和我竞争的对手也不在了，我能干的事儿突然多了好多。他命不好，我命好。乔布斯让风吹起来了，站在风口上的猪都能飞。我是一只猛虎，乔布斯给了我他的衣钵，也给了我他的理想和使命，他的灵魂是我猛虎的双翼。我要转行。我不做英语培训学校了，干掉旧东方英语培训学校没什么成就感，我要做手机，做人类未来百年、千年，甚至万年里最重要的工具。"

我问："手机的确越来越重要，毫无疑问，将会是人们用得最多的人造器物。但是，问题来了，凭什么你来引领手机行业？换句话问，你凭什么做手机？手机是要烧钱的，你没钱。即使你用的理想和人格魅力形成近似于乔布斯的现实扭曲场，融到了钱，烧钱的心理压力你也不一定能受得了，手机还没做出模样，人先挂了。手机的产业链很长，从设计、研发、采购、生产、市场、渠道、物流、客服到售后维修等，在这个行业里，你不认识任何一个能干的人，怎么组织团队？而且，竞争这么激烈，跨国企业、国企、私企都有做手机的，而且都做得不错。"

小浩浩想了想，说："有再多的公司做手机也没用，他们没有乔布斯的见识。我为什么做手机？原因很简单，因为现在的手机都做得太差了，连苹果手机都算上，作为人类，我很失望。"

我做过十年管理咨询，现在做投资，小浩浩的想法严重挑战我的职业判断，我的职业习惯病犯了，接着劝："你可以为人类做的事儿还很多，以你的口技，在现实的扭曲场里，找些竞争没那么激烈，但是痛点又很痛的领域做。这些领域要有四个基本特点。第一，市场细分足够小，吸引力不够强，没有苹果、西门子、日立或华为这样的大公司纠集一票人马和你硬干。第二，市场细分足够大，能容得下小十家玩家耍，否则空间太小，你无法生存。第三，市场增长足够快，每年百分之二十以上的增长，这样你的日子才能过得相对舒服，犯一些错误，不怕。第四，市场的衍生性很好，好讲故事，就好一轮轮融资，从产品到服务到系统到平台到生态，从十个亿到一百亿到千亿、万亿，尽管目前小，但是想象空间大，这些想象空间还都能用估值模型量化。我现在就可以给你点出几个有这些特点的领域。比如，耳机。现在的耳机多差啊！耳机做好了，就往VR（虚拟现实）发展，智能手机都得接入你的VR平台。比如，电动汽车。改革开放三十年，中国拿市场换技术最失败的就是汽车行业，但是现在出现了弯道超车的历史性机遇，造车变得前所未有的简单了，和手机业刚出现联发科这样公司的时候类似，在房子之后，汽车是最大的商品，房子不能标准化，汽车可以，汽车是可标准化的最大宗产品。电动车一定更容易智能化，车子一动，海量数据就会产生，市场可延展的空间太大了。再比如，空气净化器。你看北京的天儿、河北的天儿、河南的天儿，多差啊。小到空气净化口罩、车载空气净化器，中到房屋的空气净化系统，大到除霾大炮、除霾炸弹或者除霾天塔，可做的太多了。"

小浩浩的回答很简单："你说的这些领域都不错，你的战略眼光很好，但是，乔布斯没做过耳机、电动车和空气净化器。我是乔布斯的衣钵传人，我也不做这些，我只想做手机。"

3

45岁之后，五分之四的人我见了一面之后就不想见第二面了。尽管这五分之四的人里的某些人似乎对于我的工作很重要，我还是能不见就不见了。我爸是这么教我的，其实你唯一能支配的是你的时间，有些人似乎重要，其实也没那么重要，你动动脑筋，其实他们都是可以被替代的，找个你真想见的替代。剩下的五分之一通常分为两类，一类是好玩的人，一类是好看的人，又好玩又好看的人基本没有。慧极必伤，情深不寿，又好玩又好看的人常常很早就挂了，来不及出来见人。

朱紫是个我见了第一面还想见第二面的女人。她不是男性人民都喜欢的那种"妖艳贱货"型的好看，很高、腿长、腿细，大腿几乎和小腿一样粗细，上身比例很小，头很小，短头发，整体感觉像是一个圆规。朱紫穿连衣裙很好看，尤其是比较短小的连衣裙。朱紫属于好玩的人，有种生愣的智慧。她在医院的环境里长大，总被父母说幼稚，直到有一天，她大声反驳她父母说："我不是幼稚，我是用死亡来观照万物，我总觉得我活不长，感谢你们陪我。你们试试从我的角度、从人必有一死的角度、从你我明天都可能死掉的角度、从真理的角度来看看世界，你们会发现，你们的思路、言行举止都是幼稚的，而我的行为是很好理解的。"

朱紫见我第二面的时候和我说："尽管我开了一家人力咨询公司，但是撇开我的个人利益不谈，我还是想劝你，你投资一个公司，不要太看重这个公司的战略和生意模式，要多看看这个公司的创始人和团队，特别是创始人。战略可以梳理，生意模式可以慢慢摸索，甚至团队可以配，但是，创始人不可替代。如果可以替代，那你还不如直接去投那个替代者好了，省去很多麻烦。所以，除了商业尽调、财务尽调、法务尽调、IT尽调，你还要重视人力尽调。创始人的权重,应该占你投资决策的大半。"

我喝了口凉啤酒，发现朱紫聊非工作的事儿要可爱很多。我打算在工作的事儿上逗逗她，我说："看人重要，还是看他做出的事儿更重要？如果能分出君子和小人，固然好，但是在现实生活中，天下无一成不变之君子，天下也无一成不变之小人。看人有时候不如经事儿。"

朱紫有可能小我两轮，她们这代人说话比我们直接："我们讲的是概率，您不是理科学霸吗？学霸老了就成杠头了？能经事儿当然好，可是您有机会和您要投企业的创始人都经事儿吗？您这辈儿人的常识教育都是谁教的啊！"

我又喝了口凉啤酒，问朱紫："那你说，如何做人力尽调？"

"专业的事交给专业的人来做，雇我的公司，我帮你做。"

"你有什么科学手段？"

"属相匹配啊，星盘分析啊，血型契合啊，还有紫微斗数、八字、面相、手相等，看你倾向于西化还是国学。"

"你觉得人民币明年会贬值吗？明天的证券股会涨停吗？"

"滚！如果我知道这些，我躲在家里炒股、看美剧就好了，我还开什么人力资源咨询公司！"朱紫抬腿示意要踢我，我仔细看了看，腿可真长啊。

4

乔布斯，属羊、O型血、双鱼座，公历2011年的元旦开始就反复梦见他19岁那年去印度朝圣的那个夏天。他梦见他试图跟佛像那样双盘而坐，怎么也做不到，只能单盘打坐。梦醒之后，他尝试了一下双盘，竟然一点不痛地做到了，一坐就是一天，不饿、不渴、不困、不倦、不烦、不躁。

他被这件事吓了一跳。肉身对于他似乎不再是个限制了，他可以像开关电灯一样开关脑子，让脑子像冬天的太浩湖一样平静或者像春天的优山美地山上一样丰盛。而在这一时刻，这个肉身似乎也要离他而去了，飘浮在地面和天空之间，初步具备了某些非实体感的特质。这个悖论似乎和爱情一样，那个妇女终于对你不再控制了，在这一时刻，她也就不再爱你了，她已经或者马上要离你而去了。所谓绝对的自由或者终态，其实就是一片静寂，千山鸟飞绝，蓑笠翁如果一念之间收起鱼竿儿，他也就完成了这绝对静寂的最后一步。想到这里，乔布斯又被自己吓了一跳，他知道这就是圆寂的先兆，一旦有了先兆，基本就逃不掉。所谓圆寂，并不是说可以拖着不死，而只是有能力、有限度地自主决定哪天走而已。

创造、保护、毁灭。没有毁灭就没有新的创造，苹果公司已经把自己保护得很好了，毁灭在哪里？公历2011年的夏天，乔布斯宣布从苹果公司辞职。

5

从记事儿以来，小浩浩似乎一直分不清现实和梦境。他40岁之前，一直尝试在梦境中找到自己一辈子应该做的事儿，梦境一直像一面哈哈镜，呈现的画面总是让他不敢确定有没有科学性。

在一生之中，正常人类平均的睡眠时间超越平均的学习时间，睡眠中做梦的时间超越学习中神游的时间。小浩浩总觉得他白天里眼、耳、鼻、舌、身、意收集的海量信息都在睡眠里被拼命消化和整理，而睡眠里，眼、耳、鼻、舌、身、意也在一刻不停地用夜晚模式在进一步收集海量的信息。

他试图追随梦的指示去安排他在现实里的战略方向：跳过霹雳舞、倒卖过电脑、教过英文、办过英语培训学校，还写了一本书，也叫《我的奋斗》，还在一个社会主义国家正式出版了。他总觉得似乎还是有什么地方不对。

公历 2011 年 10 月 7 日，小浩浩给我打来电话，说："乔布斯下葬了，选在今天，更说明，我继承了他的衣钵，科技进步，之后就看我的了。"

我像捧哏，问："你为什么这么说？"

"我在他死前连续梦到他七天。这七天，我在睡梦中接收了海量信息，我有理由相信，主要信息来自乔布斯，你如果不信，你把乔布斯的银行卡给我，让我试三次，我有信心，我输入的密码是对的。这七天，每天醒来，比睡前还累。我越来越有一种不祥的预感，乔布斯在把他肉身里最重要的信息、他特别想留给某个地球人的信息拼命高速拷贝给我，他知道他的时间不多了，或者说，他留给自己的时间不多了。我从来没有连续梦到任何人七天，包括我的初恋女神，而且他死后在七号下葬。这一切都说明，我就是他选好的接班人，不可能有第二种解释。我要做手机，乔布斯重新定义了手机，我要重新定义乔布斯死后的手机，我先做东半球最好的手机，然后做全地球最好的手机，然后做下一代手机，直到做出适用于灵魂网络的手机，人机一体，一念千年。到那时候，你可以和褒姒、妲己、你死去的姥姥通电话，资费开始可能挺贵，和公历 1975 年的中美长途似的，十块美金一分钟，但是很快直线下降，任何一个活人都负担得起。你不要用那种眼神看我，我是认真的。你严肃点，打开你知识的边界，释放你的想象。你想想，人脑记忆的存在形式是什么？乔布斯见识的存在形式是什么？如果没有存在形式，怎么会记得和使用？如果有实在的存在形式，为什么不能复制、传输、继承？其实，现在的科学技术就可以做个雏形出来。我有一个伟大的想法，做一个'人鬼情未了'APP。比如你爸爸死了，当然，你爸爸还没死，比如，比如。比如你爸爸死了，你很怀念他，不能自拔，你可以下载这个'人鬼情未了'APP，然后上传你能找到的一切你爸爸的信息：邮件、短信、微信、微博、录音、录像、照片、著作，等等。这个 APP 也会用自己的搜索引擎和算法在网上找关于你爸爸的一切，这个一切可能比你收集的那个一切更丰富。根据这些信息，这个 APP 会合成一个你的爸爸，会给你发邮件、短信、微信、微博，甚至可以给你打电话，和你讨论事情，帮你出主意，给你建议。尽管还没有一个具体的肉身，但是三观、思维习惯、口语习惯、笔头表达习惯都和你爸爸一样，让你感觉你爸爸并没有死,只是去另外一个城市出差或者度假去了。十年之内,等 VR 以及 3D 打印机再进步一点,给你一个你分不出真假的有肉身的你爸爸,还是有相当的可能性的。毕竟,你和你爸爸也不会有太多肉体接触。我不知道你,我自己 5 岁以后就不亲我爸爸了。我倒,我按第六天梦里乔布斯给我的密码进入了他的电子邮箱,我的电脑正在疯狂下载,太刺激了,我不和你电话聊天了,我去改变世界去了。"

6

我到了朱紫所在的城市,想想有谁可见、想见谁、谁能人畜无害,就想起了朱紫。

"2011 年就快过去了,晚上一起吃个饭吧?"

"好。反正也 11 月底了,一起庆祝新年吧。"

朱紫说我是她见过的不太让人烦的少数的成年人之一,就像她还未成年似的。朱紫说觉得我长得很亲切。我报了我的年龄。她说:"难怪,和我小叔叔同年同月生,还是一个星座的。"

然后朱紫就讲了一晚上她的小叔叔,仿佛她小叔叔是她初恋一样。

她小时候和爷爷、奶奶一起住,她小叔叔也是。她小叔叔在 15 岁到 20 岁之间,只做两件事,一件事是对她发功,另一件事是在院子里接收宇宙信号。她小叔叔说,如果她有慧根,他可以把她变成和他一样的人。每次她小叔叔隔空向她推掌,她总是做出各种被触摸了的表情。她小叔叔问她什么感觉。她说,热的流动,光芒万丈。后来,她在她小叔叔眯起眼睛的时候,就开始做出被触摸了的表情。她小叔叔沉默了一阵,看了眼天,天上有两只燕子飞过。她小叔叔对自己小声说,看来这是精进了,地球人是可以通过培训成为准外星人的。饭做好了,爷爷、奶奶总是不敢叫她小叔叔吃饭,总让她去叫。叫到第四遍的时候,她小叔叔就会吼她:"×你奶奶,你要是再吵,影响了外星人来接我,我就弄死你。"

"后来呢?"我问。

"后来他被送到精神病院去了。吃了很多药,药劲儿足的时候,脾气特别好。"

"再后来呢?"

"他出院了,结婚生了个儿子,他现在最大的乐趣就是和他儿子打电子游戏——星际争霸。"

7

乔布斯一直没想好在公历 2011 年夏天之后的哪一天圆寂。

乔布斯也没想好圆寂的那个瞬间应该是什么样子。自从辞去职务之后,他很多次在脑子里想象那个瞬间。有时候那个瞬间仿佛蹦极，他需要一时的决绝，仿佛当初他做一个重大的商业决策，尽管他知道，拉闸之后很可能不是一片静寂，他还是在那一时不能行云流水。有时候那个瞬间就和其他瞬间没什么区别，仿佛无数片树叶在无规律地摇晃，忽然有一片叶子掉了下来。有时候那个瞬间介于有意识和无意识之间，仿佛失手掉了茶杯，杯子在石砖上碎开。这个瞬间也可能在睡梦中发生，仿佛那颗精子碰撞卵子细胞壁的瞬间，仿佛胚胎的心脏第一次跳动。

在乔布斯想象那一瞬间的过程中，他同时在想，谁会是下一个乔布斯？他会对下一个乔布斯说什么？如果只说一句话，他说什么？如果可以说三句，他说什么？

乔布斯考虑从如下三个感悟中选择一个：

"把每一天当成最后一天过，过好每一天。"

"不要问现在技术能实现什么，而要问你要什么，然后坚持到周围人都想砍死你，然后你得到了你想要的产品，然后你得到了一切。比如，你要日用的机器漂亮，漂亮到不用也养眼，漂亮到摸上去也养手。比如，你要日用的机器安静，安静到风扇的声音也听不到，仿佛你妈睡着了还忘记了打呼噜。"

"人是会死的。"

斯坦福医疗中心的医生费了很大力气，试图说服乔布斯在胰腺癌手术后多吃东西。乔布斯的理论是，不吃或少吃才能更好地杀死术后残存的肿瘤。

8

公历 2015 年 8 月底，我收到了小浩浩寄过来的一个包裹。打开是七部手机，七个不同的颜色：赤橙黄绿青蓝紫。

我自己留了一部红色的，其他的送给了周围的人。

9

朱紫打电话让我去她办公室，说要给我看个东西。我说能不能发截屏给我、能不能微信留言、能不能在电话里说。她说不能。

我走进朱紫的办公室，她电脑开着，她的表情似乎是活着见到了鬼。

"你知道小浩浩在做 C 轮融资？"

"听说了。"

"领投的那家私募股权投资公司雇了我来做人力尽调。"

"于是你算了小浩浩的属相、星盘、血型、八字、面相、手相？"

"我最近在尝试一种新的人力尽调方式。你慢慢听我说。有家古怪的生物科技公司向我建议了一种古怪的分析方法，开始，我也不信，但是他们这次不收费，我想，不妨一试，多一个角度看问题也是好的，如果太荒谬不用就是了。这家生物科技公司的技术主管问我，你想测小浩浩什么？我说，我想测他是否真继承了乔布斯的衣钵，还是只是有乔布斯的毛病，没有乔布斯的命。如果他真的继承了乔布斯的衣钵，这一轮的估值就合理。这个技术主管嘿嘿一笑，说：'如果想测别的，现在这个技术还没有完善到这个程度，但是测小浩浩是否乔布斯附体，我们刚刚解决了这个问题。你知道 DNA 吧？你知道基因吧？宗教领袖的产品意识和蛊惑气质也是由某些基因决定的。我们很偶然地收集到了从唐初到清末几百个禅宗大和尚剃度时留下的头发。谁留下的？你知道，有些大妈是有收集癖的，她们还收集了大和尚们一些其他部位的毛发，你知道，毛发里的 DNA 是最容易完整保留的。她们还收集了一些大和尚们掉了的牙齿，这上面的 DNA 不是很好用，有很多细菌残留的 DNA 会造成干扰。她们当然还收集了一些所谓的舍利子，但是骨头里的 DNA 基本都被高温破坏掉了，提取不出来了。我们新开发出了一个基因检测和计算平台，用这个平台测糖尿病，发现和四十五个基因位点强相关，测大和尚们的创造能力和蛊惑气质，发现和五十一个位点强相关'。"

"后来呢？"天还没黑，我眼前有些发黑，感觉后脖子有些冷汗渗出来。

"后来我们设法从斯坦福医学中心找到了乔布斯的一些头发。在这个平台上测，五十一强相关位点，乔布斯都有，而且强度都很高，你看乔布斯的结果图，然后你看这个。"

朱紫给我看屏幕。屏幕上闪烁着五十一个强光点，和乔布斯的结果图几乎不可区分。

朱紫说："这是小浩浩的基因检测结果。"

10

多年以后，小浩浩站在第一代灵魂手机 sPhone 的发布会现场，面对一万一千个地球人，准会想起我 2007 年 7 月 7 日在加州湾区帕罗奥图镇上给他买第一代苹果手机的那个遥远的黄昏。

【作者简介】冯唐，作家，现居北京。主要著作有长篇小说《万物生长》《北京北京》等。

选自《人民文学》2017年第8期

我们去战斗

曾 剑

1

那年二爷13岁,跟着红军的队伍走了,就再也没回来。他在黄麻起义战斗中牺牲,红安县黄麻起义烈士纪念馆的烈士墙上刻着他的名字。二爷名叫曾纪红。二爷参军前,没有学名,小名叫石头。二爷去参军,他的哥哥我们的爷爷说,叫纪红吧,纪念红军。是红军的队伍来了,我家才分得田地,吃上白米饭。

二爷12岁时,就给红军游击队送信。他那时还是一个放牛娃。二爷成功地为红军送过很多封信。二爷的故事,像放牛郎王二小一样,在我们红安县到处流传。

二爷是我们心目中的英雄,是我们家族的骄傲,我们家凡是来了客人,我们都给他们讲二爷的故事。邻居家的客人来了,我们也把他们扯进屋,给他们讲我们的二爷。

2

秦铁匠的儿子也叫石头。

石头来到我们竹林垸时,天气刚有些热。小麦灌浆了,变黄了。油菜花谢了,油菜籽鼓胀得像一排排刚下完崽的母猪的奶,挂在焦黄的油菜枝上。这时日,山里青黄不接,但熬过这饥饿的十几天,日子就好过了。小麦磨成白面,油菜籽榨出黄亮的油,油炸韭菜面粑的香味,便掺杂进铁锤的叮当声,在竹林垸上空飘荡。

叮当声来自村西的铁匠铺,香味来自除铁匠铺以外的竹林垸各家各户。

铁匠是一个50岁的男人,姓秦。秦铁匠是我们村的熟人,每年都来。不同的是,往年,他带他的徒弟来,这次,他带来的是一个小男孩,叫石头,看上去与我一般大。石头是秦铁匠的儿子,也是他的徒弟。石头大眼睛,长睫毛,黑亮的眸子,瞅上去就机灵,可他却总是躲闪着目光,显得胆怯,眼神像极了秦铁匠。父亲说,那是外乡人特有的眼神。

秦氏父子是从大别山那边过来的,河南新县人。竹林垸地处三省交界处,北面是河南,东面是安徽。我们竹林垸,归属湖北。

父亲说,石头应该读书,不应该这么早就当学徒。

李铁匠为啥事不来?父亲问。李铁匠是秦铁匠的徒弟,跟他三年了。秦铁匠尴尬一笑,不回答。父亲就知道,老徒弟与他闹分裂了,另立了门户。

我与石头第一次见面时,铁匠铺的炉火烧得正旺,秦铁匠刚安顿下来,父亲到他屋里坐,同秦铁匠说着话。石头给他们沏了茶,就坐在那里,一双胆怯的眼,扫视着父亲,当发现父亲看他时,那目光便迅速闪开。他头大,脖子不太壮实,脑袋转来转去的,像拨浪鼓。

铁匠铺临河。河叫高桥河,因河上有一座很高的石拱桥而得名。铁匠铺原是我们竹林垸生产队队部。几年前,分田到户,队部名存实亡,三间瓦房闲置起来。每年春末夏初,秦铁匠来到我们垸,将自己的铁砧、火炉和大小铁锤挑进去,铁锤声响起来,整个竹林垸便热闹了。不仅仅是我们竹林垸请他打铁,秦师傅人缘好,加工费便宜,十里八村的人,都会到这里来,给菜刀开刃,给镰刀加钢,给用秃了的锄头、铁锹接上一截生铁,烧红锤打,淬火,一把新的锄头、铁锹就成了。秦师傅的手艺活漂亮。

高桥河从大别山南麓穿越山水,流到我们这里来,在竹林垸转个弯,打个转,继续她的征程。高桥河河面宽处像一座大水库,烟波浩渺,窄处只有一丈多宽,垸子里半大小伙子,一个箭步,前腿一蹬,后腿向前劈出,双手高展,人就飞过去了。高桥河是我们的乐园,我们山里男孩子,几乎天生就会耍水,跳进河里,就像鱼儿游进了大海,比在陆地还自由自在。

我们在水里耍够了,倦了,就到石拱桥上玩跳水。石拱桥一共五个拱,全部是石头垒砌的,每个拱下,有一副弓箭。传说河里有怪物,黑色的像龙一样的东西,它若是出来兴风作恶,那五支箭就会自动射向它,一支射出,让他痛,如果全部射出,就会要了它的命。所以,那个像龙一样的怪物,很少出水来祸害人。母亲说,这故事是我奶奶告诉她的。其实,这个故事,村子里的老人都讲过。

箭是铁的,弓也是铁的,我们夏日在水里仰头凝视过,那箭是焊在铁弓上的,它怎么能射出来呢?

老人们笑而不语,他们总喜欢故弄玄虚。他们中的某一个人,还说看见过怪物,但我们并不害怕。夜里,岸边的灯火映照在水里,水里像有人家,像一个童话世界,很美,不像有怪物。

拱桥中间一个拱弧度大，离水面足有三丈高。桥从中间向两边矮下去，我们都是在矮下去的地方向下跳，只有两丈高。石拱桥最高处，垸子里还从未有人往下跳过。

在竹林垸少年男孩的眼里，跳水是最刺激的戏耍。我们先在河边的竹林里，脱得赤条条，跳进河里玩耍一阵，之后，拽条毛巾，围在腰间，走上石拱桥，抱着石头狮子的脖子，越过石板护栏，站在伸向空中的条石上，将腰间毛巾拽下，握在手中，人瞬时就跃向空中，飞向水面。这在我们竹林垸，算不上粗野的举动，更不能说是流氓行径，就是那些胆子大起来的新媳妇，将眼睁得像铜铃，看到的，也只不过是一片人体状的白光。白光高升、急坠，倏地一闪，就没入河面菊花状的白色水花里。

石头很快加入我们的队伍里。我原以为他是个旱鸭子，他的水性竟然比我们还好。他在水里能闷很长时间，急得我们屏住呼吸，焦躁地望着平静的水面，以为他被河里的怪物带走了，急得就要喊出来时，他才在我们眼前，突然蹿出水面。他能蹿出一人多高，当然，依然是一片人体状的白。之后，他落入水里。他会踩水，脚在水下踩动，人直立在水中，头、肩膀甚至胸脯都露出水面。他一边踩水，一边将双手架在水面，搓揉着他手里的毛巾。我们像看哪吒一样，看着这位英俊少年。

竹林垸并不大，三十来户人家，不足二百人，是一个小生产队。秦铁匠每年只在我们垸待上一个多月，把我们垸子里的活干完了，附近垸子里活也没有了，就挑着担子挪窝，北上或南下，有时东征有时西进，去到下一个村庄。

我家与铁匠铺一河之隔，石拱桥将我家与铁匠铺连接起来。在远处的河堤上看，铁匠铺立在石拱桥的西边，像是竹林垸伸出去的一只脚，我家那两间土墙瓦屋，则像是另一只脚，而石拱桥，就是那蹲马步的两条腿。光线很好，没雾的时候，在我家能看见铁匠铺。那年分田地到户后，大伙干劲足，犁具损耗得厉害。三三两两进出的人，见证着铁匠铺的生意，虽算不上兴隆，但小钱不断，日子过得去。

每次放学，我不是回家，而是直奔铁匠铺，好像铁匠铺是我的家，好像秦铁匠是我的爹，石头是我的兄弟。石头两颗门牙略大，但并不难看，很白，感觉很健康、很坚硬，像哨兵把守着山洞一样，守着他那棱角分明的一张嘴，于是嘴沉默的时候多。嘴角咧开时，能看见两颗小虎牙。他喜欢侧着脸看人，左侧那颗小虎牙隐去，右侧那颗露出来，像是在调皮地笑。

石头不上学，他要生炉子，帮着打铁，烧开水，给秦铁匠沏茶，有时还要淘米洗菜，帮着做饭。

父亲问秦铁匠为何石头不上学，他应该上学的。秦铁匠，你想让石头子承父志？父亲教过两年书，喜欢用成语，偶尔会夹杂半句普通话，与竹林垸的山水不相融洽，母亲就骂他"陕西的骡子学马叫"，怕别个不晓得你教了几天书，丑死了。父亲自然是不理母亲，微红了脸，立在一旁，略显尴尬。

这一闹，秦铁匠就忘记回答父亲，石头为何不读书。

我们后来知道，秦铁匠的女人，去年腊月里死了，他走乡串巷，家里没人照顾石头。

日头挂在西山顶，秦铁匠封了炉子，坐在铁匠铺门前抽烟、喝茶。我和石头把凳子搬到屋外，在夕阳的光线里看书。这个时候，我们是最高兴的，但似乎也有一丝不快。我明白石头的心思，就对秦铁匠说，秦伯伯，你让石头上学吧。秦铁匠说，上什么学呢？我们走南闯北的，没个根。

我说，就在这铁匠铺住下去嘛，这不就是你和石头的家吗？你再把石头他妈接过来。我看见秦铁匠的脸，陡地冷下来，人僵在那里，好像突然被什么东西击中。我转过脸去看石头，他低着头，看着自己的光脚丫，两只脚拇指挤在一起，上下交攀。我这才想起，石头是没有娘的，瞧我记性，我抽了一下我的嘴。我可怜石头，心里悲伤，但似乎也有一丝庆幸。如果不是这样，石头怎么会到我们竹林垸来，我也就不会有他这个朋友了。

3

一个电影剧组进驻红安，竹林垸沸腾了。他们在我们红安城拍一部与黄麻起义有关的电影，名叫《我们去战斗》。他们要以石拱桥为背景，拍一组镜头。

听说要群众演员，一垸子的人，都涌上石拱桥，导演吓得赶紧往桥下撤，说，这么多人挤到桥上，桥非得垮塌不可。有人说，不会塌，塌不了，这桥有300多岁了，是清朝的货，结实着哩。

导演络腮胡子，母亲说他像个野人，引来人群窃窃地笑。导演的衣服上有很多兜，都瘪着。母亲拽了一下他腰间的一个兜，笑道，不装东西，要这么多兜做个啥，费布。省下的布，能做个裤衩哩。母亲的话，引得人群又一阵笑。

父亲说，《射雕英雄传》就是这么拍出来的。那几天，竹林垸首富奇货家的电视里，正播放《射雕英雄传》。父亲的话，让我们兴奋得像疯子，路都不会走，在垸子人多的地方跳来跳去，渴望被导演看中。当然，更多的人是在看热闹。

父亲不仅是看热闹，父亲问导演，要我不？导演说，你会演啥？父亲把胸脯一挺，头一仰，脖子一伸，说，共产党员！顺喜娘笑道，共产党员？我看你像汉奸，人群一阵哄笑。

顺喜娘三年前死了男人。顺喜的爹是开拖拉机的。他们一家人日子本来过得很富裕，他那个爹突然得了肺癌，把钱都诊进去了，命没救过来。顺喜娘忧伤了三年，这几日，脸上才有很淡的笑容。

我们不知道导演要什么演员。我和石头正在玩跳水,像以前一样,用毛巾围着羞处,上到拱桥上,扯下毛巾,纵身一跃,像人体状的白云在河面飘荡。导演对我们这些村野的孩子们很感兴趣。

剧本里有这样一段戏:一个放牛娃,给红军的游击队送鸡毛信,被敌人发现,遭到追赶。他越过石拱桥,借助石拱桥的掩护,爬到老槐树上去了。敌人没有发现,接着前追。当导演看见我们跳水后,突发奇想,决定让这个通信员在情急之中,从几丈高的石拱桥上跳下去。

父亲说,这拍的不是我二父吗?我儿子的二爷,我的二父。那个衣服上有很多兜的导演说,你让开。父亲说,真的,我二父12岁就给红军游击队送信,被敌人追着跑,就是从这桥上跳下去,才捡了一条命。导演说,你二父叫啥?父亲说,叫曾纪红。导演说,不对,这里写的,是一个叫石头的小孩。父亲说,对对对,我二爷小名就叫石头。导演说,也许是吧。父亲就说,那你得给钱。我二父只有我们这一支后人,我们是他的财产继承人。你得给钱,版权。

父亲当了两年教书匠,还是代课,却常以竹林湾的文化人自居。他向导演要钱,还有母亲拿导演开玩笑,这些让我好尴尬。我有时觉得,他们像两个笑话,在竹林垸存在着。

导演说,这写的也不完全是你二父,是几个小孩子的故事综合在一起的。父亲说,那也得给一部分吧。

导演没理父亲,在人群里寻找会水的小男孩,我们乐了。我从7岁开始就从桥上往下跳,跳了五年了。石头也会。我拽着石头,从众多大腿和肥硕的臂部间钻过去,站到导演跟前。母亲说的没错,导演胡子拉碴,戴着太阳帽,像神农架来的野人。我说,我们会从桥上往下跳,我们每年都往下跳,夏天时,我们每天都往下跳。

导演没理我,一步跨到石头跟前,两手捉着石头的两只耳朵,问石头,你也会跳?石头点头。导演将双手从石头的耳朵移到他的头顶,拍打着他的顶门心,问,你敢跳?石头又点头。导演笑了,说,你莫不是个哑巴?石头笑了,笑出声来。导演问石头叫什么,石头说,叫石头。导演惊呼道:哇,天赐啊,名字都不用改,就是你了!

原来只要一个,我心里很不是滋味。我想,我要是不拽着石头,石头绝对没有胆量站在导演身边。可这是没办法的事,石头虽然少言语,但那一双闪亮灵动的眼睛,纯净无邪,把该说的话都说了。我要是导演,我也会选他。

导演后来说,他本来在县城选了一个小演员,石头原本是那个小演员的替身,见到石头后,导演又临时改变了主意,石头不是替身,他就演那个叫石头的通信员,也就是我父亲所说的我的二爷。

导演同石头的爹秦铁匠谈价钱，让石头从拱桥上往下跳，要跳五次，取最好的一次，每次五十块钱。顺喜娘说，这不是二百五吗，好几丈高哩，少说也得给三百。导演点头。顺喜娘就说，先拿钱。导演让他的助理从口袋里掏出三百块钱，递给顺喜娘，顺喜娘搔首弄姿，道，我拿这钱算咋回事？她没接钱，脸上却是笑开了花。

　　然后就说戏。

　　导演让石头穿着戏装——黑长裤，白土布坎肩，让他从河东，也就是我家住的那个地方，往石拱桥上跑。后面是七八个"敌人"，边追边打枪。石头跑到石拱桥上，越跑视野越宽阔，无一遮挡，眼看跑不掉，就翻上桥，去抱那个石狮子。借助石狮子躲避"敌人"射过来的子弹。河岸围观的人，都为石头担心，不让他跳。导演的确有水平，把那个氛围营造得特别像真正的战场。当石头穿着摄制组给他准备的衣服，从村东跑过来时，很多观众入戏了，不断地冲石头喊：跑，快跑！都担心他真的中弹。

　　导演要石头一边跑，一边脱去坎肩，随手扔在石拱桥上，营造紧张空气。之后，他跨过石拱桥栏杆，借助石狮的遮挡，迅速褪去长裤。抓着长裤，赤裸地往下跳。我听导演助理说，这不符合情理。当时孩子着急了，哪顾得上脱裤子？导演说，这河边的男孩有经验，知道穿着裤子游泳不利索，当然就要脱去裤子。

　　光着屁股从这里跳下去，是我们常干的事，可现在，当着这么多人的面，面对摄像机，要脱裤子，我没这个勇气，但是，石头做到了。他里面没穿短裤，这让他把这件事做得很利索。他褪去长裤，抓在手中，纵身一跃。我感到石头不是在下坠，而是在飘落，因为他下坠得特别慢。我伸着脖子往下看，才想起石头跳下去的地方是石拱桥的最高点。从这么高跳下去，或许淹不死，但会不会砸在水面，摔个鼻青脸肿？

　　石头显然扎得太深，他在水里待的时间长。水面溅起的浪花落下去了，波浪歇了又起了，只听见桥上和岸上人的呼吸，就是听不见水里的动静。

　　许久的寂静之后，先是石头的裤子飘起来。这时，只听我母亲的哭声撕裂盛夏的天幕：儿啊，我的儿啊……有人拽着我的手，将它高高举起来，冲母亲喊，你儿在这儿呢。母亲并不理他，依然喊着，儿啊，我的儿啊……大伙才知道，她是喊石头，她曾跟秦铁匠说，认石头当干儿。

　　母亲并没有眼泪，她的干号声，让大伙的心都悬起来，似乎石头的死，成了事实。天地可怕的静。

　　按照剧情，石头会从水底下，一直潜游到河岸边，躲进水竹丛里，躲过敌人的追捕，终于把信送给了游击队。但是，这一百多米宽的河面，石头做不到，我们村任何一个男孩都不能完成，导演说，这要两个镜头来组合。尽管这样，我还是把目光投向河岸的水竹林，希望石头从那里钻出来。但是，没有。我们知道石头水性好，能在水里憋很长时间，可这也太长了，长得让人崩溃。

秦铁匠冲向拱桥，朝着水里喊道：石头——

似乎是听见他爹的呼喊，石头像一条白鲢鱼蹿出水面，之后，倒下。然而，他没有游动，只是平躺在上面，随波逐流。石头像一具溺水而亡的尸体，不过，从他阳光下一闪一闪的两只大门牙看，他的嘴在一张一合，他在和着水浪的韵律，大口大口地喘息。

石头还活着，只是在水里憋得太久了。

石头游向他的裤子，拽着他的裤子游到竹林边，穿上长裤爬上岸，走上石拱桥。导演要求石头跳第二次，导演这次让石头头朝下跳。这样的跳水姿势，我们还没试过。

我们都是脚朝下，在入水的瞬间，还要腾出一只手来，握着鼻子，怕被水呛着，石头这么往下跳，会不会有危险？

我从那些树林一样的腿和肥大的屁股间蹭过去，对导演说，石头太累，我跳吧。导演摇头，说，你俩长得并不像。你没有肌肉，只有肥肉。看他的肌肉多发达。你俩的身材，在镜头里一眼就能看出来。我把肚子一缩，胸肌鼓起来。导演不再理我，继续同石头说戏。

石头似乎没有耐心听导演细说，他开始了又一次表演。他走到石拱桥的最高点，双手扶着那个最大的石狮，跨过石板护栏，站到那伸出来的石梁上，借助石狮的遮挡，褪去长裤，背对着我们，一跃而下。

石头没能成功。虽然他没有像第一次那样双脚朝下，成自由落体。他像我们平时在河岸往水里扎猛子，但因为太高，运行时间长，石头没能控制好，他的动作过了，后背重重地砸向水面。

白色水花溅起一丈多高。如果是肚子朝向水面，那就完了，五脏六腑都碎了。

当石头第三次站到石拱桥的大石狮身前时，我冲向他，但被人拦住了，因为镜头还没完事。挡着我的是个大个子，长相特凶。我灵机一动，从他胯下钻了过去。我拽着石头，可石头不听，我就冲父亲喊，爹，你别让他跳，你快去阻止他。父亲说，那是人家的事，人家愿意。我说，爹，你可是他的干爹？父亲说，他亲爹都没阻拦。

我站到石头旁边，说，爹，你要是不让石头回去，我就先跳下去。

我是父亲的独苗，他指望我传宗接代呢。他吓得直朝我喊，黑鱼，你可别瞎来。他又冲石头喊，石头，你下来。见石头没动静，我的母亲跳出来，拽着石头的手，说，儿啊，你莫跳，你跳了，要是有个好歹，我这当干娘的，心里怎么过得去，心里怎么过得去……母亲说着，拍打着自己的胸脯，但我总觉得，母亲有演戏的成分，我要是那个导演，一定把我母亲选为群众演员。

石头跳了下去，这次，他跳得很成功。他只在快入水时，才将头朝下，深深地扎进去。而且，这次，他没让人担心，很快就钻了出来。

石头依然往石拱桥上走，看来他要接着跳。父亲见石头不理他，也不理我母亲，父亲就冲向导演，他说，你们在我的地盘上搞，招呼不打一个，屁不放一个，没门！他冲上去，挡在摄像机前，说，你们欺负这样一个孩子？不能再跳了，再跳就要死人了。父亲说着，把一只粗大的手掌，伸在导演面前。

干什么？导演说，要打架吗？父亲说，拿钱来，他跳了三次，拿三百块钱来。

导演说，说好的，一次一五十块，一共一百五十块。父亲说，这么玩命，才一百五十块？拿三百，一分不少。导演就递给父亲三百元。父亲接了钱，把钱递给秦铁匠。秦铁匠从三百块里，抽出一百元，递给父亲，说，黑鱼也出力了，这个给他。父亲说，你算了吧，我才不拿儿子的命挣钱。

父亲的话，伤秦铁匠很深，我看见秦铁匠手脚无措地站在父亲面前。我又看见不远处的柳树下，顺喜娘掩面而泣，她数说着，别让石头跳，我的儿啊，你别跳啊！她的哭声比母亲的更真实，更撕扯人心。竹林湾人关于她对秦铁匠"动了心思"的猜测，随着这哭声浮出水面。

石头挣扎着，父亲像老鹰抓小鸡一样，把他死死地抓住。

石头虽然认我父亲干爹，但是，他是怕我父亲的，他一直躲避着他，眼光躲避着他，人也尽量地躲避他，脖子扭到一边去。我父亲把石头拖进我家，对我母亲说，给他弄点吃的，压压惊。

母亲一把抓住石头的手，说，你那个狠心的爹同意你去跳水，是想得到一些钱，给顺喜娘买金耳环吧？母亲说，这个当爹的心可真硬！

母亲说这话时，咬牙切齿。母亲说，公狗想母狗想疯了，什么都舍得出来。石头要是有个意外，这个秦铁匠就后悔去吧！

母亲的话让我烦，我道：你莫在这里放屁！母亲大吼一声，我的儿，你也责怪娘？你这个无法无天的孽种，敢骂娘放屁。母亲是可怜你那个干兄弟石头哩。

我说，你可怜石头，你们就该给他拿三百块钱，让他不要跳！母亲说，我哪有钱？我凭什么拿钱？

我说，石头不是你的干儿子吗？你平时一口一个儿子，原来口是心非。他爹的心硬，你的心也软和不到哪里去！

母亲不再说话，到灶屋给我们煮了莜面，里面卧了四个鸡蛋，我们每人碗里盛了两个。我们热乎乎地吸着面条。父亲望着我们吃。父亲说，这个秦铁匠，想女人想疯了,他不向我认个错,儿子他别想领走。

石头说,不关他的事,是我自个要跳。

母亲叫道,唉呀呀,我们忙乎半天,一家人到底还是一家人,替他那个狠心的爹说话。

父亲说,你看住这两个小崽子,我找他们去。父亲说着,冲出屋去了。

我们很快吃完了面条,因为好奇,我们趁母亲洗碗,又跑了出来,直奔拍摄现场。

我们一边向河边走,一边说着话。我问石头,你这个苕货,你为什么要跳?石头说,导演告诉他,他们在县城的金沙河还要拍一场戏。这场戏演好了,下场还要带他去演。

你真的就相信他们?

我不想打铁。

他们真的能把你带走?

我喜欢演戏,像打仗,好玩。

你真的这么想离开这里?

这儿不是我的家。

你要到哪里去?

石头望一眼远山近水,眼里除了迷茫,没有别的内容。

我和石头回到电影拍摄现场,看拍别的镜头。我看见父亲正冲着导演指手画脚的。父亲向导演要五百块钱,导演吓得瞪大眼看着父亲。父亲说,五百怎么了?五百多吗?

导演说,我们没有那么多的钱,你这样闹下去,我们的戏没法拍了。原来导演相中了铁匠铺前的那棵大槐树,那是我们村子最大的一棵树。导演为了展现战争残酷的场面,把桥上、铺匠铺前的那棵树,还有田埂、河套,弄得乌烟瘴气。导演让人在大槐树上像挂灯笼一样,挂满蘸了柴油的破抹布。

在导演要将树点燃的那一刻,父亲冲上前去,制止他们。父亲说,这是我们村最大的一棵树,是宝贝,是树神,你们这样会把树烧死了。导演说,不会的,因为蘸了油,燃烧的只是油。油烧没了,火就熄了。这是夏季,是树叶最旺、最有水分的时候。

导演说着,就往父亲手里塞了一样东西。我后来知道,那是五百块钱。他真的给了父亲五百块,作为昔日的生产队长今天的村民组长,我父亲竟然将钱拿着了。父亲给我和石头买了一个西瓜。我和石头抱着西瓜,到铁匠铺里,同秦铁匠一起,将西瓜切开。秦铁匠吃了一小块,我和石头吃得肚子滚圆。

如导演所说,那树并没燃起来,那棵古树顽强地活着,只是树叶掉得太多,尖硬的枝丫像刀枪剑戟戳向天空,也是村子里的另一道风景。

我土匪头子一样的父亲,带着五六个未婚的年轻小伙子,组成一个"民兵小组",缠住那个导演,赚了一小笔钱。父亲曾在一次酒后吐真言,说剧组拍戏用的那些残砖断瓦,都是从死去的五保户家拆来,然后砌成残垣断壁的。父亲站出来要钱。砖不拿走,只用一下,父亲每块砖要五毛钱,是买一块砖的价钱。

导演给了父亲一些钱后,父亲还是狮子大张口。父亲百般纠缠,导演同意给父亲一个角色。父亲在那场电影里演一个汉奸,把鬼子带到我们的石拱桥上,来抓那个通信员,也就是石头。父亲说,挣钱,不是目的。他们宣传小红军,宣传我的二父、黑鱼的二爷,我怎么会要钱,我只是故意刁难导演,这不,让我演戏了。父亲演了汉奸后,摄制组再动我们竹林垸的一草一木,他都不要钱。一个月后,导演带着剧组,到七里坪山里拍摄别的镜头去了。

摄制组走前,要带石头一起走,说等一段时间,还要拍一部电影,叫什么《告别大别山》,也是战斗片。石头同意了,石头的爹放心不下,没让去。

后来,我们果然在电影里看到了石头的表演,原来石头那么机灵,那么可爱,有着明星气。他跳水的姿势很美,比我现场看到的好看。可惜电影是在腊月里放的,那个时候,石头已经离开了我们竹林垸。我在电影里,看着石头赤裸着跳水,觉得心里很冷。看完电影,我一个人躲在一株枯死的老柳树下,哭得很伤心。我先是想石头,可怜他,后来又可怜起我自己。

整个电影里,并没出现父亲演的汉奸,父亲一边看电影,一边拍打着自己的脑门,骂道,狗日的,让那个导演给骗了。这帮家伙,不是个东西,当时管他们要钱就对了。

4

拍电影的走了后,喧闹的竹林垸越发喧闹,除了铁锤的敲打声,我们小孩的打闹声响彻竹林垸。我们自此迷上了"打仗"。以前在电影里看打仗,我们模仿着玩,那是小打小闹。现在,这场近乎真枪实弹的"战斗"在竹林垸上演,点燃了我们的激情。我们的野性暴露无遗。每天黄昏,顺喜带一拨人,我和石头带一拨人。我们把柳枝绕成圈,戴在头上,背着木头枪,口袋里装着"子弹"玩攻城的游戏。我们把石拱桥当碉堡。有时转移阵地,撤退或攻另一个高地,去到村南的王母寨,后来又到七角山,这都是当年红军战斗过的地方。我们不喜欢演"敌人",都愿意演红军。我们多次跑到红军洞里隐蔽。

起先,秦铁匠不让石头去,要石头学打铁,后来让石头去了。母亲对石头说,你爹可不舍得让你去?你们前脚走,顺喜的娘后脚就到铁匠铺了。

母亲说话总是那么尖刻,指桑说槐。我们不理她,继续我们的"战斗"。有时候,那"仗"打得真逼真，不小心给脑袋"开了瓢"的，折了手的，崴了脚的，都发生过。我们瞒着大人，当钢铁战士。实在痛得受不了，没瞒住，我们也不说是"打仗"负了伤，只说是不小心摔倒了。

我们的暗号含蓄，在伙伴家门前一晃，一个眼神，递过去一句话：走，我们去战斗。

我们乐此不疲。那是一段快乐的时光，记忆中再没有过。

那天"打仗"累了，我和石头沿着河套上的石头台阶，下到石拱桥下，沿着河套往下走。河水涨了，农忙了，河面没有捕鱼的竹筏子、木浮子，河面空荡荡的，不好玩。石头说，咱们下到拦河坝那边去吧，去那边捡鹅卵石。我知道，石头是要躲避他的爹，躲避大人们的事。

他爹和顺喜的娘，最近有些"情况"。

我们沿着河套走出两里地，看见了拦河大坝。大坝西侧就是一个水力发电站，小型的。其时，水电站正在工作，我和石头走了进去，从那个很深的洞口往下看，看见水撞击着巨大的叶片，带动水磨坊的水磨，正飞快地转动。

我们被看磨人赶走了，说是怕我们掉到井里，被叶片打成肉末。我们就沿着石阶，下到大坝下，除了发洪水，大坝下的水流是平缓的，很浅，只一米宽的细河沟，两旁的水刚没脚踝。鹅卵石到处都有，我们的脚踩在上面，都看花了眼。我挑那种最光滑的，真正像鹅卵的石头，攥在手里。

我们看见一个寡汉在那里放牛，也就三五头牛吧。他不是我们垸的人，下畈垸的，外号叫大卵，真名叫什么我们不知道。他患病时，裆里肿得像熬肉的瓦罐那么大，他就把上衣外套脱下来，散开的衣扣朝向他，两只袖子系在腰间，像扎一个围裙一样。但那个地方还是鼓起老高，好像有个小孩拦腰抱住他。现在，他正患着病。我们看着他笑，他知道我们笑他的大卵，就拿话刺激我们。他说，你俩长得可真像一对双胞胎，不是双胞胎，也是一个爹的种。你们的爹是谁呢？是秦铁匠，还是教书匠？

我们知道他说的不是好话，就拿他的大卵取笑他。我说，这鹅卵真大。石头附和着说，这鹅卵还没人的卵大。大卵就过来夺我们手中的鹅卵石。他成日放牛，跨沟过坎的，脚倒腾得利索，几下就把我们的两颗鹅卵石头都抢走了。他一手拿一只，在手中掂量一下，将手掌翻转，并排托在一起。他突然笑了，说，你们不是一个爹生的，鬼都不信。日你娘，捡的两个鹅卵石都一样。他说着，笑着，把两个石头递给我，说，大小一点不差，比你爹裆里的两个蛋还匀称。

我接过鹅卵石，不再理他。他就是一堆牛粪，我们躲开他。顺喜爹死后，这个没女人的寡汉，竟然想住到顺喜家，与顺喜的娘成夫妻，让顺喜娘一顿好骂，说，你别做梦，我就是守一辈子寡也不跟你过。喜欢用词语的父亲说大卵是"癞蛤蟆想

075

吃鹅肉，不知天高地厚"。不过，此刻大卵的话倒是提醒了我，我们把两个鹅卵石拿出来一看，还真的，几乎是一模一样，我们可是信手捡的。我心里一动，好像我和石头真的是亲兄弟。

石头说，我们一人一块，放在床头。我离开竹林垸，我就把这块石头留给你，看，它们还真的像双胞胎。

他笑了，我也笑了。他的目光转向很远处，突然有所悟似的说，长大了，我们去当兵，我们去战斗……

看他那神情，他是认真的。我点头说，好，我们去当兵，我们去战斗……

田畈里都是忙碌的人，像我和石头这样大的孩子，也都在水田里帮大人干活，顺喜就在。我和石头是我们垸最快活的两个人，父亲疼我这根独苗，不让我下田。石头家不在这里，根本就没田。

5

河那边，铁锤声传来，叮当，叮当，叮叮当，叮叮当当……声音断断续续，不如石头他们刚来时的那么密实，但炉火依然很旺。我从我家的地里，抠出几个红苕，拿到铁匠铺来，扔进炉子里，不久，炉子里的香味飘出来。

母亲不让我抠红苕，说还没长成，可惜了。一棵红苕秧下，会长三五个红苕。我用手指把土轻轻刨开，抠出最大的一个来，再将红苕根轻轻地埋上，把红苕藤顺过来，覆盖在鲜土上，既不暴露被抠过的痕迹，那剩下的红苕还能生长。

炉子里烤的红苕，与娘为我们煮的红苕完全是两种味道。烤红苕那么香，那么软，剥开皮，里面流着黄亮亮的油。我和石头吃着红苕，烫得直吸气，嘴弄得漆黑，成熊猫脸。秦铁匠说，这时的红苕，味道其实不太足，红苕到深秋或初冬才好吃。这么烤，可惜了。他其实是怕我家的大人说我，我撒谎，说我娘晓得。心里却埋怨他行事过于谨慎。虽是外乡人，可毕竟只是几个红苕。他见我们吃得香甜，也就不再说我们。

烤红苕香了整个竹林垸，整个高桥河的水面都飘荡着它的香味。母亲显然闻到了，她来到铁匠铺这边。秦铁匠木讷着，说，我不让他们烤的，我不让他们烤的。母亲说，我儿子愿意，我就由着他。母亲说话时，扭头，撇嘴，下巴斜上翘，很做作，我只觉得全身一阵酸麻，让我在盛夏天里，心里有些冷。我知道母亲，她才不在乎几个红苕，她就是借口，到这个外乡人面前卖弄。

说好秦家父子在这儿留下来，石头九月一日同我一起，去王母寨学校上学。秦铁匠同顺喜的娘组成新的家庭。当然，那是大人的事，我们小孩不管，石头能留下就行。九月一日清晨,高桥河笼罩在晨雾中,石拱桥在时集时散的雾里,若隐若现。我背着书包,走在石拱桥上,像走在仙境里。在桥上时,我看不见铁匠铺,走过石拱桥,没见石头的影子。铁匠铺就在眼前,但门前晃动的影子,竟然不是石头,是秦铁匠。我走近了,才看清他阴沉着的脸。他正在归拢门前摆放的杂物。我问,石头呢?秦铁匠说,你以后别来找石头了。

为什么?我大声问。他说,我们要走了。我只觉周围的雾全压了过来,又重又冰冷。我质问他,不是说好了吗?我冲进屋去,石头低着头,一边生炉子,一边抹眼泪。以前,这个样子我也见过,眼睛是被烟熏的,但今天,显然不是,我听见了他的呜呜哭声,很轻,但我还是听见了,像蜂鸣,像河水呜咽。

我搬来父亲当救兵。天已亮开,我看见秦铁匠已经在收拾东西,看来,真的是要走了。

父亲问,一定要走吗?秦铁匠用沉默回答了父亲。父亲说,把石头留下吧,你安顿好了再来接他。秦铁匠没有回应父亲,埋头叠放石头少得可怜的几件衣服。

我一直看着他们。父亲对我说,你上学去。我说,石头不去,我也不去。秦铁匠说,我们先不走,我们还欠别人的几件农具要打。

如果是平时,我肯定不上学,偏偏那天,举行开学典礼,我作为尖子生代表发言。

下午放学,我快步冲向竹林垸,直奔铁匠铺。铁匠铺门关着,那把象征性的旧锁挂在门环上。我推开门,屋子里空荡荡的,属于秦铁匠和石头的东西,几乎都带走了,只有那块鹅卵石,静静地躺在床头的那张旧桌上,虎头虎脑地朝着我。石头上有水滴,我也不知道是他洗过,还是他的眼泪滴在上面。

我一把抓起石头,冲上石拱桥最高处。

西望茅草地,一条路空荡荡的,将茅草地切割成两半。在坡地转弯处,我看见了他们,秦铁匠挑着担子。他的背,比夏初他刚来时驼得更厉害。重担压迫下,脖子像长颈鹿似的努力向前向上伸展。石头在他身后,半低着头,脖子前伸,像背着书包,但那书包并没有在他肩上。

我拔腿去追,父亲在身后拽住我。母亲说,太远了,石头都等你半天了。他爹非要走,石头说,要等你放学回来。

我说,那为什么还是没等我?母亲说,这不,太阳都落山了。母亲长叹一声,石头这孩子可怜,天都快黑了,也不知道要去哪儿,在哪儿落脚。父亲骂了句,你个妖婆子,怕是舍不得石头他爹吧。声音却变了,震颤着,像弹花匠手里的钢丝绳。

我嫌恶地瞥父亲一眼。

他们向西,朝着太阳落下去的地方,走得很快,好像是要追赶那轮就要沉下去的遥远的夕阳。

我紧握那块石头。我抱着石拱桥最顶端那头大石狮，那是石头经常抚摸的地方。我看见石狮凸起的眼珠湿淋淋的。我知道，那不是它的泪，石狮是不会流泪的，那是河面升上来的水汽。

说好是他们留在竹林垸的，怎么就走了？不知是顺喜娘伤了他的心，还是这儿铁匠的生意不好。大人的事，我们小孩子弄不懂。

我哭了。我想，石头走时，也一定哭过。我低头拭泪。等我抬起头时，他们的背影已随着天边晚霞的暗淡，渐渐远去。一同远去的，还有我的少年时光，我的欢乐和悲伤。耳畔那熟悉的铁锤声，也随着夕阳最后那一抹余晖的消逝，湮没在悄悄弥漫过来的酽稠的暮色里。我隐约听见石头的呼喊，声音穿透夜幕的微暗，成一道光亮，向我奔来：长大了，我们去当兵，我们去战斗……

6

我自此再没见到石头。人们都开始买现成的锹镐和别的农具，秦铁匠再也没来过我们竹林垸。有几次，我很想去找石头，虽然两县搭界，他毕竟是外乡人，茫茫人海，我怕找不到他。

那年中学毕业，乡村贴出征兵标语"好青年，当兵去"，就贴在村里那棵大树上，还有旧房子的墙上，这让我想起《我们去战斗》的拍摄情景，石头的话，飘然至耳旁，我们去当兵，我们去战斗……

我去镇上报了名。

父亲说，你到部队后，抽空到部队的干休所去打听，有没有一个叫曾纪红的老红军。他固执地认为，二爷还活着，且是一个大官，现在退休了，在干休所里养老。他之所以没回我们竹林垸来——他当兵时年岁太小，记不得家。父亲认为烈士墙上那个曾纪红，很可能是搞错了，是同名同姓的另一个人。

我觉得父亲是臆想。

我去当兵的地方是东北。临近几个县去东北的兵，乘同一列火车。我正襟危坐，看着对面的新兵，从他们的脸上，我看到了自己的傻相。越过那排新兵的头顶，我看见远处有个新兵，虎头虎脑，很像石头。我起身，向那边挤过去。

接兵干部问我：干啥去？我竟然脱口而出：我们去战斗！说完，我愣在那里。与我一样的新兵们，都看着我，傻乎乎地笑。我也笑了。

接兵干部没有批评我，他粗大的手，落在我的头上，摩挲了一下，那细微的力量告诉我：去吧。

我热泪奔涌。

【作者简介】曾剑,湖北红安人,发表小说二百余万字,出版长篇小说《枪炮与玫瑰》,获多种军内外文学奖项。鲁迅文学院第二十八届高研班(深造班)学员、中国作家协会会员,沈阳军区政治部创作室创作员。

选自《当代》2017年第4期

猎 舌 师

房 伟

1

行动在晚上七点整。骆宁安下午一点二十分,到回龙街住处,最后一次看望妻女。她们正收拾行囊。宁安点燃香烟,蹲坐在青石板,看着负责行程的老鲁将行李一件件地搬出,放在院子天井旁。绿萝郁郁葱葱,散发出香气。不到盛夏,天不够长,天边有了些影子,皴皴地染去,映衬着祥和安宁。院子不大,宁安花了不少心思,种满花花草草,有虎耳草、二月兰、月季,还有株黑皮桑树,有些稚嫩,但已舒展开身子,不用几年,就是一番亭亭如盖的景致了。雨天在屋檐下,喝清香淳口的龙井,听听雨声,给女儿梳头,读几卷《文选》,晚间烧锅爽滑可口的豆腐,想来是惬意的事。

今夜过后,如果骆宁安还活着,等待他的将是艰苦的流亡生涯。如果不走运,小院将是他最后的美好回忆。宁安贪婪地望着这两年辛辛苦苦积攒的小家当,内心充满苦涩。人是向往安逸的动物,哪怕极大的苦痛屈辱,人也要寻找活下去的借口。就在这个小院,两年前的冬天,母亲和兄长一家,被日本人的刺刀挑死。母亲被刺穿喉咙,血流了一地,渗入青石砖缝,怎么冲洗,骆宁安都能看到小小的、刺眼的红点,闻到刺鼻血腥味。那是生养他的母亲的血,任何园林美景都无法遮蔽。骆宁安闲下来,常在这院子坐到天亮,不停地抽烟。他没告诉妻儿,无数黑夜,他都能看到血色像油漆般堆积在夜空,老母和兄长、嫂子、侄儿,横七竖八躺在院子,血淋淋的。兄长被井绳活活勒死,双手愤怒地伸向天空。嫂子下身赤裸,仰面朝天,葱绿的棉袄破烂不堪,肚皮上积淀着日本人骚臭的尿液。侄儿一大截粉红色肠子,被日军生生地拽出,就横在他的脚边,慢慢变得黑紫。死去的亲人一言不发,就这样定格在惨烈瞬间,在他的眼前不断重复播放。

2

骆宁安成为南京日本总领事馆的厨师有一年多了。南京被占领之前,他就是松涛楼颇有名气的淮扬菜名厨。骆家祖上在金陵也是读书人，出过举人秀才，但到了宁安父亲这辈，败落得厉害，只在小学当语文教员，勉强糊口。宁安幼时聪颖，旧学颇有底子，后来到新式中学读过几年。不知为何，宁安突然退学了。众人都劝，但也有明白人，知道宁安父亲突然过世，大哥做布匹生意，又被贼偷了几回，家里非常困难。宁安避过乱哄哄学潮，安心去松涛楼学厨师。对读书人来说，无论新旧，君子远庖厨的看法都存在。很多人认为宁安是堕落贱业。南京餐饮业，规矩也多，有严格师承关系和厨艺派系，但宁安硬生生地，从一个门外汉成了技艺精湛的名厨。他娶妻生女，生活也算自在。

民国二十六年（公元1937年），日本人攻打南京城，一切都变了。母亲和兄长一家死难。宁安的妻子和女儿，侥幸逃过劫难。宁安在中华门附近的房子毁于战火，只能搬到回龙街兄长原来的住处。日本占领南京，六个星期不封刀，大部分难民逃到国际安全区。母亲和兄长一家，死在宁安眼前。宁安泣血哭号，几天不吃不喝。妻子和女儿担心他被灾难击垮。谁知宁安突然停止绝食，走出家门，意外地在日本领事馆谋到厨师职位。领事馆对挑选服务人员非常严格，需要两代以上南京本地人，且有当地绅士做铺保。这些中国人要不懂日语，这样不能泄露领事馆机密，但要聪明伶俐，长相顺眼。宁安去面试，副领事对他非常满意。宁安向领事馆讨要了良民证，暂保妻女平安，在血腥乱世挣扎下去。

寒冬过去，宁安第一次见到领事馆的厨师长虎太郎辽。日本人成立维持会，后来又有梁鸿志政府，南京秩序慢慢稳定，但宁安看到日本兵，还是忍不住哆嗦，不知是气愤还是胆怯。领事馆后厨，宁安和一群刚应聘的厨师，忐忑不安地等待着厨师长。宁安个子中等，面白身长，算是标准的中国美男子，但遭逢亲人大难，此刻憔悴消沉。宁安站在人群中，听到"咔嗒""咔嗒"缓慢的木屐声，循声看去，一个精瘦的老头穿着日式料理服装，向他们走来。老人个子矮，腰杆异常挺拔。他的头昂着，目光沉稳威严，脸如刀砍斧削般硬朗。他走路也一丝不苟，似乎不会踏错一步。

谁能告诉我，料理奥义是什么？老人突然用生硬的中文发问。

厨师们窃窃私语。这些厨师大多来自中国，也有少部分日本料理师和欧美西餐厨师。大家交头接耳，对日本老头的发问感到迷惑、好奇。每个人都对厨艺有不同的理解，但当众讲出来，还颇让人踌躇。

老人点了几个厨师的将，回答无非"让人尝到美味""感到满足""人生美满幸福"之类，老人皱着眉，并不满意。最后，他看向了宁安。

宁安想了想说，名厨王小余，曾协力袁枚做《随园食单》，以味媚人者，物之性也。尽物之性以表其美于人,是为厨之道。

老人目光闪烁,说,你这中国厨子有些文化。以物悦人,还是以人悦于人,尽物之性以表其美,不过伺候人的功夫。只有日本料理,才真正接近厨艺奥义。

宁安不置可否。老人见他似有不服之意,又转脸向众厨师说,我是你们的厨师长,日本京都的虎太郎辽。今后要和诸位共同服务于领事馆。诸位辛苦了。

虎太郎恭敬地向大家行礼。

他又对宁安说,这位中国师傅,我们各自做道菜给大家品尝,再讨论这个问题吧。

宁安百般推脱,虎太郎执意要比,只能定下题目,比肉类烧制。宁安索性也不再想其他。人为刀俎,我为鱼肉,怎能违拗这日本家伙呢?他自应了这营生,不过行尸走肉罢了。但日本人如此嚣张,只好豁出命来应付。

3

宁安做的是泥炉烤鸭。副领事爱淮扬菜,尤喜松鹤楼泥炉烤鸭,宁安恰是做鸭子的高手。上选一岁苏北鸭,又肥又嫩。宰杀完,去毛,洗净,天香斋上好酱油腌制半小时。宁安拿出特制烤炉,点上炭火,将鸭子从下到上穿在戟形铁叉,左手运转如飞,不停翻动铁叉,右手根据火候,不断在鸭身刷蜂蜜、植物油。这手绝活儿是一心二用,考验厨师对火候的把握。鸭子烤透,宁安开炉子。喷香的鸭子,色泽金黄。

宁安又耍起刀工,用锋利小刀揭鸭皮,待肥鸭焦酥酥的皮剥落,鸭子像洁白天真的少女显露了胸怀。宁安再用大一点的刀,专门削肉。他的速度很快,刀随腕转,如乱雪纷飞,不多时鸭子变成骨架。他把鸭肉放盘,搭配香葱、姜丝等作料,骨架做了汤,这就是"一鸭三吃",周围一片喝彩。宁安听出,喝彩的大多数是中国厨师。泥炉烤鸭虽是烤,但方法和风味全不同于北方烤鸭,也算淮扬菜精品。

虎太郎也已完成。他的料理,相比宁安,简单了很多。这个瘦小的日本厨师,将一块上好的奈良牛腰肉,先进行简单处理,配比大料后腌制,然后以陶制器形进行反复捶打,再加以刀工处理,酒精炉爆火炙烤,端了上来。

中国厨师都撇嘴。不就是烤肉?大家先吃宁安的鸭子,肥而不腻,皮焦脆,肉软糯,汤清爽。大家赞不绝口。要吃虎太郎的烤牛肉,虎太郎却喊,先等一下。只见他飞快端上火炉,一盘冰屑,搭配芥末、辣酱等十余种日本佐味品。大家伸着筷子夹牛肉,谁料虎太郎刀工极快,看似成块牛肉,竟幻化成透明蝉翼似的极薄的肉衣。

虎太郎飞快夹起肉,先以火炭炙烤,然后包裹冰雪,蘸上调料,填送到嘴里。大家依样学来,立刻感到鲜嫩的、带点血丝的牛肉,甜美生鲜,入口即化,二次炙烤的热度搭配冰雪和刺激性调料，仿佛在舌头上开"冰火两重天"的舞会，将肉本身丰富的味道，都绽放在味蕾之上。大家仿佛能感到，狂牛奔于火场的狂悍霸气，猛虎笑傲雪原的无上自尊……

料理被大家吃光了。但对两道菜的优劣，大家并未出声，而是一起看向虎太郎。只见他缓缓地说，优秀的厨师，要有杀手的冷静和屠夫的坚忍。你们不是揣摩客人口味的、谄媚的厨子。你们要做舌尖的征服者，美食的王者！

厨师们都吃了一惊，未理解虎太郎的意思。他又说，中华料理博大精深，特别依靠中国丰富无比、变化多端的食材，花样繁多。可惜的是，中华料理失去创造力，一味腐败奢华，不重营养，重油，重烦琐工序。料理不仅满足口舌之欲，更让人清洁、严肃、奋发……

虎太郎拿出把银灿灿的日式小厨刀，说，这是我的老师，京都料理大师五十岚本辉赏我的。将来哪位师傅能做出令我敬佩的料理，我将转赠于他。

虎太郎用眼角余光扫了一眼宁安。

羞辱，这是彻底的羞辱！宁安呆立现场，脸色惨白，内心有声音狂喊，我不服！不就是烤牛肉吗？几句轻飘飘的话，就把我十几年精通的手艺否定了。这算什么？但冷静下来，宁安又不得不承认，这个讨厌的日本厨师，有几分道理。但将厨艺和亡国联系，让人的自尊心难以接受，更何况，骆家刚有至亲死于日本人屠刀之下。

宁安用指甲抠掌心，鲜血溢出。他本恬淡随和，却第一次有了和人争胜的心。

4

老鲁拉了宁安一把，示意他该走了。

宁安丢了烟头，迅速地离开小院。他甚至不敢回头，他很怕妻子担惊受怕的眼神，更害怕女儿稚嫩的呼喊。他们悄悄走到街角，老鲁握着他的手说，猎刀，领事馆门口见。

俩人分开，宁安独自走去。下午阳光正好，天蓝蓝的，行人慢吞吞地，小贩们懒洋洋地叫卖着小吃，毗邻的小商铺，各式烟卷也摆了不少，似乎风光还好。南京似乎还是那个南京，丝毫没有两年前人间地狱的模样。但宁安知道，那只是表象，满街飘扬的日本小旗，提醒他屈辱的经历。宁安的步子越来越沉重。他本不必要这样。他可以安逸苟且地活下去，凭着手艺，他还能在乱世活着。

宁安思绪乱如麻团。他深深地呼了一口气。他不能这样。他必须和敌人战斗。此刻，他仿佛看到母亲和兄长一家人，正在云彩旁边，冷冷地望着他，似是责备，又似是鼓励。

他不能原谅自己。他打破了厨师的底线。今晚，他将害死很多人。尽管，这些都是该死的日本人。他还记得，当初他拜在松鹤楼最有名的师傅顾八爷门下，面对祖师爷易牙的画像，他的第一个誓言，身为飨子，绝不以厨艺害人！如今师父过世，他却成了顾氏淮扬菜门里的败类。想到师父对他的殷殷期盼，宁安心如刀绞。

他没有放弃复仇。他进入领事馆，不是那么简单。他从未干过这样的事，但老鲁找上他，他还是毫不犹豫地答应，取代号为"猎刀"。他要为惨死的中国人复仇。

老鲁30多岁，公开身份是调料店老板，常年穿件油渍麻花的大褂，身上有股酱菜、花椒味。他的"宝瑞调料园"也在南京城开了快十年，颇有信誉。宁安当厨师，没少和他打交道，但谈不上是朋友。宁安瞧不上他猥琐的劲头。老鲁有个绰号叫"鲁大料"，人胖，眼小，见人就弯腰作揖，讲恭维话，还兼任自治会保甲长。这么滑头滑脑的小商人，谁也想不到，竟是隐藏极深的军统特务。老鲁向他表明身份，他还以为开玩笑。当老鲁严肃地拿出对宁安的委任状，他再也不敢说"鲁大料"是个肤浅的家伙了。

"啪"，老鲁将一把黑黝黝的手枪拍在桌子上，笑嘻嘻地说，骆师傅，你有三条路：一条是杀了我，向日本人领赏；一条是我们一起杀鬼子；最后一条，是我枪毙了你。我们军统在敌后提头过日子，你了解我的秘密。不是自己人，只能处理了。

宁安想到惨死的家人，把牙一咬，答应了。

你要隐藏好，给冤死的同胞报仇！老鲁紧紧地握着他的手。宁安却感觉那双浸泡酱菜的手，臭烘烘的。老鲁也看出了宁安的嫌弃，尴尬地抽出手，自嘲地说，你这读过圣贤书的厨子，别瞧不起人。大家都是庖丁、易牙的门人。你们上了锅台，我们在后厨罢了。宁安连忙摆手，说只是不习惯罢了。老鲁狡黠地笑了，又说，大厨还是老实人。咱们往后都是同志，管他前厨后厨。哪天我要是牺牲了，你可要给我做道大菜，好好祭奠一下。

5

宁安进入领事馆，也偷偷跟老鲁学习了很多特工技能，如开锁、盯梢、显影等。宁安在这方面远不如他的厨艺。他观察领事馆来往人等，画出领事馆内部构造图。他甚至溜入领事办公室，拍下了一些文件。当时非常凶险，领事回来，遇到他在办公室门口，非常怀疑。好在他平时为人低调，厨艺精湛，领事对他印象不错，这才盘查几句，放行了。这也让他有种鬼门关上走一遭的感受，后背衣服几乎湿透。他常将情报用明矾水写在白纸上，送到关帝庙神像后的一个小洞。

宁安不适合当间谍。他胆子不大，不够机警灵活。"猎刀"是赝品，到底只是"厨刀"。早上，宁安五点半就进入领事馆准备早饭。他总能第一个看到虎太郎。如果抛却民族仇恨，宁安很佩服虎太郎的敬业精神。他满头银发，严肃认真，年过五旬，异常注意仪表。他说厨师的仪表，决定食物的心情。虎太郎不抽烟，不喝酒，除了做饭，钻研做饭，没有太多嗜好。他的厨师服一尘不染，做料理时准备手套和口罩，不让脏东西污染自己和食材。每次吃完饭，他和大家打扫厨房，将每个脏盘子和碗弄得干净闪亮才罢休。他令人发指的敬业，让领事馆所有厨师对他既敬畏，又害怕。没人和他亲近，他也不在乎。他只在乎食客的评价。宴席散罢，个子矮小，却异常挺拔骄傲的虎太郎，背着手，笑着走过每个食客，询问他们的就餐感受。

　　虎太郎仅有的爱好，就是清晨锻炼刀术。虎太郎夫人早亡，有两个儿子，参加日本陆军，都已死在华北战场。虎太郎丝毫看不出老鳏夫的颓唐，反而多了几分决绝气息。虎太郎的刀法不坏，据说得到三刀流大师黑木重信的训练，有较专业的身手。他用刀术锻炼身体，也磨砺心志。晨曦，领事馆后院的翠绿草坪，宁安总能看到老厨师挥舞着日本刀，不停地旋转、劈砍、飞舞。他的手腕灵活地抖动，无数尘埃在清冷寒气之中漂浮在他的四周，仿佛飞奔舞蹈的野马，被快如闪电的刀分割成无数染着红光的残影。想来虎太郎神乎其神的厨艺刀工，也得益于此。宁安在他练刀结束后，上前询问料理安排事宜。

　　虎太郎讲述了几句，突然问宁安，骆师傅，你进入厨界多少年？

　　宁安说，大概有十年了。

　　听说你是读书人出身？

　　我读过中学，但家境不好，就退学了。

　　想没想过，学习日式料理精华？

　　宁安想也没想，就说，我出身江南淮扬菜顾氏，没想另投名师。虎太郎师傅，我是佩服的，但骆某不才，并不等于中华料理无人。您的料理奥义精深，也只是在日本罢了。

　　愿闻其详。虎太郎来了兴致。

　　宁安侃侃而谈："料理有地方性和世代性，如人有种族之差别，古今之别。唐宋喜鱼脍，那时日本尚无刺身。明清八大菜系，已成规模，皆为各地域和世代之精华荟萃。川喜辣，鲁爱咸，粤好甜，是各地口味和地理气候风物不同。无辣，则无以祛除湿热，川人的体质就会受损。怎能用简单的繁复腐败概括？"

　　宁安吃惊的是，虎太郎并不生气，而是略带欣赏："美食不可媚人，而只能魅于人。我无贬低中华料理之意，只为激发你的斗志。强者的美食，有容纳百川之力，日本和食是自中华、欧洲，日本本土延绵接近数百年的汲取，才成就了今天日式料理。"

　　"我才疏学浅，不能领悟您的微言大义。"宁安再鞠躬，心里却颇有些意动。中国厨师，大多在名贵食材和花样翻新上下文章，少有深究其内在玄理。

那您是不能学习日本料理了？

宁安沉默着，气氛有些难堪。

虎太郎冷冷地摇头说："这便是故步自封了。我20岁成为高级板前师傅，在京都菊见楼指挥十几个调理师，曾为朝香宫亲王做寿宴。我以苦练多年的刀功和对食材、时节和自然的协调，著称于日本。你要学，还要看我是否肯教！"

虎太郎擦干汗，昂首步入领事馆的后厨。

6

宁安在领事馆度日如年，但毕竟有了稳定工作，收入也稳定了，妻子重新收拾兄长家的小院，女儿也嚷着要去重新开张的小学上课。每天宁安回家，都能闻到诱人的烟火气，看到女儿天真的笑脸。不同的是，宁安每次上下班，都要受到日本兵盘查。女儿的小学，也开设日语课程。他们是"亡国奴"了。

任务一次次传来，宁安不堪重负。新鲜劲头过了，每天提心吊胆。他晚上做噩梦，梦到被日本兵抓走，被日本刀砍断脖子。他想报仇，妻儿却让他牵肠挂肚。他想杀日本人，可想到杀人场景，心惊肉跳。夜深人静，他甚至偷偷地后悔，一时冲动加入掉脑袋的组织。宁安每天买菜，去山东路菜市场，必然经过宝瑞调料园。他们是单线联系，宁安看到调料园摆出"朝天椒到货"的牌子，就知道有新任务，才去和老鲁接头。老鲁很机警，从不让宁安亲自去调料园，而是看到信号后，去关帝庙传递情报，约会碰头。

宁安和老鲁说了几次，说自己不是特工人才，让他介绍宁安去前线，好歹真枪真刀地拼杀，也比提心吊胆强。老鲁笑着说，晓得啦，骆师傅是专业厨子，业余间谍。谁让我们的特务，都没有好厨艺，进不了领事馆。等不了多久，有重大任务给你。做完后，你全家撤退到重庆。我都安排好了。

听老鲁这么讲，宁安的心里却更不安了。重大任务肯定艰难凶险至极，但也没有别的办法。老鲁听说虎太郎和宁安斗法的事，他恨恨地说，日本兵欺负人，日本老厨也看不起中国人。骆师傅，找机会给中国人长脸，灭一下老厨的威风。

你的厨师做得越好，越少人怀疑你。老鲁又露出狡猾的神色。

宁安苦笑不语。他和虎太郎极少讲话，但工作配合还算默契。一天，领事馆宴请要转道归国述职的本多丰繁大佐。本多大佐隶属于第十二军第十旅团，是一名善战勇悍的联队长。他长期驻守山东济南，但近来山东的敌对势力发展很快，他忙于征伐，饮食不规律，落下了严重的胃病。山东乃鲁菜之乡，口味偏咸，喜放酱油和重料，本多不习惯。日本料理偏生冷，他的胃也难以承受。此次他吃了宁安的淮扬菜，非常舒服。他要求宁安出来见面，要在述职回到华北后，将宁安带到济南，专门负责给他打理饮食。

宁安拒绝了。他不能离开南京城，理由是照顾妻女。本多不耐烦地让他带上妻女一起去济南。

对不起，我不能和您去。宁安还是拒绝。

本多大佐喝了不少酒，脸上浮起凶戾神色。他眯起眼说，厨子，你知道我们在战场上怎么称呼支那人？

呛骷颅！大佐有些微醉，我们喊着这个名字，砍下他们的头。

本多大佐又说，我们和支那军人艰苦作战。他们非常狡猾。夜间行军，他们有时就藏在急行军的队伍中，也会说几句日本话。这时就要看后背有没有草鞋喽。中国人混在我们联队里，我捉住他，让他盘腿坐着，双臂交叉放在胸前。所以头被砍掉，人往前倒，身上没有一丝血。我的副官得了性病，据说脑浆可治疗。他就把那脑袋劈开，用饭盒煮着吃啦。

宁安笔直地站着，汗水已湿透衣服。他咬着嘴唇，不吭声。副领事和其他工作人员都悠然地喝着茶，没有劝阻的意思。

大佐上前，拍着宁安的肩膀说，让你走非常简单，把你的妻女送到南京慰安所，就在孝陵卫附近。洒一高！没有命的，开放！开放！

大佐哈哈地笑着，仿佛回忆起了什么美好往事，嘴里还喃喃自语着"洒一高"。宁安不懂日语，但这一句他几年间听很多日本人讲过，就是来性交的意思。两年前，日本兵喊着这样的口号，强奸并杀死了母亲和嫂子。宁安平静下来。他早该死了，死在两年前。当时他躲在角落，眼睁睁地看着日本兵杀死母亲和兄长一家人。他是懦夫，藏在常春藤后，连哭泣都不敢出声。那天晚上，天下着小雨，不像雨，也不像眼泪，那是耻辱的血。他像行尸般活到现在，能报仇，是造化，不能报仇，就是命。他认了。

大佐不能这样做。

宁安听到生硬的汉语在耳边响起，回头看，竟是虎太郎。

虎太郎面无表情地站在宁安身边说，骆师傅是领事馆厨师的主要干部，领事馆外事接待非常繁忙，大佐要走他，我们很多任务无法完成。

大佐愣住，悻悻地，又扭头看副领事。副领事漫不经心地说，本多君，你去本土述职，回来还要一段时间嘛。我再劝劝骆师傅，毕竟故土难离。实在不行，我再派给你其他优秀的淮扬菜师傅。

本多大佐不再难为宁安，但仍狠狠地瞪着他，直到被其他军官拉走。宁安缓缓地退出宴会厅。春日阳光炽热，宁安仰着头，碧蓝的天空像泛滥而出的海带滚汤，腥甜、浓郁、刺鼻，宁安一阵眩晕，蹲在地上干呕。

虎太郎走过来，叹了口气。宁安问，为何要救我？

你是优秀庖人，虎太郎说，应死于厨台之前，而不是被武人屠戮。

这也是理由？宁安没好气地想，虎太郎还真痴迷于庖肆之艺。不管怎样，虎太郎毕竟救了他。宁安浑浑噩噩地回到家，大病了一场，大半个月才慢慢恢复。

7

老鲁等宁安病好了些，才约他见面，安慰了一番。宁安回领事馆工作，被告之，有一场非常重要的宴会。虎太郎厨师长向副领事提出，要和宁安比试中日不同厨艺。副领事留学欧美，在帝国大学当过文科教授，也在南京多年，是日本外交界有名的"老饕"美食家，听闻如此建议，欣然同意，让宁安和虎太郎各自做出拿手菜肴，让大家评鉴。

副领事传下话，春意越来越浓，就以"春"为题吧。

宁安不想比赛。他担心影响任务。自从参加军统，他从没睡过一次安稳觉。他想复仇，也想早些结束折磨，在大后方隐姓埋名地活下去。但副领事的命令，也不好违背。

副领事的夫人菊子，是温婉秀美的日本女人。她对领事馆的中国人很关心。副领事的小公子洋平，不喜日式料理，爱吃中餐。洋平只有7岁，天真可爱，体弱多病。副领事特别嘱咐宁安，让他给洋平做些可口的。洋平出生在中国，日语似乎还不如汉语好。每次见到宁安，总跑过去抱住他的腿问，宁安师傅，有好吃的吗？宁安本不是口吐莲花之辈，可不知为何，每次看到洋平，他的内心总涌动着无限关爱。

傍晚，宁安收拾完厨具，正准备回家，菊子夫人匆忙地走来，焦急地对宁安说，骆师傅，洋平吃不下饭，你能否帮他单独弄点？宁安点头，却并没有动。晚餐是虎太郎做的日系料理。他还专门给洋平做了饭。宁安若主动答应，似是对虎太郎的否定。更何况，副领事刚给他们下达比赛的命令，但菊子夫人焦急的样子，又让他于心不忍。正在踌躇，虎太郎走来，对宁安示意，骆师傅，能否帮我看看洋平？为何我的料理，他吃不下呢？

宁安看到虎太郎谦虚的样子，也不好反驳，就一起去看洋平。洋平躺在长沙发上，看上去怏怏的。宁安回头问虎太郎，厨师长，请问您为洋平准备的和食是什么？

虎太郎说，洋平食欲不振，身体代谢慢。我炖了梅子味噌汤，用于开胃，并为他特制了乌龙汤面，用鲜鳜鱼熬的高汤，非常滋补。洋平依然吃不进去。

宁安想了想说，您的对策总的来说没错。洋平食欲不好，您以梅子酸刺激胃肠蠕动，鱼汤鲜美，也很营养。这方案针对大人可以，但孩子胃力弱，不适于刺激，更适于调养。和食偏寒，洋平从小吃中餐，乌龙面对他来说，还是硬了一些。

虎太郎不住点头，认真地对宁安鞠躬说，受教了。

宁安看着虎太郎，心慢慢放轻松了。洋平也翻身下沙发，欢笑着说，宁安师傅，给我带好吃的了吗？马上就做好，宁安笑着回答。虎太郎和宁安商量洋平的食谱。虎太郎身为厨师长，原本不需要对小孩的饮食如此用心。宁安在那张严肃甚至有几分刻板的脸上，找不到任何特殊的理由。他小心地提出用文思豆腐汤搭配虾球鸡蛋饭，虎太郎又添加了几条建议。洋平嚷着要看宁安做饭，菊子夫人只好带他来到后厨。宁安师傅，什么是文思豆腐？洋平问。

宁安认真地解释说："中国人将豆腐叫小宰羊，就是说它非常鲜美，苏东坡有云：'煮豆作乳脂为酥。'文思豆腐是乾隆年间扬州僧人文思和尚所制。用刀将豆腐削成细如丝线的丝，软嫩清醇。香菇、冬笋、火腿、鸡脯肉，有助消化和滋补，细细地切丝，用雏鸡炖清鸡汤，糖和淀粉勾芡。此道菜难在刀工和火候，刀功还需虎太郎厨师长，我是不如的。"

虎太郎也不推辞，他拿出特制日本厨师刀。不一会儿，各种辅料就切好，豆腐丝散在清鸡汤里，如银河散发的银亮光丝，又点缀各类辅料，真是五彩缤纷，闻起来香甜浓郁。

汤好了，这边宁安焖的米饭也差不多了。他选用上等鸡头米，饭焖得偏软，适合孩子。鸡蛋饭是传统日本和食，不过加了虾仁。他们将饭端上来，不是用碗，而是用带槽的红木板。这样做出的饭更软和，宁安用类似做蛋糕的小模具，将鸡蛋和北海道甜虾茸倒进去蒸熟并固定。等米饭好了，把那些甜虾球和鸡蛋粒倒上去。

就是鸡蛋饭吗？洋平忍不住说。菊子夫人赶紧拉住他，对宁安和虎太郎歉意地说，实在对不起，小孩子不知深浅，两位做出的鸡蛋饭，一定是最好的。

宁安和虎太郎相互看了看，小孩子心急。宁安很快拿出一碗小球状东西撒在饭上。神奇的一幕发生了：小球渐渐融化，包裹住虾球和鸡蛋粒，冒出阵阵芳香。虎太郎又在饭上撒了青葱、梨片，煞是好看。洋平欢呼，先是小口吃，后来迫不及待地用勺子盛，很快吃了一大碗。

到底是什么？菊子夫人说。虎太郎做了解释。原来那是熬煮鸡脯肉凝结的鸡肉冻，加了法国红酒提鲜。这是宁安从欧洲菜式得来的灵感。

这些料理是中国菜，还是日本菜？洋平天真地问道。

宁安和虎太郎都窘住了。文思豆腐是淮扬菜，却是日式刀工；鸡蛋饭是日本料理，却有西洋烹饪法和中国模具。这真是很难说清楚。

8

洋平吃罢晚饭，已是晚上九点多。虎太郎请宁安在领事馆外的草坪散步。暮春天气，晚上风还凉，街面不见几个人。远处看去，领事馆灯火辉煌，日本太阳旗在墨绿色天幕随风摆动，光滑结实的大理石地面和精美的石柱相映衬，显得雍容华贵，并提醒着所有中国人，这里是征服者的住所。

宁安呆呆地站着，对虎太郎说，先生，我不想和您比厨艺。

骆师傅是害怕？虎太郎冷冷地说，还是认为中华料理彻底衰败了？

宁安血涌面皮，可恶的日本老厨！刚生出的好感也烟消云散了。宁安攥了攥拳，强忍着回应说："我不过是普通厨师，乱世挣扎求生罢了。至于中华还是日本，谁第一很重要吗？"

虎太郎愣住。他没想到宁安如此态度。

宁安又说，两年前，南京城破，我的母亲和兄长一家，惨死家中。侄儿小志如果活到现在，也该和洋平差不多大了。

虎太郎脸色变了变，想说什么，却欲言又止。许久，他才说，战争不好。我也不喜欢战争，我的儿子铁兵和铁志，都丧生于华北。但没有征服，就没有反抗，也没有进化。日本是为中国和全东亚的进步牺牲自己。

什么？宁安指着飘扬的日本旗说，没请你们来！你们杀了我的亲人，还说帮助进步？

虎太郎看着平时温顺的骆师傅，此刻如同被激怒的刺猬，眼睛通红，随时要扑过来。

你可以举报我，宁安说，让宪兵抓我吧。

虎太郎面色凝重地说，骆师傅的心情可理解。国家的事，我并不在意，我只是要一场精彩绝伦的厨艺比拼，希望您放下仇恨，全力以赴地准备比赛。如果您放弃，或输掉了，就请拜我为师；如果我输了，将离开中国，永不回来。

宁安冷冷地点头，独自向家的方向走去。他的头脑中，一会儿是可爱的洋平和谦和的菊子夫人，一会儿是惨死的侄子小志和嫂子。洋平快乐地生活在南京，成为人上人的主人，小志却被抽出了肠子，惨死在家中。这世界为何如此不公平？

他仿佛看到拖着肠子的侄儿与身穿破烂旗袍的嫂子，无声地跟在他身后。他猛地回头，远处钟楼的钟声突兀地响起，好似地狱的号角。街道两旁的法国梧桐，又密又厚的叶片间，漏下无数路灯碎光，将两只青黑色影子，分割成一块块的，时聚时散，浮在空无一人的街道，仿佛两团虫子组合的人形。风吹时虽然模糊，但风一过，又是纤毫毕现的真实。

宁安没有恐惧，只有内疚。侄儿和嫂子，一定埋怨自己。这么久，难道你忘记了血海深仇？你还想回去过苟且偷安的小日子？你是不是想逃避？

第二天下午，宁安见到老鲁，将比赛的事说了，坚定地说，要好好准备，打败日本人。

老鲁笑眯眯地听他讲完，不答话，只是拿出碟腌渍黄瓜片，"咯吱咯吱"地咀嚼，吃下几块，才斜着眼看宁安说，怎么，不想撤退后方了？

宁安脸一红，坚定地摇摇头。

老鲁拍拍手，淡淡地说，骆宁安上尉，你是军统南京情报站的军人，不是挥舞菜刀的厨师，一切都要服从安排。

难道上级不同意我和日本厨师比赛？宁安急切地说。

一定要比，老鲁目光冷峻，十几天后，领事馆举行外务省次长清水留三郎招待会，活动由副领事主持。总领事堀公一，陆军中将山田乙三，还有很多南京城内日本政界和军界高级人员参加。我们的任务是，毒死所有日本人。

9

接到这个终极任务，宁安非常不舒服。但真正执行，则有相当难度。日本宪兵对后厨看管严格，每天入货，都有专门人手看管。这种大型宴会，也会有专门检验的人负责，还会有能闻出毒品味的日本警犬。除去这些，选择毒物，也非常费思量。如需致命，须是氰化钾这样的剧毒，但毒杀数十人的化学物品，成功带入南京，再带入领事馆，难度也不小。

经过周折，老鲁搞来一种俗称"醉仙桃"的神经性毒物。有关行动计划，俩人也反复推演，力求万无一失。

春天的风慢慢暖了。领事馆内喜气洋洋，几十个南京城日本显贵被请了来。外交仪式结束后，副领事笑着宣布比赛的事。来宾非常好奇。宁安在众人身后，偷眼看到上次的本多大佐也在邀请行列，显然是国内述职刚回来。本多铁青着脸，并不讲话。宴会商定，由副领事带领几位贵宾，组成试吃陪审团，对两位大厨的菜肴评点。菊子夫人和洋平，也挤在人群中，看两位大厨比赛。骆师傅，你一定会赢！小洋平用中文喊着，惹得很多人去看。

虎太郎身着墨绿色日式厨师服见客。他今天为客人准备的是日本传统"怀石料理"系作品。相传，日本禅宗和尚因提倡少食，常难挨寒冬，故常用衣服包裹了烧得温热的石头，放置怀中，以暖胸腹，故此得名。菜系共十四道菜，先端上的是"先付"和"八寸"，都是时令开胃小菜。一个不大的粗瓷白底盘，青萝卜雕刻的鲜艳梅花枝，配以洋葱、白萝卜切的极小碎丁为雪花状，覆盖其上。一个青柚对半切开，内囊去除，中间填塞丁状嫩笋和条状洋芋根，柚子蒂上还覆盖几片青翠欲滴的叶子。

"'先付'可有名目？"副领事问。

虎太郎恭敬地说："配有日本小俳句——踏雪寻梅，君觅春留何处？"

众人只觉青翠可口，齿颊留香。小菜虽不复杂，妙在契合春之绿，及迎春待客之意，且有抛砖引玉之功能。宁安一边忙着布置菜品，一边留意虎太郎的菜品。见了这道"先付"，宁安倒也不觉惊讶。日本料理，细致处做到极致。

越过众人，宁安发现虎太郎正在凝视他，目光咄咄。他只平视过去，没有畏惧。

下一道"八寸"是下酒小菜，却是青陶瓷形器皿盛着，古朴浑然气息悠然而来。古早酱油煮熟的小块黑杜父鱼，小黄瓜丁拌的北海道甜虾，红白相间的姜芽，昆布包裹的日本真鲷鱼块，水晶糖蒜头，翠绿苦瓜球，外加几个红艳夺目的朝鲜辣椒。

好呀，一个日本军官兴奋地拊掌说，酸甜苦辣咸麻，未闻主菜，已有舌尖百种滋味！

此为"春来冬去，笑对人生百味"，虎太郎说。

众人鼓掌愈热烈。宁安不得不承认，日本老厨的料理，令人钦佩。菜肴一道道地上来，越来越快，每道菜都有好听名目，色形味俱全，却不夸张奢华，只契合"春"字做文章。不一会儿，怀石料理的高潮，主菜"强肴"上桌。只见一个大大纯白海贝瓷鱼形浅盘，盘中有假山造型，还有各种蔬菜雕成的树木，葱丝粘成的灌木丛，冰激凌做成瀑布和小河，下铺薄薄冰片，烟雾缭绕，恍如仙境的微雕盆景。副领事戴上眼镜，仔细看去，发现盘中有块黑黝黝的食物，像块石头，毫不起眼，不知为何物。

副领事大人，请进箸。虎太郎弓身行礼。

众人屏住气息。宁安暗想，日式怀石，强肴无非煎肉或鱼，本非常简单，为留住食物原始味道，难道这个菜还有其他古怪？

副领事有些不好意思，连忙邀请其他贵客一起。本多大佐倒不客气，用银筷夹起食物，大口咀嚼。正当大家惊讶，本多却突然停止吞咽，表情仿佛凝固住了。

噎住了吗？宁安身边的中国仆人悄声说，还是很难吃？

大家议论纷纷。虎太郎不动如山。副领事见状，也去夹那食物。

10

老鲁和宁安多次见面，商量行动细节。老鲁也疏散亲属，暗中将酱菜园抵押给典当行。这次行动，宁安没有十分把握。领事馆守备森严，虎太郎对饮食又十分精细，要投毒，就要考虑恰当时机和方法。宴会开始前，宁安这些厨师每次进出领事馆，都会被严格搜身检查，想要带一大包毒药进去，难度很大。老鲁决定亲自出马，以送调料为由，将装毒物的密封料包贴上标签，混在其中送进去。

人算不如天算。事到临头，还是出事了。

下午三点半，宁安来到领事馆门口，等老鲁送货。过了约定时间，并不见人。宁安心急如焚，怕出事，急急地跑去宝瑞调料园，"朝天椒到货"的牌子不在，宁安发现店门口几个卖香烟的小贩。说是小贩，但不叫卖，只沉着脸，抄着手在袖筒，盯着店门口。店门冷冷清清地开着条缝，有点黑，隐约看着有人。

宁安的脑袋"轰"地发响。老鲁肯定暴露了。老鲁被盯上，宁安也就危险了。

暮春，天气有些热，宁安的汗挤出来，脑子急剧旋转，到底怎么办？转头就走，带着全家人过流亡日子，命保住了，任务肯定完不成。不走又怎样？他和老鲁是单线联系，上级是否清楚他都不知道。他冒失地进去，不过多送条命罢了。

"叮叮"，门帘子拴的铁三角瓦不断作响，脆生生的，往常宁安最喜欢这声音，如今听着，如同催命符咒。宝瑞调料园是山东街不大的门头，黑匾额，蓝漆门，门口蹲着两只石麒麟，收拾得不甚干净，酱菜的咸香气，辣椒的辣味，还有花椒麻麻的气息，都慢悠悠地渗透出来，倒是烟火气十足。门被推开，一个胖大的男人，举着个牌子，一路跑，一边唱着什么。几个小贩装扮的暗探，都扑过去。宁安也骇了一跳，斜斜地看着胖男人从身边闯过去，肩上还有块银圆大小的豆腐乳污渍。阳光刺眼，宁安皱着眉，男人正是老鲁，他手上举着的，正是"朝天椒到货"的牌子。

老鲁不理睬宁安，只带着几个暗探兜圈。他面带微笑，将牌子举得高高的，不断摇晃。他踩踏街道蔬菜摊，踢飞了卖馄饨的条案，唬得几只花白相间的母狗"嗷嗷"乱窜。

宁安紧攥着手，牌子上"朝天椒"几个字，辣得眼生疼。仔细听去，老鲁用南京土语唱的是："盐水鸭子香，文思豆腐嫩，辣椒爆炒大肠辣，油煎鸡屁股美吃，鸭血粉丝汤……"

老鲁兜了两个圈子，猛地停住，一头撞到调料园的石麒麟上。青石雕的麒麟，右边全染红了，没有碧血，只溅出了红白相间的脑浆，惹得暗探们大骂晦气。

宁安呆呆地站在远处街角，心里没有痛楚和慌乱，反而是前所未有的清明。半条街的人都拥过去看死尸，宁安缓缓地调转头，朝关帝庙走去。宁安不知老鲁什么时候被暗探盯上的，但想来自己暂时安全。老鲁举那块牌子，无疑暗示他把毒药藏在平时俩人交接情报的关帝像后面。老鲁拿自己的命成全宁安，完成这任务。他又想了想老鲁唱的歌谣，心下也有点明白。那不是什么暗语，是老鲁对宁安的最终遗言。宁安将来在他的坟头烧几道好菜，让他在阴间也能大饱口福。

老鲁唱歌真难听，纯粹是破锣。宁安却听得泪流满面。

后来他才知道，老鲁，鲁大料，真名叫鲁光复，民国光复那年生人。

11

副领事细细地咀嚼，一会儿沉醉，一会儿兴奋。本多大佐也不讲话，只是加快进食，俩人眨眼间就吃了好几块。副领事停筷子，问本多大佐，您感觉如何？

太好吃了！本多毫不犹豫地大声赞叹，真是难以形容的食物！

难以形容？宁安奇怪，为何有这样的评价？副领事说，的确难以形容。吃起来有肉味，鱼味，土豆、鲜藕的味道，但竟然有巧克力味感，这究竟是什么东西？

虎太郎严肃的脸露出微微笑容，说，这道强肴也是应了日本的一句和歌"上瀑布飞溅，蕨菜正发芽，春天已经来临"。我用透明猪肉衣内裹鱼肉泥、土豆泥、鲜莲藕泥，切成方块状，先上笼屉蒸，再入油炸，出火后，裹上芥末和咖喱、洋葱碎等，投入融化的巧克力奶。巧克力冷却快，迅速将炙热的肉味锁住，等客人们咬开，肉和鱼、蔬菜的热气腾腾的气息马上涌入口腔，搭配物性热的巧克力，如突然喷发的富士火山，锐不可当！

这么神奇！客人们也赞叹。宁安身边的中国仆人和厨师都伸长了脖子，充满好奇。一个青年中国厨师对宁安说，骆师傅，虎太郎太厉害了，我们能胜过他吗？

宁安也说，这道菜的奥妙，还在于吃完火山再去吃旁边搭配的，冰激凌做成的白雪、小河与瀑布。这个虎太郎，总要把味道刺激做到极致！

众人如梦方醒，又是一阵感慨。本以为虎太郎给众人的惊喜就到这里了，谁料最后一道菜，本是"汤盖物"，也让虎太郎做出了非凡花样。

一个灰陶烧制碗，碗边刻着红白相间的梅花。虎太郎揭开盖，副领事看去，是玉米甜汤，汤汁清亮，泛着玉米成熟的清香，是解腻开胃的良好食品。奇特之处在于，盖物的钵外另有极精细的刀功雕刻而成的弥勒造像，闻闻，是用胡萝卜雕刻，细致处眉毛和脸上的纹路，都活灵活现。再仔细看，胡萝卜又是雕刻好后蒸熟的。

副领事轻轻地挑起卧佛，一下子散开了，头、脚、肚子、胳膊、腿，都滚落在黄澄澄的玉米汤里。副领事咬了口，感觉这胡萝卜佛里面另有乾坤！

吃起来不像胡萝卜呀。副领事嘟囔着。

虎太郎说，我用刀剔除胡萝卜雕的内瓤，填上茭白、草莓和大樱桃、苹果做成的馅，自然风味不同。这道菜有个名目，叫"佛浴春江"。

众人静下来，突兀地又爆发出热烈掌声。副领事赞许地说，这不仅是厨艺，而且是生活的艺术和想象力。虎太郎先生已超越了厨技对饮食的理解。

几个大人物也纷纷赞许。本多大佐说，我在日本国内也见不到这样神奇的料理了。这场比赛不需要支那厨师出场了，因为胜负已定！

副领事并不认同："我们期待骆师傅有不同的精彩表现。"

虎太郎也示意让比赛继续。宁安不答话，只拍拍手，厨师们陆续上菜，小菜部分，是传统腌菜根，毫无出彩之处。接下来的菜，却出奇了。一个红木盒架被端上来，下面有只炉子。副领事看到，盒子之间有冰雕刻的横棍，棍上有极薄的鱼片，又在木盒底部放有一只古拙黑陶大碗，内有清亮汤汁，不知为何物。主菜四周，还搭配几碟青黄翠绿各色调料。

这菜怎么吃？副领事只觉无处下嘴。本多大佐对此不屑一顾，认为故弄玄虚。虎太郎眼睛一亮，想说什么，却欲言又止。

它并未最后完成，宁安向前一步说，用火柴点燃最下层炉子，是只酒精炉。不一会儿，青花瓷大碗的清汤煮开了，"咕嘟咕嘟"地冒着热气，散发着奇异香味。更奇特的是，冰雕的横棍被热气所蒸煮，慢慢融化了，鱼片"扑通、扑通"掉入汤中。

现在刚刚好，诸位品尝吧。宁安说。

副领事迫不及待地挑起块煮好的鱼片，在调料里蘸，又放在嘴里细细咀嚼。他闭起眼不说话，脸上表情不断变换。本多好奇，也品尝鱼片，还用大汤勺喝汤，脸上露出舒适表情。其他贵宾也上前品尝。

副领事睁开眼，拍着餐桌说，鱼肉细腻可口，刀功不错，有鲜嫩羊肉感。汤也极为鲜美，一个字，鲜！新鲜到了极致！

本多并不说话，但脸上也显出慎重的表情。其他人议论纷纷，大多不明所以。虎太郎赞许说，盛器选择得好。中华烹饪，盛器多奢华，骆师傅选的却是小堀远州烧制的日本陶器，是所谓"濑户物"，更能凸显鱼和自然的关系及鱼的本味。生鱼刺身本是东瀛名菜，难的是刀功和食材。刀功已有几分功力了，鱼我看不是东瀛金枪鱼、鳟鱼、鳜鱼，而是中国东北大马哈鱼，鱼肉质地韧性而细腻。以冰为支棍，冰镇鱼片的鲜美，冰融化而鱼片入滚汤，可结合鱼和汤的鲜，调料也讲究。

众人恍然大悟。宁安又解释说，此冰雕棍混合海胆泥。汤也是特制，用的是南京青龙山的山泉，调料有牛膝草、蒜蓉和鸡蛋泥、古早酱油做的酱汁。正如副领事所言，这道料理是表现春天大自然的新鲜气息。

它有什么名目？本多急忙问。

泉涌鱼儿跳，春暖故人来。宁安沉声说道。

12

下午4时15分。宁安在关帝像后,终于找到了那包印有"精细盐"字样的毒物。宁安想起老鲁的种种好处,潸然泪下。宁安这才觉得饮食没有贵贱,山珍海味和简单小吃,甚至不那么上台面的猥琐低等食材,没什么本质区别。料理都是给人幸福。

他的心更坚定了。毒物害人,为厨界大忌,饮食杀敌,则义不容辞。他匆忙地赶回领事馆,已是4时40分。领事馆值班宪兵正对今晚宴会食材和各种配料进行认真细致的检验。宁安看到,调料袋子被整个翻出来,一只警犬嗅着气味。宁安内心狂跳,幸亏老鲁没有将毒物混在里面,否则很有可能被翻捡出。此刻那毒物仿佛长在身上,紧紧地扣着他的肉。

虎太郎走过来,对宁安说,骆师傅,准备好了吗?

宁安点点头。虎太郎又说,怎么如此紧张,是不是菜品准备不全?还是担心输掉比赛?

宁安冷冷地说,输赢都是我自己的事。厨师长,我们前台再见吧。

此时,一个宪兵走来,要搜查宁安身体,遭到了宁安的拒绝。我天天出入领事馆,你们也都进行检查,为何还要再搜查?这是对我的侮辱!宁安抗议说。

宁安非常紧张。他和门口的卫兵很熟悉,刚才进来,只是例行公事,并没有认真搜查。但如果此刻检查,肯定要露馅。

不用了!虎太郎阻止宪兵,你们是侮辱优秀厨师。不要再这样了。

见到虎太郎如此说,宪兵不再纠缠。不知为何,看着虎太郎信任的目光,宁安有些内疚。他的确不配厨师称呼。他马上就要变成无耻杀人犯,一个用厨房杀人的坏家伙。

不要想太多,虎太郎拍拍他的肩膀,安心比赛吧。

宁安无言,他真想扭头就走,离开这里,再也不管军统这些事,但老鲁那张胖胖的笑脸又从脑海里飘了出来,盯着宁安,目光时而严厉,时而温和。宁安叹了口气,就算是地狱之行吧,总要有人下地狱。如果他不幸死了,就让他在地狱里做个好厨师吧……

下道菜是什么?副领事发问。宁安收回思绪,又招呼手下厨师上菜。下面主题都有关鱼,有"鱼肚乾坤"(肚里乾坤大,春风岁月长),糖醋黄河鲤鱼(桃花春水问鲤鱼),锅塌太湖银鱼(万点春色愁如海,火树银花盼归人)。

叉烧长鱼方,也得到了大家的好评。比赛烤肉之后,宁安痛定思痛,对烧烤类的菜肴多动了些心思。传统淮扬菜叉烧长鱼方,主要原料是中国河鳗。这次宁安选用的是日本深海的大海鳗。具体做法上，则延续淮扬菜系特点，如选用鸡虾茸为辅料，豆腐皮作包裹鳗鱼块的外皮。但烧制过程注意保持鱼块原始风味，不是用豆腐皮裹鱼，用稻秸秆烧制、平锅煎烤，而是直接将鳗鱼置于热旺酒精炉急烤，不用油刷，烤至八分熟，火速拿出，用薄如蝉翼的豆皮包裹，鸡虾茸也是大火急蒸熟，裹在第二层，再以青翠生菜裹在最外面。用油少了，鸡虾鲜味，海鳗原始新鲜口感，都非常浓郁，又符合养生规律。这道料理可以说是集合中日烹饪理念，推陈出新之作，得到了一致好评。

真是难办了，副领事咂咂嘴，骆师傅和虎太郎师傅平分秋色。

虎太郎高出一筹，本多大佐说，日本料理精髓表现得非常充分。反观中国厨子，虽有出奇之处，但风格不鲜明。我是武人，只依照简单的想法说出来。

一位外务省官员显然欣赏宁安，却不好驳本多的面子，只问宁安，这是最后一道菜吗？

还有最后一道饭食。宁安转头向着厨师，只见四个厨师慢慢地抬着块铁板走上来，铁板上盖着一个精钢半球式的东西。

这是什么？副领事好奇地上前，要摸那钢半球。

不要！烫呀。宁安阻拦，还是晚了一步，副领事触摸到半球，触电般地缩回去。本多被唬得竟扯出军刀，仔细看去，却是副领事手指被烫起水泡。

呛骷颅，怎么回事？本多怒吼，你要谋害帝国外交官？

13

宁安并没有害怕，平静地让其他厨师散开。对本多大佐说，这道菜装置是我设计的，请远距离观看，小心烫伤。

这是食物装置，大佐不必害怕。虎太郎也说。他对这道出场惊人的料理，也颇感兴趣。

本多大佐将信将疑，离远了一些，但军刀依然拉出半截。

宁安将钢半球上的一个帽轻轻扭开，呼呼的白色蒸汽喷了出来。宁安这才慢慢掀开盖子，本多大佐赫然看到，大铁板上盛着些金黄泛白的食物，还"吱吱"地冒着油和莫名的香气。

包子！铁板的生煎包！副领事急切地说。

您尝尝看。宁安微笑着鼓励。副领事看去，包子热气腾腾，金黄的煎裙非常漂亮，包子皮暄软，很薄，但并不破。副领事轻轻咬下，一股油汪汪的汤汁溅了出来，直滴在他的前襟上。副领事越吃越快，全然不顾包子有些烫嘴。他一口气吃了四个，这才停下来，抹了抹嘴唇，闭上眼，似乎还沉浸在难以言说的境界和情绪之中。

到底怎么样？本多大佐忍不住问副领事。

副领事睁开眼，眉开眼笑着，叹了口气说，真是美好的滋味。

虎太郎也迫不及待地登上台，他看到包子个头不小，圆鼓鼓的，底下是金黄色煎炸裙边，饱满，皮薄，被里面的汤汁鼓起，像一个个白胖胖的嫩娃娃，挤挤地坐在一个个金黄色莲花台上。这水煎包据说用水和油来蒸包子，水干了燸油着，成了煎，既有水蒸的汤汁和包子皮的筋道，又有煎的脆爽可口。

虎太郎咬了口包子，很快发现不对。这不是寻常包子，它有两种馅，一种是上等鲅鱼茸，另一种是鲜牛肉。还有几片韭菜。肉羹切丁，塞在馅里，煮熟后融化成汤汁，被保存在包子里。这本没什么稀奇，但奇在韭菜香压制住肉的油腻，肉香和鱼香冲淡了韭菜的辛辣。两种馅做的馅团，被包裹在汤汁之中，彼此冲突又融合，好似熟透的草参，糯烂得入口即化，又有几分筋道。

虎太郎问副领事，您觉得这道饭如何？

副领事放下筷子，感叹地说，心和胃都是热的。那种感觉，好比深春之处，一人一舟独行于日头之下的湖水。日头温热，却不灼人，春之湖水，氤氲水汽，碧波荡漾，独坐船头，独饮醉人酽茶，独听水打乌船，好不快哉！只不知，这奇怪装置有何用？

宁安解释说，传统煎包都是用平锅，水和油混煎，外加锅盖。这个装置是利用加热铁板，快速抽走半球内密封空气，造成真空密封加热，能迅速蒸干水分，减少煎包肉馅熟烂时间，保持食材新鲜口感，让汤汁更香甜。

众人都为匪夷所思的装置和宁安精妙的设计而叹服。大厅响起了热烈掌声。

这盘包子也有名目，叫"锦绣山河处处春"。宁安最后说。

和了吧。骆师傅和虎太郎师傅旗鼓相当，不分胜负。副领事宣布。

14

晚上 7 点 30 分，精彩厨艺比拼之后，日本总领事馆外事招待宴会正式开始了。

宁安偷偷地换下厨师服，从领事馆后门溜出去。宴会菜单早已备好，宁安也安排十几个厨师分组料理。他最后回首春夜天幕中黑暗高大的领事馆，骑上早准备好的脚踏车，向燕子矶笆斗山江边码头方向狂奔。总领事馆在鼓楼区，至码头有相当距离，半个多小时，宁安才到达码头。早埋伏在这里的军统特务赶紧招呼宁安上船。小船静悄悄地停泊在不显眼地方。昏暗的灯光下，宁安甚至似乎看到妻子和女儿焦急期盼的身影。

骆师傅不辞而别，有违中国君子之风。一个急切的声音突然从宁安身后冒出。

宁安惊悚至极，忙回头查看，虎太郎瘦小的身躯显现出来。接应的军统特务，也大惊失色，忙掏出枪，警觉地查看四周。但此处为码头非常偏僻的地方，除了这个小老头，并没有其他人再出现。

厨师长，你怎么在这里？宁安说，插在衣兜里的手也紧紧地握住勃朗宁手枪，枪还是老鲁送给他的。

虎太郎没有回答，只说，骆师傅，干这个不适合你。你只是优秀的厨师。宴会开始，本想找你聊天，却发现你仓皇而出，就跟踪至此，也算是相送吧。

宁安不答，手攥着枪更紧了。

虎太郎又说，这一路我都犹豫，是不是要举报你的不法行为，但我还想亲口问问你，为何违背厨师原则，干这种丧尽天良的事？

丧尽天良？宁安不怒反笑，日本兵闯进南京，奸杀嫂嫂，又奸杀60多岁的老母，这算不算丧尽天良？

虎太郎语塞，讷讷地说，战争总难免伤亡和个别不法士兵。

宁安冷笑说，真是笑话，老虎吃了麋鹿，还要和它保持和平。老虎的和平，不过是被吃的动物不要乱喊乱叫，搅扰了它的心情罢了。

虎太郎叹了口气，又说，战争是不好的，但你不该利用厨艺滥杀无辜。

无辜？宁安说，我杀的都是日本高官和高级汉奸特务，何来无辜？

你在食物投毒？虎太郎又问。

我把毒物混在四坛绍兴老酒中。宴会开始，毒物才会慢慢渗透，这毒发作慢，现在估计领事馆已乱作一团。我不杀害无辜。

老鲁和宁安商量细节，宁安坚持不在饭菜里动手脚，而是在酒水里做文章。他的理由是，如果饭菜有异味，日本人可能很快停止食用，起不到效果了。他不想让下毒破坏厨艺比赛。另外，他实不忍心毒死洋平和菊子夫人。妇女儿童一般不会在宴席饮酒，他们可逃过一劫。

一个厨师，以毒杀人，总是罪孽。

这我知道！宁安打断他，我会永远地退出厨师界。但我不后悔。给本多大佐那桌高级军官的菜品，我以豆腐配白萝卜，笋搭鸡肝汤，汤里有我特制的药。这些杀人狂魔即使活下来，终生也不再有味觉。军人杀命，书生诛心，料理猎舌。

你好可怕。虎太郎脸色惨白，苦笑着说，我不过是行将就木的老厨，妻儿都已死于战争，这世上牵挂的就是一身厨艺心得。我想找个传人，结合日本料理和中华烹饪美食的奥义。现在看来，不过是幼稚可笑罢了。

宁安向虎太郎深深地鞠躬，低声说，您是令我尊重的厨艺大师。下辈子吧。但愿下辈子中日之间不再有战争。

　　宁安回头，迅速登上小船。接应的特务也赶紧发动小船。此时虎太郎拿出个小包裹向船上抛去，大声喊，送你做纪念吧，但愿你能找个好的厨艺传人！

　　借着星光，宁安发现是那把虎太郎引以为傲的银厨刀，热泪盈眶。船快速移动，黄浦江两岸风景在黑暗中迅速奔向远方。乳黄色月亮仿佛大海船，伴随着他不知将奔向何处的命运。灿灿星光若漫天蔷薇，宁安隐约看到，黑皱皱岸边似长满无数粉红色的巨大舌头，在微风中不断摇曳。有中国人的舌头，也有日本人的舌头。兄长一家，还有他死去的老母，都站在舌头之间，微笑着冲他挥手作别。他们神态安详，不再是狰狞血腥的样子。而虎太郎瘦小挺拔的身影，依然屹立在空无一人的码头，如孤独的猛虎，一点点地退隐在时间的惊涛大浪中……

15

　　1939年深春，南京日本总领事馆举行外务省次长清水留三郎招待会，发生震惊中外的厨师投毒案。总领事堀公一、陆军中将山田乙三，还有众多南京城内日本政界和军界高级人员等数十人中毒。宫下玉吉和船山已之作等数人，中毒不治，于次日身亡。

　　经日本特务机关严格搜查，发现领事馆厨师骆某留书一封，内书投毒报国仇家恨，乃个人行为云云。经检捕，发现该中国厨师已从燕子矶笆斗山码头秘密潜逃出南京，不知所终。

　　消息传到日本内阁，产生极大反响。日本总领事、副领事被撤职遣返归国。总领事馆厨师长、著名日本料理大师虎太郎辽引咎剖腹自杀。

　　再据日本特务机关追查，中国厨师实为军统特别人员。此次行动代号：猎舌。

【作者简介】房伟，1976年出生于山东滨州，文学博士，高聘教授，中国作协会员，中国现代文学馆首届客座研究员，山东省首届签约评论家，曾著有长篇小说《英雄时代》，学术专著《革命星空下的坏孩子》等，曾获国家优秀博士学位论文提名奖，刘勰文艺理论奖等，现就职于苏州大学文学院。

选自《湖南文学》2017年第5期

白　光

格　尼

外面很刺眼，他不想出门。找茶座和订餐这种事，电话可以解决，她非要他到现场。他没有反驳，只是沉默，她已经火了。

"你知道你成什么样了吗？昼伏夜出，没有白天，你就是蝙蝠、蝙蝠、蝙蝠！再不晒晒，就发霉发臭了！"

声音太大，他把手机往耳旁挪挪。楼下发廊的歌声窜到五楼，更加高亢："你是我的小呀小苹果……"电钻似的强行往耳朵里钻。他翻身坐起，双腿垂在床沿。

"哎，我给你说过，"她声音降下来，"原本我们最合适，你单身，我单身，志趣相投，彼此欣赏，对于二路夫妻，算是天造地设。现在我好像真该重新考虑。你说你笨吗？一肚子书，什么智慧翻不出来……"

接下来她声音又会越来越高，痛诉这些年他把她异化的过程。比如她原来多么知性、优雅、温柔贤淑，从不大声说话，自从跟了他，脾气才变得暴躁无常。是他这只蝙蝠，把她一直往黑暗里拉，让她成了母夜叉。她不想发脾气，不喜欢发脾气的自己，更不愿意把脾气发给他。因为他是她将要依附的人。他一天只知道喝酒，喝喝喝，跟一些老头子瞎混，这也不会那也不会，难不成50岁就要过老年生活？最后她会总结，他所有的书都白读了。

他感觉已经不能再让她失望，她一次次愤怒都缘于此。不过，愤怒都是好的，起码她在乎他。

"我给你买了手链和脚链。"他打断她。

"天哪，你不会真的喝酒喝傻了吧，我要50岁的人了，还戴脚链？"

"你的手腕和脚腕很细，我没买项链，现在你的肉已经长到脖子了，戴项链不好看。"说完这话他很后悔，没想挑战她，甚至害怕挑战，挑战会增强失去的可能性。却又那么过瘾，好像搓掉了身上一股油泥。一种混乱的情绪翻来覆去地搅扰。

"啊？什么？你在说梦话？"

101

"赘肉不是好东西,你原本可以不长的,43岁时你都没长。"他穿上拖鞋,摇晃着瘦长的身体,来到卫生间,把自己弄得毫无遮拦。

她一点声音也没有,像消失了一样。

"你的手腕和脚腕真好看,我一看见它们就……"他眯起眼睛,尿液迟缓地流淌着。

电话那端,他听见一种爆炸前火捻燃烧的吱吱声,就立即挂断了。好像他划了根火柴,点燃了四公里远的一串鞭炮,怎样炸响,没他什么事了。在她面前,他第一次这样勇敢。

楼下发廊还在播放那首歌。他不喜欢这首歌,第一次听就不喜欢,弄不清楚具体原因。也许是旋律,是歌词,是男歌手齉着鼻子的声音。是,也不完全是。不喜欢可以不听,很简单。但这声音入侵了这座城市,无处不在。商场店铺自不必说,还有人设置了手机铃声,有人边走边哼。哪怕晚上散步,跳广场舞的人们也时常播放这首歌。长久以来,他对这首歌的厌恶形成了条件反射,只要听到旋律,身体里不知哪个部位就会发生痉挛。有时是胃,有时是心,有时是胳膊腿,让他恶心、眩晕、烦躁,像是浑身长满毛茸茸的苔藓。

他努力克制着心中汹涌的洪流,缓缓挪移着僵硬的身体。

客厅有台老式电脑,女儿曾经用的。女儿没去外地工作时,白天黑夜守在那,连吃饭也在。女儿不仅没时间跟他说话,脾气还大得很,动不动就说他什么也不懂,怪不得妈妈要离婚。他在电脑前站了一会儿,有点不知要干什么。包括刚刚对她说那番话,他觉得不是自己说的,也根本没买什么手链和脚链。

他今天是个奇怪的人。他有不祥的预感。

多年前所在单位改制,下岗后,他应聘到市内一家刊物当文字编辑,之后网络兴起,刊物从收纸质稿件变成电子稿件,而他面对电脑屏幕就眼晕,白花花的,太刺眼。杂志社将就几年,到后来不会使用电脑的问题日益凸显,只好无比惋惜地跟他解除了聘用合同。除此之外,这十几年,他什么都没变,习惯穿衬衣西裤,把衬衣夹在西裤里,衣裤必须整洁。那副金边近视镜磨损严重,也没换。他记得最初对她说,没有车,不会开车,不习惯学,前妻也为此给他定下笨拙、固执、没出息之类的罪。她还莞尔一笑,说你们不在一个世界。正是这句话,让他有了重新组建家庭的念头,也就是说,她和他在一个世界。但是,相处第二年,她就买了车,并要求跟她一起学。她说,其实你老婆是对的,开车是一项基本技能,这时代如果不会开车,就像失去了双腿,我们不能当有腿的残疾人。碍着情面,他跟她去学,考试时她一次通过,他却考了一次又一次,无论如何也过不了关。他说他看见车就眼晕,白晃晃的，刺眼。她说，唉，你只能看稿子。哪知，没多久，稿子也看不成了。

洗脸刷牙刮胡子，换上干净的短袖衬衫，笔挺的灰色西裤。惯性地做了这些，他发现头发白得更多了。她让他染过两次，头发长得快，染一次要折腾两小时，还有刺鼻的气味。这两小时要做各种各样的忍受。首先，发廊的歌声。小苹果，小苹果，小苹果。不知道他们怎么百听不厌，他听得咬牙切齿。其次，店老板麦克。好好的中国人叫什么麦克，里面还有好几个理发师，杰克、杰斯、安迪、欧文等。有些女人来做头发，大声喊着自己理发师的洋名字，并因此一脸的优越感。她的理发师是麦克。她每次去做头发都会给他打电话，让他下来陪。在他没下来之前，通着电话，她一口一个麦克，麦克要把我头发修修，麦克说我发质比以前好了，麦克建议我有空再烫一下，发卷重新定位。就这样，麦克可以伴他从五楼走到一楼。他的耳朵塞满了麦克。再次，理发师的头发。杰克是金黄色，杰斯是蓝绿色，安迪是挑染的五彩色。欧文则在好好的板寸头中间裁出一道弧线，露出白头皮，像是要从那做手术把脑袋打开。尤其是麦克，火红的头发，鸡冠状，高高耸起，蓬松炫目，活脱一只变种火鸡。他走进发廊，五花八门的这些东西直往脸上扑，视觉、听觉、嗅觉都要受到强烈冲击，却不得不听，不得不嗅，不得不看。后来他干脆白天不出门，出门干什么，哪都是白晃晃的。他给她说天黑头发都是黑的，不染。

这段时间，头发长出一截，头顶的花白和下边染过的黑形成了鲜明对比。他忽然想起有什么东西和这类似，黑白配。他四处巡睃，看见了墙上那顶鸭舌帽。女儿的，黑色，前面有个惨白的骷髅。他曾视这帽子为天敌，女孩子家弄得不男不女不说，竟把鬼压在头上。这会儿他翻来覆去看着这顶帽子，却鬼使神差戴在头上了。这样的帽子搭配金边近视镜，和那张浮肿的猪肝脸，以及周正的衬衣西裤，使他看起来不伦不类。但他恶作剧似的梗起脖子往门外走。同时，那不祥的预感又加深了一层。

走到门口，又折回去，总觉得应该做点什么事，他从窗边到门前来回走着，耳边的歌声也随之由大到小，由小到大。走了几趟，他到沙发跟前坐下，望见了茶几上那杯柠檬菊花茶。那是十天前他给她泡的，她喝了一口，说起她要给朋友送礼，网上买款式多，还便宜，但就是没时间选。然后她看了看他，说他那么闲，能在网上帮她选就好了。但是，唉。她叹着气火就上来了，越说越气，胡乱一通骂，之后摔门而去。

他今天像是要跟谁作对似的，火气不断往上蹿，就抓起那杯搁置几天长白毛的茶，打开临街的窗户向外泼去。他想，那首歌可能会被浇灭。

已是正午，阳光滚烫，他走进一家食店要了碗豆花和小碟泡菜，干饭很硬。

半小时左右，她电话来了，应该是忙完了一件事。否则，他没等她说完就挂电话，这绝对不容许。况且，他还那样说了她。

　　"听着。"她说，声音不像发火。"现在你必须学会微信，这是迫在眉睫的事。要知道给你找这份工作，我托了多少关系，遍地大学生抢着干，人家不愁找不到人，你得珍惜。我给人家说你文字资历深，有时候文字功底是用年龄和阅历积累的。人又稳重踏实，刻苦认真。当然，这也是说得好听，实际呀说不好听就叫愚钝蠢笨。好了好了不说你了，一说就气。微信，一定得学，特别简单。就算你浑身优势，你不会微信，人家也没法用你。还有，今天下午要见面的就是你的头，姓车，叫他车总。车总喜欢在空气好的地方喝坝坝茶，你一定要在凤凰山山顶那家茶坊——记得吧，我们经常去那家，在树荫下占个位置，我们大概下午三点钟到。记住，树荫下，你必须坐着占位置，那从不预留。还有，微信，微信。"

　　怎么会忘记山顶那家茶坊，那是他们第一次见面的地方，她坐在树荫下，风吹着她曾经黝黑直顺的头发，吹着她善解人意的面庞，窈窕的身姿，纤细的手腕、脚腕，丝质的白色裙摆，整个她柔得像团雾。这几年她变化太大，从里到外在变，人人说她比以前时尚洋气，也更干练现代。他却觉得整个她浑身披挂着各式武器，越来越坚硬锋利。他不喜欢。而当她一次次出现，她那强大的气场总能攻占上风，让他这个手无寸铁的人失去一些抵抗力量。

　　"我把你喝的那杯茶倒了。"他说。

　　"什么？"她急着赶路，鞋底发出嗒嗒声，"你出发了吧？说话呀，出发了没有？"

　　"嗯。"他艰难地吞下一口干饭。他是一定会去的，就像不喜欢去发廊还是会一次次走进去一样。他就像一头被人牵着的不情愿的牛。

　　她挂了电话。他能想象她挂断时，左手大拇指在触摸屏上轻轻一点，中指把屏幕熄灭，再用食指顺着上部向下一按，手机就放进包里了，整个过程只需要一只手，干脆利落。往往这种时候他会多看她几眼，既欣赏又懊恼。

　　她老早给他买了智能机，他只当老年机使用，只拨打和接听电话。她要求他安装微信，他嘴里答应，却总是不付诸行动。在杂志社时，有次叫小李的年轻女同事手机没电了，借他手机打电话，打完以后仰着粉嫩的脸审视着他，很久才说："老师，我就不明白，这么好的智能机，你怎么不用微信呢？"说着，她就要给他下载安装，告诉他很快，几分钟的事，也超级简单，小孩子都会，她80岁的爷爷也在玩，还玩得很好。他却急了，一把抢过来，说不。

　　年轻的女同事并不甘心，把她朋友圈里的链接翻给他看："喏，老师你看，你的文章我发朋友圈了，很多人关注。"

他说:"我的文章?"

年轻的女同事得意地说:"那当然!"

"朋友圈?"他又问。

"对,朋友圈,任何人都可以成为朋友,只要……"

"你把它给我删了!"他大吼,身体缩进椅子,又把椅子往墙角抵。

年轻的女同事怔愣片刻,笑着说:"你不要怕。"年轻的女同事没有称呼老师。他承认,面对这些他有些恐惧,又难以说清究竟恐惧什么。

他也有个朋友圈,工作单位有文联的,文化局的,文化馆的,还有报社的,大家以兄弟姐妹相称,之前经常聚会,话题多,算是百聊不厌。现在,大家坐一起没什么话说,不是他们没话,是跟他没话。他们说微信上的各种段子,看热点新闻和一些搞笑视频,他插不上话。有时微信群里发聚会消息,他没法接收,往往落座了大家才想起,久而久之也懒得打电话叫他。之后,他们还是时不时叫他,边叫边抱怨。他们就一次次对他说:"你把微信弄起嘛!""你凭什么不上微信?""弄起,再不弄起,跟你绝交!"

所有的声音都向他索要一种东西:一个虚拟的他。

他们振振有词:怎么是虚拟的呢?这就是你,你的号就代表你。怎么是虚拟的呢?这是一个工具,可以转账,可以打车,可以住宿,可以吃饭,可以……可以的太多了,太方便了。它相当于你的眼睛、你的嘴、你的腿,甚至你的大脑。咳,它就是你的饭碗,你吃饭总得用碗吧,这个时代,你的饭碗就是它,没有饭碗,只能饿死。这么给你说吧,这就相当于旧石器时代的石头,把你弄到旧石器时代,给你块石头,你不会用,那死定了。

"我眼晕,我会晕的,我看见屏幕就眼晕。"他总是这样说。

大家相信了他,但时间久了见他拨打和接听电话都非常利索。有次聚会,文化局的朋友迟迟没来,大家不约而同拨打对方电话,反倒是他动作最快,显然他把智能机琢磨得相当透彻。他再说眼晕时,就有人投去怀疑的目光,像研究一件稀奇古怪的东西那样审视着他:"你怎么就不用微信呢?"

一旦遇到这种目光,他总是抛出一张冷峻的面孔,迅速冰冻了这个话题。

凤凰山不算远,也不近,走夜路去过,大约两小时。太热,不可能走路,时间也来不及。正是出行高峰,空的士难找。而他身边不断聚集的打车人纷纷上车走了。他知道,他们用的"滴滴"软件,快捷,便宜。和朋友们聚会,他们不开车,回家时都这样干,有时送的优惠券足够免费乘坐,他经常坐顺风车。他想打电话给她或者朋友，帮忙叫辆车来，手机拿出来又放包里，他不想听他们唠叨。这时一辆空的士停在跟前，他急慌慌钻上去说到凤凰山，司机说不打表五十块。他估算，打表最多二十块，而"滴滴"加上送的优惠券说不定十多块就解决了。十块和五十块差距太大，他瞪着眼睛说了自己的想法。司机说上山都这个价，不打表，这是规矩。司机也瞪着他，意思是你要坐就坐，不坐赶快下车。他就被司机急切的眼神瞪下了车。

"你太贵了，离谱！"他指着车屁股大声说。

"那你怎么不找便宜的，有病！"司机开出几米远，探出头来骂。

他站在那不知如何是好，担忧占不到树荫下的位置，惹她不高兴。他已经做过无数件令她不满意的事。他仿佛看见她失望的脸，眉头皱在一起，撇着嘴。又一辆空的士停在跟前，同时来了辆写着凤凰山的公交车，正往不远处的站台停靠。他挥手招了的士，又恶作剧地撇开，一路小跑上了公交车。

车有点挤，空调不大起作用，他在靠近中门的窗边找了个容身之处，汗水顺着脸颊流淌。面前有对站着的情侣，两人都用一只手玩手机，男孩另一只手抓吊环，女孩则环着男孩胳膊。车子摇来晃去，男孩和女孩也跟着晃，男孩弯曲的胳膊肘时不时撞向他的包。但是，男孩没有一点改变的意思，垂着头，执着地摆弄手机。

他侧过身体，面向窗户，跟前是一横排乘客，他面对的是位偏胖的妇女。妇女正在自己的微信群里聊天，用的是语音对讲，扬声器模式。一个男高音说昨天输了五百大洋，手气真叫霉，六头叫都摸不到。接着一个粗重的女声说要戒赌了，戒赌戒赌戒赌，一连高声强调了好几次。然后又有几个男女短促地笑骂调侃。播放完别人说的话，妇女这才对着手机哈哈笑几声，却发现忘记按语音开关，就按着开关重新大笑，讲她昨天打麻将遇到的一些奇葩牌，讲着讲着就讲到她老公、她儿子、她家厨房漏水以及她家的狗。

他实在不想了解关于妇女的一切。但这一切硬往他耳朵里钻。他再次换了个方向，背靠妇女。没想到，以车上的钢柱为中心，密密麻麻坠吊了一团人，人人低头看手机，不时传出叮叮咚咚、嘀嘀嗒嗒或婉转或怪异的消息声。

他松开吊环，耸耸肩膀，端正了身姿，开始往外挤。先是一点点，挤不动，周围没人感觉到他在移动。于是，他就几近蛮横地冲出了包围圈，惹来几声怪叫。这些叫声还没完全释放，就熄灭了。他们太专注了。如果不是他感到脚下绵软，都不敢判断刚刚是否真的踩了谁的脚，是否真有叫声。这让他恍惚，好像患了失忆症，记不住刚刚发生的事。不管怎样，总算出来了，可以好好喘口气。不过，他磕磕绊绊踏上两个台阶，好不容易找到立足之地，刚刚站稳，发现进入了另一个同样的包围圈。

到达青莲公园，一多半乘客下去，又上来一些人填补，车里还剩几个空位。他坐在最后排中间，两边有一男一女，女的浑身散发浓重的脂粉味，上车后一直在打电话。男的戴副耳机，他能听见里面传出唧唧唧的声音，听得他耳根发痒。男的旁边那位40多岁的女人正在自拍，胳膊远远伸展，一会儿仰头，一会儿低头，侧脸，正脸，不停变换。他想起她也经常这样，用美颜功能抹去岁月的痕迹，拍个虚假的自己欺骗别人、欺骗自己：光洁的皮肤、水灵灵的眼睛、粉嘟嘟的嘴。并为拍摄浪费许多时间：拍自己、早上拍、晚上拍、吃饭拍、睡觉拍、穿了新衣服要拍，换了发型要拍，剪了脚指甲也要拍；拍吃的、喝的、玩的、用的，拍猫、拍狗、拍床铺、拍马桶……她的忙碌往往也基于此，他越来越不喜欢这样的她，但又有哪个她不这样？面对跟前这个和她年龄相仿的女人，他厌恶地别过脸，多待一秒钟也不愿意。当他发现中间横排座椅后方有个独立空位，那是个相对宽敞的地方，就直接走过去坐下了。

窗外，炎热裹挟着一切，一切都那么刺眼。他收回目光，眼前一片漆黑。在这白天的漆黑里，他听到包里的手机响了一声，如果不是广告就是她发来的短信。他想看看是不是她发的短信，他没动，享受那短暂的漆黑带来的宁静。

车到下一站台，上来个人。他只觉眼前白光一闪，划破了他自我封闭的世界。他看到座椅下方的一双小白鞋。恍惚中，他觉得她从进门刷卡到站在他背后，不过用了两秒钟。就像有人用气枪把她射进来，钉在那根立柱上。他慢慢扭头，瞟了一眼。是个二十五六岁的女孩，穿灰白的破洞牛仔，纯白T恤，手里抓着白色手机，戴白框眼镜，白晃晃地杵在那。他又瞟了一眼。女孩长得有点像他女儿，圆脸，绷着的嘴角。他好久没见到女儿了，在一起时吵吵闹闹，长时间见不着又想得慌。他甚至想跟白衣女孩搭几句话，就又回头看了她一眼，这一眼时间有点长，三四秒钟。他看见了白衣女孩的头发，不长不短的碎发，经过挑染，头顶和发梢有红黄绿蓝几种颜色。他好像闻到了发廊里刺鼻的气味，就把头别向窗外，下意识地掩住口鼻。

白衣女孩有着超常的定力，车子起步，她也没晃一下，只低头看着手机。

过了两分钟，司机来个不大不小的刹车，他又回头，见女孩还是那般稳当，两腿微微叉开。他忍不住想笑，现在的年轻人真厉害，玩手机玩得功夫都练出来了。刚刚坐正，就有声音在耳边炸响。他不仅吓一跳，还被那熟悉得不能再熟悉，却厌恶透顶的旋律狠狠砸中，有股混乱的气流从他的末梢神经沿着脉络四处流窜，身体不由得发生了痉挛，包掉在地上。

"你是我的小呀小苹果……"

手机就在手里，白衣女孩并不急于接听来电，仿佛很享受歌曲给她带来的快感，直到高潮部分要唱过，才接了电话。

"快了，在车上。好的，好。不，不，要苏打水。嗯，拜……"

他弯腰拾起包，脸变得煞白，呼吸也乱了。

"嘿！"他回头大吼，指着门边的空旷地带，"你到那边站着去。"

"我？"白衣女孩吓一跳。

"不是你还有谁，只有你挨着我。"他的声音坚硬、粗糙、浑浊。

"为什么呀？"白衣女孩定定神，嗲嗲地说。

"你手机声音太大。"

"手机？"

周围的人都看他们，白衣女孩无辜地摊开双手："简直疯了！"车上有人摇摇头，有人笑笑。

白衣女孩不再理他，索性快活地抖着一只脚，手指灵巧地在屏幕上跳跃。

"你是不是没听见？"他又吼。

"干吗呀你，还有完没完？"白衣女孩向旁边闪一步，朝他举起了手机。

"我干吗，让你离我远点，没听见吗？"他想找个恰当的理由让白衣女孩马上从他跟前消失，他看到她的白色手机就烦躁，刚刚那致命的歌声正是从那里传出来的，以至于他无法看到她身上的一丁点白。他眯着眼睛，捂上耳朵，这举动忽然给了他灵感，他的耳朵正嗡嗡鸣叫。他站起来，叉着腰一字一顿吼："你手机声音太大，震到了我的鼓膜！"他显然没有白衣女孩的本事，车子一晃，他就歪倒在座位上，这使他更加恼怒。

"鼓膜？哈。"白衣女孩发出快乐的笑声。

"你还笑？"他怒吼。

"你这人。"白衣女孩拉下脸，"我的手机，爱怎么玩怎么玩，你怕震，把耳朵堵上呀！"

"你……"他气得胸口起伏，想站又没法站起来，只好在座位上欠起屁股，斜伸出一条腿，"你应该让它闭嘴，闭嘴，闭嘴！"他那条斜伸的腿随之用力一蹬一蹬的。

"有病。"

"你把手机对着我，还听不懂我说话，你说谁有病？我再说一遍，你震到了我的鼓膜，到那边站着去！"他紧紧抓着这个恰当的理由。

"你鼓膜怕震，去打车呀！"

"你震到了我的鼓膜，你应该下车，还让我去打车。"这时，他看到不仅是白衣女孩，周围许多手机远远近近都对着他，他们在拍他。

他满腔怒火，夹杂着些许慌乱。

白光

"拍,你拍,你们拍。"他一一指点着,"她手机声音太大,震到了我的鼓膜,我让她离我远点,她还让我把耳朵堵上,让我下车,你们说她有道理吗?"他忽然想起许许多多理由,又指着白衣女孩。"你这一身,白花花的,刺坏了我的眼角膜,我眼晕,这么大太阳,穿衣服也要想想影没影响别人。还有你那头发有股染发剂味儿,很容易诱发我的鼻炎!你瞧瞧你,纯粹就是一个……"他没找到恰当的词。"一个怪物!"他朝人们挥了一下手臂,"这么个怪物,你们不拍她,反而拍我,我告诉你们,我有心脏病,你们拍吧,要是我今天犯病,你……"

他一下子找到这么多恰当的理由,心里越来越有底,正嚷得过瘾,公交车摇摇晃晃到站了,门一打开,白衣女孩像上车时那样,白光一闪,弹了出去。这种关键时刻,你怎么能跑呢?他也跟着她跳下车。

外面很刺眼,受到明晃晃的白光袭击,他一时眼前一片模糊。看不见白衣女孩,他朝白光里喊:"你气了我,就想跑吗?你害怕了吧?"

他像抓贼那般朝前小跑几步,顾不得撞了谁踩了谁。眼前仍然白花花一片,只听那白光里隐隐传来一声叫:"哈,天啦,我遇到个神经病!"

"你骂我神经病,你……"他气得咬牙切齿,"你震坏了我的鼓膜,你震坏了我的鼓膜,你震坏了我的鼓膜!"他朝太阳地里晃动的人群喊着。

许多怪异的声音围绕着他,他什么也看不见,白光刺得眼泪直流,他摘下眼镜,不停揉着眼角。他感觉他正在接受强烈的辐射。直到四周渐渐安静,他戴上眼镜,一点点适应了强光,这才醒悟,还没到凤凰山。

到凤凰山的车十五分钟一趟,有时遇到拥堵会等上半小时。他坐在蒸笼般的站台,一团团热浪在眼前滚动。十五分钟过去了,车没来。二十分钟过去了,车还没来。他就那样一直坐着,固执地任凭的士一辆辆从眼前飞过。这些年他还没跟谁这样大动干戈,他觉得不该这样,有失身份,有失涵养。但是,他长吁一口气,真他娘的过瘾啊!他拿出手机看时间,发现两条未读信息,果真不是广告,她发来的。

第一条:到了吗?

第二条:他们说你阴气重,看来真是这样。

他拿不准她第二条是什么意思。他没有回复。

过一会儿,他叫了电动三轮,到达山脚,掏出五十元钱递过去,告诉师傅不用找了。

上山大概半小时,途中他歇了口气,抽上一支烟。快到山顶时,恍惚有什么熟悉的东西从身边越过,几乎同时,他想起那是辆巧克力色的车子,跟她的一样。抬眼望去,已看不清车牌。他想应该不是她的,否则她不可能看不见他,在这白晃晃的马路上行走的只他一人。哪怕她来不及刹车，也可以开过去后慢慢停下来，而那辆车子丝毫没有这种意图，一去不回头。

刚到山顶，他就望向那棵高大翁郁的黄葛树，树下已经有人占了位置。他站在那里，心怦怦跳，像是犯了天大的错误，手心脚心渗出冷汗，耳边回荡着她连珠炮似的责问："你怎么那么笨，干什么都干不好，到底要不要一起过，你说爱爱爱，你用什么爱的？"老板问他是不是要订位置，他没有回答，眼睛只盯着树下那位波浪鬈发的女人。这个女人占了位置，会毁了他。女人背对着他，端起面前的茶轻轻喝了一口，然后高高伸出了一只胳膊。他看到树荫下摇动的纤细手腕。竟然是她。

"上山时你没看见我吗？"他急急坐下来。

"老板，我刚刚要的竹叶青怎么还没来？"她回头说。

老板正端了茶过来，她把茶推到他跟前，慢慢抬头看着远方，远方蒙上了一层阴影。

"其实，你上山之后看到这儿坐了人，就应该看另一棵树。你看，那棵树下空着，我们完全可以去那坐。"她淡淡地说，没有回答他的问题。

她连火都不朝他发了。

"哦。"

之前他使用这个字，会立即把她点燃，遭受一场劈头盖脸的怒骂。她认为这个字本身没错误，但他一用，就成为气死人的字眼，不痛不痒，不上不下，不明不白，死猪不怕开水烫的样子。他并没想说这个字，也知道不该在这个时候说这个字，但不知怎么竟脱口而出，好像一粒花椒壳，早就用舌头抵在嘴边准备好了随时吐出去。他听着"哦"字那长长的尾音在空中盘旋，收不回来了。他等着迎接她连珠炮似的怒骂声。是的，只要她骂他，这个字产生的后果就越变越小，到她骂完平静下来，也随即为零。

她仍望着远方，一片叶子的阴影落在她的嘴角，那里挂着一抹淡淡的笑。那种不祥的预感再次袭击了他。

良久，她慢慢收回视线，看着面前的水杯。

"还真是改不了了。"她低下头，苦笑着，像在自言自语。

"来吧，看看这个。"她笑了一下，拿出手机。

他在她手机上看到了自己公交车上的一幕，视频里的他怒目圆睁，满脸通红，恶狠狠一副凶相，或者已经不能用凶相来形容，那是一种连他自己也没见过的奇怪的面孔。尤其是那顶滑稽的帽子和那副下垂的金边近视镜，好像从来都不是自己的。看过视频，她又给他看了下边的一句话："天气炎热，小心变态。"后面跟着密密麻麻的怪异的表情。

"这是车总发给我的,所以,我没叫车总过来了。我想,车总不会愿意招聘视频里的这个人。"

他的头嗡一声。

"还有,麦克打电话来,说你从楼上往他店门前泼脏水,让我小心着你。我说不可能。麦克说你戴着一顶奇怪的帽子,鬼头鬼脑地从他那儿经过。麦克说你受了刺激。"她抬起眼,看了看他的帽子,接着目不转睛地审视着他,像曾经那年轻的女同事那样,像他朋友圈的兄弟姐妹那样,像许许多多的麦克那样审视着他。他的心沉了下去。

"你是那么简单又那么复杂,其实你早就不想跟我在一起了。而我……"她轻轻说,"呵呵,这些都不重要了。我们从哪里开始,在哪里结束吧。你多保重,我先走了。"

"你要走啊!"他惋惜地说。

她迈着有力的步伐,踏上那辆巧克力色的轿车,驶出了他的视线。

他喝下一大口热茶,艰难地咽下,汗水即刻涌出来。他一连喝了好几口,汗珠在他脸上滚滚而下。他呼噜噜把那杯热茶喝完了。

出过一身透汗,他站起身,环顾凤凰山。

凤凰山真是好地方,再炎热的天气,站在山顶,就会有凉悠悠的空气从周围的树丛中漫出来,一层层往身上爬。他高高地站着,忽然感到从未有过的轻松,连胸腔肚腹也充盈着凉悠悠的空气,仿佛要飞起来了。他愉快地大声咳嗽,吐出一口浓重的痰。今晚回去一定要好好喝一顿,这样的时刻,他要干点什么才行。于是,他不由自主哼起了歌。他愉快地哼着:"你是我的小呀小苹果……"正哼得过瘾,他愣住了,随即抬起巴掌拍到自己脸上,好像那里歇了一只蚊子。然后,他朝远方吐了口唾沫,自言自语:"我怎么会唱这首破歌?"

【作者简介】格尼,女,本名郭金梅,自由撰稿人,中国作协会员。著有短篇小说集《马兰店》,中篇小说集《和羊在一起》。有作品入选《小说选刊》《北京文学·中篇小说月报》《长江文艺·好小说》。鲁迅文学院第18届高研班学员,四川省巴金文学院签约作家。

选自《创作与评论》2017年第7期

我不是尹丽川

庞 羽

十三岁时我问
活着为什么你。看你上大学
我上了大学,妈妈
你活着为什么又。你的双眼还睁着
我们很久没有说过话。一个女人
怎么会是另一个女人
的妈妈。带着相似的身体
我该做你没做的事吗,妈妈
你曾那么美丽,直到生下了我
自从我认识你,你不再水性杨花
为了另一个女人
你这样做值得吗
你成了个空虚的老太太
一把废弃的扇。什么能证明
是你生出了我,妈妈。
当我在回家的路上瞥见
一个老年妇女提着菜篮的背影
妈妈,还有谁比你更陌生

这就是我姐姐尹丽川的诗。我叫尹绯绯。

鲜血喷溅出来。我的开心消消豆到了12级。她哀叫了一声,我抬头望了望。血是红色的。我又低下头,进入13级。她从厨房里出来,哆哆嗦嗦地拿纸巾。天气有点热,我打开电风扇。她问我,云南白药放在哪里了。我冲着电风扇说,我不知道。

电风扇把我说的话变得颤颤巍巍。她捂着手翻箱倒柜，我突然意识到，我和这个切肉切到手的妇女，相识24年了。

她叫林中燕，外婆起的名。这24年里，她不慌不忙地活着，我拼命地把自己塞进裙子里。小学、中学、大学，尔后，我往容城档案局一躺，摸瞎过生活。她倒好，脖子紧俏，身体颀长，睫毛长而卷，眼睛深而亮，砧板前敲敲打打，盆栽里摆摆弄弄，柴米油盐，稳稳当当。

童话书上说，天鹅能生出丑小鸭。说得不错。我黑皮小眼，8岁成了胖墩，10岁戴上眼镜。她给我买白裙子、红裙子。裙子在我腰间勒出了印子，我扶着眼镜看黑板时，总能听见衣服窸窸窣窣的撕裂声。我一直在等待。等我瘦了，要把这些裙子撕成条、撕成丝，变成她脖子上的红白丝带。

是夜，她睡熟了，我起身，站在镜子前，扯扯身上的肉，摸摸肉上的皮。尤其是摸到自己的胳膊，那些红色的丁丁点点，又漫出了一大块。林中燕说那是鸡皮疙瘩，隐性遗传。我和她顶嘴，都怪你，都怪你选择了罗家，都怪你生下我。对于这件事，我不原谅。从小，她说春雨润如油，我却说清明雨纷纷；她说小荷尖尖角，我却说映日别样红。在这样的一张一弛中，我慢慢蹿高了，同时，我手臂上的疙瘩越来越多，在我的胳膊上蔓延，像是林中燕的眼波似的，流转透迤。

林中燕的眼波，不是白吃的。年轻时，她往人群里飞一眼，男的耐不住，女的急得跳。至于她为什么嫁给我爸罗勇，这得问我外婆。我瞅瞅罗勇，心想，真亏得当年罗家的小洋房，把林中燕骗了去。林中燕成了罗家的媳妇，洗衣、做饭、生孩子，轻松干净，好像我是她的碎玉珠子，缀在发间，不要了可以摘下来。

除了这些，她尽张罗自己的人生去了。东边水疗室，西边小书店，她活得安稳恬静。在我小时候，她还经常看87版的《红楼梦》，唱几句阆苑仙葩、美玉无瑕什么的，我把电视调到《西游记》，在沙发上蹿来蹦去：猴哥，猴哥，你真了不得！她笑笑，说诸葛亮草船借箭、空城对琴，都没我这般神气。我再瞅瞅罗勇，脑瓜瓢上褐色板寸，指尖的烟屁股娉娉袅袅，二锅头熏红了他的脸，卤猪蹄催肥了他的身体，偶尔啐口痰，圆溜溜，暗黄加暗赭，像极了案板上剩下的一钱猪肝。可听别人讲，罗勇年轻时，可像白衣飘飘的赵云了。我难以想象，脑海里全是曹操割须弃袍、关羽败走麦城的样子。

在容城，磨刀匠走街串巷，三天磨一把刀；菜贩子路口闲聊，也不吆喝；春来天暖，老人在公园里打太极，树叶也绿得慢了一些。每天早晨，我坐在2路车上，车辆的引擎声、间隙的说话声，合着耳机里淡淡的音乐，我感觉到有什么东西无关感情,无关风月,无关这个无限宽阔的宇宙,它存在于我的内里,蓬勃生长,优雅老去。公交车行驶,我坐在那儿,希望命运无澜,天高海阔,林中燕坐在沙滩上,解开她飘飞的丝带。

林中燕比我迟会儿。她站在车道里,一手拎着包,一手扶着铁栏。2路车晃一下,她晃一下,等车平了,她依然脖子紧俏,身体颀长,睫毛长而卷,眼睛深而亮。为此我常常难过,为我身体里沉睡的美好基因难过。它们卧在我的心脏里、脾肺里,阅览我每天的悲欢喜乐,却怎么也不肯出面。

林中燕似乎知道这点,切葱丝碾肉末,让我在一旁看着。锅里闹闹腾腾,林中燕手悬着铲子,翻拨葱丝,铲开糖盐,几滴汗水滑下她的脸颊。我想起了黛玉葬花。花死了,黛玉也死了,谁都会死。林中燕擦着额头的汗,我感觉她要融化了,像冰一样融化,滴下来、滴下来,顺着瓷砖蔓延,蹿升到我的血液里。一个女人怎么会是另一个女人的妈妈呢?

林中燕决定带我去上海的那天,非洲瘟疫开始了。这是一种新型病毒,让人瘫软无力,眼睛发花,安详睡去。科学家取名"尼奥",猜测瘟疫来自一种动物肉类,像《黑客帝国》一样隐形危险。

罗勇坐在电视机前,一字一句地把新闻报给林中燕。林中燕像是没听见,继续碾肉末。电视机忽闪忽闪的,罗勇耷着脖子,拇指食指半抢着,像握着小口杯,等待英雄煮酒。罗勇爱酒,爱到骨子里。高考结束那天,他拿出高脚杯,给我斟了满满一杯。没等我反应过来,他就把他那杯一口干了。那一晚,我喝了几口,他把几瓶都灌下去了。等对饮结束,他却一边擦着眼泪,一边擦着鼻涕,一边拉着我的手说,三国里,赵云智勇双全、志向远大,本可夺天下,本可夺天下啊!我问他,不是曹操,不是刘备,怎么会是赵云呢?罗勇不说话了,脸涨成猪肝色:你不懂,天下本是君子的,全都被小人夺走了。我陷在沙发里玩游戏。

突然,罗勇把虚拟的酒杯一摔,刷地直起脖子:我说,别烧肉了好吗!窗外天空白了半响,又阴下来。菜刀笃笃笃地响着,林中燕还在碾肉末。罗勇似乎泄了气,继续耷着脖子看电视。刺啦啦一声响,游戏通关了。整个小洋房,都回响着游戏庆祝声。林中燕不慌不忙,我也挪开了余光,继续游戏。

从那以后,罗勇不吃红烧肘子、卤猪蹄了。到了傍晚,他摆好一碟油炸花生米,一碗岳记花甲,抿几口小酒,唱几段小曲,乐呵自在。林中燕还是喜欢下厨,碾些肉末,放点葱丝毛豆炒炒。我和她对坐,捡着豆子吃。吃完,她把肉末挑出来,整齐地码在小碗里。

接下来的几天，都会有肉末茄子、肉末四季豆。同样的，她把肉末挑出来，整齐地码在小碗里。熟肉末日益减少，林中燕又开始碾生肉末。周而复始，她不疲倦。我吃厌了，躲在家里叫外卖。林中燕一个人坐那，把豆子葱丝吞下去。阳台上的绿植郁郁葱葱。仿佛就像诗中所说，十三岁时我问，活着为什么你。看你上大学，我上了大学。妈妈，你活着为什么又。你的双眼还睁着，我们很久没有说过话。

在我出生之前，我的外婆寅芽死在了上海。寅芽从小生活在上海。对于上海，我是无感的。我听林中燕说，母系的藤老爷住在上海火车站附近，外婆寄住了一段时间。火车经过时，外婆喜欢在那儿跳绳。火车空了，藤老爷带外婆去火车站纳凉。外婆喜欢把腿伸出站台，往铁轨上够。列车员来了，她撒腿就跑，鬓发飞飞的。

林中燕告诉我外婆的这些事，我觉得奇怪。一个素未谋面、已经死去的老亲戚，居然也小过、闹腾过，在她的人生里炸出数朵金花。听林中燕的口气，藤老爷家里不大，马桶连着煤气罐，凳子连着晾衣架，而且还比不上容城那些拆掉的危房。外婆在这儿度过了她的童年时代、青涩时光，我感到一丝战栗。原来我和那个粉红雕花、砖红瓦片的小洋房，不过是久别重逢。

林中燕拖着一口行李箱，背影袅娜。我拎着包跟在后面。林中燕的裙底飘着线头，手上的切口还没痊愈。候车厅空旷，回荡着行李箱的滚轮声。等了一会儿，我们登上这辆开往上海、前轮驱动、底盘稳当的三层长途车。林中燕打票打得早，我们坐在了前排，司机在我们脚底下。踩在别人头上，我想笑，扭头看林中燕。林中燕表情淡淡的，问我带给藤老爷的养生品放好了没。我说放好了，又问她，容城的徽子黄烧饼藤老爷爱吃吗，会不会粘了牙。林中燕笑笑，扭过头看车窗外。窗外是阴天，万物覆着一层冰灰色的光芒。林中燕的锁骨更深了，侧脸勾画得像木刻。一瞬间，我以为她是那个补雀裘、撕扇子的晴雯。我闭上眼，尖尖的脖颈，尖尖的眼眉。罗勇摸过哪些地方？他吻过林中燕的脖子吗？

藤老爷坐在 70 年代小筒楼的小幺间里。门开着，四周都是霉，墙壁上沁着各色的污渍。马桶边有一口锅，锅里有几个茶叶蛋，浮浮沉沉，不知煮了多少回。藤老爷披着旧夹克，微眯双眼，鼾声浑浊粗厚。林中燕不着急，坐在床沿等他。床和椅子挨得很近，不够伸腿。我不愿坐着，站在那儿看网文《人妻陌途》。女主人公正在喝酒，蓝色夏威夷、绿色蚱蜢、白色俄罗斯、黑夜之吻，弄得我心痒痒的。藤老爷一声呼噜，把自己吓醒了：你们哪位？

寒暄片刻，出去买菜的姨娘回来了。她招呼我们吃茶叶蛋，我摆手。林中燕却吃了一个，眼眶还泛着泪。藤老爷口齿不清地说，寅芽懂事呢，穿裙子坐摆渡从来弄不湿。寅芽是我外婆的名字。

一声咳嗽。林中燕拍着他的身子，让他顺顺气。藤老爷半张着嘴，残牙交错间，只能磨出几个字。姨娘跑过来，正正他身上的旧夹克，帮他梳头。藤老爷抖了一下，闭上眼沉进椅子里。林中燕起身，把养生品塞给姨娘，带着我走了。

时值正午，我不知下面的时间如何打发。林中燕昂着头，拖着行李箱走在前面。认识她24年，我依旧不了解她的底细。她拨弄碎发时想什么？她弯腰捶腿时想什么？我看见的她是真的她吗？我理解的她是真的她吗？她喜欢小性子的林黛玉，还是心比天高的晴雯？在容城，我完全可以撒手，把林中燕精心准备的东西全扔在地上，但在人生地不熟的上海，我只能跟着她，生怕串了门跑了调。我不看她的背影，仰头对视太阳。

我随着林中燕到了地铁站。两边贩卖着报纸、矿泉水、小玩意儿。林中燕在地铁口呆望了许久，我想问她做什么，想想算了。在罗勇身边，她好茶好水好脸色，现在她要把这身皮褪下来了。地铁刮起一阵风，吹动她的衣襟。我的母亲林中燕，光洁如新，纯白无邪，涉江采芙蓉，鱼戏莲叶东。你曾那么美丽，直到生下了我。自从我认识你，你不再水性杨花……

林中燕带我去了建华路。房子错落有致，道旁的树木森郁。有几家早茶店、馄饨摊、咖啡馆缩在楼房各角，形成隐秘的、幽深的、不露锋芒的热闹。我感到渴了，殚竭气力，杵在马路中央看着林中燕。

林中燕回了一眼：快点。

瞬间我想起，24年来，林中燕在前，我在后，我冲她发火、嗷叫，她眨巴着眼睛看我，等我气消了，淡淡说一句，快点。每次如此，我的气都撒在了棉花上。此刻的她，分花拂柳，行色从容，步态好似水面漫上沙滩，又淡淡回落。我是她身后的浪潮，莽撞、慌乱、叫嚣，被她温柔地化作微澜。我无奈，加快脚步，嘴里发出一声雁鸣。我有一种感觉，林中燕要去南方了，她要在那个春暖花开的地方，梳理羽毛，独自终老。

建华路323号是栋小别墅。林中燕停下来，看着323号。太阳隐去了，云翳慢慢爬上她的脸，像一块冰糯飘彩的玉。我歇歇气，大声问她怎么了，到底要带我去什么地方，赶了这么多路都不让我喝口水。她似乎没听见，握住我的手，走吧，我们进去。我感觉，让我打砸抢都无法解气。世界静悄悄，除了林中燕敲在雕花铁门上的回音，笃笃笃，可以下锅了。

开门的是位老人。见到我们，他并不奇怪。林中燕把徽子黄烧饼塞给老人，老人看了一下，沉默半刻，领我们进屋，落座，沏茶。

我们仨相对无言，老人垂着头，林中燕垂着头，我盯着面前的茶水看，那里有看得见的茶叶、茶脉、茶梗，也有看不见的茶素、鞣酸、儿茶酸、芳香物质。我想起了大观园，六安茶、女儿茶、枫露茶、老君眉，老君眉产量极少，状似太上老君的眉毛。第四十一回中，妙玉同黛玉、宝玉和宝钗三人喝体己茶，宝钗的茶具叫"瓟斝"。黛玉用的叫杏犀䕓，寓意心有灵犀。宝玉用的则是妙玉自己的杯子，绿玉斗。林中燕讲给我听，我还她一双青白眼，这时想想还蛮有意思。老人抬眉看我，这是寅芽的外孙女吧？林中燕点头。老人抓起徽子吃，眼眶里有浊泪。徽子脆响，茶杯上的白雾淡下去。

林中燕回过神来，露出釉色洁白的牙：快叫俞正爷。我吭了一声。俞正爷放下徽子，靠在沙发背靠上，眉宇轻快许多：叫我阿正好了。我噎了一声，右手食指摩挲着左手大拇指。林中燕轻声说：俞正爷，照片在你那儿吗？

照片上的寅芽，眼睛透亮，嘴唇饱满，黑亮的头发散在耳朵两边，如云鬟雾鬓。在这张照片上，我原谅了林中燕的美。

照片来自俞正爷的一本笔记本，蓝色绣花布面，泛着旧黄，纸页发脆了，还有虫洞。林中燕拿起照片，眼眶泛起红云。我看着林中燕，她的眼睛里有星球，有陨石，有不明物质，还有一种东西，看不见，却庞然巨大地存在着。人们叫它黑洞。在它里面，一切都被扭曲，被传送，直到穿越重重时光，去到各个时空。

我不管她，让她茕茕地站着。

半晌，林中燕放下了照片。

俞正爷开始说话了。他说寅芽年轻时可漂亮了，她走在上海街上，几个外国人跑过来，偏要领养她，带到国外去。那时正值乱世，可寅芽的妈妈舍不得。乱世里几场战役一打，寅芽的父亲没了。说是失踪，也说是战死。听到消息，寅芽冲出屋子，冲进人群，抱着国军的大腿喊，还我爸爸。国军用枪托敲她，她不放手。俞正爷经过，拉下了寅芽。后来战胜了，解放了，俞正爷攒钱给寅芽买帽子，买裙子，寅芽给俞正爷做了好几年布鞋。寅芽在上海待了童年、少女时代，被她妈妈、我的曾外祖母喊回老家，说是去结婚。

我不认识我的外婆寅芽，也不太清楚外公这个人。他们死了好久了，就像20世纪的老八音盒，唱不动了，就锁起来吧。想到林中燕和他们待的时间，比和我在一起都长，我感觉怪怪的。林中燕捂住嘴。她是要哭吗？还是仅仅一个喷嚏？不一会儿，她撒开了手，表情依然淡淡的，睫毛长而卷，眼睛深而亮。那一刻我难过地想，她生的人不该是我。

离开俞家时，俞正爷倚在雕花铁门旁，手里摩挲着一枚老怀表。怀表是和笔记本一起拿来的，上面都有包浆了。我走出了铁门，望着他们。俞正爷微微颔首，手里的怀表发出了清晰的嘀嗒声，似乎在计算他剩下的日子。林中燕也缓缓地走出雕花铁门，俞正爷伸出手，想说话。林中燕嘴角蜻蜓点水：不用了。照片你收着吧。我只是想看看她。

家里还是那样。罗勇躺在沙发上，鼾声震天。

林中燕轻手轻脚放下行李，把沙发边堆积的衣物拿去洗。

我越过罗勇的腿和胳膊，沉在沙发里，打开手机里的开心消消豆。罗勇被吵醒了，踢了我一脚。我打开电视机，把声量调到40。罗勇睡眼惺忪地坐起来，板寸都蓬松了。他举起拳头要打我，电视机阻止了他。

专家说，"尼奥"已经开始蔓延，欧洲多人感染，亚洲也出现首例。目前来说，此病传播方式多样，且无药可解，只能少去人群密集的地方，自求多福。

罗勇似乎吓酥了，瘫在沙发上蹦蹦脆脆。林中燕打开洗衣机，我的消消豆升入第二关。罗勇火气从板寸上蹿起来：听到没！去什么上海！

见过寅芽后，林中燕全身都松弛下来。她的睫毛短了一截，眼睛边生出了藤蔓，颀长的身子变得摇摇欲坠。我问她今天几号，她说二十、初五、二十三。没有一个是对的。我不难为她了，怕声音一大，她就碎了。等她闲下来，我往她身上凑，讲办公室主任、档案局局长的八卦。她微觑两眼，唇齿打滑，像婴儿一样睡去了。在家，罗勇用筷子敲着碗边，怎么了？没饭吃？林中燕在厨房里缓慢地切着肉丝。罗勇又说，不能吃肉、不能吃肉。她也不管，一撮小葱一皿肉丝，罗勇不吃，她吃。出门，罗勇和她各走各的。不出所料，罗勇投奔他哥们了，喝小酒唱卡拉OK，顺便按摩按摩自己的老骨头，讲讲三国里的天下观，讲讲赵云就是被娘儿俩害的。那些中年男人也会岔话，讨论天下分合什么的，再吹吹牛，要不是那会儿选错路，这会儿美国总统还得喊他爹呢。这种聚会罗勇带我去过一次，然后我找个借口溜回家了。林中燕手里拎着购物袋，买点葱买点生活必需品，然后在街道上茫然地转着。好几次我招呼她，她恍然大悟，不好意思地笑笑，跟我回家。她也放弃了开辟鸿蒙、金玉良缘，每天追问我《人妻陌途》更新了多少。我问她《红楼梦》哪去了。她说，一堆废纸，埋了可惜，不如卖了。

"尼奥"登陆亚洲的第 8 天,台风也登陆了。天空变成大海,风云变幻,潮起潮涌。我坐在家里,心想怎样度过这个潮湿的周末。林中燕储备了两天的菜,罗勇囤积了一星期的酒水。罗勇酒杯磕碰碗沿,叮叮当当,等酒劲上来了,咣当一声扔掉酒杯,空坐在那儿。电视机放着"尼奥"的最新消息,电脑却在唱着,滚滚长江东逝水,浪花淘尽英雄,是非成败转头空……

罗勇一边听一边哼,等林中燕经过他身边,他没头没脑地说,你都快 50 岁了,还买新裙子穿?

林中燕不答话,整理整理裙边的老褶子。她穿这裙子三年了,夏至穿,大暑穿,入秋了,洗好熨平叠放在柜子里,等着有心人发现。罗勇歪着头舒展睡意,林中燕拍拍裙摆,收拾桌上的碗筷。我看着她,线头不见了,侧影似有抄检大观园,晴雯倒掀宝箱,痛骂王善保家的样子。是的,她居然把一条裙子,穿得那么决然。

周日晚上,外面的雨小了些。林中燕挎着购物袋,出发了。我问林中燕买什么,她咿咿呀呀了半天,说外面空气好,出去透透气。我说雨会下大的,她说不怕,有伞。她弯下腰,在脚腕磨蹭,好容易把高跟凉鞋穿好,轻手轻脚地离开了小洋房。雨淅淅沥沥的。

电话打过来时,我的消消豆到第 5 关了。此时的窗外下着瓢泼大雨。窗户洗了又洗,我的脸反光在上面,扭曲的、变形的,还分成了好几个。这么瞧,还挺像林中燕的。

我坐在这个粉红雕花、砖红瓦片的小洋房里,听着林中燕在手机那头无力地对我呼唤:囡囡啊,妈妈走不动了。我拎着一把大伞冲进雨中。雨水飞溅,天昏地暗。林中燕站在雨中,购物袋落在地上,雨伞斜在一边。我搭着林中燕的胳膊,一步步地搀扶她。我说,咱们回家看《红楼梦》,87 版的。林中燕却瘫软下来,囡囡,妈妈不想看了。我问她想看什么,《人妻陌途》没到大结局呢。她笑了,胳膊微微振动:书里都是假的,只有囡囡是真的。雨水顺着她的脖子流到我的手上,冰凉而惊颤。

林中燕再也不能穿高跟鞋了。医生说,脚上肌肉受寒、萎缩,要养养,脚底还要贴膏药。他还说,年龄到了,很多人都患上了这毛病。林中燕把膏药往脚后跟一贴,却瞬时矮了几分。她眼角的藤蔓,已经长到嘴边了。那个脖子紧俏,身体颀长,睫毛长而卷,眼睛深而亮的林中燕,变得小了、枯了。我突然想起那个叫作寅芽的女人,想必她也这样步履蹒跚过。林中燕唤我的名字。我扭头不应。我无法面对林中燕的衰老。

和林中燕的衰老一起到来的,还有我的转变。倏忽间,我身上的裙子变松了,修身了,不再发出窸窸窣窣的撕裂声。林中燕不好去商场,问我淘宝网怎么购物。

后来她买了两个衣架、三条裙子，都是给我的。裙子有碎花的，有宽松的，我穿起来，林中燕说像年轻时的她。

大雨不停，倒灌着容城。电视里，上海有了"尼奥"感染首例。罗勇见林中燕的眼色都不对了。他不吃林中燕做的菜，不碰林中燕喝过的水杯，待在家里就咋呼，出门了夜不归家。林中燕不管他，继续碾生肉末，烧熟肉末，坐在饭桌前，静静地吃掉一碗白米、半碗菜。我陪着她吃。渐渐地，她开始教我做其他菜了，红烧茄子、番茄炒蛋等。她说姑娘家要会点厨艺，一来安生，二来防身。

我烧的菜有的过咸，有的偏甜，她还是静静地吃掉了。只是有一次，我烧了葱丝毛豆肉末，林中燕吃掉毛豆，挑出肉丝，突然哭起来。她说是寅芽的味道。寅芽在的时候，日子艰难，一顿肉末都要烧好几道菜。几滴泪下来，她克制住情绪，又去洗碗洗衣服。我有些难受，想帮忙，她让我去给绿植浇水。植物在晚风中轻轻拂动，像极了少女林中燕的裙摆。

碗筷归档完毕，罗勇破天荒地早回家了。他把衣服扔给林中燕，讨好地说，他哥们做生意的，儿子想找媳妇。林中燕明白他的意思，我也明白他的意思。

罗勇见我们不说话，又补充，有车有房，有车有房。我垂着头不说话。林中燕"哇"的一声哭出来，把罗勇的衣服扔在地上，还用脚踹：我的女儿不是衣服，我的女儿不是衣服！

罗勇当着我的面，对林中燕动手了。暴雨疏风，斜光月影。等他安歇了，我抱住地上的林中燕。林中燕在我怀中颤抖。我随着她一起颤抖。外面的雨没有停。

大雨降临的第6个晚上，容城被淹了。整个城市都漂浮在水中，人们挽着裤腿，手拉着手出行。林中燕的绿植开始下垂腐败了，我一遍遍问自己是不是浇多了水。林中燕不管，忙好早饭，坐在阳台前看天。她说她看见了寅芽。我感觉她要再一次融化了，像冰一样融化，而这次不会再结冻了，她要随着这场洪水流走了，去到那无限宽阔的宇宙，随我蓬勃生长，优雅老去。

我收拾好包裹，出门上班。虽说城市部分水位已经过膝，但政府仍号召我们上班，坚持在第一线。上班也没有什么可做的，坐在那儿当个摆件。我拎着包出门，林中燕却一瘸一拐地追出来了。她说要去单位取个东西。我说这么大的雨，去了干什么。我看见她恳求的眼睛，还有依旧淡淡的表情。洋房里，罗勇举着酒瓶，电视机忽明忽暗，那高达44的音贝里，讲的全都是对"尼奥"的恐惧。我带着林中燕缓缓走到公交站台。

2路车来了，我和林中燕并排坐着。车辆的引擎声、间隙的说话声，合着耳机里淡淡的音乐，我感觉到有什么东西在我的内里，一脉传承，生生不息。林中燕静静坐着，她脸上的藤蔓也停止了生长。我用余光瞧着她，洪水迅速退去，白云飞上蓝天，我那美丽年轻的林中燕，她坐在沙滩上，微笑着，昂扬着，解开她飘飞的丝带。

　　林中燕到站了。公交车停在路边，这条道路水很深，昏黄浑浊，车驶过，惊起水浪一片。车门徐徐打开，林中燕挪动着双脚，一点一点、艰难地走出去。她提着裙边，慢慢摸索着，积水吃掉了她的小腿肚子。车子正在启动，轰隆隆的。车门要关上了，林中燕回过头，朝我微笑。她要说什么？"快点"？我听不清。在洪水中，林中燕更小了。我想起了俞正爷，想起了寅芽，想起了罗勇，想起了晴雯，想起了林黛玉，他们都在我的脑海转啊转，晃啊晃。突然，我的泪夺目而出，我冲到已经关闭的公交车门，把车门拍得震天响。林中燕似乎没听见，离我越来越远，越来越小。我瘫软下来，拼命地拍着车门，拼命地大喊，林中燕，你走后，我该找谁去怀念你？我要找谁去要照片？

　　林中燕回来了。衣服角、发尖都湿漉漉的。我走过去，替她拿包。
　　我对她说，妈妈，有我在，罗勇不会再打你了。
　　林中燕不说话，手里的伞滴着水。
　　我又对她说，我会去上海要寅芽的照片的。
　　林中燕瞪大了眼睛。
　　我耐不住了，说，我给你读一首我姐姐尹丽川的诗：

十三岁时我问
活着为什么你。看你上大学
我上了大学，妈妈
你活着为什么又。你的双眼还睁着
我们很久没有说过话。一个女人
怎么会是另一个女人
的妈妈。带着相似的身体
我该做你没做的事吗，妈妈
你曾那么美丽，直到生下了我
自从我认识你，你不再水性杨花
为了另一个女人
你这样做值得吗
你成了个空虚的老太太

一把废弃的扇。什么能证明
是你生出了我，妈妈。
当我在回家的路上瞥见
一个老年妇女提着菜篮的背影
妈妈，还有谁比你更陌生

林中燕把滴水的包放在地上，露出两束胡萝卜须：你爸不叫罗勇，你外婆没去过上海。还有，你从来没有什么姐姐。

【作者简介】庞羽，女，1993年3月生，毕业于南京大学戏剧影视文学系。曾在《人民文学》《天涯》等刊发表小说。曾被《小说选刊》《小说月报》等选刊多次转载。获得过第四届"紫金·人民文学之星"短篇小说奖、第二届华语大学生微电影节剧本奖等奖项。

「中篇小说」

选自《花城》2016年第6期

旁 观 者

马金莲

　　也许是因为夏粮严重歉收了,秋粮在给我们做补偿,这年的秋庄稼长得分外扎实,三亩莜麦刚割倒,就紧跟着杀高粱了。往年的高粱哪有这种长势呢,秆子粗得不像高粱,简直就是玉米。我们头一天都砍断了一把镰刀。第二天不敢再使用木镰架子,直接换成了铁镰刀。在密匝匝的高粱帐子里,人撒进去就被绿中泛黄的丛林淹没,彼此望不见身影,只能听到镰刀砍伐秸秆的脆响,咔嚓咔嚓咔嚓响个不停,一排排高粱死尸一样唰啦啦倒地。一趟割出头,我和嫂子都累得喘气,我们坐在地坎上磨镰刀。嫂子抹一把汗,望着整整五亩高粱,目光从低处升腾,渐渐地抬高投向空旷辽远处,叹一口气,愤愤地说五亩啊,这么多,这么凶,啥时候能割光呢?等把它们割完你我的头发都熬白了!

　　将落的太阳在山边上看着我们,好像在无声地怜悯着我们这一对留守妇女,我看一眼嫂子,意思是收工回家吧,还要做饭照顾孩子呢,活计留着明天再干。嫂子往磨石上吐一口水,霍霍地磨,说再割一会儿吧,反正都是你我的活儿,我们躲过了今儿躲不开明儿,还不如早割完早清净,再说糜子燕麦还等着呢。

　　我也望一眼高粱尽头那高爽的天,大雁排着队正从头顶经过。我浑身酸困,连感叹一下的力气都没有。一个弱弱的声音从远处山脚下传来。风大,我们没在意,磨了镰刀,咬几口干粮,然后爬起来准备重新开战。一个小身影爬上坡,边爬边喊,渐渐地近了,竟然是嫂子6岁的儿子。新妈新妈快去看,你家祖儿被锄头砸了脚,淌血呢,奶奶叫你回去看。我一看这孩子跑得满脸汗,不像在撒谎哄人,赶紧丢下镰刀往家跑。夕阳浓郁得像稠糊糊的血,我踩着自己巨长畸形的影子跌跌撞撞跑,影子像浸泡在浓稠的血液里,又像大红油彩涂抹的油画。我只觉得自己一步一个血印,脚底板全是汗。奔进家门,哭声扑面而来。女儿哭得汗直冒,濒临崩溃,嗓子都沙哑了。

　　公公婆婆一看我进门,赶忙闪开在一边,婆婆忙不迭地解释着孩子受伤的过程。我哪里顾得上细听呢,赶紧查看伤势,右脚脚面,一个三角形口子,血在汩汩地冒。

看样子已经流了不少血，擦过的卫生纸丢了好几团，殷红殷红的让人看着惊心。锄头明明倒立在门背后，谁知道这娃怎么了，过去扳倒了，锄头倒栽下来就挖在了脚面上。婆婆的语气尽量保持着平静，不过我还是能听得出老人心头的愧疚。那个肇事的笨重锄头躺在不远处，显得无辜而无知。我伸手指头一按，女儿哇的惨叫一声，大团暗血顿时涌出，洞口很深，三个指头足足陷进去一寸。看样子伤势不轻。

孩子还在哭，我赶忙抱起来哄，走着哄，小跑着哄，许诺给她煮鸡蛋，买糖糖，买气球，买小汽车。怎么都哄不住，她就是扯着嗓子哭，哭得气都要断了。这孩子一贯不是这性儿，属于比较皮实的类型，从小长这么大没少从炕头栽下来挨跟头，每次挨了跌，稍微哄一哄也就没事了，甚至能额头上吊个大青包又跑出去玩。现在这么哭，只能说明她疼，疼得挨不住。

婆婆从炕席下翻出一疙瘩头发烧了，拿着灰往伤口上压，头发灰止血。血液汩汩，很快冲走了那点灰。祖儿扎着小手说疼，疼死了，妈妈疼死我了。公公当即决定，带她去医院，可能伤到骨头了，得拍片子看看才放心。顾不上换衣服，我抱起孩子，嫂子这时候也赶进门，她会骑摩托车，发动了那辆大伯子留下的老豪爵，驮着我们娘俩就往附近的卫生院奔去。

我心里热油煎着一样，既可怜女儿，恨不能把娃的疼痛拿下来放到我身上由我来承担，又担心天黑了路不好走。摩托车在狭窄的土路上颠簸，孩子的哭声一直没有中断。她越哭我心里越烦，等到了乡街道上，夜色已经落下来，稀稀拉拉的路灯近似吝啬地睁着色眯眯的眼。卫生院值班室灯亮着，却没有人。嫂子跑前跑后喊人，喊来了端着茶杯子的王院长。王院长大概看了一眼脚面，说去县城看吧，我们这里也就是简单包扎，条件有限，就算拍了片子，估计也看不清楚。我低头看，捂着伤口的卫生纸和一片白布都被血渗透了。王院长给了一片纱布，说包上快找车上县，别磨蹭。

这时候了到哪里找车去，我一着急就心里乱了，不争气的眼泪扑簌簌落，心里恨起了常年在外头打工的男人，一年四季眼睛里就认得钱，哪里想过我们妇道人家留在家里的不容易呢，平时还罢了，这遇上事情我们女人家就是没翅膀的鸟儿，只能瞎扑腾啊。

嫂子倒是冷静，很快到街边找了一辆小面包车，雇它去县医院。价格自然比白天贵了两倍。我心疼钱，又害怕这摸黑带夜的奔波不太安全，有点犹豫，说要不抱回去，缓缓也许就好了，咱山里娃娃哪能那么娇气呢？嫂子一把将我推上车，快走，磨蹭啥呢，娃娃要紧。车子马上摩擦着低沉的夜色往前疾驰。渐渐离开了乡街道两边的璀璨灯火，夹道两边的白杨好像陡然变得比白天更大了许多，一棵一棵之间的距离也拉近了，车轮在三级公路上沙沙响，树木像一个个巨测的黑影扑面倒下向我们撞来。我真担心它们就这样压下来，把车和我们一起压在下面。担心自然是多余的，师傅开得不错，也许他也在真心替我们担忧，所以开得很快，感觉车简直要在暮色里飘飞起来了。我不得不提醒他慢点，还是安全为上。女儿还在哭，不依不饶，两个小手扎起来胡乱撕扯，在我帽子上一把，衣领里一把，我心里烦躁，狠着心肠扇她两巴掌，狠狠地吼了一嗓子。孩子吓呆了，哭声竟然渐渐地小下去，等颠簸了一半路程，哼哼唧唧的哭声完全停止，枕着我臂弯迷迷糊糊睡了。

　　进了医院直奔三楼骨科，楼道里的灯暗沉沉亮着，护士值班处没人。医生值班室门开着，也没人。女儿醒了，呜呜呜又哭开了。我只能抱着她在楼道里找人。推开一个病房门，一个老头儿说医生肯定休息了，在休息室，你去喊吧。我找不到挂休息室牌子的房门。正徘徊呢，几个人抬着个大男人来了，脚步蹬蹬蹬，震得楼道都颤抖。大夫大夫快快快，快抢救！有人冲过来对着一间没挂任何牌子里面黑灯瞎火的房门猛踹。踹了十来脚吧，楼道里探出好几个病人家属的脑袋来观望。门开了，一个矮个子男人闪出来，穿着白褂子，我一看正是大夫。大夫揉着睡眼，一看那人血糊糊的，手一挥，去急诊科吧。一个胖子口气很冲，打架伤了骨头，得你们骨科看。大夫说都这个样子了，我骨科看不了，等急诊科看了，确定为骨伤，再转来不迟。对方悻悻地，抬起人，一阵脚步杂乱，旋风般消失了。我赶忙抱着女儿凑上去。他问了几句，抬手压了压伤口，这时候我才敢睁眼看伤口，血止住了，好像肿了，脚面明显高起来许多。先包扎吧，具体情况明天拍片子，根据片子再治疗好吧，先给挂点药。他开了药。我没注意护士从哪里冒出来的，她很麻利三五下就把女儿的脚包好了。孩子哼哼唧唧又拉开了哭啼的战线。住院单子开了，我抱着孩子跑一楼去交了费，又抱着她上来。按照单子上的房号去找病房。

　　甲级7号。里面灯亮着。但是门关着，从里面上了锁。我试着敲门，没动静。再敲，还是静悄悄的。我心头火冒，忍不住连续敲，嘭嘭嘭，嘭嘭嘭。还是静悄悄的。看样子里面的人睡死了。孩子烦躁，一个劲儿哭，一副不把我催死誓不罢休的样子。我抽一口气，鼓足了劲准备再次狠敲，门忽然开了，无声无息敞开到了最大。我愣在原地，怔怔地扫视里面。两张床，靠里的上面睡着一个人。门口的空着。一个女人面无表情地站在门口冷冷看我。我心里早就很不舒服了。也不看她，绕过她进屋，看样子这女人刚才就睡在这床上，淡绿色被褥上套着上一任病人留下的蓝色被套床单，蹭得四周都起毛了，脏兮兮的模样掩饰不住，透过护罩渗透出来。这是县城医院很常见的，我没有权利嫌弃。一个护士跟着进来了，匆匆将一套新拆封的蓝色医用床单铺在床上，套了枕头和被子，又面无表情地走了，到门口打了个毫无遮掩的哈欠。那个开门的女人竟然一直站在那里,这时候她好像如梦初醒,也跟着打了个大哈欠。却好像怕吵醒了什么,用手掩着嘴,把哈欠声逼回喉咙深处。过去将床上的病人往里面推了推,自己盘腿靠上去,也没枕头,蜷一个胳膊当枕头,面朝里睡了。但是她明显不敢挤着里面的人,只能将屁股使劲地往外面凸鼓,减少自己占据的面积。护士来给女儿挂吊针,扎针的时候孩子自然不愿意,又是一番哭闹。直到液体沿着塑料管子滴进身体,她才渐渐乖下来。夜里两点了,我不敢睡,瞅着高处的液体一滴一滴减少。

女儿忽然从梦里醒来,一双手互相胡乱抓挠。我一看手背红了,接着肿了,显然是被蚊子叮了。这病房有蚊子?真是没想到!我嘀咕着把女儿放枕头上,起身打蚊子。那女人忽然偏过头来,蚊子多得一群一群的,是你进来不关门,才把蚊子放进来了!说完头偏过去,重新酣睡。

我被这没头没尾的话击中了,有些蒙,有些傻。我呆呆坐回去。仰头望屋顶。白灰粉过的平顶和四壁一样,经历了岁月和迎送了无数病人,这病房和这座医院一样,到处呈现出一片难以掩饰的仓皇破败和明目张胆的脏乱。到处乱糟糟的。到处是病人用过的医用垃圾和家属丢弃的生活垃圾。医院要迁址,新大楼已经在建了,这旧医院完全呈现出一副破罐子破摔的凑合景象来。我的目光终于落在那女人身上。她静静睡着,给人感觉她一直在酣睡,压根就没有醒来过,也没有冲我发射过那句呛人的话。我却久久回味着那话,谁都听得出来她的抱怨。是我把蚊子放进来她不高兴了,还是我们来了,让她没地方睡觉才心里不痛快了?这么思量着,我心里也有情绪了。我们住院交了钱,我们占用我们的床位天经地义,凭什么你不高兴,又不是你们家的。

五点钟药才输完,针头拔掉后我再也支撑不住,一头栽倒睡死过去。蒙蒙眬眬中有人在争吵。男人的声音很大,明显脾气不好。在骂什么。透过骂声的间隙,溢出一丝柔和的女音。女人在解释什么。男人不听,不饶,女人的解释更煽起了他的火气,骂得更凶了。我慢慢睁开眼,电棒的柔白光泽射入眼睛。我从嗓子深处调动一口唾沫来滋润干涩的舌头。我有多久没有和男人吵架了?大半年了。春种之后他离开的,去乌海工地上了。本来割麦子时会回来夏收。可夏粮薄了,接近绝产。残余的那点马毛一样的麦秆子,我和嫂子用镰刀刮了一些,实在挂不住镰刀的,让人直接把羊群赶在里面踩踏了,夏季后期雨水多得出奇,公公趁着地皮柔软老早就把麦子地翻犁了,然后种了十亩燕麦。现在燕麦长势凶猛,可以赶在霜冻前割下给牲口做草料。公公做主给儿子们打了电话,让他们不要回来,安心打工挣钱,家里的活没多少,我们能扛下来。公公的决定让我和嫂子心情很矛盾。我们其实是盼着男人回家的。就算庄稼薄了，也可以回来看看人的。他们难道不知道，这个家里除了麦子，还有两个适龄的女人也在期待着一场透雨的浇灌。这样的期待随着日子一天天累积，像无形的山压在我们心上，我们心里有了幽怨，藏着火气，却不能流露。有时候我半夜里醒来，望着黑漆漆的顶棚，想找个人吵一架多好啊，狠狠地骂，无所顾忌地骂，想起什么骂什么，实在骂不过就冲上去一把抱住他胳膊狠狠地咬，最好咬得鲜血直流。

耳畔的吵架声很真实，是有人真的在吵架，不是幻觉。男人说跟死猪一样，还伺候我呢，挤得我一夜没睡好，死婆娘，就是个没眼色的死货！我慢慢坐起来，觉得奇怪，这不像是夫妻间打情骂俏，男人的口气里充满了烦躁，还有那么一丝戾气，听不出疼爱和宠溺。女人正撅着屁股往盆子里掺水，冷水里倒了些开水，然后把一条毛巾泡软了捞起来，抱着男人腿慢慢往这边搬。她的动作很轻柔，轻柔里带着明显的小心，好像她在侍弄一个柔软无骨的婴儿。那个脚板很大，在女人偏小的手心里，更加给人突兀嶙峋的那种大。

这是一对打工者的脚。我一眼就看出来了。我的男人也有这样一对脚。我们新婚那会儿，彼此看着亲昵，有过给对方洗脚的事儿。当时我捧着他的大臭脚，反复打量，觉得新奇，咋这模样呢？看着是一个刚刚成熟并且趋向稳健的男人脚，却又过早地显出一种经历了风雨的沧桑味道。骨骼的轮廓，硬痂的厚度，肌肉的磨损度，包括伸展开来的那种有些犹豫又有些羞涩的状态，让人不由得就联想到工地上水泥点子一样分布在不同空隙不同位置的打工者。嫁给他之前，我从来没有想过那些扛活儿的人和我有什么关系，可以说那些冷冰冰的水泥钢筋石板和我压根就没关系。我只在城里马马虎虎念了三年初中，就彻底离开了，重新回到了乡下。城市和我没什么必要的关系，至多我在学校那钢筋水泥浇注起来的教学楼住宿楼之间穿梭了三个春夏秋冬。可是我嫁的男人在城里打工，这好像让我又和城市具备了某一种联系。这让我在捧着他的脚的同时，猛然回想起初中三年度过的日子，那时候活动范围小，根本没注意农民工，唯一有印象的是，学校后面维修实验楼，宿管老师一再强调大家晚上睡觉关好宿舍门，因为农民工在工地上出入，有潜在危险，谁不听劝，出了事儿校方不负责任。好像从那时起说起农民工，我潜意识里就会想到他们是社会不安定因素的一部分。

女人把毛巾轻轻捂在脚板上，然后从上往下擦拭。男人直挺挺躺着，好像没有感觉。亮色从他挨近的窗玻璃透进来，照亮了整个狭窄的病床。看得出是一对夫妻。男人三十来岁吧，头抵在床头上，脚一直伸到了床梢子，就算躺着也能看出是个身材高大的人。女人站起来了，端着盆子出去倒水。我冷眼看着，心里想着她昨夜对我的不友好。我看她的目光就有些不厚道，她太矮了，勉强也就一米五吧，反正肯定不会突破一米五五。却胖，身材不好看，而且是那种锥形体型，上身圆嘟嘟的，屁股大，腿子短。这样的女人还谈什么身材。她扭着圆鼓鼓的屁股挤出门去。一会儿又来了，换了一盆水，重新蹲下洗脚。可能好多天不下地走动，短暂的闲散，养嫩了男人的脚，那些死皮硬痂竟然开始脱落，泡下来好些白色鳞甲和油腥，在水面上浮起来一层，让人看在眼里忍不住犯恶心。她好像没感觉，有些迟钝地搓着，揉着，完了用一把指甲剪剪指甲，剪得吧吧响。一会儿再去换水。反复折腾好几遍，水总算清澈起来。这时候我才看清窗外是一栋在建的楼，八点刚到，戴着红色安全帽的工人陆陆续续出现了，钢筋相撞的尖利声响，搅拌机的哗啦啦，打桩机的轰隆隆，像协奏曲一样合鸣起来了。男人的目光一直盯着窗外，其实他什么都看不到，从躺着的角度看出去，只能看到刚竖起来的钢筋像凌乱的枯草，近似绝望地爹着手伸向半空，好像要对着高远的苍穹倾诉什么重大的秘密。真不知道什么人这么心急，医院还没迁出去呢，这就开始搞新的建筑了。我慢慢过去，斜站在这男人脚后，从这个视角望过去，可以看到建筑队劳作的场景。我丈夫也是一个架子工，这些年他在乌海的工地上绑架子，据他说所有的大楼都是从最初的钢筋架子开始搭建起来的，架子就是支撑起一座建筑的骨骼。

我用目光在人群里寻找着架子工，一抹微茫的希望在心里蔓延，我试图从中寻找出丈夫的身影。这是不可能的。这一点4岁的女儿都懂得。所以她昨夜疼得受不了就哭着喊妈妈，我被吵得又难过又心疼，质问她为什么不喊爸爸，那个没良心的凭什么把娃丢给我一个人他在外头逍遥。女儿卷着胖乎乎的舌头说爸爸听不到，爸爸在乌海。有一个身形单瘦的小伙子，我确定他肯定是一名小伙子，他已经高高地爬到第五层去了。有安全帽遮挡，我看不到他的面相，再说太远了，我只能凭借单瘦灵活的身形判断他是个小伙子。他没绑保险绳。我一眼就看出来了。没风，但是他腰里的衣服好像在朝一个方向胀，显出他的腰身来了，好身材。细腰、长腿、窄胯。这样的男人适合做模特。腰里空荡荡的没有那根我熟悉的保险绳。我哄女儿乖乖坐着，我出去买早餐。提着包子和稀饭进了医院，侧门的预制板小房里有公用电话，我打通了，丈夫的声音带着乌海秋天的干爽传了过来，啥事儿？他问。我强忍着眼泪，不能告诉他娃住院的事儿，我说你摸摸腰里，别忘了系保险绳啊。

我把相同的话重复了一遍就挂了。

病房里挤满了人。吓我一跳，以为自己走错了，退出来，再进去，没错，女儿蜷缩在最里面的角落，小手里紧紧抱着一个大香蕉梨，见了我咧嘴就哭，悄悄说坏人，好多坏人。

一共多出来五个人。这么小的病房里，一下子多出来五个大男人，确实显得拥挤。那张床边坐了个老汉，唯一的小凳子上坐着个穿夹克外套的年轻人，剩下三个人齐刷刷挤在我们床边。那个女人已经把洗脚水倒掉，没地方坐，在床尾站着，忙着给大家分发梨子吃。女儿手里的香蕉梨想必正是她的馈赠了。我悄悄戳一下女儿胳膊，责备她怎么随便拿了陌生人的东西。女儿抱紧了梨子，好像怕我会夺去还给人家，理直气壮地说那个姨姨给的，她不是生人，我们认识，她是小翠姨姨。我惊讶得眼珠子差点掉下来，这小东西，还挺能社交啊，这么好占便宜，长大了让人家男孩子用一颗水果糖就能骗走吧。生人多，不是教育孩子的时候，我只能哄她先吃饭。

现在人都在这儿了，大姑父我也请来了，咱们把事情解决一下吧，这么拖着对谁都不好。一个声音忽然冒出来。这声音怪怪的，明明是个很清朗的嗓音，却好像有意压抑着，不让这一份清爽流泻，声音是从嗓子眼里挤出来的，被压扁了，给人一抹不舒服的感觉。我偷眼看过去，最后断定声音是从夹克衫竖起来的领子里发出来的。他好像怕冷，使劲地缩着脖子，声音也不像是从嘴里发出来，而是从某个衣兜的深处犹犹豫豫掏出来，掏出来不敢示人，鬼鬼祟祟打量着现场，在掂量此时此刻的氛围究竟合不合适掏出那些话呢？

好像有一股力量，像蛛网，粘着所有人的目光，把所有的目光都集中在一个地方，那个老汉的身上。大家齐刷刷望着老汉看。我感觉这些目光形成了一股合力，无声，无息，无形，却有重量，全部压在了老人弯曲的脊背上。老汉自己也感觉到了这种重压，他在这目光里渐渐地矮下身子，好像不堪重负，要从床边上滑下去，直接趴到地上。但是他强撑着，他其实是个精瘦的人，锁骨那里凸鼓起来，好像骨头碴子要戳破皮肉，直接冒出来。这副骨架有些忧伤地撑着外表单薄的血脉和皮肉。他将床边的蓝色化纤床单抓在手里，往里面掖，卷边了，怎么也掖不进去，刚进去又翻出来，他好像和那一道卷边铆上劲儿了，不断地掖着，掖着，大手在颤抖。

他姑父，你好歹说句话吧，我们这里就等你吐核儿呢——你也晓得，我们都忙得很——

声音很清楚，不论是吐字、气息还是语调，都很清晰，匀称、平静。是靠我最近的一位说的。他也是个老人。勉强算个老人吧，五十来岁，身材富态，保养不错，满月脸白白亮亮的，尤其一双手，搁在膝盖上，手背肉乎乎的，十个关节上竟然凹下去齐刷刷一排旋涡。让人有一种欲望，想上前对着那漩涡挨个儿按一按压一压，试试那软乎乎的手感。我虽然是个村妇，但是也见过一些官儿，村里的干部，偶尔来下村的乡干部，去年配合丈夫申请无息贷款时候到乡政府去按手印还见着了分管的副乡长呢，凭我的见识，我断定这个半老的人不是农民，而是个有工作或者有钱的人。只有具备这两样中的其一或者两者全部，才能养出这么一张炫白富态的脸，和这么一副雍容从容的气度。

是啊，事儿发生了，咱就全力解决事情吧，这么拖下去对谁也没啥好处啊，牛监理不在，严重影响我们工程进度了——最门口那个年轻人说。他说话语速很快，声调不稳，就如一个跛子在夜里赶路，高一脚低一脚。

老汉抬头扫了大家一眼，目光在最中间停滞了，就像那一片的空气里含着浓密的糖分，将他的目光黏住了，他扯不开去，有些艰难地犹豫了一下，终于挣脱了，划过去，又低头用大手去掖翘起来的床单。气氛很压抑。我这个局外旁观的人也感觉到了这种不舒服的氛围。我悄然观察，有些迷糊，这些人什么关系，谁是谁的姑父？看样子是要解决一桩案子了，可这其中究竟有什么内幕和牵扯，我一时看不懂，这时候我很强烈地感觉到自己作为一个常年在乡里干活的家庭妇女，对这个世界的见识真的很少、很贫乏。

我肚肚疼，拉稀稀——女儿的童音打破了沉默。

我赶忙抱她去厕所。厕所的卫生状况更直接地显示了这座医院被搬迁的必要性和迫切性，它以一种破罐子破摔的姿态显示着一种不堪入目的脏乱差。池子里塞住了，大小便漫溢出来，遍地都是，简直没法下脚。我抱着女儿正哄她快点，一个打扫卫生的女人进来了，用拖把哗啦哗啦蹭着地，大声骂着病人家属的龌龊，说公共环境，大家都不爱惜，自己明明早晨打扫过，这才几个小时呀，就已经成了这样，害得自己总是挨骂。她戴着和大夫、护士一样的蓝色口罩，看不清具体的长相，从声音和那泼辣劲儿可以推测是个中年女人，也可能更年期提前到来了，也可能婚嫁不顺、子女不孝，反正她脾气很不好，气哼哼的，拖把在地上噌噌噌响，我真怕脏水溅起来飞我一身，赶忙替女儿擦了屁屁抱她逃离了厕所。

在病房门口我犹豫了，咋办呢，我竟然有点惧怕那些人和他们营造出的有些怪异、压抑的场景了。就算我反应迟钝，我也已经看出个大概来了。他们有要事要商谈，而我是外人，唯一在场的外人。我的存在，会不会让他们有不方便的感觉呢？门忽然开了，五个人前后随出来，最后跟着小翠。他们一直往出口走去。

病房里顿时空下来，亮堂多了。其实还是原来的空间和亮度，窗外浅灰色的天空被挤压得成了扁扁的一片，看不见太阳，能从阳光散射铺开的余晖上判断出外面是晴天。打桩机像一个只知道下苦，不知疲惫的老实疙瘩，一下一下，嗵——嗵——地叫着，沉闷地砸着地面，砸出让人心里很不踏实的闷响。这是非得把地球砸出一个大窟窿才罢休的节奏吗？我舒展舒展腰腿，慢慢挪到床边，试图透过后面脏兮兮的玻璃去看凌空行走在架子上的那些民工。因为丈夫的原因，我看到架子工就感觉有种特别的熟悉和亲切感，我试图从他们劳作的身影和姿态上想象丈夫此刻的样子。

床边发出喘息声。

我回头，他斜挣着身子，左手往右边够，右肘撑在床边上，试图翻起来。这样的挣扎无声、冰冷、固执、不容置疑。我不敢劝，呆呆退回去，抱着女儿，一边哄她玩，一边闪眼打量那边的异常举动。别看他身板单瘦，原来挺有力量，两个胳膊支撑，竟然慢慢地坐了起来。我和女儿无声地看着，我不知道他这是要干什么。看看他真的坐起来，就要把腰坐直的时候，忽然被刀子扎了一样，哀号一声，颓然滑倒，回到了原来的样子。我已经断定，他的腰部出了问题。腰是一个人上下肢之间的轴承，他的轴承出问题了，上半身和下半身之间难以达到协调和统一。他伸出手来，紧攥出一个拳头，哐哐哐地捶打起栏杆来。如果刚才他是一个冷峻沉默的人，这会儿忽然变脸了，瞬间变换出一副难以遏制的爆发的嘴脸来。铁床栏是铁的，当初的蓝色油漆被不知道多少病人磨蹭得七零八落，面目斑驳，有一种沧桑从斑驳里逸散出来。

我没想到一个男人的拳头砸在栏杆上会是这样的响声，结实、空洞、凶狠、丧气、残忍。一下一下，像砸在我的心上。先是用左拳头砸，又换了右边的。输液管子连着，有些麻烦，他忽然一把扯掉了管子。血液和药液以同样的速度，从不同的出口往外涌。他不管，他咣咣咣砸着栏杆。我赶忙跑出去喊护士。一个大龄护士脚步快，语声更快，进来一看怒了，一把按住那只手，将棉球和胶带缠上去，恶狠狠地鄙夷地说胡折腾啥哩，有本事家里折腾去，这是医院！

她摘下还留着一些药水的输液管子带走了。

他悻悻地躺着，像个做了错事有点后悔又有些不服气的调皮孩子。

门口一暗，小翠进来了，带来一身微寒的气息，双手捂着个塑料小桶。一把揭开，一股子热气混着香味扑人鼻息。

烩羊肉，是大补的，快趁热吃。

她没注意到丈夫的变化，蹲下去，只管坐在床边拉开架势要给他喂饭。舀起来一勺子，烫，冒热气，她低头吹，把香味吹得扩散了，满屋子都是。她噘嘴吁吁地吹，说不要以为把我舅舅搬来我就能让一让，这事情我不能让嘛，咋让哩？我心一软让了以后我的日子就没法过嘛，我们一大家子人口呢，要吃要喝要开销呢，娃娃还念书哩，你说这事情叫我咋说呢？！

这话没头没尾的。

但是他两口子懂。女人吹凉了，往男人嘴里送去。男人嘴唇是淡白色的，他忽然牙关一合咬住勺子，狠狠地咬，把自己咬疼了，噗一口吐出来，勺子跌回桶子，惊得汤水四溅，他悻悻地躺回去，神色凉凉的，你的娘家人么，你看着办么，你舅舅和姑舅哥么，你们打断骨头连着筋呢。

女人好像被这话吓着了，又好像早就预料到会听到这番话，她站起来呆了呆，不认识似的望着丈夫，好一会儿，叹一口气，把桶子盖上，转过脸来，一脸软软地笑，不想吃是吧，那先放放吧。我偷偷看，她竟然脸色平和，一副什么都没有发生的模样。她走了走，到门口，看门背后贴的一张沾满苍蝇排泄物的发黄的病房须知，又到窗口，隔着玻璃看外面凉飕飕的空气和正在掉落的树叶。忽然转过身来，下了决心似的，声音大得像跟人吵架，三万，少一分我不答应，必须三万。

男人一直凉凉地看着。那目光，空荡荡的，好像他不认识眼前躁动不安的女人，也不认识自己，他是个失去了意识和记忆的人，正在虚荡荡、空落落的世界里，一点一点费力地、努力地寻找，试图拯救自我。

必须是三万，就算是我亲娘老子出面也不行，我谁的面子也不看！随着这腔调，她眼睛都红了，嘴巴鼓鼓地噘着，这样子，像什么呢，像娃娃在跟大人撒娇，但是拿不准到底能不能换来大人的疼爱和抚慰，有点忐忑，有点试探，只能用刻意放大的怒气来遮掩自己的心虚。

男人说没人逼你。

我个家逼我个家还不行吗？吃的、喝的、穿的、花的、上学的，还有你吃药养病的哪一样不花钱呢？叫我有啥办法？到时候叫我一个女人家去偷去抢吗？我、我……

我从这声音里听出了一股力量，一腔幽怨。

但是她很快就意识到了自己的失态，及时闭嘴，蓄积在口腔深处的一股力量被硬生生刹住，没能喷涌而出。

门一响，开了，重新走进来五个人。落座，座位和之前惊人的一样，好像他们在这里坐了好多天好多年，已经熟悉到难以更改的程度，连坐姿也是丝毫没变。他们的身上有一股味道——羊肉的膻味儿。膻中飘着一缕香，香味难掩腥膻。他们吃了羊肉。与小翠提来的清炖不同，我可以断定他们吃的是手抓。整件的羊肉，配上大料葱姜煮熟，白切了蘸酱吃，手抓着吃，就是手抓了，谁不知道手抓羊肉是我们这一带最经典的美味。

这一回沉默时间不是太长。有人不允许太长。我身边的胖老汉站起来，咳嗽一声，又坐下，随着他的气息出进，我闻到一股浓郁的羊膻味从他口腔更深的地方喷出来。除了蘸酱里的蒜泥，另外他肯定还吃了大蒜瓣儿，晚秋饱满厚重的大蒜，刚刚进入胃里急于和前面到达的食物融合，于是便有了稀释和翻涌，随之产生的胃气随着饱嗝喷出来，腐烂前期的酸臭味儿暴露了这个人十分钟前下腹的东西。

他不看别人，独独盯着床边的老汉。即便在侧面，我也能从他的目光里感受到一股压力。这股力很凌厉。不是盛气凌人的那种凌厉，是表面绵柔，内核坚硬的那种凌厉。是不动声色、无声无形，却不容你质疑的那种凌厉。

他大姑父哇，娃娃们嫩，没经过事儿，哪里能看透这世上的风风雨雨呢，你来定主意吧，我们看着你说话。

其余人没言语，静静观看。我真担心他们要是轮流说起来，你三言，他两语，这狭窄的空间里肯定就全是羊肉蘸蒜泥的味儿了。

但是大家沉默着，像化石一样定定坐着，好像在比拼每个人屁股的坐力。

老汉的目光将儿子从头上摩挲到脚底，又从脚底摩挲到头顶。

刚生养下来身体差得很么，就这么长一点点碎人儿啊，他娘没奶，拿面汤汤儿喂着呢，一勺子一勺子的，费劲得很⋯⋯我拉扯成人不容易么⋯⋯

我真怀疑自己的耳朵出问题了，这个老爷子，此刻，怎么像个老娘们一样开始了碎碎念呢？

依照这架势，我这局外人也看出了大概，儿子出事了，要求当老子的出面拿事儿，大家讨价还价，解决赔偿问题呢。

此刻，老爷子应该开口要价，漫天要价也好，按照实际出个底牌也好，都是此刻局面需要的。

可是他竟然从儿子的初生那时候讲起。

这个躺在那里不能动的大男人，和小时候缺奶喝面汤汤吊活了一条命，有什么必然的联系吗？

但是，包括能掌控大局面的胖老汉在内，大家没有表现出我所意料的不耐烦，他们都埋头听着。好像这个老汉是国家重要领导人，正在做十分重要的讲话，需要大家保持安静和肃穆认真进行聆听。

他脑子聪明得很么，一进学校念书就是班里的第一名，拿回来的奖状糊了半面墙么，要不是他妹妹考上中专，他肯定也是个大学生哩么。我那时节都想好了，女子就拉倒算了，女子么念的个啥书，叫儿子念，谁知道这贼娃子狗日的偷了几个钱跑了，从学校里跑了，跑出去才给我写信回来，说不念了，叫妹妹念，他打工挣钱供养妹妹。都是家里穷么，把娃的一辈子就这么给耽搁了么。

他把耽搁的搁，发成了"国"的音。

把所有的"了"全念成"咧"的音。

我慢慢回味着，这是西山里的口音，那一片的汉族都是这样。

我不由得重新扫视那个躺在被窝里的人，要不是老爷子的碎碎念，我还真不会知道，这个人小时候是聪明的，而且少年时候又做了比孔融让梨还伟大悲情的义举。

他还是那么瘦,那么单薄,他目光定定望着屋顶,好像那里,白色屋顶上正在上演一场同样是白色幕布、白色底板的戏剧,他看得投入而忘我。

我都没注意到啥时候小翠提着饭桶子过来了,她蹲下去跪在地上,又给男人喂饭了。

我被她男人的吃相吓住了,他一直不言不语默默睡着,谁知道会是这么一个能吃的人呢,狠狠地张大嘴巴,小翠舀起一大勺子,连汤带肉,小翠怕呛着他,小心翼翼地喂,他脖子猛然一梗,将勺子叼住,恨不能将勺子也吞进嘴里,吧嗒吧嗒咀嚼,扯着脖子下咽,不等咽下去,已经又张着大嘴等待了。吃相凶狠,目光也恶狠狠的,不知道为何看得我心里一阵发毛,他这个样子,真让人怀疑如果不是有这么多人在场,他会连女人也一把拉近狠狠地咬上几口吞下去。可能吃到了一块骨头,女人慌了赶忙用勺子去接,他不吐,鼓着腮帮子倔强地嚼,嚼得骨头咔嚓咔嚓响。

女儿忽然伸出手,肉肉,我要吸(吃)肉肉——

清脆的童音,像谁摔碎在地上的细瓷碗,脆生生在空气里滚动。没人理睬我们娘俩,小翠有些仓皇地应付着男人的狼吞虎咽。我悄悄俯身告诉女儿,他们是汉民,他们的羊肉我们不能吃,不清真。女儿才不理这茬呢,参着小手,肉肉,吸肉肉——

这一对夫妻在这一刻,将十几年的默契推到了高潮,喂,吃,吃,喂,无声,无息,纯粹的黑白默片,人物配合天衣无缝。她斜拎起桶子,将最后一点汤倒进勺子,很快最后一勺汤进了他的嘴。他静静张着嘴,喉结在动,咕噜咕噜。嘴里不能说、不想说、不愿说的话,被喉结给无声地诉说了。吃完了,他推开桶子,咽下一口空气,喉结滚了滚,那就三万吧,给我三万块钱,以后取钢板、吃药、复查,都是我的事儿。能不能好,我听老天爷的安排吧。

刚吃完热羊肉的嗓音,掺杂着羊膻味浸润后的浑浊和艰涩。但是吐字清楚,每个人都听到了,也相信每个人都能够听得懂。

老汉猛然被人从往事里揪出来,脖子一梗,头偏过来,定定瞪着他儿子:太少了,五万,至少得五万。娃娃呀,你要把前前后后想好了,以后的路儿咋走呢,谁都不知道,眼前头的路儿黑着呢,我们只能走一步算一步了。但是得考虑的长远一点啊,五万元,你还要吃药呢,养伤呢,总不能吃平常的洋芋面吧,身子亏了,靠补着才能抚养起来。还有娃娃念书呢,还有一大家子的花销呢,你这个样子没个两三年不要妄想扛动活儿了。女人娃娃等着你养活呢,这不是要笑的事儿,日子要一天一天过呢,不好过哇,没钱,挣钱的根本倒下了,你到时候哭都没眼泪呢。

老汉长着一张单瘦的脸,眼睛这一瞪,大得出奇,好像那张脸都兜不住那双眼,就要撑破了眼眶子,掉落下来。眼球圆鼓鼓的,淡白色眼膜底子上赫然布着一层红色血丝。我冷不防撞上了这一对血色的眼珠子，吓得我心里一哆嗦，不知道为什么就有了害怕的念头，赶忙低下头看别处。

至少得五万。老汉举起一个手，生硬地岔开五个指头，举在眼睛前看了看，慢慢地擎高了，横过来伸在大家面前。这手像一面旗帜，没有风，它不能摇摆，但是它坚持不倒，好像要成为一个标杆永远立下去。

就算我是农村妇女的脑子，我也已经弄清楚这其中的双方势力了，坐在我床边的三个人和那个坐板凳的夹克衫，是同一个阵营。剩下的是老爷子和儿子儿媳。

现在老爷子开了价码。

另一方的队伍沉默了。

没有面面相觑交换目光，没有咳嗽吐痰，倒是有人暗暗放了一个哑屁。放屁的人做得很隐秘，把屁声消了音，气味却是控制不住的。味道很快在空气里弥散。我闻到了。相信大家都闻到了。但我们都是大人，大人们安安静静地装着。女儿忽然拧住自己嫩嫩的小鼻子，呸呸呸，臭，妈妈，谁放屁了？臭死我了！

没人说话。

打桩机在窗外不知疲倦地吼着，咣咚——嗵！咣咚——嗵！一种明显的震颤，通过地面的震动传送到我们的脚底板上，通过末梢神经迅速传递到中枢神经，然后由中枢神经将震感分配到全身的每一个细微神经枝杈。不知道为什么，我觉得自己的心在随着这震动而剧烈地晃荡。晃荡得难受，我伸手捂住了心口的位置。

谁放屁谁举手，不举手是小狗！

女儿瞪着黑溜溜的圆眼睛很认真地嚷。

还是没人举手。

她也觉得无聊，嘟着红艳艳的小嘴儿，嘟囔说我知道啦，肯定是哈撒哥哥放屁了，哈撒哥哥举手了，可是哈撒哥哥在家里，我现在看不到啊。

小翠儿，你来说说嘛。

胖老汉打破了沉默。

我忽然心头狂跳，接着就如释重负，刚才，我竟然差点以为这个人要举手，要跟我女儿承认，屁是他放的，他现在承认，他不想做小狗。

小翠在啃一个梨子。

她仔仔细细地一点一点啃着，把皮啃完了，然后吃果肉，吃了一圈儿，剩下一个纺锤形内核。今年的梨子真是好，饱满，多汁，那个核也像水淋淋的女人，是半透明的，含在里面的黑色籽粒历历可数。她把核放在眼前看了一下，好像在鉴定这个东西究竟能不能吃。她的鉴定结果是可以吃，她把核也塞进了嘴里，慢慢地嚼着，一缕糖水顺着嘴角沁出来。

小翠儿啊——你这个娃娃，你妈死得早——这些年，舅舅看着你长大——你是个懂事娃娃——

我确定那个又陈旧又黏稠的闷屁，肯定是这个舅舅放的。它在空气里缓缓扩散的速度，太符合这个人说话的节奏了。这会儿那股气味还没有完全消失掉，还在本来就浑浊的半空里油腻腻地和空气分子实现着交融、渗透，然后污染着我们这间屋子里本来就很脆弱的生态环境。

原来这个小翠没妈。尽管没妈，她还是长大了，嫁人了，生儿育女了。在舅舅眼里还是个懂事的娃娃。

我没注意小翠啥时候又拿了一个梨，紧紧攥着，我注意到了她的手。我知道她进城好几年了，跟着男人进城，把娃娃也带进了城里的学校。或者说，进城的初衷就是为了娃娃上学。这几年送娃娃进城念书，成为一股风在乡村刮，山里人想办法转到乡镇上，乡镇的又挖空脑子往城里挤。小翠这样的女人，她原来应该和我一样，在乡里的土地里刨食，一双手四季粗糙得像擦子。进城后还是没有清闲，做饭洗衣之外，还要去工地上打工，抱砖头，和水泥，翻沙子，她两个手还是应该很粗，甚至比我们乡里女人的手还粗糙，是城里工地上的活儿磨砺出来的。但是她分明长着一对儿白手，圆嘟嘟嫩生生的小白手，这让我不得不对着那手傻眼了。女人长这么一对儿手给人感觉很娇气，丈夫就曾经嫌弃我手大，说女人的手嘛，小点，娇点，让人看了想捏在手心里好好地摸摸，想含在嘴里轻轻地咬咬，这才是女人该有的手嘛，你这手，简直就是狼爪子。我们当时要笑得高兴，他高兴得忘了形，就说了。说了也就说了，我也没有生气。毕竟我这对儿手真不惹人疼，看着像男人的手。

想不到眼前这个女人竟然拥有着这么一对儿圆润炫白的手。要是给我家那口子看到会在他的心底引起什么样的联想呢？是不是有欲望想上去摸一把呢？我心底竟然泛起一股酸酸的醋味儿。这醋味儿来得好奇怪啊，毫无来由。可我就是这么奇怪，不讲道理，毫无逻辑，刚对这女人产生的一点点隐隐的同情，面对着那两个小手浮想联翩的同时，冰块一样消融坍塌了。

小翠用她胖嘟嘟的小手把那个梨送到嘴边，在梨的陪衬下，我才恍然发现她嘴巴竟然也很小，顺着脸庞扩展，鼻子眼睛耳朵，五官竟然都属于那种小巧玲珑型。虽然胖，却不给人肥的感觉，而是一种小巧的胖，原来她长得很有几分好看呢，尤其五官凑在一张小巧圆润的脸上，营造出一种娇小玲珑的妩媚感。而之前第一眼的身形微胖，竟然给了我一个先入为主的错觉，我觉得这是个丑陋的女人，脸蛋跟身子一样，不怎么具备观赏性。但是这一刻，我的错误观点被无声地推翻了。至少她比我长得好看。

　　两万吧。两万。舅舅。

　　说话的肯定是小翠。我能确定是小翠。因为是个女人的声音。尽管嗓子就像患了严重的炎症，声音压得很低，气流急促而短浅，好像发话的人很累，无比疲倦，要说出这短短数语，耗尽了她全部的力气。我还是从这声音上判断出说话的不是男人。这里除了我是女人，另外一个就是小翠。她把最后那个舅舅拉得很长。好像这是一个包含了无限深情的称谓，她需要慢慢地用心地一点一点地体味其中的情义和温暖。

　　空气抖了抖。

　　停歇了片刻的打桩机忽然睡醒一样重新叫嚣起来，嗵咻——嗵咻——它像我女儿喜欢看的动画片里力大无穷的魔兽，正在瞪着猩红的眼睛，野心勃勃，要把这个世界击穿，要把整颗地球硬生生给穿个洞。

　　不同的目光同时落在小翠身上。我顺着舅舅的目光，看到了一种赞许和如释重负。对面，逆着看过来的，是瘦老汉的目光，我从那目光里看到了一种沉甸甸的东西。

　　小翠低着头，她再次垂着头打量起手里的梨子。好像她长这么大没见过梨子，没吃过梨子，一个梨子让她无比沉溺。

　　夹克衫簌簌地动，一直别在兜里的两个手拿出来，从右兜里摸出一块砖头。红灿灿的砖头，硬扎扎的，从硬度和捆扎在上面的那个猴皮筋上我知道这是不久前从银行提出来的新钱，看那挺括的样子可能连序号都没有来得及打乱。

　　那个猴皮筋好像是活的，没见夹克衫指头动，它已经滑脱，套在手腕上。手腕毕竟粗，猴皮筋撑到了极限，把肌肉勒出了一条深陷的缝儿。

　　钱一定被猴皮筋捆得早就难受了，挣脱了束缚，有些不大适应这无拘无束，悄悄地慢慢地膨胀了起来，厚度比之前增加了。夹克衫开始数钱。我发现他竟然长着一双巧手。女人的手。我不由得在怀里摸索了一下自己的手。左手摸右手。右手又摸左手。书本上形容女人好手的词儿很多，芊芊玉手，葱管似的手。我马马虎虎念了个初中水平，一时间还真是记不清还有什么更好的词汇。不过可以肯定，会很多的，中国汉语博大精深，不管用来描摹哪一方面哪一事物，都是一套一套的。

　　我再一次的自惭形秽了。这是继小翠之后，我第二次对自己的手感到惭愧，真是拿不出手。小翠的手短短的胖胖的，让我细长得树杈一样的瘦手没一点血肉美感。这个男人的手，却让我有些吃惊。他是个男人。看着不怎么文弱的男人。偏偏伸出来这么一对秀气的手。指头和我的一样，细瘦、单薄、修长。却具备着我不具备的细腻光泽。我的手常年下苦，尤其嫁人生娃后，家里、家外、炕上、地下，洗洗、刷刷、缝缝、补补，粗活儿、细活儿都是这双手往下拿。我的十个指头伸出来早就不能直溜溜并一排。它们被硬痂包裹、撕扯，有了轻度的扭曲和变形。指甲缝里灰乎乎的，指肚上的肌肤里镶嵌着红的、黄的、绿的汁液，那是庄稼的秸秆和叶片馈赠的残留。

他的手白，嫩，俏生生的。他甚至翘起一个微微的兰花指形，左手按着砖头块，右手五指麻利地翻页，一、二、三、四、五、六、七、八、九、十、十一……数目从他嘴里蹦出来，一声一声，不急不缓，不高不低，恰到好处，满屋子人都能听到。我知道一张代表一百，要数够一万，这个数目需要达到一百。大家好像同时被这数钱的声音震慑住了，我女儿也乖得出奇，她和我一样，没有见过一万块钱一张张在眼前展开的壮观场景。钱在这女人般细巧的指头间好像变得做作起来，有些矫揉地，调皮地，想要翘起来一个边角，弯一下肚子，扰乱他嘴里的数目。这些不久前从银行保险柜里提出的新票子，显然还没有见识外面的江湖，所以它们还没来得及认识江湖的深浅。它们很快就知道这一双女人般的手，其实要比很多粗大有力的手更有经验对付它们。他驾轻就熟地稳稳压着它们，一丝不乱地将数字数到了一百。

我悄然舒一口长气。原来数完一万元需要这么长时间呢。

他把钱立起来，现在完全像一个刚刚出窑的棱角完整的砖头了。他捻起砖头掂了掂，然后递给身后的舅舅。舅舅早就等着了，接了钱，也掂了掂，踏上前一步递给瘦老汉。瘦老汉望着那钱愣了一下，接了，不等拿稳，交给了身边的小翠，然后他有些恍惚地在膝盖上一下一下磨蹭着自己的手。是钱刚才把手弄脏了？还是他的膝盖骨在发痒？

一万元整，你再数一遍，看够着吗。夹克衫说完左手进了左边的兜，又摸出一个砖头块。这一回他明显有些不耐烦了，指头翻检速度和嘴里报数的速度都加快了。

小翠在一张一张数着。新钱，互相之间有一种粘连和吸附，太硬了，紧紧黏在一起，她伸指头在嘴里蘸一下，数几张，再蘸一下。口水蘸多了，一疙瘩唾液掉出来，赶忙在衣襟上擦了，却忘了数到多少了，略微想想，想起来了，接着数，再蘸唾沫。

我敢肯定这个小翠上学那会儿数学学得不好，数到五十九的时候，她明显犹豫了一下，轻轻说五十。一想不对，忙又倒回来，四十八，四十九，五十。可能又怀疑五十不对，又停住脚步，四十九，四十九……嗯，四十九……五十！终于确定是五十。轻轻松一口气，五十一，五十二……

不等她数到一百，夹克衫已经数完了第二个砖头块。

他把砖块竖在手里，那个猴皮筋翻了个跟头，已经紧紧捆在了钱捆上。他抬头望着数钱的小翠。

我感觉这个人不简单。他在工地上不是个下苦的角色。至少不是像我男人一样下蛮苦吃冷罪的人。他，是个指挥人干活儿的角色吧，经理、监理，还是技术员？工地上那些角色我并不懂得多少，丈夫一年四季回来的时间不多，我们在一起说的更多的是家长里短，关于他挣钱养活我们的那个城市里的工地，好像是一个遥远的梦，却不是个做美梦的所在，所以我们没有热情和时间细细地说及它。凭着丈夫偶尔的一言半语，我印象里知道工地上最苦的活儿是沙子水泥混凝土，最危险的是架子工。也正是从这一鳞半爪的无意中我了解到，工地上的高层有老总、经理、监理。都是什么官儿，哪一个管着哪一个，我至今迷糊呢。

这个夹克衫应该是较高层面当中的一个角色吧。

出了事儿，也正是这样的角色出面来与当事者解决。

小翠男人忽然从被窝里探出一只手，从下面伸上来，一把抓走了小翠手里的钱，他的动作恶狠狠的，带着风。小翠一愣，他已经把钱压进枕头底下了，说没必要数。

第二沓钱从舅舅手里转过来，瘦老汉，小翠，最后是病床上的人。

舅舅大大地吐一口气，站起来，他起立得太猛，我的床瞬间失重，贱兮兮地发出了一声舍不得般的呻吟。

事情嘛，就这么着解决了，我们都是亲戚里道的，我们也不敢亏着娃娃们，都是尽力而为地解决着哩。我看嘛，也不是啥大伤，缓个一半年就好了，爬起来又能干活儿了，那时节想来工地上，还是寻你姑舅，他是监理嘛，这一点忙还是能帮上你们的，工资待遇还是和旁人一样，不会亏待你们。

他嘴里的羊膻气好像减轻了一点，却又增添了另外一种我不知道是什么的气味，反正也是不好闻。幸亏他们大家没有再多逗留，告辞走了。

终于走了。我觉得屋子里顿时宽敞多了，空气也没有那么沉重了。

小翠跟出去相送。留下男人躺着。他很快就睡着了，头朝里歪着，两个手交叠着放在心口上。我在地上走了两步，坐下，又起来走。两万元压在枕头下，他脑袋下那个医院里配的单薄枕头显得不堪重负，难以遮掩枕下的秘密，一头凸了起来，隐隐能看到一团红色。

夹克衫的衣兜里至少还剩了一万，我当时无意中目光一转，扫到了他的衣兜，看见里面还留着一团红色。夹克衫真是好衣服，衣兜很大，装得下钱，还装得下秘密。其实这场谈判只要再努力一把，小翠两口子还能再多得到一块红砖头。我有些替这两人惋惜。

他响起了鼾声。鼾声很响亮，一起一伏，起的时候响，呼噜一声，随着气息伏下去，鼾声好像被什么猛然斩断了，硬生生就消失了。就在我怀疑这鼾声就此结束的时候，忽然又呼噜一声，重新接续上了。

我有些焦躁地加快了步子。我知道他床头下有一块砖头。我床下也有一块。真正的砖头。不知道是哪一任病人拿来的，用来搁架脸盆。这样脸盆和脚盆就能很好地区分。此刻，只要我抓起其中的一块，轻轻地拿起来，轻轻地走近他，对着那个打鼾的脑袋，轻轻地拍下去……我一把捂住心口，跌坐回床边，心扑扑直跳。见财起意，见钱眼红，难道我竟然也有了这样的心思？手腕子无比酸软，脚腕骨也酸软了，我缓缓地瘫在女儿面前，目光湿漉漉望着她清凌凌、明灿灿、不掺杂一丝杂质的眼珠。清澈的瞳孔深处映出我的脸来，把我一张大脸映得小小的，还走形了。女儿不知道妈妈的心里发生了惊心动魄的大事，已经过去了，虽然只是一闪念，一刹那，但我还是有些后怕地质疑着自己的心思和人品，我真的动了那样的心思啊，这和我平时的为人与内心是多么不符。我出了一头汗。

　　我不知道鼾声什么时候换成了啜泣。等我平复了自己内心魔鬼般的贪婪念头，听到床那边在哭泣。确确实实在哭泣。肩膀一抖一抖的，身子尽管保持着之前的睡姿，但是四肢有明显的抽搐，一抽搐，往一起收缩一下，一抽搐，往一起收缩一下。右手搭在脸上，遮住了眼睛，看不到眼睛就不能完全下结论说人家在哭，也许鼻子塞住了，在擤鼻涕呢。我管不住自己的目光，目光又一次热辣辣落在枕头下那个鼓起来的包。我真要是一砖头下去，凭他这个样子，肯定无力反抗，我麻利地抢了钱塞进包里，然后抱了女儿离开医院。我带着两万元，在街头想怎么花就怎么花。想吃什么就吃什么，看上哪件衣服就买了。如果拿去买化肥，我们明年后年种庄稼的肥料还花不完。

　　我知道心里的魔鬼影子已经飘过去了，我现在不管怎么想，都只是在用一种臆想满足自己，对别人已经没有危害。

　　小翠进来了。身后跟着个男孩，穿着校服，背着书包。我一看就断定他是小翠两口子的儿子，长得和他爸一模一样，就是那个躺着的男人的缩小版。孩子有些胆怯，进来了一言不发，也不凑到床边看他爸，而是有些羞涩地坐在板凳上，接过他妈递的梨慢慢吃。小翠说娃娃要钱呢，老师要求交资料费，五十块。小翠摸了摸衣兜，掏出几块零钱，不够。他男人从枕头下摸出砖头来。解了猴皮筋，慢慢地数。他数钱的动作，远不如那个夹克衫熟练，幸好比小翠利索多了。数完了，一万，重新捆好。又数了另一捆。捆起来，想了想，抽出一张，递给儿子，说拿上交老师吧。

　　孩子几乎没说啥话，接了钱起身要走，说要迟到了。

　　男人让小翠和儿子一起出去，顺便把钱拿到银行存起来，小翠连连摇手，说她一个人不行，她不会存，她不识字。

　　我觉得小翠的这个举动有些亲切，我和她之间好像有了那么一点点共同的地方。

如果让我拿着两万块一个人去存，我肯定也会害怕的，虽然我识字，但我还是会有很多担心的地方，在这人流密匝匝的城市里，我一个农村妇女，空手走在街上都总是怀着不可预知的担忧和恐惧，更不要说怀揣两万巨款。

那就小青来了再说吧。男人叹一口气，听口气有些不满。

小翠要去打开水。我也去。但是我们还是生分，她没有说给我捎带一壶，我也没有喊她等我一等好结伴一起去。

女儿厮缠，要吸肉肉。我哄一会儿才脱身。拎着水壶心里惦记着她，我一路小跑出了住院楼，开水房在锅炉房旁边。一行人在排队，我迟了，自觉排在最后。

看看还剩下五个人在我前头。天气不好，阴起来了，风从高处旋下来，卷着树叶子哗啦啦响，穿过人身子，能把整个人穿透，叫人顿时觉得秋意深重，寒凉的气氛十分明显起来。

秋雁北飞，秋草枯黄，再不用等多长日子，我念念牵挂的人也就终于能穿过内蒙古的茫茫草原，回来和我团聚了吧。

哎呀你做啥？没长眼睛啊？

有人惊呼。

惊得我们一排人乱了队形。

赶忙凑过去看，是小翠，她竟然对着水龙头走了神，傻愣愣看着开水从壶口漫溢出来，呼啦啦喷了一地，溅湿了她自己脚面不说，还烫到了旁边的人。一个中年男人也许真烫疼了，也许饶舌病犯了，反正他絮絮叨叨骂了好一串。小翠好像没听到人家在数落自己，她傻傻地拎着水壶，慢腾腾往回走。把魂儿扔了——骂人的男人用这句话终于圆满收尾。

还没进病房，我就被一个女人的声音吸引，正是从我们房里传来，语速很快，吧吧吧，一口气不停歇，不给别人插嘴的机会。我进去，一个女人站在床边，不看任何一张床位，她戴着眼镜，只回过头扫了我一眼，又转向窗外。匆匆一瞥，我依稀看见是一对小眼睛，高颧骨，白肤色，鬈发，栗色，小嘴唇上好像抹了口红，红得鲜亮。一看她穿衣打扮我就断定和我们不是一路人，是个有工作的人，平日里肯定过着一种我们无从想象具体细节的养尊处优的日子。

这样的女人不好惹。我凭借着生活里的经验，知道这样的女人比较难缠，一般都比较口舌麻利，脑子反应快，要骂人的话，不用像我们一样先要在脑子里酝酿搜寻组织词语，这样的人不用，直接从脑子里往外拎，成套的词儿排着队等着呢。

平时有个鸡毛蒜皮的事儿都要小青给你们跑腿儿，现在这么大的事情，你们竟然不吭声，哪里是忘了呢，明明是眼里看不上小青这个人了，有了舅舅、姑舅哥，小青就是外人了，就瞒着小青自己拿主意了，嗨嗨，你们的事儿当然没小青多嘴的地方，可是这牵扯到钱呀，钱可是硬头子货，没钱你日子一天都过不下去，我看你们到时节就不要哭哭啼啼再来找小青——

这说了半天，我听得迷迷糊糊的，小青是谁？为啥忽然要牵扯进这么一个人来？

她说着说着，掉过身子，直接面对着小翠，吧吧吧，吧吧吧，嘴像我们在抗战电视剧里看到的日本鬼子使用的快机枪，子弹连着串儿发射。小翠被炸晕了，蒙头了，傻傻站着，木木地笑着，她好像还没有从开水房那个男人的数落里醒过神，低头揉搓着自己的左手，放嘴边吹一吹，揉揉，再吹吹。那片皮肉已经通红了，很快泛起一簇透明的水泡。

去，到药房买点药水涂上，要不买个创可贴也行。

男人催小翠。

小翠快快地走了。

鬈发红嘴唇顿时声音高了，冲着床上说你还不愿意了吗，我说她你还不爱听了是吗？你看看这个女人，不是我这做小姑子的不贤惠，容不下自己的嫂子，你说她脑子是不是不够用，这种时候她能向着娘家人？又不是啥正经的娘家人！一个舅舅嘛，隔山架岭八竿子打不着的关系算啥亲戚？你说她气人不气人？五万不行，四万我们肯定能要来，最少也是三万哪！你说她嘴一张就答应了两万！凭什么她当了这个家？她算个啥？我告诉你们，咱爸被她给生生地气病了，一回到家就睡下了，本来为你的事儿这二十天都没好好合过眼，现在又被她气了这一场，现在算是彻底躺倒了！

唾沫星子横飞。

空气被激越的演讲搅和得也不安分了，热情澎湃地汹涌鼓荡起来。

女儿呆呆仰着小脸儿，她看傻了。

像一场暴雨，来得猛烈，走得也及时，不知道什么时候，这女人刹住脚，告辞走了。门被她甩了一下，重重阖上的同时，把一声悠长的震颤留在了我们心里。

我慢慢回味着，小姑子，小青，喊小翠为嫂子，那就是这个人的妹妹，那个老汉的女儿了。

想不到那老汉看着挺腼腆的，竟然能养出这么一个快嘴利舌的女儿来。

那个瘦老汉，怪不得随着那些谈判的人出去再没有回来，原来是生病了，气病的。

对面床上的男人用一束奇怪的目光看着我，我从这目光里看到了比较复杂的内容，是被我窥见了全部的家务秘密而恼怒吗，还是为自己有这么一个泼妇般的妹妹而羞赧，我装作不明白他的意思，也对他家事情不感兴趣，我泡了一包方便面吃起来。

143

一桶方便面三元，一碗小碗烩面五元，我舍不得花那五元钱。买了一桶方便面吃了，把纸桶子留下，然后把一块钱一包的方便面泡在里面吃。

呵呵，他自顾自笑起来，笑声断了，又接上。连着笑了好一阵。我终于没法再装，扭头看他，他正目光炯炯地看着我，一逮住我目光就连忙说其实小翠没有错，换了我我也会这么做，小翠没有错，女人家啥最重要，娘家最重要，我总不能叫小翠断了娘家的关系吧？呵呵，我妹妹不懂事，那么大的人了就是不懂事。

我嚼着一口方便面，等我咽下去，他说完了，目光跳跳地有些巴结地看着我，似乎想从我眼睛里挖出些什么东西来。

我不知道他期待的是什么，只能歉疚地报以微笑。

气氛索然无味下来，就像一炉火，没有煤炭，只是几块硬木头，呼啦啦就燃尽了，燃尽了我们就要面对火光的幻灭和灰烬一点点暗淡下去的结局。

方便面一开始很好吃，可是吃到最后一口我忽然心里一阵难过，想吐，赶忙端着纸桶子跑出去。

他们确定明天就出院。

小翠提前拾掇东西。床底下，床头柜里，窗户边，不经意的地方都塞着挂着放着一些日用品：拖鞋、脸盆、水壶、棉签、创可贴、指甲剪、帽子、外衣、饭盒子、筷子、干粮袋，一箱子没有喝完的牛奶。

那个儿子又来了。脸色比中午难看，好像这个下午他病了一场，刚从病里挣扎出来。来了坐着，安安静静地看着父母说话、忙碌。男人试着挪了挪身子，腿能动，脚还能从左边移到右边。身子动不了，主要是腰里牵制了全身，他咬着牙要试着翻一翻身，不要人帮忙，自己把两个胳膊肘撑着，一点一点往起来爬。女人和儿子都站起来，在一边眼巴巴看着。他像蛇一样支起了脑袋，眼珠子凸鼓着，再使劲的话我担心那对珠子直接从眼眶里蹦出来。幸好没有蹦出来，他挣扎到半途还是乖乖地放弃，重新躺下了，实验失败。

再缓二十天吧。女人安慰，这才二十天嘛。

男人的声音忽然很凄惨，说傻子啊，这可是腰里，脊椎折了，这闹不好可是会瘫痪的！

这话吓着了孩子，他蜡白着脸站到远处，不认识似的望着父亲，要从父亲的脸上看出什么奇怪的东西来。

他把钱丢了，一百块呢，中午我刚刚给的——小翠吁一口气，忽然挖一眼儿子，转脸给男人说。

男人好像没听到。他沉浸在刚才的挫败当中。

就是个吃屎的货，大愣愣一个人，连钱都拿不住，还能丢了？丢了就丢了，你不用交资料费了——你这个样子，万一真瘫痪了，你娃娃能不能再念书都成问题呢，你总不能指望我一个女人家打工供养你们几个念书吧？都到这一步了，我看你们还不想着给大人争气！

小翠骂着骂着，自己先抹了一把眼泪。这一抹不要紧，本来干巴巴的眼睛瞬间就决堤了，收不住声，猛烈地哽咽起来。说我守在床头边，喂吃喂喝，白天黑夜连轴转，没有功劳苦劳总有一点点吧？小青凭啥给我那么难看的脸子？以后的日子，吃糠咽菜都是我跟你过，她又不会帮一把，她……

儿子拉开门，要走，看样子心里负气，不愿意说话，小脸儿绷得紧紧的。小翠赶出去送了。回来又坐在板凳上唏嘘感叹，可惜那一百块钱了，拿来买白菜，够腌一大缸了，买盐，要吃多少日子呢，买铅笔墨水，足够娃娃使好几年了。最后叹一口气，说我们把娃娃亏了，开学跟我要一本成语词典呢，同学们都有呢，他老是借人家的不好意思，我咬着牙没舍得买，早晓得这样，还不如牙齿一咬给娃买了。

正说着，电话响了。一个清脆的声音在里面说妈，妈，我把钱寻着了，在我裤腿里头呢，压成一个窄条条我才没有发现，刚才一脱裤子溜出来了。

小翠突然放肆地笑起来，笑声很大，把我女儿从睡梦里给惊醒了，小家伙挺喜欢小翠，乌溜溜的眼睛瞪着小翠，不哭，傻兮兮也跟着嗨嗨嗨笑。

小翠一高兴，话就分外多起来，跟我攀谈起来，我发现这个女人其实很健谈，性子挺直爽，说话不藏头缩尾，我也喜欢这样的性子，我们就家长里短的一直说到夜深处。第二天小翠忙着办出院手续，然后雇一辆车来拉男人。瘦老汉来了，小青来了，小青的男人，一个很敦实的小伙子，也来了，大家用一张新毛毯子把病人卷起来，然后从四个边角上拎着，慢慢地挪进带轮子的床，然后推出去，抬到车里去了。

小翠把一个洗脚的盆子留给我了，牛奶箱子里还有三包牛奶，她给了我女儿，临出门趴下身子，在我女儿小脸蛋上亲了亲，左边一口，女儿接着把右脸蛋伸出来，她又亲了一口，吧——亲得很响，脆生生的。

我们来了也一周了，明儿也能出院了，大夫说带着石膏回去好好养着，四十天后自己敲碎石膏去掉就可以了。

看着暮色从窗口一寸一寸浸进来，染黑了玻璃和墙壁，我忽然觉得这病房很冷，冷得空旷，心里说怎么不再住进来一个病人呢？就算大家挤在一起不怎么舒服，但是心里不会这么空得难受吧。胡思乱想中困倦袭来，身子靠住墙根，慢慢滑倒，恍惚中，门好像一响，有人直接推开门，水面上被风裹挟而来的小船一样瞬间漂进来，漂到我跟前，吓了我一跳，一张脸笑吟吟地浮在我面前，女儿又惊又喜喊了一声爸爸。

你，你咋来了？你咋晓得我们在这里？

我惊喜得声音直颤抖。

我女儿病了我咋不能来？鼻子下面长个嘴巴，我一问护士就晓得你们住哪个病房了。

他胖了，黑了，身材好像长高了。

他丢了我的方便面桶子，说我看着娃娃你出去吃面，不，别吃面，吃烩肉，牛肉羊肉都可以，一碗不饱的话再要一碗，吃完了再给娃娃也端一碗回来。

吃烩羊肉的时候，我的眼泪落进了奶白色的滚烫的羊汤里。我似乎能看到当接到公婆的电话后，他一路小跑着请假、赶火车、倒班车，顶着一身晚秋的寒气直奔这座小县城医院的过程和那一份仓皇惊吓与牵挂。

女儿得了爸爸买的玩具，很满意，吃饱喝足后撒会儿娇就甜甜地睡了。把她安顿在被窝里，他趴在床前看女儿，看着看着说半年没见，娃长大了，脸儿胖了，五官大了一号，眉毛黑黑的，长大了肯定是个俊姑娘。他神情奇怪地看着一边发呆的我，忽然笑嘻嘻地说，半年没见，老婆也长大了，变俊了，来，我摸摸，身上胖了还是瘦了。他真的走过来了，脖子下面那个圆鼓鼓的喉结不停地蠕动着，随着蠕动大口大口地吞咽口水，好像他整个人又饥又渴，只想把我一口吃下去解馋，粗重的喘息越来越逼近，直接喷射到我脸上来了。

我跳起来躲着，心里突然装满了委屈，他把我逼在门后捉住了，捧着我的脸，细细地看了看眉眼，然后就一口噙住不放。我又慌又乱，看看头顶上明晃晃的灯，再看看身后那一张床，床当然空着，可我老担心有人看到，心中又急又怕。他觉察出我在分神，哗啦从里面反锁了门，扭身又扑向我，动作更放肆起来，直接把我顶在门上，一下一下撞击起来。我被这奇异的姿态吓坏了，手心里全是汗，我觉得自己像猛然间生病了，发着高烧，迷迷糊糊，慌乱中紧紧抱住了一个壮实烫热的腰。这是我熟悉的腰，可是已经很久很久没能拥抱它了，我感觉自己伸出去的手软得厉害，在颤抖，我的动作和姿势都显得无比笨拙生疏。我十指紧缩又张开，最后像弹琴一样按在了他腰后那些琴键一样的脊椎骨上，我满脑子漂浮着小翠男人那单瘦颀长的身子从钢筋架子上栽下来的情景，那还仅仅是二层，如果更高一些呢，八九层十多层呢？我一节一节摸索着这些骨节，忽然落下泪来，用力按揉着他的腰部，哽咽着恳求他，一定要时刻系上保险绳，多麻烦多热都要系，我要他的腰好好的，一辈子都好好的。

他忙不迭地嗯嗯嗯答应着，我单瘦的身子像一束温湿的柴草，在他手里抖啊抖，终于被点燃了。泪水伴随着我欢快的呻吟包裹了他的身体，湿漉漉的泪水让他全身哆嗦了一下。他不知道我为什么忽然这么伤心,粗粗的舌头舔着我脸上的热泪,舔出一片冰凉。恍惚迷离中,我忽然想,小翠的男人,这辈子还能站起来,还能像这样孔武有力地顶着自己的女人吗?这一刻,我发现我爱他柔软坚硬伸缩有力的腰部远远胜过了别的部位。他不知道我为什么哭,从轻轻流泪发展到了大声啜泣,泪水湿了他肩胛骨,湿了他胸部肌肉,咸咸的泪味和他的汗酸味混合在一起,然后和这间病房里固有的复杂气味融合成了一片。

事后我让他躺在床上,掺了热热的半盆水,抱着他的脚泡进来,脚板上干巴巴的痂块和硬皮刚一接触水,竟然发出丝丝的炸响,好像脚板上所有的细胞都感到了水的温情和舒服,欢快地张开了嘴巴,在畅饮,在享受,在欢呼。他闭着眼,像一个放浪的女人正在享受一场醇厚的性爱,嘴里竟然发出了伴奏似的哼哼声。我学着小翠的样子,歪着头,撩起一捧水,看着水在半空里落下去,在这对日渐变得苍老丑陋的臭脚上溅出一束束明亮的浪花。

我的梦伴随着思念在这个迎送过无数人病痛和悲伤的狭窄空间里酣畅淋漓地发酵着,我不知道自己的泪水早就将那个干瘪丑陋的小枕头浸湿了好大一片,我深深地沉浸在这温暖旖旎的好梦里,蒙蒙眬眬中甚至期盼着我们短暂欢娱的结果能在我温暖的小腹里悄然发芽,并且在九个月之后发育成一个健康白胖的婴儿啼哭着来到人间。

【作者简介】马金莲,女,回族,出版有小说集《父亲的雪》《碎媳妇》《长河》《1987年的浆水和酸菜》《绣鸳鸯》等。曾获《民族文学》年度奖、《小说选刊》年度奖、首届朔方文学奖、郁达夫小说奖、中宣部"五个一"工程奖、首届茅盾文学新人奖、第十一届骏马奖。

选自《人民文学》2017年第2期

雄 鸡 一 唱

叶 舟

1

交接班时,也恰是他们交换情报的一刻。

几个伙伴钻进了内屋,三两下,就除掉了身上的制服,赤条条的。天太热了,太阳吐着舌头,跟狗一样。伙伴们先要把身体晾一晾,裤裆是晾不干的,只好委屈了那一块肉。昝涛打了卡,刷指纹的那种,又给对讲机充了电,调整到最佳状态。昝涛问,那辆划伤的牧马人,车主还没回来呀?哦,对了,东门十一点钟方向的那个摄像头换了吧,那可是个死角。一个伙伴先穿了便装出来,用纸巾蘸了水,擦着鞋子。伙伴说,车主没回来,定时炸弹,车子破坏得很严重,妈蛋的,不像是小孩子干的。另一个伙伴也踅了出来,头发趴着,油光可鉴,有一条大盖帽箍过的勒痕,跟着说,摄像头没换,今下午还捡了几个足球,等着瞧,六中的小子们一准儿会来翻墙揭瓦的。言毕,两人不告而辞。昝涛从包里掏出饭盒,搁在了冰箱里。夜宵,满满一盒蛋炒饭,不能饿了。

悄静了片刻,昝涛呵呵一乐,说,你夹不住尿呀,裤裆那么难晾?三女子一手梳头,一手扶住门框,说,我故意磨蹭的,我的话不能第二个人听。其实,三女子不是女的,相反却人高马大,肌肉墩子,唯一的缺点是嘴上没毛,嗓音细成了一根丝,有点那个。昝涛说,我把你安插在白班,就等这句话了,我没看走眼。三女子环望一遭,外间值班室是白玻璃幕墙的,四周的街景一览无余,遂说,我可能知道谁偷了C栋一楼,那个女业主天天叫屈,丢了这,丢了那的,我还不确定,如果有,我想抓个现行。昝涛揶揄说,别让那个女神经当枪使,咱们是负责安全的,又不是她家雇来的家奴,大天白日的她都窗帘紧闭,路上碰见了,下巴太高,傲得很。三女子兜头挨了一盆凉水,咧笑,牙花子猩红。昝涛摸出一张纸,三女子接了,一脸狐疑。昝涛说,偏方,专门治老寒腿的,你爹的寒腿,就要在这个三伏天治。这时,窗扇响了,昝涛打开一条缝，晚报的投递员塞进来一摞报纸。报纸都是烫的，这天气，的确是要惹祸的。

听说，下午地震了。

放你的屁，你不能乱咒呀，小心自己着祸。昝涛警告。

听说他们的一把手换了，下午宣布的。

三女子走了，昝涛接手了夜班的工作。保安公司派驻在这个小区的人手有八名，昼夜两班，按说每个班是四人。不巧的是，一个在当值时间偷喝了酒，被公司的抽检小组发现了，目前停岗待查。另一个，因为在电梯间发现了晕倒的老人，措施及时，抢救得当，公司奖励休假半月，工资足额发放。昝涛在这个班里算老人手了，年纪也长，所以说话办事有一定的威信。傍晚，天光大亮，这是一段平静期，一直过渡到天黑时，夜班才算真正落实。小区的广播响了。昝涛喜欢听央广新闻，尼斯的恐袭案，南方的暴雨和洪灾，土耳其的未遂政变，这世界真够一团乱麻的。窗外，业主们出入频繁，一人一卡，闸口起落有序，堪比城市地铁的安检。昝涛值守的是小区正门，又濒临主干道，自然是眼花缭乱，看久了绝对头晕。

事发突然，先是街上传来一声严重的刹车。接着，沙石飞溅，跟一梭子子弹似的，拍在了玻璃幕墙上。昝涛先缩脖子，再抬头看时，几扇玻璃已经花了，幸亏没裂。待昝涛出了门，冲到街上，那一辆巨无霸般的渣土车，已经横在了主干道上。行人湍急，但显得很空旷，因为刹车声已经变成了两条黑色的轮胎印，躺在地上，带走了危险和全部的惊叫。半车渣土被扔了下来，没三吨，至少也有一吨半。一个老妪杵在街上，离车不远，渣土淹了脚脖子，一直在晃。昝涛牵了她出来，知道她还软着，自己也哆嗦了一下。协警跑了过来。协警一开口就指责老妪没看红绿灯，没走斑马线，话也很糙。协警后来撕了一张罚款单，50元，说这是不遵守交通法规的代价，须当面缴清。昝涛说，手下留情吧，你看她一个乡下来的老妇人，身上这么累赘，耳朵也背了，罚了真没意思。协警刚一瞪眼睛，昝涛来了硬的，说，你看看我的窗玻璃，我还没找见下家呢，你来主持一下，赔给我？协警撤了，可能去问司机。司机瘫坐在路肩上，脸是煞白的，浑身湿透，差不多像刚从池子里捞出来的那样。

昝涛递了一杯凉白开。老妪接了，手一伸，掐了下昝涛的脸颊。值班室里冷气足，立式空调。业主们体恤保安人员，联名给集团上书，半月前才有了这个待遇。老妪抿了一口水，瘪了瘪腮，说，你属猪吧？昝涛苦笑说，姨娘，你说我属猪，我就属猪。这是老家的习惯，见了陌生年长的妇人，一般要喊姨娘的。老妪咧嘴笑，说，我儿子也属猪，属猪的人我一眼就能挑出来。昝涛问，你儿子呢，他太马虎了，放你一个人在街上走。老妪松开了表情，说，我家贵生就住在这里头，媳妇和孙子也在里头。

哦，贵生的学名叫……

王川，属猪的，我从狄道上来，找儿子来了。老妪说。

那么远，走了一天吧，姨娘你胆子太野。

昝涛拿出了花名册，指头按住，逐行搜索着号码。余光里，渣土车已经摆顺了姿势，司机挥锹铲土，扫把一过，门口慢慢干净了起来。昝涛不想追究玻璃的事，人金贵，玻璃算不得什么。找见了号码，昝涛用手机拨了过去，念叨说，姨娘，你看我咋收拾他，让自己的娘老子跑七八百公里，他却癞蛤蟆躲端午，不见来迎接的。占线。又拨了三遍，还是如故。老妪进门时的确累赘极了，左手揽包，右肩上挎着一只纸箱子。这时，门口的纸箱子里叽里咕噜的，声音从孔洞里传出来，带着一丝鸡屎的浊气。

姨娘，这是给贵生送的柴鸡？

老妪纠正说，属猪，贵生属猪。耳朵真的背了。

狄道的柴鸡最有名气，营养高，还紧俏。

他属猪，跟你一个属相，都忠厚实诚。老妪又说，碰上你这个好后生，我不吃亏呀。

昝涛嘘了一声，说，这下通了！

2

亲子教育，一期七个课时，一千六，不打折。

就这，还是翟芳托了关系，把名次提了提。这家教育机构如今火遍了全城，眼见着闹闹出了问题，王川和老婆一碰，当即决定了。今天是第四节课，名字很诱人，叫山水课，安排在了郊外的一座原始森林里。王川提前告了假，又借了朋友的一辆铃木，一赶早就来报到了。跟队老师说，游山玩水也是一门功课，听听鸟鸣，嗅嗅花草，也能在幼小的心田里如何如何。孩子们倒是放了风，蚂蚱一样，可苦了家长们。有一个家长搞丢了照相机，三个妈妈的高跟鞋掰了，摔了跤的人疼在身上，脸是绿的。整个队列里，只有闹闹是父母双陪，刚开始有一丝尴尬，后来混熟了，彼此跟姑舅姐妹似的。

夕光洒下时，剩下了最后一个节目：山羊胡子，兔尾巴。

山坡下，联系点的农户牵来了一只山羊，七八只白兔，圈在了一个栅栏里。高潮段落，娃娃们挣脱了大人，往山坡下滚去。也不怕摔倒，碧绿的青草像一块栽绒毯子。王川一家却盘腿坐着，谁也不吭气，泥偶一般。栅栏里闹翻了天，男孩追逐着山羊，拔着长胡子。女孩们抱着小白兔，在看红眼睛，在拍照。王川说，闹闹，你吃过手抓羊肉，但没见过活羊，你也一起去玩吧，拔一根胡子回来。翟芳不悦，讥讽说，有你这么烂讲话的吗，他怕都来不及呢，还这么恐吓。闹闹一直僵着，面无表情，两个眼珠子始终望着虚空，但天上既无云彩，也无飞鸟。王川跟着儿子的方向看了一遭，也一无所获。王川问，他今天说了几句话？翟芳答，哼，能几句呀，统共就三个字，吃，喝，尿。王川的腿麻了，站起来走了几步，愉快地说，比前几天强，至少开口说话了，这钱没白花。

太阳落山了，倦鸟归林，寒意四布。

山顶上有一座庵子，传来了清凉的钟声。老师在喊，收队了，下课了。家长们分头找见了孩子，苦刑结束了似的，纷纷撤了。翟芳说，你听，这钟声多好，无忧无虑的，简直是世外桃源一样，真不想回去。王川调侃说，此地虽好，却不可久留。翟芳又说，真的心累了，也不知造了什么孽，我要是能出家就好了，当个女尼，青灯黄卷的，不受这份罪。王川一听，突地就怒了，掰断了一根树枝，咆哮说，翟芳，注意你的感情，你这话跟刀子一样。老婆撇过身，揩了一下眼窝，回击说，我感情咋了，我撑不住了，我快垮了。王川摸了一下儿子的脸，不为所动地说，闹闹，今晚上你的梦里肯定是一片花香，记得喊我，我也闻闻哟。翟芳叹了一下，又念了一句阿弥陀佛。

这一刻，电话响了。

电话是老彭打来的，劈头就怼了王川一顿。王川环望了一眼层叠的山峦，没信号是正常的。老彭比王川小，人却老相，不用化装，上公交车就有人让座。老彭说，小子，这等重要的会议你居然缺席，你错过了历史性的一刻。旁边，翟芳肩起了闹闹，往山坡下走去。农户拽着山羊欲走，却被翟芳拦住了。王川问，真这么干呀，集团全体干部就地免职，再竞聘上岗，这动作未免太大了吧。所以嘛，今天的这个会绝对是地震，一场八级地震，老彭回答。还是钱的面子大，翟芳塞给农户一张钞票，山羊也规矩了起来，咩咩地叫着，有一种讨好的味道。老彭说，一朝天子一朝臣，这新当家的上了台，肯定要重新洗牌，各个机构和部门重组，就是为了上市嘛。这的确是实情。集团公司酝酿了多年，一直想在上海滩敲锣上市，却只闻其声，不见其实，始终搁浅着，黄花菜都快凉了。王川回说，也对，一头狮子领着羊，羊也会变成狮子的，如果让一头羊领着一群狮子，那谁也看不起它们。山坡下，农户架住了山羊，翟芳将闹闹抱起来。儿子骑在了羊背上，脸忽地亮了。老彭说，小子，你有啥想法没？王川欣慰地说，咋的，你在试我的口风吗，先讲你的。哼，我一无才学，二无靠山，我不痴心，也不妄想。翟芳催促农户，让他放开绳子，让闹闹纵羊驰骋一会儿。绳子放开了，王川的心，一下子提到了嗓子眼上。儿子危如累卵地悬着，摇晃不已。这个混账女人，王川叱骂一句。老彭问，别不耐烦，下一步你咋打算的吗？闹闹稳住了，拍了一下羊颈。山羊甩了一下蹄子，蓦地发足跑了起来。王川说，走一步看一步吧，僧多粥少，还轮不到我操心，我算哪根葱呀。山羊颠出去了七八米，闹闹老练极了，西部牛仔似的。王川呵呵起来。他第一次从儿子的表情上，发现了开心。老彭又说，你小子，我早知道你，你绝不是久居人下之人。终于，山羊一个刹车，将闹闹掀翻在了草地上，打了几个滚。王川说，你就别套我的话了，你做啥，王某人一定支持，挂了啊。

刚收了线，电话又追来了，是小区的保安昝涛。

这次，王川并没有训翟芳。老婆英明。老婆出其不意的一招，竟让儿子表情璀璨，趴在草地上，死活不肯起来。王川问，咋样，高兴吧？闹闹点头，说，高。翟芳笑了，也哭了，一顿粉拳，砸在了王川的胸脯上。翟芳掰着指头说，第四个字，今天说了这么多呀。王川抱起了儿子，扔在肩上，又给农户塞了一张钞票。下山时，翟芳尾在丈夫旁边，很哲学地说，我想透彻了，儿子不爱跟人说话，儿子跟人有距离，儿子跟动物亲，这就是找了好几年的病根呀。王川肩着儿子，看见明月东升。月亮长着一张俊秀的脸。月亮不错。

现在，王川踩着油门，往灯火阑珊里开去。

后排座上，翟芳搂着儿子，呼呼大睡。开心的一天，夫妻俩觉得值，闹闹破了纪录，终于从他嘴里蹦出来四个字。这话不对，不是四个字，简直是四字真言，四个金元宝，也是一连下了四天的春雨，把王川和翟芳的心都给下酥了，有一种甜。王川刚点了烟，没抽，隔窗扔了。眼窝有点湿，王川用指尖揩下来，吮在嘴里，真的不咸。他和翟芳是师大的同学，毕业后都留在了省城，一个进了中学，一个去了企业。两口子没靠山，应考却难不住，凭的就是死记硬背的功夫。结婚时，他们租住在一个筒子楼里，窗外就是铁路。一闭上眼，总感觉在出差途中，心里没踏实过。逢年过节，王川带老婆回乡探亲，母亲话里话外在试探，目光总焊在翟芳的肚皮上。王川说，先忙事业吧，等扎稳了营盘，再慢慢造人。这话很轻佻，生儿育女又不是打一捆柴、挑一担水那般简单。那以后，母亲不多嘴了，头发却花白起来。王川迈过而立之年的坎，集团公司高瞻远瞩，以经适房的名义，建了一座小区，按工龄、职称、职务打分。王川拿到了一个中套，四楼，南北通透。乔迁之日，翟芳下了一道懿旨，王川开始戒烟戒酒。那一段，王川天天去游泳，翟芳怕水，就在小区的广场上，跟大妈们跳舞。封山育林奏了效，很快，翟芳的肚皮吹了起来。翻过年，翟芳诞下了一个小子，六斤半。王川站在病房的窗口，望着满城的焰火，便说，正月十五闹元宵，干脆小名叫闹闹吧。

岂料，闹闹一点也不闹。一切都走到了愿望的反面，闹闹悄静，一尊瓷器那般悄静。

儿子长到了一岁半，坚不开口，连妈妈这样简单的音节都不会。不仅不说话，儿子的眼睛也呆滞，直尺似的，无波无澜。比如，儿子盯着墙上的一颗钉子，一盯一天。又比如，儿子爱抠墙皮，弄得墙纸七零八落的，指甲皮也快抠掉了。翟芳问了周围的妈妈们，一致的结论是，女孩一般早慧，七八个月就发声，男孩慢一点，大概在一岁吧。又等了一年，情况如故。这时，翟芳火力全开，对准了丈夫，责问他在造人期间，是不是破过戒，沾过脏女人，把损坏的精子播在了良田。王川也自责过，怀疑家装之后的甲醛，疑心大理石厨台带着辐射，甚至去了几趟潘源寺，磕头，烧香，奉了供养。那几年，医院也没少去，把各个科室都拜访了N遍，化验单一米高，足够写完一套四大名著了。天气好时，楼下的草坪成了乐园，娃娃们鸡零狗碎地玩着。翟芳将儿子抱下去，去了几回，闹闹都闷声坐在一边，既不参与，也不哭笑，一根木头似的。那以后，翟芳短了精神，觉得心里结了一块疮疤，生怕被邻居们察觉。家里没雇过保姆，面积有限，起居也不方便。闹闹3岁半时，王川托了关系，将翟芳调进了一墙之隔的六中任教。课间休息时，翟芳两点一线地穿梭，开了门，眼前的景象让她喜忧参半。喜的是闹闹安全无虞，一动不动，早上搁在那，现在还在那。忧愁却是一团雾，让翟芳的身心一下子乏了，笑也是挤出来的。有一回，王川将闹闹的所有症状，一丝不苟地输入在了度娘里，当即吓了一跳。王川揣着这个秘密，恶毒的秘密，在肚子里发酵了几天。王川自己快爆炸时，才说给了老婆。翟芳听罢，二话不讲，当即给了王川一个耳光，挺脆的。

翟芳说，我儿子自闭？你敢这么咒？

嗯，这个症状，要么是天才，跟那个霍金一样，要么就……王川斟酌再三，给老婆打了一个防疫针，说，要么就得你我一辈子当牛做马，把前世里欠下的债，慢慢还掉。

等着瞧，我偏不信邪。

出乎王川的意料，翟芳咬起牙，时刻围着儿子转，大有坐穿牢底的那份慷慨。

进了收费站，减速带一提醒，王川回到了现实中。缴了费，上了外环时，翟芳的手搭在了丈夫的肩上。这是一种罕见的亲昵，自从，唉，不提也罢。翟芳摸着他的下巴，指尖上充满柔情。翟芳问，没刮胡子呀，这么硬。王川却说，下午地震了，新当家的已经上位，开始重新洗牌了，这下真有热闹看了。王川简略讲了一通。翟芳却说，咱们小老百姓，过自己的日子，你别掺和了，闹闹今天的进步，比啥都强，我没别的奢望。环线上车流少，王川轰了油门，飙了一段。王川说，白天不懂夜的黑，我敢打赌，从今天起，小区里肯定灯火通明，谁都在谋篇布局，不敢怠慢。翟芳说，今天收获了四个字，说不定明天呀，闹闹还会有大的惊喜。王川笃定地说，呵呵，我回来了，我回来以后，一切都将与过去不同。下了立交桥，驶上了主干道，翟芳悄声问，晚上可以吗，今天高兴，我就想了。

什么呀？

翟芳忸怩，说，好久不做了，我怕我快锈死了，你讨厌。

不行，我妈来了。

奶奶来了，你咋不早说呀？翟芳这么喊，当然是随了儿子。

王川歉疚，说，母亲总是排在最后，这个吧，将来也是你和我的写照。

3

王川还掉了借来的铃木，打车返回时，被昝涛拦住了。

昝涛和小区的业主们都熟，一来性格爽直，二者，他天性肯帮人，脸上挂着一副持续的笑。快递到了，谁在外面拉不开栓，总会说，交给昝涛吧。谁订了鲜奶，也会说，让昝涛先搁冰箱里吧。昝涛另有一个特点，即便燠热难耐，身上的那一套制服却相当规整，绝不马虎。零点过了，气温居高不下，昝涛在小区里巡查了一圈，看见了王川。

昝涛说，姨娘她们都上去了，你呀，真的福气大，姨娘的身子骨还那么硬朗。王川对昝涛一向抱有好感，便停下脚，以示尊重。王川说，我老婆来过电话，说你的一盒蛋炒饭，让我母亲给吃了，这咋行。咋了，昝涛冷下脸，我孝敬一下不行呀，我一个没娘的娃，跟着你沾光。递了一支烟，昝涛拒绝了。王川自己点上，喷着一嘴烟龙说，是这，听说三马路的李家烤肉不错，咱们去吹几支冰啤吧？昝涛笑说，真不用，你不必变着法子谢我，进屋吧，姨娘的一个箱子落下了，你自己抱上去，不早了。

一只纸箱子，长方体，外面印着某个品牌的洗衣粉字样，两侧各挖了几个孔洞，用来透气的。王川狐疑，捂住了口鼻，说，这么臭，究竟什么呀？昝涛站在空调前，拔长脖子吹冷气，说，我刚给喂了水，怕渴死了。王川打开后，沮丧地说，哎哟，我这个娘呀，真是老古董，超市里的鸡肉那么便宜，何苦她几百公里带一只活鸡上来。昝涛冷下脸，说，王科长，你这个态度我可不同意，你过分了。王川嘻了嘻，说，我没别的意思，还不是心疼老娘嘛。昝涛却说，别小看了这个鸡，真的。

咋说，不就一只鸡嘛。王川道。

这叫翎子鸡。

翎子鸡？

王川热极了，巴不得上楼去冲凉，但昝涛的一番热情，又不能不对付。王川拨弄了几下箱子里的活物，不觉得是一只鸡，反倒感觉是整箱子的羽毛，手感很虚无。王川说，你别给我演封神榜，说这个鸡是落架的凤凰，得罪了玉皇大帝。昝涛不语，拿出一只强光手电筒，打开试了试。灯光若一场雪崩，忽地倾泻在了墙上，将王川压成了一张相片。王川抬臂遮住眼睛，忙喊停。昝涛呵呵笑了，说，你这叫原形毕露，你心里咋想的，我能猜出个七七八八，骗不了我的。灯光灭了，那一张相片又回归到了王川的身上，浑然一体。昝涛催促说，快回家去吧，别跟我磨牙了，你们下午地震了。

已经出了门，王川却不甘心，说，你话里有话，你不妨直说了。

哼，我又不是你家的张良。

王川不见怪，说，上次送你的那台旧笔记本，配置虽说低了些，但你女儿用没问题。听说，最近又要淘汰一批，我替你留心着。怀里是纸箱子，窸窣声不断，一股刺激的鸡屎味，冲鼻而来。昝涛怔了怔，便说：

我在狄道当过兵，我知道，这种鸡叫翎子鸡，罕见。

说说看！

昝涛说，你娘不简单，自己路也走不稳，居然捎着一只翎子鸡，晃悠着进了城，呵呵，我本来想责怪你几句，算了吧。王川挤兑说，你也不简单，大半夜的，这么神叨，你倒说说翎子鸡呀。不巧，对讲机响了，十万火急的样子，昝涛先撤了。

黑灯瞎火的，王川摸进了家。母亲和闹闹睡在了卧室。翟芳占据了儿子的房间，一张儿童床，显见没有王川的位置。王川拿了枕头，打算在沙发上将就一夜。冲完凉，鸡屎的浊气愈发激烈，夜晚的恬静被彻底颠覆了。王川有些懊恼，将纸箱子拎出了厨房，蹑手蹑脚，塞在了阳台上。这时，王川嗅见了一股潮湿的气息。几栋家属楼高可入云，切割出不规则的夜空。夜空呈粉红色，云层低垂，山雨欲来。王川怕鸡会闷死，便掀开了盒盖，敞在了夜幕之下。果然，鸡消停了下来，知道这是深夜，自己独在异乡为异客。

当初分房打分，王川排在了中下游，只能选择两头，要么顶层，要么下半截。后来图了坐北朝南，又考虑将来拉扯孩子，翟芳定夺在了四楼。小区统共三栋楼，呈三角形，便有人戏谑说在跳贴面舞，也有人说在搞三角恋。楼群中央，有一个绿化带，还建了一座微缩水景，潺潺之声总在傍晚响起。楼群外则是一条环路，左进右出，供车辆行驶。子夜一点了，远处海关的报时钟准时敲响，声音很金属。王川抬望一遭，好家伙，每家每户都灯火通明，亮若白昼。王川猜得没错，从今天下午会议结束，谁都不肯甘为下风，谁家将粉墨一气，呛嘡嘡一声响板，从幕后闯进前台，生旦净末丑，各归其位。

准确讲，王川倒也不急。王川有自己的步骤。如果一群人都往一个方向上挤，那这条路，一定是有麻烦的。沙发有些硌，弹簧坏了，王川入睡前这么认为。

一下雨，昝涛便觉得事情好办多了。雨是一个借口。雨会混淆一切的。

155

C栋地下停车口有一个死角，前面立了一面短墙，原本是消防栓的位置，后来废弃了。墙后，五个少年抱头蹲着，浑身湿塌塌的，瑟瑟发抖。昝涛说，你回东门去吧，这里有我，东门进出车，业主们万一打喇叭，明天投诉就来了。黑暗中，一个伙伴正在踢打少年们，踢累了，慢慢收住了脚，快感十足地过来，说，这帮小太保，不给点颜色，他就不信马王爷长了三只眼睛。昝涛说，你去吧，我来治他们的病，省得他们以后故意踢高球，拿窗户当球门，让咱们背黑锅。伙伴递来一个塑料袋，昝涛接了。伙伴说，你瞧，人手一部苹果，都是坑爹妈的货。雨开始大了，树木被风压了下去，跟受刑人一样。脚步声远走，昝涛这才轻松下来，宽了皮带，取下强光手电筒，开始问话。

　　说吧，谁把那辆牧马人划伤的？谁说了，谁先回家。

　　不是我，我们来找足球的。七嘴八舌的，集体辩解。

　　答案早料到了，但昝涛另有一份腹稿。昝涛说，你们和中国男足一样臭，不往球门射，偏偏射人家的窗户。知道吗，上次掉下来一块玻璃，刀子一样，直接插进了人家车顶上。再上次，玻璃崩碎了，把一个小丫头的脸划破，差点破了相。好吧，得寸进尺说的就是你们，半夜摸进来，共同犯罪，你们今晚的目标是？

　　这时，学生们一口一个叔叔，舌头是软的，狡辩是真的。

　　昝涛志在必得，又说，那辆牧马人值几十万，你们划伤了，光补漆就是一笔不小的数目。幸亏呀，这里不是派出所，我这人也好说话，一人一千，别跟我还价。否则的话，我立马通知警察，你们轻则被开除，走司法程序这条路，就得把课桌搬进号子里，一起难兄难弟吧。毕竟是未成年人，这下炸了群，不是哀号，便是相互攻讦。强光手电筒另带电击枪的功能，昝涛将按钮调至"电击"一档，打开了，但见蓝光放射，蛇行上下，噼啪作响。一时间，清冽的空气有些焦味，几乎将雨滴也蒸发掉了。昝涛笑说，呵呵，不是闪电，也没打雷，这是天老爷动了怒，命令你们快交代，交代罪行。果然，两个孩子起身，求告说，这就去找钱，等一下再来。昝涛说，反正我不急，苹果手机在我手里，我随时能找见你们的。等走远了，昝涛又低声喊，我在大门口等着，别去东门，天一亮就作废，我会报警的。

　　走了两个，又一个待不住了，哀告说，兜里有卡，立马去门口的银行取现。另一个也站起来，坦白说，姥姥家在附近，半小时之内准定回来。昝涛问，知道手机的赎金多少吗？少年们喏嚅着，等着跳楼价。昝涛恼了，扯着嗓子，断喝说，妈的，一人一千，滚蛋吧。

　　其实，真的无所谓，楼上听见了又咋样嘛。昝涛心说。

　　昝涛抬望了一眼楼上，灯火烁烨，今夜无人入眠。自打派驻这个小区第一天起，昝涛就腿快,手勤,一脸弥勒,广结人缘。业主们的嘉许是一回事,从各路得来的消息,林林总总,汇聚到他的手里,则是另一回事。昝涛知道,小区也是一个小社会,风也罢,雨也罢,总归不会安澜下来。昝涛一直想做一块暗礁,沉在底部。谚语不是说了嘛,煞后,煞后,锅底里才有肉,所以他一向耐得住。比如今天,业主们的集团人事地震了,先前人模狗样的那些家伙,统统被就地免职,上火是一定的,失眠是起码的,谁还顾及窗外的个把声音呀。况且这场雨,来得真是时候。昝涛揩了一把脸,冷不防,剩下的那个小子居然豹变,一家伙搡倒了他,拔腿跑了。

地滑,挣了几次,又跌倒了。昝涛眼里金星四射,骨折的感觉。对讲机飞了,强光手电筒的镜片也碎了,滚出去老远。万幸的是,几个手机还在。这一霎,昝涛看见环路上杀出了一个黑影,二话不讲,便将那小子收在了胳臂下,夹紧了,跨步走了过来。

三女子吗?

嗯,涛哥,这咋了,被袭击了?

趁着说话,昝涛将一包手机塞在了灌木丛里,忙掩饰说,跌了一跤,不打紧。三女子也不是吃素的,扔下那小子,抽出了他的皮带,直接捆在了栏杆上。三女子从天而降,出手相救,并没惹起昝涛的感激。相反,昝涛却觉得麻烦来了。递了烟,两个人小心地点起来,对视了几眼。三女子抱怨一番。昝涛才明白,他媳妇和婆婆吵架了,吃了夹板气,索性负谴而逃,来这里躲清闲了。昝涛给了钥匙,工具间有一张床,催他赶紧去休息。岂料,三女子没接,却一脸的诡谲。三女子问,这小子干吗了,敢袭击你?昝涛思忖一番,说,他不尊重我,倒也没袭击。见三女子太黏,昝涛敷衍说,屁大的一点孩子,居然一见面,就问我要烟抽,我替他父母亲教训一下。临走前,三女子踢了那小子一脚,慨然说,我继续去蹲坑了,有事喊我吧。哦,你说啥?昝涛着急问。三女子说,雨这么大,一楼的那个女神经刚又打了物业电话,怀疑有人要偷她,我这就去蹲坑,守着那个变态出来呗。这么一讲,昝涛觉得夜更深了,麻烦是真实的,离自己不远。

到了正门,一进值班室,昝涛就给那小子除下了皮带。昝涛拿了毛巾,让他擦一擦,对方也置之不理。昝涛又打开塑料袋,让他拿上自己的手机,赶紧滚蛋。不承想,那小子索了烟,叼在嘴上,还让昝涛给喂了火。昝涛郁闷起来,说,你究竟想咋样吗?小子说,等他们都来交钱时,你得当面证明一下,我宁死不屈,我没尿。昝涛虎下脸,拿出强光手电筒,但电击头没反应,没了想象中的那一声霹雳,威慑力顿时归零。昝涛说,你没尿,你走吧,我不追究你。那小子玩着手机,态度顽劣,说,我得等他们来,看着他们一个个认尿,把钱交给你。昝涛没了辙,观察了一下周围。

此时，已经后半夜了，楼上的灯光陆续熄灭。雨除了是借口，还是一种催眠吧。

小杂种，你真要是我儿子，我掐死你。昝涛一个劲抽烟，脑子里开始翻脸，已经灭了那小子好几回。昝涛开始威胁，再不走的话，真要报警了。小子却称，报警也好呀，又没犯什么罪，顶多是翻墙来找足球的，还巴不得爸妈来领人，因为很久也没见爸妈了，都在外地做生意。昝涛苦楚极了，绥靖地说，各让一步吧，你给我面子，我也给你台阶下。那小子觉得可行，停下了手机游戏，等待下文。昝涛万无一失地说，是这，我给你一千，等他们都到了，你跟他们一起交完罚款，你一根毛也不损失，我也有面子不是。小子很痛快，答应了。昝涛打开钱包，数了一千整，交在了对方手里。那小子太贪玩，将钱扔在桌上，继续看手机。

来了一辆私家车，没打喇叭，闪了几下灯。

昝涛出了门，看见灯光下，地上的雨都起了泡，密密麻麻的。业主都这样，忘了带卡，一般会闪灯，喊保安来帮忙。昝涛按了遥控，放车进去，又落下了横杆。待昝涛再次进门时，妈的，却发现那小子不见了。

人不见也罢，桌上的一千元竟然也没了，还包括一袋子苹果手机。

这一刻起，昝涛真的炸了，揣上一根警棍，开始在小区的环路上兜圈子。心知无望，但肚子里的一团火不罢休，只好淋成了落汤鸡。十张红版的钞票，等于大半个月的薪水，谁的钱都不是用弹弓轻易打下来的。有天夜里，昝涛在地下车库里巡查，发现一辆车屁股上，扔着一台照相机，谁这么大意呀。昝涛也没客气，塞在胳肢窝里带走了。第二天去了旧货市场，当即变现。尼康单反，日本牌子，昝涛明白贱卖了，但也很知足。哼，揣了这么久的一笔钱，却被一个小杂种给顺走了，这让昝涛很牙疼。又趸到了C栋一楼拐角时，三女子从树背后蹿出来，抱怨说，涛哥，你这么闹腾，还让我咋蹲坑。昝涛问，你吃过哑巴亏吗？三女子懵懂摇头。昝涛说，妈的，哑巴亏就是吞了一肚子黄连水，又说不出苦来。

恰在此时，一束发光的鸣叫蓦地响起，照在了小区上空。

声音是从底层爆发的。三栋高层呈掎角之势，喇叭状，将声音放大了，一波波地荡漾起来，形成了海啸，惊涛拍岸。三女子愕然，说，见鬼了，这什么天外来物呀？昝涛说，几点了？三女子答，五点，天快亮了。举目望去，楼上的灯光一扇扇地亮了，也有人趴在窗口上，探头外望，骂骂咧咧的。叫声停顿了一下，再次嘹亮，让铺天盖地的雨声也退居其次，不那么要紧了。这个清凉的夜晚，随着紧密的鸣叫声，眼睁睁的，开始塌方。

昝涛说，半夜鸡叫，这下乱套了，天下大乱。

是鸡叫吧？

嗯，这是翎子鸡，说来话长了。昝涛道。

4

翟芳鼾声轻微，睡得很香。平时，翟芳每夜都要起来三四次，掖被子，递尿壶，经营一番儿子。有几回，翟芳后半夜推门进去，见闹闹双目圆睁，像300瓦的灯泡一样，盯着天花板，几乎吓瘫她了。翟芳盘问儿子，究竟在想什么。闹闹却只字不语，表情深沉如谜。今天可好，闹闹在奶奶的怀里，翟芳便把自己大卸八块，睡得像一块海绵似的。迷蒙中，一场星星雨，慢慢下在了翟芳的身上，不是窗外的那种。星星们像一个个精灵，张着嘴，拱着翟芳的身体，让她很甜，很痒，魇在了睡眠中。这个梦是有来历的，翟芳上过网，说自闭症的患儿，都是星星的孩子，他们孤独地活在自己的世界里，对外界充耳不闻，视而不见。此刻，面对一群上蹿下跳的小星星，翟芳为难了，眼花了，摊开双臂，盲人般的探摸着，说，哪个是闹闹？谁是我的闹闹？

这一霎，王川在旁边打了个喷嚏。翟芳一惊，星星的孩子们忽地没了影，全部失踪了。

翟芳的郁闷可想而知。王川夹着枕头，行迹鬼祟，忙关了窗，拒绝了外面的雨声和凉意。王川钻进被窝，身体像一枚大号的括弧，将妻子箍在了怀中。这些年，夫妻俩不愿正视现实，但闹闹的症状，愈来愈逼现眼前，让"自闭症"这个词浮出水面，礁石一般。翟芳喘不过气来，星星的孩子们走了，失踪了，刚刚尝到的一点甜，一丝痒，却被王川上下其手，粗鲁地驱散了。翟芳挣扎着，恼恨起来。王川说，傍晚回来时，你给我下的帖子吧，咋了，说话放屁呀。翟芳像一条离岸的鱼，越拒绝，王川却越侵犯。后来简直动了粗，磨盘一般覆压在妻子的身上。王川说，先是搞了封山育林，后来你又妊娠期，为了闹闹，这四年多来，我忘了我还是个男人，一次也没。翟芳拖泥带水的，还没从梦魇里脱身。王川沮丧极了，哀告不止，却怎么也打不开妻子的身体。这是闹闹的房间，儿童床，禁不住折腾。床架的榫卯间，可能藏着无数个嗓子，王川一用劲，它们便尖叫，吱吱呀呀的。王川是那种一根筋的人，愈挫愈奋，两只手刚将妻子锁住，听见翟芳气息奄奄，打算放弃抵抗时，却出现了意外。

那是一束发光的鸣叫，在阳台上爆炸了。

猝然，尖厉，悠长，爆炸声持续了三秒多，但密集的弹片分崩离析，射向四面八方，几乎快将小区里的每一扇玻璃震碎了。尾随其后的，则是一浪浪的冲击波，在楼群里翻滚，汇聚，一瞬间拧成了狂浪，喷薄向上，倾泻在了夜空里。

翟芳彻底醒了，伸手去开灯，却被王川扣住了。王川从翟芳身上滚下来，呼哧呼哧的，先前的激情覆水难收，又不甘心，慢慢酝酿着下一次情绪。翟芳怨恨地说，鬼哭狼嚎的，让人心里发毛，这什么呀？呵呵，江山易主，难免有一些异常的天象，我的好日子不远了。王川边答，边撩拨着妻子的浓发，煞是得意。翟芳嘀咕说，对，是天降异常，星星的孩子，这话真美，哪怕他不讲一句话，只要他来自星星，我也乐意，我陪他一辈子。王川不解其意，兀自说，我这个小科级熬了快五年了，也该出头了，我这次有八成的胜算，相信我。翟芳再次清醒了，脚尖找着拖鞋，自责说，闹闹该尿了，我得去。话未讲完，王川一把扑倒了妻子，用枕头捂住了翟芳的脸，低语说，别闹了，我妈可能起来了。翟芳不听劝，更不迎合，身体扭曲着，踢来蹬去的。王川更刺激了，血脉贲张，一下子使了强。妻子的身体怔了怔，冷若碑石。就在王川走向高峰的一刹，阳台上那一束发光的鸣叫，再次爆炸了。

声音尖细、悠长，呈螺旋状上升，缭绕不绝。

翟芳趁机挣脱了，忽然干呕起来，很恶心的样子。果然，翟芳厌倦地说，我已经锈死了，我恶心，恶心这件事，千万别再逼我了。

此时，王川也已经兴趣全无，拉开窗帘，看见天色微明，一层蛋青色的光芒渗透铅云，落在了小区上空。翟芳说，对不起，我不习惯这个了，我想吐，我可能废了。王川压抑着怒火，劝慰说，不怪你，这他妈的天光大亮了，哪来的怪物呀。翟芳没呕出来，但嗓子里冒怪声，叽里咕噜的，软弱地说，半夜鸡叫，这是公鸡在打鸣，我小时候天天能听见。闻听此话，王川一骨碌坐起来，直脱脱地说，灯下黑呀，这是咱家的鸡，简直家里进贼了。

咱家的？

对，我妈带来的狄道的翎子鸡。

哦，带什么不好，这奶奶，偏偏带一只公鸡进城。翟芳怨怼道。

天亮了，两口子睡眼迷离，草草穿戴起来，趑进了客厅。眼前的一幕，让他们骇然万分，杵在地上，一时间成了哑巴。母亲蹲在地上，一手磨着刀，一手洒水，刺刺拉拉的声音恐怖极了。母亲瞥见了他们，没吱声，样子得意。磨了片刻，母亲停下来，用指肚试了试锋芒，又开始磨另一把刀。王川哀告说，妈，这大清早的，双休日，你提刀弄棒的做啥？翟芳也求情说，好我的奶奶，进了城你就歇息一下吧，闹闹在你怀里，一夜没闹，他只恋你。母亲辛劳了一辈子，虽说上了年龄，但胳膊上仍有劲，磨起刀来有板有眼，脊梁也绷成了一张弓。王川想抢话，母亲拉下脸说，一边去，去给我烧一锅开水，天然气我害怕。翟芳进了厨房，依言烧了水。王川恳切地说，妈，你没个电话来，也不让我去车站接你，老家那边？翟芳踢了一脚丈夫的屁股，接了话头说，你警察呀，审问这，审问那，奶奶想闹闹了，闹闹也想奶奶了，这就是理由。王川从妻子的语气里，听出了一种释然，那种解放区才有的晴朗的天。

事情明摆着，母亲待多长，翟芳就能轻松多久。夫妻俩对视了一眼，彼此交换了意见，一对阴谋家似的。这时，母亲方说，贵生呀，今天是啥日子？

礼拜六。王川答。

母亲停下手，扶住膝盖站起来，说，今天是你的生日，你属猪。

哦，不早过完了嘛，上个月。翟芳抢了话。

脑子不好用，我只记住了你农历的生日，狄道只过农历的，所以我就来了。母亲颤巍巍的，胳臂一伸，接住了翟芳的搀扶。母亲说，去，去把阳台上的翎子鸡拿来，我杀了，今天给你过生日，给闹闹补些营养。

腿上灌了铅，王川愣怔了许久，一直盯着母亲的白发，有点鼻酸。

这个节骨眼上，阳台上的翎子鸡又爆炸了。不同的是，这一次的鸣叫不发光，也不悠长，更像是一次抗议，一声激愤的詈骂。王川思忖，万物有灵，这话真没错，这家伙恐怕也知道大限将至了，所以才登高一呼。王川去了阳台，手在纸箱子里探摸，依旧感觉到很虚无。一箱子的羽毛，怎么也捉不住肉体。翎子鸡的咯咯声，却从乱羽丛中飘上来，挑衅味十足。后来，王川干脆将箱子倒扣在地，攥住了两条细鸡腿，倒悬着，拎进了客厅。

翟芳怕血，背过身子，贴在了墙上，不忍看。王川将鸡搁在地上，防它哗变，用脚踩住了鸡腿，两只手伸进一堆羽毛中，打算攥住鸡脖子。近些年，城里人的嘴吃刁了，来自狄道一带的柴鸡成了紧俏品，价格翻番，几乎是超市里冻鸡的三四倍。王川一家也吃过柴鸡，尤其翟芳坐月子的那一段，母亲满村子打听，谁要去省城，母亲早上宰杀下，晚上就能捎给儿子。柴鸡能催奶，翟芳在那半年，体重长了三十斤，双下颌都出来了，这才喊了停。虽说吃了那么多，但君子远庖厨，夫妻俩还没见过当场宰杀的。王川摸了一阵，捉住了羽毛丛中的肉体，失望极了。怎么说呢，这只虚张声势的鸡，徒有其表的鸡，除了这一堆花里胡哨的羽毛外，身体只有握拳那么大，可怜兮兮的。王川能感觉到，这小东西在痉挛，在发烫，埋下身子，做最后的抵抗，不，是抵赖。王川撇嘴，心说，按自己的饭量，这家伙去骨剥皮，也只够打个饱嗝而已，遑论还有一家人呢。母亲则面带骄矜，一个劲地夸耀自己带来的礼物，似乎比她珍藏了多年的嫁妆，腕子上的那一只银镯子还稀罕。

原来，狄道一带毗邻岷山山脉，实施了多年的退耕还林后，山河葱郁，生态修复，一些早就绝迹了的动物失而复现，大的如棕熊、雪豹和狐狼，小的像麋鹿、麂子与岩羊，这翎子鸡就是其中的一例。母亲又介绍，前一天碰见了一个进山采药的人，他捉住了一只瘸腿的翎子鸡，求爷爷，告奶奶，这才花了大价钱，好歹购了下来。这种鸡太诡了，要不是摔坏了腿，休想拿住一个活口，它自己就会气死的。母亲神叨叨的，王川始终忍着，没喷笑出来。又介绍说，翎子鸡不仅脾气大，还太犟，宰杀之前要先哄一哄，等它高兴时冷不防下手。否则的话，它的肉就会泛酸，排出一种不太好闻的气味，所以才活着带进了城里。这一刻，王川明白了母亲的用心，腾出一只手，将母亲的一缕额发，别在了耳后。

贵生，闹闹还不肯多说？母亲低语。

嗯，金口难开。

母亲说，这个鸡嗓门大，底气足，专治这病的。母亲又压低了声音，叮嘱说，你意思一下就行了，让闹闹吃肉喝汤，吃啥补啥，记住啦。

显然，母亲是有备而来的，手心里搁着一把松子，嘴里咕咕咕地逗引。炒熟的松子，裂了口，王川嗅见了一丝清香。王川想起小时候嗑松子的情景，没来得及回味，便瞧见从羽毛丛中，探出来了一只鸡冠，充满警觉，左右啄动。冠子呈烈焰色，峨冠博带，头顶的肉瘤像分开的五根指头，上下翻卷，傲气十足。翎子鸡埋下头，啄了一枚松子，刚要吞咽时，母亲霎时出手，一把捏住了鸡脖子。

母亲拔掉了鸡脖子上的一撮毛，将其拧成了一个问号，举起刀，打算下手。王川捧着碗，对准了鸡脖子，准备盛血水。翎子鸡伸长了脖颈，无辜地就缚，既不挣扎，也不嚎叫，杏仁似的眼睛盯着王川，眨也不眨。刀刃逼住了鸡脖子，母亲刚要下刀时，却听见客厅的地板上一声爆响，一只花瓶炸成了粉末。

闹闹站在面前。一股愤怒攫取了他，脸颊憋得紫红，嘴巴大张，挥着小拳头。

王川断喝说，闹闹，干什么？

放，放，放开它！

这一瞬，客厅里的空气像被抽光了，洪荒一片。王川看着妻子，翟芳盯着婆婆，奶奶扔下刀，丢下翎子鸡，开始抹眼泪。翟芳扑通一下，跪在了儿子的面前，揽住他，嘴巴像鸭子戏水，呱唧呱唧地乱亲一气。王川瘫坐地上，点了烟，觉得天花板上鲜花盛开，站满了菩萨。翟芳央求说，乖宝贝，再给妈妈讲一遍，好吗？放，放开！闹闹憋足劲，满足了她。翟芳又说，那给奶奶也讲一遍，奶奶最疼你了。闹闹顿了顿，很清晰地说，奶奶，放开。

这天早上，王川家仿佛被神灵摸了顶，赐下了福祉，降下了一场不大不小的奇迹。将近四年了，横亘在两口子心上的一种罪孽感，一件沉重的包袱，一道看似迈不过去的坎，居然，呵呵，它居然轻而易举，被一只翎子鸡，一个羽毛重重的怪物，这么破解了，化为了乌有。翟芳喜极而泣，泪水敷在脸面上，高兴得有些过度。母亲捉住了翎子鸡，蹒跚而来，塞在了孙子的怀里。称奇的是，握拳大小的翎子鸡，恰好被闹闹抱了个满怀，低眉顺首，似乎知道他就是救命的施主。闹闹也乐了，小脸贴在一团羽毛上，嘬起嘴，慢慢吹气。一吹，斑斓的羽毛刷刷作响，起伏不定，弄得闹闹痒痒不止，于是越发乐了。

翟芳逗引说，宝贝，奶奶送你的礼物，谢谢一下。

嗯，他属啥？母亲问。

属鸡，闹闹恰巧属鸡，太有缘分了。

属猪？母亲真的耳背了，记忆也差，或者，她有一份故意。母亲怨怪说，闹闹刚说了那么多，歇缓一下吧，等一下再说也来得及。

这时，王川晴朗地说，呵呵，我有迷魂招不得，雄鸡一唱天下白，这诗人李贺能掐会算，还真的可以称得上我的千年知音啊。

5

今天高兴，翟芳订了座，请婆婆出去吃了一顿果木烤鸭。

雨没停，但也不大，半空中浮着一层雾，像透明的胶质。闹闹猴子般趴在翟芳的脊背上，小脚乱踢，催促快点，回家要和翎子鸡玩。刚到正门口，王川瞥见了昝涛，便把雨伞递给母亲，让她们先走。从凌晨开始，昝涛的心里就一直撂荒，郁闷，不甘，愤懑，算得上五味杂陈。见王川进门，昝涛堆起笑脸，说，这可能就是天伦之乐吧，王科长，你是个福气人呀。王川将一袋饭食搁在桌上，说，趁热，果木烤鸭，我妈惦记着你的那一顿蛋炒饭，亲手卷好的，别嫌弃。昝涛也不客气，一口吞一个，面酱挂在嘴唇上，像一抹黑胡子。昝涛说，谢谢姨娘，见了她老人家，我非磕头不可。王川呵欠一下，又说，你咋也是黑眼圈，你不是夜班吗，干吗还……哦，一个伙伴今早辞了职，开出租去了，我没辙，我现在24小时连轴转了。昝涛吃毕了，打着饱嗝，递来一支烟。昝涛俯身过来，边喂火，边说，等一下你一定要扛住，他们人多势大。

哦，你把话说开，别讲不打粮食的话。

昝涛把烟拿反了，点了过滤嘴，呸呸呸地吐着。又说，半夜鸡叫嘛，姨娘带来的那只翎子鸡，后半夜就开始唱歌，他们不干了，正在开会决议，冲着你来的。

王川面带轻蔑，回说，公鸡不叫，天就不亮了吗，扯不到一块儿吧。

纵然辩解，但王川后来仍依了昝涛的话，冒雨去了会议室。翎子鸡半夜起事，敲锣打鼓，声震云霄地开个人演唱会，惊扰了大家的清梦，这只是问题的表象之一。按昝涛的意见，贵集团公司正在洗牌，洗牌有两重意思，一是洗掉和周围同事们的旧怨，和缓一下关系，将来在民主测评时，多在"正"字上画一笔。另一个，就是洗干净自己屁股上的屎，别留下把柄。王川很诧异。王川从这个保安员的脸上，看见了一种烂熟于心的老练，一种精明。昝涛说，你别这么看我，我瘆得慌，听姨娘说，咱俩都属猪，一个圈里的，呵呵。王川说，我想死了，也想不明白，我的仕途跟一只鸡有关系吗？这时，他们站在了会议室门前，门楣上嵌着一块铜牌，上书"业主委员会"。昝涛轻推了王川一下，低语说，他们去了三趟，敲你家的门，打算抗议来着，没找见你，这才让我通知你的，我的任务完成了，回见。

王川落了座，目光逡巡了一遭，心里便天塌地陷了。

都是熟面孔，在一个办公楼里打头碰面的，也用不着什么客套。男女代表各半，年纪跨度也大，重点部门的占了大多数。以前，王川也被抽签选中过，作为业主代表之一，曾和物业公司争过权，捍卫过权益。令王川意外的是，想象中的撕扯、谩骂和刀光剑影，现在都换了频道，一张张苦瓜脸盯着王川，表情里埋着委屈、哀怨和求情。王川含胸抱拳，先压低了姿态，忙说，让大家受惊了，太抱歉了。

又讲了一遍，但大家谁也不接他的话茬，气氛冷寂，王川被看毛了。

居然——业主们公推出来的代表,居然是老彭，彭强。王川一下子心生嫌怨，娘的，一点口风不露，临阵倒戈了。彭强捏着一份决议，清了清嗓子，照本宣科地说，本小区自入住之日起，一向邻里和睦，安谧如梦中家园。岂料，昨日晚间却发生了一桩令人遗憾的事件，个别业主为满足私欲，竟然置公德于不顾，公开豢养一只野蛮的动物，半夜打鸣，四方惊魂，破坏了和平，将整个小区和广大业主们，陷于一种深深的忧虑和不安当中。

很显然，这份决议是挨家挨户走访过的，统计数据也很详备。彭强没照顾王川的情绪，继续说，本小区有70岁以上的老人28名，大多患有高血压、冠心病和糖尿病，经不起折腾。昨夜今晨，急救中心的车子，已经来过三次了。王川埋头看微信，翟芳连发了数张图片，几乎让他失笑出来。其中一张，闹闹虚骑在翎子鸡的背上，挺胸收腹，披着一条斗篷似的花床单，右臂挥动，像极了一位少年将军。另一张，翟芳和儿子将翎子鸡搁在浴盆里，一边撩动翅膀，一边打浴液。王川熟悉儿子，但这一种前所未有的喜悦表情，仍令他很震惊，也很踏实。决议又说，本小区计有上百名中小学生，目前正值期末考试阶段，如果任由这一只野蛮动物，继续疯狂咆哮下去的话，全体家长将难以答应，势必诉诸集团公司，将采取进一步的维权措施。呵呵，王川心里冷笑，这简直是一份最后通牒，跟死刑判决没什么两样，就差说一句绑赴刑场，当众宰杀了。彭强念完，业主们开始单独发言，女性居多，大多是陈述自身的体弱、焦虑和睡眠质量，语气里带有抱怨、示弱和祈请，与决议书的强悍风格截然不同。翟芳又来微信了，母亲和闹闹各拽着翎子鸡的一只翅膀，老婆拿着吹风机，正在吹干。意外的是，翎子鸡竟然很受用，冠子殷红，引颈四顾，将一路上带来的风尘和疲惫，彻底一洗了之了，出脱成了一个蓬松鲜艳的家伙。另一张更夸张，翟芳在洗衣盆里铺了一块毛毯，临时当作鸡窝。毛毯上绣了牡丹，姹紫嫣红，是当初老婆的嫁妆之一。王川心说，为了儿子，她可真是舍了血本，败家子一个哟。

彭强扔过来一支烟，王川抿了笑，点着了，喷出一口烟雾。烟雾里滑出一个圈，顺着气流跑过去，不偏不倚，端正地套在了彭强的头上，像一道紧箍。彭强吐了吐舌头，好像说了一声对不起，或者没办法。此刻发言的是人事处的闵红，女，副处长，甲亢患者，鼓着两颗发黄的眼珠子说，没错，我家里也养了两条狗，一只猫，但猫和狗不一样，它们自古而今都是人类的朋友，可谁听说过拿鸡当宠物的，鸡能干什么？闵红的话，泛起了广阔的涟漪，一些养猫养狗的人士同声附和，尽量撇清二者的不同，一再将翎子鸡推到了阶级敌人的阵营。另有一位女业主，性格泼辣，干脆扯开了上衣，露出一截白肚皮，声音哽咽。翟芳最后发来了一个短视频，是翎子鸡的特写。这家伙站在客厅的茶几上，披金挂银，抖擞万分。王川讶异地发现，翎子鸡的尾羽很长，也很俏，斑斓多彩，在一阵阵清风中，上下拂动。女业主哭诉说，她不久前才做完手术，天热，刀口感染化脓了，如果再遭遇半夜鸡叫的话，她就打算把户口迁到肇事者的家里。王川冷下脸，这一句打上门来的话，一下子惹恼了他。王川斜觑一眼，那一道伤口的确很吓人，红嫩、肿胀、突出，像一条蜈蚣拱在了皮肤里，随时会剥皮抽筋。这时，彭强咳了几声，示意王川看手机。王川输了密码，打开一瞧，是彭强发来的一则微信。

彭强说：闭嘴！赶快服软吧，小不忍则乱大谋。

这期间，仍有业主不时进门，加入这一场声讨中。椅子不够，便有人骑坐在窗台上，或偏腿跨在桌沿上。也不知哪一位慈悲，买来了三捆矿泉水，瓶子在空中飞，王川的面前也戳着一瓶，但他没动。在一个密闭的空间，在一个小雨淅沥的早上，控诉和哈欠一样，一般会传染的，而且症状也愈来愈深。王川独木难支，终于招架不住了。王川抱拳一揖，惭愧地说，诸位，你们教教我，我该咋办？

杀掉吃了呗，还用问吗？闵红干脆。

王川说，想想也挺惨的，我妈从狄道上来，抱着一只鸡，奔波了几百公里。这鸡才歇了一宿，就惹了诸位，让你们大家急赤白脸的，跟一只鸡过意不去。

嗬，你咋说话呢，没这么骂人的。闵红拍桌子。

王川反击说，我不计较你的猫狗，你也别盯着我家里的鸡。又说，你可以拿猫狗当宠物，我当然也能把鸡当朋友，人家国外还有拿鳄鱼、臭虫、螳螂什么的。

蜈蚣女人整理完衣服，截住王川的话头，概括说，天下之大，当然能容得下一只鸡了，问题是它目中无人，半夜三更在唱歌，在开演唱会，吵死了，简直翻了天了。

抱歉，让诸位不舒服了，坦率讲，我早上也被它吓了一跳。它真该死，只图自己高兴，自己过瘾，周扒皮，鬼子进村，忘了它是一个畜生，说了不算。王川口舌油滑，慢慢矮下了身段，期盼着寻找一种和解。王川嗫嚅说，我家闹闹，闹闹今年快4岁了。

嘀，跑题了，说的鸡，别牵扯孩子。有人抗议。

在座的诸位都见过闹闹，像翟芳，挺漂亮的。王川左奔右突，琢磨着一种恰切的方式，不显山，不露水，又能一吐苦楚。遂说，其实，家家有本难念的经，像闹闹一旦喜欢上这只鸡，我可真没……

闵红揶揄说，瞧瞧，老大的人了，给孩子推卸责任。

不，我的意思是，有一种病。

什么病？

王川语塞。

哦，他，他他，还有他，在座的都是病人，谁都亚健康，只有你王川结实，铁人一个，还有鬼心思养鸡。闵红谈经夺席，指点江山，又说，我看你王川现在也得了病，病得不轻。

你咒我吧。王川苦笑。

哼，你的病就是自私，枉顾了诸位的好心。闵红火力全开。

王川蔫了，瘟鸡似的。

本来还想说一两句闹闹的症状，求得大家的认可，讨一点同情，转圜一下气氛，但路都被堵死了，说出去又将成了谈资，王川感觉失败极了。王川枯坐着，给昝涛写了一条短信，说，你能搞到一种哑药吗？昝涛迅即回复了，问，哑药？你干什么用的？王川回答说，把翎子鸡的嗓子弄哑，让它活着，但不能发声，更不能半夜唱歌。停了三分钟，昝涛说，哑药以前在乡下有，都是谋财害人的，城里咋会有这种东西？紧接着，昝涛又来了一条，说，我从网上搜一下，不过得需要时间，也不保证一定能买到。王川怅然地回复，来不及了，我快被逼疯了，这么办吧，你去一趟我家里，趁着闹闹不注意，用针尖把翎子鸡的嗓子给划拉了，我让我老婆配合你。

是一只野鸡，对吗？蜈蚣女人问。

嗯，翎子鸡，野生的。

那就好办了。这时，蜈蚣女人摸出了钱包，搁在桌上，说，咱们同事一场，我术后虚弱，一直恢复不过来，你开个数字，把这只野鸡卖给我，我不还价的。

王川苦笑一番。

随手，王川给翟芳去了短信，让她抓紧哄儿子去睡觉，也让母亲回避一下，并说了昝涛的使命。翟芳坚决反对，说翎子鸡是闹闹的福星，天老爷赏赐的，来了没一天，闹闹就焕发出了一种别样的神情。这是千金难买的事儿，岂能，岂能恩将仇报，挑破鸡嗓子，去讨好上下左右的邻居们。翟芳不愧是老师，引用了一句格言说，即便杀光了全天下的公鸡，天还会亮的。此刻，王川身陷重围，明白这一桩鸡叫事件的轻重，忙解释说，不是去杀掉翎子鸡，是让它哑掉，别再造次，别再多嘴。王川无奈，只好提纲挈领地说，半夜鸡叫，将小区的全部注意力吸引了过来，集中在咱家了，我现在是靶子，乱箭穿心，又正是集团大洗牌的关口，你自己掂量吧。末了，翟芳回答说，软骨头，叛徒，照你说的办吧。

咋了，还舍不得呀？

王川恳切地说，那只鸡只有拳头这么大，补不了什么，我发誓。

总比一枚鸡蛋强吧？蜈蚣女人问。

未必。

唉，我不会看错人吧。闵红接过了话头，一层回忆般的情绪罩在脸上，唏嘘说，当年你王川参加集团的统一招考，你的材料是从我手里过的，你那个口吧，当初有三个人报名，我最后挑了你，就念你是狄道农村出来的，朴实、忠厚、听话。记得……

嘀嗒一声，来了短信。王川点了烟，打开手机。昝涛的，上面说，你赶快加我的微信，顺便把我拉进你们业主的微信群，我有用。王川问说，弄哑了？回复说，王科长你可真够残仁（忍）的，连一只鸡都保护不住，看我的吧。王川没多想，便照昝涛的话办了，将他拽进了群里。王川是业主代表，他有这个权限。烟抽到了尾巴上，王川起身熄烟时，瞥了一眼窗外，烫了一下手。

雨打在玻璃上，一种叫作黄昏的东西，慢慢降了下来。

6

在王川看来，那辆车太 LOW，简直了，简直配不上大姐的身份。

车停在拐角处，一点不起眼。王川知道大姐的车位，进了地下车库，便直奔过来。像前几次一样，王川开了门，坐在后排，嗅见了旁边的香水味。足有一分钟，大姐没吱声，但鼻息很重。王川从后视镜里一瞄，大姐依旧云鬓高耸，但脸颊瘦了下来，颧骨更尖了。后来，大姐歉疚似的打开包，摸出两盒烟，搁在了王川的膝盖上。大姐说，没事儿，你抽吧，我家那位的，也不知好不好。芙蓉王，无字，白盒。王川落下窗子，点了一根，嘴巴尽量往外吐。声讨会散场后，王川又被个别的业主拦下，忍辱负重地待了半小时。会议还算圆满，达成了唯一的成果，王川负责让翎子鸡闭嘴，不能半夜扰民，而业主们将静观事态发展，保留进一步申诉的权利。在热烈的掌声中，王川势单力薄，接受了这一条款。

其实，王川的信心，基本建立在对昝涛的信任上。如果说，这一信心还有空间的话，那就是王川还留有后手。呵呵，大不了法西斯一下，给翎子鸡戴个口罩，做个头套，或者马嚼子之类的，令其钳口，禁言，剥夺一切发言权。再不济，王川深入一想，在这个节骨眼上，也就只有牺牲了它，斩立决，爆炒也行，清炖亦可，反正酒肉穿肠过，佛祖随喜。

刚走到楼下，望见了家里的灯光，王川心里一热，想到了闹闹。四年来的惊怕，以及业主们一下午的围攻，就像一个天平的两边，孰轻孰重，豁然眼前。那一刻，王川悔死了，闹闹的病症才现曙光，有了向好的苗头，难道就为了一顶乌纱帽，开铡问罪，满足业主们的非分要求嘛。一想到鸡头落地，闹闹将陷入更深的沉默，从此永无宁日，王川的脊椎骨里，涌过了一种触电般的战栗。王川在楼下徘徊良久，抽完了半包烟。这时，大姐的信息来了，让他老地方见。

大姐忽然哽咽，声音湿塌塌地说，我老做噩梦，最近更厉害了，我总觉得有个人一直在跟踪我，晚上就潜伏在我家的花园外，打算偷窃，我这是病吗？王川一惊。和大姐私下里接触了几回，她从来很干脆，一二三，谈完交办的话，便抬屁股走人，今天这是咋了？其实，大姐不需要答案，她只是在抱怨，在自说自话。果然，谈完最近的噩梦后，大姐的情绪和缓过来，将一摞资料递给王川，说，还得麻烦你，你重新写一遍吧，拜托了。王川窘死了，手心里出了汗，打开袋子，随便翻看了两眼。王川说，有什么具体意见吗，我知道，我能力有限，可能达不到你的要求。岂料，大姐松开了表情，说，你别紧张了，不是你的论文不好，而是，是太优秀了，这不符合我的初衷。

我，我没明白大姐你的……

王川怔忡说。

哦，尽量次一点，掐头去尾，故意弄一些自相矛盾的、有破绽的地方。大姐战略性地说，我请几个专家看了，说这都可以出书了，我不能太突出，弄个中不溜的，能过关就行了。

王川说，我刚开始就当一篇硕士论文来写的，按要求。

呵呵，我那是在职的，什么破硕士呀，我自己也没当一回事。大姐化繁就简，淡漠地说，我家那位逼我，非要让我读一个在职的，你是大才子，还是他举荐你，让你帮我的。

大才子！

这话像一道闪电，掠过了王川的心田，带来了一场酥润的春雨。一时间，王川的内心草木发芽，鹅黄浅绿，仿佛一片盛开的草原。哦，王川思忖，原先在董事长的眼中，自己被归类为大才子，又不见外，将家事相托。这一瞬，王川立马有了一种带刀侍卫的感觉，以笔为刀，全心皈依，满血效忠。王川羞赧了起来，应承说：

我尽量破坏，让它言不由衷。

大姐愕然，挤兑说，也别把我弄得那么不堪，好歹也是一硕士嘛，能混一张文凭就可以了，但不能太出色，记住了。王川将这几句话摩挲一番，刻录在了脑海里。大姐忽然伸手，说，给我一支烟。

点了烟，王川也衔了一支，恳切地说，大姐，祝贺你呀。

哦，喜从何来？

王川说，老板终于主政了，君临天下，大姐你现在贵为集团公司的第一夫人。王川谨慎措辞，又说，大家都望眼欲穿的，这下终于可以更上层楼，企业有望上市了。

你报名了吗？

双休日，我也没看到文件，等周一吧。王川答。

嗯，论文不着急，你抓紧报名，只有三天的时间。大姐被烟呛了一口，落下旁边的车窗，又说，中层干部全员竞聘，你也别三心二意，会很激烈的。这两天，我家里的电话线都拔掉了，幸亏我家那位去上海考察股市了。

大姐，你像一个人。王川说。

像人？

不不不，我意思是说，大姐你特像一个影星。王川快速思索着，笃定道，就那个《琅琊榜》里演霓凰郡主的，叫、叫什么……

刘涛。

对，就是刘涛。王川附和。

点到为止，该说的话都说了。王川觉得，这就是一种默契吧，你承了我的情，下一步，你也该有所表示了。念想至此，王川越发对下午的软弱后悔不迭，软骨头，叛徒，活该翟芳这么骂他。忽然，地下车库的坡道上，传来了簌簌的脚步声，越来越近，越来越响。大姐骇然至极，猛地攥住了王川的胳膊，瑟瑟起来。大姐失声说，我害怕，是不是来跟踪我的，一定是，一定是，我怕极了。王川莫名无比，安慰说，有我在，大姐别怕，这是在咱的小区里。

坡道上出现了一条人影，耸动着，匍匐而来。后来，人影直接打在了对面墙上，像一个人被对折了起来，挂在上面。大姐惊悚地说，别下车，你陪着我，不许下去。少顷，王川清晰地看见了一顶大盖帽，一名保安员趄了过去，隐没在了柱子后。与此同时，墙上的人影也消失了，仿佛这个家伙匿在了水泥中，另有打算。大姐出汗了，埋着头，云鬓纷乱，一再问，走了吗？那个坏蛋走了吗？王川笑说，大姐，小区的保安，怕是在巡逻吧。大姐递来一把钥匙，恓惶地说，开车，你把我带上去，我不能再待了，快开车。

王川依言跨进了前排，坐在驾驶座上。插了钥匙，打火，王川打开了前灯。登时，两道灯光若雪崩一般，将整个车库照得亮如白昼。光亮中，一只黑乎乎的东西，倏忽闪了下翅膀，不知是鸟，还是蝙蝠，转眼消失了。王川启动了车子，拨转方向，对准了坡道尽头的出口。不巧，意外的一幕发生了。

一个人，不，准确说是闹闹，居然站在车前，举着小鸡鸡，正在撒尿。

面对驶来的车子，闹闹既不躲闪，也不畏惧。车灯刺目，闹闹眯了一下眼睛，专注地盯着裤裆里甩出的一根尿绳。哦，王川终于看明白了，闹闹正在用尿画画，一幅湿漉漉的构图，铺在儿子的脚下。王川惊住了，忙打开车门，拔脚跑到了闹闹旁边，一丝忧心却被儿子的笑脸击垮了。闹闹指着脚下，灿烂地说：

爸爸，鸡。

王川被幸福砸中了，忙蹲下来，哀求说，你再喊一声，喊一声爸爸呀。

鸡爸爸。儿子说。

很快，地上的那一只"鸡"被尿糟蹋了，乌烟瘴气的，分不清眉眼。鸡爸爸，爸爸鸡，闹闹嘴里乱语迭出，但王川丝毫不计较，替儿子系了裤子，拦腰抱起了他。王川将闹闹安顿在车里，催他喊一声阿姨，闹闹却又不说话了。大姐平静了许多，也没发声。王川将车子开出去，停在了C栋附近。大姐拜了一声，俯身摸了一下闹闹的脸蛋，说了声，乖。

告辞后，王川沿着外环兜了一圈，将车子停在了自己楼下。不由分说，王川肩起儿子，步下生风，放弃了电梯，直接跑上了四楼。王川踢了几下门，大喊翟芳，仿佛火灾发生了一般。门开了，母亲愣怔地站着，翟芳也跑了过来，失魂一般。王川卸下儿子，忽然站在母亲的跟前，捧住了那一张沟壑密布的脸。王川惊颤地说：

妈，我亲你一下吧。

很粗暴，很不讲道理，王川在母亲的眉心里亲了，一下不算，又亲了两下。母亲木讷着，用袖口揩了揩他的口水，看见闹闹抱住了自己的腿。王川掉头，逼上前去，夸张地说，翟老师，我也亲你一口，不，三口吧。

翟芳退到了墙角，指了指婆婆，嗔怪说，吃错药了你？不许放肆啊，姓王的。

呵呵，亲爱的翟老师。王川双臂一圈，将翟芳搂过来，又捧住老婆的脸，强行将舌头塞进了她的嘴里。翟芳又掐又打，但慢慢缓了下来，羞臊无比。王川一边亲，一边讲了儿子刚才的灵光一现，灿烂笑脸。王川强调说，喊我了，喊我爸爸了，我等得都快破产了呀。这一说，翟芳的眼泪下来了，趴在丈夫胸脯上，抽了脊梁骨一般，浑身软塌塌的。

原来,按照王川的交代,昝涛来过家里。昝涛干练,简单介绍了下午业主们的围攻,说当前矛盾的焦点,只在于半夜鸡叫,惊扰了大家。他们群情激奋,欲置翎子鸡于死地而后快。婆婆和儿子都在,翟芳怕昝涛露了馅,忙拽他到厨房里讲话。翟芳拿出一枚大号的针,针尖锐利,明晃晃的。翟芳还叮嘱昝涛,说等一下我带闹闹去楼下玩,你下手要快。翟芳给丈夫坦白,她当时也糊涂了,竟然问昝涛,带没带止血药,别大出血。但昝涛的回答更妙。昝涛问,鸡的嗓子在哪儿?我在鸡的哪一块用针?闻听此话,王川再一次将舌头伸进了妻子的嘴里,很深。蜷曲的舌尖上,有一种心花怒放的感觉。王川嘟哝说,你现在也属鸡,鸡的嗓子我知道。翟芳搡开了丈夫,夸赞说,昝涛这人真不错,后来,他带闹闹和翎子鸡去了地下车库,说那里有一间休息室,完全可以收留翎子鸡,免得把嗓子给阉了,成了太监鸡。这样,王川恍然了,知道了事情的脉络。后来,王川肃立在母亲跟前,扑腾跪下了,打算磕头。

母亲悚然,呀,我没死呢,你行啥大礼?

哦,两件事,第一是谢谢妈的养育之恩,把我拉扯这么大,还惦记着我的生日。泪花敷在脸颊上,王川又说,从明年起,我只过农历的,公历的作废。王川深磕了一个头,再说,另一件事,还得谢谢妈的英明伟大,妈就是菩萨下凡,千里路上带来了一只,一只凤凰,对,不是鸡,绝对的凤凰,让闹闹拨云见日,开始说话了。话未讲完,王川看见儿子簌簌而来,跪在自己屁股后边,有样学样,也给奶奶磕了一个头。闹闹结巴说:

奶,奶奶。

翟芳哭了出来,用老师的口吻说,奶奶咋了,宝贝快说,说出来呀。

生日快乐。儿子说。

这天晚上,幸福不请自来,来王川家里做客。幸福刚到,屁股还没坐稳,彭强居然也尾随而至。见了老彭的那一张苍老嘴脸,王川登时不悦,横在门口。彭强揶揄说,你鼠肚鸡肠呀,气量没一只鸡的大,我是来拜访你家的翎子鸡的。一只蚊子缭绕,王川挥手驱赶,念咒般地说,滚开,滚开。翟芳拽开了丈夫,邀彭强进来。后者先问候了老人,摸了摸闹闹的头,发现他在奶奶的怀里睡着了。王川和缓了态度,让烟,打火,讥讽说,黄鼠狼给鸡拜年,你是来串门的,还是来监斩的?哼,实话告诉你吧,我已经……

别,别杀呀,刀下留人。彭强急了。

你这嘴脸。呸!

哎哟,翎子鸡,乃吉祥鸟,百年不遇的一只落地凤凰,我专门来沾吉的。彭强忽然像一位对方辩友，汗漫滔滔地说，你真傻瓜呀，古人还讲，鸡有五德，首带冠，文也；足搏距，武也；敌在前敢斗，勇也；见食相呼，仁也；守夜不失，信也。彭强斟酌着，又一针见血地说，你家的翎子鸡，那一身的好羽毛，可都是当年，当年大清王朝的文臣武将们一生的追求，你小子，岂能宰杀了它？

呵呵，你抽风了，在这给我演穿越剧呀？王川讥诮说，别一惊一乍的，歇着去。

顶戴花翎，那可是吉祥之物呀。

王川哑了。

哎哟，好我的兄弟呀，你家里的翎子鸡，不，那一根根顶戴花翎，今晚上都刷屏了，爆屏了，天下皆知。彭强掏出手机来，递给了王川看，怨怼地说，啧啧，粪土当年万户侯，那是气魄和境界，咱们达不到，但也不能脑残吧。这个节骨眼上，烧香磕头，也要供一根翎子鸡的羽毛，明白吗？

果然，业主们的微信群里，翎子鸡俨然成了一个璀璨明星，赢得了无数点赞。

7

涛哥，这算几眼的？

双眼花翎。

这枝呢？

哦，这个算单眼的。

昝涛攥着两个乒乓球，团在手里玩，随口敷衍着对方。三女子惊讶完，过来坐在床边，样子亲昵。三女子说，见你第一面时，我就当你是我哥，亲哥，一个妈生的。昝涛靠着墙，两腿跷在乒乓球案子上，仰看着翎子鸡，不再吱声。三女子说，涛哥，照你刚才的话，那搁在清朝年间，你可就发财了，一根翎子，呀呀，起码值一块金砖吧。昝涛轻蔑一笑，将一只球抛了出去。球在空中划过一道弧线，冷不丁，被翎子鸡啄了一嘴，又原路返回，被昝涛准确地接在了手里。昝涛跟翎子鸡对打，彼此有一种默契，看得三女子眼花缭乱。三女子说，我看过电视剧，像宰相刘罗锅、铁齿铜牙纪晓岚跟和珅他们，戴的可都是孔雀翎子，有花翎和蓝翎，你不会是在诓我吧？终于，这句话惹翻了昝涛。昝涛给三女子来了一拳，申斥说，没文化真可怕，没文化的人一张嘴，一颗粮食也打不出来。

地下车库里，有一间偌大的空房，因为里面管道密集，一直废弃着。业主委员会体恤保安们的生活，便打了报告，让出了使用权。休息室很空旷，只摆了一张床，一张乒乓球案子。平时没人敢来睡，管道里常传出一些奇怪的响声，大家说像一座古墓，越说越邪。昝涛不怯，所以钥匙就挂在他身上。晚上，从王川家出来，昝涛一手拽着闹闹，一手抱着翎子鸡，进入了地下世界。闹闹觉得很新鲜，小眼睛都亮了，几乎忘了翎子鸡，抓起一盒乒乓球就乱扔，乱踩，放肆极了。翎子鸡带了伤，很乖，乐意任人摆布。昝涛将翎子鸡搁在案子上，仔细梳理了一下羽毛，又含上一口水，噗的一声，喷在上头。羽毛遇见了水，潜伏在里面的色彩一瞬间渗了出来，赤橙黄绿青蓝紫，斑斓无限，活色生香。很快，昨晚上的失手，以及由此带来的巨大的经济损失，已经被昝涛扔在了爪哇岛上。一种强烈的恶作剧的念头，像礁石似的，盘踞在了他的脑海中。

　　妈的，不就是一千元，不，应该是五千块嘛，老子看不起。昝涛认为。

　　闹闹吞了一只球，差点噎过去，幸亏发现得早。昝涛从他嘴里抠出来，见无大碍，便给他裤兜里塞了几个，说是送给闹闹的。但前提是安静，不许闹，帮叔叔一个忙。后来，闹闹很规矩，捧着一只雪亮的强光手电筒，对准了案子上的翎子鸡。

　　翎子鸡羽毛蓬松，气度优雅，像一位即将出席盛装舞会的王子。

　　灯光是一种衬托，昝涛在手机镜头里发现，每一根羽毛都纤毫毕现，细腻入微，在一种看不见的气流中，上下拂动，布满了韵律。昝涛采取了不同的角度，仰拍，俯拍，特写，全景，不停地指挥着闹闹，让他左右布光，呈现出翎子鸡这个主角最亮丽的一面。闹闹不明所以，却很兴奋，以为自己抱着一支冲锋枪，小嘴里突突突的，冲着翎子鸡扫射。先前，昝涛也从别人那里偶然风闻，说王川太不幸了，儿子今年四岁了，却不会说话，连一声爸妈都讲不出来，难怪王川一直短了精神，蔫头耷脑的。现在一瞧，昝涛知道那都是屁话，是人看人的可笑，是诋毁。昝涛边拍边问，闹闹，爽不爽？闹闹回说，方（爽）。又说，喊我一声干爹，喊干爹。闹闹愉悦地说，干，干爹。昝涛停了下来，认真盯了一番孩子，交代说，真乖，以后见了我，一定喊干爹。

　　也不知什么缘故，昝涛忽然仰面，哭了一声。闹闹蹒跚过来，抱住了昝涛的腿。昝涛揩了一下眼窝，收住泪水，忙关掉强光手电筒，让闹闹去玩乒乓球了。

　　花了半个小时，昝涛在手机里整理完照片，挑出满意的，裁剪一番，组成了一套。这还不算，昝涛又下载了一些相关资料，大多是清朝官吏的顶戴花翎，予以佐证翎子鸡身上的璀璨羽枝。将这些工作做完后，昝涛发布在了业主们的微信群里，心里涌起一股恶毒的快意。

　　下午时，那一帮人攻讦翎子鸡，围剿当事人王川，现在却被打了脸，一个个哑然不语。昝涛猜想，那些人正在屏幕前面羞愧不已，为草率，为莽撞，为自己跟一只鸡过不去而心生悔意。后来，昝涛又发了一段话，大意说，狄道一带产的翎子鸡的羽枝，自康熙爷开始，就是献给朝廷的贡品。因为稀罕少有，后来翎子鸡的羽枝，一般不做配饰，而是用来供奉。这种羽枝是一种传说中的吉祥物，求风得风，求雨得雨，不是宰相加身，便是元帅在手，自然是千金难购了。——这话刚发送出去，昝涛便收获了密集的点赞，鲜花和掌声，像泄洪槽中的鱼群，噼里啪啦的。昝涛互动起来，慨然问大家：

约不约？

昝涛坐在床上，忘了闹闹的存在，不停地释疑解惑，应答各方。翎子鸡站在案子上，脚下是一堆米粒，不用问，又是昝涛带来的夜宵，蛋炒饭。昝涛摸了一根烟，叼在嘴角。忽然，一根火喂了过来。昝涛抬头，见三女子站在面前。昝涛申斥说，你真像个鬼，脚上都没声音，妈的。三女子说，我在C栋那里蹲坑，腿蹲麻了，知道你在这里，便来跟哥说说话。三女子头发湿漉漉的，雨还在下。昝涛交代说，别让那个女神经给迷住，哥吃过女人的亏，女人跟你好了就好，一旦翻下脸，你身上就要着火的。三女子一笑，牙花子猩红，注意力迅速集中在了翎子鸡的身上。昝涛攥着乒乓球，团在手里玩，恼恨三女子的到来，打扰了自己，却也不愿彼此搞僵。后者问这问那，昝涛也大方，讲解了一番翎子鸡的神奇之处。昝涛挤兑说，你嘴里一颗粮食也打不出来，读书少，见识更浅，电视剧那是哄人的，真正的和珅跟刘罗锅他们，戴的就是翎子鸡的羽枝，剩下的大臣们，当然是不值钱的孔雀毛了。哦，三女子沉吟着，有些被点化的感觉，知道自己补了一课，上了一个新台阶。三女子嬉笑说，哥，难怪你上知天文，下知地理，我记得你说过，你以前在狄道一带当兵，你见过大世面呀。这句话，让昝涛蓦地警觉了起来，呵斥说，谁说我在狄道当过兵？妈的，你不能乱喷，小心我拔了你的牙。三女子不服，继续说，你忘了吗，端午节那天，我刚来没多久，咱俩在一起喝酒，你说了你的过去，还有当兵什么的。

闭嘴。昝涛捏碎了一只球，掷在对方脸上，说，我那是吹牛。

嗯，怪我，我以为是真的。

昝涛和缓了语气，心里却通了电，亮起了一盏红灯。昝涛安慰说，酒是不要脸的水，男人喝上那种水，吹牛都不用打底稿，我没当过兵，我一直在打工。

三女子也说，酒真的不要脸，那天我也醉了。

哦，醉了也好，醉了什么难肠事都忘了，可以不伤心。昝涛扔出了乒乓球，跟翎子鸡对打起来。三女子发现，翎子鸡其实是一个倔强的家伙，渐渐地被撩拨了起来，头上的冠子充了血，像一块红布。昝涛又说，不过吧，男人不喝酒，真对不起裆里的半斤肉。

这句话刺激。三女子失笑说，你说过这个，那天我送你回家时。

呀，你送我回家？

三女子诚恳地点点头，说，对呀，去了你的出租屋，后半夜时。

翎子鸡又啄过来一只球，昝涛没接，三女子却抢先抓在了手里。昝涛逼到了对方跟前，犹疑着，似乎在拿什么主意。猩红的牙花子一直暴露着，很恶心。三女子笑不拢，嘴里嵌着一颗大虎牙。昝涛顿了顿，说，改天请你去家里，你嫂子茶饭好。

那天没见嫂子，你说，你说嫂子很漂亮。三女子将球递给对方，昝涛仍没接。

我吹牛，她长得及格吧，马马虎虎。昝涛的目光开始松懈，从三女子的脖颈上解开，落了下来。昝涛发现，这个声若细丝的伙伴，胳臂上的肌肉，居然像一盘粗麻绳，绞结起来，像个肉墩子似的。昝涛说，你去干活吧，小心那个女神经吃了你。

嗯，那我撤了，吃夜宵了再找你。三女子说。

恰此时，案子上的翎子鸡，突地抖擞起来，尾羽泼刺刺乱颤。仿佛一把大扇子，慢慢打开了，将一幅奇异的画卷，呈现于眼前。翎子鸡带着一种赢了球的亢奋，脖子伸张，等着挂金牌。昝涛再次惊住了，因为每一根羽枝都那么生动，那么细腻。尤其是，羽扇上绣出的那一只只翎眼，沉静、宽阔、温润如玉。昝涛瞄了一眼三女子，便心生一计，扑通跪了下去，寻找着时机。三女子狐疑时，却见昝涛念念有词，行礼如仪，咚咚咚，连磕了三记响头。后来，三女子终于听清了，昝涛也没什么新花样，舌头一直在拌蒜，念叨说：

天灵灵，地灵灵……

此刻，三女子露出了破绽，脖子伸了过来，命门大开。

昝涛伺机，嘴里却继续念，天灵灵，地……

门开了，一股冷风打过来，昝涛的屁股一紧。昝涛弓起身子，从裆下看见，原来是业主闵红率着一群人闯了进来。这些人男女参半，并非都是下午参与围攻的，更多的是新面孔，集团公司的大小头脑，部门负责人等。昝涛觑见，闵红的脸上开了花，打了鸡血似的。但昝涛并没收起屁股，而是继续匍匐下来，接着装神弄鬼。刚刚开始下的一盘棋，被无辜惊扰了，昝涛不免郁闷。闵红喊说，昝涛，你约大家，大家立马都来了，你现在吩咐就是了。一时间，人群分散，包抄了过去，对着翎子鸡乱拍一气。

案子上，翎子鸡显然受了惊吓，一把敞开的扇子，此刻渐渐合上了，拢成了一团。三女子压根儿没走。三女子发现，翎子鸡殷红的冠子褪了色，先是粉红，最终完全失血，变成了一片煞白。三女子觉得，拍翎子鸡的确没意思，但手机另有使命，所以一直掂在手里。翎子鸡将脖颈缩了回去，那一块煞白的头巾，也掩在了羽毛之中。三女子摸了摸翎子鸡，握拳那么大，剩下的都很虚幻，像摸到了一团烟雾。比如三块半一包的红兰州，昝涛平时爱抽的那种纸烟，那种喷出来的淡雾。一念至此，三女子倦怠一笑。这个笑，大抵有两个特征。其一，牙齿上带血，似乎常年不晒日光，缺乏点什么；其二，表情松弛了下来，一松弛，便带有了厌倦感。昝涛瞥见了三女子的异常，心里了然，但在这样的场合，昝涛不便发作。突然，闵红扑通跪地，膝行了几步，趴在昝涛的屁股后边。闵红催喊：

小昝，你带大家拜一拜，快呀。

这……

闵红变色说，你瞌睡装死呀，除了升官发财，人生夫复何求？

快呀，快拜呀。业主们纷纷附和。

昝涛迟疑了一下，业主们的话，既有渴求，也带着不容置疑的口气。昝涛忙磕起头来，将脑袋撞在水泥地上，咚咚咚的。闵红是个胖人，边磕，边大喘气，呼哧呼哧的，像乡下的风箱一般。刚才拍照的那些人，此刻都规矩了，生怕漏掉了这个机会，这个千载难逢的鸿运。大家首尾相衔，密密麻麻地趴了一地，随着昝涛的动作而起伏，好像一排排人浪，波过去，又荡了回来。叩拜声不绝于耳，有几个的额头磕破了，渗出血来。三女子不为所动，倚在旁边，被眼前这滑稽的一幕吸引了，失笑着，忍着。闵红提醒说，小昝，不说点啥吗？应该说点，不然翎子鸡升了天，拿什么给玉皇大帝汇报？昝涛说，那当然。于是，昝涛又开始念叨天灵灵、地灵灵了。

桌案上，那一只翎子鸡埋着头，蓬松一团。像一尊瓷器那般，羞涩和安静。

王川杀来了。王川奔了进来，见到眼前的情景后，一个急刹车。彭强跟在后边，躲闪不及，撞在了一起。彭强手里的一瓶酒掉了，摔碎在地上，酒气四溢。幸亏抢救及时，另一瓶幸免，被彭强接住了。酒是茅台，王川存了多年，今晚上心情大悦，又听了彭强的一番鼓噪，便决定消灭了它。王川不愿吃独食，心里感激小区的保安昝涛，便连夜找了过来。不承想，却置身于一场闹剧中。昝涛抬看了一眼，慌忙起身。王川怒目金刚，冲上去就掀翻了乒乓球案子。翎子鸡扇了下翅膀，落在了角落里，毫发无损。

王川斥道：呵呵，妖魔当道，脑子进水了你们。

闵红和一群人簌簌起身，既没有甩打想象中的马蹄袖，也没喊"嗻"，一个个面红耳赤，尴尬极了。王川哀告说，诸位够狠的，你们变着法子，将王某人置于不义之地。又说，刚才的这一幕，如果被人爆料的话，绝对是一桩轰动性的丑闻，你，我，我们大家，碰了高压线，一定会吃不了兜着走。昝涛如芒刺在背，慢慢踅到了门口，打算负谴而逃。这一刹，昝涛却不经意地发现，三女子不见了。

这个异常，让昝涛一下子慌了神。

王川继续说，诸位，今天的这个闹剧，请大家烂在肚子里吧，泄露出去，对谁也没好处的，我保证。王川蹒跚过来，拽住了昝涛的手。王川说，昝涛都认识吧，问问他，他可以做证，这翎子鸡是我妈带来的，今天是我生日，本该下酒的，没想到成了大家伙的玩具，这么折腾你们，我真的抱歉，对不住了。昝涛从昏蒙中醒转了。王川的这个介绍，让昝涛不免骄矜。昝涛作为幕后导演，明白自己暂时脱逃了，与闹剧无涉。王川从彭强手里拿来茅台，塞给了昝涛。不用问，这分明是一种奖赏。岂料，闵红带来的一干人，依然意犹未尽，执迷于翎子鸡带来的快感中，不肯舍离。

闵红说：咄咄怪事，这么大的中国，难道容不下一只翎子鸡吗？

王川说，不折腾了，散了吧。

彭强却嘶喊说，别杀，一定放生。

这时，闵红晴朗地说，王川呀，你也别多心。其实吧，下午大家开会，并非对着翎子鸡来的，主要目的还是为了给咱的小区，营造出一种文化，一种宽松的氛围。闵红胖人，话却简练。又说，我是女人，女人都爱翎子鸡身上的这种羽毛，再说它那么一叫，我就知道自己的魂还在，明早还能穿上了鞋子，还活在宝贵的人世间。

在下附议。彭强道。

闵红决然地说，喏，这么宽敞的房间，足够翎子鸡撒欢了，我建议。昝涛足够机灵了。昝涛跑过去，咯咯咯一叫，揽起了翎子鸡。昝涛当众说，有我在，我会把它伺候好的。昝涛居然亲了一下翎子鸡，满嘴虚无，却牙齿很硬地说，每天早上，我会让它开唱，给你们报时，降下一声声福音的。

对对对，的确是福音。闵红和大家啧啧称是。

王川逡巡了一眼偌大的空间，蓦地想起了儿子。在王川的眼中，这里将成为一座乐园，闹闹的乐园。

8

人不留客，天留客。在昝涛看来，这谚语等于一句屁话。

彭强的舌头肿了，醉眼迷离，举止也慢慢嚣张起来，全然没了先前的拘谨。昝涛知道，这小区的业主们，大多是部门的负责人，头上压着几座山，对下面又没权，过惯了谨小慎微的日子。此刻，彭强的张牙舞爪，醉话连篇，倒也在昝涛的意料之中。让他放肆一下吧，又少不了我一两肉，昝涛安慰自己。一瓶茅台，很快见了底。彭强分完了，还眯起眼，对着瓶口瞄了瞄，控出了最后一滴。彭强咂在舌头上，埋怨说，好酒不经喝，好日子不经活，人生在世，不如意事常八九啊。昝涛举杯，跟彭强碰完，顺便揉烂了手里的纸杯。

兄弟，谢了！

昝涛见对方抱拳，忙还礼，说，瞧你，又不是我的茅台，客气啦。

　　哦，王川那小子，不值一提，不在咱的桌面上。彭强捏起一粒花生米，丢在嘴里，慨然说，与君一席谈，我觉得好有一比呀。

　　心里着急，却不能逐客。昝涛耐下性子问，说说看。

　　你我二人，跟当年的刘备曹操，他两个夜饮一般。彭强脸上放光，又说，天下才华共三斗，咱俩各自一斗，剩下的，让王川他们窝里斗去吧，不稀罕。兄弟，你愿当谁？

　　昝涛的表情，灰烬似的。昝涛说，我谁也不当。

　　你曹操吧，我做刘备。

　　昝涛也有点薄醉，拍了桌子，说，曹操是奸贼，你少扣帽子。

　　呵呵，彭强激动起来，啜了酒，喋喋地说，想当年，刘备不过是卖草鞋的，曹操也好不到哪去，一个太监的养子，然使君与操，一向身怀鸿鹄之志。

　　话匣子一打开，彭强便刹不住车了。昝涛起身，瞥见翎子鸡探了探头，脖颈像一枚问号。昝涛知道，时间不早了。昝涛弄了一杯水，搁在翎子鸡跟前，想请它润润嗓子。脚步一响，翎子鸡羞涩了，将鼻脸埋在了羽毛当中，又变成了一尊安静的瓷器。昝涛微醺，哈欠四起，觉得翎子鸡比彭强稳重多了，遂坐一旁，慢慢观察。晚间，闵红带着一群人走干净了。王川待了一根烟的工夫，也拽着彭强撤了。不承想，彭强杀了个回马枪，带了一些干果和花生米，闪身进来。彭强浑身湿透了，谄笑说，长夜漫漫，独乐乐，不如咱哥俩一块儿乐。昝涛打开了茅台，知道这家伙一定另有他图。

　　果然，彭强讲完了三国，决意自己做曹操，让昝涛出任刘备。彭强絮叨着，喝掉了最后一滴，咂巴说，酱香型的，对酒当歌，人生几何呀。昝涛过来，扶他出门。蓦地，彭强却猿臂一舒，一揖到底，喊了声，玄德贤弟。入戏太深了，不要脸的水搞的鬼，昝涛带着轻蔑，手下使了劲。彭强的脚却扎了根，从昝涛的胳臂下，滑了出去。末了，彭强才亮出了底牌。彭强说，玄德贤弟，愚兄想求一根羽毛，翎子鸡的。瞬时，目光指向了角落。妈的，昝涛强压怒火，并无二话，直接冲了过去，拔下了一根羽枝。

　　彭强举在手上，嘴巴吹气，见羽枝猎猎拂动，色彩烁闪。

　　彭强快哭了，念叨说，双眼的，居然是双眼的顶戴花翎哟。昝涛开大了门，一股冷风吹来，表情骤紧。昝涛频频做出送客的手势，但彭强顽固，不肯罢休。僵持了一段，彭强将羽枝插在脖领子内，整理了一番。不待昝涛再次逐客，彭强突然疾步趋前，立定，啪啪啪，甩打了一下左右袖口，扑腾跪地。彭强深伏下去，叩头不止，朗声说：

臣隆科多，叩见陛下。

昝涛失笑死了，但忍着，没发作。

微臣和珅，叩见吾皇陛下。又说。

无语。

顿了顿，彭强哽咽地说，儿臣胤禛，叩见父皇陛下，恭祝父皇万岁万岁，万万岁。

昝涛回说，平身吧。昝涛快憋不住了，俯下身去，款款搀住了彭强的胳臂。昝涛送他出去，到了地下车库的坡道上，叮嘱说，雨太大了，小心别淋着。彭强弓着腰，不敢抬头，一根翎子尚在头顶上战栗，小丑一般。临别前，彭强居然泪下如雨，哀告说，父皇早些安歇吧，龙体金贵，大清的江山社稷还指靠着。

走吧，彭副主任。

昝涛催喊。

嚓，彭强最后说，皇阿玛，儿臣这就告退了。

地下车库里空空荡荡，仿若一座寂灭的古墓。坡道上的一盏灯光扑过来，煞是荒凉。昝涛看见，自己如一根细长的杆子，挂在墙上，孤单极了。这一瞬，昝涛终于爆发了。昝涛摸了摸皮带，拔出来一把改锥，冲上前去，在一辆车身上乱劈。牧马人，幽深的烤漆上，映现出了昝涛的嘴脸。昝涛痛恨自己，不想看见这张脸，因为恐惧，也缘于绝望。这么多年了，昝涛一直在逃避这张脸，但它如影随形，像一句锁定了自己的咒语。上一次，昝涛也这么干过，但这张脸安全无虞，此刻又浮现了出来，逼视着他。现在，昝涛戳破了自己的眼睛，剜了鼻子和嘴，将整个脸颊也划破了，划花了，一塌糊涂的。愤怒过后，昝涛看见牧马人已经面目皆非。但昝涛顾不了许多了，下面的事更为紧迫。

雨水淅沥。尤其在路灯下，雨丝若一张绵密的网，让夜色下沉了几分。

时间差不多了，昝涛踅出车库，走进小区的中央水景一带时，感觉怀里的翎子鸡动了动。昝涛摘下雨帽，掏出翎子鸡，两手架住了它的翅根。这一瞬，昝涛有些伤感。它那么小，那么无足轻重的，却长了一身虚张声势的羽毛，一副让人惊魂的破嗓子。昝涛思忖，自己应该属鸡，属翎子鸡，不该在城里鬼混，山乡僻壤，才是能活命的地方。昝涛立意已决，等办完这件事后，立刻消失，越快越好。

翎子鸡簌簌一番，探出了殷红的冠子，抖擞着。两粒眼珠，仿佛刚划着的火柴。

四下阒寂，业主们沉浸在酷暑之后，一场清凉的梦境里。昝涛抬望着，一股血涌上了头顶。昝涛一时激愤，心说，你就死命地喊吧，把狗日的们都喊醒来，把全天下的玻璃喊碎，把天老爷也喊破。果真，翎子鸡伸了一下脖颈子，一口啄破了夜幕。

那一声鸣叫，立时变成了一片发光的瓦，扔上了天。

昝涛抱着翎子鸡，在小区里兜来转去，更夫一般。昝涛得意极了，觉得打鸣的不是翎子鸡，却是自己。一片瓦刚刚消失，另一片又从怀里扔出，腾跃而上，飘在了铅云之下。翎子鸡像一座砖窑，一个制瓦匠，左扔一片，右扔一片。慢慢地，天空被擦亮了，一点一点地，透出了一线曙色。昝涛望了许久，脖子也酸了。昝涛开始觉得，天空其实就是一座佛龛，用瓦片砌成的。佛龛上坐着一尊神，人做什么，天老爷都能看见。

这个想法，让昝涛暗吃一惊。

但一切都为时已晚。昝涛抱着翎子鸡，刚转悠到了C栋时，三女子从拐角里闪了出来。三女子说，涛哥，你没醉吧，我看见你抱着翎子鸡，转悠了好几圈了。昝涛沉吟一下，将翎子鸡塞在对方手里，说，你一直盯着我，没蹲坑呀？三女子接住翎子鸡，下意识地低下了头。趁此时，昝涛摸出了电击枪，打开了按钮。电击头杵在三女子身上时，劈剥一下，一道蛇形的蓝光，喷了出来。昝涛忙让出一步。三女子瘫软在地后，昝涛顺势接住了翎子鸡，用袖子揩了揩羽毛，擦净了雨水。

三女子从昏迷中睁开眼，发现自己被铐在了管道上，动弹不得。

铐子是金属的，叮当作响。好似身上的电流还在，三女子挣了几下，又跌倒了。视野中，昝涛正在收拾行李包，两双鞋，几件外套，东西并不多。翎子鸡站在地上，一脸无辜，转瞬又打了一下鸣。此刻的声音，却不像发光的瓦，更多的像是一种乞食。翎子鸡瘸着腿，跳了几跳，够不着乒乓球案子上的米粒，不免灰败。也许，恰是翎子鸡的打鸣，替三女子叫了魂，他慢悠悠地醒来了。三女子凄厉一笑，说，涛哥，我胸膛上有一个蓝印，电击枪把肉都打焦了。昝涛从床下拽出一个箱子，很沉，里头都是他的存货。三女子说，小时候，我去县城的肉店买肉，老看见猪肉上有蓝印，人们说是卫生章，骗人的话，一定跟我一样，被电击枪撂倒的。东西太琐碎，收拾起来费时间，但昝涛不怕麻烦，仍旧打开了。一套工具，显得很旧，改锥、扳手、防滑手套，另有一把匕首。三女子在絮叨，昝涛并不接话。三女子咧嘴，牙花子猩红，又说，涛哥，铐子太紧了，我疼，你邮购的肯定是劣质品，求你了。昝涛攥着一把剪子，拿出几张证件，包括一张身份证，逐一铰烂了，扔在了三女子脚下。后者说，涛哥，我一直拿你当亲哥看，你罩着我，我刚到保安公司，还是你亲自点我的将，来这个小区的。昝涛不听，出去了一下，回来时，手里举着一只瓶子。昝涛将液体洒在了三女子周围，这才消停下来。

三女子骇然说：汽油，这是汽油呀。

昝涛方说，我恶心你的嗓子，二尾子。插一根翎子鸡毛，你就是个太监。

哦，你要把我灭口？

昝涛摸出一支烟，衔在嘴角，手里捏着打火机。昝涛说，妈的，你有两件事犯了我的忌，我现在治治你的病。越挣扎，铐子越紧。三女子知道没了希望，索性强硬起来。昝涛说，蹲坑，你老对我说蹲坑，这是什么意思？昝涛彻底翻了脸。

呵呵，你终于怕了，魏虎子，你也有怕的时候？三女子昂扬起来，喷笑说，魏虎子，不是不报，时候未到，我蹲坑守着你，就等今天了。魏虎子这个名字，像一块烙铁，昝涛骤然紧张。其实，昝涛知道"蹲坑"二字，专业术语，电视剧上经常演，但它第一次从三女子的嘴里冒出时，他就警觉了。翎子鸡低头啄食，寸进而来，一团虚幻的羽毛，令昝涛有些发虚。真的，人的一生，跟这团羽毛没什么两样，到头来还是虚活一场。昝涛踢了鸡一脚，沮丧地说，给这禽兽磕头，当先人一样拜，这前半夜的一场闹剧，是我故意搅局的，我就想试探一下你。三女子回说，晚了，魏虎子，你的相片我已经发了出去，看见的人，都确信是你魏虎子，我追凶追了这些年，终于……啪的一声，打火机响了一下，没火苗。昝涛在膝盖上擦了擦齿轮，又打了一下，照旧。这样的异常，令昝涛很沮丧。昝涛说，那你说说看，你从哪一天认出我的？三女子说，喝酒的那天。咦，那天我没醉，我从来就不会醉，因为那天我出了老千，喝下去的是水。昝涛自负，又说，那天我也在试探你，我才诈醉的。翎子鸡开了窍，先是跳上了凳子，攒了攒力气，而后一挫身子，飞到了乒乓球案子上。三女子回说，我送你回出租屋，就想看看你的真相，结果不错，第一，你没老婆，也没家，你其实一直孤家寡人；第二，你每天吃的都是蛋炒饭，说是嫂子做的，那是骗人的话，你是在同一家饭馆订的。昝涛哼了一声，问，这能说明啥？三女子说，这说明你就是那个凶犯，潜逃了多年，隐姓埋名，过着暗无天日的苦光阴。案子上散落着一些米粒，翎子鸡得偿所愿，羽毛霎时松开了，开始饕餮。昝涛厌倦地说，今天吧，我真的有一种轻松，我解放了，心里的磨盘打碎了，不折磨我了。昝涛打了一下火机，忽地跳出来一根火苗，在指尖上摇曳着。昝涛说，你究竟是谁？警察，还是线人？

三女子顿了顿，哽咽说：魏虎子，我姐没死。

说啥？

我姐没死，但跟死了一个样，她瘫痪了，也毁容了。

昝涛怔了怔，火灭了。昝涛突然大吼一声，扑了过去，在三女子的嘴巴上来了一拳。血喷了出来，三女子的牙花子不见了。昝涛苦楚地说，妈的，我辛苦逃了这么久，心血快熬干了，就怕警察抓了我，让我吃枪子。原来，原来她根本就没死，还活着。

三女子说，我姐也看了你的相片，认出是你，昨晚上电话报了案。

那，那你是改琴的……

弟弟，亲的。

你也撒了谎，说你媳妇跟婆婆吵架？

咱俩半斤八两。

昝涛抱住了脸，知道自己面色煞白。昝涛说，我想起来了，当时你姐跟着我时，你还在乡里上学，难怪我没见过你，你跟你姐不像，尤其是说话。

三女子回说，我挑破了喉咙，我故意的，我怕被你听出九莲县的口音。

挑破的？

嗯，你毁了我姐，也毁了我。略带疲倦，三女子哀声说，我姐出事后，我也就没上学，放弃了高考。这几年，我一直在追凶，天老爷开眼，让我顺藤摸瓜来到这。

昝涛长叹一下，你说得对，报应吧。

魏虎子，你现在去自首，也还不迟。这一瞬，三女子瞥见了管道上的一个断口。废弃的管道，像一张纷乱的草稿。又说，你老婆还没改嫁，你儿子也长大了，明年上初一。

闭嘴。昝涛咆哮说，不许提他们，不许，你没资格提他们。

与此同时，打火机，着了。

9

论文的题目是《公共危机管理初探》。

电脑开着，半包烟没了，一摞资料翻遍后，竟毫无头绪。王川枯坐良久，仔细回忆大姐的要求，先前那种独自受宠的感觉，现在被冷寂代替了。阳台大开，一种浸入骨髓的夜凉，让王川像一根针那般清醒。从地下车库回来，家人都去睡了，王川余勇未消，便想抓紧修改完论文，早点交了差，善始善终。在这个节骨眼上，大姐的一句枕边话，胜过一切。什么竞聘报名、演讲、民主测评等等的，在王川的意念里，都抵不上这一篇文章。那么问题来了，王川最讨厌这句嚣张的话，但眼下，的确是问题来了。

修改，全面拉低智商，偶有破绽，埋下败笔，总之要往平庸里写，往"坏"里写。这是大姐的核心懿旨。王川的头都大了，肿了几圈。"坏"，也得是一种水平，不显山，不露水，万人如海一身藏。恰好，王川想起了一个朋友。朋友搞诗歌，也写小说，定期开一些乌烟瘴气的朗诵会，还时常出现在本城报纸的文化版上，人模狗样的。朋友的粉丝也多，据说全部赶过去的话，三天之内，可以拾光新疆境内的棉花。王川不耻下问，拨了电话，将眼前的困境与诉求，一股脑地说了出来。言毕，王川释然了许多，觉得立等可取。

孰料，朋友愕然，反问说，这是一个思想无能的时代，谁都在打草稿，谁也无法定稿，千万别以为你写的那些病句如何优秀，拉倒吧。王川一头雾水，觉得迎面碰见了一条鬣狗，满口血腥。朋友又说，恭喜你，成了落地的小凤凰，终于知道了平庸，开始低于尘埃，他妈的尘埃。王川耐着性子，介绍了论文的概要。王川启发说，初探，初探就是允许犯错，允许粘贴复制，允许大而空吧？

这时，朋友方说：睁开狗眼吧，真实比虚构还离奇。

王川点了烟，又请教说，别那么哲学，我就是一个捉刀小吏，应付差事罢了。

唉，一个时代的坏掉，就是从文风开始的。

霎时，王川怒了。王川说，姓叶的，你能不能讲点人话，半夜三更的，你念什么咒呀？朋友姓叶，叶舟的叶。

呵呵一笑，朋友变兽为人，开始讲人话了。原来，朋友签了一部电视剧，仿《琅琊榜》的，剧组已经扎营在外景地了，却突然生变。王川蓦地有了快意，欲问其详。女一号是香港的，身价不菲，有夫之妇，却一枝红杏摸出墙，在半年前被逐出了豪门，绯闻持续发酵，占据了各大头条。这一瞬，楼下传来了翎子鸡的打鸣，不像前夜那么齐整，却显得东一榔头，西一棒槌的。朋友又介绍，开机在即，女一号却发难，将剧本扔在了朋友的脸上。绯闻让她炙手可热，红得像一只刚出笼的大虾，质问编剧说，我男朋友呢，他走了七年，七年之后又杀回来了，你得告诉我，因果何在？朋友回说，这是唐朝的戏，在大唐年间走丢了七年，难道不正常呀。王川兴奋了，一边耳食着长安城内的故事，一边捕捉着翎子鸡的动静。打鸣声零散，游走东西，既不发光，也不悦耳，仿佛一堵塌下去的墙，沉闷无比。女一号执拗，一问到底，说链条断了，没了这七年的铺垫，无论如何也演不下去的。朋友也不是吃素的，针尖对麦芒，整个剧组便撂荒了几天。朋友对王川抱怨说，什么鸡巴逻辑，狗屁，这个江湖乱道的自媒体时代，脸上写满了平庸两个字，不值得细究。那你咋办？王川劝慰。朋友哀叹说，从了，乖乖认怂吧，否则就要换枪手来写，老子还惦记着那一笔银子呢，钱的话，谁都能听懂。王川觉得，这才是一句打粮食的话。拎着手机，王川站在了阳台上。雨丝绵密，夜凉如水。视野中，昝涛抱着翎子鸡，正在小区里兜圈子。昝涛湿塌塌的背影，让王川想起了古代卖唱的人。今夜无人入眠，一想到跟朋友一样，都要黉夜伏案，王川便不再孤单。

挂线时，王川问：正在写呀？

没。

咋了，没灵感？

便秘一样，写不出来。

后来，王川坐在马桶上出恭，一边看报，一边咂摸着朋友的这个比喻。王川退而求其次，不敢跟朋友比，但写了那么多年的材料，一点就通。没错，写作就是便秘，而没有灵感的写作，则是长期的便秘患者，痛苦自知。报纸很旧，几年前的，上面污垢斑斑，一股鸡屎的味道。装翎子鸡的纸箱子，母亲没舍得扔，搁在卫生间里。目光过处，一篇法治类的通讯，忽然吸引住了王川。这是一份地级报纸，文章描述的是九莲县，毗邻王川的老家狄道，一山之隔。让王川失望的是，这篇短文竟是连载之五，掐头去尾，不成全貌。可即便这样，王川仍读得津津有味。故事大意说：

……由于魏虎子为人热情周到，人脉广泛，自此之后他的水泥预制板场生意兴隆，财源滚滚，魏虎子也成了九莲县家喻户晓的人物，致富能手。此时，财富的累积和轻而易举获得的声望，并没有让魏虎子百尺竿头更进一步。相反的是，他忘记了家庭的温暖、妻子的贤惠和儿子的仰望，腐化堕落将他逼上了另一条不归路。面对蔡改琴这个来自乡下的第三者的无理取闹，魏虎子一时间陷入了两难，他既不想离婚，抛家毁业，做一个九莲县城里千夫所指的当代陈世美，但又始终贪恋蔡改琴青春貌美的肉体，不肯痛下决心斩断跟她的非法私情。蔡改琴的虚荣与不劳而获的念头也一步步地害了她自己，让她陷入了更深的情感泥潭，以至于万劫不复。

终于，一个邪恶的计划像毒蘑菇一样，在魏虎子的脑海里生根发芽了。案发那天，就在蔡改琴再一次闯进魏虎子的办公室，一番打砸和哭闹之后，魏虎子约她在一处建筑工地里见面。魏虎子是搞建筑材料的，熟悉九莲县的每一处工地。傍晚时分，夕阳张着血盆大口，一切都预示着不祥，但无辜而善良的蔡改琴仍旧如约而来，跟魏虎子站在楼顶见了面，双方再次爆发了激烈的争吵。那一刻魏虎子的内心一定后悔极了，眼前浮现出了妻儿殷切的面容，如果他天良犹在止步于此，悲惨的结局将会重新改写。但是出乎所有善良人们的愿望，气急败坏的魏虎子伸出了他罪恶的黑手，将一个青春绽放的女孩，一只迷途的羔羊，一把搡下了楼顶，推向了无底的深渊。魏虎子在他开始潜逃时最后凝望了一眼这个曾经深爱过的女孩，但事与愿违的是蔡改琴已经被楼下丛生的钢筋刺透了，好像一支快要融化了的冰糖葫芦，沾满了夕阳的味道。令魏虎子万万没有想到的是这一幕恰巧被工地的值班人员目睹了，这个双手沾满了鲜血的家伙刚一离开，九莲县公安指挥中心的110电话就响起了。欲知后事如何，且听下回分解。

找到了，痛快。王川喊。

翟芳在叩门，不悦地问，神经呀，找见啥了？

坏的，平庸的，总之是一篇标准的范文。马桶响了，王川料理完卫生，感喟说，这狗日的说得对，文风一坏，什么都会变质的。

快把闹闹带出来，别凉着了。

王川头皮发麻，儿子咋了？闹闹怎么了呀？

翟芳哇的一声，栽倒在了王川的怀里。王川发现，家里的大门敞开着，闹闹的鞋子和衣服也不见了。母亲原本和孙子睡在一起，迷迷瞪瞪的醒来，问了她几遍，耳朵真背了。

这一刻，闹闹却像个玩具，懵懂着，走进地下车库，趴在房门上，看见昝涛说：你戳到我的疼处了。

可你也轻松了，不再人不人，鬼不鬼的。

倒也是。

三女子说，魏虎子，你犯的事，归法律说了算，我管不了。但我再喊你一声哥，求你自首前，先去见我姐一面，道个歉，说个对不起。三女子慢慢哭了，又说，昨晚上确认是你后，我姐当场就昏厥了，可能也活不上几天了。

昝涛渐渐松开了手，打火机灭了。昝涛说，我去，我给改琴下跪，我谢罪。

天杀的，难以置信的一幕发生了。闹闹拐了进来，慢腾腾地站在乒乓球案子边。一片刺鼻的液体，汪在地上，环绕着孩子。三女子惊骇万分，出去，快出去呀，连喊了几声。尖细的嗓音吓着了闹闹，一委屈，眼泪都快出来了。昝涛大怒，骂说，他妈的闭嘴，别吓着了娃娃。三女子不肯，又催喊，快跑，快跑呀。边说，三女子边顺着管道上的断口，想解脱自己。不承想，昝涛蹲了下去，搂住了闹闹。

闹闹认识昝涛，咧嘴笑，结巴地说，翎，翎子，子鸡。

不对，跟我念。昝涛一手搂住孩子，一手将翎子鸡拽过来。先前还很虚幻的羽毛，此刻收束在了一起，乖得像一只宠物。昝涛整理了一下表情，笑颜说，你可把王川两口子害苦了。今天，干爹得让你好好说话，像个人那样说话。跟我念，翎子鸡。

翎，子子，翎子鸡鸡。

昝涛不悦，妈的，把舌头捋直了，说翎子鸡。

鸡，子鸡。

哎哟，昝涛一时灰败，抱怨说，你跟我儿子一样，你们都是先人转世来的，索要上一辈子欠你们的债。王川的小祖宗，跟我念，翎子鸡。

翎子，鸡翎子。闹闹面色畏惧。

昝涛登时发怒了，一把扼住了翎子鸡的脖颈，举在闹闹眼前。昝涛说，小东西，你连这个玩意都说不清楚，长大了，你能干啥？一团虚幻的羽毛忽地奓开了，羸弱的肉体瑟瑟不已。翎子鸡越挣扎，闹闹越怕，哇地哭出了声。哭声再次激怒了昝涛。

昝涛二话不讲，猛地一把，掰断了翎子鸡的脖子，随手扔在了一边。三女子快解脱了。昝涛的举动，充满了极度的危险，让他不敢弄出动静来，因为打火机还在昝涛手上。

昝涛搂住闹闹，眼泪敷在面颊上，抽泣起来。昝涛哀求说，不喊翎子鸡了，那你喊一声，喊一声魏虎子吧。

魏虎子。闹闹说。

哎，我就是。昝涛欣喜了。昝涛又说，叫我的魂，再喊一声魏虎子。

魏虎子。

昝涛又换了花样，说，喊我一声爹。喊爹！

爹。

终于，昝涛绷不住了，双膝跪地，稀里哗啦地哭了出来。边哭，昝涛边举起了打火机，一根火苗喷了出来。昝涛说，我回不了家，我没资格，我也没脸见我的儿子，我交代不了。身后，三女子解脱了，但铐子仍扣在手腕上。三女子摸了过来，双臂一箍，猛地锁住了昝涛的脖子，将昝涛扳倒在地。意外发生了，火掉在地上，噗的一声，液体站了起来。

快跑呀，闹闹快跑。三女子催喊。

闹闹转身跑了，却又回过头来，抓起翎子鸡的尸体，消失在了门口。——迎面，王川和一群业主们冲了过来，一人带着一只灭火器。好在地下车库里，有足够的灭火器。

10

这年秋天，闹闹开始上幼儿园了，燕子班。

七点半，翟芳系完了闹闹的衣服扣子，拉住小手，准备下楼去送。王川没抬屁股，坐在沙发上眯眼笑着，一脸阴谋。翟芳催促说，王大处长，今天开学第一天，爸妈都应该去送的，你可别偷懒呀。翟芳瞥了一圈，又问，奶奶呢，奶奶也答应送的。哦，天不亮，妈就去了潜源寺，说要去供三炷香，一炷给闹闹，保佑他多多说话，另一炷给魏虎子，王川答。翟芳截住话头，替他干吗？王川却说，妈一直记得他的那一碗蛋炒饭，今天开庭审他，妈是菩萨嘛。翟芳展颜说，那第三炷呢？

王川忽地站了起来，将一只宽大的盒子，搁在了茶几上。王川神秘地说，呵呵，我送儿子一个礼物，打开看看吧。

全家人拢了过来，三两下，解开了绳带。闹闹慢慢揭开了盒盖，登时怔住了。闹闹喜悦极了，脱口说：

翎子鸡！

鲜艳，蓬松，翘首而立。几枝尾羽抽枝散叶，绽放开来，像一袭优美的晚礼服。

这第三炷嘛，我猜，一定是超度它的，王川说。闹闹用指尖碰了碰，翎子鸡既不动弹，也不给他打招呼。王川没给儿子解释什么叫标本。儿子还小，将来长大了，一定会理解的。翟芳激动起来，亲了儿子。王川笃定地说：

闹闹，你以后喊它的小名。

儿子张看着。

嗯，就叫它静静吧，安静的静。王川悄然拉开了门。

【作者简介】叶舟，诗人，小说家，著有《大敦煌》《边疆诗》《叶舟诗选》《叶舟小说》《敦煌诗经》《丝绸之路》《自己的心经》《我的帐篷里有平安》《秦尼巴克》《伊帕尔汗》《西北纪》等多部，曾获得过第六届鲁迅文学奖、《人民文学》小说奖、《人民文学》年度诗人奖、《十月》诗歌奖等。甘肃省作家协会副主席。

选自《长江文艺》2017年第3期

流 杯 池

黄 茜

1

徐太太坐在沙发上剥荔枝。这是今年的第一批新荔，青黄里透着烂醉的酒红。徐太太翘着涂了水银蔻丹的指尖，把那饱圆的荔枝用指腹一挤，就着细微裂缝，轻轻巧巧剥出一壳荔肉来。她也不立即吃掉，把剥开的荔枝托在手心里细细端详，深知此刻自己的脸，衬着下午四五点钟的光照，在来客眼里，正如荔枝般发出莹莹的瓷白的光。

徐太太四十来岁年纪，二十多岁人的打扮。她在家里总是一副慵懒的神气，哪怕来了客人，也喜欢懒洋洋倚在沙发上，或是用手撑着因格外宽大而总是显得好奇的额，或是以某种姿势舒适地盘曲着双腿，显示出瑜伽练习者无比的柔韧感。

丁木子也把一颗荔枝在手里来回捏着，搓着，揉着，果壳上的鳞斑状突起硌得她的手微微发疼。她挺直腰板坐在沙发旁边的一张黄花梨木旧式榻上，天气虽然不是很热，却感到屁股上汗湿了一片，嗓子像熏了烟似的，又干又痒。

"七弟真是有福气，一眨眼，女儿出脱得这么俏丽！"徐太太把眼睛在侄女身上一转，又转回荔枝上。丁木子垂下头，不好意思地笑一笑。她小麦色的窄窄的脸，在斜光里像是揉了碎金，与徐太太那一种腻味的白很是不同。

"爸爸妈妈让我代问三姑姑好。这次来上海，还要多亏姑妈照顾。"

"这么说，你到这里是来念书的？你刚进门我吓一跳，还以为七弟又变着法儿找我借钱呢！"徐太太扑哧一笑。

丁木子脸上讪讪的，并不记得她们家找姑妈借过钱。正相反，她的爸爸丁宝振近年来跑建材生意，着实赚了一笔。丁宝振走南闯北，也算见过一点世面，家资厚实起来后，便毅然决然送女儿到上海读书，顺便拜会她那出嫁二十年再没回过乡的姑妈。然而，丁木子心想，提防厌恶穷亲戚，大约是城里人的通病。

"在哪个学校念书？考上的还是交钱读的？"

"交钱读的。在民族大学。"说到这里，不知为什么丁木子的腰板直了直。

"那很好……"徐太太让手心里的荔枝滚到一只天青色的果壳托盘里，原先前倾着的身子向后仰躺在沙发背上。她似笑非笑，半眯着眼睛，小嘴微张，鼻尖发皱，像是在酝酿一个久未打出的喷嚏。这是2001年，上海的一些公立大学为了筹募资金，报名的学生依然可以缴纳一定数额的"建校费"入读。可十万块不是小数目，那些交钱读书的子弟，家里非富即贵，非政即商，平头百姓谁出得起这个血？也有像丁宝振这样的暴发户，几年间赚得盆满钵满，有了钱以后心也高起来，不惜血本要送女儿到大学里镀金。并不指望她念书，原本也不是念书的料子，十次考试九回挂科，生得多俊气的一个人，却被老师敲脑袋骂"榆木疙瘩"。但家里培养出一个大学生，哪怕抛金撒银换来的，在双石镇跟人说起来，丁宝振面子上也很过得去。

徐太太心下暗自忖度，别看七弟小时候不学无术，傻头傻脑，如今竟也混出了个模样。她又拿眼睛把丁木子上上下下打量，浓翠的、未经修饰的眉，一双眼睛狭而长，瞳仁格外黑漆水亮。或者因为睫毛浓密的缘故，下眼圈有一层淡青的阴影，让她略显单薄的蜜色的面孔有了些层次。鼻梁纤巧挺直，因为总是咬嘴唇，两片唇胭脂花似的薄而红。丁木子今天为了来拜会徐太太，特意穿了一身粉青的棉布裙子，一双薄荷色系扣凉鞋，乌黑油亮的头发剪成齐肩长短，用一方白手帕随意扎在脑后。打扮得倒是清爽，徐太太心道。然而这句话刚从心底冒出，她的嘴角又不禁轻慢地一牵。她觉得丁木子身量太高，骨架太大，年轻瘦削时方还看得过去，稍微发一点胖，就要变成外国电影里看到的五大三粗的俄罗斯妇人。笨重到叫人不好意思！因为徐太太自己是娇小玲珑的，四十岁以后才发了福，雪白丰腴的膀子，将她的塔夫绸睡衣的衣袖绷得滚圆紧张。可是徐太太深信娇小的优势，即便胖成了球，也是娇滴滴的一团球。

"读的什么专业？""在工艺美术系，学室内设计。"丁木子正被徐太太盯得自惭形秽，巴不得说几句话打破气氛。"开学都快一学年了吧，怎么才想起来看我！""学校里课程紧，知道姑妈也忙。我爸爸在家里老说我妈和我不能干，说姑父的珠宝生意，有一半都是姑妈支撑打理！"徐太太轻轻打个手势："嗨，我能做什么，都是瞎胡闹！"然而却面露自得之色。略一沉吟，又说："你爸做建材，你学室内设计，以后双石镇的房地产岂不要被你父女俩一手包办，想得倒美！"她忍不住呵呵笑起来。"姑妈说笑话，双石镇指甲大的地方，穷乡僻壤的，哪有什么房地产！"丁木子也笑了。

徐太太心里一凛。二十多年来，双石镇就像她的缅甸印花桌布上的一块洗不去的茶印子，被徐太太用一只梅瓶沉重地稳稳地压在底下，非翻天覆地不愿意挪开。

然而丁木子突然出现，关于双石镇的所有记忆，青的、白的、荤的、素的、热的、辣的，也似乎和她一起喧喧嚷嚷不由分说涌了进来，钻进这套位于上海最繁华地段的奢靡小公寓里，在她的茶几、沙发、贵妃榻、五斗柜、古董架上，在她的带铜锁的衣柜顶端和掐丝雕花的梳妆镜前，挤挤挨挨地站着、靠着、躺着，湿漉漉地絮叨着，挠得她心里发慌发痒。

对了，湿濡濡，这就是徐太太对双石镇的印象。每到盛夏时节，丁家院子里的杂草长到膝盖高，黄色的美人蕉开得灼目，看不见的蝉子在阴暗处搏命嘶叫。天气燠热，太阳把碎石马路晒得滚烫，踩在上面的塑料凉鞋也变热变软，好像随时会融化。可忽然来一场雨，从天到地整个便清凉下来，芭蕉树、梧桐树、老槐树的叶子褪了色，把雨水和空气，灰砖墙和玻璃窗，未及时躲雨的花猫，惊慌的母鸡，凌乱的蚂蚁，透明的雨衣和雨衣外裸露的手腕脚趾，都染得绿溶溶、凉津津。路上是大大小小墨绿的水洼，连家里的墙边桌脚也积着水，头发怎么梳也是毛毛的——川南小镇总有这么一股拧绞不干，抹杀不掉的缠绵的潮气。

徐太太原名丁宝琼，在兄弟姐妹里排行老三。她父亲丁德铨是生意人，开着双石镇最热闹的一家茶馆，人们都叫他"丁老板"。丁老板这一生既没信过国民党，也没信过共产党，在双石镇因诚信义气很受人尊重。丁宝琼是丁老板第一个太太所生。宝琼一岁多大，她妈妈得产褥热死了，她后来回想，觉得亲生母亲必定是温柔敦厚的天仙般的人物，虽然当年对母亲不可能有什么印象。丁老板的续弦、宝琼的后妈是一个土地主的女儿，身材薄得像纸，尖嘴猴腮，说话吱吱喳喳声调高得吓人。这个太太给丁老板又生了四个孩子，丁宝振是最小的一个。所以丁宝琼和丁宝振名义上虽是亲姐弟，也并没有那么亲，毕竟同父异母。

丁宝琼向来觉得父亲偏心后妈的孩子，跟几个弟妹关系都是淡淡的。丁宝振在家里是幺儿，受尽溺爱，丁宝琼最看不惯。后来她因为恋爱的事，跟父亲大闹一场。丁德铨怄得在茶馆里拍桌子："你要走就走远点！老子眼不见心不烦！"因此做了徐太太这二十多年来，索性撇清关系，不跟丁家的人往来。在上海，就连许多跟她熟络的人，也只知道她是徐太太，芳名宝琼，并不知道她娘家姓丁。

丁木子让徐太太蓦然有了思乡之意。她意识到自己失神，假意打个哈欠，"上了年纪就是容易走神犯困！"一面猫似的伸个懒腰。——她养的那只名贵的蓝眼睛金吉拉，此刻"喵呜"一声跳到她的膝盖上来。丁木子赶忙说："姑妈要是累了，我就不多坐。回学校还要换三趟公交车，十几站地，太晚也不好。"

"不急不急。"徐太太摆摆手，招呼丁木子再吃几颗荔枝，又往她的手里塞一把巴旦杏。她再开口时音调也更低沉些，说的不是普通话，而是许久没吐露过的家乡话。

在上海并不少四川人，可不知为什么，徐太太宁愿说一口夹生普通话，也从不拿四川话和他们打交道。好像不用那一方的语言，她被语言所塑造的那个身份也就随之抹去，她就顺理成章地成了一个新人。然而这方言依然包裹在她的瓷白紧实的身心里，就像水果糖里浓甜的注心，咬开一条缝，就丝丝往外渗，宣布它才是主宰一切的灵魂所在。徐太太原本就像颗乳白的酒心巧克力。

"在上海住得惯不惯？书还念得下去？""基本上习惯了。书念得不好，基础差，跟不上。""不要紧，本来你老子供你上大学，也不是要你念出个今科状元。""毕竟家里花了大价钱，不念出点名堂不好交差。""那就看你老子是要满分成绩，还是要乘龙快婿。"徐太太扭过精巧的头，饶有兴味地盯着丁木子的脸，蜜蜡色面皮里泛出几许晕红，如同一点胭脂不小心掺在了新制的鸡油里。

"丁家人是各自打扫门前雪，无事不登三宝殿，你这会子悄声来找我，到底有啥子事？"按照徐太太的理解，八百年不走动的亲戚，忽然登门拜访，必然有事相求。

丁木子被徐太太说得面上一窘。她抓起随身带的帆布书包，从里面取出一只十厘米见方的小纸盒子。盒子上封着邮局的封条，写着地址，盖着好几个邮戳。边角已经磨损了，看起来经历好几番发送周折。

"都怪我，见了姑妈只管说话，把正事儿给忘了！"丁木子将盒子轻轻放在茶几上，推到徐太太面前，"前几天爸爸从双石镇寄了这个过来，说是有人寄给姑妈的，大概不知道姑妈来了上海，还寄到老家茶馆的地址。爸爸原想给退回去，又怕是什么要紧东西，想到我在上海，不如寄给我，由我给姑妈送过来，免得耽误事。"

以为人家来讨东西，没想到却是来送东西的。徐太太有点怪不好意思。她眉开眼笑地说："啊哟，这点小东西，又不稀奇，劳烦你们大费周章。我啷子谢谢你哎。""姑妈不要客气。姑妈晓得这盒子里装的是什么？"丁木子想来拿到包裹并没有动过，但好奇心是存了许久了。

徐太太伸手拾起包裹，初发地址是上海市徐家汇，发件人的名字被雨水洇得看不清，还留了个上海市内的电话号码。

大约是年少时的同窗玩伴，某一天忽然想起她来，可是又失却联络许久，只能往旧地址寄一点旧物，试试能不能收到。可是丁宝琼当年离开双石镇也算轰轰烈烈，方圆几十里谁不知晓？然而，丁宝琼早年的确有许多追求者，收到的匿名情书不计其数，所以，或者是当年的某个暗恋者，突然间忆起青春时期爱慕的对象，遂寄物遣怀也未可知。

徐太太掂了掂包裹，有些沉重。该不是一摞热烈的剖白书信吧？当着侄女的面拿出来，还真有些尴尬。但她毫不犹豫地拿起一把洒金小剪刀，细细地划开纸盒的四沿，又剥开一层白色的塑料泡沫减震纸，取出一个更小些的浅绛色木盒。木盒用细巧的金锁扣着，打开来看，竟是一块拳头大小的黑色石头，从某个角度看过去，倒是棱角分明，熠熠生光。

"这人好奇怪，大老远的，给姑妈寄来一颗炭！"丁木子吃惊道。

徐太太觑眼儿看了看，笑说："怪道你不认得，我跟你一样，小时候也是在双石镇的炭堆儿里滚大的。不过这不是炭，这叫黑曜石，一种火山熔岩。可以用来打首饰的。它还有个名字，叫'阿帕契之泪'。"

丁木子就着徐太太的手瞧了瞧，那黢黑的"眼泪"泛出透明的光泽，因为未经打磨，边缘锋利异常。在对着灯光的地方，能看到石头里有一个圆形亮点。徐太太把黑曜石从盒子里取出来，发现石头下边压着一张纸片。上面挺秀的字迹写着："满月眼黑曜石，1976-2001。"

徐太太不免犯疑，又拾起邮局的递送单细看。寄件人那一栏，起首的一个字，看来看去像个"顾"字。姓顾？徐太太心里像被针尖儿刺了一下。

2

479路公交车的车厢里笼着一层昏黄朦胧的灯光，乘客们仿佛都睡着了，仲夏的上海也似乎在颠簸摇曳里睡去。丁木子坐在后排靠窗座位，扭头看窗外一闪即逝的街市和巷弄。她回想下午在徐太太家的情景，心里不免堵着一口气："我巴心巴肝地去做好人，她还当我心头有鬼。"她又想起那颗据说叫作"阿帕契之泪"的黑黢黢的石头，以及告辞时徐太太神思恍惚的样子，不觉撇了撇嘴："嘿，我看她才是心头有鬼！"

上海是个最具烟火气的城市，然而精打细算的老到世故里，又有几番闪闪烁烁、捉摸不透的旖旎风情。丁木子的眼光掠过路边的海鲜大排档，路过掌灯时分依然滴着露水透着鲜嫩的水果摊子，又掠过有进出门铃便叮叮当当的小食店，以及一蓬蓬一簇簇的高楼广厦，她想真是闻名不如见面，徐太太虽然在双石镇的名声不太好，但终究也不是个下流无耻招人嫌恶的人。她就像丁木子在电车里、街道上甚至广告里看到的那种上海太太，哪怕出门买个菜，也要穿上香云纱斜襟低开衩旗袍，戴上水嫩葱绿的翡翠镯子。矫情是矫情了些，但心地并不坏。

临走时，徐太太让丁木子留下在学校的住址：民族大学宿舍楼48楼204室。还要去了宿舍的电话号码。丁木子想不通姑妈要她的地址有什么用，看样子以后也不会再往来。也许是出于礼貌吧。

电车驶过"民族大学"站，又过了两站，在离民族大学北门不远的芳园西路站，丁木子才随着推推搡搡的乘客下了电车。向晚下起毛毛雨来,细密的雨点落在脸上凉津津的。而城市在雨中愈发地生疏模糊了。

丁木子不觉加快脚步。沿芳园西路往北走几百米,路过几家水果店、杂货店、运动服装店和一家永远挤挤攘攘,以卖生煎和鸭血粉丝汤闻名的小食店,在点着橘色灯光的"宜而爽"内衣店向左拐,进了一条巷弄。这巷弄里是几十年的老式居民楼,因为地处大学附近,有许多单间和套间租给不愿意住校和来此考研的学生们。地方虽小,但这几年房价涨得惊人。一个十平方米的小单间,一个月也要800块。套间就更不用提。

坐在巷子口卖小玩意儿的大妈看见丁木子,笑吟吟地问:"回来啦?"不知为什么,丁木子被问得有些臊。她一低头,噔噔噔跑过巷弄,一口气跑上一幢旧居民楼的5层。这是一套小两居,统共不过六十平方米,但在上海的这个街区,已算是奢侈住所。衬着瓷青的夜,屋子里的灯光像颗鸡蛋黄,暖融融的。丁木子走到洗手间,解开头发,取下一张毛巾将濡湿的头发和脸擦干。她在镜子里看见因夜色和雨水而显得含着泪似的一双眼睛,觉得有些俏皮。

丁木子心上轻悠悠的,信步穿过窄小的客厅,走向里屋。她听见有人挪了一下凳子。书房兼画室的那间屋门忽然开了,一个人影从门后闪出来,哗一声不由分说把丁木子搂在怀中:"哎呀,我就知道是你!"

"不是我还能是谁?"丁木子嗔道。她闻到他身上熟悉的松节油气味。

"我还当是我的拉布拉多犬。"那人说罢嘿嘿笑起来。

丁木子甩开他的手,恨恨地说:"你的拉布拉多犬能开门,能买菜,能洗衣呀!"

"开门倒是能开,买菜洗衣却很不好说。"唐骞一脸坏笑盯着丁木子,"不过反正就是养只爱犬,又不是讨个媳妇儿!"

丁木子剜了他一眼,自顾自走进书房,在画架边坐下。"把你的拉布拉多带来,我以后懒得管你!"架上是一幅有人物的风景图,才起了小稿。几个身着华服的人站在池塘里,池水没上他们的膝头,可他们却毫不介意,相谈甚欢。池塘背后是茂密林丛,繁花浓郁,山峦的线条柔而脆。

唐骞第一次看见丁木子时,她就是这个样子,一个人坐在画架边,扭头看画,似乎有些气鼓鼓的。唐骞也在民族大学工艺美术系,比丁木子高两届。半年前的一天,他走进油画课的画室,发现一个穿着松绿色上衣、雪青色裤子的女孩,背对他坐在自己的画架前,也是这样散着黑油油的头发,几缕发丝在窗户透进来的风里一飘一飘。接着她转过头来,又是困惑,又像是生气似的说:"怎么能把女人画成这样子?"那是一幅临摹莫迪里阿尼的课堂作业,画上的女人长脖,凸肚,看起来忧伤无比,是莫迪里阿尼即将生产的情妇的画像。唐骞觉得眼前这女孩蜜蜡色的脸新鲜又干净。按他的作风，本该借此机会大谈法国现代派绘画和天才早逝的莫迪里阿尼，借此俘获无知师妹的芳心。不过唐骞这次什么也没说，只嘿嘿一笑："我瞎画的。"

丁木子最初留给唐骞的印象是一团绿。十月的阳光洒在她的松绿色挖领小上衣上，那绿意于是随着光线流淌泼溅，把她的眼睛、额头、裤子、鞋子、手臂、手腕，乃至她周遭的空气，她碰到的椅背、画纸、画笔，都染得绿莹莹的。他想起"天寒翠袖薄，日暮倚修竹"，或者"翠竹法身碧波潭，滴露玲珑透彩光"这样的句子来。后来得知丁木子来自川南小镇，就更觉得她是南方的玲珑天幕下一竿修长摇曳的竹影。

竹影原本适合隔着纱窗看的，那样才生动，才神秘和富于情味。一旦移入室内，就变成了呆眉呆眼的盆栽。

唐骞追求丁木子，一开始并没那么认真，这一点当然只有他自己知道。她是美的，但美得合乎分寸，完全算不上绝代佳人。唐骞更爱的是她的天真无知：对城市无知，对世俗无知，对艺术无知，对恋爱无知。她不似那些聪明的上海小姐，你才走了一步棋，她已看到了后三步。哪怕对于性的方面，她们也什么都知道，当然也可能是不懂装懂。唐骞最恨女人自作聪明。丁木子的无知，在旁人看来不过是见识浅薄，但在唐骞眼里，却有一种原始的蛊惑力，引人去打磨、启发、雕琢。

一开始，他们不过是在灯光昏暗的校园林荫道上拉拉手，或者坐十几站电车到人民广场的电影院看场电影。慢慢地，唐骞感到一切渐渐脱离了控制。这个初来乍到的外省女孩，对一切都感到新奇，她好奇地打量，顺从地适应，飞快地学习着。尤其是对于刚刚展开的恋爱的世界，她投入了最大的专注力。每当他们的恋情更进了一步，唐骞觉得可以在这个阶段稍稍喘一口气，她望向他的脸上的表情却总像个求知若渴的孩童，每每在问："那么，接下来怎么样呢？"让富有知识和经验的大人抵抗不住虚荣心的诱惑，不得不继续把一个新奇的世界指给她看。于是，从拉手，到拥抱，到接吻，到抵死缠绵，到秘密同居……他们的恋爱火速推进。唐骞还没有反应过来，这棵翠竹已经翩然步入纱窗，和他同枕共眠了。

唐骞有时候想，她要不就是太蠢了，蠢到轻易让人占尽了便宜。要不就是太聪明，聪明到任何智谋手段心机都那么不着痕迹。

丁木子抬起头来看着唐骞，叹了口气说："我今天去姑妈家了，给她送包裹。你猜包裹里寄的是什么，原来是块石头！"

"你姑妈多大了，也要演一出《石头记》？"

丁木子扑哧一笑。"怎么也是快五十的人了吧，不过看起来显小。在家里听说姑妈在上海过得多么好，双石镇多少人眼气。可我今天去看，她那个家，也就是个黄金打的笼子。"

"黄金打的笼子你都看不上，回头我家那破草屋你就更看不上了。"唐骞拉了把凳子，笑嘻嘻地在丁木子对面坐下。

丁木子一撇嘴："谁要去你家！"

"我妈妈这周末让我带你回家吃饭。"唐骞说，"难道你不想去？"

丁木子吃了一惊。她和唐骞恋爱的事，除了同居有点操之过急以外，论理也算光明正大。但不知为何，双方心里都有些忐忑，好像做错事似的，一直瞒着家长。半年以来，丁木子既没有向双石镇的父母透露只言片语，唐骞也从未考虑过向家里禀报。

"你为什么跟你妈妈说了？"丁木子心里紧张掺着惊喜。

"她要给我介绍对象，我不肯，只好把你供出来了。"唐骞耸耸肩，装出无可奈何的样子。

丁木子又吃了一惊。"要把谁介绍给你？""好像是爸爸同事的女儿，在德国留学，学经济的。"唐骞皱了皱眉头，对这个话题表示不耐烦。"你也知道，我最讨厌那种学富五车的知识女性，尤其是喝了点洋墨水的，满嘴外国词儿，一说话哇啦哇啦，听也听不懂。还是你这样的好，又会开门，又会买菜，又会生气，还可以做模特。""做什么模特？""下学期我们开人体写生课，你正好在家里给我做裸体模特！""没正经！"丁木子鼻子哼了一声，站起身来要走。唐骞抓住她的手，摇了摇柔声说："好啦，好啦，不过是去妈妈那里应个景。丑媳妇总是要见公婆的。"为了表示自己并不小气，丁木子回身在唐骞额头上亲了亲，搂着脖子坐在他膝盖上。两人都凝视着对面画架上那幅未完成的画。

一个想，"真塞给我个留洋女，打死也不能要。"另一个想，"只怕他妈妈不会喜欢我。"

这天晚上徐先生回家，发现他的太太正俯身桌前，用一支小狼毫抄写《心经》。衣裳头发都如惯常松松懒懒，神情却自有几分严肃。徐先生见雪白的纸笺上压着一块光彩烁熠的墨色镇纸，脱口赞道："好透亮的黑曜石！"

徐太太得意地一笑。她自然不能告诉徐先生石头的真实来历，只说是自己在二手市场上捡漏捡来的。徐先生趁机拍太太马屁："好眼力！好眼力！"又说："虽然黑曜石不算名贵，不如我前几天送你的那块和田羊脂玉，但这样的成色，也是收藏级了。"

徐太太眼皮也不抬，缓悠悠地道："这几年我天南地北也见过不少好东西，你送我那些，不过哄小孩子玩儿。今早上我出门买早点，楼下卖豆浆油条的李妈妈戴个紫罗兰翡翠镯子水头都比我的好，我现在出门只好一身素净，不好意思说自己家里做珠宝生意！"

"可别这么说，我给你的，哪一件市面上不值十好几万？"

"市面上是什么价，你懂门懂道地买回来又是什么价？只怕十分之一还不到！你要真是个平头百姓从商店里买的，我也领这个情。"

徐先生讪讪道："无论如何，也算是稀有之物，寻常人家不常有。你看我前天给你的羊脂玉貔貅，温润厚重，雕工也好。"

"我看不出有什么好，又不能吃，又不能穿，又不能戴，沉甸甸地很是无趣。加之这貔貅凶神恶煞……"

"貔貅是种瑞兽，有嘴无肛，就像某些人，只进不出，聚财的呀！"

徐太太听出徐先生变着方儿说她小气，狠狠地瞪他一眼。

徐先生又赔笑说："太太这两年索斯比、佳士得这些大拍卖行转多了，眼界也高了。可我只是小本生意，买不起什么翠玉白菜的！"

"现在承认是小本生意了，早先结婚的时候怎么说？我要个月亮你都捞得下来！"

徐先生的确说过这话，但那不过是男人逗女人的陈腔滥调。他面露为难之色，好像有些惭愧，突然上前夺过徐太太手里的毛笔，在那未抄完的《心经》空白处唰唰两笔，口内喃喃道："了不得，老夫只好兑现诺言了。"

徐太太一看，落款处果然被画上了一道金钩月。她推开徐先生，又气又笑："小家败气的，画月亮也不给画圆整！"

"不能让你一口气吃成个胖子，下次再要月亮怎么办？我要一点一点慢慢地画！"

这会儿保姆来叫开饭，夫妻俩嘻嘻哈哈地坐到饭桌上。晚餐做的是生滚鱼片粥、竹笋炒虾仁、松仁玉米两样小菜，还有荷叶糯米鸡。因为是夏天，特意给徐太太做了一份加黄豆和花生末的四川凉粉。徐太太一边喝粥，一边心不在焉地拿眼睛瞟徐先生。他们的这桩婚姻，面子上是极为和睦的。徐先生是个生意人，对内对外圆融周到，有时候甚至还有一点幽默感。徐太太自从嫁给他，虽说不上锦衣玉食，经济方面从来没有担忧过。结婚二十多年来，徐先生每天回家吃饭睡觉，恪尽丈夫义务，比上班打卡还要勤恳。两人生了一个儿子，一年前送去纽约大学读书，据说很有指望拿到绿卡。唯一可惜的是徐先生人生得矮胖，又过早秃顶，一脸醉醺醺的猪肝色，不如徐太太理想的英俊体面。

说起来，徐太太对自己的婚姻还是得意的。如果没有嫁给徐先生，她现在很可能是双石镇上一个普通妇人，每天烧锅、扫地、淘米、洗菜，养着一大堆儿子孙子，也许还会再生、再养。然而上海给了她施展才华的机会。"一个天生的外交家。"徐先生有次这样说她。她的八面玲珑、左右逢源、精明细致，在大都会里派上了用场。他们初来上海的那会儿，生意上的多少交际应酬都少不了她出面。而她也好强喜功，恨不得把全上海的珠宝生意都揽到自家店里来，于是这几年，徐先生的事业可说是蒸蒸日上。

然而徐太太也有烦心事。她不是不知道徐先生在外头有女人。"这个矮冬瓜，腰子脸，居然还有女人当个宝！"她有时候恨得牙痒痒。她请过私家侦探，把那些女人的姓名、地址、照片、身家底细样样查得清楚，以防有一天徐先生要离婚，手里握着对方出轨的依据，可以多分一些财产。徐太太清楚，在婚恋市场上，女人的价值是随年龄增长而下跌的，男人却正好相反。因此，对于外头女人的事，她连撒泼吃醋的气力都省了，一概装聋作哑，偶尔发现徐先生衣袋里的两张电影票根，钱夹里的不明汇款单，手绢上的口红印，只当作物证悄悄收起来。而她自己，好像中了"贞洁烈"的诅咒，越来越裹足椒房，懒于交际。因为徐太太的妖娆迷人，早已吸引了一批中产阶级里的崇拜者。正因为如此，她愈发要处处行得光明端正，不让人抓住一丝把柄，尤其不能让徐先生有怀疑吃醋的机会。她绝不会有出轨行为的。即便不能在力量上占优，也要在情感和道德上占优。说到底，她得为自己留一条后路。

这天晚上吃过饭，徐太太躺到贵妃榻上做海藻面膜，不觉打起盹来。徐先生边看报纸边抽完了一支烟，想起去年从古巴带回来的雪茄不知放在哪里，回身到书桌的抽屉里去找。翻过来翻过去，发现最右边的小抽屉里胡乱塞着一团揉皱了的纸团，展开来看，是一张包裹邮递单，上面写着上海徐家汇某街某巷，寄件人顾某某，后面两个字被雨水洇得看不清了。还留着一个市内的电话号码。邮戳盖了好几个，是从徐太太的老家双石镇转寄到民族大学的。徐先生记得徐太太有个侄女在民族大学念书，但未谋过面。

此刻徐太太在客厅里喊："峥嵘，给我拿块热毛巾来！"他把纸团揉皱，放回原处，轻声关上抽屉。他微笑着走向他太太，心里默记着那个电话号码。

3

丁木子在学校最爱上的是现代美术史课。教课的老师很儒雅，声音缓慢清越，符合丁木子对民国先生的想象。然而这两天，就连现代美术史课也失却了原有的况味。丁木子一边转动铅笔，一边盯着正在播放的幻灯片走神。那是一帧挺摩登的女画家的照片。这个女子天资聪颖，在现代画派上独树一帜。早年她拒绝学长的追求赴新加坡留学，后来又婉拒了国画大师徐悲鸿的爱，把一生都奉献给艺术。她刚回国那几年，一度是宋庆龄的座上宾，画作广受上流社会追捧，风头盖过男性同侪。可惜因为太过骄傲,得罪了当权的某人,致使晚景凄凉,甚至要靠捡垃圾为生。

教授当然不会讲得这么简略,丁木子零零星星就记住这些。至于她的画,那是中国最早的一批抽象画,笔触奔放浓烈,好像有一个热气腾腾但又辗转不安的灵魂,要从色彩里挣脱出来。

"我看她呀,是一步错,步步错。当初要是嫁给了那位苦恋她多年的学长,就不会是这样的结果。"坐在丁木子身边的余璐璐偏过头来跟她咬耳朵。

丁木子满怀心事地看了她一眼。

余璐璐是丁木子在民族大学的室友,两人同住48楼204室,也是丁木子在偌大的上海滩唯一可以推心置腹的人。余璐璐出生于苏州的茶商之家,是家里的独生女,貌不惊人但聪明伶俐,不怎么用功就可以轻松拿高分。在上大学之前,家里已经给她定下一门婚姻,对方是国防科技大学的学生,身高一米八一,从中学起就是学校里的篮球队队长,无数女生爱慕追求的对象。余璐璐长得虽不出挑,可打扮起来别致新潮,加之心思活络,热情爽利,往往给人留下很深的印象。她和那个国防科技大学生经由家长撮合见面,两人共同看了一场电影,去定园的茶楼听一回评弹,路过平江路时下起蒙蒙细雨,于是躲进小吃店共吃一碗桂花酒酿圆子,对方据说就已经不可救药地坠入爱河,分别时抓着她的手请她等他毕业——彼时余璐璐已考取民族大学,两人无法在同一个城市念书——大有相见恨晚、非卿不娶之意。

"他呀,虽然长得人高马大,其实内里相当羞怯。他从小到大收到的情书不下数百封,可没有一个女孩叫他看得上眼。"余璐璐每次讲到这里,总是面露得色。

更让丁木子艳羡的是,对方的父母对余璐璐相当满意,声明只要余璐璐嫁过去,定把她当亲生女儿看待。

丁木子对去唐骞家拜访的事没有十足的把握,终于向余璐璐吐露实情,请这个八面玲珑的女伴给自己出出主意。

余璐璐一只手托着圆圆的小下巴,捋一丝新烫的卷发放在嘴里咬着,喃喃地说:"我那会儿和国防科大见面,是双方家长先有了意,所以一切并不难。"余璐璐喜欢把她那在国防科技大学念大三的未婚夫简称"国防科大"。"不过,我听说上海人家最挑外地媳妇,你这次过去,少不得被人横挑鼻子竖挑眼。最重要的是态度淡定,内心强大。木子这模样,倒是不怕人家看不上……"她像老先生审视青花瓷那样半眯起眼睛。

丁木子抬手打去:"别说装模作样的。你就说我该做点什么!"

"伸手不打笑脸人,我看呀,你给你未来的婆婆带点礼物。她心情一好,也就不会太为难你。"

"带什么好？"丁木子对妈妈辈的女人的喜好感到茫然。

"太便宜的拿不出手，太贵的又嫌你铺张浪费，以后不会过日子。最好送点实用物。茶叶啦，香水啦，或者就送护肤品吧！"

丁木子在课堂上走神，一双杏仁眼不知盯着哪里的一束灰尘微光泛动，顾正庭也看在眼里。他在民族大学教授现代美术史课已十几年，讲义倒背如流，每次上课不过是新瓶装旧酒，在老内容上翻出新花样。在工艺美术系，如同在每所大学的艺术院系一样，学生们不太重视史论课，尤其不喜爱读书，认为既与创作无关，也与未来的职业发展无关。站在讲台上，顾正庭往台下一看，十个学生里有五个在打瞌睡，三个在偷偷给旁边的男生或女生画速写，只有两个仰头认真看幻灯片，听他絮絮叨叨讲民国的文人琐事。其中那个坐得笔直，目光炯炯的女孩，就是丁木子。

然而顾正庭注意到丁木子，并不是因为她勤谨好学，或者美术史论成绩优异，而是因为他恰好兼任工艺美术系99级本科生的辅导主任，他可以接触到每个新生的详细资料档案。当他看到新生名录里，丁木子的出身地填写的是"双石镇"时，内心蓦地一惊。双石镇，一个于他有过太多牵绊的地方，每每回想，懊悔、恐惧、仇恨，以及掩埋在灵魂深处的一股天真的柔情，全都不自觉地向他涌来。那是记忆里的一座危险迷人的罂粟园，多年以后依然让他忍不住想去触碰。顾正庭自然而然对丁木子格外留意，虽然双石镇并不是只有一家姓丁。

下课后，丁木子和余璐璐正要并肩走出教室，去上下一节静物写生课。还在收拾教案的顾正庭叫住她："丁木子同学，你近来上课精力不太集中，是不是家里有什么事？"他声音温和，不乏师长威严。

丁木子立在原地一怔。她惊讶于顾正庭这么关心自己，甚至惊讶于他能叫出自己的名字。"谢谢顾老师，我家里很好。"又急忙补充说："我会改正的！"

顾正庭点点头，没再说话。

"顾先生也这么婆婆妈妈！"走出教室，余璐璐不屑地耸了耸肩。

丁木子去唐骞家拜访就在这个周日。她拿出自己攒下的零花钱，特意到人民广场的百货商店买了一款欧莱雅葡萄籽保湿抗皱晚霜，磨砂瓶里半透明的凝脂，闻起来一股略带酸涩的夏天的甘甜味道。丁木子唯恐显得乡气，挑了时髦的外国品牌。贵是贵了些，四百三十二块两毛三，相当于她半个月的伙食费。但丁宝振在金钱方面对女儿从不克扣，因此丁木子在上海的日子非但过得不拮据，还时常有些余裕接济她那大手大脚的男朋友。

当唐骞拉着丁木子的手把她带到父母跟前，丁木子把装着欧莱雅面霜的宝蓝色包装袋递给唐骞的母亲，而唐太太笑盈盈地看她一眼，大大方方地接过去时，丁木子心想，自己着实走了一着好棋。唐太太举着面霜端详半天，说："年纪大了，确实要抗皱。这个法国牌子，以前倒没有用过。"又问："你在哪里买的？"

"在人民广场的百货商店。"丁木子赶忙说，"伯母现在年轻得很。外国人都是在二十五岁开始用抗皱面霜。"

唐太太看起来不过四十出头年纪，丹唇贝齿，笑起来有点菩萨相。因为在高中做教师，讲话语调温柔，却有种不容置疑的果决态度。唐先生是大学里的历史教授，"文革"后第一批大学生，脸容轮廓与唐骞很像，只是更加文质彬彬。见过面后，他向丁木子微微一颔首，转身到厨房里准备午饭去。

在上海，这恐怕是再寻常不过的一个家庭。两室一厅的房子，统共不过六十余平方米。两间卧室，一间供唐先生、唐太太使用，另一间在唐骞读大学之后被改造为唐先生的书房。丁木子悄悄伸头一探，只见四壁累累地都是书，连墙根桌脚都堆得满当，因为天气潮湿，散发出纸张特有的腐霉气味。客厅是狭长的，沙发后面挂着一张吴湖帆的青绿山水，唯有它暗示出主人不俗的趣味。透过暗绿的纱窗，能看见对面紧挨着的另一幢老旧的楼房。从楼里伸出几根晾衣杆，挤挤挨挨地晒着被单、枕套、孩子的尿布，女人的裙子、内裤、胸罩，男人的背心和裤衩。学问书籍、吃喝拉撒、饮食男女，就那么毫不讲究地混搭在一起。两个女人忽然在楼上尖着嗓子用上海话对骂，于是世俗的感觉更浓了。

丁木子暗自拿眼前这般景象和姑妈家的精致小公寓相对照，不禁为教授之家的简促感到吃惊。与此同时，来时怀揣的浓厚自卑心理，也稍稍淡薄下来。

唐太太笑容可掬地往丁木子手里塞一把玫瑰葵瓜子。一边往豆青的小茶盏里倒茶，一边跟她说家常话，问她是哪里人，父母做什么工作，家里兄妹几个，学校课业如何等，丁木子一一作答。唐骞倚在旁边的一把椅子上，饶有兴味地看着，并不插嘴。在厨房里做饭的唐先生不时出来搭上一句，"双石镇，是在四川荣县吧。我知道，好地方，吴玉章的故乡。"

寒暄了一会儿，唐太太忽然想起什么似的说："绿茶配甜点，红茶配酸果，乌龙配瓜子。我这泡的是明前绿茶，得有些甜点来配！"又笑着向唐骞道："你陪木子坐着，我到楼下拐角的杏花楼买点点心上来。"

丁木子和唐骞连说"不用不用"，可唐太太一转身早已出了门。

待到客厅里只剩下他们两人，唐骞溜身坐到丁木子旁边，搂住她的脖子："你看，爸妈对你不错吧！"丁木子抿嘴一笑："伯母挺和气，我倒是没想到。""怎么，难道你以为她会绷着脸拿戒尺打你板子？"

唐先生出来招呼大家吃饭，发现唐太太出门还没来，讪讪地说："她这个人，想起一出是一出。"丁木子暗自感叹,唐骞颇有些桀骜不驯,但唐先生客客气气,一点不摆教授架子。

午饭四菜一汤,都是唐先生的手艺。原来唐先生下乡当知青时,住在一个老乡家里,那老乡烧得一手好菜,也把这绝活传授给他。唐太太在外面耽搁了快有一个小时,回来时果然拎着几样杏花楼的糕点:绿豆糕、桂花条头糕、鸡仔饼、杏仁酥。她走得气喘吁吁,圆脸因出汗而格外红润,进屋看见午饭已备,似乎忘了糕点配绿茶的事,把手上的东西往五斗柜上一甩,迭声说:"还等着干吗,饿了吧?快吃饭!"一边催促唐骞摆碗筷,一边有点不好意思地解释:"都怪隔壁楼的陆老师,拉着我绕山头,讲他家闺女准备出国念书,考英语、申请学校、找房子、家人还要出去陪读,真要烦死人!"又向丁木子道:"你唐伯伯今天亲自下厨,笨手笨脚的,你可不要见笑。我们上海菜,不知合不合你们四川口味?"

过后许久,丁木子还记得那一餐里有一盘青笋炒虾仁,粉白翠绿,苦里回甘。

父母没有给丁木子一份脸色,连唐骞都感到吃惊。他父亲唐教授是个书斋里的人,原本也该躲进小楼成一统,世间万事不萦心。可唐太太是个极其要强的女人,家里的大事小情,她向来说一不二。唐骞知道唐太太想找一个"门当户对"的儿媳,事实上大部分上海土著人家都是如此:人品要好,学历要高,相貌要端正,最要紧的,要是本地人。在儿女的事体上,教授家庭也不能免俗。唐太太确实已经相中了唐先生同事的女儿,双方家长都觉得彼此符合要求。唐骞原本以为唐太太今天摆的是鸿门宴,把丁木子叫来明里暗里嘲弄一番,让她知难而退。可唐太太今天却亲亲热热跑前忙后,临走时不住地夸丁木子懂事乖巧,又把杏花楼的点心让她带回去分给同寝室的同学当夜宵吃。看来丁木子真是博得了唐太太的好感。

走进他们在芳园西路临时租住的小屋,丁木子的心踏实下来。她长吁一口气,心里说,还好,没出错,没丢人,他们并不嫌弃我是乡镇上来的。

唐骞看她如释重负的样子,觉得可爱,从背后一把抱住她,径直往卧室里走。"看公婆的态度,这丑媳妇还真是要的!"

丁木子从他怀里挣脱出来,笑道:"那个要去瑞典留学的姑娘呢?你不要了不觉得可惜?"

唐骞一把把她推倒在床上,愁眉苦脸地说:"我倒是想要。可我们家里,一切由唐太太说了算。谁叫你今天牢牢地俘获了唐太太的心!"

掌灯时分下起雨来。丁木子穿着一件及膝的大码T恤衫,站在窗边愣愣地看了一会儿雨。她觉得外面好像起了一团浓稠的雾,挡在她和这个世界之间,挡在清明的过去和不可知的未来之间,虽然那只是雨水在昏黄的路灯的折射下形成的光团。

她走到洗澡间冲凉，在镜子前，看见自己窄窄的脸上泛出红晕，而眼睛却似乎噙着泪。每次看雨，都似乎把雨水接到了眼睛里。

她浑身舒爽地从浴室里出来。唐骞还在卧室睡着。丁木子感到肚饿，想起唐太太给的杏花楼糕点，正放在客厅的小茶几上。几样点心分别用牛皮纸包裹着，怪远的就能闻到甜郁的香味。她吃了一块杏仁酥，又打开一包绿豆糕。牛皮纸窸窸窣窣地拆开，忽然落出一个白色小纸团，里面裹着一小沓人民币。丁木子疑惑店家不小心把找零包进了包裹里。可她把那沓钱拆开一数，不多不少，正好四百三十二块两毛三。白信笺上，是唐太太端庄的字迹：

木子：

你是个好姑娘，但你不适合我们这样的家庭。请你理解。

丁木子一时没明白唐太太说的"我们这样的家庭"是什么样的家庭，也没明白唐太太有什么要"请她理解"。在那一瞬间，她唯一领悟到的是，原来，唐太太忽然出门，并不是着急要给客人买甜点。她坐车去了人民广场，在百货商店问明欧莱雅葡萄籽抗皱面霜的价格，或者还去银行取了钱，又在路边小店换好零钱，一分一毛都清清楚楚，以便把这份不合时宜的礼物连同她不愿意领受的人情，如数归还。这是比拣三挑四或冷嘲热讽更彻底的拒绝。丁木子全身僵在当地，只感到心脏无限下沉。等到唐骞喊她的时候，发现她的眼泪已经流了一脸。

4

"伪君子！不折不扣的伪君子！"第二天，当丁木子把去唐骞家的经过原原本本告诉余璐璐的时候，后者气急败坏，在寝室里拍桌子跳脚，"什么高知家庭，教授父母，我看只是徒有其表，比普通人还要封建、顽固、冷酷！"

丁木子的眼睛依然红肿着。昨晚，唐骞看到母亲的字条，只是尴尬地笑了一笑，说："你别理她。"此后不再作声。丁木子悲凉地感到了：无论唐骞多么爱她，他首先是个儿子，然后才是个情人。

"他们嘴里不说，其实打心眼儿里看不起外省人。可是在上海，他们那点身家又算什么？一样的在泥土里摸爬滚打过日子，他父母是教师，你还是大学生呢！看不出谁比谁就高贵些！"余璐璐气得喉咙里呼噜噜的。

丁木子蜷着身子坐在下铺床上，用一张薄毯子盖着双腿。呆了半晌，方才说："从昨天晚上到现在，我一直在想一个故事。在我们双石镇，有个男孩和女孩，一个是供销社社长的儿子，一个是茶馆老板的女儿，打小青梅竹马。'文革'时，茶馆的老板不知道为什么，写信揭发供销社社长是反革命，导致社长被游街批斗，关在牛棚里自杀了。女孩的父亲禁止她再和男孩往来，男孩也对女孩的爸爸怀着深仇大恨。但他们还是很要好，打不听，管不住，经常偷偷地溜出家门，在河边或者小树林里见面。1976年'文革'结束，男孩的一个远房亲戚要把他接到城里，有人说是到昆明，也有人说是到杭州或者上海，女孩打算跟他们一起走。离家出走。她已经18岁了。她父亲知道了这件事，把她反锁在家里，锁了整整一个星期。把她放出来的时候，她就像一个鬼。"

余璐璐打了个冷战。

"后来呢？"

"后来，据说她性情大变。她在父亲的茶馆里帮忙，招徕南来北往的客人。她和所有男人打情骂俏，声言谁只要带她走，她就跟他睡。她被骗了几次，但没有放弃。她父亲也管不了她。她一心只想离开双石镇。"

此刻丁木子脸色惨白，神色恍惚。余璐璐给她端来一杯红糖水。她感到这个故事和丁木子的处境并没有特别的关联。她不知道，丁木子故事里的女孩，正是她那"名声不太好"的姑妈，金丝雀一样被关在奢华小公寓里的徐太太。

几个星期后，当丁宝琼打扮得花枝招展地出现在她的寝室，还是让丁木子吃惊不小。

星期二中午，余璐璐趴在书桌上看一本时尚杂志，丁木子卧在床上闭目午休。她只在晚上才去唐骞的出租屋，并且近来有时候连晚上也去得少了。倒不是因为她不再爱恋唐骞，而是自尊心不允许。唐太太的字条像一盆冷水，把原本火热的恋爱浇得只剩下一点余热。

敲门声响起，余璐璐跳起来去开门。一个穿着月白色旗袍、挽着低低发髻、蛾眉淡扫的女子不由分说走了进来，把一盒瑞士夹心巧克力往余璐璐怀里一塞，"你是木子的室友吧。我来找丁木子。"

丁木子迷糊中听这声音有些耳熟，蓦地从床上坐起。徐太太比上次见时还要年轻三分，要说是她的表姐也不会有人怀疑。余璐璐站在丁宝琼背后，夸张地用唇语说了一个"WOW"！

"你这里倒是很干净。可惜我没上过大学，从爸爸家直接到了丈夫家，不然也想体会一下住校生活！"徐太太一扭屁股坐在下铺的床沿上。丁木子往里挪了挪，揉揉眼睛，困惑地问："姑妈怎么来学校了？找我什么事？"

"没事就不能找你了？"徐太太头一歪，觉得丁木子精神委顿，似乎更清瘦了。她不便立刻过问，只说："我今天出门看一场拍卖预展，想起你的学校就在附近，顺道过来看看你。起来吧，我带你去雅漾咖啡馆喝咖啡。"

徐太太来找丁木子，也是下了一番决心的。她悄悄留着那张邮递单，趁徐先生不在家的时候，拿出来反复展看。地址是上海市徐家汇某街某巷某号，寄件人姓顾，徐太太隐约猜到寄件人是谁，但并不十分确信。毕竟事情已经过了二十多年，斗转星移，物是人非。在1976年的那个九月，给予她的心灵极大创伤的那件事，早已随着时间的冲刷慢慢从记忆里淡却。然而这颗满月眼黑曜石，让徐太太愈合多年的伤疤又隐隐作痛，就像陈年的风湿病，在每个梅雨霏霏的夜晚折磨得她无法入睡。痛楚、疑惑和愤怒，就像雨后生出的池塘边的杂草，而她仿佛又变回了二十多年前的那个丁宝琼，穿一身米色的的确良衬衫和海蓝色百褶裙，迈着小鹿一样的步子从供销社门前路过。她的青春和美貌在双石镇令人艳羡。

谁都认为她和顾正庭是天造地设的一对。顾正庭是供销社会计顾长声的独子，而顾长声和丁宝琼的父亲丁德铨是多年的至交。顾长声的妻子身体孱弱，常年卧床不起。顾长声工作繁忙的时候，就把幼子正庭寄放到丁德铨的茶馆里，托丁德铨看护。丁家孩子多，容易不那么寂寞。丁宝琼比顾正庭小两岁，两人几乎是在一起长大的。

在双石镇小学，顾正庭是少先队大队长，丁宝琼是宣传委员兼升旗手。"文革"在川南小镇来得较晚，并且对孩子们来说，那不过是逃课捣乱的一个好理由。镇上的小学和中学都停了课，一群小红卫兵趾高气扬在街上逡巡，有的甚至还结伴爬火车要到北京去见毛主席。顾长声和丁德铨不允许儿女做类似的事。在最混乱的那一段时间，是丁宝琼记忆里最美好的时光。双石镇有一座收购站，在收购站的二层阁楼堆满了从四邻八乡收来的旧图书。有线装书，字帖，也有课本，诗集，外国小说。看管收购站的老李是个和蔼可亲的小老头。顾正庭不知什么时候迷上了历史，既然学校里不上课，每天就到收购站的二楼上翻捡旧书，坐在书堆里埋头看上一天。丁宝琼为了不在家里带后妈生的弟妹，从茶馆里跑出来，也到收购站的二楼躲清静。少男少女背靠背，或者抵足坐在阴暗的光线里，一个人捧着《列宁传》或《苏维埃革命史》，另一个人百无聊赖地翻阅插图本《红楼梦》。十三四岁，正是情窦初开的年纪，孩童时两小无猜的兄妹情慢慢地在收购站二层霉灰飞舞的旧书堆里变了味儿，一个拿眼睛偷瞟另一个，对方的脸上会悄悄飞起两团红晕，不小心碰一下胳膊或手指，隔着衬衣也能有一股触电似的刺激的新鲜感。

顾长声出事那年，双石镇的中学已经恢复了上课。也许是地处偏僻川南的缘故吧，"文革"在这个小镇上制造的震动并不那么强烈，尤其愈到了后来，政治色彩愈为淡薄，一笔笔算的都是人情账。丁德铨的茶馆曾经是镇上开批斗大会的地方。几张平时供人搓麻将的方形茶桌拼起来，被批斗者反剪着手肃立其上，接受人民群众排山倒海的辱骂。然而丁德铨本人既不偏向当权派，也不偏向造反派。他从没在群情激动里跟着喊一句口号,也从没向那些站在台上受折辱的人戳过一次手指。相反,每次批斗大会之后,众人渐渐散去,他会默默地将受批斗者带到茶馆后院,给他们端一盆热水洗脸,天冷的时候还捧来一碗热粥。末了一个个送出去,关牛棚的关牛棚,回家的回家。因此,当丁德铨写信告发供销社会计顾长声为了给妻子治病挪用公款,徇私舞弊,挖社会主义墙角的时候,镇上的人没有几个是不吃惊的。

关于丁德铨和顾长声的反目,私下里也有一些传言。有人说顾长声的妻子病重那几年,有一段时间,丁德铨的续弦、丁宝琼的后妈时常到顾家看望,送糕饼汤水。大部分时候坐坐就走,有时候也留下来跟顾长声扯家常。有一次,镇上的一个傻子看见她从顾长声家的后门悄悄跑出来,头发乱糟糟的,上衣也没有扣整齐。不过傻子说的话,大家都觉得不足取信。还有一种说法,顾长声向镇长建议在双石镇修公路,还亲自画了修路地图,这条路恰好要经过丁德铨的茶馆。也就是说,要是修路,阻拦社会主义建设的丁家茶馆就必须从双石镇消失。

批斗顾长声,是"文革"在双石镇的最后一个小高潮。批斗地点不在茶馆,而是在供销社的天井里。文弱的顾长声在扔向他的臭鸡蛋、西瓜皮和烂菜叶里抖抖索索,在气势汹汹的拳打脚踢里几乎便溺。有人看见丁德铨也去了,从头到尾铁青着脸,攥紧拳头,没说一句话。

丁宝琼厌憎自己的父亲,大概也是从那个时候开始的。她已经十六岁,通晓了一点人情世故,即便通晓得并不透彻,也知道这是在"借刀杀人"。她偷偷地和顾正庭到牛棚去看顾长声,用军用水壶给他带去半壶米汤。顾长声半闭着眼睛瘫坐在地上,朝两个孩子咧嘴一笑。他们都没想到他第二天就把自己吊死在了房梁上。

在这之后,虽然丁德铨严令禁止,丁宝琼继续和顾正庭来往,只是背着家里人。那一年,顾正庭卧床多年的母亲也离世了。不知因为怜悯还是负疚,丁宝琼感到自己对顾正庭的爱比以往任何时候都要热烈。明里,在学校,在食堂,在马路上,他们哪怕相遇也形同路人。暗里,他们却在人迹罕至的小竹林、打谷场,尤其是在收购站二层阁楼偷偷幽会。老李坐在一楼的藤椅上打盹儿,散发着霉味的旧书堆成的小山为幼嫩的情欲建立起天然的屏障。丁宝琼躺在一堆讲述社会主义农业建设的宣传册上,闭上眼睛迎接顾正庭湿漉漉的嘴唇。从天井透进来的金色阳光爱抚一样地洒到她的脸上。

"文革"结束那一年,顾正庭在苏州的一个远房亲戚写信到双石镇,要将他接到城里去。顾正庭正好可以在那里参加"文革"后的第一届高考。与此同时,丁宝琼发现自己怀孕了。既然丁德铨绝对不会同意女儿和顾正庭的婚事,丁宝琼斩钉截铁地告诉顾正庭,要走,带她一起走。

顾正庭若有所思地盯着丁宝琼的眼睛，有一两分钟没有说话。最后他说："好，一起走。"

"你发誓不会抛弃我？"丁宝琼问。

离他们站定的地方不远有一个煤炭堆。顾正庭随手捡起一颗黑漆光亮的煤炭，递给丁宝琼："以这块经过几百万年形成的煤炭发誓。"

在做了二十多年的徐太太之后，丁宝琼想起这段对话依然手颤心悸。她一直没有揣摩明白，顾正庭当初究竟是真情还是假意。如果是真情，后来发生的一切，他都欠她一个合理的解释。如果是假意，那么正像她父亲丁德铨咬牙切齿地宣称的一样："他是在对丁家进行报复！"

她第一眼看到丁木子带来的黑曜石时，并没有马上把它和这段往事联系起来。直到过后好几天，这颗由姓顾的人寄来的石头才变得愈来愈惊心刺目。她仔细辨认投递人的地址，然后刻意打车两次经过那个地方，发现那只是一家比较偏僻的邮局。她想试试寄信人留下的电话，但又不敢贸然直接问过去。她把电话号码最后一位改掉，拨通了，对方说，这里是民族大学。

在雅漾咖啡馆，徐太太撮尖了嘴慢慢地喝一杯卡布奇诺，丁木子则用吸管搅动着面前的一杯蜂蜜柚子茶。

"我看你有些事情不高兴，可不可以对我说？"徐太太知道，想要丁木子对自己推心置腹，必先解开她的心结才行。

"没什么……只是和男朋友有点小矛盾。"

"哟，交了男朋友啦。说给我听听，姑妈是过来人。"

不知为什么，丁木子突然对这位只见过一面的姑妈有了亲切感。她吞吞吐吐地把和唐骞的恋爱以及去对方家里的经过讲了一遍，徐太太之前的倨傲荡然无存，一边听着，一边微微点头，满脸同情和理解。说到最后，丁木子枕在她瓷实的手臂上呜呜哭起来，虽然徐太太还一个字未说，她已经觉得姑妈是全天下最懂得她的人了。

"恋爱的事，父母的意见是最不要紧的。"徐太太摸摸丁木子的头，慢条斯理道，"当初我嫁给徐先生，全家人反对，我爸爸气得要撵我出门。可我一直觉得，是他把我从龙潭虎穴里救了出来。我嫁给他这二十多年，几乎没有后过悔。"

丁木子似乎从徐太太的事迹里获得了希望和力气，用手巾拭干了眼泪。徐太太软语劝慰一番，末了轻声道："你也不用太死心塌地，这种酸腐知识分子家庭，上赶着巴结我我也看不上！以你的模样身段，又是大学生，只要人在上海，姑妈就有好的介绍给你！"

丁木子低下头去喝蜂蜜柚子茶，不答话。

徐太太远兜远转，终于转到自己感兴趣的话题上来。"说起上大学，你跟我说说，你们工艺美术系上些什么课，教课的老师是谁？"见丁木子眼含困惑，又说，"我有一个牌友，女儿比你小两岁，快高考了，也想考民族大学的工艺美术系。我给她打听打听情况。"

丁木子暗想姑妈这人还真够热心，一会儿过问我的事，一会儿过问别人家孩子考大学的事。她把系里本科生的课业安排一一道来："本科生第一学年有五门必修课，基础素描、基础造型、大学语文、设计理论、现代美术史，对了，还有一门思想政治。教素描和造型的是罗池教授，他也是上海很著名的老油画家。八十年代那些描写上海摩登女青年的油画，就是他画的。教大学语文的是中文系的蒋珊教授，很年轻漂亮，出口成诵。教设计理论的是工艺美术系的系主任张勋，怪严厉的。教现代美术史的是顾正庭教授，这是我最喜欢的一门课……"丁木子讲到这里，发现徐太太的一双妙目闪闪发亮。

"这位顾老师，长相什么样？"

"四十岁上下，高高瘦瘦，很儒雅，很斯文。"

这回轮到徐太太低头用小银匙搅着残余的咖啡，不说话。

不久，徐太太唤侍者埋单，笑道："你回学校吧，我也该回家了，徐先生今天晚上还要宴客。"走出雅漾咖啡馆，又拉着丁木子的手嘱咐："有事情只管来家里找我。"

丁木子对徐太太心怀感激，没来由地说了一句："现代美术史每周一和周三上午上课，在6号教学楼304。"徐太太早已扭头走了，只当未曾听到。

5

自从寄出那个包裹以来，顾正庭无数次埋怨自己一时冲动。但他又以一种私密的兴奋心情，想象这件事可能引起的后果。她可能根本收不到这个包裹，若是那样，一切就算白费。她也可能收到了包裹但不屑一顾。还有一种不可排除的可能性，黑曜石触动了她心底的往事。她会因为怨恨而前来指责他、质问他，也可能因为爱情再一次让他带她走。那他该怎么办？然而，只要想到此刻她有可能正在寻找他，顾正庭就觉得莫名满足。

自从父亲在牛棚上吊，母亲受到打击随之离世以后，顾正庭对丁宝琼的爱里就含着恨。也许恨有多深，爱就有多深。他不明白这两种截然相反的情感是如何混杂在一起的。当丁宝琼像一颗剥开的莲子一样躺在收购站二层阁楼的旧书堆里，顾正庭努力压抑着内心的怒窜的猛兽，只差一点就要将眼前的女孩撕得粉碎。他的双手抚过她的额发，阖上她的眼睛，卡住她纤细的颈项，在那里停留了几秒钟。他只想狠狠地掐住她的脖子,不用太长时间,也无须太多挣扎——她信任他,甚至不会立刻反应过来发生了什么。

有人到收购站卖废铁。老李在楼下重重地咳嗽了一声。他的手继续往下滑,他决定换一种方式。想到丁德铨因愤怒而扭曲变形的脸,顾正庭感到快意。

那一年,他十八岁,她十六岁。丁宝琼绝对想象不到,这就是她人生第一段亲密关系的开始。

他对她说过许多情话,包括那一句"以这块经历过几百万年的煤炭发誓",真真假假,他自己也说不清。但在十八九岁的那几年,他和丁德铨的女儿往来,只是因为那是一块禁区,他希望看到丁德铨受尽羞辱、怒不可遏。

丁宝琼怀孕了。他的心软下来。他决定带她走。如果他在这时候抛弃她,丁德铨在双石镇将颜面扫地,还有比这更狠的复仇吗?可是顾正庭不愿意将上一代的恩怨转嫁到下一代甚至下下一代身上。所以,当他捡起一颗漆黑光亮的煤炭,递给丁宝琼的时候,他的心有七分是真诚的,另外三分,是犹豫不决。

然而这件事,并不完全由他自己做主。他在苏州的亲戚坚决拒绝接纳一个未婚先孕的年轻女子,写信告诉顾正庭:"已经给你安排好了考试,但要来,只能一个人来。"顾正庭思前想后,终于在没有告知丁宝琼的情况下,比预定的日期提前两天独自离开了双石镇。

他搭了一辆过路车到荣县,从荣县乘长途汽车来到成都,再从成都坐火车到苏州,四天三夜,随身只带着最少的行李。一路上,他几次在梦里看见丁宝琼披头散发,像个鬼一样,哭着对他说:"我怀过你的孩子!我怀过你的孩子!"

寄出包裹之后的一个多月,顾正庭开始做同样的梦,屡屡惊出一身冷汗。他决定,如果丁宝琼再次出现,必然要对她做出补偿。他已经做好准备迎接一个皮肤粗糙、凄凉苍老的丁宝琼。是的,她极有可能活得很惨,在偏僻守旧的川南乡镇,一个女人先怀孕后被弃,这样的名声能带来什么好下场?他猜测她还住在双石镇,嫁给了一个老头或者跛子。直到某一天,他在办公室接到一个陌生男人打来的电话。"是顾先生吗?""我是。"对方沉吟了一下,说,"你寄给丁宝琼的包裹收到了,我太太让我代她谢谢你。"如此挂断了电话。顾正庭一颗悬着的心放了下来,同时感到若有所失。

徐先生当天晚上招呼了一桌人来家打麻将,徐先生坐南手,顺时针依次下去是徐先生的老朋友周伯淳、他的发妻周太太,还有一位姓宋的,是仁济医院的外科手术大夫。徐太太先不上桌,亲自拾掇了两小筐樱桃,一盘杏仁,一盘奶油腰果,稳稳放在麻将桌的四个角上,然后坐在徐先生身后帮他看牌。

徐先生手气好,连和三把清一色。周太太粉面含嗔,嗲声嗲气道:"徐先生还说要请客，来了不到半刻钟，把我们的钱都快赢光了。徐先生的饭咱们以后可得小心吃，honey，你说是不是？"她用手肘撞了撞身边的周先生，顺势打出一张四筒。

周太太年轻时被父亲带着去美洲转过一圈，回来后嘴里老蹦洋单词儿：honey、sweet、my god、oops、shit！周先生却斗大的洋字母不认识一个。他碰了宋大夫打的六条，又摸上来一张七万，看样子正好听牌。半晌才慢条斯理接茬："不是徐先生要赢，是徐太太往那边一坐，太有帮夫运！"

徐太太笑着把身子一侧，离丈夫远一点。"你哪只眼睛看见我帮他？我就是输光了，也不一双眼睛看两家牌，给他递小道消息！"

徐先生嘿嘿一笑，摸起来一张幺鸡，又打出去一张九万。"徐太太牌风好，比我们男人更堂堂正正。"

下一把周先生对对和，接下来姓宋的大夫和了一把同花顺。宋大夫本来有点闷声闷气，一和牌变了话痨，连声抱怨今年夏天雨水多，人都病怏怏的，跳舞跳不动，电影院也没有什么片子看，总之无聊得很。

宋大夫四十岁刚出头，长着一只突兀的鹰钩鼻子，从某些角度看也算一表人才。他离婚三四年，结交了一些女朋友，都是露水姻缘，按照他的说法，断不能再"自掘坟墓"。他一个人住着外滩附近的一所大房子，家里雇了一个保姆阿姨。这些天，他姐姐和姐夫去肯尼亚办事，把五岁的小侄女寄放在弟弟家。保姆又要带孩子，又要拾掇家务，成天没有好脸色，搞得他很焦躁。

"那孩子天天捣乱，不合意就哇哇哭。真恨不得把她的嘴缝起来。幺筒！"

"你呀，再找个女朋友，就不会这么无聊了。"周太太把手里最后一张条子打出去，暗自得意做了一把大牌。

"不行，不行。"宋大夫愁眉道。"太年轻的，我嫌浅薄无知，没有共同语言。成熟有风韵的，又都名花有主了。"

打了两圈，宋大夫让徐太太打，自己坐身后帮她看牌。他这会儿兴致很高，徐太太每打一张牌，他都要指点品评一番。徐太太是场面上应酬惯了的，也不违拗，也不发表意见，该怎么打还是自行其是。天气热，徐太太挽了高高的发髻，露出一段雪白肥腻的脖子。时不时地，她感到宋大夫向她的后颈窝里呵一口热气。

若在平时，她会享受这微妙挑逗的刺激，把它当作对徐先生的挑衅。然而今天却觉索然无味。她厌倦了一切绵里藏针、指桑骂槐、逢场作戏。她甚至开始怀念那个号啕大哭的鬼一样的丁宝琼，二十多年前的夜晚，发疯似的寻遍双石镇每个角落之后，被面色铁青、颜面丧尽的丁德铨死拉硬拽抓回茶馆。她手足冰凉，腹中绞痛，用牙齿撕咬枕巾和被子。镇上的医生来了又走了，她觉得自己死过一回，她感到身体里多了一团空洞。

至少，她还可以痛，可以失去，可以撕心裂肺。

徐太太下了牌桌，还让宋大夫打。另外三个人牌兴正浓。她去靠坐在沙发上，拿樱桃逗蓝眼睛的金吉拉。小猫追着血红的樱桃玩耍，毛茸茸的肉爪子一掀一掀。

徐太太来学校过后没几天，唐骞告诉丁木子要搬家。"搬到哪里？""把出租屋退了，回家住。我可忍受不了学生宿舍里的臭脚丫子。"丁木子想起唐骞家拥挤促狭的书房，不明白他为何做此决定。"这里一个月两千块的租金，都是爸妈付。现在唐太太让搬回去，我也不能跟她硬犟。"唐骞耸耸肩，表示无可奈何。

丁木子觉得一股气堵在胸口出不来。大约唐家父母发现儿子继续与丁木子来往，索性断了他的经济来源，看这虚无缥缈的爱情如何建立在海市蜃楼之上。当然，不住在一起并不代表恋情终结，唐骞也没有分手的暗示，但丁木子能预见在今后的日子里，即便她和唐骞仍在同一所学校上课，同一个食堂吃饭，同一条小径散步，亲密感的缺失加上唐太太夜以继日旁敲侧击、谆谆劝导，必让两人日渐疏远。

在年轻人的成长中，在他们自食其力以前，精明的唐太太紧紧地抓住了最后一次声明自己权威的机会。

"你先别搬，房租我来想办法。"丁木子从未像现在这么坚决。

她不是要和唐太太争儿子，而是要给自己争一口气。她不好意思向家里伸手，于是和很多同学一样，打算周末出去做兼职。余璐璐就做着一份初中家庭教师的兼职，每小时80元补课费，周末两天，每天三个小时。"内容不过是帮傻孩子解几何题，讲牛顿第三定律，写篇英语作文，最重要的是在家长面前使劲夸他聪明，而老师竟没发现这个小法拉第的潜质！"余璐璐潇洒地打了响指，"很简单，不费吹灰之力。"

丁木子没有去做家庭教师，想到几何题、牛顿第三定律、英语作文，她就手心冒汗，着实不合适再去辅导别人。她托姑妈找了份babysitting（托婴服务）的工作，课余时间帮人带小孩，收入居然也很不菲。

徐太太做的是顺水人情。她介绍丁木子到宋大夫家babysitting，宋大夫原本推托，表示保姆一个人勉强也看得过来，用不着再雇人手。徐太太在电话里娇叹一声："木子是我侄女，非要打点零工勤工俭学。可是送到别的人家去，我又不放心。"对方赶忙说："那自然另当别论。"

丁木子一周去宋大夫家三天，大都是保姆下班回家，宋大夫在外面有应酬的时候。她和小孩处得很好，才去了两三次，女孩已经对她依恋不已，管她叫"钉子姐姐"。她心里估算着，如此下来，一个月除了挣下房租，只怕还有余裕。可惜她的勤谨并没有获得想要的回报。没多久，唐骞突然宣布要去德国留学，即刻启程。人都走了，房子当然也没有续租的必要。

"学校里的交换项目,去德国杜塞尔多夫艺术学院,本来轮不到我,上一个要去的学生突然放弃了,于是派我去。"

丁木子知道这件事多少与唐骞家里有关,但她没心力计较。"马上就走?语言怎么办?你又不会德语。"

"到了以后,先上三个月语言课,然后到自由艺术系报到。"唐骞对此行踌躇满志,毕竟,那里是德国,诞生过博伊斯、里希特、基弗等等令人仰望的艺术大师。

这是他们最后一次在芳园西里的出租屋见面,客厅里摆着几个已经收拾好的箱子。那幅人们在池塘里开派对的油画,唐骞只画了一半。背景里一个穿着红色晚礼服的女人,下半身还是几条粗略的线,她仿佛只有半个身子的女鬼,不合时宜地出现在这群体面欢乐的上流人士中间,居然也弯着杏核似的眼睛,露出惨淡哀愁的笑。丁木子缓缓在画架前坐下,背过脸去,无声啜泣起来。她的对面是一股强大的意志,无论她忍耐还是反抗,事情都会朝着那股意志所决定的方向发展,不会有任何改变。

唐骞摇摇她的肩膀,柔声说:"我到了德国就给你写信。每天写。"

在这一瞬间,她发现了唐骞的懦弱。唐骞没有办法拒绝唐太太,一旦家里停止供养,他立即搬回生活了二十多年的小巢,就像惊慌的小鸡回到母鸡的翅膀下。丁木子一度把唐骞的"听话"理解为城里孩子的"好逸恶劳",不愿意养活自己,因此根本没有资本反抗。可唐骞压根没想过反抗,他只是不知道如何拒绝,如何对人说"不"。当唐太太要他搬回家时,他没法说"不",当家里因为显然的原因催促他去德国时,他没法说"不",甚至当他已经决定要结束一段感情时,他也不能对丁木子说"不"。

于是使出他的惯用伎俩,虚假的柔情,虚假的承诺。唐骞就是一只软弱的毛毛虫,裹着一身天牛的壳。

丁木子一直以为自己依赖着唐骞,实际上是他依赖她。她一脸肃穆,抬头看到唐骞眼里近乎哀求的神色。他甚至连这哀求也不自觉。她按捺下心中升起的不屑,颔首说:"你写信吧,我会读。"她没有说:"我也会写。"

6

徐太太在家里翻箱倒柜,整个人钻进卧室里的紫檀木雕西番莲纹四件柜里,又一一拉开客厅里的小叶桢楠五斗柜的抽屉,最后从储物间搁置许久的陈旧的多宝柜底层拉拖出一只黑漆漆的手提箱来。她宽阔的额角沁着汗,双眼熠熠放光。

二十多年前,徐太太跟着徐先生,在众目睽睽之下离开双石镇的时候,手里就拎着这个箱子。箱子又小又轻，里面只装着丁宝琼的两套换洗内衣，两条裙子，以及用毛巾裹着的一把牙刷。丁德铨赌气到茶馆的账房里埋头算账，一手算盘打得噼里啪啦震天响，整条马路似乎都能听见他愤怒决绝的算珠声。

丁宝琼脸上涂了一层很淡的胭脂，用发网在脑后挽了个松松的发髻。她穿了一身宝蓝色无袖连衣裙——请镇上的冯裁缝照着时装杂志的封面做的——雪白的臂膀被太阳晒得像要融化。她拎着小手提箱，面目清新地出现在茶馆门口，然后昂首挺胸，扭着臀部噔噔噔走过双石镇唯一的一条碎石马路，向徐峥嵘下榻的镇公社招待所走去。

马路两旁，菜农挑着菠菜担子缓缓经过，五金店和副食品店正在浇水扫地，准备开门，男人在咳嗽，婴儿在啼哭，女人在家门口晾衣服、喂鸡、打骂孩子，一切如常，然而丁宝琼知道，一切也不过是假象。所有人都盯着她，这个丁老板家里不争气的、名声败坏的女儿，枉生了一副好皮囊，三年前离家出走了一次，现在又闹另一次。

热风让裙子的下摆缠住她的膝盖。新买的银色高跟鞋穿起来有点磨脚，丁宝琼的脚后跟已被打起了水泡。躲在浓密树荫里的蝉子还在拼命嘶喊，让她头晕目眩。

徐峥嵘正站在招待所门口，夹着黄鹤楼香烟的手指微微发颤，过早秃顶的脑门像抹了一层清油。当年他三十四岁，珠宝生意刚起步，身上背着几千块的借债。他有个富有的远房亲戚住在自贡市，徐峥嵘前去告贷，所乘的公共汽车在双石镇抛了锚，徐峥嵘滞留一天一夜，在茶馆里打发时间，遇见了丁宝琼。

她的腰上系着一块碎花围裙，走过来给徐峥嵘沏了一碗碧螺春。因为看他是外地人，遂问他从哪里来。徐峥嵘不大听得懂荣县方言，愣在那里。丁宝琼一笑，端来一盘盐水煮花生，用普通话说，送你的，不用钱。

徐峥嵘就是在丁家的茶馆里学会了打四川麻将。他边洗牌，便拿眼睛瞟丁宝琼。大部分时候，她百无聊赖地倚在柜台上，一边嗑瓜子，一边翻看苏联小说《阿霞》或者《静静的顿河》，眼皮都懒得抬一抬。

徐峥嵘在亲戚处借到两万块周转资金。回程时又路过双石镇，这次他是刻意为了丁宝琼来的。他每天到茶馆里闲坐，从早上九点坐到茶馆打烊，有时候跟老乡打牌，有时候只要一盘盐水煮花生，慢条斯理地剥了吃。这样过了一个星期，丁宝琼也看出了点意思。她双手支在茶桌上问："你究竟做什么的？""做珠宝生意。""来四川干吗？""来借钱。""接下来去哪？""去新疆，然后回上海。""什么时候走？"徐峥嵘的目光在丁宝琼含翠带露的眉眼上一扫："这得看你。"

丁宝琼"啪"地扯一下围裙，扭身回到柜台后面去了。当天晚上，她和丁德铨摊牌，要跟这个外省人走。她冷冰冰地说，自己的年纪不小了，要为命运做一回主。丁德铨被她毫不理性的决定气得须眉倒竖，拍着桌子吼，要滚滚远点，老子眼不见心不烦。

一个月以后，他们在新疆领证结婚。丁宝琼顺理成章成了徐太太。

宝蓝色无袖连衣裙还稳稳地叠在箱子里，因为时间久了，衣料有些泛黄。徐太太把它拿到穿衣镜前比试，她现在较二十年前丰腴许多，这条裙子只怕再也穿不进去。她抖散裙子上的樟脑味，取出衣架，将连衣裙放到四件柜里郑重地挂起来。

她换了一身素净的家常旗袍，肉色的柔亮丝袜，一双半旧的漆皮高跟鞋。她没有化妆，刻意收拾得很随意，坐车去民族大学找丁木子。今天星期三，离上午最后一节课下课还有半小时。她已想好了，就说自己路过附近，发现有家川菜馆很正宗，叫丁木子一起吃饭。

这时候校园里格外安静，学生们不是在上课，就是在图书馆。几个男生骑着自行车叮叮当当从她身旁经过，有一个回过头友好地笑笑，多么阳光的一张脸啊，就像曾经的顾正庭。

丁宝琼在6号教学楼门口踌躇片刻。离下课还有一刻钟，她打算站在楼前的洋槐树下，等他被学生们簇拥着从楼里出来时，远远地看上一眼。她觉得促使自己来这里的不过是好奇心，这个人过得怎么样？贫寒还是富裕？胖了还是瘦了？他有几个孩子？有什么烦心事？她觉得她一眼就能看出他过得是否幸福。

教学楼一层有台饮水机，教师和学生们可以用自带的水壶在这里接热水。丁宝琼从楼外瞥见饮水机有一边水管没有关牢，顺势走进去把水管拧紧。既然进来了，她又决定不妨去教室门口看一看，反正也不会有人注意。她的高跟鞋踩在教学楼的楼梯和过道上，踢踢踏踏发出清脆又甘凉的声音。听见这声音的人，都觉这步子的主人一定性格爽脆、毫无畏惧。

踢踏踢踏声沿着左侧楼道上了三楼，在304教室靠近讲台的门口停下来。离下课还有十分钟，阻隔着她和顾正庭的这扇门就要打开，所有前尘旧事面临了结。丁宝琼忽然感到有些心慌。真是他吗？丁宝琼侧耳细听，一个男子正用缓慢清越的声音讲述民国美术史。

"那个年代的艺术家也是眼光卓著的收藏家。比如说徐悲鸿，从赴法国留学的时候，就开始省出菲薄的生活费，收购流散到欧洲的中国古代名画。他一生的收藏据说有一千多件。"顾正庭也听到了踢踏踢踏的脚步声，甚至在来者刚刚踏进6号教学楼的楼门，走过去关上一个没拧紧的水管的时候，他就听到了。

这脚步声如此不同寻常，在他听来又如此怀着淡漠的忧愁，以致顾正庭模模糊糊地想到了一种可能。这一节课讲徐悲鸿，幻灯片放到最后一帧，台下只有稀稀拉拉几个学生还在仰头听课，几个男生已经开始一边看表，一边收拾桌子。顾正庭用眼睛寻找丁木子，她和余璐璐坐在后排，两颗脑袋凑在一起窃窃私语。虽然这是女学生上课的常态，顾正庭还是觉得她们在秘密谋划什么事。

脚步声在附近消失了。没有人从窗口走过去。顾正庭嗓子发干，心里咯噔一下。

他想象丁宝琼就站在离他一米远的门外，隔着门也能感受到她身上的夏日谷堆的热气。他想象她按捺着内心的伤痛与怨怼——虽然过了这么多年，这怨怼早该烟消云散了——捂着胸口在那里，努力听清楚他说的每一句话，企图从每个字眼里寻找对他残忍的不辞而别的解释。他想象她已经准备好了一通激烈的斥责，却以无比幽怨的方式表达出来，她每看他一眼都是在他脸上扇一个耳光子，挖一道指甲痕。可他唯独想象不出她的面容，因为他无法在记忆里复现那个十六岁的，从他手里庄重地接过一枚炭石的丁宝琼。

然而他不紧不慢地往下讲。"1937年，徐悲鸿以重金从一位德国女收藏家手里买到了唐代吴道子的《八十七神仙图卷》。这是一卷白描人物群像，在中国美术史上意义非凡，悲鸿先生视为拱璧之珍。他在图卷上盖上一枚印章——'悲鸿生命'，把这份收藏看得和他生命一样贵重。

"五年后，日军空袭昆明，徐悲鸿在轰炸中仓促离家，临走忘了携带《八十七神仙图卷》。图卷在这次轰炸中遗失。徐悲鸿懊悔不已，乃至大病一场。他以为这幅图卷早已在战火里被人毁掉了，今生再也无缘得见。两年以后，他竟然打听出《八十七神仙图卷》的下落，以二十万现金和数十幅自己的画将它换回。

"他在失而复得的《八十七神仙图卷》上题诗一首：得见神仙一面难，况与伴侣尽情看。人生总是荼菲味，换得金丹凡骨安。从那以后，《八十七神仙图卷》一直陪伴着徐悲鸿，直到他离世。"

听到这里，丁宝琼鼻子一酸。她本来紧贴门边站着，此时悄悄退开两步，内心里情绪翻腾不知作何滋味。她想起放在案头的那颗黑曜石，即便在夜里也莹莹发出辉光，比最浓的夜色更漆黑，也更明亮。她几乎领会了它的含义，但她宁愿装作不曾领会。还有两分钟就要拉下课铃，丁宝琼感到一阵莫名的悲哀。原来在这个世界上，并不是所有事情都有终点，并不是所有情感都能够了结，或者所有的残忍都有个解释。二十多年来，这是她和顾正庭相距最近的几分钟。二十多年来，她虽然活得左右逢源，光鲜明媚，内心里却始终有一个空洞。在这几分钟里，这空洞被填满了，被灌入了水银，愈来愈沉，愈来愈沉，仿佛要把她整个人从云端压到泥土里去。事实上，二十多年前顾正庭不能给予她的——不管那是什么——今天她已经不想要了。

顾正庭再次听见踢踏踢踏声，一个身材娇小但丰腴的妇人翩然从教室窗前走过，缓缓向楼道尽头走去。顾正庭只见到一个窈窕的背影。大约不是她吧？毕竟看起来很年轻。他怅惘地想。邻班的教授提前宣布下课,蜂拥而出的学生们很快挡住了他的视线。

这天向晚又下起雨来,上海的夏天就是这样,闷热,黏稠,潮湿。丁宝琼打着赤脚,散着头发,抱着金吉拉坐在飘窗前发呆。她接起一个电话,是宋大夫打来的,对方咕咕哝哝讲了一大通,她回得有一句没一句。不久就不耐烦地挂断了。

晚上徐先生回家,发现案头上的那块碍眼的黑曜石已被收走。他喜滋滋地带来一条八卦新闻:"听说那姓宋的最近坠入爱河,还宣布要好好谈一场恋爱!可他对我有点躲躲闪闪,我猜测,他是不是爱上了你介绍去他家做保姆的小侄女,叫什么来着,丁木子?"

徐太太埋首抄写《心经》,一双黑眼睛忽闪忽闪,懒得答话。

【作者简介】黄茜,女,四川内江人,北京大学世界文学与比较文学专业硕士。诗人,译者,诗歌、译作散见各类文学刊物。曾获未名诗歌奖、刘丽安诗歌奖。出版有诗集《女巨人》,译作《双生》。现供职于南方都市报。

选自《江南》2017年第2期

大　树

张　忌

1

这一年的天气有些不讲道理。夏天的酷热刚过，气温便迅速下降，每日里西北风凌厉。到了9月，秋老虎该出来咬人了，却又无缘由地下了几场不大不小的冰雹。冰雹过后，燥热一阵，便是漫无边际的雨季。

谁也不知道，那棵树是什么时候冒出来的。在漫长的雨季中，这棵原本不起眼的树突然开始疯长。它的成长速度超出了所有人的经验，就如同一把巨大的折叠伞，收敛在角落里，突然用力一撑，就遮天蔽日了。

这棵大树惊动了许多人，连市里的农林专家也来看过。看了以后，他们得出结论，说这是舶来品，就如同公路边四处绽放的一枝粗糙黄花。世界那么大，超出人们想象的怪事实在太多，专家还说，有些地方，都已经出现了巨型乌龟，在公路上爬，都分不清是龟还是汽车。

专家的话并不能让村里的人信服，他们不相信世上还会有车子那样大的乌龟，同样，他们也不相信一棵外国的树，会不远万里来到他们村子。退一万步说，就算是一棵外国的树，也要讲道理，也不能一夜之间长得那么快。

他们怀疑，这树是跟村里发生的一些事情有关。

五年前，镇上开始征收村里的土地。原本一万一亩都没人要的地，镇上出到了两万元。镇里的干部还到村里来做工作，干部们说，土地征收后，这里就会变成一个度假村。有了度假村，外面的人就会源源不断地来这里旅游。这说法让村民们高兴。虽然，他们世世代代在此耕种，但他们对这片土地并没有多余的情感。现在，粮食不值钱，种粮食又那么辛苦，田地早就失去了原来的意义。卖了田，建起了度假村，就像这片地里长出了一棵棵摇钱树，这是多么鼓舞人心的消息。

很快，村里人都跟镇政府签订了征收协议。随后，村口的那条马路，便开始热闹起来，一堆又一堆的老建筑构件被运来，堆放在田间地头。据说，这是从安徽拆来的老房子构件，等土地平整后，它们将会像搭积木一样搭起来，变成一栋栋漂亮的建筑。看着这热火朝天的架势，大家都很高兴。镇上的干部没有骗人，那个期盼中的度假村，似乎依稀可见。

可没过多久，大家发现那些建筑构件堆放在田地里后，便没有了下文。更多的卡车，载来的是砖头和钢筋水泥。那些空地上，建起的不是一栋栋老建筑，而是四四方方的大厂房。厂房外面，搭起又高又长的围墙，墙头布满铁丝网。起先，村里人还不知道这是厂房，甚至还有人传言这是在造监狱。直到房子里的那些大烟囱竖起来，并排出黑色的浓烟时，大家才知道，这是工厂。

工厂越造越多，村子边每天都是车辆来往和机器轰鸣的声音。到最后，征收的那片农田，已经安不下更多的工厂了。于是，他们又打起了村对面那座山的主意。没用多少时间，几十辆挖掘机，就像白蚁一样，将对面的那座矮山啃噬一空。

后来，雨季就来了，而那棵大树也像着了魔一样，一夜之间就从平地里冒了出来。

私下里，就有人偷偷议论，田被填了，山被挖了，这里的风水也就败了。风水败了，怪事就来了，所以才会长出这么样的一棵大树。

2

康的父亲是最早注意到那棵树的。

康的父亲是村长。对于建工厂的事，他一直背负着巨大的压力。当初，是他一起陪着镇上的领导来村里征收土地。领导给村民们描绘度假村那个无比香甜的大饼时，康的父亲就站在旁边。他和村民们一起咂巴着嘴巴，仿佛品尝到了大饼的美味。

再后来，度假村就变成了工厂。工厂带来的巨大噪音，如同怪兽嚎叫，让村民们无法在夜晚安眠。更糟糕的是，那些从工厂里排放出来的污水，流在土地上，竟然寸草不生。村民们受了惊吓，便上门找康的父亲。他们质问，原本说好是造度假村，为什么变成了工厂？康的父亲无法回答，他只能跑到镇上去问镇里的领导。

听了康的父亲的问题，镇干部答道，办了度假村，你们可以在度假村里上班拿工资。办了工厂，你们照样可以在工厂里上班拿工资，这有什么区别呢？

康的父亲说，办了工厂，会有污染。

镇干部有些不以为然，污染怎么了？污染就不办厂了吗？全世界都在办工厂，就我们这里最娇贵吗？

随后，他打开电脑，让康的父亲看了一串数字。

你看看，1978年，我们的人均寿命是68岁。你再看看现在，人均寿命已经到了75岁。这是多么简单的算术题。1978年，我们有多少工厂，现在，又有多少工厂？如果污染真的有害，人的寿命怎么反而会变长呢？

镇干部的说法听上去很有道理，康的父亲没办法辩驳。最后，他只能打印了一份电脑上的材料，带回到村里。当村里人听说了污染不会短寿的事情后，显得非常高兴。他们不再纠结建工厂还是度假村，甚至，私底下还有些埋怨康的父亲。要知道，卖土地时，大家都是拿了双份的价钱。现在，却又上门去兴师问罪。不管怎么说，这都显得有些不近人情。

工厂就这样顺利地建了起来。村里的人，只要不是生了大病或者老得走不动路，都可以到那里上班。虽然没有度假村，但大家的钱一分也没有少赚。

不知为什么，康的父亲却死活不肯去工厂。他的身体一直非常健硕，完全可以适应厂里的劳动，但他就是不肯去。不但自己不去，也不准家里人去。康发现，每次说到工厂，他的眉头就会皱起来，像藏了什么巨大的心事。

没事的时候，康的父亲总会去离村最近的那块空地上转转。那儿有一个巨大的排水管，几乎所有工厂的废水都会汇集到那里。废水流过处，草木变得一片焦黄，就像被火燎过一般。这让康的父亲忧心忡忡。他又想起了镇干部的那番话，他依然没办法相信这样的污染会跟他们的生活无关。但他没办法说，就算是有关，又怎么样？相比较而言，人们更愿意相信污染是无害的。

这一天，当康的父亲再次来到这块空地上时，发现那片焦黄的枯草中竟长出了一棵绿色的树苗。不知道是不是那些枯草的衬托，这棵树苗显得特别的青翠，就像刚用颜料涂抹过一般。

这个意外的发现让康的父亲感到无比震惊。这片被工业废水浸透的土地怎么会长出这么一棵生机勃勃的树苗？难道污染真的无害吗？他想不明白。随后，他做了一个小实验，他在那棵树苗边挖了一个引流槽，试图不让工厂排放的污水接近它。然后，他从家中的井里挑了干净的水，去浇灌。让他吃惊的是，浇了干净的水，这树苗很快就变得蔫头耷脑的，就像得了病一样。随后，他将引流槽捣坏，让污水重新流到树的根部。就在这时，他看见了一个奇特的景象，这树就像长了一个巨大的嘴巴，那些污水一流到它的旁边，就不见踪迹。而此时的树苗，微微颤抖，如同经历了最美好的事情。

那天，从地里回来后，康的父亲几乎一言未发，呆呆地坐在房中，失魂落魄一般。当天晚上，他就病倒了。躺在床上，脸变得通红，嘴唇微微抖动，发出一些模糊不清的音节。

3

康的父亲被送到了县里的医院。医生给他照了 X 光，片子出来后，看见他的胸腔里竟然全是黑的。这让医生也感到很困惑，他将那张塑料片子横过来看，然后又竖过来看，他不能确定康的父亲得了什么病，因为他从没见过一个人的胸腔会黑成这样。随后，他被转到了市里的医院。市里的医院同样不能诊断，再接着，他又被送到了省城。省城的医生皱起眉头说，如果是喉咙里有阴影，可能是喉癌，如果肺部有阴影，可能是肺癌，但康的父亲身体里全是黑的，这就奇怪了，总不可能每一处都得了癌症吧？

就这样，在各级医院差不多折腾了两个星期后，康的父亲厌恶了，他坚持自己没有任何病，要回家。让人吃惊的是，回家后，他似乎真没什么事，依然像从前一样健壮。康发现，从医院回来后，自己的父亲竟然还在长个。

事实上，在 17 岁的时候，康便已经和父亲齐头高了。现在，他已经 18 岁了。这一天，当他和父亲站在一起时，发现父亲居然比自己高了半个头。父亲 53 岁，照理说，他已经不可能长高了，因为老的缘故，他似乎还应该比以前更矮一些。

可现在，他却还在长个。

后来的日子，几乎每天都在下雨。在漫长的雨季中，那棵原本瘦小的树苗便开始日生夜长。有一天，偶尔放晴，父亲带着康去看那棵树。康站在树底下，仰着头，根本就看不清这棵树到底有多高。只有站到很远处，他才能看见这棵树的树冠几乎已经跟云朵长在了一起。

父亲将手搭在粗糙的树干上抚摸，突然开口道，也许有一天，我会爬到这棵树的顶上去。康觉得父亲的话很奇怪，他不知道他为什么要这样说。爬到树顶上去做什么？树顶上最多能看见整个村庄，再远一点，或许还能看见镇子，看见县城。除此以外，还能有什么呢？

康想不明白，但在那一刻，他忽然想起了父亲长个子的那个事情。他有种奇怪的感觉，父亲的长高会不会跟这棵树有着某种联系呢？

三个月后，康的父亲再一次倒下了。

和前一次相比，这次的病情显然要严重许多。父亲躺到床上，就再也没有下来。于是，他又一次被送到了县里的医院。县里的医院依然没有什么好办法，但父亲绽着太阳穴上的青筋，不肯再去更远的地方。

就这样，父亲在医院里住了一个星期。第六天的时候，他陷入了昏迷。他躺在床上，悄无声息，身体几乎没有一点因为呼吸而带起的起伏。康坐在床边，觉得有些害怕。

每过一会儿，他都会伸手去探一下父亲的鼻息。只有感觉温暖的气息从父亲的鼻孔里微弱地散发出来，他才会心安一些。

第七天中午，医生将康的母亲和康一起叫到了自己的办公室。医生说，虽然无法确认康的父亲得了什么病，但根据他身上的迹象，可以下结论，人已经不行了。医生的话并不出乎康母亲的意料。母亲说，真的不行了，你就给他打一枚强心针，这口气，要留到家里再咽。

下午，母亲办好了出院手续，医生则帮忙安排了车子和人手。傍晚的时候，医生给康的父亲打了一枚强心针。随后，急救车便闪着霓虹灯将康的父亲载回家。

康和母亲一起坐在车子里。母亲显得哀伤而又平静，始终一言不发。路不平，车子一直在摇晃，父亲吊着盐水，也在不停地摇晃。看着父亲，康有些恍惚。他不能相信父亲真要死了。一切显得过于突然，就像被拦腰砍了一刀似的。不知道是不是这种突然的原因，康觉得心里似乎不那么难过，这让他有些过意不去。

还没到半路，康就被车子晃得昏昏欲睡。他努力支撑着不断下沉的眼皮，恍惚间，他突然看见父亲的嘴角歪了一下，露出个笑容。康顿时惊醒，瞪大眼睛。可这时，父亲的那丝笑容已经消失了。康看了看母亲，母亲依旧木在那里，似乎什么也没看见。上车后，她就再也没有改换过自己的姿势。

终于到了家，众人七手八脚地将父亲抬上床，然后，跟着来的医生又给父亲打了一针，说这能让他撑过12点。康站在一旁，觉得诡异，对他这个年纪来说，他无法理解这样的行为有什么意义。撑过12点，算是在人间又多活了一天吗？都要死了，多一天少一天，又有什么关系呢？

父亲躺在床上，他看上去依旧平静。现在，康已经没有心情再用手指去试探父亲的鼻息了。医生已经说了，过了12点，他就会死。所以，就算有了鼻息，也没有了任何的意义。

母亲坐在窗边的那把竹椅子上，佝偻着身体，她看上去似乎比平常要更瘦小一些。房间狭小而昏暗，房顶的那个灯泡边聚满了细小的飞虫。不断地有虫子被电灯泡给烫死，掉落下来，但依旧有新的虫子继续朝着电灯泡飞去。

康看着灯泡，有些出神，他的脑子里似乎想了一些东西，又似乎什么都没想。这时，他的肚子猛地一阵抽搐，随后，便是一阵绞痛。他疑心自己是吃坏了什么东西。他看了看墙上的挂钟，快到12点了。他想守在父亲的身边，可肚子里却翻江倒海的，让他无法忍受。他只能告诉母亲，母亲点了点头。康往床上匆匆扫了一眼，便飞奔着跑向厕所。

康跑到院子里，推开茅厕的木门，刚蹲下去，便听见房间里传来一阵撕裂般的哭喊声。那一刻，他明白，父亲已经没有了。

康蹲在茅坑上，不知道时间有没有过 12 点。一阵风吹过来，掠过他的皮肤，一阵阵紧缩。他看着黑乎乎的四周，似乎有点伤心，又不是特别伤心。他依然不确定，自己的父亲是不是真的就这样死了。

4

父亲被放在一块门板上，用白布蒙住。和尚坐在旁边，念往生咒超度。作为唯一的儿子，丧事期间，每日，康都要跪在人群的最前面。虽然地上铺着干草，但他的膝盖还是被红石板硌得生疼。

葬礼一共举行 5 天。前两日，前来悼念的亲朋好友还很多。后来，人群便一天天地淡了。直到发殡的前一天晚上，父亲要落材（装入棺材），前来悼念的人才又稍微多了些。

在和尚的指挥下，大家在灵堂前举行了一个简朴的仪式。康看见父亲被白布匹盖着，装进那口棺材里面。那是一口狭窄的杉木棺材，看棺木的边沿，似乎比一块饼干也厚不了多少。在康的记忆中，以前老人死了，棺材都会很宽大，用料也足，就像一条船。而现在，却显得这么寒酸。当然，那时还是土葬。现在，改火葬了，再好的棺木，放到火炉里一烧，也什么都没有了。想想，的确也没有必要浪费那样的好树料。

父亲躺在薄薄的杉木棺材里，身上的白布被掀开。他穿着一身簇新的中山装，四肢收拢，这让他看上去像一条风干的鱼鲞。在那一刻，康盯紧了父亲的脸，企图再次从他脸上捕捉到一丝微笑。可是，直到棺材合拢，父亲依旧面无表情。在那一刻，康才有了一种真切的悲恸。他意识到，父亲是真的死了，再也没有回转的余地了。他脸上的那丝笑容，只不过是自己的妄想。

仪式进行到了晚上 10 点左右。前来吊唁的人群吃茶聊天，慢慢散去。过了 12 点，院子里就剩不下几个人了。夜宵也没人吃，零零落落地铺了一桌子。院子里，还剩下一桌麻将，都是父亲生前最好的几个朋友，他们坚持着要再陪父亲一晚。

落完材，母亲也被劝到房间里头休息。事实上，她早就支撑不住了。丧夫的哀伤加上持续的劳累，让她面临崩溃的边缘。

大人们让康也去睡觉，明天是正日子，要火葬，还要摆酒，很多事情要忙，不休息是不行的。康顺从地回到房间里，可躺在床上，他却没有丝毫的睡意。他睁着眼睛回想了一阵，父亲落材的那一刻，他的确很难过。但这种难过的情绪并不坚固，很快便淡了。他说不清楚自己为什么会这样。

康在床上翻来覆去好一阵，依然睡不着。最后，他索性从床上爬了起来。他觉得有些闷热，便将房间的后窗户打了开来。他趴在后窗户上，无聊地向远处张望着。从这里看过去，能清楚看见那棵长在村边的大树。看上去，它似乎又长高了一些，就像一棵被放大了无数倍的西兰花。这时,康又想起了自己的父亲。他发现了那棵树，现在，这棵树顶天立地生长了起来，可他，却死了。

树下忽然闪过了一个人影。康一愣，这么晚了，树下怎么还会有人？他用力揉了揉眼睛，又仔细辨认，的确是一个人。这个人似乎有些慌张，朝左右打量一番，突然转身往树上爬了上去。

康呆住了，他简直不敢相信自己的眼睛，他认出来了，爬树的那个人居然是父亲。虽然看不清面目，但他绝不会认错自己的父亲。可是，他不是死了吗？自己分明看见他被放进了那口狭窄的杉木棺材。

康来不及细想，因为那个身影在树上爬一阵，很快便消失在了树丛中。康迅速地从后窗翻出去，朝那棵树飞奔过去。

到了树下，康仰起头，朝上张望，只见头上枝蔓纵横，深不见底。看了一阵，康疑心自己是看错了，如果是父亲，几个人都抱不过来的大树，他又怎么爬得上去？

康不肯死心，绕着巨大的树干又仔细走了一圈，终于，他发现了几根从树上垂下的藤蔓。藤蔓贴在树干上，并不起眼。康拉过一根，用力扯了扯，很结实。随后，他又发现，粗壮的树干上竟然还长着一个又一个的小疙瘩，就如同一架小梯子一般。康犹豫了一下，便拉住藤蔓，踩着那些小疙瘩，慢慢地往上攀爬。

爬了一阵，康便觉得两臂有些酸麻。他将藤蔓往腕上缠了缠，试图将身体更贴近树干，或许这样能省些力气。

康低头往下看了看，发现自己离地差不多五米高了。从这里，可以看见自己家的院子，院子仍亮着灯，灵堂前，一张麻将桌，依旧有人在冷冷清清地打着麻将。在灵堂的中央，端端正正地摆放着父亲的棺材。

父亲会在那里面吗？康有些走神，就在这时，头上传来一阵窸窸窣窣的响声，他抬起头，似乎有个黑影，稍稍晃了一下，便钻进了郁郁葱葱的枝叶。

康赶紧拽着藤蔓往上爬，一些细小的枝叶刮在他的身上，窸窸窣窣地响。但康没追上那黑影，随着攀爬，他的力气越来越少，两只抓藤蔓的手因为酸麻几乎失去了知觉。

此时，正巧旁边伸出了一根粗壮的树枝，康调整了一下重心，晃着身体，踩到了那根树枝上。现在，他必须得休息一会儿。再爬下去，他的手就抓不住藤蔓了。

康坐在树枝上,大口大口地喘着粗气。因为枝叶的遮挡,此时已经看不见村庄了。四下里,黑乎乎的一片。康想,如果那个身影真是父亲的话,那他就没死。如果没死,他为什么要装死呢?他为什么要爬上这棵树,他究竟要做什么?

康想不明白,他朝着四周打量了一番。四周的枝叶密密麻麻,似乎根本没有一丝缝隙。康忽然觉得有些害怕,他想起了那口被钉死的棺材。

就在这时,一侧的枝叶中突然透出一束光。康有些意外,这里怎么会有光,难道那是一个出路吗?

康朝着那丛树叶爬过去。终于爬近了,他伸出手,用力将那丛茂密的枝叶扒了开来。就在此时,这树叶突然像流沙般塌陷了,康顿时失去重心,双手乱抓一阵,便往那丛光中掉了下去。

再睁开眼时,康发现自己正躺在一片巨大的空地上。他觉得有些头晕,耳朵嗡嗡地响。在短暂的迷茫后,他揉着太阳穴,慢慢站起来。自己是从树上摔下来了吗?他抬头看,想找那片自己掉下来的树丛,可头顶白茫茫一片,根本就没有什么树叶。

康觉着有些诡异,他用力搓了搓脸,试图让自己清醒一些。康往前走,走了一阵,脚下突然"啪"的一声响。因为安静,这声音在空旷中被放大了无数倍。康被吓了一跳,低下头,看见脚下竟然踩着一个塑料瓶子。怎么会有塑料瓶子?康有些发愣,这时,有一股难闻的味道硬生生地往他鼻子里钻。康这才发现,自己踩着的这块地方,竟是一片巨大的垃圾填埋场。

垃圾填埋场?康在脑子里迅速盘转。他记得他们村边的确有个垃圾填埋场,每天,城里的货车都会运来垃圾,翻倒在那里。趁着垃圾还没有被那些压路机轧平,村里人都会去垃圾场里捡一些矿泉水瓶、废铜烂铁之类的卖钱。孩子们是最乐于干这样的事了,这是他们零花钱的来源。康也去过,那些垃圾里面,什么都有。菜叶子、鸡蛋壳、肉皮、塑料袋子、玻璃瓶……康总是忍不住想,这些垃圾一天天地堆高,会不会终于有一天就堆到天上去了。

自己是掉在垃圾填埋场里了吗?可看上去又不像啊,如果是垃圾填埋场,站在这里,一定能看见自己的村庄,怎会是这样白茫茫一片?

康将信将疑地继续往前走。又走了一阵,他终于看见了一条黄泥路。这条路不宽,却很长。不知是不是因为长的缘故,根本看不见尽头。在路的两边,开满着鲜花。这花生得奇怪,长着粉红色的巨大花朵,却没有绿叶,妖艳无比。

康犹豫了一下,大着胆子往这条黄泥路上走去。

奇妙的是,就在康踏上黄泥路的一刹那,路边的那些花居然就亮了起来,一朵一朵的,就如同夜晚的路灯,漂亮极了。

5

康没留意到那条黄泥路是什么时候消失的，因为路上开始起雾了，这雾气浓重而突然，让他感觉自己像走进了一间黑屋子。

康走得很慢，他感到有些害怕，眼前的一切，显得太过古怪。康开始有些后悔了，自己不该这么仓皇地爬上那棵树，起码应该跟母亲说一声的。现在，她应该还在睡梦中，在为明天的葬礼储存体力。等天亮时，如果自己回不去，母亲就会发现。如果是这样，她该多么的慌乱。她刚失去了丈夫，如果再失去了儿子，她该怎么生活啊？

康胡乱想一阵，这时，他感觉着天气又变得燥热了起来。虽然头顶没有太阳，却比在六月天的太阳底下烘烤还要糟糕。康赶紧脱下衣服，遮住自己的脑袋。又一阵，天气又突然变冷，这让康不由自主地打起了冷战，迅速将刚遮到脑袋上的衣服又重新穿到了身上。最后，气温终于恢复了正常，空气中却开始传来一股腥臭的味道。一开始，康还以为自己又走到了那片垃圾填埋场，但仔细辨别一阵，才发现这臭味来自那些浓雾。这味道黏黏糊糊的，直往他的鼻孔里钻，让他有些无法呼吸。

康看不见出路，只能用手捂住鼻子，硬着头皮往前走。他已经走了太长的路，体力所剩无几。但他不敢停歇，他不能陷在这片浓雾里。

走了一阵，康慢慢察觉到了一个规律，这雾似乎有浓淡。那腥臭味浓的地方，雾气就浓，腥臭味淡的地方，雾气也会淡一些。于是，康便按着这规律往臭味淡的地方去。很快，他的方法奏效了，眼前的光亮一点一点地多了起来。最后，浓雾散去了，他重新站在了又一片巨大的空地前。

眼前的空地和之前的那块空地好像有些不大一样，四处分布着许多的土堆，高高的，就像一个个小山丘一样。康走近其中的一个，看见那其实并不是土堆，而是一个个的垃圾堆。康有些沮丧，他没想到自己刚离开了一片垃圾场，却又来到了另一片垃圾场。

就在这时，康突然发现前面不远处的一个垃圾堆上竟然趴着一个人，这个人赤裸着身体，肮脏极了，就像刚刚从一桶全世界最脏的污水中爬出来。

怎么会突然有个人？康有些害怕，小心地将身体伏下，躲藏在垃圾堆后。

垃圾堆上的那个人并没有注意到康，他只是蹲在那里吃个不停。他从垃圾里不断地翻出一些腐烂残败的食物，然后飞快地塞到自己的嘴中。

此时，康才看清，眼前的这个人身体居然是透明的，那些脏污的垃圾从他的喉管进入他的胃，然后溢满了他的整个身体。他的脸是惨白的，上面还泛着微弱的淡绿色的荧光。在这张惨白的脸上，有着一张巨大的嘴。他睁着眼，眼眶里却没有眼仁，只是白茫茫一片。

就在这时，康看见垃圾堆的另一面又出现了一个透明人。这个透明人弯着腰，正蹑手蹑脚地往垃圾堆上爬。爬到顶上，他就从腰间掏出了一根绳子，绳子上还有个圈套。他将手中的圈套挥舞了几下，突然朝着下面的那个透明人扔过去，不偏不倚，正好套住了那个人的脖子。被套住的透明人用力挣扎，拿着绳子的那个丝毫不慌乱，将绳子使劲地往手上缠，然后一屁股坐下，往垃圾堆的另一侧滑了下去。垃圾堆的顶部，顿时变成了一个支架。随着透明人的下滑，缠在另一个人脖子上的绳子越勒越紧。最后，咕咚一声，脖颈处喷出一股脏污的液体，脑袋掉在地上，翻滚了几下。

滑下垃圾堆的透明人走到尸体旁，在他口袋里摸索一番，摸出一块绿色的东西，然后放在自己腰间的口袋里，四处张望一番，就往前走了。

康趴在垃圾堆上，屏住呼吸，一动也不敢动。直到那个透明人走远，完全看不见，他才站起身来。他用力伸展了一下双臂，因为趴得太久，他的双臂已经有些麻木了。康想，自己得赶紧离开这个危险的地方。

康离开垃圾堆，提心吊胆地走了一阵。所幸，一路上再也没有危险的透明人出现。放松下来的康顿时觉着又渴又乏，身子一软，便斜靠在了旁边的一个垃圾堆上。他无力地舔了舔嘴唇，嘴唇粗糙干裂。他想，自己可能已经脱水了。现在，他几乎耗尽了所有的力气，仿佛都能看见眼前闪烁的火星子了。

康靠在垃圾堆上，迷迷糊糊间，他似乎听见了流水的声音。水？他顿时惊醒，这水流声仿佛给他的身体注入了一枚激素。

康挣扎着往水声的方向走。不多久，眼前果然出现了一条河流。康觉得自己心跳加速，他恨不得马上跳进河里，让这河水将自己的身体浸湿。

但这兴奋并没有维持太久，当康看见河里的水时，他又绝望了。河里的水是黑色的，黏稠得就像石油一般，散发着阵阵的恶臭。

康身上那根刚绷起的弦瞬间又松掉了。他瘫倒在地上，很想咒骂，可他却连一点咒骂的力气都没有了。

康想，自己可能要死在这个地方了。死会是怎么样的呢？对于他这个年纪的人来说，死是遥远的，遥远得似乎永远不会发生。康不知道人为什么会死，就像父亲，前一秒还活着，后一秒就成了死人。似乎，生死之间不过就是一念之间，就像一层窗户纸，一捅破，人就死了。

现在，康觉得自己就站在了这层窗户纸的前面。他躺在地上，他的身体在微微颤抖，康觉得似乎有什么东西要逃离自己的身体。

康想，自己现在可能正在死去。

6

眼前似乎有个人影晃动了一下。康翻了翻眼皮,又疲乏地闭了回去。会是那个透明人来了吗?可是,那又怎么样呢?就算他拿着那根绳子,套到自己的脖颈上,那又能怎么样?现在的自己,跟躺在砧板上的一块肥肉没什么区别。

喂。康听见有人在喊他,这声音就像一根绳子,将他从很远的地方拉了回来。康再次疲乏地睁开了眼睛,这时,他看见眼前竟站了一个胖子。胖子微微弓着身,笑眯眯地看着康,然后伸手递过来一样东西。康斜了一眼,胖子的手中竟是一瓶水。康有些激动,又看了眼胖子,不知道他什么意思。胖子依旧笑眯眯地看着他,手微微提了一下,似乎是在鼓励康将水接过去。康愣了一下,几乎本能地将水夺了过来,仰脖往嘴里灌。他的身体已经干得快要冒出火来了,水倒进嘴里时,他都能听见干枯的喉管发出了咝咝的令人愉悦的声音。

不知道是喝得太快,还是幸福来得太突然了。喝完水的时候,康有些发蒙。好一会儿,他才打个嗝,清醒了过来。他看着眼前的胖子,似乎此刻才真正注意到眼前还站着一个人。

你从哪里来的,我怎么从没见过你?

我从,我从我家里来。

胖子笑笑,那你怎么会到这里呢?

我来找我的父亲。我爬上了一棵树,然后又从树上掉了下来。后来,我就看见了一条路,那条路上还开满了花。我往路上走,再后来,我就到这里来了。

哦。

你能告诉我这是哪里吗?

这里是丰城。

丰城?康皱了皱眉,他从没听说过这样的地方。

胖子想了想,说,不管你从哪里来,你都不能待在这里。你看看这里,没吃没喝的,又四处是透明人,太危险了。如果你相信我的话,你就先去我那里吧。吃点东西,休息休息,等有了体力,你再出来找你父亲。

康点头答应了。胖子说的是实话,现在,他的确需要找个地方,补充一下精力。虽然,他并不清楚胖子的底细,但那已经不重要了。如果不是他,自己或许已经渴死了。

胖子在前面走,康就跟在他的后头。康发现,胖子走路的时候,脚下会湿。起初,他以为是他脚底下沾了什么东西。仔细看,却发现是他身体里流出来的,落在地上,又黑又黏。康觉得诧异,是因为他太胖了,油脂溢出来了吗?

虽然空气灰蒙蒙的,看不透路,但胖子依旧能熟练地找到方向。终于,走了好长一会儿,胖子停住了身子,转身笑眯眯地看着康,说,到了。康抬头看,看见眼前出现了一个很大的城门。城门不知是用石头还是城砖垒成的,很是笨重。城门上写着"丰城"两个字。

胖子继续往城里走,康紧紧地跟着,生怕跟丢了。进了城,眼前出现了一条两三米宽的路。路的两边是房子,似乎都是一些店铺,挂着"售"的招牌,柜台上放着奇奇怪怪的东西,不知是些什么。康发现路上走着的人,脚下也会流出黑色的油脂,当他们看见脚底干干净净的康时,他们也显得神色诧异。但他们的眼神没有在康身上逗留,而是将头微微垂下,对着康身前的胖子小心翼翼地笑着,似乎是在讨好他。

走完街道,迎面出现一个店,这个店的铺面好像是这里所有的店里最大的。胖子笑眯眯地看了康一眼,这就是我的家了。说完,他就往店铺里走。

康跟在他身后,这时,他看见柜台外站了一个人,身上裹着一块布,微微佝偻着。康偷偷地看着他裸露出的身体,那皮肤竟是透明的。原来,这是个透明人。透明人正和柜台里的一个人说着话,康走过他身边时,看见他的腰上系了一根绳子,那绳子上,还套了一个圈。康不由倒吸了一口冷气,这不就是垃圾堆边将另一个人拉断了脑袋的那个人吗?

胖子似乎一点都不怕透明人,他十分轻蔑地拿眼白他:又拿什么破东西来了啊?

看见胖子,透明人一脸谄媚的笑。因为五官长得和平常人不一样,他的笑看上去难看极了。他将背上的包裹卸下来,准备把里面的东西倒到柜台上。胖子赶紧拦住了他:别弄脏了我的柜台,倒地上。

于是,透明人又将袋子放到地上,将袋子里的东西全部倒出来,摊了一地。

康看见地上散落的,有铁块,玻璃片,塑料瓶,还有其他一些奇形怪状的看不出面目的东西。显然这些东西都是从垃圾堆里翻找出来的。

胖子用手挡住鼻子,似乎很怕闻到那些垃圾的味道。随后,他有些吃力地伸出一只脚,绷着脚尖在那堆东西上划了划。不知是吃力,还是没看见好东西,他很快就将脚收了回来。

就这破烂,你还好意思拿到我这里来啊?

透明人听了,赶紧说,哦,对了,我身上还有些别的东西。说完,他便从身上的口袋里掏出两片绿色的塑料片,递给胖子,你再看看这个,这个你一定会喜欢的。

胖子将两片塑料片拿在手里,掂了掂,有些嫌弃地看着透明人,就这垃圾,我也会喜欢?

透明人可怜兮兮地看着胖子,老板,这可是好东西啊,我花了大气力才找来的。

你也知道，这种东西外面很吃香的。

那么吃香，你卖给别人去好了，干吗拿我这里来？

透明人赶紧摆手，怎么能呢，有好东西肯定要先送到老板这里来啊。

胖子鼻子里哼了一声，哼，也就是我心软，不忍心看你们白跑一趟。行了，我就发发善心，留下这两片东西吧。

说着，胖子就将那两片塑料片扔在了柜台上，掸了掸手，然后跟柜台后的人说，你赶紧给他一点水，让他滚蛋。臭烘烘的，把我的店铺都给熏臭了。

柜台后的那个人应了，取出一个装着水的小瓶子，递给了那个透明人。透明人接过水，小心地拧开盖子，他并没有喝，而是将水放在鼻子下，用力地闻着。

胖子不耐烦地说，还不快滚。

透明人赶紧盖好盖子，跑出了店铺。胖子扭头跟柜台里的人说，你把这两片东西打磨一下，然后送点吃的东西进来。那人应了，胖子便带着康往里面走。

穿过店铺，后面是一个院子。院子不大，中间搭着一个架子，架子上长满了绿色的植物。康觉得诧异无比，这几乎是他在这里看到的唯一的绿色植物。就在这时，那个胖子终于将一直掩在鼻子上的手放了下来。他的大鼻子微微抽动了一下，然后将眉毛舒展了开来。

憋死我了。你不知道，我就怕出门，到处都是一股脏兮兮的怪味道。

他坐到架子下，招呼康也坐下。

康说，你柜台上那个人我见过。

哪里见的？

康说，我也不知道那个地方是哪里。我看见他将另一个人的脖子勒断了，还拿了那个人的东西。

胖子笑笑，嘿嘿，肯定是他干的，抢了别人东西，就跑到我这里来换水。

他们不是吃垃圾的吗？干吗要换这些水啊？

胖子干笑一声，嘿嘿，就算是透明人，以前也终归当过人啊。只要是人，总想喝上一口干净的水。这是瘾。

康看出来了，这里的水非常宝贵。胖子跟自己素不相识，却给了自己那么大一瓶。想到此处，他觉得有些不好意思，说，你的水那么宝贵，我们刚认识，你就给我那么多。

胖子挥了挥手，说，这是两回事，你怎么能跟那些人比。

正说着，便有人端了些吃的上来。

吃些东西吧，你肯定是饿坏了。

康有些不好意思地笑笑，狼吞虎咽起来。吃了一阵，柜台上的人又来了，将什么东西交给了胖子。胖子将东西拿在手上，打量了一番，然后点了点头，递还给他。康这时才看清，胖子手里拿的是两片叶子形状的塑料。

那个人麻利地踩到椅子上，然后将两片叶子安到了架子上。这时，康才发现，原来架子上的绿叶子全是假的，有纸片的，也有塑料的，都被做成树叶的形状。康突然想起了那个透明人送来的两片绿色的塑料，他有些惊讶，没想到它们竟是派这样的用场。

7

胖子给康安排了一个临院的房间，他让康先好好休息一下，等恢复了体力，再考虑找父亲的事。胖子还特意叮嘱，出门的话，一定要跟自己说一声，不要擅自外出，不安全。看着弥勒佛一样的胖子，康心中充满了感激，他觉得自己的运气还算不错，到了这样一个鬼地方，居然还能遇见这么好的人。

可这究竟是个什么样的地方，怎么会出现这么多怪异的人、怪异的事？康的脑子里忽然滑过一个念头，丰城，不会是鄷都城吧？都说人死了，要经过鄷都城，难道自己真的死了？如果是这样，那这一切倒也说得过去。书上说过人死后都会经历一些稀奇古怪的事。可是，如果自己死了，那自己到底是在什么时候死的呢？康将事情从头到尾回顾了一遍，是爬上树的时候吗？还是扒开那丛树叶？死会是这样吗，让人毫无察觉？

康搞不明白，想了一阵，疲倦就开始慢慢聚拢了，像个秤砣，挂在了他的眼皮上。康迷迷糊糊地睡了过去。睡着的时候，他好像还做了一个梦，梦见自己和父亲一起挤在那口狭小的棺材里。他听见钉子钉进木头时发出"嘭嘭"的声音，父亲在身边，一个劲地抱怨，这棺材那么小，你怎么也好挤进来的。

后来，好像有人走进了自己的房间，在床前站了许久。他不确定这是梦还是真实，他实在太累了，都没有力气睁开自己的眼睛。

醒来时，不知已是几时了。他看看窗外，这里的天色永远是灰蒙蒙的，不明亮，也不黑暗。

走出房间，康看见那个胖子就在院子里，他手上拿着块擦布，正小心翼翼地擦拭着那些绿色的"叶子"。胖子见了康，又露出了那个和善的笑容，你一定睡得很好，看你的脸色，红扑扑的，多好看。随后，他又叹了口气，其实我以前也像你一样，脸色也那么好。唉，算了算了，不说这些，说多了，自己都会觉得难过。

胖子放下手中的东西，招呼康在架子下坐下。

我睡了多久，现在是什么时候？康问道。

胖子说，什么时候？这我可没办法回答你啊，这个地方没有白天，也没有黑夜。这么跟你说吧，我们这里就没有时间这回事儿。

没有时间？这可真是个怪地方。康想。

我今天想出去转转，看看有没有我父亲的线索。

胖子说，行啊，要我陪你吗？

不用不用，我自己去就行了。

胖子倒也不坚持，他朝外面叫了一声，有个人就将一包东西拿了进来，胖子将东西递给康，我把水和食物给你准备好了，放宽心，你一定会找到你父亲的。

康感激地看了他一眼，将东西接过来。

康出了门，从胖子的店铺里走出来，一直往前走，就能走到城门那里。和进来时相比，今天路上似乎人要少一些。让康觉得奇怪的是，看见他时，市集上的人似乎都有些畏惧，目光不敢直视。走了几步，康突然想到了什么，猛地转过头，看见胖子就站在门口，他看见康，弹簧般地露出笑容，轻轻挥着手，示意康继续往前走。

出了城，眼前马上便荒凉了，到处都是灰蒙蒙的，看不清。康站在城门口，忽然有些担心，他的脑子里浮现出了一个透明人伏击另一个透明人的场面。他感觉那些透明人就躲在垃圾堆后面，等他过去时，突然甩出一个绳圈，将自己的脑袋套住。

空气似乎要比之前又差了许多，没有风，细小的尘土颗粒悬浮在空气里，带着腥味，一动不动。走得快些，几乎都能感觉到那些尘土打在自己的脸上，生疼。很快，康便觉得自己的鼻孔里粘上了什么东西。他不敢太用力地呼吸，生怕一用力呼吸，那些尘土就会将自己的鼻子堵住。

康没有方向，只能凭着感觉往前走。也不知走了多久，他突然听见了一阵哗哗的流水声，近了，还是那条黑色的河流。康有些诧异，难道自己走的和昨天是同一个方向？他犹豫了一阵，转过身，又朝着另一个方向走。他估摸着自己走出了很远，早已远离了那条河流，可最后，他却又听到了流水声。

就在这时，康突然意识到了一个问题，难道这四周都被那条黑色的河流给包围了？可这讲不通啊，如果此处都被那条河流所包围的话，自己又是怎么从外面走进来的呢？

康不能再走了，现在，他必须得赶回去。他已经快没体力了，身上带着的吃喝也没了。可往回走，康又意识到了一个新问题，回去的路在哪里？到处都是灰蒙蒙的一片，根本就没路。

自己怎么这么大意？怎么光顾着出来，就没记回去的路呢？

康硬着头皮慢吞吞地走，他企图从脑子里挖掘出一些来时的印象，但这四处都是同样的雾，他根本没有任何记忆。就在康有些手足无措的时候，他看见了地上有一些黑乎乎的东西。他脑子一闪，想起了胖子还有城里的那些人。他们走路的时候，地上就会留下那些黑色的汁水。难道？

康顺着这些黑色的印迹走。让他惊喜的是，走了一阵，他果然就看到了那个巨大的城门。现在，他可以确认了，的确有人在跟踪自己。会是胖子吗？他为什么要跟踪自己，怕自己走失吗？康不知道。

回到店铺的时候，胖子正躺在架子下的躺椅上，一边喝水，一边欣赏着头顶的绿色叶子。他总是在架子下待着，这似乎是他最喜欢待的地方。

看见康回来了，胖子便坐起身来，笑眯眯地看着他。

怎么样，有收获吗？

康看着胖子的脸，心想，难道你没有跟着我吗？但他不能说穿这个事。

康摇了摇头，走了好多地方，奇怪的是，无论我怎么走，可最后都会走到那条河边，这里是不是被那条河给包围了啊？

胖子依旧笑眯眯地说，我以前也是觉着这附近是被那条河给包围了，可是，如果是这样，那你又是从哪里来的呢？

康摇着头，他想不清楚。

那我父亲会在哪里呢，他会不会就躲在这里的某个地方，也在找出去的路啊？

胖子摇了摇头，你父亲肯定不在这里，如果他在，我肯定会知道的，这里没有我不知道的事情。

康相信胖子的话，这里的一切都瞒不过他。可是，如果父亲不在这里，他又会去哪里呢？

对了，他会不会从那条河游过去啊？

胖子一愣，脸上又恢复了那丝柔和的笑容，这样吧，你转了一天了，也累了，先休息。等你休息好了我们再说吧。

吃了东西，康回到房间里。他躺在床上想那个跟踪自己的人。

会是胖子吗？康不确定，他没办法从他的脸上看出端倪。他为什么跟踪自己呢？还有，父亲到底来没来这里，如果来了，他是不是已经找到出路了？为什么不能游过那条河，胖子欲言又止的，到底什么意思？

康躺在床上，没睡，他一直在想父亲的事。后来，是胖子来敲门，他说他要带康出去。胖子并没有说去哪里，康不好问，只能跟着他。出门前，胖子还到柜台上取了一小瓶的水。

路上，胖子一直在跟康介绍街两边的店铺，他告诉他，哪家是卖新鲜空气的，哪家店是卖食物的。正说着，他突然转了个弯，走进了其中的一家小店铺。

店铺的门口挂着一个"售"字,有一个柜台,柜台后站着一个伙计。伙计见胖子来了,赶紧热情地迎出来。两个人说了些什么,胖子便将水递给了那个人。那个人拿了水,便往里间走。再过一会儿,他就带了个人出来。

胖子跟康做了个手势,两个人往外走。那个带出来的人就像木偶一样地跟在他们身后。几个人一起,穿过了市集,走到了城门口那里。此时,胖子便停住脚步,从口袋中取出一条薄薄的纱巾,围在脸上,只露出一双眼睛。康觉得他看上去有些滑稽,就像一颗没有剥皮的土豆。

几个人在肮脏的空气里缓慢地走,最后,就走到了那条黑色的河流边。胖子冲着那个人低语了几句,那个人便继续直愣愣地往前走,就像看不见眼前有一条河似的。康赶紧叫他,他似乎听不见。康想伸手去拉他,胖子却阻止了他。他站在一边,缩着手,冷冷地看着。

就这样,那个人走到了河沿边,一脚踩在空气中,身子一斜,就掉到河里去了。那人掉入河中后,只见一丛白沫迅速地窜往河的深处。几乎就在瞬间,白沫消失了,那个人也消失了,眼前,除了黑色的河流,什么都没有。

康站在河岸上,呆若木鸡。

胖子看了看康,你现在明白,为什么我说没人能过得了河了吧?这河里的水,经受不住任何的重量。

8

胖子躺在架子下的躺椅上,康坐在旁边发着愣。他不知道自己在这个地方已经待了几天了。这里没有时间,他没办法计算。

每天,他都跑到城外去找出路,可最后依然还是走到那条河边。那条他来时的路似乎消失了,把他遗失在了这个地方。胖子倒是不催他,每次出门,都给他准备好吃喝的东西,并鼓励他,说他一定会找到出路,找到父亲。让康自己都有些不好意思的是,胖子对他找到父亲的希望似乎远大过他。

院子里的那口棺木应该早已送到火葬场了吧?康想,现在,母亲肯定也已经发现自己失踪了。真不知道她会急成什么样。她会像自己找父亲一样去找自己吗?她会注意到那棵大树吗,她会不会也爬到这棵大树上来?

康不知道,他想,或许自己根本就不应该去找父亲。父亲死了,还有母亲。而现在,他们两个,他都失去了。

哎,跟我说说你吃过的那些好东西吧。

康奇怪地看着胖子,不知道他说的是什么意思。

胖子说，就是你吃过的，你觉得最好吃的菜。嗯，就比如炒青菜。你肯定吃过炒青菜吧，绿油油的。不瞒你说，我每天最想的就是青菜。

哦，炒青菜我知道的。我在家里，我妈妈常做。我们家的青菜特别好吃，都是我父亲自家地里种的。

胖子眼睛亮了，那你赶紧说说，你们家的这个青菜是怎么做的？

康想了想，说，我记得每次炒菜前，我妈就会弄一点肥猪肉，在锅里煸出油来。然后，把猪油渣取出来，将那些猪油重新加热，再将青菜和猪油渣一起倒进去，大火用力地炒。不能多炒，炒久了就软了。青菜要硬一点的才好吃，又香，又脆，又甜。

胖子盯着康，用力咽了一下唾沫，你们家每天都能吃到青菜吗？

当然，自家地里种的。撒了种子，很快就能长出来。想吃，就去割一些。

胖子啧啧道，你们这一家子也太幸福了吧。他向后用力躺倒在椅子上，唉，真好啊。现在，我要好好地回味一下这道炒青菜了。说完，他将手放在肚子上，闭上眼睛，满脸的回味。

康看着胖子，觉着很好笑，不就是一盆青菜吗，干吗这么激动？

这时，天突然变黑了，还起了风，吹过来，头顶的塑料叶子便相互碰撞，响成一片。

胖子迅速将眼睁了开来。

康惊异地问道，天怎么黑了，是到夜里了吗？

胖子摇了摇头，不是天黑了，是要下雨了。

康一阵激动，几乎从椅子上跳起来，原来这里也会下雨啊。

胖子没有搭他的话，而是转身往屋后走。过了一会儿，从屋后传来一阵响声，康扭头去看，只见那里出来好几个人，抬着一口大缸。他们将缸放到院子正中，然后又跑到前面柜台，取来各种大大小小的塑料盆。

康好奇地问道，你们在做什么？

接雨水啊。

康恍然大悟，难怪你这里有那么多干净的水，原来接的都是雨水啊。

可话刚一出口，康又觉得有些不对劲。如果这么轻易就能得到水，为什么那些透明人会花那么大的代价到这里来换水？

想到此处，康不由得扭头去看胖子，胖子似乎也猜到了他的心思，他笑盈盈地看着天，不再说话。

那些人放好盆和缸，又跑回后面去了。胖子也拉着康躲到屋檐下避雨。

不一会儿，天越来越暗，最后，就像蒙上了一块黑布。突然，几声电闪雷鸣，豆子一般的雨点就噼噼啪啪下来了。看着雨，康感到一阵莫名的兴奋。他将手伸到雨中，让雨水打在手上，冰冰凉凉的。他已经好久没见过雨了。

但很快康就将手缩了回来，他感觉有些不对劲。雨里似乎有一股刺鼻的腥臭味道，仔细看，这雨竟是黑褐色的，落在地上，滋啦一声，几乎都能冒出烟来。

这水怎么是这样的？这要喝到肚子里，肚肠都要烂掉了。

胖子笑眯眯地说，如果我说我店里就是这个水呢？

康狐疑地看了他一眼，怎么可能呢，这水怎么能喝呢？

胖子笑笑，冲康做了个手势，转身往屋后走，康赶紧跟了过去。转过弯，有一道游廊。这游廊通着后面一幢巨大的灰色房子。房子顶有一个烟囱，正在往外冒着黑烟。

胖子将灰房子的大门推开，一股热浪顿时从里面翻滚出来。走进大门，康才发现，这里竟然是一个烧锅炉的场地。迎面，是一整排炉子，几乎每个炉子都生着火。旁边有人不时地往炉子里塞东西，火膛里一片火红。

房子的一侧，有一架狭小的楼梯，很不引人注目。胖子走过去，吃力地扶着楼梯的扶手，一步一步地往上走。康跟在他身后，看见他的身体好像嵌在楼梯里一样，楼梯吱吱嘎嘎地响，似乎被胖子压得喘不过气来。

走完了楼梯，转个身，又是一堵门。这门显得大而厚重，不知道是什么材料，看上去乌黑油亮的。胖子的眼睛绕过康，朝楼梯下面看了看，然后在腰间摸索一阵，摸出一枚钥匙来。他将钥匙插进门上的锁孔，拧了一下，哒的一声响。胖子转过头，对康说，来，帮我推一把。说完便伸手搭在门上，使劲去推。康赶紧帮忙。两个人一起使劲，终于将门推开了一道缝隙。

推开后，康也觉得累，呼呼喘气，他瞥见门的边缘，几乎有半米厚。他想，这样的门，估计用炸弹都炸不开。

胖子侧着身，从门的缝隙里挤了进去。康身体小，进去要显得容易许多。

门后藏的是一间非常大的房子，和楼下不一样，这个房间里放的是一个巨大无比的玻璃瓶子。这玻璃瓶长得像只胃，两头都开了口子，一高一低，上头的口子小，下头的口子大。

似乎是推门时用了太大的力，胖子呼呼喘气。他走到墙边，伸手拉了拉墙上挂着的一只铃铛。铃铛响过，地板上吱吱嘎嘎响，露出一个方形的口子。康看见方形口上挂着一根粗绳子，绳子在转轴上吃力地转动。不多会儿，方形口里便拉上来一个塑料桶，正停在那个玻璃瓶低处的那个口子边。胖子扶住桶，用力将它一斜，随后，桶里的那些污水便被倒进了瓶子里。倒完了，胖子再拉一下铜钟，那个绳子又吱吱嘎嘎一阵响，桶又从地板上的方口中落了回去。

胖子掸了掸手,笑眯眯地对康说,这个地方,除了你,我可从来没有让其他人进来过。

康看着眼前这只巨大的玻璃瓶,猜想瓶子的底部应该是通着下面的炉子,那些雨水倒进瓶子里后,很快就会被加热。加热后,水蒸气就会蒸发出来,升腾到瓶子的顶端,冷凝了,又顺着玻璃瓶上的弧线往另一处口子走。在那个口子下,放着一个大缸,那些干净的蒸馏水便都流进了大缸里。

胖子招呼着康,一起走到大缸边。他伸手从缸里舀了一捧,递给康看,我没骗你吧,我这水就是天上落下来的雨水。

这时,康想起了柜台上的那个透明人,他拿了那么多东西,只换了几十滴的水。而胖子跟自己非亲非故,却给自己喝了那满满一瓶子的水。这到底是为什么呢?

康将心里头的疑问告诉了胖子。胖子笑眯眯地答道,很简单啊,只有你,才真正配喝这样的水。

康说,为什么?

胖子凑近康,用力地闻了一下,脸上露出了一个极为满足的神情。

因为你身上有人味。

9

康趴在那个狭小的窗户上,看着外面灰蒙蒙的天色。这让他想起了自己离家时的那个夜晚,他似乎也是这样躺着。那时,母亲睡在隔壁,院子里放着父亲的棺椁。如果,他就这样一直躺到天亮,那么,现在的这一切就不会发生了。可他却从床上爬了起来,然后趴在了窗上,他就那样无聊地望着那棵巨大的树,然后看见自己的父亲从树上爬了上去。

他觉着有些懒洋洋的。现在,他似乎已经习惯于在这里待下去了。每日里,他都会出去寻找父亲,寻找可能的出路,但每次,总会走到那条黑色的河流旁边,那几乎就是这个世界的边缘。他一次次地让自己鼓足信心,但又总是一次次的在那条河流前消耗完自己的信心,这种来回让他的身体里的某种东西似乎失去了弹性。

这时,胖子从院子外走了进来,他身边还带了一个人,这个人看着毫无神采,就像那天带到河边的那个人。他们没有在院子里停留,而是往后面去了。

康觉着有些无聊,看着院子里那些绿色的"树叶",他便从床上爬起来,走到院子里。他找了块抹布,踩到椅子上,开始擦拭那些叶子。很快,那些沾满了灰尘的绿色叶子,在康的擦拭下,开始重新变得翠绿起来。康眯着眼睛,鼓起腮帮子,冲着绿叶子用力吹了一口气,这些叶子便颤抖地发出清脆的碰撞声音。瞬间,康忽然体会到胖子为什么要造这么一个架子了。康低下头，有些悲哀地想，或许这就是他以后能看见的唯一的绿色了。

你在这里做什么？

康转过头，看见胖子从院子后的那条游廊走了出来。

你擦它干吗，这种事自然有人干，赶紧下来，可别把自己摔着了。

康从椅子上跳下来。

怎么样，今天出去有没有线索？

康摇摇头，胖子说，其实，你也不用那么急的，先安心待下来。就像你说的，你父亲已经死了，已经装在棺材里了。既然是死了，无论他是掉进那河里，还是找到了什么出路，他都是死了。也没什么太大的区别，对不对？

胖子将双手搭在康的肩膀上，示意他坐到他的那把躺椅上。

来，躺下来。好好欣赏欣赏你头顶的这些绿叶子，多好啊。你说，哪里去找这么漂亮的颜色？

康顺从地躺到躺椅上，他知道胖子是在宽慰他。其实他说得没错，在这个地方，这"绿叶"是多么的奢侈。

康在躺椅上睡着了，他做了一个梦，他梦见自己游过了那条河流。让他感到奇怪的是，那条河是那么的清澈，岸边都是绿色的粗壮健康的树木，风一吹，沙沙地响。那河水如此的透明，能看见一条条彩色的鱼，还有绿色的水草，像胡须一样飘动。他看见了父亲，站在对岸，伸出一只手，微笑地看着他。

康惊醒了过来，梦里的景象依旧清晰地在他脑子里浮现。他叹了口气。

醒了，就再也睡不着了。康便又拿起那块布，开始擦拭头顶的叶子。康伸手拂了一下头上的树叶，它们抖动一阵，发出硬邦邦的响声。他随后摘下了一片，放在手中看，塑料叶子散发出一种不真实的绿色。他觉得绝望，他一辈子都会困在这里了，每天吃着同样的食物，深陷在迷雾的困扰中，也许用不了太久，自己的身体里也会流出那些黏糊糊的油脂。

在家里，现在会是白天还是黑夜呢？妈妈在做什么，她会想自己吗，她会哭吗？

康扔掉抹布，走了出去。他有了一个决定，他要去尝试一下，他要从那条河里游过去。尽管那条河承受不了重量，但那又怎么样？或许，那就是一条出路。如果父亲也沉入了那条河流，或许，他们可以在河里相遇。现在，他都无法确定自己是活着，还是死了，还能有比这更糟糕的后果吗？

走出柜台的时候，没有人注意到康。柜台里的伙计正背身在忙着什么，康没有打扰他。他不想让任何人知道，他下了决心了，他不想让别人动摇自己的决心。

康就这样出了城。城外的雾似乎越来越重了，康觉得自己就像在凝固的黑夜里行走。没有风，那些空气中的颗粒永远积攒在那里，一动不动。康不知道这些颗粒是从哪里来的，或许有一天，这些颗粒会将空气填得严严实实的，就像墙，穿不透的墙。

康来到了河边，这河水油亮亮的，一片黑色，根本看不出有多深。康站在河边，往对岸望，在灰蒙蒙中，对岸显得如此的辽远。他慢慢地移动着脚步，将身体靠在了岸边。他低头看了看身下黑油一般的水，这水，黑得太彻底，完全看不到河床。脑子里浮现出了那天那个人掉进河里的场面，他就那样匆忙地在水面上晃了一下，然后就沉进了水里，再也不见踪迹。康有些恍惚，或许，那个人会在水底跟父亲相见。

康心底有一些恐惧，他用力攥了攥手中的那片绿色的叶子，暗暗鼓励着自己。康闭上眼睛，将身体往前倾倒，任由着自己往水里倒了下去。

10

康听见"啪"的一声响，他以为自己已经掉进了水中。随后，似乎有什么东西绑住了自己的身体，还用力往后拉。康睁开眼睛，看见自己还在岸上。低下头，发现自己的身体连着双臂绑了一根绳子。他下意识地挣扎了一下，可这绳子却拉得更紧了。他失去重心，向后倒在了地上。

康倒在地上，看见了一个透明人。他远远地站着，手里提着一根绳子，正惊恐而又贪婪地看着他。康的脑袋嗡嗡地响，他认得他，他知道落在他手里会是什么样的下场。他调整着身体，将腿朝着透明人的方向，提防他靠近时做最后的抵抗。

透明人就那样站着，他似乎想靠近，又似乎顾虑重重，迟迟没有动静，他似乎也害怕康。康稍稍缓和了一下情绪，突然起身，奋力往前跑。他试图通过突然的冲力，挣脱开透明人手中的绳子。可没几步，他又重重地摔倒在了地上。他的力气远远不及透明人。

康翻过身来，继续将腿对着透明人，他不能轻易就范。透明人稍稍靠近了一点，但仍跟康保持着一定的距离。他冲着康做了个往上的手势。康愣了一下，他似乎是想让他站起来。

康盯着透明人，说，我认得你，我见过你，你在胖子那里换过水。

透明人点了点头。

那你为什么还敢抓我？我是胖子的朋友，你如果对我不好，他不会饶过你的。

透明人又点了点头。

康见自己的话有些奏效，便继续威胁道，如果你伤害我，那个胖子一定会把你的脖子割断的。

透明人惊恐地摇头。

康说，既然你明白这些，那你为什么还要抓我？我知道你会说话的，你回答我呀？

透明人犹豫了一下，终于还是开口了，我不会伤害你的，只要你跟我走，我肯定不会伤害你。

康说，那你要带我去哪里？

你不要问我，我不敢说。你跟我走好吗，到时你就知道了。我肯定不会伤害你的。

康悄悄观察透明人的神情，看上去，他应该不会欺骗自己。再说，眼下自己也没有什么选择，他的力气比自己大，自己根本斗不过他。

好吧，那我跟你走。你可别打什么坏主意，要知道，胖子是我朋友。

透明人连连点头，随后，他就拉着康往前走。走了好一会儿，康看见了那座城门，心里有些犯嘀咕，他干吗将自己带到这里，难道他不怕胖子吗？

两个人进了城，让康意外的是，透明人竟然径直将他带到了胖子的店铺。

柜台里的伙计见了，便走出来，递给透明人一小瓶水，然后领着康往里面走。这时，康有些明白了，似乎是胖子让这个透明人将自己抓回来的。他心里有一种不好的感觉，胖子平时对自己总是客客气气的，为什么要这样做？

两人走进院子，康不由朝架子看，胖子没有躺在架子下。康看着架子上那些绿色的叶子，忽然想起了自己走时从架子上摘下的那片叶子。难道是因为那个？

那个伙计没有停步，继续领着康往里走，穿过走廊，转个弯，又经过游廊，来到那幢制水的房子前。他推开门，领着康进去。

走到楼梯口的时候，伙计停住了身子。他似乎不敢再往上走了，说，你自己往上面走吧。康便往上面走，走到一半，他转过头，看见那个人正盯着他。他又继续走。走到楼上，看见那扇大门开着，又扭头看楼下的伙计，伙计挥挥手，示意他进去。

胖子就在房间里，康走进去时，他正盯着玻璃瓶，似乎丝毫没有注意到康进来。康看见玻璃瓶里泡着一个人，瓶里的水被煮开了，在沸腾，那个人就在沸腾的水中不停上下翻滚。

康记起来了，瓶子里的这个人，就是跟着胖子进院子的那个人。

康不知道他是不是已经死了。因为加温，玻璃瓶里的水沸腾得越来越厉害，最后，水中央竟然出现一捧水泡，将这个人托了起来。就在这时，康看见他的眼睛突然睁了开来，随后，他便手舞足蹈起来，表情十分的痛苦。康奇异地发现他的嘴巴竟然开始鼓胀，似乎有什么东西正在里面朝外顶。终于，他张开了嘴，有东西从他嘴里飘浮出来，丝丝缕缕的，不知道是什么。这些丝状的东西飘浮一番，又随着上升的水蒸气聚集在蒸馏机的顶部，触到顶部时，它们似乎一下子安静了，顺着另一根细长的管子往前流淌，康注意到，那根细管子尽头的水缸已经搬开了，此时，上面正绑着一个巨大的黑色袋子。那些丝状的东西钻进袋子后，干瘪的袋子便迅速鼓了起来。胖子快速走过去，拿绳子将口袋的口子扎紧。随后，康就看见有东西在袋子里不停地挣扎，并发出嘶嘶的声响。但这种挣扎并没有维持多久，很快，那些丝状的东西便不再动弹，袋子也迅速瘪了下去。

胖子将口袋拎在手上，晃动几下，有些失望地将它扔到了地上。他扭过头，冲着康歪了歪嘴，挤出个笑容，说，你看，又失败了。

这时，胖子似乎注意到了康身上的绳子，皱了皱眉，说，怎么搞的，怎么能把你这样绑着，要是把皮肤勒破了可怎么办？

说完，他就伸手松了松康身上的绳子，却没有将它解开。

胖子笑眯眯地看着康，对了，我还没问你呢，你为什么要走啊？难道我对你不好吗？我不是早就跟你说过，每次出门，你都要跟我说一声的吗？

听着胖子的话，康不知道他葫芦里究竟在卖什么药，他就为这事生气吗？

看见没，我刚做了一个实验。

什么实验？

胖子说，我在尝试着把人的灵魂煮出来。

煮灵魂？

是啊，煮灵魂啊。每个人都有灵魂，当然，我说的是我和你这样的人，那些透明人可没有灵魂。

康困惑道，你把灵魂煮出来做什么？

怎么说呢，这事本来不应该告诉你，可你问我了，我又是个诚实的人。好吧，那就告诉你吧，其实，我是想把我的灵魂煮出来，然后放到你的身体里去。

康吓了一跳，你把灵魂放我身体里做什么？

胖子走过来，小心地摸了摸康被绳子勒过的地方，说，还好还好，还没勒破。

胖子用手挡着鼻子，似乎是思考了一下。

唉，怎么跟你开口呢。其实，我这人是最不愿意向别人诉苦的。你说实话，你看见我，是不是觉得我这个人活得特别的光鲜，是不是？其实啊，这都是假象，我的心里啊，苦得很。

胖子将脸凑近了，低声说，我走路时，身体里就会流出东西来，你知道我流出来的是什么吗？

康摇摇头。

我告诉你吧,是灵魂。

康看着胖子诡异的神情,情不自禁地打了一个冷战。胖子将头微微垂下,继续说道,唉,我的灵魂每天都从我的身体里流出,等它流完了,那我就变成一个透明的透明人喽。你知道吗,当了透明人,就不能睡觉,吃东西也吃不出味道,一辈子只能跟垃圾为伍,你说,苦不苦?不过,现在好了,你来了。你不知道,从你来的第一天我就打算好了,我要把我的灵魂放到你身体里去,那样,我就永远不会变成透明人了。所以,这阵子我每天都在做实验,都快把我忙死了。

胖子突然将鼻子靠在康的身体上,用力地闻了一下,这味道多么的好,多么的美妙,就像,就像什么呢?

胖子将眉头皱起来,似乎在琢磨那个像的东西。康看着胖子的神情,忽然觉得想呕吐。

11

康躺在床上,脑子里晕晕乎乎的,要不是转身时,被手上缠着的绳子勒疼,他可能会继续昏睡下去。他不知道自己已经躺了多久了,他就像一堆垃圾一样被扔在这个房间里头,根本就没有人来搭理他。

他睁开眼睛,看了看窗口透出来的光。外面很安静,听不到一丝声音。不知道那个该死的胖子现在是坐在那个架子下面,看他的那些假叶子,还是躲在楼上继续他煮灵魂的实验。想起他那张笑眯眯的脸,康就觉得反胃。可是,这有什么用,他马上要将他的灵魂换进自己的身体了,到了那时,自己的灵魂将会寄居在那具肥胖笨拙的身体里,终日露着那种令人难受的笑容,直到有一天变成吃垃圾的透明人。

该怎么办呢,难道就这样坐以待毙吗?康不知道,如果是那样,肯定是比死还难受的事情。

有人进来了。康艰难地滚动了一下身体,去看那个人。进来的并不是胖子,而是柜台上的那个伙计。他手里拿着食物,还有水。他看着康,说,你坐起来吧,我喂你。

康说,我绑着绳子呢,怎么坐得起来?你把我绳子先解开不行吗,难道我还能跑了不成?

那个人摇了摇头,那你就躺着吧。说着,他就将那勺食物递到了康的嘴边。康紧闭着嘴,用力摇头,不让那东西进入自己的嘴巴。那个人坚持了一阵,康还是不吃,便放下食物,又拿起水来喂。康依旧坚持着。

那个人喂了一阵,没有办法,只得将水放了下来。他看着康,冷冰冰地说,你这样有什么用?

　　康说,你能不能放了我?我得去找我的父亲,我不能总是留在这里。我还得想办法回家,你知道吗,我的母亲都不知道我出来了,如果她看不见我,她会伤心死的。

　　那个人看着康,说,我把东西放这里,现在,我要擦叶子去了。你好好想一想,我希望等我回来的时候,你就能想明白。

　　说完,他把东西放在床上,往门口走。走到门口的时候,他又转过身,说,你这样,没用的。

　　康躺在床上,看着那个伙计离开了房门。突然,他的心里一动:他要去擦叶子。康想起自己之前离开院子时,随手从架子上摘了一片叶子的。

　　康努力将手往口袋里移,可一动,那绳子反而勒得紧了。康感觉自己的手臂已经快被绳子磨破了,他忍着疼,继续努力着去掏那枚叶子。现在,它已经是他唯一的救命稻草了。

　　终于,康的手指触碰到了那片树叶,他小心地将它夹出来,然后捏在指间,开始割手上的绳子。因为手脚被绑住,他的手很难能用上力。割了一阵,很快,手就麻了。他休息一下,又继续开始割。

　　过了一会儿,那个伙计便回来了。康停止了动作,将塑料片捏在手里,故作镇定地说,你不用喂我,我是不会吃的。

　　伙计白了康一眼,我没想喂你,老板让我带你过去。

　　康的心里一凉,难道胖子已经实验成功了吗?

　　那人凑过来,解开了康腿上的绳子,然后,他将解下来的绳子系在康的脖子上,拉着他出了门,穿过走廊,转个弯,往后面的房子进去。走到楼梯下面,他将手中的绳子松开了,示意康走上楼梯。

　　康慢吞吞地一步一步往上走,终于,他再一次走进了那扇厚厚的门。

　　胖子迎面站着,手里拿着一个袋子。康看见有东西在袋子里挣扎,仔细看,能看出那是一个人形的东西。

　　胖子笑眯眯地看着康,看见没有,终于成功了。

　　康冷笑着说,恭喜你。

　　胖子愣了一下,你怎么一点都不问我是怎么成功的呢?

　　康鼻子里哼了一声,我都快要死了,还问这些干吗?

　　胖子惊讶地说,你怎么会死呢?我告诉你,你要享福了。我把我的身体换给你,你觉得自己吃了亏吗?怎么可能,我告诉你,以后,你就是这里的老板了,所有人都要听你的,都要拍你的马屁了。

这么好，那你为什么不把身体留着？

胖子白了康一眼，你这么说有什么意思吗？他甩了一下手，算了，我还是跟你说说实验的事吧，虽然你不想听，但我忍不住，你不知道我现在有多开心。你知道我是怎么成功的吗？其实很简单，非常简单。为什么以前不成功呢？是因为我缺了一个程序，就一个程序，缺了那个程序，灵魂就没法完整地煮出来。现在，我找到那个程序了，你知道是什么吗？其实非常简单，就是身体被煮热的时候，需要倒一桶冷水。冷水倒在身体上，一激，那样整个灵魂就能完整地出来了。你听明白了吗？你说我这个方法妙不妙？

说完了，胖子就拉了一下头顶的一个绳子，看见没，冷水就放在这上面，只要一拉这个绳子，水就能倒下来，很快的，哗的一下就倒下来了，特别方便。

康不说话，表情冷淡。现在，他将那块塑料片捏在手里，又开始用力地磨起来。

对于康的反应，胖子似乎有些失望。

你不要那么不高兴嘛。我最不喜欢看见别人不高兴。你想想，就算你不喜欢待在这个地方，起码你是做了一件好事啊。你帮我解了难，积了功德，这是多好的事情啊，多幸福的事情啊。哎呀，不行，我不能再说了，再说我都要羡慕你了。

胖子看了看玻璃瓶里的水，说，行了，水也开了，我不跟你说这些了，你这个人真没劲。

说着，胖子就将身上的衣服一件件地脱了下来，让康感到诧异的是，那衣服里装着的竟是一个无比肮脏的身体，上面布满了黑色的油脂，深一块浅一块的，就像一头刚在泥地里打过滚的猪。

胖子笑眯眯地看着康，说，你不用羡慕我的身体，等一下，它就属于你了。

康觉得有点恶心，他将头撇了过去。就在这时，他看见了墙上挂的那个铃铛。康极迅速地在脑子里打了一个主意，他不能这样等下去了，那片树叶不知什么时候才能把绳子割断。现在，他得拼一下，不管怎么样，总要试试再说。

康盯着胖子，眼见他脱完了衣服，又开始弯腰脱裤子，康咬咬牙，作势一把撞了过去，然后飞速跑到一边，拿头撞铃铛。

胖子倒在地上，很快便明白眼前发生了什么。但这时，已经来不及了，铃铛一响，地上便吱吱嘎嘎地打开了一个口子，康转过身，迅速往口子里跳了下去。下面正好是一大缸还没处理过的雨水，康掉进缸里，顿时被那股脏水呛了一下，他几乎是条件反射一般地从缸里站了起来。让他惊异的是，不知是刚才用了劲，还是那树叶割的，此时绑在他身上的那根绳子居然断了。

康迅速爬出水缸，飞快地往外面跑去。很快，他便穿过了那条街道，跑到了城门口。

他扭过头，看见胖子和他手下的伙计也都追了出来，他们边追边喊，路上的人不知道发生了什么情况，也被吓得纷纷躲闪。

　　康转身继续拼命地跑，他从来就没有跑得这么快过。很快，他就跑出了城门，跑到了那条黑色的河流旁边。此时，康听见身后的脚步声和叫喊声仍然在不断地跟近，他来不及迟疑，一个纵身，便往河里跳了下去。

　　康闭着眼睛，等着身体掉入水中。但奇怪的是，他感觉自己没有掉进水里，而是掉在了一个说不上硬，也说不上软的东西上。他睁开眼睛，吃惊地发现自己居然落在一个巨大的白色泡沫箱子上。怎么河里突然会有个泡沫箱子呢？

　　康想不明白，他也没有时间想，胖子他们已经追到了岸边。康看见泡沫箱子边插着一支竹篙，赶紧站起身来，握住竹篙，然后点着水，拼命地往河中间划。

　　胖子看着康撑着泡沫箱子跑了，显得气急败坏。一伸手，居然一把将旁边的一个人推到了河里。那个人掉进河里后，翻起一阵白沫，便迅速被河水吞没了。

　　康用力地撑着泡沫箱子，他听见岸上的声音越来越远，终于，一点都听不见了。康长长地松了一口气，又扭头往岸上看。此刻，岸上已经什么都看不见了，只是黑乎乎一片。整个世界，只有流水的声音，还有河面上微微的光亮。

　　就在这时，不知从哪里飞来了一群萤火虫，这些萤火虫看上去绿豆般大小，聚在一起，就像一盏灯一样明亮。它们在康身边盘旋一阵，然后往前飞。康有些出神，愣在那里，一动没动。那些萤火虫见他没动，竟又飞回来，然后继续往前飞。康忽然明白了，它们是在给他带路。

　　他用力点一下竹篙，往萤火虫的方向撑了过去。

12

　　也不知道撑了多久，泡沫箱似乎撞到了什么东西，用力摇晃一阵。这让康重心不稳，几乎摔倒。他有些慌张地将竹竿用力往水里插，让泡沫箱重新平静下来。这时，康才发现，自己已经到了岸边。看上去，岸上和对面没什么两样，也是雾蒙蒙的一片，根本什么都看不清。

　　康将竹篙攥紧了，用力踮着脚尖，将身体甩到了岸上。就在康上岸的这一刻，他的眼前突然一阵的明亮。等他看清楚眼前的景象后，他惊呆了。

　　此刻，康眼前的这条河流，已经不再是那条流淌着石油一般黑暗黏稠的河流了，它变得清澈无比，河岸边，长满了芦苇和长长的水草。水里停着的，也不是那个白色的泡沫箱子，而是一条漂亮修长的船。往河对岸望去，也不是黑乎乎一片，而是无穷无尽的柔和的光亮。

康有些怀疑自己的眼睛，他用力搓了搓，再睁眼时，那条河流似乎就变得更加的清澈了。河里的水哗哗地流动着，就如同里面安装了某种乐器，在水里，还能看见色彩斑斓的鱼，像婴儿般大小，一尾一尾地游动，一些落花和树叶漂在河面上，和水中的鱼交织折叠着，就像梦境一般。

康趴了下来，用颤抖着的双手合成了一个勺子，从河里舀了水放到嘴边。他轻轻抿了一口，好甜啊。康突然想哭，他已经太久没有喝过这么甜的水了。

康站起身来，不知是起得太快还是眼前的光线太过明亮，康觉得有些晕眩。他用手遮在眉上，慢慢地抬起头。他看见头上是蓝宝石一般湛蓝无比的天空。奇异的是，虽然是白天，可天上却有一颗又一颗的星星。他已经好久没有看到过这样的星星了，在他印象里，不知从什么时候起，天空总是灰蒙蒙的，就像是好久没有擦过的玻璃窗一样。

康离开岸边，走了一阵，就看见了一条大路，这是一条黄土路，宽阔而又漫长。康往路上走去，他的脚落在路面上，觉得很松软，似乎还能听见一点吱嘎吱嘎的声音。康一边走，一边往路边张望。他看见到处都是树林，郁郁葱葱的。突如其来的绿色让他有些不大适应，就在这时，他突然想到了父亲。他不知道父亲是不是也曾在这里走过，想到此处，他的心猛地揪了一下。

走了一阵，康发现路边的树开始稀疏了，从树的间隙中，可以看到两边的水田。田里种着秧苗，绿油油的。田边有条小溪，溪上安着一架水车，水在水车头上汩汩地流着。边上还有一只水牛，斜躺着，正慵懒地嚼着草。

看着看着，康觉得有些奇怪。这里遍布着人生存的痕迹，却始终没有看见一个人。

再走一段，水田不见了，路边出现了整片整片的草坪。草坪上摊着格子布，布上放着篮子、杯子、碟子，还有酒瓶。旁边还停着一辆自行车，自行车的车把上，还挂着一只风筝。

可是，还是没有人。

康的心慢慢地紧了起来，人们都到哪里去了呢？

就在这时，康突然听见了一种齐整的声音，刷刷的，就像雨水一样。他朝前望去，只见前方的黄泥路弯了一个弧度，隐藏进了一片树林中。从树林的空隙中，他终于看见了一支长长的队伍，许许多多的人，正整齐地往前走去。

康感到一阵的兴奋，他甩开腿，飞快地往前跑去。跑了一阵，他终于气喘吁吁地追上了前面的人群。可就在追上的那一刻，康又发现了一件奇怪的事，这人群居然都是由孩子组成的。他们的脸上洋溢着笑容，整齐而又缓慢地行走着。

怎么全是小孩儿，大人们呢？康走近其中的一个孩子，问道，你们这是要去哪里啊，为什么没有大人？那个孩子笑眯眯地看了康一眼，不说话，依旧往前走。

康转头往前看，队伍很长，虽然有些零落，三三两两的，却一直绵延着，不曾断掉，也看不见尽头。

康想，或许前面会有大人，可能自己的父亲也会在那里。

这样想着，康便又往前跑了一阵。他从人群跑过时，那些行走的孩子根本就没人注意他，他们依旧慢吞吞地往前走着，就像上了发条的机械人一般。

跑到最后，康终于跑不动了，他始终还是没有看见大人。这支队伍漫长无比，根本看不到尽头，他没有力气继续追赶了。

康支着腰，沮丧地走到路边，靠着一棵树坐了下来。他抱住膝盖，看着缓慢移动的人群，他有些绝望，突然升起的希望就这样迅速地破灭，这让他一时之间有些不知所措。

就在这时，人群中走出了一个孩子，他站在了康的面前，看着康，目光柔和，就像看着一个熟悉很久的人。

孩子开口了，问道，你在这里做什么？

康说，我来找我的父亲。

孩子说，你为什么要找他？

康说，我的父亲死了，躺在了棺材里。可是，我又看见他爬上了一棵大树，于是，我就跟着他爬上了那棵大树。

孩子看着康，叹了口气，死了就是死了，你还找他做什么？

康扭头看了眼远去的人群，问道，这些人是去哪儿啊？

孩子没回答他的话，他看了康一眼，转身往人群走了回去。

康觉得这个孩子有些奇怪，他为什么要问自己那些话，难道他知道自己父亲的下落吗？

康赶紧起身追了过去。追到身边，那孩子就扭头看他，你跟着我做什么？

康说，你是不是知道我的父亲在哪里？

孩子笑了笑，那你认识我吗？

康想了想，摇了摇头，我觉得你的脸好像有一点熟悉。

如果我说，我就是你的父亲，你信吗？

康愣了一下，仔细端详这个孩子的脸。这时他才发现这孩子的脸跟自己的父亲还真有一些神似。可是，自己的父亲怎么会是一个孩子呢？

那孩子看着康，笑眯眯地说，你5岁的时候，发过一次烧，身体缩成一团。人都差点烧坏了。我送你去医院，好容易止了烧，你却贪嘴要吃葡萄，结果拉得脱了相。

还有，8岁的时候，你去河边游泳，腿抽了筋，在水里折腾。是一个撑竹排的人看见，跳下水，扯你的头发，将你拉上来。后来我问你，你却不承认自己抽筋了，还说是水里的水鬼拉住了你的脚。

孩子盯着发怔的康，你似乎还不信。那你还记不记得那棵树长出来时，有一次，我带你去看？我还跟你说，总有一天，我要爬到这棵树的树顶上去。

听到此处，康的眼泪突然就冒了出来。没错，他就是自己的父亲，他终于找到了自己的父亲。此刻，康很想冲到父亲的怀里大声哭泣一番。但他不能，父亲看上去那么小，小得那么不真实。

父亲似乎看出了康的心思，他笑笑说，到旁边坐坐吧。

说着，他便拉着康的手，坐到了路边。长长的人群继续从他们的眼前经过，就像一列没有响声的火车。

康看着身边的这个孩子，他很想叫一声爸爸，可是，他又觉得叫不出口。于是，他便舍去了称谓，问道，你怎么到这里的？

父亲说，我爬上那棵树，一直爬，一直爬，最后就到了这里了。

可是，你怎么会变成这个样子呢？

人死了，就会沿着从前走过的路，往回走一遍，越往回走，人就会变得越小。

康有些发愣，难道说，眼前的父亲是他小时候的样子？他想不明白。

父亲似乎不大愿意谈论这些，他站起身来，掸了掸屁股上的尘土，说，行了，我不能再拖延了，我得走了。现在你也找到我了，你也该回去了。

康说，回哪里？

父亲说，回家啊，你妈妈还在家里等你呢。

那你呢，跟我一起回去吗？

父亲苦笑着摇了摇头，你不是说了吗，我已经死了，我怎么回得去？

他转身朝着前行的人群看了看，还有些时间。走吧，我带你去个地方。

说着，他便带着康朝人群相反的方向走。走了一阵，康看见眼前突然现出了一面巨大的墙，这墙上还挂着许多的绳子。康不知道，这又是个什么奇怪的地方。

父亲停住了脚步，问康，你还认得这是哪里吗？

康摇了摇头。

父亲说，这就是那棵大树啊，你不就是顺着那藤爬上来的吗？好了，现在你可以再顺着这个藤爬下去，爬到底，你也就到家了。

康摇了摇头，我不走，我要你跟我一起回去。

父亲说，我不是说了吗？我已经死了，死了的人是回不去的。

康说，那你要去哪里？

父亲说，我告诉过你了，这是爸爸的过去。人死了，就会沿着自己成长的路，倒着走一遍。

康依然对父亲的话似懂非懂，但他确定了一件事情，父亲是真的死了，不可挽回地死了。

他低着头，说，我想再跟着你走一段。

父亲笑了笑，好吧，那你就跟我再走一段吧，就当是你陪着爸爸走完这最后一段路。

于是，两个人便又尾随着人群往前走。走着走着，康突然感觉这情景是多么的熟悉。那时，也像现在一样，松软的土地里散发出馒头般的香味，不时有漂亮的鸟儿从树丛间穿梭而过，直冲上天。天蓝得透明，就像一颗巨大的蓝宝石，天上都是星星，一颗一颗的，就像用蘸着酒精的棉布擦拭过一样。

又走了一阵，眼前突然现出了一个山谷。山谷边坐满了人，这些人很小，小得就像一个拳头。在他们的身后，也是一排又一排的人，越往后，这些人就越大，整整齐齐，泾渭分明。

父亲说，看见没有，到了这里，孩子们都会慢慢变成婴儿，然后再从婴儿变成胚胎，最后从胚胎变成一颗尘土，被山谷里的风一吹，就再也看不见了。

此时，康突然听见山谷里传来了一阵风声，呜呜的，就像有人在哭泣一般。

行了，你赶紧走吧。再不走，就来不及了。父亲催促道，我现在正在慢慢地变小，等我小到没有记忆的时候，这一切就会消失的，到那时，你就再也回不去了。

康赌气地说，没关系，回不去就回不去，我要跟你在一起。

说什么傻话，你不回去，你妈妈怎么办？而且，你现在看到的，只是我的世界，等我没有记忆的时候，这个世界是会消失的。到那时，你怎么办？听话，走吧。

康觉得心里一阵抽搐，他难受极了，他实在不情愿就这样离开自己的父亲。

父亲看着康，说，你蹲下来。康顺从地蹲了下来，父亲踮起脚，努力地抱住了康，走吧，别那么难过，回去好好照顾妈妈。

康心里一阵紧，他也伸手抱住了父亲。父亲拍了拍康的肩膀，你还记得回去的路吗？

记得的。

行了，走吧。

康不情愿地松开父亲的手，转身往回走。走了几步，他扭过头，又看了看父亲，父亲站在那里看着他，脸上还挂着微笑，他挥着手，示意康继续往前走。康就又往前走了几步，当他再转过身时，就再也看不见父亲了。

康的眼睛开始模糊，他知道，这个世界以及他的父亲，将永远地消失了。

康推开大门的时候，那口薄薄的棺材依然放在院子里，那几个守夜的人依旧强睁着眼睛在打麻将。

没有人注意到康。他从院子里经过，回到自己的房间里。他有些恍惚，他在那棵树上，度过了那么长的时间，可这里，却连一晚还没有过去。

康又趴在了那扇窗户上。从这里，能看见那棵大树，黑森森的，就那样连接着天地。

康还是不敢确认，刚刚他还在树上，可现在，他却趴在这里看着那棵大树。他忽然怀疑自己是不是真的上过那棵树，又或者，是自己刚刚做了一个梦。

就在这时，远处的那棵大树忽然颤抖了起来，树叶开始发出窸窸窣窣的声音，随后，就有东西开始往下掉。康看仔细了，原来是树叶。这些树叶变得枯黄，纷纷扬扬地掉落，就像下了一场鹅毛大雪一般。直到最后，这些掉落的树叶将树干掩埋，在树脚下堆了一个巨大的馒头形状。

康的心中感到一阵又一阵的难过，他知道，那根本不是梦。父亲就在树上的那个山谷里，现在，他已经化作了一颗尘埃，被山谷间的风给吹走了。

此刻，母亲就睡在隔壁，他能听见她在隔壁咳嗽的声音，这声音让他感到安慰。她太累了，等天亮，父亲就要出殡，到了那时，她会更累，更伤心。康想，如果现在自己过去告诉母亲，父亲的葬礼已经在那树上结束了，或许明天她就不用那么难过了。

这时，康突然想到了一件事，自己都忘了问父亲关于这棵大树的事情。这棵大树究竟是怎么来的，那时的父亲怎么会想着自己有一天爬到树上去呢？还有，自己扒开树丛，经历的那个世界又是什么地方？

想到这里，康觉着有些沮丧，他知道，自己已经永远没有机会知道答案了。

【作者简介】张忌，1979年生于宁波宁海，2003年开始小说创作，曾在《人民文学》《收获》《钟山》等杂志发表小说70余万字。出版有中短篇小说集《海云》《小京》，长篇小说《公羊》。其中短篇小说《李天道》和中篇小说《小京》曾分别入选2004年和2005年的《小说选刊》。

选自《收获》2017年第2期

大乔小乔

张悦然

1

上瑜伽课前,许妍接到乔琳的电话。听说她到北京来了,许妍有些惊讶,就约她晚上碰面。电话那边沉默了片刻,乔琳用哀求的声音说,你现在在哪里,我能过去找你吗?

她们两年没见面了。上次是姥姥去世的时候,许妍回了一趟泰安,带走了一些小时候的东西。走的时候乔琳问,你是不是不打算再回来了?许妍说,你可以到北京来看我。乔琳问,我难过的时候能给你打电话吗?当然,许妍说。乔琳总是在晚上打来电话,有时候哭很久。但她最近五个月没有打过电话。

外面的天完全黑了,她们坐进车里。照明灯的光打在乔琳的侧脸上,颧骨和嘴角有两块瘀青。许妍问她想吃什么。她转过头来,冲着许妍露出微笑,辣一点的就行,我嘴里没味儿。她坐直身体,把安全带从肚子上拉起来,说能不系吗,勒得难受。系着吧,许妍说,我刚会开,车还是借的。乔琳向前探了探身子,说开快一点吧,带我兜兜风。

那段路很堵。车子好容易才挪了几百米,停在一个路口。许妍转过头去问,爸妈什么时候走?乔琳说,明天一早。许妍问,你跟他们怎么说的?乔琳说,我说去找高中同学,他们才顾不上呢。许妍说,要是他们问起我,就说我出差了。乔琳点点头,知道,我知道。

车子开入商场的地下车库。许妍拉下手刹,告诉乔琳到了。乔琳靠在椅背上,说我都不想动弹了,这个座位还能加热,真舒服啊。她闭着眼睛,好像要睡着了。许妍摇了摇她。她抓起许妍的手,放在自己的肚子上,低声说,孩子,这是你的姨妈乔妍,来,认识一下。

在黑暗中,她的脸上露出微笑。许妍好像真的感觉到什么东西动了一下。像朵浪花，轻轻地撞在她的手心上。她把手抽了回来，对乔琳说，走吧。

许妍捂着肚子蹲在地上。明晃晃的太阳，那些人的腿在摆动，一个个翻越了横杆。跳啊，快跳啊，有人冲着她喊。她用尽全身力气站起来，横杆在眼前，越来越近，有人一把拉住了她……她觉得自己是在车里，乔琳的声音掠过头顶，师傅，开快点。她感到安心，闭上了眼睛。

许妍已经忘记自己曾经姓乔了。其实这个名字一直用了十五年。

办身份证的时候，她改成了姥姥的姓。姥姥说，也许我明年就死了，你还得回去找你爸妈，要是那样，你再改成姓乔吧。从她记事开始，姥姥就总说自己要死了，可她又活了很多年，直到许妍在北京上完大学。

许妍一出生，所有人听到她的啼哭声，都吓坏了。应该是静悄悄的才对，也不用洗，装进小坛子，埋在郊外的山上。地方她爸爸已经选好了，和祖坟隔着一段距离，因为死婴有怨气，会影响风水。

怀孕七个月，他们给她妈妈做了引产。据说是注射一种有毒的药水，穿过羊水打进胎儿的脑袋。可是医生也许打偏了，或者打少了，她生下来是活的，而且哭得特别响。整个医院的孩子加起来，也没有她一个人声大。姥姥说，自己是循着哭声找到她的。手术室没有人，她被搁在操作台上。也许他们对毒药水还抱有幻想，觉得晚一点会起作用，就省得往囟门上再打一针。

姥姥给了护士一些钱，用一张毯子把她裹走了。那是个晴朗的初夏夜晚，天上都是星星。姥姥一路小跑，冲进另一家医院，看着医生把她放进了暖箱。别哭了，你睡一会儿，我也睡一会儿，行吗，姥姥说。她在监护室门外的椅子上，度过了许妍出生后的第一个夜晚。

许妍点了鸳鸯锅，把辣的一面转到乔琳面前。乔琳只吃了一点蘑菇，她的下巴肿得更厉害了，嘴角的瘀青变紫了。

怎么就打起来了呢，许妍问。乔琳说，爸在计生办的办公楼里大吼大叫，保安赶他走，就扭在一块了，不知道谁推了我一把，撞到了门上。许妍叹了口气，你们跑到北京来到底有什么用呢？乔琳说，我只是想来看看你。许妍问，那他们呢，你为什么就不劝一下？乔琳说，来北京一趟，他俩情绪能好点，在家里成天打，爸上回差点把房子点了。而且有个汪律师，对咱们的案子感兴趣，还说帮着联系《法律聚焦》栏目组，看看能不能做个采访。许妍说，采访做得还少吗，有什么用？乔琳说，那个节目影响大，好几个像咱们家这样的案子，后来都解决了。许妍问，你也接受采访吗，挺着个大肚子，不觉得丢人吗？乔琳垂着眼睛，抓起浸在血水里的羊肉扑通扑通扔进锅里。

过了一会儿，乔琳小声问，你在电视台，能找到什么熟人帮着说句话吗？许妍说，我连我们频道的人都认不全，台里最近在裁员，没准明天我就失业了。她看着乔琳，是爸妈让你来的吧？乔琳摇了摇头，我真的只想来看看你。

许妍没说话。越过乔琳的肩膀，她又看到了过去很多年追赶着她的那个噩梦。上访，讨说法。爸爸那双昆虫标本般风干的眼睛，还有妈妈磨得越来越尖的嗓子。当然，许妍没资格嫌弃他们，因为她才是他们的噩梦。

她爸爸乔建斌本来是个中学老师，因为超生被单位开除了。他觉得很冤，老婆王亚珍是上环后意外怀孕，有风湿性心脏病，好几家医院都不敢动手术，推来推去推到七个月，才被中心医院接收。他们去找计生委，希望能恢复乔建斌的工作。计生委说，只要孩子活下来，超生的事实就成立。孩子是活了，可那不是他们让她活的啊。夫妻俩开始上访，找了各种人，送了不少礼，到头来连点抚恤金也没要到。

乔建斌的精神状况越来越糟，喝了酒就砸东西，还总是伤到自己，必须得有人看着才行。虽然他嚷着回去上班，可是谁都看得出来，他已经是个废人了。王亚珍的父母都是老中医，自己也懂一点医术，就找了个铺面开了间诊所。那是个低矮的二层楼，她在楼下看病，全家人住在楼上，这样她能随时看着乔建斌。乔琳是在那幢房子里长大的。许妍则一直跟着姥姥住。在她心里，乔琳和爸妈是一个完整的家庭，而她是多余的。乔建斌看见她，眼睛里就会有种悲凉的东西。她是他用工作换来的，不仅仅是工作，她毁了他的一切。王亚珍的脸色也不好看，总是有很多怨气，她除了养家，还要忍受奶奶的刁难。奶奶觉得要不是她有心脏病，没法顺利流产，也不会变成这样。每次她来，都会跟王亚珍吵起来。她走了以后，王亚珍又和乔建斌吵。这个家所有人都在互相怨恨。没有人怨乔琳。她是合情合理的存在，而且总在化解其他人之间的恩怨。那些年她做得最多的事，就是劝架和安抚。她在爸妈面前夸许妍聪明懂事，又在许妍这里说爸妈多么惦记她。她一直希望许妍能搬回来住。可是上初中那年，许妍和乔建斌大吵了一架，从此再也没有踏进过家门。

许妍骑着她那辆凤凰牌自行车经过诊所门前的石板路。乔琳从二楼的窗户探出头来，朝她招手。快点蹬，要迟到了，乔琳笑着说。许妍读初中，她读高中，高中离家比较近，所以她总是等看到了许妍才出发。有时候，她会在门口等她，塞给她一个洗干净的苹果。

许妍的手机响了。是沈皓明，他正和几个朋友吃饭，让她一会儿赶过去。许妍挂了电话。面前的火锅沸腾了，羊肉在红汤里翻滚，油星溅在乔琳的手背上。但她毫无知觉，专心地摆弄着碟子里的蘑菇，把它们从一边运到另一边，一片一片挨着摆好。她耐心地调整着位置，让它们不要压到彼此。然后她放下筷子，又露出那种空空的微笑，说刚才是你男朋友吗？许妍嗯了一声。乔琳说，你还没跟我说过呢。你什么都不跟我说，从小就这样。他是干什么的？许妍说，公司上班的白领。乔琳又问，对你好吗？许妍说，还行吧，你到底还吃不吃？乔琳说，有个人让你惦记着，那种感觉很好吧？

餐厅外面是个热闹的商场。卖冰淇淋的柜台前围着几个高中女生。许妍问，想吃吗？乔琳摸了摸肚子，好像在询问意见。她趴在冰柜前，逐个看着那些冰淇淋桶。覆盆子是种水果吗，她问，你说我要覆盆子的好，还是坚果的好呢？那就都要，许妍说。我不要纸杯，我想要蛋筒，乔琳笑着告诉柜台里的女孩。

那是九月的一个早晨，许妍升入高中的第一天。乔琳撑着伞，站在校门口。见到她就笑着走上来，你怎么不把雨衣的帽子戴上，头发都湿了。她伸出手，撩了一下许妍前额的头发说，真好，咱们在一个学校了，以后每天都能见到。放学以后别走，我带你去吃冰淇淋，香芋味的。

路过童装店，乔琳的脚步慢下来。许妍顺着她的目光望过去，亮晶晶的橱窗里，悬挂着一件白色连衣裙。发光的塔夫绸，胸前有很多刺绣的蓝粉色小花，镶嵌着珍珠，裙摆捏着细小的荷叶边。乔琳把脸贴在玻璃上，说小姑娘的衣服真好看啊。许妍问，你希望是男孩还是女孩？男孩吧，乔琳说，如果是男孩，说不定林涛家里能改变主意。许妍问，他后来又跟你联系过吗？乔琳摇了摇头。

汽车驶出地下车库。商业街灯火通明，橱窗里挂着红色圣诞袜和花花绿绿的礼物盒。街边的树上缠了很多冰蓝色的串灯。广告灯箱里的男明星在微笑，露出白晃晃的牙齿。乔琳指着他问，你觉得他长得像于一鸣吗？许妍问，你这次来联系他了吗？乔琳说，我没有他的手机号码了。许妍沉默了一会儿，说快到了，我给你订了个酒店，离我家不远。乔琳点点头，双手抓着肚子上的安全带。

于一鸣走过来，坐在了她和乔琳的对面。他T恤外面的衬衫敞着，兜进来很多雨的气味。空气湿漉漉的，外面的天快黑了。于一鸣抹了一把脸上的水，冲她们笑了。他的下巴上有个好看的小窝。

到了酒店门口，乔琳忽然不肯下车。她小心翼翼地蜷缩起身体，好像生怕会把车里的东西弄脏。许妍问，到底怎么了？乔琳用很小的声音说，别让我一个人睡旅馆好吗，我想跟你一起睡……她抬起发红的眼睛，说求你了，好吗？

　　车子开回到大路上。乔琳仍旧蜷缩着身体，不时转过头来看看许妍。她小声问，旅馆的房间还能退吗，他们会罚钱吗？许妍说，我只是觉得住旅馆挺舒服的，早上还有早餐。乔琳说，我知道，我知道，对不起。

　　车窗起雾了，乔琳用手抹了几下，望着外面的霓虹灯，用很小的声音念出广告牌上的字。直到车子开上高架桥，周围黑了下去。她靠在座椅上，拍了拍肚子，说小家伙，以后你到北京来找姨妈好不好？许妍没有说话，她望着前方，挡风玻璃上也起雾了，被近光灯照亮的一小段路，苍白而昏暗。

　　乔琳盯着于一鸣，说你的发型真难看。于一鸣说，我知道你剪得好，可我回去两个月不能不剪头啊。乔琳搅了一下许妍说，来，认识一下，这是我妹妹，亲妹妹。于一鸣对乔琳说，走吧，该回去上晚自习了。乔琳说，你先去，我跟我妹妹坐一会儿，好久没见她了。于一鸣说，咱俩也好久没见了，说好去济南找我也没有去。乔琳笑了，明年暑假吧，我跟我妹妹一起去。于一鸣走了。许妍说，别跟人说我是你妹妹行吗，非得让所有人都知道家里超生的事吗？乔琳垂下眼睛，说知道了。许妍问，你们在谈恋爱？乔琳说没有。许妍说，别骗我了。乔琳说，真的，他来泰安借读，高考完了就走了。许妍说，你也可以走啊。

　　乔琳笑了一下，没说话。

2

　　许妍找到一个空车位，停下了车。刚下来，一辆车横在她们面前，车上走下一个戴着黑框眼镜的男人。他说，又是你，你又停在我的车位上了。许妍认出他就住在自己对门，好像姓汤。有一次他的快递送到了她家，里面是一盒迷你乐高玩具。她晚上送过去，他开门的时候眼睛很红。她瞄了一眼电视，正在放《甜蜜蜜》。张曼玉坐在黎明的后车座上。

　　许妍说，我不知道这个车位是你的，上面没挂牌子。她要把车开走，男人摆了摆手，说算了，还是我开走吧。他钻进车里发动引擎。

　　乔琳笑着说，他一定看我是孕妇吧。现在我到哪里都不用排队，一上公交车就有人让座，等孩子生下来，我都不习惯了。

　　许妍打开公寓的门。她的确没打算把乔琳带回家。房子很大，装修也非常奢侈，就算对北京缺乏了解,恐怕也猜得出这里的租金一般人很难负担。但是乔琳没有露出惊讶,也没有发表评论。她站在客厅中间,低着头眯起眼睛,好像在适应头顶那盏水晶吊灯发出的亮光。

过了一会儿,她回过神来,问许妍,你主持的节目几点播?许妍说,播完了,没什么可看的。乔琳问,有人在街上认出你,让你给他们签名吗?许妍说,一个做菜的节目,谁记得主持人长什么样啊。她找了一件新浴袍,领乔琳来到浴室。乔琳指着巨大的圆形浴缸问,我能试一下吗?许妍说,孕妇不能泡澡。乔琳说,好吧,真想到水里待一会儿啊。她伸起胳膊脱毛衣,露出半张脸笑着说,能把你的节目拷到光盘里,让我带回去吗?放心,不告诉爸妈,我自己偷偷看。

乔琳的毛衣里是一件深蓝色的秋衣,勒出凸起的肚子。圆得简直不可思议。她变了形的身体,那条被生命撑开的曲线,蕴藏着某种神秘的美感。许妍感觉心被什么东西蜇了一下。

电话响了。沈皓明让她快点过去。听说她要出门,乔琳的眼神中流露出恐惧。许妍向她保证一会儿就回来,然后拿起外套出了门。

许妍睁开眼睛,看到自己躺在病房里。墙是白的,桌子是白的,桌上的缸子也是白的。乔琳坐在床边,用一种忧伤的目光看着她。许妍坐起来,问乔琳,告诉我吧,我到底怎么了。乔琳垂下眼睛,说你子宫里长了个瘤子,要动手术。子宫?许妍把手放在肚子上,这个器官在哪里,她从来没有感觉到它的存在。乔琳说,你才十七岁,不该生这个病,医生说是激素的问题,可能和出生时他们给你打的毒针有关。

……医生站在床前,说手术很顺利,但瘤子可能还会长,以后可以考虑割掉子宫,等生完孩子。但你怀孕比较困难。他没说完全不可能,但是许妍知道他就是那个意思。

医生走了,病房里很安静。许妍望着窗外一棵长歪了的树,岔出去的旁枝被锯掉了。乔琳说,我知道我说什么都没用,可是我以后真的不想生孩子。不知道为什么,想想就觉得可怕。

许妍赶到餐厅的时候,沈皓明已经有点喝多了,正和两个朋友讨论该换什么车。上个月,他开着花重金改装的牧马人去北戴河,半路上轮轴断了,现在虽然修好了,可他表示再也无法信任它了。

他们有个自驾游的车队,每次都是一起出去,十几辆车,浩浩荡荡。许妍跟他们去过一次内蒙,每天晚上大家都喝得烂醉,在草地上留下一堆五颜六色的垃圾。有一天晚上,许妍和沈皓明没有喝醉,坐在山坡上说了一夜的话。他们两个就是这么认识的。许妍跟所有的人都不熟，是另外一个女孩带她去的，那个女孩跟她也不熟，邀请她或许只是因为车上多一个空座位。到了第五天，许妍坐到了沈皓明的那辆车上，他们一直讲话，后来开错路掉了队。两个人用后备箱里仅剩的烟熏火腿和几根蜡烛，在草原上度过了一个难忘的夜晚。

  回北京那天，许妍有些低落，沈皓明把她送回家，她看着车子开走，觉得他不会再联系她了。她知道他是那种有钱人家的孩子，周围有很多漂亮女孩，只是因为旅途寂寞，才会和她在一起。也许是玩得太累了，第二天她发烧了。她躺在床上，觉得自己像一根就要烧断的保险丝，快把床单点着了。她感到一种强烈而不切实际的渴望。帮帮我，在黑暗中她对着天花板说。每次她特别难受的时候，就会这么说。

  傍晚她收到了沈皓明的短信，问她要不要一起吃晚饭。她摇摇晃晃地从床上爬起来，化了个妆出门了。那不是一个两人晚餐，还有很多沈皓明的朋友。她烧得迷迷糊糊的，依然微笑着坐在沈皓明的旁边。聚会持续到十二点。回去的路上，她的身体一直发抖。沈皓明摸了摸她的额头，怪她怎么不早说，然后掉头开向医院。在急诊室外面的走廊里，他攥着她的手说，你让我心疼。她笑着说，大家都挺高兴的，这是个高兴的晚上，不是吗？

  那个夏天，沈皓明时常带她参加派对。那些派对在郊外的大房子里举行，总有穿着短裙的女孩带着她的外籍男友。直到夏天快过完，她才确定自己成了沈皓明的女朋友。那时她已经学会了自己卷头发，并且添置了好几条短裙。到了九月末，她和几个从前要好的朋友坐在路边的烧烤摊，意识到自己以后也许不会再见他们了。来北京八年，一直在认识新朋友，进入新圈子，那种不断上升、进化的感觉，给她带来一些满足。

  你想去莫斯科吗，沈皓明扭过头来看着她，春天的时候咱们开车去莫斯科吧？好啊，许妍说。她想到旷野上的星星，以及那些因为喝醉而感觉自由一点的夜晚。

  饭局散了，许妍开车把沈皓明送回他爸妈家。当初租房子的时候，他是准备跟她一起住的。后来觉得上班太远，多数时候就还是住在他爸妈家。那边有好几个保姆伺候，饭菜又可心。他爸妈也不希望他搬出来，好像那样就等于认可了他和许妍的关系。

  你表姐安顿好了？沈皓明忽然问，明天我妈让你来家里吃饭，喊她一起吧。许妍说，不用，她自己有安排。沈皓明说，后天律师所没事，我可以陪你带她转转，买买东西。许妍说好。

  回到家已经是子夜一点。乔琳还没睡，正靠在床上看电视。她好像在哭，抹了抹脸，对许妍笑了一下，说你看过这个节目吗，把一个城里的孩子和一个农村的孩子对调，让他俩在对方的家里住几天。结果那个农村孩子把城里的"爸妈"给她买早点的钱都攒下来,想给农村的奶奶买副新拐杖。许妍说,都是假的,节目组安排好的。乔琳说,怎么会呢,那个农村孩子哭得多伤心啊。

许妍换上睡衣,在床边坐下,说你怎么会失眠呢,孕妇不是应该贪睡吗?乔琳说,我每天睁着眼睛到天亮,看什么都是重影的,好像那些东西的魂全跑出来了。许妍问,去医院看过吗?乔琳回答,说是精神压力大,可他们不让吃安定。许妍沉默了一会儿,问你后悔吗,把孩子留下来。乔琳笑着说,怎么会呢,我把衣服都买好了,白色的,男女都能用。

半年前乔琳打来电话,说自己怀孕了。男的叫林涛,比乔琳小两岁。和她在同一家商场当售货员。他父母一直告诫他,不能跟乔琳谈恋爱,沾上她爸妈,一辈子都别想安生。得知乔琳怀孕,他吓坏了,休假躲了起来。乔琳厚着脸皮找到他们家,林涛的母亲给了一些钱,让她把孩子打掉。乔琳爸妈说,怎么能打掉,就去林家闹,还跑到商场去找乔琳的领导。乔琳把工作辞了,跟她爸妈说,你们要是再闹,我就死在你们面前。

那段时间,乔琳常常给许妍打电话。她在那边问,为什么我的生活里总是有那么多的纠纷呢?

十月的一个早晨,两个女生在学校门口拦住了她,说你就是乔琳的小跟班吗,最好离那个狐狸精远点,别沾得自己一身骚。许妍不算意外。她已经发现乔琳在学校里非常有名,追她的男生很多,背后说闲话的也很多。

放学后她和乔琳碰面,没有提起这件事。走到大门口,那两个女生又来了。她们低着头,哭丧着脸说,我们说错话了,对不起,你千万别放在心上。乔琳皱着眉头,一言不发。

她们又去了冷饮店。于一鸣很快也来了。乔琳瞪着他,你的眼线挺多啊。于一鸣说,怎么了?乔琳说,别装傻,你让王滨去吓唬李菁菁了?于一鸣说,太嚣张了,不给她们点颜色看看怎么行。乔琳说,你要是真拿王滨当哥们,就别让他干这种事。他身上背着两个处分,再有一回就得开除。于一鸣说,我绝不允许她们这么败坏你。乔琳笑了笑,我才不在乎呢。

许妍对乔琳说,如果我是你,大概会把孩子打掉。乔琳显得很惊恐,说怎么可能,它是个生命啊。许妍说,这个世界上有很多错误的生命,生下来只会受苦。乔琳说,别说了，我绝对不能那么做。

许妍很清楚，乔琳不能那么做是因为爸妈。他们最初是反对计划生育，后来变成连堕胎也反对。特别是王亚珍，成了这方面的斗士。她经常守在医院门口，拦截去做流产的女人，讲各种怨灵的故事，还去吓唬医生和护士，让他们放下手术刀到寺庙里超度。有那么几个女人听了她们的话，没做流产，生下孩子以后拍的满月照片，被王亚珍扩印得很大，拿在手里到处宣传。她还爱讲自己的故事：我的小女儿，当时被他们逼着流掉，又打激素又打毒针，我有心脏病，差点死在手术台上。可孩子不是照样健健康康地活下来了吗？你们现在什么困难都没有，有什么理由不要孩子？她以后一定也会把乔琳当成单亲妈妈的典范。至于乔琳该如何抚养那个孩子，她根本不去想。这几年一直都是乔琳在养家，现在她还没了工作。

她们的不幸，最终都会变成爸妈上访的资本。就像许妍子宫里生瘤，也被他们到处宣扬，无非是为了多要一笔赔偿金。许妍心里的愤怒，如同休眠的火山，这时又燃烧起来。所以或许并不完全是为了乔琳，更多的是想反抗爸妈的意志，给他们沉重一击，她又给乔琳打了电话。乔琳有点受宠若惊，说你从没给我打过电话。许妍说，你最好再考虑一下，留下这个孩子，一生可能都完了。乔琳说，可它是活的啊，在我身体里动，真的很奇妙，那种感觉你不会懂的……许妍冷笑了一声，是啊，那种感觉我不会懂的。以后你的事我也不会再管了。

乔琳没有再打来电话。许妍偶尔想起来，会在心里算算月份，想一想孩子还有多久出生。

乔琳坐在操场的看台上，咬着一根棒冰，嘴上都是鲜艳的色素。许妍走过去，说你躲到这儿有用吗？乔琳不说话。许妍问，你是不是特别喜欢看男生为了你打架？既然你不想跟他们谈恋爱，为什么还要对他们好，让他们围着你团团转呢？乔琳说，可能害怕孤独吧，她抬起头，咧开橘色的嘴唇笑了，你是不是很讨厌我这样的女孩？

许妍在床上躺下，伸手关掉了台灯。但黑暗不够黑，窗帘的缝隙间夹着一道颤巍巍的光。她正犹豫是否要去消灭那簇光，乔琳的手穿过阻隔在中间的被子，找到了她的手。她说，你还记得吗，从前姥姥生病我把你领回家，咱俩挤在我那张小床上。许妍说，那是很小的时候，上了初中我就没再去过。

乔琳握紧了她的手，说我知道上回我说错话了，一直想给你打电话，可是真怕你再劝我把孩子打掉……许妍说，承认吧，你现在后悔了。乔琳说，没有，我想通了，不管我给这个孩子什么，给多给少，他都是奔着他自己的命去的。你小时候受了不少苦，现在不是也过得挺好吗？许妍问，你自己呢，你是奔着什么命去的，干吗非要背那么重的担子呢？乔琳在黑暗中笑了一声，我爱逞能，老觉得没我不行，其实我有什么用啊？她捏了捏许妍的手心，上访的事我早都不抱希望了，就是跟林涛呕一口气。当时他说，你家里要真是讨到了说法，再也不闹了，我就娶你。其实怎么可能啊，人家肯定早交了新女朋友。

　　许妍翻了个身，闭上眼睛。她感受着乔琳滞重的呼吸，如同一艘快要沉没的船。一个显而易见的却一直被她忽略的事实是，她的姐姐过得很糟，而且也许再也不会好了。她能帮她做什么吗？

　　她能。沈皓明自己就是律师，而且热心，爱帮朋友。他爸爸又有很多政府关系。

　　她不能。她根本无法开口。从一开始她就隐瞒了家里的事，说爸爸走了，妈妈死了，她是跟着姥姥长大的。这不是撒谎，她对自己说，只是出于自保。谁能接受一对不停闹事，总是被保安驱逐和扭走的父母呢？不过，既然她一直说乔琳是她的表姐——是不是可以让他们帮一帮这个表姐呢？但是也有风险，她爸妈曾在采访里提到过小女儿的名字，还说她现在在北京生活。一旦那些资料被翻出来，她的身份就掩饰不住了。

　　许妍勉强睡了几个小时，天快亮的时候醒了。她感觉到乔琳在耳边呼吸，嘴巴里的热气涌到她的脸上。她睁开眼睛，乔琳在曦光中望着自己。她一时想不起来从前什么时候，她也是这样望着自己，用那双圆圆的大眼睛，好像明白了什么重要的事要告诉她。但是她并没有开口。

　　你看我也是重影的吗？许妍问。

　　乔琳说，不，我看你看得很清楚。

　　于一鸣站在她的教室门口。他说乔琳三天没来上课了。许妍说，我爸把腿摔断了，她得照顾他。于一鸣说，我知道，快考试了，这样下去不行。你带我去找她。

　　外面下着雪，马路结冰了。他们推着自行车往前走。风很大，雪乱糟糟地降下来，天空像个马蜂窝。于一鸣的头发又长长了，他的脸很白，下巴上有个好看的小窝。他神情凝重地说，帮我劝劝乔琳，让她好好复习，跟我一块儿考到北京。许妍说，她不想走。于一鸣说，她在这里没有出路。许妍问，北京什么样？于一鸣说，北京的马路特别宽，到处都是商店，还有很多咖啡馆。你好好学习，两年以后也考过去。许妍问，我？于一鸣说，是啊，我们在北京等你。

　　许妍怔怔地看着他。他口中呼出的白气在空中上升，然后散开了。

3

第二天，许妍录节目到下午五点，然后匆匆忙忙赶去买甜点。那家蛋糕店是从巴黎开过来的，最近上了不少时尚杂志。她每次都为带什么礼物去沈皓明家而伤脑筋。

小巧的纸杯蛋糕陈列在玻璃柜里，上面镶着翻糖做的高跟鞋和花环，像是一件件奢华的珠宝。价格当然也贵得离谱，她最终决定买四个。这时乔琳打来电话，问她什么时候回来。许妍说，冰箱上不是有外卖单吗，你先叫东西吃啊。乔琳说，我不饿，你家门怎么锁，我在屋子里喘不上气，想出去走走。许妍把门锁的密码告诉她。她重复了一遍，说要是我等会儿忘了，能再给你打电话吗？

挂了电话，许妍扫视了一圈玻璃柜，目光落在一个有跳舞小人的纸杯蛋糕上。小人单脚支地，抬起双臂，好像正准备起跳，飞离地面。我要这个，她跟柜台里的女孩说。

许妍听到乔琳在身后喊自己。她追上来，把手里的布袋递给许妍，说裙子我帮你借好了，领子有点大，你别两个别针就行了。许妍说，我真的不想主持了。乔琳说，你要是不主持，我就也不跳舞了。晚会咱俩都不参加了。许妍问，干吗要费那么大力气帮我争取呢？乔琳笑了，大乔小乔要一起出风头才好。当时在学校已经有很多人知道她们是姐妹，并且叫她们大乔小乔。

保姆开了门，要帮许妍拿东西。许妍捧着蛋糕盒说，我自己拿到客厅吧。三个女人坐在客厅的沙发上喝香槟。其中一个短发女人笑盈盈地看着她，对另外两个说，皓明就喜欢这种瘦瘦高高的女孩。旁边披着披肩的女人说，现在的男孩都喜欢这种身材。

一个八九岁的男孩跑出来，是沈皓明的弟弟沈皓辰。他手里牵了一只短腿腊肠狗。那只狗穿着蓝色羽绒坎肩，背后有个帽子，跑快一点帽子就扣过来，盖住了它的脸。沈皓辰把狗拽到沙发边，向大家介绍，它叫贝利，有点感冒了。挑高细眉的女人问，你上次那条狗呢？沈皓辰说，送走了，妈妈嫌它老翻垃圾桶。短发女人说，你妈一开始可是爱它爱得不行啊。男孩耸耸肩，我妈妈是个很难捉摸的女人。三个女人笑起来。披着披肩的女人说，皓辰，过来，让阿姨抱抱。男孩勉为其难地向前走了两步，把头转向一边，阿姨，我也感冒了。披着披肩的女人摸了摸他的后脑勺，都那么大了，真是有苗不愁长啊。挑高眉毛的女人放下香槟杯说，后悔了吧，当时都劝你跟于岚一起去，还可以做个双胞胎。

谁在说我坏话呢，我可是听到了，一个矮胖的女人走进来，穿着深蓝色香云纱裙子，腰部有一朵白色荷花，是沈皓明的妈妈于岚。你儿子，短发女人说，他说你是个很难捉摸的女人。于岚笑起来，对男孩说，宝贝，你昨天不是还说我不用开口，你都知道我要说什么吗？男孩说，我知道你要说什么，但我不知道你在想什么。挑高细眉的女人说，你儿子是个哲学家。

男孩抬起头问于岚，我能让许妍姐姐陪我去玩吗？于岚说，好啊。她笑吟吟地朝许妍走过来，说我都没看到你来了。许妍微笑着说，我买了甜点，饭后可以吃。太好了，于岚说，那我就不让大李再去买了。许妍在心里飞快地算了一下，四块蛋糕，自己不吃，刚好她们四个女人一人一块。

她跟着沈皓辰来到后院。那里有几簇假山和一个凉亭，前面是一小片结冰的水塘。沈皓辰问，你说贝利能在上面滑冰吗？许妍说，不行，它会掉下去。玩点别的吧，我陪你去插乐高。沈皓辰摇摇头，我想陪着贝利，它太孤单了。许妍说，它感冒了，需要休息。沈皓辰说，都是我妈，非让它睡在花房里。许妍问，为什么不让它到屋子里去？沈皓辰说，我妈说我们还不了解它的脾气，要观察一段时间，惠惠姐姐刚来的时候，她也不让她跟我们一起吃饭，说她嘴巴臭，可能有胃病。

许妍通过这个男孩知道了他们家不少事。包括沈皓明刚和她在一起的时候，于岚还给他介绍一个银行行长的女儿。没准他们见了面，她没问过沈皓明。以后恐怕还有律师的女儿，医生的女儿，她显然不是理想的儿媳，不过他们也没公然反对。有一次沈皓辰说，我妈说哥哥带什么女孩回来都无所谓，谈谈恋爱又不是当真的。许妍相信沈皓辰不至于蠢到不知道这些话不该讲给她听，他是故意的，好让她心里难受。他也会把他妈妈讲保姆小惠的话告诉小惠，然后站在门外听小惠在房间里偷偷哭。这是一种什么爱好，许妍不知道，用沈皓明的话来说，他弟弟是个内心阴暗的小孩。

他们相差十八岁，沈皓辰叼着奶嘴的时候，沈皓明已经系着领结跟爸爸去参加慈善晚会了。他对弟弟没太多感情，一开始甚至忘了跟许妍讲。后来有一次随口讲到他，许妍惊讶地问，为什么？什么为什么，沈皓明问。许妍说，为什么能生两个孩子？沈皓明说，哦，我爸妈都入了加拿大籍。其实不入也可以，罚点钱就是了。

沈皓明推门走出来，对许妍说，我到处找你呢。他冲着沈皓辰的屁股拍了两下，别老缠着别人，你就不能自己玩会儿吗？沈皓辰哀求道，我们等会儿出去吃冰淇淋吧。沈皓明不理他，拉着许妍走了。

沈皓明的爸爸沈金松和几个男客坐在偏厅的沙发上。沈皓明带着许妍走过去，把她介绍给两个没见过的客人。他爸爸说，皓明，给你李叔叔拿支雪茄来。走出房间，沈皓明咕哝道，他怎么还有脸来。你说谁，许妍问。沈浩明说，那个戴鸭舌帽的男的，做生意把周围的朋友坑了一个遍，大家都不跟他来往了。沈皓明返回偏厅的时候，许妍拉住他，说笑一下。沈皓明皱着眉头，干什么？许妍说，你的怒气都写在脸上，让别的客人看到不好。沈皓明勉强露出一个微笑。许妍也给他一个微笑，进去吧，我去问问你妈妈那边有什么需要帮忙的。

许妍回到大客厅，发现又来了两个女客人。蛋糕不够分了，她有点不安地盯着桌子上的白盒子。开饭了，于岚对她说，我们过去坐下吧。

这种家宴是沈家的传统，每个星期都有一两回。客人彼此相熟，不会感到拘束。许妍环视四周，低声问沈皓明，高叔叔没来？沈皓明说，他开会，晚点来。披着披肩的女人问，皓辰呢？于岚说，让他跟保姆吃，那孩子絮絮叨叨的，大人都没法好好说话了。

戴鸭舌帽的男人挨着女人们坐，一直保持沉默，每当那碟花生米转到面前的时候，他都会夹起一颗。你的古董店还开着吗，旁边的女人问他。没有，他回答，停顿了几秒说，不过我正打算重新开起来。女人问，还在原来的地方吗？啊，对，他说。一个男客人笑了笑，你确定吗，那一带盖了新楼，租金涨了四五倍。所有的人都看向戴鸭舌帽的男人，屋子里一时很静。许妍觉得自己所分担的那份尴尬比其他人更多。她理解那个戴鸭舌帽的男人，他一定很渴望成功，只是运气差了点。

饭吃到一半，高叔叔来了。许妍也弄不清这个高叔叔到底在政府做什么工作，只知道他权力很大，帮人铲了不少事。戴鸭舌帽的男人忽然来了精神，一直看着高叔叔，听他跟周围的人讲话。他们笑起来的时候，他也跟着笑了。

晚饭结束后，大家移到偏厅喝茶。沈金松和高叔叔去了另外一个房间，戴着鸭舌帽的男人也跟了进去。沈皓明对许妍说，他肯定有事要让高叔叔帮忙。许妍问，他会帮吗？沈皓明说，不知道，我们去看电影吧？许妍说，早走了你妈妈会不高兴。沈皓明说，管她呢。许妍笑了一下，你可以不管，我不能不管。她拉着沈皓明来到客厅，女人们正坐在那里聊天。沈皓明听到她们都在谈论衣服和包，就说我还是去男士那边吧。

许妍在于岚旁边坐了一会儿，发现桌上的水果叉不够，就起身去拿。让佩佩把甜酒打开，于岚在她身后说。经过走廊，她看到沈金松他们还在那个房间里，好像在说什么房子的事。

她拿着叉子从厨房出来，听到旁边的房间里传来奇怪的声音。好像是干呕，伴随着细小的嘶叫声。她敲了两下，推开门。是沈皓辰，正仰面躺在地上哭。那间屋子长期闲置，空荡荡的，只有一只书柜立在墙边。她蹲下来，说你可真会挑地方。

沈皓辰不理她，闭上眼睛继续哭。许妍问，就因为没陪你去吃冰淇淋？沈皓辰抹了把眼泪，说我早就习惯了。许妍问，为什么不叫你的朋友来家里玩呢？沈皓辰说，你要是整天转学，还会有什么朋友吗？他摇了摇头，说这个家里没有一个人真的关心我。许妍说，不要对别人有什么期望，你自己得变得强大起来。沈皓辰撇了一下嘴，我还是个孩子呀。许妍说，孩子怎么了？沈皓辰哀求道，你能让我自己静一会儿吗，我不想回房间，惠惠姐姐像只鹦鹉，一直说个不停。

许妍带上了房间的门。她确实没想过沈皓辰会有什么痛苦。生在这样的家庭，不是应该从梦里笑出声来吗？但是现在看起来，他或许也是一个多余的孩子。他爸妈要他不过是为了装点生活，其实已经没有耐心再陪他长大一遍了。于岚不能放弃太太们的聚会和旅行，沈金松不能放弃打高尔夫和应酬。沈皓辰总是和保姆待在一起。一任又一任保姆。他满意的他妈妈不满意，他妈妈喜欢的他不喜欢。

许妍回到客厅，她的蛋糕盒子打开了，摊在桌上，里面的蛋糕一个也没有动。有两个上面的花蹭在盒子上，变成了一坨红色烂泥，只有立着跳舞小人的那个仍旧完好。小人踮着脚尖，好像正从一堆废墟里往外爬。

戴鸭舌帽的男人出现在门口，咧开嘴冲着于岚笑了笑，说我来跟你说一声，我要走了。于岚点点头，让司机送你一下？男人说，我叫了辆车，司机好像迷路了。于岚说，坐下等一会儿吧。鸭舌帽迟疑了一下，走过来坐在沙发上。许妍把自己那杯没有动的甜酒放到他跟前，对他笑了笑。

快去把你的貂皮大衣拿来！短发女人把手搭在于岚的肩上。还有那个绝版的蜥蜴皮，挑高细眉的女人说。于岚去取了灰蓝色的貂皮大衣，还有几个包。女人们走上前，有的试穿大衣，有的摆弄着包。只有许妍和鸭舌帽坐在沙发上。鸭舌帽探身向前，目光呆滞地盯着茶几上的东西。他忽然伸出手，拿起那个有跳舞小人的纸杯蛋糕，整个塞进了嘴里。

乔琳走到舞台中央，射灯的光不偏不斜地打在她的脸上。她天生知道光在哪里。她趑着步子，荡着纤长的腿，将裙摆转得飞快。每次她双脚离开地面的时候，许妍都感觉到心里一紧。她不知道自己是在担心，还是在希望发生点什么。直到乔琳平安地弯腰谢幕，她才松了一口气，然后忽然难过起来。她想，很多年后，台下的人不会记得是谁主持了这场晚会，但他们一定记得乔琳跳舞的样子。

十点过后，客人陆续离开。许妍帮保姆收酒杯，被沈皓明堵在厨房门口。他搂了一下许妍的腰，眨眨眼睛，说不如今晚你就睡在这里吧？许妍挣脱开，一脸正色地说，跟我说说，你是从多大开始，留女生在家过夜的？沈皓明耸耸眉毛，十七？你爸妈也答应吗，许妍问。沈皓明笑着说，他们到我房间来了好几次，我估计是想看看有没有准备避孕套。你准备了吗？许妍问。沈皓明收住笑容，神情变得凝重，我想向你坦白一件事……其实我有一个……年轻时候总会犯些错误对吧……他低下头，双手捂住脸。许妍想把他的手拉开，他拼命躲闪，直到迸发出笑声，他一边笑一边摆手，我实在是憋不住了……许妍推了他一下，自己还觉得演得挺像是吧？沈皓明笑着问，要是我真从外面领回来个孩子，你帮我养吗？许妍说，那得看长得好不好看了。沈皓明说，好看，比我还好看。许妍说，养啊，为什么不养，省得自己去生了。沈皓明伸出双手兜住她，不行，你至少还得生两个。许妍望着他，笑了笑。她说，我还是回去吧，表姐一个人在家。沈皓明说，好吧，我明天陪你们，给你们当司机。许妍说，不用，她脾气怪，你在她会不自在。

许妍穿上外套，拢了一下头发，转过身来问，对了，刚才那个人找高叔叔什么事？沈皓明说，前些年他在郊区找了块地盖房子，当时和乡政府签过合约，但是不作数，现在地要被收走了……许妍问，这事难办吗？沈皓明说，嗯，不过高叔叔去想办法了。许妍说，所以还是会帮他？沈皓明说，不然呢，他住哪里呢？

回去的路上，许妍在心里掂量，是鸭舌帽拆房子的事难办，还是她爸妈的事难办。他既然连那个名声不好的人都愿意帮，是不是也意味着他可以帮她呢？不，不是她，是她的表姐乔琳。再找机会吧，她想，应该多和高叔叔见几面，让他觉得自己是沈家的一员。

许妍回到公寓，发现乔琳坐在楼下大堂的沙发上。她抬起头，抱歉地冲许妍笑了一下，我把密码忘了，你的手机关机。许妍问她坐了多久。她说没多久，我一直在院子里转悠，把开着的小商店都逛了一遍。这里真好，人都很和气，还借给我厕所用。

许妍看着她，乔琳，你能别把自己弄得那么惨兮兮的吗？

乔琳从三轮车上跳下来，笑着对她说，我把写字台给你拉来了，反正我以后再也不用学习啦。许妍打量着那张写字台，桌腿上的贴画已经斑驳，她还记得贴画刚贴上去的时候，上面那张明艳的赵雅芝的脸。她确实觊觎这张书桌很久。姥姥在窗台上搭了块木板，她一直在那上面写作业。

许妍问，成绩出来了？乔琳吐了吐舌头，连那个破烂煤炭学院也没考上。她们把写字台搬下来，乔琳拍了拍手上的灰，说我已经找到工作啦，明天就去华联商场上班，以后你买"美宝莲"都是员工价。她的手指上涂着藕粉色的指甲油，穿着低腰牛仔裤，长头发在胸前甩来甩去。她身上的美丽还在增加，但她好像并不把自己的美丽当回事。那股潇洒的劲特别令男孩着迷。

4

第二天，十点不到她们就出门了。往常的周末，许妍会和沈皓明在床上赖到十一点，然后去吃个早午餐。但是这一天，天刚亮许妍就醒了。失眠大概传染，她就没见乔琳闭过眼睛。但是乔琳坚持说自己睡了一会儿，还做了梦，梦见自己生了个罐子人。罐子人？许妍皱起眉头。对，乔琳说，就是那种马戏团里的小孩，养在罐子里，手脚都萎缩了，只有头特别大。她打了个激灵，跳下床，说我去做早饭了。

厨房里传出葱油的香味。乔琳用平底锅烙了两个葱花饼。这是小时候最熟悉的食物，许妍来北京以后就没有再吃过。要不是再闻到这股味，她已经忘记世界上还有这种食物了。

许妍想带乔琳先去景山，那附近有一段红墙她很喜欢。街上的车不多，她们静静听着广播里的歌。乔琳抿着嘴唇，似乎很悲伤。许妍说，别想了，那只是个梦。乔琳点点头，知道，我知道。没事的，我在等汪律师的电话，他说今天会打给我的。许妍觉得乔琳在把某种压力传递给自己，这令她感到很烦躁。

车子剧烈地震了一下，许妍回过神来，猛踩刹车，可是已经撞上了前面的车。乔琳拱起身体，护住了肚子。前车的女人对着许妍一通抱怨，然后给交警打了电话。交警来了，许妍把车上翻遍了，也没找到行驶证，只好给沈皓明打电话。过了几分钟，沈皓明拨过来，说在家里找到了，上次司机修车取出来，忘记放回去了。沈皓明说，我给你送过去，你在哪里？许妍沉默了几秒钟，说出了自己的位置。

她回到车里。乔琳头靠着车座，双手还放在肚子上。许妍说，我男朋友正赶过来，我跟他说你是我表姐，你不要提爸妈的事。乔琳点点头，知道，我知道。许妍还想交代几句，见她闭上了眼睛，就没有再说。

沈皓明到了，处理完事故，他坐上驾驶座，侧过头来冲乔琳笑了笑，表姐，我开车可稳了，你安心睡会儿吧。

已经过了十一点，沈皓明提议先去吃午饭。他把车开到附近的购物中心。三楼有家粤菜馆，于岚常约人在那吃早茶。沈皓明把菜单交给乔琳，让她看看想吃什么。乔琳看了一下，又把它递给许妍。许妍低头翻菜单，总觉得乔琳在看自己。一屉虾饺上百块，显然不是白领能负担的。乔琳大概早就把她识破了，借来的车，租的房子，一切都充满破绽。她抬起头来的时候，乔琳微笑着说，我吃什么都可以，辣一点就行。

我就知道许妍得撞，沈皓明说，不撞个两三回哪算真会开车？可是车上坐着你，不能有半点马虎。我早就跟她说今天我来给你们当司机……乔琳笑了笑，已经很麻烦你了。沈皓明说，她以前不也常麻烦你吗，她说上高中的时候你很照顾她，给她买雨衣，陪她打吊针……乔琳淡淡地说，那不算什么。沈皓明说，有时候表亲反倒更亲，我和我表姐的感情就比跟我弟好……乔琳问，你有个弟弟？沈皓明说，对啊，一个爱哭鬼，烦死人了。乔琳说，怎么能生第二个孩子呢？沈皓明笑了，你怎么跟许妍问得一模一样，我爸妈拿了加拿大护照。乔琳喃喃地说，哦，外国人……沈皓明说，以后我跟许妍至少生三个，你的小孩不愁没人玩。乔琳点点头，好啊。许妍埋头吃着刚上来的石斑鱼。生三个？她似乎听到乔琳在心里暗笑。

乔琳的手机响了。许妍很怕她会在沈皓明面前接起电话，但她站起来，离开了桌子。许妍对沈皓明说，下午你不用陪了，我就带她在后海逛逛。沈皓明说，我跟任国栋吃晚饭，上次他女儿百天不是没去吗，没事，五点出发就行。

乔琳回来了，脸色凝重，失神地盯着面前的盘子。她不吃，许妍也不劝。直到听到沈皓明说，那我们走吧，她站起来，驱着腿往外走。沈皓明喊住她，把落在椅背上的羽绒服交给她。

乔琳跟在他们后面，双手抓着她的羽绒服。里子朝外，破了个洞，钻出一簇棉絮。许妍简直怀疑她是故意的，想要他们给她买件新大衣。沈皓明说，我是不是应该给任国栋的女儿买点东西？买什么呢？他们绕着商场走了半圈，沈皓明忽然停住脚步，指着橱窗说，就买这个吧。小小的白色纱裙被云彩簇拥着，跟上回许妍和乔琳看到的那件一模一样。应该是连锁店铺，橱窗布置得也一模一样。沈皓明问乔琳，知道你的宝宝是男孩还是女孩吗？乔琳摇摇头。沈皓明说没事，转身进了那家商店。

乔琳立即告诉许妍，汪律师说他接不了这个案子。她咬了咬嘴唇，又说，他去开会了，我等会儿再打个电话求求他。许妍说，别这样，乔琳，你以前不这样。乔琳眼泪涌出来，说我真没用，什么事也办不成。沈皓明拎着纸袋走出来，把其中一只递给乔琳，说我买了个礼盒，里面什么都有，白色的，男女都能穿。乔琳把头扭到一边，抹着脸上的眼泪。沈皓明尴尬地拿着纸袋。过了一会儿，乔琳才回过头来，挤出一个微笑，说谢谢，真的谢谢你。

他们到后海的时候，天已经很阴。空气中零星飘着一点凉丝丝的小雪。河面结着厚实的冰，是青灰色的。沈皓明说，出来走走心情是不是好点了？乔琳点点头，说谢谢你们。许妍转过脸，朝河的方向看去。河中央有一辆鸭子形状的船，冻住了，船身倾斜，鸭头望着天空。

乔琳说，我们那里也有一条河，叫奈河，比这个还宽。沈皓明说，我以为你们那里都是山呢，我还跟许妍说什么时候去爬一次泰山。乔琳说，小时候有一回，我和许妍亲眼看到一个放风筝的小孩掉到水里，淹死了。他妈妈在岸上大哭，围了很多人。许妍说，我不记得了。乔琳说，你站在那里，我怎么拽都不肯走。一直等到人都散了，你用竹竿把那个孩子的风筝挑下来，拿着回家了。沈皓明问，那个小孩是她朋友吗？她想要那个风筝做纪念？乔琳笑了笑，她就是想要那个风筝。许妍盯着乔琳的脸。乔琳没有看她，好像还沉浸在回忆里，说那孩子的妈妈后来每天在岸边哭，抱着经过的人的腿，求他们去救她儿子。再后来岸边的树都砍了，盖起一排楼房。她沉默了一会儿，对沈皓明说，许妍想要什么是不会说的。沈皓明说，对，她什么都憋在心里不说。乔琳说，不要紧，只要你一直在那里，默默支持她就行了。

许妍看着面前的湖。午后的太阳照着水面，淬起一片金光。于一鸣放下桨，让他们的船在水上漂。乔琳忽然开口说，我看见过水怪。有个放风筝的小孩掉到河里，水面上升起一团白烟。那团白烟朝我们这边飘过来，我吓坏了，拉起许妍的手就跑。可她好像定住了似的，站在那里一动不动。我就也没跑，挽住了她的胳膊，心想要是水怪过来，就把我们一块带走吧。乔琳俯身向湖面，撩了几下水说，于一鸣，什么时候教我们游泳吧。

雪越下越大，河显得更灰了，冻住的鸭子船在身后变小，拐了个弯，看不见了。路边有间咖啡馆，他们决定进去坐一会儿。推开门，里面都是人。沈皓明说，嘿，整个后海的人全都躲到这儿来了。许妍付了钱，在等饮料的地方排队。做咖啡的男孩像是新来的，把热牛奶打翻了。沈皓明从背后戳了戳许妍，说你表姐把手机落车上了，我陪她去拿一下。许妍说，等买了咖啡一起去吧。沈皓明说，没事，很近，然后转身走了。

隔着玻璃窗，许妍看到他们朝来的方向走去，乔琳好像在说什么。她烦躁地看着那个做咖啡的男孩，把手中的收据折成小块，又摊开。

乔琳也许是故意的，汪律师不帮她，她就慌了神，觉得沈皓明没准能帮忙，就想跟他说一说。许妍气恨地用力一挣，把收据撕成了两半。

做咖啡的男孩拿过撕碎的收据，仔细辨认着上面写的是什么饮料。你们连基本的培训都没有吗，许妍气呼呼地问。她把咖啡放在桌上，拉开椅子坐下。乔琳会跟沈皓明说什么呢？事情万一败露了，她应该怎么解释呢？她脑袋一片空白，什么说辞也想不出来，只是不断去按手机，看时间的数字变化。

他们终于回来了。乔琳没坐下，她看了许妍一眼，说我再去打个电话。许妍看着沈皓明，想从他的表情里读出一点信息。但他一直在低头看手机。许妍碰碰他的胳膊，拿起桌上的咖啡递给他。他喝了一口，皱起眉头说，真难喝。乔琳回来后，脸色依然凝重，她喝了两口水，捧着杯子发愣。沈皓明看了看外面的雪，对许妍说，你就别开了，我让司机来接你们。

车来了，她们先坐上，沈皓明去取了先前在童装店给乔琳买的东西，让司机放在后备箱。他凑到车窗前对乔琳说，表姐，这两天你要是不走，到我家来玩。乔琳点点头，一直望着沈皓明走过去，钻进车里。他人真好，乔琳对许妍说。

路上她们没有说话。司机拐了个弯去加油。发动机熄灭，广播里的音乐停止了。乔琳望着窗外纷飞的雪说，我明天就回去了。许妍说好。

太阳从头顶移开，风吹着湖面，水的气味升起来。船从午睡中醒了过来，一点点动起来。许妍、乔琳和于一鸣不约而同地向后靠，蜷缩着腿躺下去，仰脸望着天空。也许是在等晚霞出现，但是渐渐地不重要了。许妍合上了眼睛。湖水像一双温暖的手臂环绕着自己。它的脉搏一起一伏，节律微小而有力。船在缓慢地动着，可他们没什么地方要去。不去对岸，也不回去。他们三个好像可以一直那么待着，谁也不会离开。

好像什么都不重要了。许妍松开了眉头。她不再计较他们到底有多么爱彼此。她只是知道她爱他们。那股强烈的感情使她觉得自己并不是多余的。她是他们当中的一员，即便是微不足道，可以被舍弃的，她也不在乎。

她睁开眼睛的时候，晚霞已经来过了。只有几块很小的云彩挂在天边。湖面一片金色，望不到尽头。但只是一瞬间，湖水转眼就开始变灰。当她转过脸去的时候，看到乔琳正望着湖面，似乎已经注视了很久很久，又好像是她的目光使湖面暗了下去。于一鸣还没有睁开眼睛，嘴角带着一丝淡淡的笑意。不要睁开眼睛，许妍在心里这样祝福着他。因为随即他会发现太阳已经落下去，船要往回开了。他们的旅行结束了。

晚饭许妍叫了外卖。乔琳没怎么吃，她说想去床上躺一会儿。许妍吃完看了会儿电视。她到卧室的时候，乔琳正坐在床上发呆。许妍走过去拉窗帘。路灯下，有个穿着羽绒服的男人在遛狗。是对门那个姓汤的邻居，他仰起头看了一会儿月亮，从地上抱起狗，夹在胳膊底下，走进了楼洞。

许妍听到乔琳在身后轻声问，沈皓明能帮上咱们吗？许妍转过身来看着乔琳，说你自己没问他吗，你们两个去拿手机的时候。乔琳摇了摇头，我什么也没跟他说，他问我想不想来北京工作，他可以安排，我说不用了。哦，许妍应了一声。乔琳说，他是律师，又认识挺多人的，没准还能托上政府的关系……许妍问，你怎么知道他是律师的？乔琳说，他自己说的，我真的什么都没问。她低下头，看着拱起的肚子，汪律师不接我的电话了，电视台那边也没回信，我实在没有办法了。这事折腾了那么多年，总得有个了结……许妍笑了一声，你为我考虑过吗？你是不是觉得我想要什么就有什么，过得很容易？你想过几天安稳日子，我不想吗？你小时候至少有个完整的家，我有什么？她的眼圈红了，这么多年了，你们就不能放过我吗？乔琳也哭了，对不起，对不起，我不该来打扰你……她仰起脸，吸了几下眼泪说，你没看到爸妈现在什么样子，爸早晨醒了就喝酒，手抖得已经拿不住筷子，妈整天守着电脑，到各种论坛发帖子求助，隔一会儿发一遍，那些人骂她是疯子，把她踢出去，她就重新注册了再发……我真的管不了了，我的身体垮了，在街上晕倒过好几回……她停住了，定定地看着前方，好像要把什么东西看清楚。

桌上的台灯照着乔琳，但她的脸是暗的，腮颊被阴影削去了。许妍望着她，她容貌的改变令她感到惊讶。那些青春时的光彩消失了，这也许是必然的，可它们好像从来没有存在过。没有人可以通过这张脸，想象出她少女时代的模样。许妍仿佛从二楼教室的窗户里看到那个总是微微扬起脸的长腿姑娘正穿过校园，她从那扇大门走出去，然后消失了。她去了哪里？

许妍走到床边，握住乔琳的手。那只手很烫，热量从指缝间汩汩流出来。乔琳的手指很长，这肯定不是许妍第一次注意到这一点，或许在漫长的青春期的某一天，她偷偷打量过这双手，暗暗惊讶于它们的美。但是现在，她第一次意识到，这双手很适合弹钢琴，要是它们能在童年的时候遇到一个钢琴老师的话，他肯定会这么说。要是那时候遇到一个舞蹈老师，可能也会说她适合跳舞。这具承载着苦难的身体，或许同时蕴藏着某种天赋。但是天赋不重要，对有些人来说，一生中没有任何一个时刻，会有人坐下来讨论一下她的天赋。许妍想起大三的时候，她得到了去电视台实习的机会，后来被留下了，那个频道的主任对她说，我并不觉得你很有当主持人的天赋，知道为什么选你吗？因为你身上有股劲，想从人堆里跳起来，够到高处的东西。

许妍握着乔琳的手，坐下来。她感觉自己在靠它取暖。但屋子里很热，地板也是热的，一点都不像十二月。她说，我答应你，我会去问问沈皓明。具体怎么说，我要想一想。我这么做不是为了爸妈，只是为了你，你明白吗？许妍攥了一下她的手说，给我一些时间好吗？乔琳点了点头。

十点过后，沈皓明打来电话。他说你猜怎么着，礼物拿错了，给你表姐的那袋才是给任国栋女儿的裙子。许妍夹着手机打开纸袋，解掉奶油色的缎带。那件缀满珍珠的小礼服折叠着，静静地躺在盒子里。要我现在送过去吗，她问。不用，沈皓明说，反正给你表姐买的礼盒任国栋女儿也能用。我打赌你表姐生女儿，他在电话那边笑起来，我买的裙子肯定能派上用场。

5

从北京回去不到一个月，乔琳就生下了一个女儿。比预产期早了一个多月，但是孩子很健康。她发过来几张照片，小小的一团，手脚却很长。沈皓明看了两眼说，跟你长得有点像。

那个月许妍很忙。台里在筹备一个新节目，过年的时候开播。每天连着录十来个小时，一段话反复说。这期间她去过沈皓明家一次，沈金松没在，只有于岚和几个太太在打麻将。许妍替了几圈，输掉六千块。临走时于岚说，咱们过年再打。许妍想这倒是个讨于岚开心的法子，于是许妍说服沈皓明过年不去苏梅岛，而是留下陪他爸妈。到时没准还能在家宴上遇到高叔叔。

许妍接到电话的时候是傍晚。还有三天就过年了，下午她和沈皓明去买了一堆烟火。回来的路上有点下雨，据说到了后半夜会转成雪，气温降十度。此前一些天北京都很暖和，让人有一种春天来了的错觉。

手机响了，跳动着一个陌生的号码，当时她正站在沈皓明家的花房里，指挥保姆把兰花搬到屋里去。沈皓辰也被喊来帮忙，许妍觉得让他干点体力活有好处，至少没那么多时间胡思乱想。他撇了撇嘴，说这些花可真丑。她双手叉腰看着他，你觉得什么花好看？假花，他回答。她让沈皓辰把面前这一盆搬到客厅，然后接起了电话。

是她妈妈。在那边大声号哭，告诉她乔琳自杀了，晚上一个人出门，跳进了城边的那条河。还在抢救吗，还在抢救吗，她连着问了好几遍。她妈妈说是昨天的事，人已经没了。许妍挂断了电话。

周围一片寂静。她搓了搓手上的泥巴，搬起一盆兰花往外走。

天气湿漉漉的，好像已经下雪了，仿佛有些凉飕飕的东西，带着爪子，紧紧地揪住了她的头皮。她伸出手，想触碰到空中的雪花。砰的一声，花盆跌落在地上。瓷片在地上打转。嗡嗡，嗡嗡。

沈皓辰走过来，看着她脚边的花盆。哈哈，他有点得意地说，假花就不会摔成稀巴烂。走开，她冲着他喊，蹲下把兰花从碎瓷片里捡起来。沈皓辰吓坏了，站在那里没有动。许妍敛起兰花磕了磕土，抱着它们走了。

她把花放在旁边的座位上，驶出了别墅区的大门。窗外是呼啸的大风，雪花如同决绝的蛾，砸在挡风玻璃上。她紧握方向盘，浑身发抖。泪水在眼眶里转悠，她蹙着眉头，盯着前面的路。为什么乔琳要这样做？她感到很愤怒，在北京的最后一个晚上，她不是答应得好好的，回去等着她的消息。她为什么就不能等一等呢？

车子冲下高速，擦着一辆卡车开过去，横冲直撞地拐了几个弯，在一片空旷的停车场停住。她狠狠地砸着方向盘，喇叭发出尖锐的鸣响，她不是说会想办法的吗，为什么不相信她呢？她靠在椅背上，大声哭起来。

手机在旁边座椅上响了好几遍，是沈皓明。她坐在黑暗里，等屏幕最终暗下去的时候，才对着它喃喃地说，我姐姐死了。

她没有回去参加追悼会。

除夕夜下着小雪。她站在院子门口，看沈皓明点着了烟花。她仰起头，望着光焰绽放，坠落。天空又黑了下去。几片雪落在她的脸上。

她给家里打了个电话。她妈妈一直在哭，不停地说，乔琳为什么那么狠心抛下我们？那边传来婴儿的啼哭，还有她爸爸的咒骂声，盆碗掉在地上，发出叮叮咣咣的响声。她妈妈问，你到底什么时候回来啊？这好像是她第一次对许妍表达需要。再过几天吧，她回答。你永远都别回来！她爸爸吼了一声，电话挂断了。

许妍一直没有回泰安。她心里有股怒气无法消退。她觉得乔琳不理解她，不相信她，甚至根本不希望她过得好。她这么做是为了让她永远感到内疚。在很长一段时间里，这股怒气有效地抑制了悲伤，使她可以正常入睡。

四月的一天，她去沈皓明家吃晚饭。那天只有他们自己家的人，吃了巴黎运回来的生蚝和新西兰鳌虾。于岚抱怨生蚝没有上次的新鲜。你下个月不就去巴黎了吗，沈金松拿着遥控器换台，屏幕上出现了一个穿白色西装的女主持人。她看了一眼手中的稿子，抬起头来：

"一九八八年，在泰安的一家医院里，患有风湿性心脏病的王亚珍生下了第二个女儿。她没有一丝做母亲的喜悦，只是感到很恐慌。在她的身旁，那个只有三斤八两的女婴睁开眼睛，好奇地打量着这个世界。那一刻她是否知道，这个世界等待她的不是温暖的祝福，而是无情的责罚呢？手术室的门外，乔建斌坐在长椅上，一夜没有合过眼。在经历了辗转于计生委和医院之间的几个月后，他已经疲倦不堪。然而他们家的厄运才刚刚开始……"

许妍盯着屏幕，一只手攥着毛衣领口，感觉自己就快要窒息。

这个《聚焦时刻》有时候还能看看，沈金松说。于岚说，有什么可看的，不是钉子户就是超生。妈妈，妈妈，沈皓辰说，你算超生吗？于岚说，宝贝，生了你加拿大政府还给我奖励呢。

"……记者来到乔建斌家。乔建斌被开除以后，全家人就以这家诊所维持生计。

现在门口依然挂着'平安'诊所的招牌，但是已经好几年没有来过一个病人了。一楼的诊断床上堆满了各种保健药。有的早已过了保质期，王亚珍就留给家里人吃。她拿起一瓶药给记者看，这个是帮助睡觉的，我大女儿老睡不着，我就让她吃……在过去二十多年里，乔建斌和王亚珍一直通过各种途径寻求帮助，希望单位能恢复乔建斌的工作……"

镜头掠过他们家。角落里的蜘蛛网，桌子上油腻的桌布，泛着黄渍的马桶，最后停在墙上的照片上。那是一张他们全家的合影，可能也是唯一一张。当时许妍四五岁，站在最右边，乔琳的手搭在她的肩膀上。

许妍感觉所有人的目光好像都朝这边涌过来。她几乎就要从座位上弹起来，冲出房间了。

随后，主持人讲述了这些年乔建斌家的生活，也讲到那个超生的小女儿，因为早产和用药的原因导致不孕，但她的去向并没有提及。也没有提到乔琳的女儿，只是说乔琳这些年，一直在为这件事奔波，导致恋爱失败，也失掉了工作。两个多月前，有天晚上她像往常一样，哄孩子睡了觉，然后离开家走到河边，跳了下去。

画面切回演播室。女主持人说："就在自杀的前一天，乔琳还给本节目的编导发过一条短信。在短信里，她这样说：'陈老师，我恳求您给我们做一期节目。这不是我们一家人的问题，很多家庭都有类似的遭遇。我相信节目播出以后，一定会引起很大的反响。如果还需要什么材料，您随时找我。给您拜个早年！'"主持人垂下眼睛，停顿了几秒，"我们将这期迟到的节目献给乔琳，希望她能安息。同时，我们也希望热心的律师朋友能跟乔建斌一家联系，帮助他们走出困境。感谢您的收看，我们下期再见……"

沈皓明气呼呼地说，这也太操蛋了。于岚看了他一眼，你想干吗，这种案子又不是你管的。沈皓明说，我可以去问问我同学，说不定有人愿意接。沈金松说，犯不着打官司，这种事找对了人，就是一句话的事。于岚说，有捐款电话吗，直接给他们打过去点钱就是了。

保姆端上水果。电视里已经在播连续剧，但许妍不敢去看屏幕，仿佛先前的画面下一秒就会再跳出来。她缩着肩膀，低头盯着面前的盘子，直到听到沈皓明说，我们走吧，就站了起来，跟随他走出大门。

她抱着自己的包坐进车里，身体一直在发抖。你的外套呢，沈皓明问。她才发现忘记穿了，别回去拿了，她几乎用哀求的语气说。车子停了，她走下来，发觉自己在一个空旷的院子里，周围都是深红色的砖墙。她打了个寒战，问这是哪里？沈皓明说，苏寒有个生日派对，我不是跟你说了吗？

屋子里很吵，拼起来的长桌两边坐满了人。除了苏寒，她一个都不认识。沈皓明挨个介绍，她一直点头，却记不住任何一个名字。这是方蕾，沈皓明指着右边的女孩说，她跟我在英国一个学校，也读法律，算是我学妹。女孩笑了，你没念几天就转走了，也好意思自称是学长？沈皓明说，嘿，学校的校友录可是有我。女孩耸耸眉毛，那是为了让你捐钱好吗？沈皓明笑起来。许妍也跟着笑了一下。笑意在她的脸上一点点消失，泪水突然涌出来。

乔琳拉着她的手往山上走。许妍说，快下雨了，回去吧。乔琳说，你要去北京了，我得给你求个护身符。许妍说，可是摆摊的都回去了啊。乔琳说，再往上走走看嘛。

大雨降下，她们跑进一座庙里。两人抖着身上的雨水，乔琳长头发上的水珠溅在许妍的脸上，她咯咯笑起来。许妍说，严肃点，菩萨会生气的。乔琳收住笑，环视了一圈大殿，低声问，这个庙是求什么的啊？

许妍支起手肘，托住腮悄悄抹去眼泪。沈皓明正在问那个叫方蕾的女孩，你什么时候搬回来的？方蕾耸耸眉毛，你怎么知道我搬回来了呢，我看起来不像是回来度假吗？沈皓明摇了摇头，我才不信你在英国待得下去呢。

她们并排站在大殿中央。菩萨的脖子伸进黑暗里，看不见脸，但许妍能感觉到，有一簇白光从上面照下来。

乔琳小声问，你说那么多人来求她，她能帮得过来吗？许妍说，只帮她喜欢的人吧。乔琳笑了，说那她肯定喜欢我。当时我一直盼着妈妈能把你生下来。而且我还说，想要个妹妹。你瞧，菩萨就把你给我了。许妍说，当时你才两岁，就知道求菩萨了？乔琳说，我说不出来，但心里想的东西，菩萨一定能知道。许妍说，你要是知道后来发生的事，当初就不会那么希望了。乔琳说，我还是会那么希望的。我从来都没觉得不该有你，真的，一刹那都没有，我只是经常在心里想，要是我们能合成一个人就好了。她握住了许妍的手。她的手心很烫，仿佛有股热量流出来。

给我们拍张照片好吗？许妍听到有人在喊自己。是苏寒，她正站在方蕾和沈皓明的身后。许妍接过手机。苏寒笑着问沈皓明，还记得吗，那阵子每个周末我们三个都开车到郊外BBQ。后来过了一个暑假，回来大家都变得很忙，就没有再聚。也可能你们两个聚了，没有叫我。方蕾斜了她一眼，你说对了，我们在瞒着你谈恋爱。沈皓明点点头，后来她把我踹了，我伤心欲绝，就回国了。苏寒笑起来，小心你女朋友当真，回头跟你吵架。沈皓明说，她才不会呢。

大殿里飘过几丝凉飕的风，雨好像停了，有个人靠在门边看着她们。那人穿着一件破袄，逆光里看不到脚，还以为是坐着，后来才发现，脚被袄盖住了，他是个矮人。很老，布满皱纹的脸像一团揉搓起来的废报纸。她们往外走，他在一旁开口说，你们想知道自己的命运吗？她们对望了一眼，没停下脚步。他说，不收钱，我就当给自己解闷。

他走到她们跟前，仰起脸盯着乔琳，说你早运不顺，有一些坎，三十岁以后越来越好。乔琳问，怎么个好法？他回答，儿孙满堂，有人送终。乔琳笑起来，有人送终就算是好吗？矮人没回答，把头转向许妍，你啊，想要什么东西，都得跟别人去争。许妍问，那最后能争赢吗？他摇了摇头，说我不知道。许妍问，你也有不知道的事啊？他点点头，有一些。

苏寒用手指戳了戳沈皓明，说你可得劝劝方蕾，她现在是个愤怒少女，什么都看不惯，整天批判社会。沈皓明说，这叫回国综合征，过一段就好了。方蕾问，就像你吗，坦坦荡荡地做着你的沈家大少爷？沈皓明有点激动，说别把我想得那么麻木不仁好吗，我一直都想做点事啊……

然后他讲起出门前看的电视节目来：有对夫妻意外怀了二胎，按规定应该打掉，忘了为什么拖了好几个月，反正不是他们自己的责任，七个月才去引产，孩子生下竟然活着……苏寒感慨道，命可真大。沈皓明说，可是这算超生，男的丢了工作……讲到乔琳自杀的时候，方蕾摇头，这是我觉得最可悲的，因为上一辈的问题，子女的一生都毁了。苏寒说，这个故事有意思的地方是，合法生的姐姐死了，不合法出生的妹妹倒是活下来了。现在他们不就只有一个孩子了吗，还算超生吗？

许妍离开座位，走进洗手间，反锁上门。

乔琳不是不相信她，而是对世界不抱什么希望了。许妍记得最后一次乔琳打来电话，是一天清晨。她说，我今天出月子了。许妍问，你的奶够吃吗，现在能睡着觉了吗？乔琳没有回答，只是说，都挺好的，我就是跟你说一声，你去忙吧。她的声音淡淡的，没有高兴，也没有悲伤，只是有种解脱的感觉。她好像一直在等这一天。等孩子出生，等她过了满月……她那么迫切地希望解决爸妈的事，不是期盼能过什么新生活，只是希望有一个让自己心安一点的结果。如果没有，她也不能再等了。她已经松开了双手。

外面的人在不耐烦地敲门。许妍拧开水龙头，把脸伸到水柱底下。外面的声音消失了。好像沉入了河中，耳边只有汩汩的水声。我就是想来看看你，乔琳转过脸来笑着说。那双有点发红的眼睛在黑沉沉的水底望着她。然后熄灭了。

许妍回到座位上，跟沈皓明说自己可能着凉了，想先回去。沈皓明说，我们一起走吧。在车上，他说，方蕾听我讲了新闻里那个事，也挺来气，说她有几个从国外回来的律师朋友，没准有谁愿意接。我回头再给高叔叔打个电话，让他跟泰安那边的人说一下。这事反响很大，不解决一下，他们自己也难交代。许妍怔怔地望着他，这是乔琳拿命换来的，她想，眼泪掉下来。沈皓明很惊讶，这是怎么了？他抓住许妍的手，你不会是当真了吧，以为我和方蕾谈过恋爱？我们在开玩笑啊。许妍摇头，没有，没有，我只是有点感动，你真的心肠很好，她望着沈皓明，伸过手去，摸了摸他的脸颊。他拿下巴蹭了蹭她的手心，笑着说，我忘刮胡子了。

6

五月初，许妍回了一次泰安。学校已经给乔建斌恢复了工作，按照退休教师的待遇发工资。据说那期《聚焦时刻》惊动了北京的大人物，出面给计生委打了电话。但是乔建斌和王亚珍对结果并不满意，因为赔偿金的事没有落实。他们还在继续上访。

自从节目播出以后，他们接受了不少采访。乔建斌的口才练得越来越好，见到摄影机镜头，眼睛就放光。他有些得意地告诉许妍，那些记者都挺佩服我的，觉得这个社会就缺我这种有点轴的人。王亚珍开了个微博，在上面写这些年他们家的遭遇，被几个有名的记者和学者转发了，很多人在下面留言。王亚珍每条留言都会回复，有的谈得来的，还加了QQ。

这些外界的关注使他们一天到晚都很忙碌，暂时缓解了丧女之痛。但是一旦他们回到眼前的生活，意识到乔琳永远不在了，情绪就会再度崩溃。家里的灯坏了，没有人修。冰箱里臭烘烘的，还放着乔琳买的蛋糕和酸奶。桌上的婴儿奶粉敞着盖子，已经结成了疙瘩。一到天黑，蟑螂就变得猖狂，在桌子上到处爬。于是王亚珍又哭起来。乔建斌的情绪比较两极。有时候安静地坐在那里，对着桌上的酒瓶发呆。有时候暴跳如雷，大骂乔琳没良心，白白把她养到那么大。王亚珍哭完了，就在那台陈旧的电脑前坐下，开始写微博：

"你们不知道我的大女儿有多好，长得漂亮又懂事，性格活泼，所有的人都喜欢她。我难过的时候，她总是安慰我说，妈妈，都会过去的。这个世界上没有过不去的事……"

她写着写着又哭了起来。许妍走过去坐在她的旁边。她转过身，搂住了许妍。许妍轻轻拍着她的背，让她安静下来。电脑发出叮当一声，王亚珍从许妍的怀里坐起来，抹了一把眼泪，有人回复我了，她说，连忙握住鼠标点击了两下。

回来的最初两天，许妍住在附近的旅馆里。第三天晚上，乔琳的孩子有点发烧，她留下来照看她，睡在了乔琳的床上。枕巾没有换过，上面还有乔琳没带走的香波的气味。许妍枕着它，想起小时候的愿望，从未被她承认过的愿望，那就是她可以睡在这张床上，不，不是和乔琳一起，而是她自己。这个破烂不堪的家，对她有一种吸引力，她渴望自己能作为一个合法的女儿，住在这幢房子里。在漫长的童年和青春期，她见过不少优秀的女孩，富有的，美丽的，聪明的，可是她一点也不想成为她们。她只想成为乔琳。她想取代她，占有她所拥有的东西。即便那些东西包含痛苦和不幸，也没有关系。因为她觉得那是本来应该属于自己的东西。如果没有乔琳……她无数次这样想。小时候她和乔琳站在河边，一样的太阳照着她们，可是她感觉到乔琳在阳光里，而自己在阴影里。如果没有乔琳……她可以向右挪两步，走到阳光底下。

小时候的愿望是如此真挚和恐怖，被她一直揣在心里，缓缓向外界释放着毒素。很多年后，它实现了。乔琳不在了。现在她睡在乔琳的床上，作为爸妈唯一的女儿。许妍把脸埋在枕巾里，失声痛哭。她可以撤销那个愿望吗，这一切是否会有不同？乔琳会幸福一点吗，而她是不是能长成另外一个人？乔琳不在了，她并不能走到阳光底下。她将永远留在阴影里。

婴儿发出响亮的啼哭。许妍抱起了她。黑暗中，孩子皎洁的脸上没有泪痕，也没有难过的表情，好像先前发出的哭声只是为了把许妍从痛苦里拉上来。她静静地看着许妍。小巧的眼仁里像是蓄满宽广的海水。许妍想对着它忏悔，但更想把所有的祝福都给它的主人。如果她的祝福也像她童年的愿望一样有法力，她希望她能得到自己和乔琳永远无法得到的幸福。

许妍从于一鸣身旁醒来，时间是凌晨三点钟。旅馆的窗户关不严，寒风钻进来。立冬了，北京很冷。许妍约于一鸣吃了晚饭，然后又去喝酒。快结束的时候，乔琳忽然在他们的谈话中消失了。许妍记得于一鸣怔怔地望着自己。随后的记忆一片模糊。许妍不记得自己说了什么，于一鸣说了什么。他们有没有接吻。她好像有点疼，也可能没有，只是她觉得自己应该有点疼。

她把于一鸣叫醒了。他从床上翻下来，抓起地上的衣服。女朋友还在家里等他，喝醉之前他就强调过这一点。他一边穿衣服，一边对许妍说，我知道是因为你刚来北京，有点想家，过些日子就好了。

走到门口，许妍喊住了他，拿起背包伸进手去掏索。他问怎么了。许妍说，乔琳有个东西让我带给你。他站在那里等了一会儿，她还是没有找到。他说，我真得走了,以后再说吧,然后拉开门走了。

那支钢笔一直放在书包的隔层里,许妍前两回见于一鸣总是忘记给。也许是想有个和他再见面的理由。但是现在,她非常想把那支笔给他。她打开灯,把包里的东西倒在地上。

乔琳的孩子特别安静。在度过最初那段离开母亲的日子之后,她很快适应了新生活。每次喝完奶就睡着了,醒来只是轻轻哭几声,然后安静地等着。许妍抱起她来的时候,孩子把头贴在她的胸口,好像在听她的心跳,脸上露出一丝微笑。每次放下她,她都会嘤嘤地发出两声,许妍心里一紧,又把她抱了起来。

外面已经很暖和,她抱着孩子走到太阳底下。槐花开了,地上落了厚厚的一层花瓣,被风吹着,散了又拢到一起。她走到河边,在石阶上坐下,想让孩子睡一会儿。但是孩子不睡,和她一起注视着面前的河。你闻到你妈妈的味道了吗?她问孩子。孩子笑起来。

孩子叫乔洛琪,名字是乔琳取的,但是好像没有人记得她的名字,爸妈都管她叫孩子。乔琳的孩子。他们好像仍把她看作是乔琳的一部分。她的圆眼睛和乔琳很像。有时候望着它们,许妍会有一种想和乔琳说话的渴望。但她不知道该说什么,她想说的乔琳应该都知道。现在乔琳知道世界上所有的事。知道许妍回来了,知道她和孩子在一起,知道她很想念她。

离开的那天清晨,许妍又抱着孩子出去散步。路过火车站,她对孩子说,这里面有火车,呜呜呜,汽笛拉响,然后哐当哐当开走了。以后等你长大了,坐着它去找我,好不好?孩子没有笑,静静地看着她。她心里一紧,攥住了孩子的手。她无法想象孩子如何在那样一个破败的家里长大。

回到家,许妍把晾在门口的婴儿衣服叠起来,放在柜子里。她看到了那只纸盒,压在柜子最底下,露出一个角。打开盒子,那件白色连衣裙和她记忆里的样子不一样,塔夫绸没有那么硬,荷叶边也没有那么复杂。她给孩子穿上,把她抱到窗口。阳光照在胸前的那些小珍珠上,像雀跃的音符。你知道你很漂亮吗,她小声对孩子说。孩子软软地趴在她的肩上,用脸蛋蹭着她的脖子。

许妍坐在火车上,听到鸣笛声一阵心悸。她合上眼睛,想睡一会儿,但是耳边都是嗡嗡的噪音。她心烦意乱地拧开水,咕咚咕咚喝下去,然后盯着窗外飞快掠过的树和房屋。她一点点安静下来,并且做了个决定。回去以后,她要把所有的事都告诉沈皓明。他早晚有一天会知道的。她想跟他商量,等孩子大一些,把她接到北京住。要是有可能,她想收养她。

司机在车站等她，接她去吃晚饭。沈皓明订了一间日本餐厅。刚谈恋爱的时候，他们来过一回，从榻榻米包间的玻璃窗望出去，能看到小小的日式园林，但是现在天色太晚，覆盖着青苔的石头都变黑了。喝点酒吧，她跟沈皓明说。我正想说呢，沈皓明拿起酒单翻看。

清酒端上来，盛在圆肚子的蓝色玻璃瓶里。她和沈皓明碰了一下杯子。沈皓明问，片子什么时候播？她怔了一下。沈皓明说，这次出差拍的片子。她说，哦，下个月吧，还不知道剪出来什么样。然后她问沈皓明，你妈妈去巴黎了吗？沈皓明说，没呢，下周走，她们非要坐徐叔叔的私人飞机。许妍说，挺好，她们四个可以在飞机上打麻将。沈皓明撇了撇嘴说，无聊透了。

窗外园林的轮廓被夜色吞噬，只剩下灯光照亮的一角，石头发出幽绿的光。许妍喝了一杯酒，抬起头看着沈皓明，说你知道吗，我一直觉得你身上有很多可贵的品质……她笑了笑，说你知道我不擅长表达，可我真的觉得你特别善良，有正义感……沈皓明问，你干吗要说这个呢？她说，而且你对我很包容，我们的家庭情况不同，生活习惯也不一样，我身上肯定有很多地方让你不舒服……沈皓明打断她，别说这种话行吗？许妍又给自己倒了一杯酒，把发烫的脸贴在杯子上，说我十八岁来到北京，谁也不认识。课余时间我当家教，做导购，帮人主持婚礼，赚了钱给自己买衣服，去西餐厅吃饭。我就是想过体面一点的生活，你明白吗，我小时候家里什么都没有，连写字台也没有，要在窗台上写作业……我特别珍惜现在的生活，珍惜你，所以我一直……许妍哭了起来。沈皓明蹙着眉头望着她，她心里一凛，不知道怎么说下去。

服务员送进来甜点。两人默默吃着。沈皓明给她倒了酒，又把自己那杯添满。许妍喝了一口，鼓起勇气说，我表姐，冬天来北京的那个……沈皓明啪的一下把杯子放在桌上。许妍愣住了。他沉了沉肩膀，说我这两天，在方蕾那里过的夜，嗯，他又倒了一杯酒，说我本来想过几天再说，可是你把我说得那么好，让我很惭愧，我没打算瞒你，你知道我最讨厌骗人的。许妍茫然地点点头。她攥住酒壶，想再倒一杯酒，但始终没有把它拿起来。瓶壁上有很多细小的水滴，像一种痛苦的分泌物。她轻声问，你们俩的事是刚开始，还是已经结束了？沈皓明不说话，点了一支烟，白雾从他的指缝里升起来。许妍用手臂支撑着从榻榻米上站起来，说我先走了，等你想清楚了，告诉我你打算怎么办吧。

她拉开门向外走，沈皓明追出来，把外套披在她身上，说你又忘了穿大衣。然后他张开双臂拥抱了她。这是最后的告别吗，她一阵心悸，推开他跑到路边，拦下一辆出租车。

回到家，她发觉自己浑身滚烫，好像在发烧，就设了闹钟，吞了两片药躺下来。

帮帮我，她在黑暗中说。外面天空发白的时候，她感觉乔琳来了，背坐在床边，扭过头来望着自己。她的目光并没有应许什么，却使许妍平静下来。

闹钟响了很多遍，她挣扎着坐起来，看了看另外半边床，很平整，没有坐过的痕迹。她洗澡，烤了两片面包。手机上跳出一条短信。她没有看，走过去拉开窗帘，外面下雨了。她把杏子酱涂在面包上，慢慢吃起来。吃完才拿起手机，点开短信。

沈皓明：我们还是分手吧，对不起。

她喝光杯子里的牛奶，拿起伞出门了。

请假十天，积压了很多工作，她一口气录了三期节目。中场休息的时候，编导进来跟她聊节目改版的事：活泼一点，别死气沉沉的行吗？要是收视率再这么低，节目就得停播了。许妍说，那我就去主持一档新闻节目。编导朗朗地笑起来，《聚焦时刻》那种吗？真没看出你身上还有社会责任感。

许妍换了一套衣服，坐在镜子前补妆。她问化妆师，你觉得我剪个短发怎么样？化妆师说，嗯，挺好。别再留齐刘海了，挡着额头影响运势。许妍笑了笑，说听你的。

回家的路上，许妍拐进一家美发店。从那里走出来，天已经黑了。夏天的风吹着脖子，很凉爽。她去便利店买了两个面包，然后往家走。路边有一家酒吧，或许是新开的。她朝里面张望了几下，有很温暖的灯光。她推开门走进去。

酒吧很小，只有一个男人趴在角落里的桌子上。她坐上吧台，点了一杯莫其托。角落里的那个男人走过来，要添一杯威士忌。是对面那个姓汤的邻居。他冲她点了点头，然后回到自己的座位。

店里放着暗哑的电子乐，像是有什么东西发霉了。喝完第三杯，她觉得自己应该醉一次。她从来没有试过，交过的几个男朋友都很爱喝酒，她必须保持清醒，好把他们送回家。有人在敲桌子。她抬起头来。店主面无表情地说，我要关门了，我女朋友在家等我呢。然后他走到角落里，把她的邻居叫醒，站在那里看着他把口袋里的钱摊在桌上，一张张地数着。

许妍坐在姥姥家门口。明天就要动身去北京，箱子已经装好，还有很多小时候的东西要处理。她把纸箱拖到外面，坐在门槛上慢慢挑。乔琳朝这边走过来，手里举着两个蛋筒冰淇淋，融化的奶浆往下淌。她坐在许妍的旁边，把香草的那只递给她。

乔琳说，我买了支钢笔，你帮我送给于一鸣。她们默默吃着冰淇淋。一个住在隔壁院子里的小男孩走过来，约莫10岁的样子，站在那里看着她们。乔琳指着冰淇淋说，下回我给你买一个，好吗？男孩没说话，仍旧站在那里。地上散着从箱子里拿出来的乱七八糟的玩意儿。装风油精的瓶子，雪花膏的铁皮盒子，一块毛边的碎花布……这些不成为玩具的玩具,曾是许妍童年最心爱的东西。乔琳说,雪花膏盒子好像是我给你的。许妍说,我拿纽扣跟你换的。什么纽扣,乔琳问。许妍说,那是我最喜欢的纽扣,你竟然不记得了。她把蛋筒塞进嘴里,起身进屋洗手,忽然听到背后发出叮咣一声响。

  隔壁的小男孩从地上那堆东西里拿起一只风筝,转身就跑。乔琳对她说,走,我们把它抢回来!

  男孩到了胡同口,转了个弯,朝大马路跑去。她们给一辆车拦住,落下了很远。但她们还在往前跑。乔琳脚踝上的链子发出丁零零的声响。她的长头发在风里散开了,许妍闻到香波的气味。小男孩消失在马路的尽头,但她们没有停下。头顶上翻卷着乌云。许妍恍惚发现这一会儿的工夫,把小时候整天走的那些街都走了一遍。如同是快进的电影画面,一帧帧飞过,停不下来。乔琳拉了她一下,伸手指了指天空。在天空的最远端,一只绿色的风筝,正在一点点升起来。

  许妍停下来,和乔琳仰头望着天上。那只风筝垂着两条长长的尾巴,像只真正的燕子。它在大风里探了个身,掠过低处的黑云,又向上飞去。

  许妍和她的邻居站在酒吧的屋檐下。邻居说,好像又下雨了。她笑着说,有什么关系呢。邻居说,我希望下雨,这样土能好挖一点。许妍晃了晃她的短发,你说什么?邻居说,我的狗死了,我等会儿去埋它。它现在在哪里,许妍哈哈笑起来,你不会把它冻在冰箱里了吧?邻居的脸抽搐了一下,说我真的不想回家,我们能再喝一杯吗?许妍说,好啊,我家里有酒。邻居问,你男朋友呢?许妍说,分手啦。邻居说,遗憾。对了,什么时候能尝尝你做的饭吗,经常在走廊里闻见,特别香。许妍说,也可能是外卖。邻居说,不是,周围所有的外卖我都吃过。许妍问,你没有女朋友吗?邻居说,我喜欢的都不喜欢我。许妍说,你肯定有很多怪癖。邻居想了想,喜欢在浴缸里泡澡的时候吃橙子算吗?

  雨下大了,他们跑起来。许妍踩到一个大水洼,雨水溅了一身。她笑起来。来到屋檐底下,邻居抖了抖身上的雨水,转过头来问,对了,你的表姐怎么样了?她的孩子好吗?许妍不笑了,望着他。

  他说,有天晚上我下来遛狗,拿着手电乱扫,结果忽然在灌木丛边看到一个女人,躺在那里跟死了似的。我刚想喊保安,她睁开了眼睛,说没事,我只是晕倒了。我想扶她起来,但她说想再躺一会儿。我也不好意思丢下她,就坐在旁边,陪她聊了一会儿天。许妍问,她都说什么了?邻居说,忘了……哦对,她说,我肚子里的小家伙好像很喜欢北京,不想离开这儿,我就跟它说,你很快会回来的,你以后会在这里长大的……嗯，你表姐还说，让我到时候别忘了带我的狗和她玩……

　　许妍哭起来。乔琳从未说过要把孩子托付给她。然而她却知道孩子会来北京的，大概是笃信自己和许妍之间的感情，并且因为她了解许妍是什么样的人，也许比许妍自己更了解。那颗在掩饰和伪装中裹缠了太多层，连自己都无法看清的心。

　　许妍看向天空，好让眼泪慢点掉下来。她点点头说，孩子很快会来的，跟你的狗一起玩……

　　邻居说，狗死了啊，我今晚要去埋它……

　　许妍喃喃地说，你不知道那孩子有多乖，一点都不吵，你一逗她，她就咯咯笑个不停，是个女孩，很漂亮，眼睛圆圆的，穿着白裙子，像个小公主……

　　邻居说，哦，那我再养一条狗吧……

　　雨声淹没了他的话。许妍站在楼檐底下，静静听着外面的雨。她不知道能否照顾好孩子，以后会不会为了前途想要抛弃她。她对自己完全没有把握。可是此刻，她能感觉到手心里的那股热量。有些改变正在她的身上发生，她的耐心比过去多了不少。也许，她想，现在她有机会做另外一个人了。

【作者简介】张悦然，女，毕业于新加坡国立大学，2012年起任教于中国人民大学文学院。著有长篇小说《茧》《誓鸟》《水仙已乘鲤鱼去》《樱桃之远》，短篇小说集《葵花走失在1890》《十爱》。作品被翻译成英语、法语、西班牙语、意大利语、日语、韩语、德语等多国文字。

选自《红岩》2017年第2期

母　亲

曹　寇

1

星期三的晚上，我接到一个陌生电话，当时我正在北京一个酒局上喝得昏天黑地。这个电话虽然没有像影视桥段中夸张的那样让我立即从酒精中清醒过来，但确实叫我吃惊不小。为此我还暂且从酒局中脱身，找了一个所谓僻静的地方。而这个僻静之所无疑正是饭馆厕所里的蹲坑隔间。也就是说，对方不仅能在话筒中听到我的声音，也许也能听到如厕人士的说话声、呕吐声、排泄声，以及抽水箱那一声声巨吼。不过，诚如厕所蹲坑隔间发明者的初衷那样，这确实是一个私密空间，使我们看上去每个人都有点隐私。

电话那头是一个嗲声嗲气的女人的声音。这不表明她是一个年轻女人，恰恰相反（如果我没有记错的话），这个自我介绍为"刘女士"的人，她应该五十多岁了。嗲声嗲气只是她的音色和说话方式，这在十年前就是这样。十年前，刘女士四十多岁，当时即已离异多年，但女儿蒋婷跟着她，当时蒋婷已经二十出头了，正在南京读大学。蒋婷和我巧遇于某张酒桌，然后我和她成了男女朋友。因为单亲家庭，蒋婷像很多同类女孩那样并不留恋自己的家庭和户口所在城市。据她自己说，我对她不错，她希望留在南京，毕业后找一份工作，也可以应我的要求与我结婚。要知道当年我正在婚龄的黄金阶段，无论从世俗舆论、个人愿望还是情感浓度上看，我都没有不想和蒋婷结婚的道理。因此，出于某种谈婚论嫁的秩序或规则，我和蒋婷去拜望过她的妈妈，也就是这位刘女士。当年年底，刘女士还曾应邀到南京我的家中和我们一起过了年，受到了我的亲友们的热烈欢迎。但是，过完年刘女士离开南京不久之后，我就和蒋婷分了手。从此再无任何联系。一晃十年过去了。

至于她现在为什么自称"刘女士"，我也不懂。

刘女士说，她现在正在南京出差，待两天，希望能和我见一次，聊聊。我只好在说话声、呕吐声、排泄声，以及抽水箱那一声声巨吼的间歇中告诉她，我现在在北京，要到后天才能回去。这不算谎言，虽然我还没预定好后天返回南京的高铁票，虽然我在北京并没有非得要挨到后天非做不可的重要事情，但她既然说待两天，我选择后天回去，正好她也走了。我确实想不出和她有什么非见不可的理由。我甚至想不出她的模样了，是那个穿着正式、烫着头的中年女人？包括她的女儿，我也陡然感到面目模糊了起来。真是遗憾，十年过去，我已经很少会想起这对母女了。

她显然没有想到这一点，在电话中，刘女士有点为难的样子。不过，她很快做出了一个决定，就是在南京多待一天。"我马上就去酒店前台办一下，加一天。好吗？"她这话让我有点过意不去。尤其是我还想到了她之前说如何打探到我的手机号码的事。我们不可能会互相保留十年前的手机号码。这十年正是手机及号码不断更新换代的时代，就算保留，号码很容易失效不说，在技术上也很困难。把一个号码用到十年以上的人并不多。不过，这里我倒可以卖个乖，我的号码就用了十年以上。这说明，她的手机中早已没有了我的号码，相信她的女儿也是。

她是这样找到我的手机号码的：虽然她十年前来过我家，但后来我搬家了，所以没有直接上门。不过，十年前我在城北郊区一所地理位置很特别的中学教书，便于记忆，所以她赶往了那里。最近几年，那一带刚刚开发，到处都是工地，治安混乱，尘土飞扬。她锃亮的尖头小皮鞋一定踩着了当地的污水，她那身行头和打扮很容易被聚集在小卖部门口打牌下棋的老头意淫一番。飘扬在空中的塑料袋还可能一个俯冲盖住了她勤于修刮的略显蜡黄的脸，让她非常愤怒地用两根指尖将它掀起、甩开。她很容易地就找到了我工作过的那所学校，但因为我早已离开（八年前），教职员工花名册上不再有我的姓名和联系方式，也没有曾经的同事与我还保持联络，最要命的是看门大爷已非当年那位（当年的说不定已经死了呢），后者并不愿意让这样一个操持着北方口音的中老年女人擅闯大门。另外，我不知道她是如何向我的前同事们介绍我和她的关系的。朋友？前女友的妈妈？亲戚？无论是哪一种，我都觉得足够幽默。神奇之处在于，正好我一个初中同学经过了校门。这位同学初中毕业就到社会上混了，结婚很早，他的孩子已经在这所学校就读了，幸运的是我已经离开了这所学校，否则我的初中同学很可能会成为我的学生家长之一。按理说，初中毕业后我也不可能和这位初中同学会有什么来往。巧合在于，不久前曾有过同学聚会，也是我参加过的唯一一次。我记得我的出现曾在同学聚会上造成了一个小小的涟漪，大家纷纷指责我"忘本"，居然那么多次聚会都没有出现过。但既然来了，就好。很快，这个涟漪就被波涛汹涌的敬酒和拼酒活动替代了。大概正是在觥筹交错之中，我们彼此礼节性地留下了对方的号码。然后像命中注定的那样落到了刘女士的手中。

她不虚此行。她回到酒店，迅速换下被城北地段漫天灰尘污染的脏衣服，洗了个澡，还给自己贴了个面膜，这才在台灯橘黄色光线的照耀下拨通了我的电话。

所以，我从厕所返回酒桌之后，就和身边一位朋友说，明天我就回南京。怎么了？他很吃惊地问。我说，家里有事。然后重新投入酒席。我对当天的记忆到此为止。如果说还有什么的话，我记得和刘女士通完电话后我曾习惯性地拉了一下抽水箱的绳子，这可能与我当时蹲在坑上打电话有关。但我就是蹲着，并没有露出屁股。另外，我说"家里有事"这句话的准确性也让我十分怀疑和懊悔。我喝多了，第二天起来非常难受。但我还是咬着牙爬上了返回南京的高铁。

2

时间太久了，我似乎已经不太记得和蒋婷在一起的日子，但也没如我想象的那样全忘。我们是在酒桌上相遇的，结束后，我提议要不要再喝点？她没有像女大学生习惯性地那样申述次日还有课什么的，和我走了。我们在一家烧烤摊喝。一人要了一瓶小二。聊什么了，完全不记得。但可以肯定的是，我们都很高兴，因为我们后来又一人要了一瓶小二。次日醒来，她就躺在我身边，我们连衣服都没有脱，也没有盖被子，而是并排躺在被子上，在我的家里。头发遮盖了她大半个脸，我用手拨开那些头发，吻了她一下，她醒了，没有吃惊，更无尖叫，而是对我无声地一笑，露出了她并不整齐也不雪白的牙。

她的父母在她八岁的时候就离婚了。她跟妈妈。但她妈妈长年在外，北京、石家庄、济南什么的，当过幼儿园阿姨，保险推销员，公司文职人员，等等。蒋婷被放在山东聊城乡下，在姥姥家。姥姥对她最大的希望就是外孙女长大了不要像她的女儿那样跟人结婚又离婚。姥姥不仅觉得这是一件丢人的事，关键是孩子太可怜了，没有爹，也几乎没有妈。她一说这些，就会眼眶发红，抹泪不止。姥姥给蒋婷做吃的，做各种好吃的。蒋婷总是强调它们的好吃程度。这是一种记忆使然，并不真实，这是蒋婷自己说的，她知道这一点。舅舅们不喜欢她，蒋婷也不喜欢舅舅们。在蒋婷十五岁的时候，姥姥死了。蒋婷的妈妈将她接到了济南。蒋婷也见过几次爸爸。爸爸在广东，一个干瘦男人。爸爸在那里又娶了老婆生了孩子。她在爸爸家生活过一个暑假，她不喜欢广东湿热的天气，她也不喜欢穿裙子。但她喜欢爸爸，爸爸不爱说话，甚至有什么事，也不说话，只拿眼睛看看她。她的爸爸会打骂训斥他和后妻生的孩子。她知道他并不把她当自己的孩子那样对待，爸爸只是一个有血缘关系的陌生人而已。但她还是喜欢爸爸，听爸爸的话。考南京的大学就是爸爸的意愿。他年轻时候考过，但没考上。

蒋婷也不是不喜欢妈妈，只是始终没有找到跟妈妈怎么相处的办法。妈妈严厉起来让她惧怕，各种要求特别多，比如蒋婷对裙子的厌恶就和妈妈有关。后者总是爱买一些时髦而又廉价的裙子让她穿。穿出去倒也没什么，没听到有什么人笑话她。但因为源自妈妈的强迫，她确实觉得那些裙子穿在自己身上很别扭很丑。高中的时候，蒋婷叛逆了两年。跟男同学谈恋爱，学会了抽烟喝酒，和老师和妈妈吵架。有一天妈妈动手打了她，她居然反击了。她第一次发现妈妈原来比自己矮小，也没自己力气大。她吓坏了，但她不可能向妈妈道歉，而是在自己房间哭了很长时间，她很伤心。

妈妈在那些年也频繁地谈过几次恋爱，有过另一段短暂的婚姻，嫁给了一个姓王的叔叔。这段婚姻让蒋婷和妈妈的关系蒙上了一层阴影，那就是王叔叔有个十八九岁的儿子，他试图强奸蒋婷。虽然此事以妈妈与王叔叔果断离婚而结束，但对蒋婷造成的伤害，已经无从弥合。这种伤害不在于强奸企图和强奸本身，蒋婷说，就算王叔叔的儿子强奸成功了也没什么。问题是，妈妈这种动荡不安的生活突然让女儿的感觉很糟。她进而想到，一切的不幸似乎都是妈妈带来的。同学们的讥笑，舅舅们的冷酷，在蒋婷看来，甚至姥姥的死也与妈妈脱不了干系。据说正是因为妈妈跟一个有妇之夫谈恋爱，对方妻子没有找到妈妈，但找到了姥姥。姥姥羞愤难当，以中风抗议自己不堪的晚年，不久就死了。

认识不超过半个月吧，蒋婷就从学校宿舍直接搬到了我家。她的东西比我想象得要多，我不得不将两门橱换成四门橱。她还让我知道洗发水、沐浴露、牙膏什么的，除了超市货架上那些，还有别的。她将我的家布置一新，桌子开始习惯了台布，窗台也享受了绿植。更关键的是，当我步履沉重地下班回来，老远就能看到自家的炊烟（假设烟囱以虚线方式存在于我们的单元房外）。她已有的生活经历当然决定了她不会做饭，但这对她来说并不困难，网络和烹调图书很快就使她成为一名巧妇。并非贫困的经验（虽然蒋婷家庭破碎，但她自幼并不缺钱），而是考虑到我的收入有限，蒋婷在购物方面也做到了货比三家、价廉物美。随着学校里的课越来越少，她也懒得出门，偶尔跟同学聚会还会将我拉上。收拾屋子洗衣做饭，一切停当，蒋婷会坐在阳台一角玩电脑或看书。

我的亲友显然被蒋婷感动了。他们一方面觉得这是我的福气替我高兴，另一方面他们甚至妒忌这一点。这小子凭什么这么好的运气？在他们的眼中，之前那些年我恋爱、相亲，没有一次成功的劣迹已经宣告我是朋友圈和这个家中的一个老大难问题。蒋婷的飘然而至，彻底粉碎了他们的自以为是。这甚至让他们在谈房价和股票的间歇还谈到了一些事关缘分和命运的话题。唯一让他们感到忧虑的是，蒋婷还是个学生，年龄比我小将近十岁。毕业工作后的蒋婷是否会有变化？谁也拿不准。

而我唯一和必须做的，就是降低这一变化的系数，而降低变化系数的最有效的行动就是结婚。婚姻虽然是滋生婚外情、绿帽子、红杏出墙等坏事的肥沃土壤，但道德和法律的制高点势必将是烛照这些黑暗行径的道义明灯。现在迫切的问题是，我必须得到蒋婷妈妈的认可，同时尽快促成双方长辈的见面。

3

也就是说，我比电话中跟刘女士说的提前一天回到了南京。这点她并不知道。但李芫知道，李芫是我的老婆。后者在电话里问我，你打算怎么办？我说这不存在怎么办的问题吧，刘女士跑来找我，想见一见，就见一见呗。她说，你之前不是说你要在北京多待几天的吗？我说是，但现在我改主意了行吗？她说，哦，我懂的。

这是在高铁上我们彼此发的短信。刚下高铁，她如我所料地打来了电话。我理解为这是一种妻子的本能。本能包括她首先希望我在她的"视线"之内，其次，我们是一家人，理应勤俭持家，为了节省漫游费，在我一脚踏入南京本地后才打电话，可谓恰到好处。

李芫：怎么讲？

我：什么怎么讲？

李芫：你现在去见她？

我：我疯了吗？我先回家。

李芫：那晚上呢？

我：晚上我也在家啊。

李芫：不跟她见？

我：明天吧。

李芫：哦，好，我知道了。

这样的交谈过于吃力，让人感到不舒服。我想挂掉电话，但我还是控制住自己的情绪，补了一句：你什么时候下班到家？

她反问：你说呢？挂掉了电话。

李芫的反问当然也是一种情绪。我既可以理解为她是在指责我明知故问（她下班了当然要回家），也宣示着某种不确定因素。也就是她可能一气之下不回了。她是一个喜欢回娘家的老婆，这在以前时有发生。当然，这也和我们的孩子壮壮长期在外婆家有关。李芫的工作较忙，而我因为在家工作，不要说带壮壮，家里有人走动都会扰乱我的思路。恰巧李芫的妈妈刚刚退休，无所事事，而且喜欢自己的外孙，心甘情愿地带。不过，她要求外孙不叫她外婆，而是叫奶奶。壮壮也便有了两个奶奶，两个奶奶便有了竞争关系。如果壮壮被另一个奶奶（我的母亲）接走了，这个奶奶就会心神不宁，担心壮壮与另一个奶奶的关系超过她的。关于这一点，也正是我母亲对我失望的地方。她何尝不想多和自己的亲孙子多相处相处，而李芫显然是站在自己母亲一边的。婆媳之间与生俱来的不和因此加剧了。我作为夹在这对婆媳之间的儿子或丈夫，完全无能为力。我的位置一旦倾斜于某方，就会遭受反方向的眼泪、咒骂和负气而走。不过，现在这事还不至于让李芫到那一步。另外，以我对她的了解，她晚上肯定会回来，认真与我翻来覆去地谈论此事，并还会面授种种。

回到家，如我所料的那样，地板上已经蒙了一层灰尘，冰箱里空空如也。唯一让我感到意外的是，因为有段时间没人居住，进屋之后我居然能闻到家具和墙壁向我散发的气味。但这不重要。放下行李后，我就忙活开了。因为不用上班，结婚以来，家务都归我。我出门，李芫就回娘家。这并非是我对李芫的抱怨，我毫无怨言。她的履历没有让她有过操持家务的必要，她繁忙的工作也限制了她一度有志于此的尝试努力。这既算是我们之间的约定俗成，也算是合情合理的家庭分工。

我记得蒋婷从我家搬走后，我一度还很不适应。阳台上的绿植因无人照料，渐渐枯萎。最后只剩下了一盆仙人球。但搬家的时候（已和李芫恋爱），我蓄意地放弃了它。还有墙上的几块污渍，那是蒋婷在和我发生争执时顺手操起茶杯砸的，如果我没记错的话，她当时喝的是速溶咖啡。此外，蒋婷刚刚搬走那段时间，我经常迟迟不能入睡，我总是会不自觉地听楼道里的脚步声。蒋婷的脚步声我能听出来。然后是她开门进来，在换鞋垫上，她会站一会儿，叹一口气，这才换上拖鞋进卧室。如果发现我睡了，她会蹲在床边看我一会儿，在我的唇上吻一下，然后我就醒了，回吻她。但我真的再也没有听到过她的脚步声。这不仅早已过去，而且我早已搬了家。在收拾屋子、做饭的整个过程中，我并没有过多地想到刘女士和蒋婷。她们和我婚前的那个房子有点关系，但在这个房子里没有她们的任何痕迹。

李芫并没有一到家就跟我开始谈论蒋婷和刘女士。在我们共同生活的这些年里，她对我的过往已经很了解了。她知道蒋婷是谁。如果她想知道刘女士为什么要来找我跟我聊一聊的话，我也无可奉告，这不还没见还没聊嘛。这或许说明李芫还是理智的，也有其应有的聪明。她问了问我这段时间在北京的情况，我以实相告。我则不得不表示关心一下我们的儿子，她说有奶奶（外婆）难道我还用得着操心？说的也是。我确实从来没有操心过自己的儿子。总之，气氛有点僵。上床做爱后，这种僵硬才缓和了下来。

李芫：明天，你跟她怎么见？

我：她说想来我家。

李芫：你答应了？

我：如果你不同意，我就叫她别来。

李芫：我干吗不同意，我还想看看她什么人呢。

我：另外，她还提到想看看我妈。

李芫：就是说你妈也来？

我：要不你把你妈也喊来？

李芫：去你的。

然后李芫想了想，说，那明天把壮壮接回来。

4

既然女儿反复说明不喜欢自己的妈妈，出于某种势利，和蒋婷前往济南看望刘女士那次，说成不当回事显得过了，也不符合我的性格，但确实准备得不够充分。见面礼只是百货商店买的几样南京特产，牛皮糖和桃酥之类的。后来据说，我的穿着也很让刘女士失望。总之，我的态度确实与在火车站等候多时的刘女士的热情难以匹配。

当时已是深秋，济南的深秋比南京要冷得多。穿着缀有花朵的高跟鞋、玫红色呢子大衣、头发刚刚烫过高高耸起的刘女士被车站附近的冷风吹得不断擤鼻涕。我们出站看到她时，她就正在用手帕擦鼻子。即便是十年前，使用手帕的人已经不多了。所以无论是穿着和做派，刘女士给我的第一印象确实是一个过时的女人。她将脑袋向后偏去，用一种身高比我高一个头的眼神打量我（事实上她没有我高），也让我对自己的判断力感到自信。简言之，她很县城、很土。她唯一让我欣赏的是她沙哑的嗓音，不过事后证明，这只是当时她在风口被吹感冒了的缘故。她的嗓音比女儿娇气，比女儿嗲。老实说，刘女士只比我大十来岁。我不免想起自己中学时暗恋过的与刘女士年龄相等的英语女教师。那是一个性感的女老师，尤其当你答对她的问题时她报以微笑和"Yes"的一连串神情和动作。毕业多年，我实在难以想象我的英语老师会成为刘女士这样。

我们在她的家里安顿了下来，两室一厅一厨一卫的单元房。虽然我能明确地感受到屋子刚刚整理打扫过，但仍然可见脏乱的实质。比如茶几上还残留着抹布草率抹过而留下的一个弧形灰尘形状。比如角落里一些类似瓜皮果屑的东西。比如原本可能胡乱摆放在沙发上的脏衣服，此时无非在她卧室里的衣橱中摆放着，因为她只是将它们攒成了一个硕大的不规则布球，那些衣服始终想滚出来，所以，衣橱门费力地虚掩着，倒像里面藏有一个偷窥者或奸夫。她家中真正让人觉得清爽的是厨房，虽然里面堆了不少纸箱、杂物，虽然灶台上落满了灰尘，但绝无各种瓶瓶罐罐，乃至在煤气灶和抽油烟机上，连烟熏火燎的痕迹都没有，与一个装修多年无人入住的房间相似。我们坐下不久，就出去找馆子吃饭了。其后几天，饭食都是如此解决。

可能与风俗有关，在济南的三天里，我都是睡在小房间的单人床上，母女二人则睡在大房间的双人床上。这是有意思的。也就是说，刘女士平时一个人也睡双人床，那是"她的床"，她岂会拱手让出？第二，虽然她明知自己的女儿早已和我同居，但她不愿意目睹女儿和我睡在一起。另外，如此安排也算合情合理，双人床两个人睡单人床一个人睡，自古以来就是真理。难不成让蒋婷睡单人床我和刘女士睡双人床？只是每天睡前，蒋婷会在我的单人床上坐会，但开着门。刘女士不时会探头进来问女儿什么时候洗澡什么时候睡觉。如果刘女士在洗澡或干别的，我也对她的女儿做过爱抚和亲吻之类的动作，但因为时间有限，无法深入。这倒让我感觉不错。确实有一天下午，应该是第三天下午，刘女士出门要办点什么事，我和蒋婷做了一次。刚开始是在我的折叠单人床上，但场地不够，噪音太大，后来蒋婷才勉强同意移到刘女士的席梦思双人床上。我们的速度很快。它既是整个过程的耗时长度，也包括强度和获得高潮的短促。这让我们非常惊讶，也感到害羞。我们甚至没有看一眼对方，了事之后就迅速穿戴整齐，将双人床恢复原状，然后一本正经地双双坐在客厅沙发上看电视。此时，刘女士也适时返回。她的速度也快。

除了这些，就是我在这对母女的带领下游逛济南城，以便刘女士尽一尽地主之谊。刘女士热衷于比较。比如在大明湖，她会问南京有没有这样的湖？我报之以南京有玄武湖和莫愁湖，名气也不小。那么有像千佛山这样的地方吗？我说没有，不过南京有个栖霞寺，寺庙后面有几块绝壁，上面雕凿了不少大大小小的佛像。芙蓉街这样的老街区，南京当然也有，比如夫子庙嘛，都是卖低劣工艺品和假古董的地方呗。至于著名的趵突泉，南京确实没有，不过南京确实也有个旅游景点也叫珍珠泉。汤山也有温泉，虽然没有趵突泉这么有文化，但据说蒋介石和宋美龄夫妇当年还是经常去泡澡的。刘女士显然对我的说话方式不太满意。她不得不向自己的女儿求证：是这样吗？蒋婷毫无兴致，说她不知道。蒋婷到底知道不知道南京这些名胜古迹？我也不知道。我们没有一起去游玩过这些地方，其因在于我们都不喜欢去这种地方，我们愿意待在家里，侍弄绿植，洗衣做饭。

游逛了两天，虽然我什么也没说，蒋婷已经率先受不了了。也可能与此事无关，母女二人在第二个晚上发生了争吵。我在小房间里听到了隔壁沉闷而剧烈的说话声，但能听出她们是在控制自己，蓄意避免引起我的注意。我曾试图打听她们争吵的内容，蒋婷说与我无关，我便永远不得而知了。第三天，我们没有再游逛，就是待在屋子里看电视，聊天。也无非是她问我答。下午，刘女士速去速回了一趟，前文已述。没想到当晚，母女二人再次发生了更为剧烈的争吵。正在我关在小房间里手足无措之际，刘女士不经邀请推门而入，满脸泪痕地一屁股坐在我的单人床上。接着，她的女儿蒋婷也准时站在了门口。女儿看着母亲，母亲则将脸埋在两个青筋暴露的手掌和那条手帕中。她们都不说话。问也无济于事。不说话让我不知从何解劝。所以我只好作壁上观。

小林，刘女士终于擦干了眼泪，抬起一张因为啼哭和擦拭而红光满面的浮肿的脸对我说，今晚，我睡这，你去大床跟她睡。

这……我不得不吞吞吐吐起来，这样不好吧，你们母女……

不碍你的事，你别管，蒋婷打断我的话，甚至还用一只手稳住我，好像担心我听凭其母的安排马上就爬到隔壁那张大床上去似的，她说，我们收拾东西，马上走。说着她又掉转身去了隔壁，听得出来，她在收拾东西。

刘女士这才站起来，然后在门口回过头跟我说话：小林，对不住了，让你不舒服了。她从小就不听话。唉。

当然没有走。不过，蒋婷没有再和她妈妈睡一张床，而是和我挤在小床上凑合了一夜。因为拥挤，睡不好，次日起来，我俩都一脸菜色。

5

本来我们预计还要一起去蒋婷的乡下老家，她不止一次地说过，她那个村子与河北省仅一河之隔。那是一种北方的河，与南方很不一样。两岸没有很多植物，都是农田，河中也没有船只和渔夫。它就是一条河，单纯地由河床和河水组成，默默无闻，不舍昼夜，此外似乎没有其他任何意义。在这条河上，有一座水泥大桥可以将她送到她嫁到对岸河北的表姐家。舅舅们对她谈不上好，但表姐自幼带着她玩，一直对她不错。除了那些一望无际的玉米地，姥姥的坟头和表姐大概才能给她带来所谓老家的亲切感。不过，这些终归经不起推敲。它们过于戏剧，过于电影，并非生活的真相。真相是她连续两晚都和许久没见的妈妈仍然彼此憎恨（起码是表象上）发生了争吵。蒋婷决定直接返回南京。

说好了刘女士不用再送，但她还是跟到了车站。不是站台，而是候车大厅，她不能进来，如果进来，她需要买一张站台票。她就这么隔着候车大厅的玻璃墙跟着我们安检、验票，我们始终在她的视线之中。如果我们回头看她，她则满脸堆笑，并指手画脚，夸张地翻动嘴唇，似乎同时在向我们说唇语和哑语。她仍然穿着三天前接站时的行头。只是高高烫起的发型有所垮塌。我们（其实主要是我）不停地用手背向她的方向挥舞，示意她赶紧回去。但从另一个角度看，与攮她也无异。我注意到蒋婷终于掉了两滴泪。

我现在能确定的是，我并不了解蒋婷，或者没有彼此入心。比如时至今日我其实也不知道这对母女的矛盾具体是什么。蒋婷不爱谈论这些。她是一个沉默寡言的姑娘。我们之间的男女关系得以维系，我想这和我自己也是一个沉默寡言的人有关。在这个世界上，迄今为止，蒋婷是我唯一整天不需要讲话也不会觉得压抑窒息的人，反而觉得踏实和安全。我们各干各的，互不干涉，但又彼此认同，如胶似漆。这么说可能有点夸张。这么说吧，我们是十年前这个世界上一对相当安静的情侣。最后我们分手，或许也与安静被打破有关。

一大早我就给刘女士打了电话。我代表自己的全家邀请她来吃晚饭。她欣然答应了，出乎我意料的是，她并没有问到"全家"是个什么概念。她倒是喋喋不休地向我汇报，这几天她把南京很多名胜古迹都跑了。十年前到我家过年时去过的，有些地方她还重游了一遭。没去过的，比如总统府、中山陵什么的，她都觉得很好。她说南京真不愧是六朝古都啊，"确实不比济南差到哪儿"（原话）。那么，既然现在还是上午，而我约的是晚饭，她则需要马上去一趟栖霞寺。"就这么定？OK？"她说。我也只好喔凯（OK）。也就是说，这通电话看起来并不像她要来找我，更不像是为了见我特意多待了一天，而是，她很忙，忙着游山逛水，忙着举起自拍神器在某个景点大门门前搜寻自己一个最适合最美的表情。晚饭到我家来，也看上去并非她的情愿和主动，而是受邀而已。我只是给她百忙的生活增添了另一忙。这一个忙对她来说谈不上重要，也谈不上拒绝。反正她透露出来的信息大致如此。

这倒也非我第一次领教。十年前，也就是我和蒋婷从济南回南京当年的年底，蒋婷不断接到刘女士的电话。蒋婷一如平常地刚开始并不愿意告诉我这些电话的内容，后来实在禁不住其母的骚扰，才如实相告。鉴于蒋婷一般过年都不回家，刘女士敏锐地认识到女儿今年肯定会在我家过年，作为一名好些年没有和女儿一起过年的妈妈，刘女士想到我家来和我们一起过年。闻听此言，我没有立即表态。我一直不太擅长和别人相处，尤其在屋子里在家里与人相处。我和自己的母亲相处得也不算母慈子孝，大学毕业工作不久，我就搬出来自己过了。在蒋婷之前，当然也有过前女友曾在我家短暂地住过，大概正是因为同居，才让我难以忍受所谓的"二人世界"导致了不可避免的分手。而蒋婷，她之所以能跟我和平相处，前文已述。我毫无恶意地把自己的想法告诉了蒋婷。蒋婷表示理解，沉默良久。但刘女士的电话再次响了。蒋婷掐断不接。电话再次响起，然后任其歌唱。应该是一首流行歌曲吧，十年前蒋婷手机的铃声。这首掐头去尾的流行歌曲在我们之间反复唱响，始终不曾将全曲唱完，让我们非常难受。最后，我不得不像一个男人那样站起来，告诉蒋婷：接吧，告诉你妈，来吧。

然后就是和十年后一样的风格。刘女士迟迟不告知启程日期，还在春运期间声称不急着买票（当时网络订票还不太容易）。蒋婷的意思，让她没来成也不错。但出于礼节（尤其是我家人获知这一情况后），我不得不亲自致电邀请再三。三请四邀后，刘女士姗姗来迟，在除夕下午来到了南京。当然，我和蒋婷前往车站迎接，我的母亲和姐姐夫则在家里大烹大炒，准备着热情款待远客。在我母亲看来，善待准亲家母才是给我娶媳妇的标志和首要程序，她老人家看上去为此已经整整准备了一生。

如何和我母亲说刘女士十年之后再次造访这件事确实还挺费了我一顿脑筋。在她那里，刘女士母女早已是明日黄花，毫无记挂于心的必要。她现在耿耿于怀的是真正的亲家母（李芫的妈妈）夺走或削弱了本属于她的"奶奶权"，在此问题上和亲家母的明争暗斗才是生活中的核心事件，或许也是乐趣。让她深恶痛绝的是她的儿子还不能帮助她在斗争中占据上风。她形单影只，孤身作战，其悲壮在舞蹈结束后的广场上怎么说也说不完。这么一想，我认为曾经的准亲家母突然到来，或许她也未必不见。这样的听众要比广场上那些老大妈有效多了。这起码能让她在幻想中进行一番对比：如果远在济南的刘女士是她孙子的外婆该多好啊。

我显然低估了我妈的觉悟。她好不容易弄明白这件事后，突然在电话那头紧张了起来，首先质问我到底想干什么，你是真傻还是假傻？你已经结婚了，也有了小孩，她说，日子过得挺正常的，这么个女人跑来想干什么？你根本就不应该见这个女人，更不应该搞到自己家里去。李芫呢？她知道？她知道归知道，但你不能这么做，你这是对你的家庭不负责任的表现你知道吗？此外，我这么做不仅对不起已有的家庭，而且"你又给你老婆给你丈母娘抓了个把柄你知道吗？你又让我在她们面前理亏了一次你知道吗？儿子哎，你真是疯了。"

6

我的母亲对我的不满，还包括父亲死得早，所谓既当妈又当爹。也就是说她对我（包括我姐姐）付出的要比一般的母亲多。姐姐终归是别人家的人，这一逻辑也存在于母亲从来不认为自己是陈家人（娘家姓陈），而是林家人。不过，我的姐姐嫁出去后之所以能够获得她的好评，却又背离了这一逻辑，那就是姐姐勤于回娘家，给母亲和我带来了很多照顾和帮助。如果姐姐像她一样自绝于娘家，恐怕母亲的广场演说会更丰富磅礴。

母亲的愤恨集中在我的婚前和婚后。婚前，我始终没有结婚，这让她很焦灼。

比如蒋婷这件事，一度让她血压升高卧床不起。她完全无法理解，一个姑娘已经到一个男人家住了，双方的家长也见了，怎么这事就黄了？这件事让她必须在床卧病一段时间，猛然置身广场，叫她如何和自己的老伙伴们解释呢？然后就是婚后，她不能和李芫和平相处，尤其是祖母权被亲家母悍然分割和夺取，特别让她失望。她号称"懒得"和李芫母女理论，但和亲生儿子我，她有必要声讨我的不孝，一把鼻涕一把泪地陈述自己的委屈，一如当年一把屎一把尿地把我抚养长大。

  从另一角度来看，我的母亲毫无必要如此。诚如她的老伙伴安慰她那样，乐得清闲。儿子不跟她住在一起，她独居三室一厅的大房子，每个月从国家那领取不算丢人的退休金。据说她在当知青的时候曾经是生产大队文艺骨干，除了唱歌跳舞，还会弹琴吹笛。早年，她还希望我姐姐能够延续她的兴趣爱好，斥巨资买了一架钢琴。可惜姐姐并非这块料，我显然也不是。换言之，如果她需要时间的话，那么她有大把的时间干自己喜欢干的事，她可以掀开蒙在钢琴上的布罩子，擦掉上面的灰尘，用满是皱纹的手在黑白琴键上敲出她喜欢的音符，我相信，这时候她的脑子里会像放电影一样再现她少女时代的70年代的列车、农田、灌溉渠、大队书记、树杈上的灰蓝色的高音喇叭、乡村夜晚的狗叫声……但她没有动过那台钢琴。当然，据说广场歌舞也有上述功效，而且是以集体的方式，她们过惯了集体生活。她们不擅长独自面对自己。她们对劳动的理解仍然与农业生产有关，就是要动，要出汗，要累得够呛，在抱怨中获得成就感。具体到她现在的年纪和身份，带孙子是实现这一成就感最合法、最合乎天性的方式。可惜李芫的妈妈，我的岳母和她履历相似，所见略同。她们的矛盾实质，或许就是只有一个孙子或外孙。

  在这一点上，如果刘女士是壮壮的外婆的话，确实可能不会与我的母亲形成上述对立。她还年轻，现在也不过五十来岁。十年前，她仍然还是一个待嫁的离异妇女。我母亲第一次见到刘女士的那天，也就是十年前的除夕之夜，前者大吃一惊。时年已六十岁的她完全无法想象一个四十几岁的女人可以和自己在饭桌的首席上并驾齐驱，加之刘女士的求偶愿望还健在，花哨的北方县城穿衣风格也让她身边的老太太显得更加灰暗。刘女士只比我姐姐大几岁，和我的姐夫相当于同龄人。我的姐夫居然恬不知耻地阿姨阿姨地招呼她吃菜喝酒。而坐在蒋婷身边的我的外甥，当年正处于青春期变嗓时期，虽然他并不愿意和我们多说什么话，但就我的经验看来，二十出头的蒋婷也未尝不可以成为他性幻想的对象之一。

  那是一顿非常诡异的年夜饭。吃完饭后，遵照某种传统，刘女士率先拿出钱包给了我外甥压岁钱，然后滑稽地不得不接受我外甥在我姐夫教导下的一句"谢谢奶奶"的谢词。我妈不甘示弱，当即也给了蒋婷一个大红包。本来平辈之间不应有压岁钱一说，我那好心的姐姐思前想后觉得没必要占刘女士的便宜，所以她又给蒋婷来了一个红包。这期间的拉扯、谦让和感激，让人眼花缭乱烦躁不已。大家还一起坐下看了会儿春晚，等待赵本山出场，既而像往年一样哈哈大笑后才各自散去。之后几天也没闲着，不是我姐姐姐夫邀请，就是我舅舅舅妈邀请，团团圆圆一大桌人，老的老小的小，节目相似，总之，我和蒋婷疲惫不堪。

我不是说此类场景在我和李芫婚前婚后不再发生，相反，她就是南京本地人，遍布亲友，场面更为壮观。我只是想说明，在当年，我和蒋婷还很不适应这些。它们吓到了我们，让我们面面相觑而又看不清对方。我们试图就这些聊一聊，但我们很快发现，我们怎么聊似乎都不在正题上，让我们开始怀疑自己的理解力以及在某种程度上开始怀疑对方。生活比我们预想的要喧嚣得多。若干年后，当我和李芫遇到相同的场景时，我却没有了这些感受。李芫和所有的亲友都能应付，她的应付不是虚情假意，而是真情实感。在这方面，她不仅得体，而且勤奋，她的存在使我也坦然了起来，认为这些都是人之常情，堪称活在世上的证据。然后最终认识到，这一切没有什么不对，很好。

与去济南不同，我和蒋婷睡大房间双人床，刘女士则睡小房间单人床。南京没有暖气，我们给刘女士添置了电暖器她仍然觉得冷。睡觉并不费劲，但起床颇费踌躇，她每天都在空调热风的吹拂下和电暖器的烘烤下起床，因此她的房间门打开时，一股热烘烘的女人体味会涌入寒冷的客厅，让我的镜片为之一湿。那些饭局消停后，我和刘女士在济南的所作所为相似，也带着她畅游起了南京。她喜欢这些，每到一处都要拍照留念。这些照片的特点是，她要求自己位居大门入口处，必须要把某个公园景点的门楣题字涵盖在内，这样一来，在那些巨大的牌楼和雕刻之间，她在照片中显得很娇小。也有近景和特写之类的，比如她单手扶住一根梅枝，在花团锦簇中露出她那张攒满了笑容略显宽阔（腮帮子大）的脸。就像她跟老天说好了那样，年后没几天，天气转暖，果然春回大地万物复苏的景象。她还在山水之间脱掉了呢子大衣，穿着一件紧身的高领毛衣上蹿下跳。见此，我由衷地发出感慨，告诉蒋婷：你妈妈不仅年轻，长得也不丑。

7

我妈当然还是来了，而且来得很早。进屋第一件事是站在换鞋垫上谨慎地扫视一眼，这才午后，李芫当然还没下班，然后她才大口喘气，喊饿死了饿死了。她连午饭都没有吃，就去菜场买了一大堆菜。进了厨房。她没有先做那些菜，见我中午没有剩饭剩菜，她假装生气地找到半筒挂面给自己下了碗，并越来越生气地指责我

（其实是妄想性地针对李芫）把厨房弄得这么脏，然后在面条煮熟之前利索地收拾一新。每次来儿子家，她除了当一回清洁工，也不忘自掏腰包买很多菜。虽然她声称是买给孙子吃的，但谁都知道，她其实是在讨好李芫。李芫父母健在，退休金更高，对我们的补贴也更多，这让她多少有点愧疚和不服气。这也算李芫轻婆家重娘家的原因之一吧。

吃完面。择菜洗菜的时候，我妈开始埋怨刘女士。

这个女人真是，大老远跑来干吗呀，又不算亲戚，都这么多年了。不会有什么事吧？

我不知道，我说，她在电话里什么都没讲。

就是嘛，要不我还不来呢。我不喜欢这个女人。我只是不放心。

你有什么不放心的？

不知道，我妈认真看了我一眼，你比我还老糊涂？你吃过这对母女的亏你忘了？

我没搭这句。如果说恋爱未成对方离开了你就是吃亏，那我确实吃了亏。但显然又不是这么个道理。

她现在人呢？见我不吱声，我妈问。

说是去栖霞寺玩了。

切，就知道。这个女人骚得很，我到现在还记得她穿那身花。

人家年轻吧。

年轻？我没记错的话，也是半老太婆了。

"半老太婆"这个词倒是让我想到一个问题，那就是十年不见刘女士现在到底是什么样子？如果我在大街上，或者我现在也在栖霞寺，能在人群中认出她吗？我不禁努力地开始回忆她的长相。但什么也想不起来。我只记得她较为花哨的穿着和高高烫起的头发。

因为要准备晚饭，我妈表示她今天不能帮我打扫屋子。但她认为今天打扫屋子非常重要，因为家里要"来客"，虽然这个"客"在来之前即已遭受了她的批判。所以我得动起来，好好收拾收拾。我只得遵命。

平时都是李芫打扫收拾屋子，我已经习惯了，她也不需要我动手，我的参与被她誉为添乱。但在跟蒋婷生活的那一年里，都是我们两人一起打扫收拾。当然不是说李芫不爱整洁，而是蒋婷更为苛刻，开关插座上的灰尘，沙发缝隙内的碎屑，连刷牙时，牙膏她都不愿意我从中间挤而必须从尾部开始。另外，她还热衷于重新布置房间。比如床原来在卧室里是居中摆放的，但过了一段时间她认为应该靠墙或靠窗，房间里的其他家具也便因此而挪动到新的位置。所以和蒋婷收拾屋子相当于一项工程，起码是一项重体力活，确实不是她一个人能干得了的。每当我们干完，她总是十分满意地在房间内全新的空间结构里走来走去。然后问我怎么样？我说，挺好的。然后等待下次重新集体搬动。

刘女士来那次，我们的床就在窗下。蒋婷的目的是当她中午醒来的时候，伸手拉开窗帘，阳光就直接照在她的身上。刘女士对此却很不以为然。她对女儿的生活处境非常不满意。她甚至攻击女儿的穿着，老气横秋，并强行拉着蒋婷去买了一件花哨的羽绒服。蒋婷和我的生活确实色彩暗淡，她喜欢单色纯色。刘女士不仅用自己的形象给我们的屋子带来了花色，还给我和蒋婷的大床购置了遍布玫瑰花瓣的四件套。刘女士走后，我和蒋婷躺在这些玫瑰花瓣间心情无比沉重。因为她告诉我，她不打算留在南京了，她要回济南。

那我们呢？我问。

你说呢？

分手？

不然呢？

好吧。

玫瑰花瓣的四件套也被我扔了。我从来没有那么彻底地搞过卫生。我把所有能让我联想到蒋婷的物件都扔了，尤其是我们一起生活时购置的物品。床肚下她遗留的长发，衣橱里她衣服取走后残留的气味，甚至我们没有用完的一包避孕套。我是不是还可以这么夸张：后来我连房子都卖了，换了现在的房子也是因为想彻底摆脱蒋婷在我生活中留下的痕迹？这肯定是做作了。我还没有失控到那个地步。换房子是因为我认识了李芫，我们决定结婚，在李芫看来，我原先和蒋婷住过一年的房子无法装得下她，尤其无法装得下她已经开始膨胀的子宫。

李芫和壮壮进门时，显然愣了一下。她知道我妈会来，但显然没有想到自己的家突然变成了这样，我从她的眼中才发现：我收拾屋子的能力和水平太高了。一切都被我擦过了，散发着静悄悄的反光，连换鞋垫上的鞋子，也被我鞋尖冲门外码放得整整齐齐。我妈则在厨房热火朝天地忙活。

哟，真隆重。她冷笑了一下。

8

我们一度认为刘女士不会来了。因为天快黑的时候我给她怎么打电话她都不接。我提议我们吃吧，但李芫不说话，我妈则看着儿媳，问孙子：壮壮，你饿不饿？饿了你先吃。就在我妈捧着饭碗追着壮壮喂食的时候，刘女士电话来了。她说她现在已经到了我们小区，不知道怎么走。我只好下楼去接。我控制穿鞋的速度，尽量慢腾腾地开门、下楼。

我确实也不急于立即面对刘女士，我承认自己有点慌乱。我不知道能不能认出她来，更不知道她到底来找我干吗。小区里都是晚归的人，有一个还冲我点了点头。我记得他有一条温顺的大狗，晚饭后在小区公园里经常出现，壮壮曾将小手放在它的牙齿之间安然抽回。我可能也回敬了点头，但还是跟一辆电动车彼此避让时差点撞上。

刘女士就站在小区门口那个桥上。我一眼就认出了她。她还那样，依旧是色彩鲜艳的大衣、围巾，区别是她戴了帽子，脚上那双高跟长靴显得贵重。除了挎包，她手上还拎着一塑料袋的东西。"阿姨"，我这么叫了声她，她连看都没看我一眼，就将那袋东西交给我拎着。

都是买给你妈妈的。太沉了，她抱怨道，估计手都被勒出了印子。说着她把手从手套里拿出来看了看，并没有。这些做完，她才笑盈盈地看着我。

小林，她说，你还那样哦。

嗯。我不知道怎么接她的话，走吧，都等半天了。

你妈妈在吗？

在。

她仍然没问我是否结婚之类的问题，而是就我们小区环境谈了起来。她夸赞我现在的居住环境比十年前好多了，还一把拽住我的胳膊，其因是被一条冲她皮靴跑过来的吉娃娃小狗吓得尖叫了起来。我注意到有小区的人多看了我两眼。

进门的时候，她明明先看到了李芫，但她还是越过李芫的肩膀先和我妈打招呼。大姐，你好啊。甚至连鞋也没脱，就冲过去跟我妈来了个拥抱。我妈尴尬地喏喏，一只手象征性地在她的背后碰了碰。这完了，她才微笑着向李芫致意。

小林，你的媳妇挺俊的，她说。没想到不需要我事先说明，也不需要我交代，她早已心知肚明。

谢谢。李芫答。

然后她就发现了沙发上的壮壮。壮壮或是认生，或是被刘女士进门时这一连串动作吓到了，把自己藏在沙发扶手后面只露出两个大眼睛看着她。

啊呀，多可爱的小家伙。说着她冲了过去，想一把抱住壮壮，不过被壮壮躲开了。他轻车熟路地跳下沙发，然后绕过茶几，迅速地躲到李芫的腿后。

没事的，壮壮，李芫说，去，叫，叫奶奶。

壮壮显然不会叫。

不用不用，刘女士蹲了下来，逗孩子，你叫壮壮啊，长得真壮啊。

然后她掉转头嗔怪我的样子，说，小林，你怎么不早说。又问壮壮，你几岁了？

五岁零四个月。李芫代答。

大姐，你真是好福气啊。她试图恭维我妈，我妈干硬地笑了笑，就立即转身去厨房端菜了。这时候她大概才意识到自己穿着一双靴子在我家擦拭一新的地板上，几枚偶蹄类动物般的脚印十分扎眼。她连说抱歉抱歉，返回换鞋垫那换上拖鞋。她瞬间矮了一大截。

要不要喝点酒？这只是礼节性地征询，我记得刘女士不喝酒，而且她极其反对蒋婷和我喝酒。不过这次她居然大喊，太高兴了太高兴了要喝要喝。迫于无奈，我也只得给我妈和李芫分别倒了点红酒。我妈和李芫也从来不喝酒。四个人真的像很高兴似的交杯换盏了起来。壮壮因为吃过了，大概也丧失了对刘女士的好奇心，回到沙发看动画片去了。刘女士频频举杯，不仅跟我们所有人都"干"了一回，还多情地和沉迷于动画片的壮壮也"干"了一下。饭桌上，主要她一个人在喋喋不休。然后自嘲是不是喝多了。事实是，直到饭后收拾碗筷，刘女士那半杯红酒也没怎么动。

奇迹在于，刘女士既没有提她女儿蒋婷，也不爱谈自己，居然也能用她密集的语言填满整个饭桌。她大谈南京的名胜古迹，谈房价，谈房屋装修，济南的草包包子，聊城的酱菜，以及各种逸闻趣事。看上去，她绝非蓄意避而不谈，而是不重要。看上去，她此番来我家，就是跟我、母亲和我素未谋面的妻儿见上一次。她表现得像极了一位多年不见彼此深知无须赘言但凭谈兴的亲友，也像一个我们在马路边捡回家让她吃顿饭的莫名其妙的疯子。其间，我妈可能有点扛不住，试探着问蒋婷现在的情况，但大多被她充耳不闻地略过了。不过她也不能一概予以不理，她简略地聊到了自己。说自己现在在一个保健床垫公司工作，职责就是向广大饱受病痛和失眠之苦的人推荐一种高科技席梦思床垫。好在她没有强烈推荐我妈去买这个床垫，她只是陈述她现在干什么。至于有没有重新组织自己的家庭，她则前卫或豁达地表示，世界是多极的，价值观也是多元的，人们没必要过一样的生活。有的人迷恋于夫妻双双把家还，有的人更乐于孤身一人逍遥自在。即便如此，我们仍然不知道她是夫妻双双把家还，还是孤身一人，我们只能自作聪明地从她的口风中认为她是后者。但这是错的。

晚饭结束后，我们一下子陷入了尴尬之中，不知道接下来是一起看电视呢还是干什么。李芫在收拾碗筷的时候曾用眼神示意过"她什么时候走"，我则用"我也不知道"的眼神答复她。这是我们，包括很多夫妻都会使用的交谈方式。刘女士确实没有表现出吃完就走的潇洒，而是在壮壮身边坐下，打算再跟孩子切磋切磋人生。可惜壮壮已经在沙发上睡着了。

李芫想把壮壮抱上床。

能让我看看他吗？刘女士说，语气近乎哀求。

这完全出乎我们的意料，让我和李芫面面相觑。

刘女士接过李芫递来的小被子，帮壮壮盖好，并职业地掖了掖被角，过程中一直深情地盯着壮壮的小脸。壮壮似乎被她看得有点害羞，将半张脸埋进了被子。她则微微探近身，继续盯着看。我妈从厨房里擦干手出来的时候，试图跟刘女士继续客套地说什么，后者赶紧用一根食指放在唇边，示意我妈小声点，不要吵醒孩子。我妈赶紧闭嘴，三个人环绕着刘女士和壮壮。

刘女士俯下身在壮壮的脸蛋了轻轻地亲了一口，这才站起来。我们看到她的眼圈有点红。但她笑着，一些皱纹在顶灯的照耀下出现了条状阴影。

那么，我走了？她像商量那样轻声问我们。

还早呢，李芫说，可以再坐一会儿。

不了。走了。说着她就径直去取自己的皮包。

我妈赶紧跟上，热情挽留。就差说出你也可以住这儿的话。但刘女士只是微笑，不为所动。她穿好大衣，系上围巾。然后向李芫招手，从皮包里取出两张百元钞票，硬塞给李芫。她惭愧自己不知道我们已经有了孩子，不，壮壮，壮壮真是个好孩子，而她居然空着手见壮壮，这是不应该的。弥补这一过失的唯一办法就是李芫替孩子收下这两张钞票。她甚至动情地说道，壮壮还小，也许根本就没有记住她这个人，更不会将来还能够想起。但她既然来了，和壮壮见了，就是一段缘分。这段缘分也不是能用钱来表示的，况且也不算什么钱。就是意思意思，见证这段小小的缘分。

老实说，这段话叫人动容，让我们不知说什么好。刘女士再次和我妈拥抱了一下，这次我注意到我妈双手都拍了拍她的背。然后由我送她下楼。下楼的时候，李芫给我使了个眼色。我懂她的意思。

9

有一件事，我妈和李芫都不知道，因为长期以来我无法描述这件事。

十年前的春节，鞭炮声消停后，我、蒋婷和刘女士，我们仍然像一家人那样住在一起。刘女士住的时间比她本来打算的要长。我们再也不用出门找地方吃饭，我们在自己家买菜做饭。我们一起看电视。我们还一起购物，一起去看过一场电影。有次我们打扫卫生收拾屋子时，刘女士还参与了进来。她力主我们把床重新居中放在卧室，我们顺从了。她也力主我们换上她送给我们的玫瑰花瓣四件套，我们也笑纳了。她还嘱咐我们以后酒要少喝一点，多出去运动运动。说着她还推开了窗，窗外确实春光明媚。有几片风筝在我们的视线内飘荡。

这是一面。另一面是，刘女士四十来岁，迟迟不走，她给我造成了一些难以启齿的困惑。比如她当时正在经期，沾满血的卫生巾就这么公然摆放在马桶一侧的纸篓里。她换下的内衣就这么悬挂在我和蒋婷居住的大房间的阳台上。我们在睡觉，她会就那么穿着秋衣秋裤突然推门进来说个什么事。逛商场或看电影，她甚至还在另一侧挽起我的胳膊。然后就是有一天，蒋婷出去买菜，她在洗澡，她围着浴巾叫我帮她将水温调一下。调好水温后，我看了她一眼，我承认我看她那一眼中掺杂了不伦的情欲，她很敏锐地感觉到了，这是我从她看我的眼神中领悟出的，她的眼睛和神情只是一面镜子。没有更多了，仅此而已，但仅此足够。

在我这十年的猜测中，她应该把这件事告诉了蒋婷，用什么方式说的，我不知道，蒋婷甚至没有告诉我她为什么要走。迄今为止，我都认为蒋婷离开我与这件事有关。

蒋婷说她要回济南，我送她。在此之前，她已经给自己打了很多纸箱包裹。这些纸箱包裹就堆放在客厅里。在离开之前，她仍然和我睡在一起，我们仍然做爱，仍然一起买菜做饭。这一度让我觉得她是在生气，而并非真的要走。她说她买了车票，我仍然不觉得这是真实的。然后就是她跑邮局寄这些纸箱和包裹。她拿不动，我必须帮忙。我们搬动这些纸箱包裹费了很大力气，汗流满面，相视而笑，我还是不觉得她走是真实的。然后她就走了。我把她送到车站。她仍然有很多行李，我不得不买一张站台票，把她送上火车。安置好了，我还嘱咐她方便面、火腿肠、水果、零食这些在火车上吃的东西放在哪儿。她都点头说好。然后火车要开了，我下车。我仰着头看着车窗玻璃后的她，她冲我笑，挥手。她走了，真走了。

她在南京的手机号码注销了。网络通信也毫无回音。我家的钥匙她放在了茶几上，有两个月我都没动那串钥匙。后来我不得不将钥匙收起来，钥匙在茶几厚厚的灰尘上划了两道黑色的印子。在深夜，我还在听楼道里的脚步声，我能听出她的脚步声，但没有她的。她消失了，整整十年。

蒋婷在这十年里结过一次婚，但很快就离了。刘女士说，因为那个男的会打她。有一只眼睛几乎被打瞎了。现在蒋婷跟一个男人同居，那个男人是一个坏人，无所事事，天天问蒋婷要钱，蒋婷都给。蒋婷的工资也一般，自己并不用什么钱，绝大多数给那男人花掉。蒋婷没有生孩子，她想生一个，但每次都掉了。

我觉得我们家婷婷过得太苦了。刘女士有了点哭腔。

是，我说，是不容易。

但她自己觉得很好。

10

刘女士和我在小区花园的长廊里坐了会儿。

我猜你已经结婚了,她说,但是我不能肯定,我觉得你应该没有结婚。

对不起,我结婚了。我说。

你误解了,我没有说你结婚不对,你当然要结婚,我也没有叫你和我们家婷婷重归于好的意思,那是不可能的。

是,确实没有任何可能了。

我只是挺难过的。

别难过了阿姨,你不挺潇洒自在吗?

怎么可能,谁能潇洒自在呢,我们又不是神仙。

那你为什么不重新嫁人呢?

然后她说她有个男朋友,说起这个男朋友,她高兴了不少。这个男人在她口中叫老陈,六十岁左右,是个医院的退休医生,老婆死了,孩子也都各自成家立业了。老陈对她很好,嘘寒问暖,体贴照顾,这辈子也没有哪个男人对她这么好过。另外,老陈的孩子也很认可她,尊敬她。五十岁生日,就是老陈和他的孩子们给她过的。蒋婷也不反对,但是蒋婷没有参加她的生日宴,这些年也不太跟自己的母亲来往。她不知道自己该不该嫁给老陈。

为什么?

刘女士沉默了好一会儿。突然问我,你觉得我还适合结婚吗?

当然没问题。你不老,况且这跟年龄没关系。

那你妈妈呢?

我妈?如果她愿意跟个老头结婚,我没意见。

说得好听。

真的,我想不出我有什么反对的理由啊。

好吧,我信你。

这时候那个遛狗的家伙出现了,他看到我和一个陌生女人坐在一起,似乎无意撞破了奸情那样很不好意思地打算绕道而行。我不得不主动招呼他,然后摸了摸他的狗。虽然他不怀好意地盯着刘女士看,但我没有也无必要向他介绍她是我的什么人。

小林,你人很不错。刘女士等遛狗人和他的狗走了后,郑重地说。

我有点心虚,我说我自己不知道。

她说,真的,我挺喜欢你的。

我一下子紧张了起来。

你又误解了，刘女士甚至笑了起来，你别胡思乱想。

没没没，说着我站了起来，感到无所适从。

她笑，笑出了声。然后陷入了沉默。

过了好一会儿，她说：小林，你是个适合过日子的好小伙，哦，现在也不算小伙了。

我不知道怎么接话。

小林！刘女士突然严肃了起来。

嗯？

你知道吗，我一直把你当我的女婿看，虽然这么多年没联系，我还是把你当我的女婿看。

为什么？

因为我不喜欢婷婷后来找的那些男人。

也不能这么看问题吧？

刘女士没有搭我的话，她径自说了下去，我和婷婷爸爸离婚很早，这你是知道的，娘家现在也没什么人可走的，我没什么亲人，有的时候我都不知道我们家婷婷算不算我亲人。我来找你真的就是探望一下你和你妈，哦，现在还有你媳妇和你的壮壮。

谢谢你这么想，我会告诉我家里人的。

唉，她叹了口气，但是我可能是自作多情。你现在知道了吗？

什么？

就是老是下不了决心跟老陈结婚？

我真的不知道。

我要是想结婚，多少次婚都结了。我只是放不下我们家的婷婷，你懂吗？

你可以不用管她的。

我觉得好累。

说到这里，刘女士居然哭了起来。

我不知道怎么安慰她，或者她也不需要安慰，她需要哭一下。等她哭完了，才掏出纸巾擦了擦脸。她已经不再使用手帕，这说明了十年确实是一个不容小觑的时间长度。

好吧，她站了起来，就这样吧，不早了，我得回宾馆了。

我也站起，陪着她向小区大门走去。外面停着几辆出租，她老远就冲它们招手叫唤。这一下子让我很焦躁。

我能问你个问题吗？

我感到自己的脊背发硬。

啊，什么？

我说了一遍我的问题，声音确实很小。

什么，你再说一遍？

我清了清嗓子，一字一顿痛苦无比地说：你知道蒋婷为什么要跟我分手吗？

刘女士应该没想到我会提这个问题，或者在她看来这根本就不是问题，她的回答也表明了这一点。

她说：啊，你不知道？

我说：我真不知道。

她说：那是因为她不爱你啊。

【作者简介】曹寇，1977年生于南京。出版有小说集《喜欢死了》《越来越》《屋顶长的一棵树》和《躺下去会舒服点》，长篇小说《萨达姆时期的生活》，随笔集《生活片》。

选自《收获》2016年第5期

流　年

杨　遥

1

你知道王菲吗？

就是那个与窦唯、谢霆锋、李亚鹏三个男人都有故事，声音清亮、出尘的王菲。

凌云飞知道王菲，是在王家卫的《重庆森林》里。王菲饰演的杂食店店员阿菲一心向往着加州明媚的阳光，她爱上了梁朝伟饰演的失恋警察663，经过努力使663在她这里找到新的感情归宿，两人相约晚上在加州见面，当阿菲坐上大飞机真的飞往加利福尼亚时，663却去了"加州"酒吧等她。

那时，凌云飞在北方一座城市借调。总是布满雾霾像灌了铅似的灰色天空，面孔呆滞身着蓝色、黑色衣服的灰色人群，水泥堆起来的灰色市政大楼，磨得没有光泽的灰色台阶上布满了黄色和绿色的痰痕，充满他的视野。他觉得生命一片黯淡。

D县到云城几十公里的距离，在凌云飞看来，几乎是世上最长的距离，几年了，他还是个借调人员。加利福尼亚那么远的地方，小店员阿菲怎么敢去，还真的去了呢？凌云飞羡慕阿菲对生活的这种勇气，他经常把碟片定格在叫阿菲的王菲身上，想象加利福尼亚的阳光是怎样的灿烂，然后喜欢上了王菲。

他开始收藏关于王菲的碟片。云城的每家CD店成了他的好去处。每次当他站在几个留着披肩直发、声音清脆的年轻学生中间翻捡CD时，透过塑料壳子，看见衬在盒子里面王菲明艳的照片，总有种意外的欣喜。他把能找到的王菲演唱会和专辑的CD都买下。在那些灰暗的日子里，每当听起王菲的歌，他就能想起加利福尼亚的阳光，心情暂时明朗一下。

临近旧历的年底，照例是单位进人的时候。凌云飞的单位也进了人，与上年、上上年一样，不是他。

每年这个时候单位去下边考核工作，这年也不例外。凌云飞随着带队的李副局长一行去了K县。晚饭后当地对口单位的领导带他们去唱歌。黑色的小轿车驶出县城，在黑夜中穿过一架铁路地下桥，正好有列火车驶过，咔嗒咔嗒的声音像放大的钟表指针的跳动。穿过桥，远方有了灯火，被更大的黑暗包围着。

进了KTV包厢，凌云飞忽然发现当地陪同人员中多了位瘦瘦的姑娘，嘴巴涂得鲜红。吃饭的时候，她并没有出现。当地领导介绍说："小倩，大学生村官，借到县里帮忙的。"姑娘冲他们一笑，露出雪白而整齐的牙齿，她说："我叫小倩，欢迎领导们来视察指导工作。"说完之后，她鞠了个躬，露出一截雪白的脖颈。坐座位时，县里的领导让凌云飞他们往中间坐。凌云飞在领导们推让时，借口上卫生间。出来后，发现大家已经坐好。李局长坐正中间，县里的领导坐旁边，两边簇拥着其他人，小倩坐在门口位置上。凌云飞不动声色坐在她旁边。小倩欠欠屁股，把他往里让。凌云飞坐在门口倒数第二个位置上。

姑娘瘦小、扁平，像发育不良的高中生，鼻子上有几颗雀斑若隐若现，一笑就凸显出来。她大概不知道自己这个小毛病，自顾自不停地笑。LED光纤灯关了，闪灯照在人们脸上忽明忽暗，姑娘好像有些紧张，缩了缩身子。灯光闪到她脸上的时候，凌云飞首先看到的就是她鲜红的嘴唇。

先是凌云飞单位李局唱，唱完科长唱，副科长唱……轮到凌云飞时，他说："不会唱，一唱歌嗓子就发痒。"对方继续让，凌云飞坚持说不会唱。几番过后，地方领导拿起话筒。他们唱的是《纤夫的爱》《敖包相会》《小白杨》……凌云飞吃饭时喝了几杯酒，听得昏昏欲睡。忽然，听见有个声音说："小倩来一首。""我唱首王菲的《红豆》。"凌云飞缩缩身子，努力把自己陷到两张沙发中间的那道缝隙中。他想谁愿意表演让谁表演吧。

"还没好好地感受/雪花绽放的气候"，一种空灵出尘的声音忽然在包间里飘荡起来，包厢里顿时浑浊的酒味好像减少了，有了些雪花清洌的味道。凌云飞不相信自己的耳朵，探起身子，看见瘦姑娘面朝屏幕，正闭着眼睛，深情地唱。当她唱到第一节中的"有时候，有时候"时，凌云飞有些担心，害怕下一句"我会相信一切有尽头"中的"一切"她唱不好。没想到姑娘唱到这儿时，声音稳稳地降了下去，缥缈但非常清晰。那一刹那，凌云飞感觉自己的半辈子完全袒露在姑娘面前了，他吃惊地坐起来，挺直腰，定定地望着姑娘。她唱得很投入，唱得几乎和王菲一模一样，尤其是唱到"宁愿选择留恋不放手""等到风景都看透"这几句时，凌云飞感觉加州明媚、温暖的阳光大片照了过来。

一曲唱完之后，掌声象征性地响了几下，不如刚才那几位唱过时热烈。凌云飞不知哪股劲儿来了，他大声喊："好！再来一首。"

他几乎从来没有这样大声说过话，尤其在领导面前。但那天，凌云飞管不住自己了。他喊完之后，隐隐约约有些后悔，但同时有了一种痛快的感觉。他望望姑娘，感觉她站在那里好像对自己笑了一下，他又脱口而出："再来一首！"旁边竟有人附和，他心里暗喜。姑娘就又开始唱。

凌云飞抓起酒瓶去敬酒。

那一晚，凌云飞不知道自己喝了多少酒。每次姑娘唱完，他就拿起酒瓶跑去敬领导们酒，好腾出话筒来让姑娘继续唱歌。姑娘大概唱了五六首，清一色王菲的歌。凌云飞感觉神奇极了，在这么个破地方，这么平常的女孩，居然能把王菲的歌唱这么好。女孩把话筒交出去后，凌云飞端着酒杯又坐在她身边。那么自然，连他自己也觉得奇怪。他把自己的电话等联系方式都告诉了她。姑娘姓聂，喜欢唱歌，上了一个地方大学的音乐系，毕业之后连工作也找不下，只好考了村官。聂小倩说这些时，不时停下来笑笑，像想起了什么好玩的事情。

姑娘的生活简直是凌云飞的翻版，他讲起《重庆森林》里的阿菲。聂小倩马上接起话来，她也很喜欢王菲扮演的这个角色。他们两个一人一句讲里面的细节，都觉得当阿菲坐上大飞机真的飞往加利福尼亚时，663却去了"加州"酒吧等她这个情节好玩。说到加利福尼亚，凌云飞觉得小倩脸上的雀斑亮了几亮。

第二天，凌云飞起个大早。走了半条街道，找到家音像店，没有开门。凌云飞狠命敲门，半响，旁边出来个人说："里面没人。"凌云飞问："老板哪儿住着？"那人打个哈欠，掏出手机拨电话。凌云飞等了十几分钟，老板才来。他买了能找到的所有与王菲有关的碟片。

吃完早饭，要离开K县的时候，送行的人里面没有聂小倩。凌云飞心里很失落。随后马上就想开了，这种场合，像吃饭一样，哪能轮到帮忙人员聂小倩出现呢？给聂小倩买的东西没办法送给她了。

按照日程安排，凌云飞他们还得去另外三个县。凌云飞走到哪里，总是想起聂小倩。他期望聂小倩突然给他打个电话，哪怕发个短信也好！却一点儿消息也没有。他觉得自己有点好笑，他只是微不足道的借调人员，能帮她什么忙？他想自己要是市级单位的正式工作人员就好了，他顺着这个思路想半天，不愿从里面出来。

三天时间，凌云飞心不在焉。

每到一处，县里都会送他们资料和土特产。每个人的包里塞得满满当当，小车的后备箱里快装满了。大家为了拿土特产，悄悄把些不重要的资料留在了宾馆。凌云飞带着准备送给聂小倩的东西，是个累赘，主要是心里累。到了那个以养羊出名的山区县，要送他们每人一条羊毛毯。每个人又把自己的东西检查一遍，能不要的统统不要。车里坐人的每个缝隙都塞满了东西。好像找到了一个结实的理由，凌云飞拿出王菲的那些碟片，找到邮局，给聂小倩寄了过去。

回到市里，因为是年底，工作特别多。凌云飞忙得不可开交，对聂小倩的幻想慢慢就淡了。

又一年开始了，凌云飞还像以前那样忙碌，偶尔想起那次唱歌，自嘲地笑笑。聂小倩尽管不漂亮，又是个帮忙的村官，但毕竟是个女的，歌又唱得好，也算稀缺资源吧。

凌云飞忽然收到挂号信那天，是星期一。院子里的柳树绿了，草坪上一簇簇小草拱起土皮，也泛出了绿意。

信封里面夹着张碟，地址是K县。凌云飞的心跳了起来，他知道聂小倩收到自己寄的碟了，这是她回的一样东西。他猜测这也是王菲的一张碟，内容是什么？想了半天，在纸上写了那天没有买到的王菲几张专辑的名字。

打开信封，里面只有一张银白色的原始碟片，其他什么也没有。他又掏又抖，真的一个纸条也没有。碟片崭新，光光的碟面映出了凌云飞的面孔。他看着这张空白碟片，看着碟片上自己模模糊糊的脸，心里有点失望。有人叫他有事，他就把碟片往抽屉里一塞，事后竟然忘了。

周五午饭后，凌云飞拉开抽屉找东西，又看到了这张碟片。他把这张碟塞进电脑。电脑吱吱地响了一会儿，突然冒出王菲的歌。他赶紧关掉声音，然后插上耳机，再把声音打开。里面是王菲的歌，但都是聂小倩唱的。凌云飞激动起来，身体簌簌发抖。他一边听，一边迅速做出一个决定。

他跑到汽车站，订了到K县的车票。

最后一趟车是下午四点钟，以往这个点儿凌云飞还在上班，现在不管了。买好票，返回单位，凌云飞坐在办公桌前，拿起书，根本读不进去。于是拿起一张旧报纸，不小心撕烂了，于是他把撕烂的旧报纸一块块撕起来。撕碎，又慢慢往好拼凑。好不容易熬到快三点钟，听到楼道里有了上班来的人的脚步声，他关了手机，跑向汽车站。

汽车驶出市区后，密集的楼群和车辆不见了，大群的麻雀为了躲避车辆一起飞起，又一起落下。空旷的田野里，农民在拾玉米茬子，犁过的地平整得一眼能望到山边。山还没有返青，一丛丛耸立着，山脉隐隐。

过了三岔，出现许多拉煤的大车，时不时把路堵住。凌云飞把手心搓得发白，计算着时间，把这认成是对自己的考验。

到了 K 县，已经晚上九点多。北方的初春，和冬天一样冷和黑，整个县城漏着几点灯光，汽车站旁有几家小饭馆开着门，老板一家人边吃饭边看电视。凌云飞走过去之后，便听见落门板的声音。

凌云飞凭着记忆，寻找上次住的宾馆，有细小的雪末子落下来。放下东西，他躺到床上给聂小倩打电话，拨了几个号码又停下，站起来走到窗前，拉开窗帘，看着外面，站了一分钟，他才又开始拨手机。电话响了五声，他打算挂掉时，有人接起来。

"聂小倩吗？我是凌云飞。"凌云飞因为紧张，说话的声音有些发抖。"唔！"话筒里的声音有些怀疑，"凌云飞，你在哪儿？"凌云飞说："我在 K 城宾馆。""真的？"聂小倩问："你和谁在一起？""就我一个人。""……我二十分钟过去！"对方挂了电话。

凌云飞激动起来，他在屋子里转了几圈，然后对着穿衣镜把衣服领口、袖口弄整齐。突然发现衣服上有饭黏子，赶忙用湿毛巾蘸着水擦掉。刚消停了坐到椅子上，马上想起什么，飞快地脱衣服、洗澡、梳头、刷牙，当他重新穿戴停当坐在椅子上时，才用了十分钟时间。凌云飞又烧了壶水，接着不住地看表，时间还不到。壶里的水噗噗响了，冒出热气。他看着水壶，有些水随着热气溢了出来。

忽然，外面传来脚步声，走到他门口停下来。凌云飞屏住呼吸，蹑手蹑脚走到门口。听到对方把手指放到门上，敲门声还没有响起，他猛地把门打开。聂小倩好像被气流吸进来一样，一下子跌到他怀里。凌云飞用脚碰上门，牢牢抱住她。聂小倩身上带着寒气，头发湿漉漉的，散发着洗发水的清香，嘴巴涂得鲜红，透过厚厚的衣服，凌云飞感觉聂小倩的心咚咚跳得厉害，他的心也咚咚跳得厉害。

良久，凌云飞才放开聂小倩。路上凌云飞还千思万想怎样缩短和聂小倩的距离，没想到这样就解决了。

聂小倩羞红着脸望着他说："我刚才在洗头，你打电话时。"凌云飞说："我以为你忘了我！""傻货！"聂小倩说，"我以为你瞧不起我。"凌云飞心里一阵暖呼呼的热流涌过，他重复了一次聂小倩的话："我以为你瞧不起我。"他又要抱。聂小倩躲过，问："收到了吗？"凌云飞从包里取出那张碟，认真地说："这是我收到过的最珍贵的礼物。""傻货！好听吗？"聂小倩笑起来。"好听。"他说。

"还没好好地感受/雪花绽放的气候……"窗外下起了雪，雪花落在窗台上静静的，不一会儿外面就白了，像天要亮起来。暖气管道里水在汩汩流动，不紧不慢。聂小倩的歌声像从白色的世界飘进来的，凌云飞看到了加州的阳光。

聂小倩走时，外面已经白茫茫的。凌云飞要送，她不让送，凌云飞坚持要送。

出了宾馆院子，街上看不到人影，天和地被雪连在一起，路灯在纷纷扬扬的雪花里显得更暗了。凌云飞说："这个世界上要是只剩下咱们两个人多好！""傻货！"聂小倩忽然停住，踮起脚尖来在凌云飞嘴唇上吻了吻。然后转身边跑边朝凌云飞摆手。凌云飞追了两步，见她使劲摆手，怕她摔倒，就停了下来。

他一直看着她消失，然后踩着她的脚印慢慢地往前走了一会儿。

2

从那之后，凌云飞开始了云城和 K 县之间的频繁奔波。为了省钱，他大多时候坐绿皮火车。车厢里一般人都很多，有时连坐票也买不到，凌云飞就几个小时站着。周围是带着尼龙袋子进货的小商人，行李放在油漆桶中打工的小伙子，眉毛做得又粗又直的姑娘们，穿着校服戴着眼镜的学生，拿着装病历袋子的老人们……汗酸、酒味、小孩呕吐的酸奶在车厢里发酵、弥漫。有几次凌云飞听到人们发牢骚，咒骂铁路上缺德，这么多人站着也不多加几节车皮！有时人们还自嘲着打赌，坐这趟车的人都是没办法的穷鬼，自己没钱，也寻不到地方给报销。凌云飞默默地听着他们的议论，微笑着看着树木、山冈匆匆落在后面。

凌云飞和聂小倩经常去一家偏僻的小饭馆吃面，吃完饭之后去 KTV，聂小倩一首接一首给凌云飞唱歌，都是王菲的。凌云飞和聂小倩像阿菲和 663 一样，小心翼翼谋划自己的未来，沉浸其中。凌云飞张开双臂，绕着茶几转圈，模仿飞机。聂小倩搂着他的腰，头紧紧贴着他的背，长长的头发像鸟的羽毛一样给凌云飞温暖、安全的感觉。他们商定，只要攒够了去加利福尼亚旅游的钱就结婚。

凌云飞以前每天盼年底，好在单位进人的时候把自己顺进去，或者即使进不去也把这漫长的一年画上句号。现在他每天盼周末，只要见到聂小倩他就感到幸福。

偶尔碰上单位加班，聂小倩便赶来云城和凌云飞相会。每次凌云飞都叮嘱她，火车挤，坐汽车。晚上回到出租屋，聂小倩已经做好饭等他回来，简单的两三样菜，却能驱赶走凌云飞的疲惫和因加班带来的烦躁。这时凌云飞看到聂小倩鼻子上的雀斑都像闪亮的星星。

这期间，聂小倩不小心怀过一次孕。两人商量后，一致觉得做掉好，他们没有养孩子的条件。

两年后，两人攒够去加利福尼亚的钱。凌云飞发愁怎样请假，毕竟要走不算短的一段时间。老实告诉领导，显然不合适。找个什么样的理由？他想了好几个，又自己推翻。转眼间到了周末。

凌云飞坐在奔往K县的列车上，一路上想理由。下车的时候，他在漆成天蓝色的栅栏外一下看到了聂小倩，她跳着，朝他招手，脸上露出有些诡异的笑容。凌云飞心里暗下决心，不管找什么理由，只要聂小倩确定了时间，他就马上走。

到了经常吃饭的那个小面馆，聂小倩把一个信封塞进他手里："一定要带好，不准丢了哦！"

"啥？"凌云飞边问边打开信封，看到银行卡。

"你收着。"聂小倩说。

"？"凌云飞看着聂小倩。

"把你的一起取上，送给×××。"聂小倩平静地说。

凌云飞脑子转不过弯儿来，"不是说好攒够钱去加利福尼亚吗？"他说，把卡还给聂小倩。

聂小倩歪着脑袋问："这些年你最痛苦的事情是什么？"

凌云飞想了想说："借调。"

"别人为啥能调进来？"

凌云飞不知道她什么意思。

聂小倩说："不就是因为钱？咱们以前没钱，现在有了，我不要你再受委屈了。"

凌云飞明白了，说："送礼？"

聂小倩点点头。

"我不同意。好不容易攒够钱，咱们去加利福尼亚！"

聂小倩说："加利福尼亚只要有钱啥时都能去，借调不解决却始终是个大问题，我不想老两地跑。"

听到这话，凌云飞打量着聂小倩。快夏天了，她还穿着厚夹克，是去年买的不到百元的过季产品。她的脸不像单位那些女同事那样油光发亮，只有血红的嘴巴使她脸上有些亮色。他想起上个星期见面时，聂小倩脱了鞋，袜子居然露出脚指头。凌云飞要把它扔了，聂小倩舍不得，说补补还能穿。

凌云飞垂下头，艰难地咽口唾沫说："我要是调过去，你不用上班了，好好唱歌！拜个专业的老师。"

年底，凌云飞的工作问题终于解决了。一鼓作气，又办了喜事。凌云飞和聂小倩决定在云城的城郊接合部租房子，反正云城也不大。聂小倩坚持要租那种农家小院里带炕的房子，她说有炕的房子住着舒服，冬天在锅里做饭就顺便烧了炕，屋子里暖和。凌云飞本来嫌这种房子生炉子、提水、倒垃圾麻烦，但他知道聂小倩想省钱，而且睡在炕上确实舒服，便同意了。

找了几天，他们看准一处。一对退休的老人孩子都在外边，老人把五间正房辟出两间出租，大约四十平方米大，有锅有灶，家具基本齐全，关键是有炕。唯一美中不足的是炕和锅中间没有用墙隔开，做饭时油烟会冒得满屋都是。让他们高兴的是，房租不贵，老两口想留一对正经人和他们做伴。房子后面还紧挨着十几亩梨树林，现在虽然光秃秃的，但到了春天，必定会开满洁白的花朵，在那里面练歌、唱歌，不会吵到别人，还能欣赏美景。

相处几年，他们熟悉得连每个人的脚指头缝有多宽都知道。新婚晚上，他们没有像寻常新人那样兴奋，而是像终于坚持跑完了马拉松似的，累得瘫在床上，一动也不想动。

俩人都睁大眼睛盯着天花板，屋子里安静得异常。良久，聂小倩问："这是咱们的家吗？""怎么不是？"凌云飞回答。"我怎么听见火车咣当响哩？""这儿也没有挨着火车站，那是幻觉。""这是幻觉？""傻货！"凌云飞说。聂小倩捣了凌云飞一拳头。

躺到半夜，聂小倩爬起来说："睡不着。"凌云飞也爬起来说："睡不着。"聂小倩说："咱们干点什么呢？"

她光着身子跳下地，抱来个盒子，把里面的东西统统倒出来，是两年多来两人每次来往的汽车票、火车票。凌云飞顿时眼圈红了。俩人你一下我一下把这些车票按照时间顺序一张张排起来，居然绕着炕围摆了一圈。看着这些车票，凌云飞仿佛看见一列列火车、汽车头尾相接排在一起，奋力往前跑。

凌云飞抬被子，忽然掀起来的风把几张票吹到地下。凌云飞赶忙去找，找来找去，有一张怎样也找不到。聂小倩也急了，帮着去找，奇怪的是那一张怎样也找不到。他们把时间排起来，少的那张正好是八月的一个周末。

"王菲和窦唯分手的那天。"聂小倩说。

凌云飞脸色变得苍白："瞎说什么呢！"用劲儿把她往炕上推。

两人也许累了，这次躺下后没多久睡着了。凌云飞梦见火车铁轨上挤满了一列列火车，每列火车每个车厢里都坐着自己和聂小倩，两人中间却隔着其他密密麻麻的人，离得很远。两人都在拼命大喊，招呼车厢里的对方，可是对方听不到自己的声音。

凌云飞被聂小倩拍醒之后，身上都是汗。聂小倩问他："做噩梦了？"凌云飞摇摇头。聂小倩起床给他倒了杯白开水，看着凌云飞喝完之后，返回床上，把手和脚紧紧插进凌云飞身体的缝隙中。凌云飞想起自己第一次抱聂小倩时，恨不得把她融化在自己怀里。他又紧紧搂着她，在她耳边轻轻说："一定带你到加利福尼亚去！"凌云飞想，自己工作调过来，收入会比以前增加些，两人不用两地跑，又能节省些开支，用不了两年，又能攒够一次去加州的钱。

聂小倩说："傻货！"

她又跳下地去，拿来个夹子。凌云飞打开后，发现里面是两张去青岛的火车票。聂小倩笑吟吟地望着他说："青岛有阳光、大海，这个季节外地的游客估计也不会多，或许就咱们两个傻货。"凌云飞抱住聂小倩哭了。

度完蜜月，日子恢复正常。同样写材料，凌云飞心情大不一样，以前好像给别人打短工，现在却是种自留地。同事们也仿佛和他亲近了，现在他们才真正成了一家人。只要不离开单位，一辈子待的时间很长，甚至比与老婆待的时间都长。凌云飞下了班，不像以前那样急匆匆回家。他喜欢在单位院子里随处转转，走的时候，在东北角的椅子上再坐一小会儿。如果正好有人问路，凌云飞热心地站起来给他指点。他是这个城市的一个主人，尽管是小城，也是城市，一个市的中心呢！凌云飞甚至数清楚了院子里共有28种植物，池塘里有107条锦鲤。他想如果运气好点，5年就可以当一个科长，10年，凌云飞不敢想象10年之后自己会怎样。

聂小倩听从凌云飞的劝告，在原单位请了假。这事不难，谁叫凌云飞在上级部门工作呢？他和县里对口单位打了招呼，轻松得像打个呵欠就把聂小倩的假请了下来。凌云飞说："你好好唱歌，这么好的环境！"

凌云飞把聂小倩录的碟放到电脑里，经常装作随意地打开，居然好多人以为是王菲唱的。凌云飞很得意，他憋住不说，他想假如所有的人都听不出这不是王菲唱的，聂小倩就成功了。为了检验准确，只要有人进了他办公室，他有机会就让对方听听这些碟。单位二三十号人，再加上县里、其他单位来办事的，没有一人指出这不是王菲唱的。凌云飞心里暗暗骄傲，他想这个单位、这个大院、这座城市最优秀的人才、最大的黑马就是聂小倩，有朝一日，人们会像喜欢王菲一样喜欢聂小倩。

凌云飞当然知道聂小倩光模仿王菲还不行，那样她只会被王菲的光环紧紧罩住，最多成为王菲这颗太阳下最美丽的向日葵，自己永远也成不了太阳。但是，事情得一步一步来。

那段日子，每天晚上凌云飞回了家，总要兴致勃勃地问聂小倩："今天练得怎样？"聂小倩认真地回答："整整练了一天。"凌云飞说："唱给我听听。"聂小倩便开始唱。凌云飞全神贯注听着，听完之后抱抱聂小倩，两人才收拾东西吃饭。

吃完饭，凌云飞经常会陪着聂小倩去屋子后面的梨园里散步。这时，梨树已经长出一簇一簇的花骨朵。月光下，聂小倩瘦瘦的，有种飘逸出尘的味道，仿佛要飘到月宫里的嫦娥。每次凌云飞一想到这里就伸出胳膊把聂小倩的腰完全揽住。聂小倩问:"干啥?"凌云飞回答:"怕你飞走。""傻货!"聂小倩扭头朝他做个鬼脸。这样一说,凌云飞就放心了。

梨花盛开的时候,树林里更加漂亮了,经常可以看到年轻人去那里拍婚纱照。周末,家长领着小孩们去的更多。凌云飞在办公室想到聂小倩嗅着梨花的清香在练歌,心里就觉得美美的。

3

梨花落了又开,一年过去。凌云飞刚调进来时的满足感没有了,无休止的材料像海水不断地涨潮,把他淘得干干净净,凌云飞觉得自己像荒凉的海滩。他想起和聂小倩的那次看海。可怕的是往后的日子还是这样。让他不舒服的还有单位论资排辈,他虽然调进来了,资历却浅,前几年好像白干了,比他年轻许多的人也对他指手画脚。但不管心里怎样不舒服,只要回了家看到聂小倩,听到王菲的歌,凌云飞的心情便好起来。

那天和平常的一天一样。吃完饭,凌云飞边换衣服边说:"出去走走?"聂小倩一动不动地说:"累得不行,要不你去吧。"凌云飞的动作停止了,这是他们两人认识以来第一次有了分歧。

大概过了三秒钟,凌云飞说:"过几天花就落了。"聂小倩没有再说什么,打起精神换衣服。

到了梨树林,聂小倩无精打采,凌云飞问她到底怎样了。聂小倩摇摇头说"没啥",但就是闷闷不乐。因为聂小倩没精神,凌云飞的情绪也低落了。走了几步,凌云飞说:"累的话,咱们回去吧。"聂小倩听了他的话,马上转身往回走。凌云飞望着聂小倩萧瑟的背影,情绪越来越低落,他不明白聂小倩到底怎么了。心里猜测着,不小心撞到梨树上,几朵花落下来,蔫巴巴的,花瓣已经发黄。

接下来的日子似乎和以往一样,但凌云飞总感觉有些不对头。有天他回家后,发现隔壁房东屋子里黑乎乎的。他问:"房东呢?""去看他们孩子了。"凌云飞"哦"了一声,觉得自己找到了原因。

聂小倩突然说:"哥,你陪陪我吧。"凌云飞马上浑身不自在,聂小倩称呼他"哥"?他问:"我不是正在陪你吗?"聂小倩忽然流下泪来:"咱们别老谈王菲,老说唱歌了,说点别的好吗?"凌云飞顿时愣住:"你不是喜欢王菲吗?你不是喜欢唱歌吗?"聂小倩摇摇头:"我感觉很累。"这是这些天她第二次说累了。凌云飞很吃惊,他想她是不是身体出问题了。每天待在家里什么也不干,怎么会感觉很累呢?

他握住她的手,柔声说:"明天去医院检查下,看看哪里有毛病。"聂小倩摇摇头说:

"我想找份工作。"凌云飞急了:"工作有啥好呢?我现在最烦的就是工作,每天看见那堆文字就恶心。"聂小倩叹口气,不再说什么。凌云飞搂着她的腰,聂小倩的头发堆在他胸前,他没有了往日那种温暖、踏实的感觉。他突然有种恐惧,万一聂小倩得了什么病,他怎么办?他紧紧搂住她,打量着,聂小倩只是瘦,有些忧郁,不像有病的样子。

第二天晚上,凌云飞回了家,发现聂小倩在窗户边呆呆坐着,面前的窗玻璃上乱七八糟画了许多小人,他心里一阵发紧,挤出夸张的微笑问道:"去医院检查了吗?"他害怕听到五雷轰顶的消息。

"检查了。我有了。"聂小倩说。

足足七八秒钟,凌云飞才反应过来,他一阵狂喜,掀开聂小倩的衣服,把耳朵贴在她肚子上,却什么也没有听到。

"刚有了,哪能听到什么呢?"

"你想他大了做什么,音乐家?"

"别说了,好不好?"聂小倩忽然烦躁起来。

凌云飞觉得她是因为怀孕,情绪不稳定。他高兴地给家里打电话,告诉他们消息,然后手忙脚乱地做饭,把米下到锅里,又跑出去买回只烧鸡。

饭后,聂小倩说太累,早早躺床上。凌云飞收拾完东西,也陪着她躺下。他们看着电视,凌云飞的手轻轻抚摸着聂小倩的肚子,感知着这个未知的生命。那天晚上,他们破天荒没有谈论王菲,没有谈论唱歌。聂小倩的脸上浮现出了许久没有出现的笑容,凌云飞认定她是要做妈妈了,开心。

聂小倩没有继续提找工作的事情,而是买回些毛线。新毛线散发着类似于汽油那样的味儿,凌云飞不明白为什么会有这样的味道。聂小倩开始给未来的孩子织衣服。冰冷纤长的毛衣针显得她的手白皙细长。凌云飞发觉自己从来没有注意过聂小倩的手,她除了唱歌,干别的怎样呢?凌云飞摇了摇脑袋,就像自己,假如不写材料,干别的工作,怎样呢?

第二天,他找来几本毛线编织的书,给聂小倩带回家。

几天时间,聂小倩织完了一件红色的上衣,又开始织一件绿色的。她似乎沉浸在织毛衣的快乐中,好几天没有唱歌了。凌云飞有些焦虑,聂小倩的长处就是唱歌,喜欢的也是唱歌,世界上没有比用自己喜欢的技艺谋生再好的事情了。他想自己得帮帮她,不能让她半途而废。

通过关系，凌云飞认识了市歌剧院的专业演员叶妮。叶妮是北京戏剧学院的毕业生，获过全国青年歌手大赛的金奖，在云城这个地方，每次演出，都会受到观众热烈的追捧。坊间传说，某位市领导对她特别青睐。凌云飞知道他们县有位铁矿老板非常喜欢叶妮，每次县里有活动，都请叶妮去助阵。叶妮呢，每请必到。有人说叶妮的金奖是这位老板捧出来的。但叶妮的歌确实唱得好，人们都说她是云城的头牌。

凌云飞让聂小倩跟着叶妮学歌。他想叶妮不是云城的头牌吗，聂小倩只要超过叶妮，她不就成头牌了吗？然后成为省城的头牌，成为全国歌坛金字塔尖上的一位。

聂小倩第一次从叶妮那儿回来，脸红扑扑的，手里提着几只大苹果和一束百合花。凌云飞问她感觉怎样。聂小倩回答："确实有水平，不愧是名牌大学出来的，又有实战经验。她唱王菲的歌不如我唱得好，但她知道怎样更好地运气、发声。"聂小倩比画着，唱了几句。凌云飞感觉她的声音更纯净了，好像把以前不易发现的一些杂质过滤掉了。

可是聂小倩找过叶妮几次之后，热情慢慢下去了，又拿起了毛线活儿。凌云飞问原因，聂小倩不说。他再问，聂小倩就急了。凌云飞担心她肚里的孩子，不再追问，心里却暗暗着急。

聂小倩的肚子慢慢现出了轮廓，她的身子瘦，肚子一大像上面顶了口锅。凌云飞猜测他是男孩还是姑娘，不管男孩还是姑娘，他希望将来他比他们强。

秋天的时候，"星光大道"要来云城演出了。凌云飞他们单位作为承办者之一，变得异常忙碌起来。他们在宾馆包了房间，连续几天加班到深夜。领导讲话已经修改了十八稿，还在继续改。开会前一天晚上的两点钟，稿子终于定下来了。领导为了犒劳他们，每人多给了他们一张票。凌云飞拿着两张票夜宵也顾不上吃，兴高采烈回了家，聂小倩在织东西。

凌云飞问，"怎么还没睡？"聂小倩揉揉眼睛，打了个哈欠。凌云飞兴高采烈掏出票："看！"聂小倩接过来看了看，随手放在桌子上。凌云飞对聂小倩的随意感到不满，解释说："'星光大道'有现场互动，这或许是你的一个出头机会呢。"聂小倩合上毛衣针，说："我不想当明星。"

凌云飞被噎了一下。他本来还想让聂小倩帮他热几口饭，没兴致了，就脚也没洗，爬上床独自睡去。

第二天，凌云飞担心聂小倩不去，早早起来做了她喜欢吃的蛋羹。吃完饭他得去给领导送稿子，叮嘱聂小倩早点收拾好。凌云飞赶到会场时，整条街道车辆戒严了，外面围得人山人海，警察把着门，许多人根本不可能进去。凌云飞庆幸自己有两张票，座位也还凑合。

节目开始后，现场简直沸腾了，这个城市的人还是第一次观看星光大道现场表演，很激动，不停地鼓掌。等到中央台带来的演员表演完，主持人毕姥爷宣布观众互动时，会场里忽然有几分安静。凌云飞猛地站起来，拉着聂小倩的胳膊说："她，她的歌唱得好。"

聂小倩被请上舞台。凌云飞看见她的头发梳得不是特别整齐，后面有几根翘了起来。裤子是旧的，屁股那儿已经磨得发光。他后悔没有给她买件新衣服。

毕姥爷问聂小倩打算表演个什么节目。聂小倩说唱歌。凌云飞看见聂小倩有些紧张，他想谁第一次站在星光大道舞台上能不紧张呢？他屏住呼吸期待着这个非常重要的时刻。

"小背篓晃悠悠／笑声中妈妈把我背下了吊脚楼。"

凌云飞慌了，聂小倩怎么唱的不是王菲的歌呢，唱起了《小背篓》？台下安静了两三秒钟，马上笑声夹杂着掌声响了起来。凌云飞仔细看，挺着大肚子的聂小倩像倒背着个小背篓。他的头嗡嗡响，接下来聂小倩唱的什么他根本听不到。直到聂小倩被毕姥爷送下舞台，凌云飞怒气冲冲地问："你为什么不唱王菲呢？"聂小倩说："王菲，王菲，老是王菲！宋祖英有啥不好呢？"当着周围这么多人，凌云飞不好跟她吵，心里叹息把好机会失去了。

回去之后，凌云飞还在闷闷不乐。聂小倩又拿起了毛衣针。凌云飞突然发作起来："织，织，让你织。"他跑出门外，一会儿买回一大袋子毛线，堆在聂小倩面前。聂小倩打开袋子，拉起一根线在手里慢慢捻了几下，又凑到光亮处看了半天，慢悠悠地说："不是纯毛的。"凌云飞顿时泄了气，一屁股坐在炕上，竟然呵的一声笑了。

过了几天，聂小倩忽然对凌云飞说："告诉你个好消息。"

凌云飞问，"什么好消息？"

聂小倩说："王菲和李亚鹏离婚了。"

第二天，凌云飞到单位打开电脑，网上铺天盖地都是王菲和李亚鹏的消息。凌云飞感觉心里阵阵隐疼，无处发泄。他找到收藏王菲歌曲、电影的那个文件夹，刚要点开《重庆森林》，领导叫他。明天要参加书画活动，要他写个发言稿。

凌云飞一字一句斟酌着领导讲话，心里想着王菲，修改到晚上十二点多，才定了稿。

走出单位大门，街灯的光像黄沙一样铺满马路，寂寞萧条。凌云飞走了好久，没有遇见一个人。凌云飞有种梦游的感觉，他怀疑王菲离婚的事情到底是不是真的。

他避开主道，从巷子里走。忽然从一间酒吧里掉出个胖大的男人，紧接着急促的高跟鞋声音跟出来。男人在呕吐，高跟鞋返进去，出来时端着杯水。男人呕吐完，一把把纸杯打翻，水溅在女人脸上，她抬起头来擦拭，凌云飞发现高跟鞋竟然是叶妮。胸前白花花的，凹下去的沟里，有块碧绿的翡翠，莹莹闪着光。

凌云飞打听市里最好的录音棚，录了十几张聂小倩的歌，分别寄给他能找到的各大音乐公司和网站。

孩子出生了，是个姑娘。没有收到任何公司的回复。凌云飞听着孩子哇哇的哭声，整个世界在他眼前仿佛就变成眼前这片哭声。很快，凌云飞知道，目前最需要的是聂小倩充足的奶水、尿布、卫生纸、痱子粉……那些漂亮的小毛衣、小毛裤、小鞋子大概得等到冬天才能穿。

凌云飞给她起名叫晓晓，早点晓得事理，明白自己是普通家庭出生的小小众生中的一位。聂小倩没有反对。

4

聂小倩的母亲来照顾她坐月子。

晓晓只会躺在床上，肚子一抽一抽哇哇大哭。聂小倩披着衣服坐在床上，身上冒着一团团热气，脸上洋溢着安静、幸福的表情。老太太脸上、手上满是老年斑，耳朵有点聋，与她说话需要大吼。凌云飞望着三代女人，看见自己已经不可避免地在老去的路上飞奔。他还在写材料，这活儿不像别的岗位上的工作，有人愿意接手。大家都躲得它远远的，只要一沾上，基本摆不脱，除了提拔或调离这个单位。

单位空出个科长位置。凌云飞和另一位同事都符合条件，两人暗暗使劲儿。凌云飞更忙了。每天不处理完手头的事情不回家，领导办公室的灯亮着也不回家。他还买来《新华字典》《现代汉语》和《历代皇帝奏章》，认真学习，力求使自己的材料写得更加完美。每次凌云飞拖着疲惫的身子走在回家的路上，想起孩子总有股力量。

他每天多绕二里远的路去给聂小倩买新鲜的土鸡蛋，买黄豆、猪脚给她催奶。他希望孩子长得健健康康。

满月过去，岳母有事回K县了。凌云飞这边没人。做饭、喂孩子、洗尿片、生火、倒垃圾等等一大堆事情，落在凌云飞和聂小倩身上。凌云飞白天得去上班，这些事情就落在聂小倩一个人身上。

晓晓有夜哭的毛病，每天晚上总要来那么几次。开始凌云飞听到哭声，赶忙爬起来帮忙。后来累得不行，有时便懒得动，迷迷糊糊又睡着了。睡梦中，只听到聂小倩在动来动去。

凌云飞单位领导的脾气很不好，人又很挑剔，一份材料总要不停地改来改去，还喜欢说些侮辱人的话。凌云飞暗暗忍着，一回家，累得坐到沙发上就不想起来。但他只要一说累，聂小倩就也说累。凌云飞知道带孩子不容易，他不愿争吵，为了孩子，再苦再累也值得。他喜欢孩子咿咿呀呀地叫，皱着小眉头哭，把他的手指拉进嘴里用劲咬，还有那带着奶腥味的尿。

有一天，凌云飞正用手量孩子的身高，孩子痒得咯咯笑，凌云飞也笑。聂小倩突然发火。她说："你不能干点别的吗？回了家来，不是挂念王菲，就是唠叨单位的破事，逗孩子玩。"

聂小倩说完突然哭起来。她几乎不发出丁点声音，眼泪绵绵不绝地流出来，带着清鼻涕，滑过下巴一串串掉在地上。凌云飞从来没有见过人这样哭，仿佛里面蕴含着数不尽的痛苦。聂小倩鼻子上的雀斑经过眼泪的浸泡，清晰起来，颗颗如豆。凌云飞拍拍她的肩膀，递过几张面巾纸，他想心里不痛快，哭哭会舒服些。聂小倩不接，肩膀一抖一抖的猛烈颤动。

孩子感受到这种压抑的气氛，瞪大惊恐的眼睛望着妈妈。凌云飞悄悄在孩子屁股上拧了一把，晓晓大声痛哭起来。聂小倩这才止住泪，赶忙去抱孩子。

孩子睡着之后。凌云飞也睡着了。睡梦中，他听见聂小倩在哭。他不知道是否是梦，不愿意醒来，害怕看到聂小倩真的在哭。

但被聂小倩用脚碰醒了。

聂小倩眼睛红红的，已经肿了，鼻尖上还挂着清鼻涕。凌云飞搂住她，吻了吻她的脸，一片冰凉。

聂小倩说："哥。"凌云飞打个冷战。他不知道怎么回事，特别害怕听到聂小倩叫他"哥"。"我闷。"她说。

凌云飞说："要不你参加个歌友会，或者随便什么活动，星期天我来带孩子。"聂小倩把手伸到凌云飞手掌中，用带着哭腔的声音说："我一点儿也不想唱歌了，没有那种心情。"凌云飞说："你整天一个人待家里带孩子，确实闷。那你想干啥呢？"说这话时，他又在想聂小倩的长处只是唱歌，补充了一句。

聂小倩听了凌云飞的回答，叹口气，凌云飞感觉掌中聂小倩的手温快速地下降，很快变得像坨冰。他攥紧这只手，想把它温暖，可是聂小倩用劲儿把它抽出去，说："睡吧。"

一天，凌云飞回家后，发现聂小倩怪怪的，与平时不大一样。她在唱王菲的《心经》："观自在菩萨 / 行深般若波罗蜜多时 / 照见五蕴皆空……"

许久没有听到聂小倩唱歌了，唱的还是王菲的《心经》，凌云飞以为聂小倩的心情变过来了，心里一阵高兴，顿时觉得心里轻松许多。他想起第一次在K县听聂小倩唱歌的快乐情景，那时他们两个像被挤到角落里的鱼，他给她喝彩后，她眼角有湿润的痕迹。

后来，回家便经常听到聂小倩在唱《心经》。开始凌云飞不以为然，可是听得多了，他心里有些恐慌，她除了这首歌，其他哪首也不唱了。

凌云飞不知道该怎么办，想劝劝她，又怕干扰了她现在似乎好起来的心情。他便想，过上一段时期，她唱腻了，或许就不唱了。忽然他想到聂小倩这段时间给他怪怪的感觉是她不抹红嘴巴了。他记得以前问过聂小倩，嘴巴为什么涂那么红。她说自己太普通了，想增加点亮色。现在不抹红嘴巴，聂小倩的嘴显得有些苍白，整个人仿佛也少了颜色。

突然有一天，凌云飞发现聂小倩读佛经。凌云飞有些诧异，但觉得读读佛经不错，宗教有种奇异的力量，或许借助这种力量，可以让聂小倩心里舒服些。

慢慢地，家里在发生变化。先是墙上有了幅观音菩萨的画像。几天后，画像前摆了只香炉。很快，香炉两边多了小碟和小瓶。又过几天，小瓶里插了两束花。凌云飞觉得这样摆着也挺好看，他想到借花献佛。有时上班前，他还在观音菩萨前拜一拜。后来，家里买来水果，聂小倩总要在碟里摆放几个，凌云飞觉得挺有意思。这些水果每次在腐烂之前被洗洗吃掉了，也和其他的没什么不同。

又过了一段时间，聂小倩开始念经。凌云飞觉得好笑，他想她能坚持几天呢？

这时孩子安静地在炕上躺着，房间里弥漫着香的味道，观音菩萨慈眉善目望着他。凌云飞抱起孩子，拿起供在碟里的苹果，边嚼边喂，他感觉这只苹果味道似乎不一样，又说不清，可孩子挺爱吃，不一会儿父女俩把个苹果吃完了。

孩子会爬了，会扭着脖子笑了。凌云飞感觉自己的责任也重了。他在单位表现更加积极，一篇小稿，写完至少要改五六遍，连标点符号也不放过，最后还要认真再念几遍。

没想到聂小倩真的信佛了。凌云飞第一次看到聂小倩跪在观音菩萨面前，觉得眼前这个身躯里的人不是她。后来她每天都是这样，凌云飞每次看到都不舒服。而且聂小倩不吃荤了，做的饭菜越来越寡淡。她不唱歌了，还时不时给他讲些因果轮回的事情，让他一起修行。凌云飞听着就烦，想起两人没结婚前谈论音乐、理想的日子，他哪知道生活会变成这样？这个聂小倩根本不是他当初喜欢的那个聂小倩，可是她鼻子上的七八个雀斑明明白白写着她是聂小倩。

聂小倩除了自己念经不说，还经常把佛经放在凌云飞的枕头边。凌云飞知道聂小倩的意思，但他一次也没有翻开过。他整天琢磨着怎样把材料写好，让领导满意。

不管凌云飞怎样努力，单位上的那个科长就是不给他。有聪明人说，领导不好平衡关系，虽然他工作辛苦，可是另一个人资历老。凌云飞这时盼望天上真有只眼，看清楚他这些年付出的努力。

凌云飞回了家，和聂小倩讲这件事。聂小倩沉默良久，问道："要那个科长干什么？"凌云飞本来有一大堆道理讲当上科长的好处，可是聂小倩这样问，他觉得一句也说不出来。他想起当初他们攒够钱，想去加利福尼亚时，聂小倩突然提出要把它拿来打点关系。这个聂小倩还是那个聂小倩吗？但他没有这样反击，而是问道："你整天念经是为了什么？""心里安宁。"凌云飞说："我弄个科长也是为了心里安宁，我不想让整天什么也不干的人爬到我头上，再对我指手画脚。"聂小倩说："觉得难受别干了。""别干了？"凌云飞想不出聂小倩会提出这么个建议。他反问："不干了干什么？""放下就可以了，我们也没有对你太多的要求，怎样还养不活三张嘴？"聂小倩脸上的表情平静极了，像张画皮。凌云飞恼怒地说："说得轻巧。"

其实他在心烦痛苦的时候，也多次想过放下，可又想放下这个干啥呢？当时吃了那么多苦，千方百计调来，连加州也没有去，还不是为了现在？可是现在，他快乐吗？他突然想，要是当初待在 D 县，不往云城借调，就不会有这些痛苦的事情，也不会认识聂小倩，自己或许会过得更舒服一些。

凌云飞继续写材料，聂小倩继续念经，他们变得像两条平行的轨道。

回了家，两人做饭，吃饭。收拾完东西，聂小倩坐在观音菩萨面前念经，凌云飞躺在床上逗孩子。屋后的那个梨树林，他们很久没有去过了。有时凌云飞看见人们在树林里拍照，觉得有些不可思议，那里有什么风景呢？

每当孩子冲着凌云飞天真地笑时，凌云飞想，自己小时候不就是这样，怎样过不是一辈子？他忽然有种认命的想法，自己活得太累了。

有一天，凌云飞走到门口，没有听到往日熟悉的念经声，静悄悄的他有些不习惯。进了屋子，聂小倩和孩子都在炕上躺着，孩子睡熟了，聂小倩搂着她盯着大花板发呆。凌云飞心里顿时有种轻松的感觉，她终于不念经了，但马上又觉得很异样，一种说不出的感觉让他毛骨悚然。

他在屋子里张望半天，发现水瓮边的地上有一大摊水。但那只是一摊水。凌云飞搞不清聂小倩为什么把一大摊水弄地上。

他像往常那样动手做饭。中间，聂小倩没有说一句话。

饭好之后，凌云飞端上来。孩子忽然醒来了，哭。顿时，凌云飞感觉孩子不对劲。以往孩子哭的声音很高，隔得老远都能听见。今天面对面，哭起来却细声细气的像小猫在叫。凌云飞抱起孩子，她穿的不是早上那身衣服。凌云飞观察她的鼻子、嘴，里面都没有堵上东西，但哭的声音明显不对劲。

凌云飞问："晓晓怎么了？"

"掉水瓮里了。"聂小倩低声回答。

凌云飞把孩子颠来倒去看个遍，其他地方没有半点毛病，就是哭的声音非常细，像以前声音的千分之一。凌云飞茫然地听着这个细小的声音。

聂小倩说："报应。咱们当初不该把那个孩子做掉。"

"报应个屁！"凌云飞恨不得朝这张故作高深的脸上揍一拳，但他顾不上，抱上孩子匆匆忙忙去了医院。

医院检查半天，晓晓声带受损了。医生说没啥好办法，或许随着年龄增长，会慢慢恢复正常。

接下来，家里开始冷战。凌云飞每天下班就凑到孩子跟前，经常故意挠她一下，或者吓她一下，希望听到她响亮的声音。可是晓晓只是会细细地回应。直到她会说话，还是细声细气的，没有丝毫恢复的迹象。

凌云飞每次听见这种声音就抓狂，晓晓没有个好的出身罢了，连个正常人的声音也没有，他觉得对不起孩子。这时他看聂小倩的目光就非常冷。而聂小倩，还是不停地念经，丝毫没有接受教训的表现。凌云飞觉得她非常愚蠢，大概以为念经能把晓晓念好。

有一天，凌云飞终于忍不住，他冲聂小倩怒喊道："你这样念有个屁用，当初好好带孩子就不会出事了。"聂小倩一脸平静地望着凌云飞说："你不懂。"凌云飞愤怒了，他想抓点什么扔地上，弄出点响动。在屋里观察半天，抓住自己的头发，用劲撞墙。

聂小倩看到凌云飞的样子，说："要不咱离了吧。""离了？晓晓这么小，又有这种毛病，多可怜！"凌云飞撞墙的动作停止了。

"孩子有孩子的福，咱们离了也可以好好疼爱晓晓。"聂小倩似乎经过了深思熟虑，她说："你是公务员，离了再找一个也容易。反正你也没有真正喜欢过我，你喜欢的是王菲，是歌。"

凌云飞说："王菲你不是也喜欢，歌你也爱唱，为什么不唱了？"聂小倩说："世事纷扰，总有因果，以前唱是因果，现在不唱也是因果。"

5

生活变成这样,让凌云飞措手不及。

有天,趁聂小倩不在,凌云飞翻了翻她念的经书,大吃一惊。《楞严经》《解深密经》《大般涅槃经》……凌云飞本来以为聂小倩只是念念《心经》《金刚经》等经法,排解心中的烦忧和苦闷,没想到她已经深入到如此地步。更让他惊讶的是,晓晓也开始细声细气地背佛经了:"观自在菩萨,行深般若波罗蜜多时,照见五蕴皆空……"

知道啥是个五蕴皆空?这么小!

凌云飞在一天晚饭后,对聂小倩说:"你待家里闷,可以出去找份工作。不想唱歌,可以干你的本职,当个幼儿园老师,或者做个售货员、收银员、业务员,即使去跳广场舞也比一人待在家里念经好啊!"

聂小倩轻轻一笑,问道:"你每天写那个材料有啥用呢?"凌云飞说:"这能比?"聂小倩说:"为啥不能比?"凌云飞说:"写这些东西,咱们才有饭吃。"聂小倩:"我念经,为了以后。"凌云飞说:"你以为我想写吗?不写没办法。"聂小倩说:"不想写别写了。你不喜欢干的事情还每天干着,我喜欢的事情为啥不能干?"说完,她开始点油灯、上香,在草垫上跪下磕头,拜观音菩萨。轻轻地念经声像唐僧的紧箍咒,仿佛响彻天地间,让凌云飞心烦意乱。

有时凌云飞望着墙上的观音菩萨画想,佛是来普度众生的,却为何破坏他的家庭?越想越觉得画上慈眉善目的佛像别有意味。

一个星期天,聂小倩说要出去。凌云飞没有多问去哪里,现在只要聂小倩不念经,做什么他都乐意。他说多带点钱。他希望聂小倩出去见到以往熟悉的生活,会有点改变。

家里剩下凌云飞和孩子,少了嗡嗡的念经声,耳根清净不少。凌云飞收拾房间,发现王菲的碟和聂小倩录的碟乱七八糟堆在柜子上,落满灰尘,他伸手上去,留下几个触目惊心的指印。凌云飞伤感地擦拭着上面的灰尘,以前的生活一幕幕浮上心头,他越擦越伤心,一气之下,把它们都塞进了炉子里。塑料燃烧散发出的刺鼻味道立刻弥漫了整个房间。凌云飞嘿嘿冷笑着想,曾经万分珍惜的东西,原来不过是几块烂塑料,发出的臭味儿和别的塑料没什么差别。他把墙上的观音菩萨像团在一起,与桌子上的香炉、碟子、瓶子一股脑塞进炉子里。观音像呼呼地烧起来,屋子里马上热乎乎的。这股热劲过后,香炉、碟子、瓶子不易燃烧,压住了火,屋里又凉下来。凌云飞加了炭,拉着晓晓说,咱们看电影去。

半上午，电影院的放映室里人非常少，偌大的空间只有凌云飞、晓晓和另外一家三口，显得异常冷清。那一家三口边看边发出哧哧的笑声，小孩不断和母亲低声交谈，让凌云飞觉得更加冷清。他希望晓晓也发出快乐的笑声，可晓晓看这场电影有些吃力，许多地方看不懂，偶尔发出点笑声，也是细声细气的，让凌云飞更加难受。

电影看到一半，晓晓睡着了。凌云飞抱着她出来去了肯德基，里面的淘气堡马上吸引住晓晓。她细声细气地问："爸爸，我可以玩吗？"凌云飞赶紧帮她脱鞋。晓晓和另外几个小朋友很快就玩熟了，不住地发出细细的笑声。她对凌云飞说："爸爸，真好玩。"凌云飞说："以后爸爸每个星期带你来玩。"

玩完之后，吃了肯德基，晓晓开始打哈欠。凌云飞背上她回家。

回了家，屋子里很冷。凌云飞揭开炉盖，发现火被压灭了。他把炉子里的东西掏出来，那些香炉、碟子、瓶子烧得乱七八糟，扭作一团。他把它们扔了，重新添柴、加炭、点火，屋子里又开始热起来。凌云飞搂着晓晓睡着了。

傍晚时分，聂小倩回来，脸上带着久违的欢乐笑容。凌云飞有些惊讶。聂小倩说："我皈依了。"说着拿出个绛紫色的本本。凌云飞怀疑地拿过来，像个工作证那么大的东西，印着××省佛教协会印制。翻开里面，赫然盖着佛教协会的皈依证监制章。聂小倩的一寸彩照旁边，写着法名了然。佛历2550年。凌云飞顿时心里空空的，像穿越到了另外一个世界。

一只虫子在屋子里嗡嗡飞着，明明是冬天。凌云飞拿起本书朝它扔去，虫子没打着，书落在热水瓶上，轰的一声响，瓶胆炸了。晓晓惊醒，细声细气喊妈妈。

聂小倩轻轻地拍着她。

凌云飞说："你信佛就信佛吧，为啥非要念经，非要吃素，非要皈依，拘泥于这么多的形式，多做好事善事不就得了？你看人家济公，'酒肉穿肠过，佛祖心中留'。"聂小倩说："我没有济公那本事，吃了鸽子肉，还能从嘴里再变出一只鸽子。你只知道济公说的前两句，不知道后面还有两句，'世人若学我，如同进魔道'。学佛并不是简单的做善事就好了，我学佛就是为了要明白。"

凌云飞望着聂小倩平静的面庞，嘿嘿冷笑起来，自言自语道："明白。要明白什么呢？连怎样好好生活也不明白，追求什么歪门邪道。"

这时聂小倩发现房间里少了东西，她东张西望之后，四处翻找起来。然后，紧紧盯着凌云飞问："你把它们放哪里去了？"凌云飞心里害怕起来，后悔把那些东西烧了。他说："需要的话，明天再去买。"聂小倩继续盯着他问："你把它们放哪里去了？"凌云飞握了握她的手说："我去做饭。"聂小倩用劲儿挣脱他的手，眼泪哗地流了下来。

凌云飞做好饭，聂小倩还在哭着，凌云飞握了握她的手，一片冰凉，像冻僵了的小鱼。他把饭给她盛碗里，放前面。她不吃，只是流泪。

　　晚上，她把铺盖搬到了另一间屋子，领走了晓晓。后来，房间里传来念经声。

　　凌云飞躺在炕上，看见贴过观音像的墙上留下长方形的白印，像生活被生生揭去一块皮。

　　凌云飞开始喝酒。

　　以前他觉得喝酒费钱、浪费时间、喝多了还难受，伤身子，不明白为啥那么多人留恋酒桌。现在他明白了，酒是个好东西。喝多了可以让人忘掉忧愁和烦恼，包括自己。每次他喝多，走路摇摇摆摆像腾云驾雾，他不再怕马路上的车流和巷子里的流浪狗，这些玩意儿见了他统统躲开。他可以大喊大叫，放声歌唱，有次他踩空掉进没盖的窨井里面，爬出来之后不仅没摔着，而且一点儿也不疼，这种感觉太爽了。

　　单位上平时人和人之间互相提防，现在一伙人坐一起，喝上二两酒就可以称兄道弟，亲热起来，包括那些职位高的人。以往各个科室有了活儿总是推给他，现在与各位主任喝酒，本来属于他干的活儿他们居然安排给了别人。凌云飞觉得自己喝得太晚了。有几次他喝得太多，吐出胆汁，难受得恨不得去上吊，可第二天还是想再喝。

　　最让凌云飞高兴的是，回了家，他躺在炕上，恶心了吐下之后，聂小倩不得不拿着扫帚、簸箕过来给他打扫，而且还出现点担忧的神色，劝他少喝点儿。这时念经声停止了，总是弥漫着香烛味道的屋子里有了酒精味儿，聂小倩平静的脸上有了变化，像平静的水面被伸进手指头搅了搅。

　　凌云飞真的喜欢上了喝酒，他没有想到喜欢上一样东西竟然这么容易。

　　每天快到下班时，凌云飞就忙着组织酒局。有次凌云飞喝多了，在酒桌上大声骂起单位领导："×××个逼，没能力没水平，只是手长。"唬得坐在旁边的人赶忙掩他的嘴。酒醒之后，凌云飞有些害怕。但几天后大家坐在一起，讲起凌云飞那天的失态，都很开心，还有人夸他是性情中人。

　　一天，下边有个县里给凌云飞单位送了些羊肉。每人二斤。凌云飞路上买了胡萝卜，兴高采烈地准备回家包饺子。走到门口时，听见念经声，一股恶念涌上来。进门后，他冲着聂小倩说："你看这块羊肉怎样？"

　　"嗯！"聂小倩说。

　　"我偷来的！"凌云飞说，"我走在街上，看见前面有个人自行车架上夹着块肉，他大概喝了酒，车子骑得歪歪扭扭。我想和他开个玩笑，就把他的肉拿了下来，没想到他根本没发现。嘿嘿！"

聂小倩的脸马上变得刷白，"你偷？"她质问道。

凌云飞没想到聂小倩对"偷"这样敏感，有种踩住她尾巴的感觉。快意涌上来。他涎着脸说："这算不上偷吧，和他开个玩笑。"

聂小倩的泪掉出来。

凌云飞感觉自己的目的达到了，慢悠悠地说："骗你的。这是我们单位发的，每人二斤，不信你问去。"

聂小倩不相信，不理他，泪更多了。

凌云飞看着聂小倩流泪，没有像以前那样惊慌失措，而是有种开心的感觉。

第二天下班后，凌云飞又喝得醉醺醺，一扭一拐往家里走。看见有家饭店的山墙边靠近油烟机的地方挂着几只风干的鸭子。他想起昨晚自己说羊肉是偷来的，聂小倩的怪样子，便蹭过去，顺手摘下一只。

回到家里，他故意提着鸭子在房间里晃来晃去。聂小倩脸色一片苍白。

第二天。

第三天。

凌云飞每天回家路过这里顺走一只鸭子，尽管第一次拿回去的还没有吃。他喜欢看聂小倩脸色苍白的样子。

第四次他再去拿的时候，有人在后面抱住他。"就是他，他偷了咱们的鸭子。"饭店里蹿出好几个人，有个穿厨师衣服的男人脑袋特别小，梳着条马尾辫。凌云飞冲他点点头，哈哈笑起来。一个耳光火辣辣的扇在他脸上，凌云飞继续笑着。拳头和脚板朝他身上落下来，凌云飞感觉到了疼，但他没有躲闪，他有种快意，仿佛这些人打的不是他，而是聂小倩，是观音菩萨、佛祖。他呢？躲在一边偷笑，这些人揍得越狠，他越高兴。

当凌云飞鼻青脸肿地出现在聂小倩面前时，她怀里的晓晓细声细气地大哭起来，还"爸爸，爸爸"喊叫着。凌云飞知道这是女儿心疼他，顿时感觉今天这顿打挨得值。他理直气壮地说："我偷鸭子被人发现了。"

聂小倩脸色唰地由紧张变成愤怒，她瘫坐在炕上，像块被拧干水的抹布，头低垂着，两条腿张开，袜底干巴巴的，闪着纤维磨久了特有的那种亮光。

凌云飞为了继续刺激聂小倩，又重复一句："我偷鸭子被人发现了。"晓晓大声哭起来，哭得力不从心。凌云飞听着晓晓的哭声，心中的恨意又增加了。

6

凌云飞开始变本加厉放纵自己，撒谎、喝酒、打架、骂人、偷东西。

一天回家，凌云飞发现邻居门洞里的母猫拖着大腹便便的肚子，行动很迟缓。他扑上去抓住母猫。母猫大概嗅到了危险气息，死命挣扎，对他又抓又咬。它尖锐的牙齿和锋利的爪子没有使凌云飞放手，反而让他想到佛慈眉善目的微笑。他紧紧捏着猫的后脖子，走到院里，用劲把它朝墙上摔去。猫哀鸣一声，落到地上，打个滚，爬起来要跑。凌云飞追上去，再次抓起猫，使劲朝墙上摔去。猫像团烂泥从墙上滚下来，墙面留下一道触目的鲜红色血迹。猫躺在地下闭上眼睛，但它肚子里还在蠕动。房东两口子听见猫叫跑出来，看见死猫瞪大了惊恐的眼睛。聂小倩也出来，像猫一样发出恐怖的尖叫。聂小倩的叫声鞭子似的抽在凌云飞身上，他上前一步，一脚狠狠踩在猫肚子上，拧了几下，屎、尿、血和几团小肉块从它肚子里流出来，蠕动停止了。凌云飞一脚把它踢飞。

凌云飞进了屋子，脱下皮鞋，认真擦上面的脏东西，他擦得格外认真，鞋带那儿也不放过，连穿鞋带儿的每个窟窿眼儿也慢慢擦。聂小倩看着凌云飞，一句话也说不出来，身子簌簌发抖。凌云飞擦好之后，又用布子打，一次又一次，鞋变得油光发亮，仿佛沾染了生命的气息，活了起来。聂小倩开始打嗝，一个接一个，喝水、掐手指、捶胸、打喷嚏，怎样也止不住。

第二天，房东老太太找过来，要求他们搬家。凌云飞脖子一梗说："搬个×？时间还没到。"一脚踹在对面镜子上。凌云飞看见镜子里面的聂小倩碎成了无数碎片。她拉着老太太的手走出去，低声说："我劝劝他，不会再这样了。"老太太说："开始见你们是正经人，正儿八经上班，才留下你们。"聂小倩拍拍她的肩膀，低声说："我们每个月加二十元钱。"

凌云飞发觉聂小倩不再提分手的事情了，而是更加努力地念经。他想再认真念顶个屁用，就像自己那么认真写材料。但很快，他发现聂小倩不光念经更勤奋，而且经常去医院和敬老院做义工，还拿上家里不用的一些东西送人。他想聂小倩真的走火入魔了，自己的日子过得这样紧巴，还接济别人。

聂小倩买来鱼、虾、猫、狗、乌龟等动物放生。晓晓很喜欢小动物，聂小倩买来它们，晓晓总想留下只玩玩。初时，聂小倩满足孩子的愿望，让她养过小鱼、小乌龟。可是养上一段时间之后，它们无一例外地都死了。晓晓看见它们死了伤心地流泪。凌云飞怪腔怪调地说："看，又死了一只。行善积德，怪我杀猫，你们杀了多少？"聂小倩感到这些动物虽然不是她亲手杀的，但和她有极大关系，便任凭晓晓哭闹，家中再不养任何小动物。

一次凌云飞喝了酒，在单位门口和保安吵架。李副局长看见把他拉走了。他喷着酒气面对凌云飞说："我以前认为你是局长的人，有些冷淡你，现在看来他没有关照你的意思，我倒觉得你是个人才。要不你找局长谈谈，我也找他谈，解决你的科长问题。"

晚上凌云飞提了两瓶五粮液去了局长家。他一进门，把酒放到桌子上，局长的脸就冷了，他说："小凌，你有啥事说就行了，千万别来这个。"凌云飞心里怯了一下，但想起李副局长的话，不就是"公事公办"吗，就说："一点儿不值钱的东西，过来看看您。"局长好像生气了，突然声色俱厉地说："把东西拿走！要是这样，你以后别进我家的门，也别希望在我手里办任何事。"凌云飞有点蒙了，酒放也不是，拿也不是，感觉身上很冷，低头看着脚下的木地板，地板光滑如镜，映照出他轻飘飘的影子。尴尬间，局长老婆忽然出来了，她把酒塞到凌云飞手里说："小凌，千万别拿东西来我们家啊。该办的事，局长会帮你办的。"然后朝他身上稍稍使了点儿劲，凌云飞就不由自主地朝门口走。

出了局长家的门，凌云飞才反应过来自己是被推出来的。搁在当初，他肯定恨不得找个地缝钻进去，但是现在他没那么脆弱了，不就是"公事公办"吗？他冷静下来很快想出一个办法。反正局长知道五粮液是他凌云飞的了，他也不再敲门了，他把两瓶五粮液放在局长门口就走了。

第二天上班，什么事也没有，凌云飞暗中观察局长，也看不出任何动静。五粮液被上下楼的人拿走了？凌云飞不排除有这个可能。过了两天，他狠了狠心，又买了两瓶五粮液，晚饭后又放在了局长的门口。

放到第三次的时候，凌云飞有点撑不住了，倒不是他怀疑这个计策的作用，而是心疼钱，两瓶五粮液就是他半个月的工资，四瓶就是一个月的工资。聂小倩不上班，全家就靠他的工资生活啊。好在送了三次以后，事情出现了转机。局里突然召开会议研究人事问题。局长带头说写材料的工作很重要很辛苦，凌云飞写了多年，组织应该考虑他，体现能者上、贤者上的精神。李副局长马上呼应，充分肯定了凌云飞的贡献，然后，凌云飞就做了科长。

凌云飞长长地舒了一口气。

凌云飞当上科长，应酬猛地多了。坐到酒桌上，经常被让到中间，左一个凌科长，右一个凌科长，人们亲热地称呼着他，敬他酒。许多人找他来办事，带着东西。

那次一群人喝了酒，去东方明珠唱歌。一排闪闪发亮的小姐，暧昧旋转的霓虹灯。凌云飞醉眼蒙眬。

忽然听到"有时候，有时候／我会相信一切有尽头"，"一切"两个字稳稳地降了下去，缥缈又清晰。

几年前的情景浮现出来。"有时候，有时候／我会相信一切有尽头"。又瘦又弱的聂小倩。鼻子上满是雀斑的聂小倩。正在县里帮忙的村官聂小倩。

凌云飞冷笑一声甩甩头，怎么又想她呢？他端起酒杯，旁边的姑娘马上也端起酒杯，嘴唇凑过来，散发着脂粉的香味儿。"有时候，有时候／我会相信一切有尽头"，声音清晰地在包间里回荡。

凌云飞站起来，望着屏幕前拿着话筒、衣着暴露的姑娘，觉得还是幻觉。

"有时候，有时候／我会相信一切有尽头"。姑娘唱到"一切"时，声音稳稳地降了下去，缥缈但非常清晰。有多久没有听这首歌了？凌云飞想。

姑娘好像陶醉在歌里，闭着眼睛，唱得几乎和聂小倩一模一样，尤其是"宁愿选择留恋不放手""等到风景都看透"这几句，把握得好极了。凌云飞明白这是真的，他想起了《重庆森林》、阿菲、加利福尼亚的阳光、大海。

姑娘唱完之后，凌云飞坐在她旁边。看见姑娘脸上散布着些不均匀的黑色的痘痘，不禁心里咯噔一下，他想起聂小倩鼻子上的雀斑。

凌云飞问姑娘还会唱王菲的啥？姑娘点了《流年》。

"爱上一个天使的缺点／用一种魔鬼的语言／上帝在云端只眨了一眨眼／最后眉一皱头一点／爱上一个认真的消遣／用一朵花开的时间／你在我旁边只打了个照面／五月的晴天闪了电……"

爱上一个天使的缺点。除了聂小倩，凌云飞没有见过谁能把王菲的歌唱得这么好。

那天晚上，临分别时，凌云飞与姑娘双方互相留了电话。

姑娘居然也叫小倩。凌云飞听她这样说时，有些惊奇，哪能这么巧？他认为姑娘和娱乐场所中所有的女的一样，随便给自己取个名字，骗骗客人。当他脸上浮现出那种不相信又理解的微笑时，姑娘生气了，她掏出她的身份证让凌云飞看。

王小倩。明明白白。

凌云飞与王小倩开始约会。

王小倩很爱说话。她说她们家住在大山里，特别旱，家家户户都在院子里挖着旱井。一盆水，妈妈洗了脸她洗，她洗了爸爸洗，洗黑了也舍不得倒，放着继续洗手。喝的也是这里面的水。坡地上种满向日葵，到了秋天，漫山遍野的金色，像着了火。

冬天,她和爸爸去城里卖瓜子,冬天真冷啊!王小倩说到这儿,缩着身子,表演那个冷。凌云飞不由与她往紧里靠了靠。王小倩说人们说她歌唱得好,出来唱歌能赚大钱,她就出来唱歌了。她唱一个月歌,比她和爸爸卖一冬天瓜子挣得都多。

凌云飞望着王小倩脸上的黑色痘痘,有些心疼,问她有何打算。

王小倩说:"挣上钱回县城买间门面房,爸爸卖瓜子就不用再在野地里受冻了,还可以卖榛子、葡萄干、糖炒栗子……糖炒栗子你爱吃吗?"王小倩问,"听说可以益气血、养胃、补肾、健肝脾,还可以治疗腰腿酸疼、舒筋活络。可惜很贵。"她叹口气。

凌云飞说:"我给你买。"

他拉着王小倩去了"栗子老人"店。一斤十二元。凌云飞说:"来二斤。"王小倩说:"半斤,多了吃不了。"

大概过了两个月,凌云飞对王小倩说帮她找了份工作。

王小倩眼睛一亮,问:"一月能挣多少钱?""两千。"凌云飞吐出口之后,忽然发觉底气很不足,但他一月工资才三千出头,这已经是朋友尽了最大努力。"太少了,"姑娘有些惋惜地说,"我不能去,我得早点攒够钱买房子,我们那儿的冬天太冷了。"

当科长以来掌控大局的那种优越感顿时消失,凌云飞买了包栗子塞进她手里。他问:"你见过大海吗?"王小倩摇摇头。凌云飞问:"你想过去加利福尼亚吗?"姑娘说:"听名字是外国吧,太远了。"凌云飞笑了,这个姑娘是王小倩,不是阿菲,不是聂小倩,更不是王菲。

王小倩继续在东方明珠唱歌。凌云飞隔段时间去一次。王小倩唱王菲的歌,两人聊天,或坐着发呆。

王小倩说:"哥,你是好人,不像那些男人。我虽然为了挣钱,但是从心眼里瞧不起他们。"

凌云飞听王小倩叫他哥,与聂小倩叫他时的那种感觉完全不一样,他脸红了,想起在东方明珠第一次遇见王小倩,醉醺醺的下流样子。从这之后,他对王小倩更规矩了,不越雷池半步,过头的玩笑话也不说。

一天,凌云飞点了王小倩的钟,半个多小时她才过来。一副没睡醒的样子,眼神茫然,黑色的痘痘好像更明显了。凌云飞心里有种不安。还没等他说话,她问:"哥,你相信流年吗?"凌云飞想起自己这些年来走过的路,尤其是想到聂小倩,心头一痛。

王小倩拿起话筒,唱起《流年》来。

"爱上一个天使的缺点/用一种魔鬼的语言……""懂事之前情动以后/长不过一

天/留不住算不出流年/哪一年让一生改变……"

唱着唱着,王小倩的眼泪流下来。一种苍凉的东西堵在凌云飞心口,他想这是一个溺水的人,可偏偏自己也是个溺水的人,看着对方越坠越深,却丝毫没有办法。

第二天,他不放心,又来东方明珠。老板说王小倩请假了。凌云飞拨她电话,已经关机。凌云飞心里空空的。回了家,聂小倩在念经,晓晓也跟着念。凌云飞万念俱空,出去喝酒。

足足过了二十天,凌云飞才在东方明珠再次见到王小倩。她努力装出高兴的样子,但眼角的皱纹,厚厚的眼袋一下暴露了她不好的近况。

凌云飞问:"怎么这么多天不见你,发生啥事了?"王小倩扬起嘴角,要笑,却哭了。"爸爸的脚轧了。""啊!到底怎么回事?"王小倩"哇"地哭出来。凌云飞慌了,赶紧给她递面巾纸。王小倩抽噎着说:"爸爸再也不能在外面卖瓜子了。我要赶紧给他买房子。以后我啥也干,只要钱多,你别瞧不起我。"

凌云飞心里钝钝的,像失去了意识。王小倩说:"这段时间每天晚上做噩梦,头疼,睡不好觉。医生说内分泌失调,喝了几服中药,也不大管用。"凌云飞回过神来,望着王小倩哭花了的脸,想起有段时间,他经常做噩梦,聂小倩拿了本佛经,让他读,他没有读。

7

回家之后,凌云飞问聂小倩:"我做噩梦后你让我读的佛经是哪本?"聂小倩惊诧地望着他,拿出《地藏经》。

凌云飞把《地藏经》给了王小倩。

几天之后,他见到王小倩,问:"管用不管用?"王小倩说:"挺管用,自从念上这经书,噩梦做得少了。"凌云飞十分高兴,终于帮了王小倩一次忙。

王小倩有些难为情地说:"哥,里面有些字我不认识,意思也不懂,你能教我吗?"凌云飞拿起书,帮她把不认识的字注上拼音,可有些句子他也不懂,便说下次见面告诉她。

回了家,凌云飞请教聂小倩。聂小倩很惊讶,用不相信的眼神瞧着他,然后高兴起来,认真地给他一一解释。

几天后,凌云飞把从聂小倩这儿得来的答案告诉了王小倩。王小倩一脸崇拜地望着他:"哥,你真行!"凌云飞心里出现种从来没有过的成就感。

此后,《地藏经》成了王小倩、凌云飞、聂小倩三人之间交流的通道。王小倩把不懂的句子画出来告诉凌云飞，凌云飞回家请教聂小倩，聂小倩一字一句解释给凌云飞，凌云飞记住，再告诉王小倩。

有次聂小倩给凌云飞解释字句时，两人挨得很近，聂小倩的发丝擦在凌云飞脸上，他感觉痒痒的。便想他们多久没有这样亲近过了？亲热更是很久以前的事情了。凌云飞观察聂小倩，她鼻子上的雀斑越来越明显，数量也多了，头顶上还出现几缕白发。内疚爬上凌云飞的心头，他想起他们待在小饭馆里谈论音乐、理想的日子，为什么就不去加州了呢？说好以后攒够钱再去呀！凌云飞想到这里难受起来。

凌云飞每次给王小倩讲解完，她眼睛总是亮晶晶的，看凌云飞的目光多了些崇拜。好几次她对凌云飞说："菩萨说得真对，'我不入地狱谁入地狱'，只有我在这里好好干，才可以让爸爸在有顶的店铺里卖瓜子。"她说坚定了自己这样做是对的之后，心里坦然了，噩梦越来越少。果然，凌云飞发现王小倩脸上的痘痘慢慢褪下去，整个人变得光亮起来。但他难受，就好像看到溺水的人没有去救，反而推了她一把。

她的这种目光，让凌云飞有些惭愧。回到家里躺下后，时不时认真回想自己这几年的生活。发现看似进步，其实一塌糊涂。他怀念起以前借调时辛苦却充满梦想的日子。他想，为什么非要逼着聂小倩干这干那，不让她念佛。她想念的时候让她念，不是就能让她快乐吗？要是自己支持她、鼓励她，多给她些时间，或许自己不在家时她就把心思完全放在照顾孩子或者其他家务事上，晓晓也就不会出事了。

凌云飞慢慢有了变化，对聂小倩念经不再抵触了。聂小倩念时，他经常默默给她倒杯水。

他开始注意起自己的形象，买来白衬衫和藏蓝西服，每天把皮鞋擦得锃亮。

这个时候，凌云飞的一位小学同学去世了，是喝上酒后，回家感觉难受，睡下之后第二天就没有醒来。凌云飞去参加他的葬礼，见到同学的儿子，差不多和晓晓一样大，一句话也不说，搂着架棺材的凳腿哭。他的样子，让凌云飞难受极了。回家之后，他好多天不想喝酒。

渐渐地，凌云飞上下班喜欢走在阳光能够照到的明亮地方，以前从来没有注意到这儿能使他感到温暖和愉快。这时他发觉建筑的阴影和楼群的缝隙里，到处是垃圾和粪便，臭味扑鼻。而他走过的这些地方，烤红薯又香又糯；煎得黄黄的、热热的饼子散发着香味儿；散发传单的大学生围着长长的围巾，眼睛又黑又亮，脸上散发着纯洁的笑容；卖菜的老太太把各种蔬菜洗得干干净净，每样植物身上散发着柔和的亮光……他们每天出现在凌云飞上下班回家的路上，却看起来都挺高兴。公交车司机也循着这个线路每天不停地来回往返。从云城到K县的火车吐着白烟，每天来回往返。

数不清的人每天和每天过得一样，凌云飞觉得自己似乎不该这么烦。

有天回家路上，凌云飞看到马路中间有条黑色的小狗，右前腿大概被车轧断了。它提着这条伤腿，在马路中间蹦来蹦去，仓皇地躲避着来来往往的车辆，好几次被车辆卷进去，车辆过后，它又蹦出来。天空慢慢黑下来，它的动作越来越慢，眼神却亮晶晶的。凌云飞冲进车流中，抱起这条狗。狗没有挣扎，绝望的眼睛有了神采，感激地望着他，闭着的嘴"呜"地叫了声，伸出舌头舔了舔凌云飞的手。凌云飞感觉被舔的那只手暖暖的，好像有东西击中他的心脏。他抱着狗来到宠物医院，给它包扎好。

把狗带回家，晓晓惊喜地奔过来，把手中吃的一截火腿肠递给它。狗"呜"地叫一声，一口接过去，嚼几下，吞肚子里。聂小倩走过来，望望狗，冲杯牛奶给它推过去。房间里传来咂咂咂咂舔食的声音。盆里的牛奶剩下底子时，狗舔食的动作更快了，最后伸长舌头，把剩下的几滴一舔而尽。

晓晓的眼睛有些湿润，他说："爸爸，咱们留下它吧。"聂小倩也用恳求的目光望着他。这种目光让凌云飞觉得很是温暖，他郑重其事地点了点头。晓晓笑了，聂小倩也笑了。

从那之后，凌云飞接连不断地把小动物带回家。很快家里有了三只残疾狗，七只流浪猫。院子里一下热闹起来。凌云飞下班回来，经常看见聂小倩不是给这些小动物洗澡，就是喂它们吃东西，他惊讶她能抽出时间来陪它们。晓晓很快和它们成了朋友，给它们每一个都起了名字。有天凌云飞发现，一只白色的猫居然躺在一只黑狗的身上晒太阳。凌云飞注意它们之后，发现晚上睡觉它们也在一起，狗搂着猫。

凌云飞外出喝酒、应酬渐渐少了，有时星期天整天待在家里，门也不出，带晓晓，琢磨材料和佛经。有时他悟到好的想法，去和聂小倩交流，得到她的肯定后，居然有种当时一起讨论音乐的感觉。

有次，他在咖啡馆给王小倩讲解，一仰头看见窗外有个人影掠过，像极聂小倩。他追出门去，人影不见了。凌云飞越想越觉得就是聂小倩，回到咖啡馆有些心神不定。王小倩看到他这个样子，问谁？凌云飞给她讲了和聂小倩的故事。王小倩问："你们现在有钱吗？"凌云飞愣了一下。王小倩说："有钱赶紧去加州看看呀！也许去一趟加州什么都好了。"

凌云飞心里一动，又开始在网上查阅加州的资料。

一天晚上回家后，凌云飞发觉晓晓十分开心。还没有等他询问，晓晓说："爸爸，我今天真幸福。你看，玩了淘气堡，吃了肯德基，看了电影，还喂了鸽子。"她一—

数着时，凌云飞感觉阵阵心酸，想起以前答应晓晓每个星期带她出来玩一次，可是从来没有实行过。他说："爸爸以后一定经常带你去。"这时聂小倩冷不丁说："确实应该多带孩子出去玩玩。"凌云飞听到聂小倩这句话，惊讶极了，她似乎从来没有这样说过。

凌云飞问："在哪儿喂鸽子呢？""广场上，"聂小倩说，"给晓晓买了两元钱的饲料。晓晓把饲料一撒，鸽子成群飞下来，有一只落在她的肩头上，吓得她尖叫起来。"晓晓说："人家是第一次玩嘛！"聂小倩说："以后妈妈经常带你去。"晓晓高兴地拍起手来："妈妈真棒！"聂小倩说："晓晓去了肯德基，看见淘气堡，说你以前带她来过，玩了一个多小时，脸红通通的还说不累。""爸爸，真的不累。"晓晓说。"电影她也爱看，正好是动画片。""爸爸，那个电影可好看了，里面的松鼠太可爱了。"凌云飞想起自己小时候看电视，米老鼠、唐老鸭那可爱的样子，他说："你给爸爸讲讲，演了什么？"

第二天下班，凌云飞回家特意从广场绕了一下。许多游客围在鸽舍前，凌云飞走过去，看到许多父母亲带着孩子喂鸽子，不时传来欢快的叫声。这时一架飞机从头顶飞过，天空留下一道长长的白色痕迹。

回到家里，晓晓扑过来抱住他的腿，说："爸爸你看，妈妈帮我买的。"凌云飞看到一只漂亮的小松鼠在笼子里窜来窜去。他说："真可爱。"

第二天，凌云飞回家时从宠物店买了大笼子、小木屋、小吊床、饮水器、食盘、转轮等一堆东西。回到家里，晓晓和聂小倩看到这堆东西都被吸引过来了。凌云飞说："咱们给它换个大笼子，松鼠就更自由更开心了。"他开始组装这些东西，晓晓蹲在一边，耐心地给他递着东西，装到饮水器时，晓晓好奇地问："这是干什么的？""给松鼠喝水用的。"聂小倩忽然回答。凌云飞说："装上这个，小松鼠就可以自己凑上去喝水了。"晓晓笑了。

装好笼子，安上里面的东西，把小松鼠放进去，它一下就窜到顶子上。晓晓瞧着它，歪了歪脑袋，把自己的毛绒小兔玩具塞进去，说："这下它就不闷了。"

晓晓声音细细的，脖子上金黄色的绒毛在阳光下微微颤动，好像玻璃人儿。凌云飞以前从来没有发现她这么脆弱和孤单，忍不住抱起她来说："晓晓，以后你想要什么爸爸给你买，要不咱们现在就看电影去。"

晓晓捏了捏凌云飞的耳朵，怯生生地说："爸爸，咱们一家人一起去好吗？"凌云飞心里一阵酸楚流过，多长时间他们没有一块儿出去过了。他歪过头，看聂小倩。聂小倩点点头。

那天晚上的电影是《疯狂动物城》，当片中的小兔子朱迪离开兔窝镇，去追寻自己做警察的梦想时，晓晓激动起来，她说："这个故事妈妈给我讲过。"凌云飞张嘴就说：

"电影才上映。"聂小倩说："热映一段时间了。"凌云飞哦了一下，觉得自己缺失了什么。整场电影，晓晓不断地笑。电影真是好看，电影结束了，观众还不愿意离开，看着字幕，一直把片尾曲听完。出了电影院，晓晓还在回味电影中有趣的镜头，她说："真好看，咱们明天再来看吧。"凌云飞和聂小倩对视了一眼笑了。晓晓说："可以吗，爸爸？"凌云飞说："你问妈妈。"晓晓就说："妈妈，可以吗？"聂小倩说："你问爸爸。"

凌云飞突然想起什么说："晓晓，爸爸带你到美国去看好吗？"

晓晓说："美国？"

凌云飞说："带你到加利福尼亚州的迪士尼总部去看。"

聂小倩看了一眼凌云飞。

晓晓立刻说："妈妈，到迪士尼的总部去看电影可以吗？"

聂小倩说："下半年晓晓要上幼儿园了，咱们还得攒钱给晓晓上个好的幼儿园呢。"

凌云飞说："该有的会有的。"

晓晓说："妈妈，该有的会有的。"

九月份，晓晓上了幼儿园。聂小倩找了份在辅导班教音乐的工作，她又开始了涂红嘴巴。重新看到这么鲜艳的嘴巴，凌云飞有些不习惯，几天过后，就觉得聂小倩还是涂上红嘴巴好看，精神。

接送孩子成了凌云飞和聂小倩生活中的大事。他们的生活一下子正常得不能再正常了。过去的一切好像一场梦，凌云飞时不时会发会儿愣怔，聂小倩现在几乎不再念经了，就好像她有一天突然不想唱歌了一样。他很想问一下她，问个明白，但是又不敢，怕一不小心，发现现在的生活才真是梦，或者说聂小倩在做梦，那样会戳醒她。

半年后，墙上原来挂着观音菩萨画像的地方端端正正贴了一张奖状，上下两行写着：凌晓晓，荣获"优秀儿童"称号。奖状短，画像长，还漏出些白色痕迹。后来，一张张奖状贴上去，痕迹看不见了。

【作者简介】杨遥，原名杨全喜，中国作协会员。1975年生，部分作品被选入《小说选刊》和年度小说选，小说集《二弟的碉堡》入选"21世纪文学之星"，现为山西文学院签约作家。

选自《十月》2017年第3期

设　防

周李立

1

　　画家乔远在2003年春天认识吴勇。为什么是2003年春天？此后每到春天，乔远都这样问自己。那是特别时期，因为非典。口罩和中药的味道成为人们熟悉的东西。北京城空空荡荡，像老妇的乳房。乔远第一次来到艺术区，过程稍显艰难。因为那时他任教的高校，已经开始实施管控政策，进出校门都如偷渡客翻越国境。校门口的棕红色电动门终日封闭，一个月没有打开过，除了小汤山医院的救护车开进来拉走需隔离的学生那次。校门传达室，改为临时进出通道，装有自动检测体温的装置，很像机场安检通道，但又复杂些，因为进出校门都需要通过校办复杂的审批程序。

　　吴勇那一年已经是年与时空画廊的老板。乔远后来知道吴勇是山西人，面慈、手软，就像大同石窟里的佛头。画家乔远画国画，尤喜人物，曾去大同石窟造访过那些佛头。乔远看见吴勇一张可以做模特用来画佛像的脸，印象深刻。

　　吴勇的年与时空画廊在艺术区最西边。应天开车带乔远来艺术区，他们把车停在艺术区外的公路边上。应天说他不担心违章停车，因为现在没人管这些了。

　　年与时空画廊占用的是一幢公寓楼的一楼二楼，共两层——也许是后来打通的，中间接上楼梯。公寓楼紧邻艺术区外的公路。这条公路通往首都机场，然后，"通往世界"——应天这样解释。他总是喜欢这样的夸张。他也许该是一名艺术评论家，乔远时常这么想。

　　画廊的一层，是大厅，可以明显看出改建的痕迹。原来的墙体都拆掉了，连成一间宽阔的、像样的大厅。大厅中央，放着最显眼的作品——是一些鸡蛋，装在金属制的镂空立方体里。六个金属立方体错落着，层叠上去，每一个都半米见方，像坏掉的一堆魔方。鸡蛋都是真的，乔远走近前查看过。他想起鸡蛋的保质期，非典让他开始考虑这些问题。

吴勇问，说实话，还不错，是吧？

乔远不太明确他指的是什么。但他笑着答，不错。

乔远这天是翻了学校西门的矮墙，从集中营里溜出来的。这也许才是真正不错的事。学生们那时开始都管校园叫"集中营"。两千多名青春期男女，在集中营里已经待满一个月，又停课了，终日无所事事，谁都难免想要逃逸。毕竟在草坪上晒太阳或者打羽毛球，这些事情，很快会让人厌倦。于是有人开辟了这条出校的秘密通道——矮墙本来也不高，沿着墙根又垒了些砖头，个子不高的女生也能轻松踩着砖头，翻墙进出。校方似乎也知道这条通道，因为那些砖头一度被清理过，但不久又有新的砖头出现。学生们心照不宣，谁也不问是谁做了好事。墙外面的北京城，其实也不过是一座大一些的集中营，但他们也乐此不疲。只是乔远翻墙出校，可不是为了像大学生们一样，只为看场电影或者吃顿没味道的麻辣烫。

乔远是被应天叫出来的。乔远的大学同学应天，早住在艺术区，这天打来电话说要解救乔远，去艺术区转转。

应天说，都这样了，还不出来。

这天下午，应天说他已经把车开到西门那处矮墙外了，他已经看见了三三两两的学生翻过矮墙出来。而且那些翻墙的动作熟练、轻巧，"就像做操一样"，应天在电话里说。

后来，乔远也翻了墙。他觉得这感觉很好，像是再也不用回来了。跨站在矮墙上的时候，他认为自己正在做一件了不起的事情，他很久都没做过什么了不起的事情了。

应天开车带乔远来到了艺术区。艺术区在北京城的另外一边。穿越城区的三环路，在乔远看来格外空旷陌生，就像另一座新兴城市的开发区。只不过两个月之前，这还是北京城最拥堵、最繁华的一条路。

那年春天北京的天空，也蓝得离奇地虚伪，酷似丙烯颜料里乔远最不喜欢的那种蓝。乔远打开车窗，摘下口罩，因为应天并没有戴口罩，乔远也不愿让自己显出胆怯。

乔远来到艺术区的第一站，就到了吴勇的年与时空画廊。画廊老板吴勇——应天这么介绍的——说，他在策划一个活动，叫"蓝天不设防"。吴勇找来应天，是为商量这件事。应天又叫来乔远，因为应天总是会在遇上麻烦事的时候叫上乔远。应天向吴勇介绍，说乔远是画家，画写意人物的。但应天没说乔远在城西的高校当老师。

乔远心照不宣，于是也没有解释。他们都觉得在艺术区，画家的身份，其实更合适。

"随便看看。"吴勇说。他穿小方格子的衬衣，扣子扣到从上往下的第二颗。在他衬衫胸前的口袋里，装着一盒KENT香烟，透过薄薄的衬衫布，香烟盒清晰可见，于是他左边的胸脯就鼓了出来。那是心脏还是肺的位置呢，乔远不确定。

乔远在艺术区见到的第一个人是吴勇，这难免造成不太合适的映像。其实艺术家们都从来不会在衬衫胸前的口袋里放东西——他们根本也不会穿衬衣这种东西。

吴勇带着乔远、应天去了画廊的二楼。二楼装有落地玻璃窗，墙上挂着抽象表现主义的画。阳光从玻璃窗照进来，室内热得待不住，只有一楼装了空调。他们只看了一眼，又下楼。吴勇说去外面抽支烟。

"都差不多了，跟亦庄那边也说好了，到时候直接去就行。"吴勇跟应天谈着活动的事。他们似乎都知道这是怎么回事。乔远听不明白，但他也没问。

在学校的教师宿舍楼里，乔远已经独自打发了一个月的时间，从四月非典疫情公开、学校实行紧急封闭措施的时候开始。这一个月的日子过得很漫长，每天的娱乐，不过是看看新闻通报的非典病例和疑似的人数，就像股民每天守着看大盘指数。只是到现在为止，这个大盘的指数都只是在涨，没有跌。到后来，连新闻里的数字也失去了吸引力了，因为那毕竟太抽象。有些东西变成数字之后，便显不出什么意义。乔远开始进入一段沉闷的自闭里。没人给他打电话，他也不想跟什么人联系；学校的网络时好时坏，上网成为可有可无的事情；那些画画的东西，毛笔、砚台、宣纸、颜料，都搁置在宿舍一个角落里，发出干燥后的粉尘气息，谁还有心思画画呢；教研的论文，一直在电脑某个文件夹里，没被打开过，自然也毫无进展。乔远每天的活动，是晚饭后在校园内闲逛，看学生们如何花样百出地打发时间，谈恋爱或者发呆，本质上是一回事。有时会碰到认识的学生，他只是远远地点头，连微笑也省略了，反正大家都戴着口罩。他最久一个星期没有开口说话，沉默到错觉自己会因此顿悟而成为艺术大师。可是他知道，其实自己始终也没能真正平静下来，内心里有个声音，一直很狂躁，他安静不下来——反正，他一点也不想这样过日子了。所以，应天打来电话的时候，乔远几乎立刻答应了——是的，去艺术区看看，翻墙出去。

乔远认识的画廊老板不多，他还不知道怎么跟他们打交道。他们是商人，商人总是穿衬衣，是会在胸前的口袋放东西的另一种人。那大概很不一样。乔远一直自认是学院派。学院派艺术，依赖另一种逻辑。这种逻辑的核心是论文成果、教学成绩以及叫好不叫座的赔钱展览。可是，这种逻辑乔远也没能掌握。他当了三年高校的艺术课老师，一直教的是公共选修课，当然没人在乎，所以连副教授也没能评上。

这大概很能说明些什么。应天一直在劝他辞职，大概也是意识到乔远在高校的日子难免捉襟见肘，还不如辞了痛快。

乔远开始听明白他们的活动内容。他们打算在亦庄开发区的空旷地带，放飞三百只风筝，名为"蓝天不设防"。风筝是在潍坊定做的，潍坊有家风筝厂自愿赞助他们三百只风筝，因为这毕竟是"公益活动"。"抗击非典，团结人心"，电视里都是这么说的。三百只风筝不算什么，微不足道，比起因此获得的名声来说。

乔远没有问"风筝"和"非典"之间到底有什么关系。他只是默默听他们说话，那些细节，邀请多少人，还有宣传，最好能多去些人，什么人都行，反正所有人现在都没事干，机关不上班了，学校停课了，商场也没生意了，连公交车都空载了，闲人多的是……说实话，没问题的，因为在户外，亦庄那边很开阔的，比天安门广场还开阔，还可以戴口罩，如果还不放心的话，我们做过申请，跟有关方面打过招呼……三百只风筝可能不够，潍坊那边愿意再提供些……但那不是关键，关键是里面有几只定做的，很大……你猜不出来，那是什么风筝，打死你也猜不出来，这可是出彩的部分呢……是孔子、佛祖、耶稣……上新闻的时候，得说说这个……可能还有别的，我一下想不起来了……什么意义？没什么意义。意义是你们艺术家的事，说实话，我是商人，我不操"意义"的心……什么，那可不行，你最好再想点什么意义来……我不知道……我得打几个电话了，再叫一些人，最好有名气的，这几个电话得我来打，说实话，我有这面子……

阳光亮得刺眼，在艺术区空旷的柏油路面上，炙烤出一些气体状的东西。乔远觉得，透过这些气体看眼前的一切，都有种变形的感觉，好像时光穿越，总之是那种非现实的映像。他的心思，并不在吴勇的活动上。他从来也不关心那些被认为是哗众取宠的行为艺术，尤其在这样的时候。

两周前，乔远的一个学生被带走，去了隔离医院。跟他一起被带走的，还有他的宿舍以及左右相邻共八个宿舍的学生。他们还不知道隔离是怎么回事，在上车的时候仍然快乐得像是去春游。有女生朝那些穿着防护服的医护人员喊——宇航员叔叔。他们都没见过这样的场面。

后来，有不好的消息在校内网上流传，说起他们的隔离，医院那里早已是人满为患。疑似病例和确证病例无法彻底分开，最多的时候六个人一间房。再后来，这些消息也没有了，因为那家隔离医院断网了。乔远开始收到一些陌生号码群发的手机短信，都是本校被隔离的学生发出的，收到短信的人又自发扩散这些信息。那些短信，让乔远一点点虚弱下去。此前，没有人会觉得这是生死攸关的事。但现在不一样了，现在，一切都不一样了。一切都虚弱得很，就像乔远一样。

这样的时候，吴勇想做一个抗击非典的活动。乔远顾不上他们，他不知道他们是不是也像自己一样，总是想着如果明天感染了非典，今天其实做什么也没用。

但也许，他们和乔远又不一样。乔远住在城西的高校，三条地铁在学校大门外交会，那里是非典的重灾区；艺术区在城东，疫情没那么严重。北京这么大，乔远与吴勇，曾经是天平两端遥远相望的砝码，难得遇见。但现在，乔远来艺术区了，见到了画商吴勇，天平就倾斜了，乔远觉得什么东西正在失控。

吴勇并不知道这些。城西是高校区，距离这里毕竟太远了。吴勇拍了拍乔远的后背，并就势把手停在乔远的肩上。

乔远从柏油路上那团诡异的气体里，回过神来。感受到吴勇粗短的胳臂上发烫的温度，禁不住一哆嗦。乔远很久都没有这样的身体接触了，无论男人，还是女人——现在，这都是奢侈的事了。

但乔远的反应，也许不是太礼貌，反正，吴勇迅速收回了手，几乎不着痕迹。吴勇的眼睛，躲在反光的眼镜片后面，乔远暂时看不明白他的神情。乔远宁愿相信，吴勇只是为表示友好而已，搭着肩膀，就像哥们儿一样。乔远想要道歉，为自己刚刚那么惊讶的反应。但他又不知道怎么道歉，因为吴勇把这些动作都做得那么自然，没有刻意的亲密，也没有故意去掩饰难堪——因为他是商人，乔远只能这样想。

吴勇走开了，他有几个电话要打。

应天抽完烟，招呼乔远进画廊。他们漫无目的转了两圈，一张一张看着墙上的画，还有画旁边那些小标签上的署名。有的署名旁边，贴着小小的红色圆形贴纸，像古代仕女额头的美人痣，代表这些画已经售出了。

"其实也不是，"应天神秘地说，"有时候没卖的画，也贴上这个小东西，显得热销。"乔远听过这样的事，艺术市场总是需要各种运作、炒作、营销和策划。这都是画商们的本事。

应天说，你也拿几张画来摆上，摆上又不花钱。

乔远答应着，心里并不喜欢应天的说法。乔远只在研究生毕业的时候卖过几幅画，是他的毕业作品，那时他喜欢抽象表现主义——在当代艺术领域，其实所有人都喜欢抽象表现主义。但那些画从毕业展览上撤下来的时候，乔远很难过。他为此很长时间都看不起自己，也因此认定自己无法靠画画生活了——不过卖了几幅画，竟像卖了器官般痛苦。但这些事，是不是做多了就习惯了呢？在年与时空画廊，乔远这样想着。就像女人卖身，次数多了就没事了。只要是为了生活——这总是一个堂皇的借口。

乔远说起吴勇的活动，问应天那到底是什么，怎么回事。

应天似乎很有兴致，他认为成败在此一举。"现在，后海已经火起来了，为什么？因为非典，三里屯不能去了，人们要到户外，户外是什么地方，就是后海，也是艺术区啊。"应天看这件事的角度，似乎跟吴勇不一样，跟乔远想象中，也不一样。艺术区有些偏远，交通并不那么方便。早期，一些美术学院的学生因为学校搬迁、装修，在这里租了厂房，做雕塑，也画画，因为房租便宜。应天也是那时到艺术区的，他被学校开除了，他住了三年的乔远上铺的那张床位不再属于他，他需要找一处便宜房子。

"到时你来就是了，反正没事。"应天说。

吴勇不知道什么时候也进到画廊来了。他指给他们看那些红色小标签，说行情不错，"尤其是红色题材的，你们知道的，说实话，就是红色题材。"吴勇来回解释，更像是在遮掩什么东西。

吴勇又问乔远画什么题材。乔远说水墨。

"什么内容的？"吴勇认真地问，眼镜片闪过倏忽而过的光。

乔远觉得很难回答。人物，或者山水，这该是吴勇的理解。其实乔远更喜欢那些形式主义的实验，但那可能会引发吴勇更多的疑问。

"什么都画一点。"于是乔远含混地说。

"哦，哪天可以去你的工作室看看吧？"吴勇说。

乔远没有工作室。他都在教师宿舍里画画。乔远看了看应天，应天已经替乔远答应下来了，"没问题，哪天我们一起去看看。"

乔远有些疑惑，但应天用眼神制止了他。乔远觉得应天的眼神里有些别的东西，大概在他们谈论的事情之外，但他不确定那是什么。

吴勇说他每天都在画廊里，要乔远没事的时候就过来看看，吴勇住在这幢公寓的九层，"租一二楼，送九层的公寓。"他补充道。乔远每天都没事，但他不认为自己会再来这里了，进出校门都得翻墙——这事儿并不那么容易。

"说实话，多走动走动，是吧？"吴勇点燃一支烟，这次他没有到外面去。非典让所有人都对户外和室内间的差别敏感起来，乔远也想抽烟，他犹豫着要不要到门外去，并且已经挪到了玻璃大门处，透过大门进入大厅的阳光，像一束追光灯，让他感到自己从这一刻开始，每个动作都很受瞩目。

但应天也说外面太晒，他们开始在大厅抽烟。吴勇手上不知道什么时候多出来一个金属的小雕塑，一条美人鱼，上身赤裸，下身的鱼尾甩进一圈起伏的波浪里。乔远看见他们把烟头在那些金属波浪里拧灭。

"最重要的,你知道是什么吗?"许久,应天开口说道。

"什么是什么?"吴勇问,他刚刚在说这里的房租为什么便宜,因为马上会被拆掉,"市政府想把这里改成高新科技园区。"

但应天说的是别的事情,关于吴勇的行为艺术,"蓝天不设防,最重要的,是活动的最后,要让所有人都摘掉口罩。"

"摘口罩,摘口罩……"吴勇嘀咕着,突然把手里的美人鱼重重摆在展台上,"对,就是摘口罩,这就是我想要的,"他之前坐在展台上,两条不长的腿悬在白色展台边上,像没有骨头一样甩来甩去,但现在他猛地跳下来,大概很激动,"牛逼啊,就要这个,摘口罩。口罩?说实话,这玩意儿管用吗?"他从裤兜里竟真的掏出来一个白得耀眼的口罩。而乔远还以为艺术区没有人戴口罩。

"管用吗?谁知道呢,这些人……说什么都管用,现在说什么他们都会信的,说不管用,他们也信。"应天一边说,一边绕着那堆金属格子里的鸡蛋转圈、手舞足蹈着。烟灰于是落在地板上,又被他踩上去,留下一些散淡的痕迹。

乔远也在美人鱼身下的波浪里拧灭烟头,然后又觉得没什么事可做了,于是又点燃一支烟,他很长时间没有抽过这么多烟了,也许应天也是,吴勇也是。

但乔远并不像他们那样激动,他想起自己的裤兜里,也有一个刚刚摘下的口罩。口罩其实并不让人舒服,就像面具。乔远的家乡,就有一种傩戏,人们戴着花花绿绿的面具跳舞,竟然倍增勇气。乔远小时候很喜欢看这种傩戏,都在县政府前的广场上。七岁时,他蹿到跳傩戏的队伍里,又被父亲揪出来。那天县政府的主席台上坐着省上管文化工作的头头们,傩戏是专门为他们演的。傩戏队伍早已失散,所以临时又凑了一些人,反正戴着面具、穿上戏服,谁也认不出来谁。但乔远还是在那些临时演员的队伍里,看见了自己的小学老师,他太熟悉那个讲台上的背影。乔远冲进队伍,是希望找那个老师。被揪出表演队伍的男孩乔远,注意力只好落在那些古怪的面具上。是那些面具,让他们变得不一样了。你看,连老师都能四仰八叉地跳舞,就像只青蛙。

"说实话,我没戴过口罩,你看我每天把口罩装裤兜里,但是我从来没戴过。我得说话,还得抽烟,说实话,戴上这东西,我喘不上气。"吴勇举着烟头的手在空中挥来挥去,他好像也忘记要把烟灰弹进那个有美人鱼的烟灰缸里。

"嘿,北京城西,你知道吗?他们都得戴口罩,我不知道他们怎么过日子……"应天用手蒙住嘴,像要呕吐的样子,只留出一双眼睛,假装惊恐地看来看去。

"哈,哥们儿,你说得太对了。"吴勇说,"说实话,蓝天不设防,是个好主意,说实话,我们得庆贺一下。"他一连讲了两个"说实话"。

乔远觉得自己已经被他们看穿，因为他每天戴口罩，跟谁都不来往，像他们嘲笑的那种胆小鬼。

阳光越发倾斜，刺入封闭的玻璃门。室内有空调低沉的轰鸣声，很让人昏昏欲睡。烟雾在这间阔大的画廊里也逐渐明显起来。太阳底下，那些烟雾飘动的情状，如同玻璃上的水迹一般明显。它们在闭幕的空间里，缓慢升腾，并终于凝结成如同抽象表现主义油画上的图案，也像乔远小时候见过的傩戏面具上的花纹。

应天拿过吴勇那个口罩，后来他又从一张展台的后面打开柜子。那是一个极隐蔽的柜子。应天从里面掏出一些东西，是丙烯颜料。他很高兴，说，"我他妈就是天才，你看，我一找，就找到了颜料。"他挤了一点水红色的颜料，在口罩上，用手指快速抹了两下，又单手举起口罩，像举着一条脏掉的白内裤，"看，画点什么东西，怎么样？"

"说实话，你真他妈恶心。"吴勇却是笑着说的。

"乔远，你来画！"应天叫道。乔远几乎没见过应天画画，应天大学肄业，认为画画是一种"灵感偷袭躯体"的事情，而他始终没被灵感偷袭过，所以他没法画画。

乔远在那个口罩上又抹了些蓝色的丙烯颜料——他最不喜欢的那种虚假的蓝色——他回忆起傩戏面具，觉得这也许是个好主意，在口罩上画画，然后让所有人摘下这些面具。

应天继续在他偶然发现的那个隐蔽的柜子里翻找，他竟然找出些别的东西，是大半瓶透明的纯粹伏特加。

"哦，现在喝酒，你不觉得太早了吗？"吴勇斜着眼睛看外面，但已经看得不是太清晰了，烟雾像是让阳光变重了一般。

"吴勇，你还藏了什么好东西，我们不是要庆贺一下吗？都拿出来！我们来庆贺一下。"应天并不客气，反正他贡献出了摘口罩的好点子。

"嘿，都被你小子找出来了，哪有什么好东西。"吴勇看着天花板上一个什么地方出神。

乔远在自己那个罩上，也画了些东西。他想画一个耶稣，但吴勇没看出来，吴勇说那是星巴克的商标。"不，我们不要星巴克，我们已经有赞助了，潍坊风筝厂。"他说。

乔远戴上那个画有耶稣基督的口罩，耶稣不是他的信仰，但那有什么关系呢，现在这样的时候，信仰有用吗？他们还打算把耶稣的风筝放到天上去呢，和孔子风筝一起。

两个口罩都画好了，那个被应天弄上颜料的口罩，被乔远改造成了傩戏面具的样子，"我觉得，你可以叫它'钟馗'，也许。"乔远这样告诉他们。

应天并不介意这个口罩上是否真的是钟馗，反正他戴上了它。而乔远自己戴上了那个耶稣口罩。他们互相看着对方，大笑起来。但口罩让笑声听起来，有些诡异。

　　吴勇也希望加入他们，他竟然又掏出一个口罩，也许他的裤兜里还装着更多的口罩，但是他说过，他从来也不戴它们的。

　　他们把酒瓶传来传去，直接喝掉那半瓶伏特加。

　　乔远在吴勇的口罩上，画的是一个佛头。他擅长画佛头，慈眉善目、让人想流眼泪的那种。后来吴勇就一直戴着那个佛头口罩。乔远闻到口罩上丙烯颜料的味道，但他觉得那已经没什么关系了，他们抽了太多的烟，又喝了伏特加，对味道可以不在意了。

　　喷头开始喷水之前，有过警报，但他们都没在意。那警报声不大，就像微波炉完成工作后嘀嘀嘀的提示音。

　　"还有微波炉？"乔远记得应天这样疑惑地说，"什么微波炉？"吴勇问，口罩让他们的说话声都含混起来。"还有微波炉，我想热个鸡腿吃，天啊，太他妈想吃个鸡腿了！"应天说着酒话。

　　这时水就下来了。天花板上那个小巧的黑色挂钩一样的东西，就在装有鸡蛋的金属装置的正上方。刚才那微波炉一样的嘀嘀声，就是那个小东西发出来的。但他们忽略了它，所以它开始喷水了。水雾并不大，像春天里雾状的雨。

　　"靠，什么鬼？"应天被吓得弹开，他摸着自己的头发骂道，他的头发已经湿了，一些水珠在上面闪闪发亮。应天刚才一直倚靠着那些金属格子，现在，水雾垂直笼罩住他。

　　他们并未完全明白眼前的状况，但天花板四角的地方也开始喷水了，像那种随着节奏喷水的音乐喷泉。

　　"啊，是烟雾探测器！"吴勇话音刚落，警报声又响起来——这次的声音更大，像很多台微波炉同时完成了工作，一起发出嘀嘀声。

　　"怎么关掉它？"乔远也被水淋湿了。水雾越来越大，春雨继而转为微雨、中雨。乔远看见应天和吴勇，他们在水雾里走来走去，像是要找到什么东西。

　　"我们不该在这里抽烟的。"吴勇很无奈地说，看样子他并不知道怎么关掉这个。

　　"你该说的，这里有个喷泉！靠，真高级，居然有个喷泉。"应天很不满。他们互相看着对方，但又忍不住笑起来。吴勇已经扯下了口罩，在警报声和喷水的声音里，他大声冲应天喊着："我他妈怎么知道，这里有个这玩意儿，烟雾探测器，没人说过这个……"

应天也扯下口罩，那只钟馗已经变形了，在应天嘴上留下一些红色的颜料，像嘴里在出血，又像一处夸张的吻痕。应天用口罩干净的一面擦嘴，但没什么用。"丙烯颜料是擦不掉的。"乔远说。

"你们都有，哈哈！"应天突然大笑起来，乔远看见吴勇的嘴上，也留下一圈黑色的痕迹，那曾经是一个画在口罩上的佛头，现在模糊地印在了吴勇的嘴上。乔远于是也知道了，自己嘴上也有颜料。三个男人似乎反而不在意了。他们看着对方脸上嘴上那些深深浅浅的脏兮兮的颜色，看着对方头发上衣服上不断凝聚起来的水珠，看着这场突如其来的不被设防的烟雾探测器喷射出来的人造雨，看着朦胧的落地玻璃门以及门外凛冽的大白天光，竟就这样松弛下来。

乔远想起大学时候，应天还没有被迫退学，他们夜晚在宿舍楼的水房里洗袜子——这是他们都不屑一顾的麻烦事，于是最后会洗成一场惊天动地的水仗。七八个男生在水房里互相用盆泼水——那些年的夏天，他们都用这样的方式洗澡。但现在并不是夏天，只是一个古怪的五月，很长时间都没有结束的五月，永远过不去的五月。

应天碰倒了一个装有鸡蛋的镂空金属格子，鸡蛋砸碎了一些，黄色的、透明的液体，黏在地板上。"我去，你想干吗？"吴勇说着，听上去他并没有生气。吴勇正扯着乔远的衣服，大笑着想把自己脸上的颜料在乔远的衣服上擦干净，乔远躲着他，骂着，"你有病吧。"吴勇止住笑，说，"嘿，哥们儿，你那么紧张干吗，我又没病，我不会传染给你的，你别紧张。"

乔远突然蹲下来，想起了那些孩子——被带去隔离的孩子。他从昨天开始，就没再收到陌生的手机号群发的消息了，不知道他们是不是都会活着回来。学校里有些似是而非的传闻，说校长已经决定把孩子们带回来，在校医院准备拆除的那幢小楼里隔离。但没人能确定这消息的真假，因为人命关天的事情，谁也承担不起。乔远希望他们回来，哪怕两周的隔离期还有整整五天，才会真的过去——他仔细算过。

"哥们儿，你怎么了？起来嗨啊！"吴勇在水雾里东倒西歪地指着乔远。他不明白这些事，乔远想。

"它会自己停掉吗？"乔远问，但他们其实都不确定，烟雾探测器，这种东西，最后是不是会自动关掉。

"我不知道，真不知道，它从来没喷过水，抽烟也没喷过，今儿怎么回事？"吴勇说着，一边取下满是水痕的眼镜，露出真实的眼神。乔远第一次看清他的眼神，一种忽明忽暗的光，像那种诡异的、总是会坏掉的日光灯启辉器，"可能这东西坏掉了，靠，我得找他们去……"吴勇又说。

"嘿,你们干吗呢,谁能这么好玩呢,多好玩啊。"应天喊着,他在跳《雨中曲》,他还有这一手。乔远也站了起来,加入应天,开始跳舞。他不太会跳这个,但有什么关系呢。他想起小时候跳傩戏的老师。重要的是,他们遇上了这样的麻烦事,在会喷水的高级房间里被淋得透湿,而他们竟然都没有想要暂时离开这里,到外面去。其实很多人都离开了,那些得非典死掉的人成为新闻里的数字,还有那些离开北京的人——他们也许会把病毒带到更多的地方。他们三人,都没离开,尽管他们完全可以逃到门外,但他们还是让这些不知来路的、凉丝丝的水冲刷自己。

它突然停掉了。不再有水喷出来。嘀嘀声也没有了。

应天看着天花板上那些小小的黑色的挂钩一样的东西,好像不明白刚刚发生了什么。但乔远知道,这是一场意外的降水,就像这年春天意外发生的疫情一样,它总是会停止的,在某一个不被注意的时刻。

他们互相看着对方,似乎为目睹了对方那场狼狈又失控的表演而难为情——也许这才是需要他们好好想想该怎么去对付的局面。

一切都安静了,碎掉的鸡蛋在地板上又被鞋印踩过了,鸡蛋液于是到处都是,像是无法回避的证据或记忆。

"噢……"应天长长地呼出一口气,一下坐在湿淋淋的地板上,像是刚完成一场筋疲力尽的比赛。

"我们太需要这种放松了。"乔远也坐了下来,但他不知道他们是否也这样想。艺术区,这样的地方,也许本就比高校让人放松。他想起自己此刻,这种如释重负的感觉,到底是来自那场降水,还是来自这混乱的艺术区。只有在这样的行将被拆除然后建成高新科技园区的地方,才没有自动体温检测装置,进出没人找你要复杂的审批手续,也没有需要翻越的院墙,你也才会遇到这样的怪事——坏掉的烟雾探测器。

"可不是吗,所以吴勇,你那个放风筝的活动,会管用的。"应天总是比他们反应更快些,现在,他马上可以一本正经地谈论他们的正事了。

"我想也是的,说实话,我不怕,"吴勇说,"他们让我别在这儿开画廊,说会被拆掉的,但是我不怕;他们也让我别搞这么大的活动,说眼下人多的地方都没人去了,但是我也不怕。我是下煤井挖过煤的人,我还怕什么?"

"你还借过高利贷,也放过高利贷,结过婚,也离过婚,被人害过,也坑过人,打过架,也被打过。你那些光荣事迹,我都知道。"应天说。

他们真的已经不在意了——那些光荣的却终将成为笑谈的事,乔远想。人们总是会彼此原谅的，尤其在这些特别的日子里。

乔远承诺道，"我一定得去你那个放风筝的活动，就算翻墙也要去。"他很珍惜这样的时刻和经历，他知道这并不经常发生。

"翻墙？"吴勇不明白。

"是的，学校已经戒严了，我是翻墙出来的。"乔远说。

应天似乎意识到什么，他急忙说，"没事儿，他们学校，没大事儿。"

"哪个学校？"吴勇认真起来。

乔远告诉了他。

"真的？你真的在那个学校？"吴勇似乎紧张起来，他掏出手机看了看，手机上也有水，他在屏幕上来回抹，一边呢喃着，"上周有学生被隔离的那个？"

"其中一个，是我的学生……希望他没事，我想。"乔远不知道这件事已经传到了艺术区，但这也不奇怪，所有的手机报都会传送高校区的病情，和隔离和疑似人数的那些数字一起。

"你不早说？你不是画家吗？"吴勇站起来，他从地上捡起来纯粹伏特加的空瓶子，大概他想起了他们三人，刚才轮流对着瓶口喝酒。他又去摸衬衫上口袋里的烟，但烟也已经湿了。

"你也没问啊，我是画画……"乔远突然明白过来，吴勇在害怕什么，就像刚刚他对吴勇搭在自己肩上的手臂感到不自在一样。

"算了，算了，没事，没事……"吴勇似乎意识到自己的失态。他推开玻璃门，一股沸腾过的暑气扑面而来。地上的水迹漫延到门外的台阶上。吴勇回头，对他们说，"我得去找找他们，来检查一下烟雾探测器。"

"他怕你传染给他，所以我刚才没告诉他，你在高校区住。"吴勇走后，应天满不在乎地说。

"我以为，他不怕这个呢。"乔远并不觉得自己被吴勇突然的警惕伤害了，他明白，眼下人人都在自保，都在设防——只是一种本能，没必要被责怪。

"他？他怕死了。"应天说。

"他随身带了两个口罩。"乔远又想起来，吴勇可是要做一个"蓝天不设防"的活动的。

"哈哈，口罩，是，两个口罩——他还给这里装了烟雾探测器。"应天说。

乔远问，真是他装的？

"不知道，但怎么不可能呢？是吧。"应天说，"不过，我们没他那种经历，我们

345

可能不会明白,他在煤井里被埋过一次,惜命得很……"

吴勇没再回画廊来,他去找修烟雾探测器的人了,但谁来为烟雾探测器负责呢?没人知道这个。也许那根本就没坏,只是他们自己做错了,不应该在有烟雾探测器的地方抽烟。他们都得为自己负责。

应天和乔远离开艺术区的时候,将玻璃门随手关上了。之前,他们花了很长时间来打扫一片狼藉的画廊。清理工作难度最大的部分,是那些碎掉的鸡蛋,黏腻的蛋液里掺进了烟灰,如同这世界上所有那些不堪忍受的肮脏面目。

"我们要做这些吗?"应天问。

"不知道。"乔远说,但如果就这么走掉,他还是感到过意不去。

"别往心里去,"在回学校的路上,应天开着车,这样说,"其实他这人,很多时候是不错的。这次活动,阻力还挺大的。"

"我知道,"乔远说,他的确知道,所有人都没错,但为什么所有人都在承受这些。这些隔离的日子,简直让人疯掉了。"你说,后天,他那个'蓝天不设防',我还去吗?"乔远担心自己会再次让吴勇难堪。

"哦,'蓝天不设防'?你去不去,这,可能还真是个问题。"应天紧皱起眉头,"你刚说你会去的。"应天说。

"你刚说,什么阻力还很大?"乔远问。

"大型集会啊,现在,你知道,特殊时期,到处都很紧张。"

"应该是,但是,他说已经没问题了。"乔远说。

"是没什么问题了,他活动能力还可以,只是为做事,不为别的,所以,我们还是去吧,这也是我们的活动呢!"应天答道。

"我们?"

"嗯,策划人里也有我,吴勇说的,摘口罩的主意是我想出来的。"应天骄傲地说着。

车速越来越快,三环路空旷无人,像没有尽头一般延伸。三环路是条环线,如果应天一直这样开下去,他们只会耗光汽油,也根本到不了尽头——尽头是不存在的。

不过,他们也终究没有在三环路上一圈圈地重复,而是小心地找到了那个恰到好处的出口。乔远已经能远远看见那紧闭的棕红色校门。他想起翻墙而出的那一刻,他曾以为自己终于逃离了戒备森严的校园,可以不必再回来了。可事实上,并没有。但那短暂的不设防备的瞬间,也足以让乔远记住这一天——2003年春天,画家乔远认识了年与时空画廊的老板吴勇。

2

乔远从艺术区回学校以后,再也没有戴过口罩,直到非典结束。他的口罩已经被这次意外毁了,又不觉得需要再去买新的口罩。何况口罩其实一度是紧俏的东西,到处脱销了。后来他们可以去校医院领口罩了,还有那些苦得匪夷所思的中药。

那天翻墙回学校的时候,乔远遇到些麻烦事。一个女生央求他"搭把手"。

她长得不算瘦弱,但穿了不利索的绸子连衣裙,似乎低估了穿连衣裙翻墙的难度。她把裙摆紧紧裹在自己大腿上,露出肌肉分明的小腿,上面淡蓝色的血管隐约可见。真是让人心疼的血管——乔远想。

她那时刚好斜身坐在矮墙上,两条腿搭在矮墙外面,在乔远头顶处乱晃。"哦,天啊,我恐高,快,帮我一下。"女孩冲乔远说,好像他们是多年的旧识。

应天也下车来了,正看着乔远诡异地咧嘴笑,他说:"美女,我来帮你!"

"滚开!坏人!"女生熟练地骂道。

"还是个小炮弹呢!我就喜欢小炮弹。"应天说,一副满不在乎的样子。他的确不在乎,一个女生而已。

"他要你上!"应天阴阳怪气冲乔远说着。

"乔老师,你不记得我?"女生说话的时候,身体在矮墙上晃了两晃,像是马上要摔下来,但她又很快把自己稳住了,说,"我是牛牛。"

"牛牛?哈,美女,你真的叫牛牛吗?"应天插话。

"关你什么事?"牛牛嗔怪着,"乔老师,我上过你的选修课。"

乔远还是没有想起来一个叫牛牛的学生。他的选修课面向全校,一百多人的课堂,只有一半的出勤率,他不可能记得所有学生的样子。但他觉得现在不是讨论选修课的时候,他说:"嘿,我们不是要这样聊天吧?"他仰着头,又看看应天,暗示着三人之间这可笑的位置关系——牛牛在墙上挂着,他和应天在墙外仰着头说话。

"帮我一下,我要你,我不要他,他不像好人,嬉皮笑脸的。"牛牛生气地指着应天。

"嘿,牛牛,我是好人啊。"应天解释着,但他马上又说,"你知道你现在在做什么吗?"

"什么?"牛牛戴着口罩,但仍然看出口罩下面噘起的嘴。

"出墙啊,一枝红杏——"应天故弄玄虚地说着。

"出墙你个头啊!"牛牛扔下来半块砖头,她手里怎么会有半块砖头?应天跳着躲开。但乔远知道,应天很享受这样的事。他擅长惹恼漂亮女孩,擅长在她们的嬉笑怒骂中表现出他最有趣的一面,当然也擅长在她们哭着央求他不要离开她们的时候佯装一副无辜的受到伤害的面孔。

"嘿，人身攻击啊！我饶不了你，小牛牛！"应天谄媚着。

乔远也上了墙，在朝牛牛伸出手的时候，他迟疑了一下，试图回忆起上次牵女孩手的时候。但他没能回忆出来，毕竟太久远了。在这所理工科大学，女孩们跟乔远读书时熟悉的那些美术院校的女孩们都不一样。她们似乎更冷酷，懂得与男人们周旋在一个理性的距离内。但乔远产生这种想法的原因，也许只是因为他自己的身份改变了。现在，他是这里的老师，虽然他知道很多学生并不像对待其他老师一样重视他，他不过是个有些怀才不遇的倒霉的美术课老师而已。他的职责是增加学生的审美素养，或者还有种说法，让这所理工科大学的课程表更好看。没人在乎他的课上得怎么样。美术欣赏，这样的课，跟土木工程、程序设计、流体力学比起来，显而易见算不得重要。

牛牛戴着口罩，看不出是不是漂亮，但眼睛大，很适合她的名字。她似乎并未犹豫，便抓住了乔远的手。也许是在权衡了身体接触和一直困在矮墙上这两件事的利害关系后，她领悟到自己没有太多选择。

应天在他们牵手的那一刻开始大呼小叫，又哼哼出婚礼奏鸣曲的调子。

牛牛想扭头去骂应天，但她那时的身体姿势不允许她做出扭头这种破坏平衡感的事情。"我恐高，我恐高。"她像是在安慰自己，而不是做出解释。她一个人，翻墙回到戒严后的学校，没能成功，因此必须求助于年轻的老师，以及他不靠谱的朋友。

"没事，现在你把腿挪到这边来，我扶着你。"乔远小声对牛牛说，一边在手上用力。他觉得这是自己当老师以来，最被学生信任的一次，于是手都开始微微抖动。他看见自己脉搏处的血管，鼓了起来，像红红蓝蓝的一团电线，纠结在一起。

牛牛配合着乔远，把两条腿小心翼翼地挪到墙的一侧。然后，她只需再微微用力，脚就可以触到墙边的砖头上了。她的球鞋像两只红色的小鸟，在墙边稍作停留。

"要帮忙吗？我也来帮忙吧！"应天竟然也爬到墙上来了。

牛牛被应天突然的举动吓住了，差点滚下去。她躲着应天，并趁势跌进了乔远的怀里。她不好意思起来，在墙上坐直，稳住自己，松开乔远的手，似乎还是害怕，又立刻抓住了。应天笑起来，他提议他们应该"就坐在墙头，以便好好看看夕阳"。

"看什么夕阳？闲情逸致，我没那工夫。"牛牛对应天凶起来。

"小牛牛，生活需要美和发现美。"应天说。

"你也是画画的吧？"牛牛歪着脑袋问应天。她坐在他们中间。

"是，我也画画，跟乔老师是大学同学。你可以叫我应老师。"

"我不喜欢搞艺术的，弄不懂你们。"牛牛说。乔远知道，她和这所大学的女生们一样，认为艺术家是另一种古怪的生物。

"你可以不喜欢我,你怎么能不喜欢你们乔老师呢?"应天接着打趣,如果没有意外,他可以把这样的话说上一整天。

乔远于是打断他,然后直接把牛牛从墙上抱了下来。她脚上那两只红色的小鸟稳稳站在了那堆砖头上。然后她一本正经地整理着自己淡橘色的连衣裙,好像已经忘记刚才的花容失色了。

"谢谢,乔老师,再见!"她说,像小学生在课堂上说"老师好"一样。

应天还想说什么,但被乔远制止住,"你也该回去了,我们这儿,可是重灾区。"乔远若有深意地说。

"什么重灾区啊,你都没事,我能有事吗?"应天像暴富的纨绔子弟,整天只发愁如何打发时间这样的问题。

"喂,我们帮你'出墙'了,你不得感谢我们呐?"应天朝牛牛喊。

牛牛转身又回来,大声说:"我说过谢谢了。"她是个一本正经的好学生。

"这样啊,那不客气了,下次再想出墙的时候,记得找我啊!你要不要我的电话?"应天也一本正经地问。

牛牛干脆又走回来,纠正应天道:"我是翻墙,不是出墙。"

牛牛是北京女孩,成绩不好不坏,后来她自己这么说。"如果在外地,我大概大学都考不上。"不过她不认为自己比成绩好的那些同学差,"我觉得我挺全面的。"说完她又迟疑起来,很坦诚地补充着,"我不喜欢艺术,我只上过你一节课。我选美术欣赏课,是因为别人都说,这课很容易,是送分的。"

"哦,小牛牛,那怎么行呢?你不上课,乔老师是不会给你学分的,是吧?乔远。"应天严肃地说。现在,他们都坐在校园中央的那块草地上。在户外,这让人有安全感,而且还有很多学生,都在他们周围,坐着或者躺着,看上去都昏昏欲睡,像《动物世界》里那些懒惰的海豹。

"因为停课了啊!"牛牛辩解。

"给你一个补课的机会!"应天从来没这么和蔼地跟乔远说过话。

"补课?不嘛!"牛牛当真了。

乔远悄悄笑起来。应天这才说:"跟乔老师去艺术区看画展,现场讲美术欣赏!"

"为什么?"牛牛不高兴地问。

"你问乔老师!"应天也很不高兴地解释。

"我看你先得学习翻墙。"乔远说。

牛牛这天翻墙出校,据她自己当时说,是为了回家。她已经一个月没有回家了,更何况，天气热起来，她必须回家"换裙子"。"再不穿裙子，夏天就过去了。"

可是，第二天她再次出现的时候，却背了一个毛茸茸的背包，远远看去，乔远还以为她带了只白色皮毛的狗或者猫这种宠物。如果在冬天，这样的包会很不错，但不是现在。

她如约出现在翻墙的地方，没有爽约。这似乎也没什么意外的。

你分不清季节吗？后来乔远问她。

"有什么关系啊，谁知道我还能不能活到冬天呢？"牛牛说。

"你太悲观了，小小年纪，不该这么悲观，走，应老师带你去接受下理想主义教育。"应天说。

"你不是老师，乔老师才是。"牛牛总是很认真，"不是美术欣赏教育吗？怎么又改成政治课了？"

"哦，小牛牛，我就喜欢认真的孩子，你这样的。"应天说。

他们又翻了一次墙，牛牛还是觉得很难。"我身体平衡不好，体育课经常不及格。"

"你美术课也不会及格的！"应天吓唬她。她被吓住了，一紧张，一只脚又从墙上滑了下来，好在这天她没有穿裙子，动作终于可以舒展一些了。

"我不跟你说话了！"牛牛对应天说。她又为自己解释起来，"我答应跟你们去什么艺术区，只是因为这里无聊死了。我不喜欢艺术，也不要看什么画展。"

乔远再一次把牛牛从墙头抱了下来，这一次，他感觉她其实沉甸甸的，像那种没发开的馒头，但也许只是因为她开始信任他，才把体重放心地交在他手上。

乔远又去了艺术区，这一次是因为应天喜欢这女孩。

在三环路上，应天开始给牛牛讲那个"蓝天不设防"的行为艺术。

"可是，放风筝，这有什么意义呢？我不理解。"牛牛问。

"乔老师给讲讲！"应天帅气地转了一下方向盘。

"牛牛，行为艺术你知道吗？"乔远说，"意义，这东西对每个参与者都是不一样的，没有唯一的意义，你觉得这个活动的意义在哪里，它就在哪里。"

"我只觉得，希望那些被带走去隔离的男生，快回来，一个也不少。"牛牛坐在后排，慢慢地说着。乔远没再说话，他自己也和牛牛一样，正在经历等待中那些无用的环节，比如希望，比如做些不知道因何缘故的无谓的事，但所有这些，都只是因为，他们必须等待，没有人可以忽略的，却是必然而强大的——等待。

"有个男生，我是说，被带走的其中一个男生，他喜欢我，总是在教学楼外面等我下课，但每次我想跟他说话的时候，他又说不出什么来。"牛牛突然说起这个。"他是好学生，绝对不会翻墙的，我其实也是，但是他被隔离了，因为住他旁边宿舍的男生发烧，他就要被隔离，他什么也没做，只是住的宿舍不对，我可能再也见不到他了，因为他被分到一间倒霉的宿舍。"

"怎么会呢？我说你悲观吧，还不承认。"应天说。

"不，不是悲观，是认清现实。"牛牛说了句哲理的话，"现实就是，我们怎么防备、戒严，还有遵守学校的规定，其实都没有用，你可能两年前被分到一间宿舍，所以非典来了，你就得被隔离，谁能预料得到呢？"

"是的。"乔远相信牛牛说的没错。

年与时空画廊一层的玻璃门开着，吴勇在里面独自发呆，看着天花板。他可能还在思考烟雾探测器的问题。他对他们依然热情，只是一种初识般的热情，仿佛昨天的事并没有发生过。他自言自语着，说烟雾探测器还没修，因为谁也不管。"他们只知道收房租，别的，什么事也不管。"

"可不是，现在什么事都得自己来。"应天附和道。

"我现在得自己去开水房打开水了！"牛牛也说。以前有喜欢她的男生帮她做这些事，但现在她得自己去打开水，拎两只沉甸甸的水壶爬上几层楼梯。

乔远对吴勇感到抱歉，因为让他不得不再次面对来自高校区的自己，何况，今天跟昨天不一样，今天他们还带了一个同样来自高校区的牛牛——一个计算机自动化工程系的女孩，和艺术没有关系。"我5岁的时候去过中国美术馆，只是因为从我家过去有直达的公交车。然后就再没去过了，这是我第二次看画展哦。"牛牛说。

但吴勇对牛牛还不错。乔远相信吴勇会对所有来画廊的人都态度和善，用一种可以容忍的、不会让人产生黏腻与不适的热情，来取得陌生人的好感。乔远昨天听应天说过，吴勇其实"多不易"，不光是他在山西的煤井里被埋过一次，而且他跟错了人，那是个高官，然后出事了，官商勾结，吴勇被"供了出来"。他本来在文化公司，大概卖字画，主要帮人洗钱，但出事后不行了，他替人顶罪，赔光了家产。

应天昨天也这样告诉乔远，"他是关键时刻能顶住的人，所以，还不错的"。应天只是想表达这观点，而且吴勇让应天成为"蓝天不设防"的策划人了，如果活动成功，应天的履历表上会多上一条很值得夸耀的经历。

但吴勇昨天为什么会那么紧张？乔远没问。他想，那还是不一样的，钱财和性命——或者再文艺一些的说法，生命。吴勇是商人，相信千金散尽还复来。不是吗？时隔多年，吴勇依然是画廊老板，而当年出事后供出他的那个高官，也许现在只是在边远地区的某监狱，像鼹鼠一般过着日子。只是，这世界总是有"预设前提"的，前提是一句苍老又强大的话，"留得青山在，不怕没柴烧。"怕死，这没什么羞愧的，现在看来，反倒是一种勇气。

所以乔远这天第二次见到吴勇的时候，对吴勇似乎又多了一种不一样的认识。他想起吴勇在北京如何从头再来，如何开办年与时空画廊，在城东这片区域——曾经是国营电子厂，厂房废弃了，留下方方正正、棋盘一般的"城中城"。听说日本和爱尔兰的知名画廊，也即将在这里开张，因为这是世纪之初，这是中国，这是北京……而这些概念，似乎都在预示着一种莫名的前景，这种前景，与市政府规划中的"高新科技园区"无关。当然，如果不是因为疫情，一切会更迅速而完美，就像一场一拍即合的爱情。即便如此，也足够证明吴勇的眼光，他不需要帮贪官洗钱，也能在当代艺术领域成事。

吴勇告诉他们，三百只风筝已经送到亦庄了。言下之意，万事俱备，只等明天，"希望是个顺风的好天气。"他淡淡地说。

"放风筝应该是逆风天。"牛牛纠正道。

他们都奇怪地看着她。乔远想，她只是太认真而已，不知道顺风和逆风，有时只是一种说辞，就像这世界总是需要通过一大堆无关紧要的废话，才能保持运转一样。

"我不知道计算机自动化系统专业，还学习放风筝的事情啊？"应天没有见识过太多牛牛这样的女孩——他认识的女孩都是艺术学院的那种，永远不会说起风速、风向这种东西。

"不，不学风筝，但就是这样的，逆风放风筝。"牛牛没有听出应天话里的意思，"而且，我还是没明白，为什么要放风筝？你们不能做些有用的事吗？"

"什么是有用的事？"

"那些快死的，还有不知道自己会不会死的人，那些人，他们会在乎你们放了多少只风筝吗？"牛牛义正词严地说着，"难道你放了三百只风筝，他们就不死了吗？"她看上去很激动，像在广场上发表演说。

"可是，话不该这么说。"乔远朝她走过去，轻声说，"我们活着的人，我们怎么办呢？"然后，他被自己的话吓住了。

牛牛先是不说话，然后又突然说："乔老师，我昨天去医院了，他们不让我去。在很远的地方，他们就把路封锁了，我进不去……"她直直地看着乔远，如果不是她说的这些话，也许乔远会把她抱住。

但她现在需要的不是拥抱，她只是没能接受自己什么也做不了。她真的什么也做不了，她只不过一直在房间里走来走去。这房间里还挂满了她弄不懂有什么意义的画作。

三个男人都没有抽烟，烟雾探测器仍让他们心有余悸，或者所谓"余悸"，也并不是因为烟雾探测器。吴勇看上去很没精神，他之前说过，昨天因为烟雾探测器的事情，折腾到很晚，他没睡好，还有明天的活动，千头万绪，他不可能再去安慰一个女孩的情绪。应天依然精神矍铄，他任何时候都是抖擞的，可是在应天的抖擞里，却有一些乔远无法形容的感觉，像是濒临绝境的人反而会肆无忌惮挥霍的那种感觉。应天一直在艺术区做各种"临时工"，他自己不这么说，他说那是"提供咨询"，或者"策划，靠脑子赚钱"，但非典让一切都放慢了节奏，像忘记时间的钟，他们都减速运转。应天也许很长时间都没法"靠脑子赚钱"了。那应天是如何应付艺术区的房租和生活开销的？乔远也不知道。应天也是不会让别人知道这一切的。他终究还是懂得如何应付女孩们小情绪的那个应天。

"小牛牛，你怎么这么傻呢？你去小汤山看他，就会改变什么吗？"应天说。

牛牛却突然抱住应天，喉咙里呜呜的声音，不知道是不是在哭。她昨天还认为应天"是坏人"，在翻墙的时候拒绝他的帮助。

应天狡黠地看着乔远和吴勇，像是在自证清白。乔远当然可以推测出来，牛牛去小汤山，是想去看望那个男生。但牛牛抱住的，只是应天。应天拍着牛牛的背，像最慈祥的长者。他说："没事了，没事了，你看，这些没什么意义的事，你不也做了吗？"

"那是因为我不知道还能做什么。"牛牛说。

"我们也是，不知道还能做什么，所以我们明天去放风筝。"应天说。

牛牛抹着眼睛，东张西望着，说要去洗手间。

吴勇仍然站在门口的地方，给她指了指洗手间的方向。吴勇看上去心事重重，他这天的沉默跟前一天很不一样。乔远听说那都是因为"一些关键人物不能出席明天的活动"了，因为"现在不是合适的时候"。吴勇没有显得沮丧，他认为，"箭在弦上，不得不发"。他刚刚和应天又嘀咕了一阵，为"解决一些问题"。应天看上去并不紧张，他还能前后晃动着身体，显得格外松弛。后来吴勇似乎终于释然，大概是被应天的情绪影响。

牛牛在洗手间里，制造出很大的动静。三个男人对视一番，谁也没说该不该问问洗手间里的女孩是否出了状况。他们沉默着，似乎她不在场，便失掉了话题。昨天那场醉饮和烟雾探测器的事情，他们谁都没忘，但也许正是因为谁都没忘，眼前的一切才显得不同寻常——就像宿醉狂欢之后看见镜子里自己浮肿的眼袋，也像一场尽兴的性爱之后莫名其妙又无处不在的空虚。

后来,洗手间里安静下来。是应天最先开口,他说:"不错的女孩,只是,太认真。"

乔远低声说:"你不是就喜欢认真的女孩吗?"

"我就那么一说。"

"你别碰她,她是我学生。"

"哟,乔老师——别紧张,她说了,她不喜欢搞艺术的。"应天说,只是一个女孩,他不觉得值得再说下去。

"你为什么要抱她?"乔远问,他不知道自己希望得到什么样的答案。

"她要抱我啊!"应天委屈地解释着。

"那你可以不抱啊!"乔远不知道自己的怒气从何而来,他觉得这是毫无必要的,为一个刚认识的女孩,跟应天争执?可是,话已经出口,箭在弦上,不得不发。这是一个让人焦虑的天气,无风无雨,连日光也停滞不动。

"嘿,乔远,你至于吗?"应天嬉皮笑脸着,一脸自信,他知道自己说得没错——乔远不至于。

"你他妈的至于吗?一个女孩!"乔远声音大起来,他担心牛牛会在拐角处的洗手间里听见,可是,他忍不住,嗓子就像踩下油门的车,自行呼啸而去了。

"乔远,你丫没病吧?吃错药了?"应天声音也大了。他话音刚落,乔远的拳头就正中在他鼻子上,这是猝不及防的一拳,也是乔远唯一占上风的一拳。

乔远很清楚,应天来自河南,小时候上过少林寺,至今也会散打表演,但也主要用来在喝酒后取悦女孩用了。但应天依然可以轻松制服乔远,乔远是瘦弱的南方男人,成长的地方太过潮湿,稀释了那些肌肉里应该积聚的力量。乔远明明知道这些,但他还是出拳了,就像那些没来由的话一样,他的拳头也自行其是。他没有喝酒,这天,他甚至连一支烟都没抽过。他只是想打一架,也许从昨天、从上个月疫情开始,从很久以前,他就想打一架了。

应天果断地回击一拳,打在乔远的右脸上。乔远没站稳,踉跄了几步,差点又碰到那些金属格子里装的鸡蛋。吴勇这时发话了:"嘿,嘿,干什么呢?"但他一点儿也没有要劝他们的意思。乔远东倒西歪的时候,看见吴勇站在门口,把两手都放进了裤兜,摆出事不关己的样子。

应天又补了一拳,在肚子上。乔远也回击,用脚,但乱七八糟踢得不成章法,几乎都被应天躲了过去。

应天吼着:"够了,够了,你发什么神经呢?打我?打我?"

乔远倒在地上,脸和肚子一样疼,像辣椒在油锅里乱蹦。

乔远安静下来,应天也没再出手——不过一场没来由的打斗。乔远知道,应天没有下重手。应天的鼻子右翼上,青了一块,像昨天的颜料没有洗干净的样子。只是青掉的那块瘀伤,是根本洗不掉的。

乔远说着抱歉。他知道自己是真的抱歉。这不是他的本意。甚至牛牛都不是他的本意。他和应天是大学三年的同学,直到应天被学校劝退,他们都睡在一张床的上下铺。他们打过很多次架,当真的、不当真的,但都有明确的缘由,只有今天是无缘无故的,还当着吴勇的面。也许洗手间里的牛牛也听见了外面的响动,被吓得不敢走出来。

"爽吗?"吴勇怪声怪调地表达责备,用力摇着头,有种恨铁不成钢的意思。他走过来把乔远扶起来,隔着衣服袖子,用了狠力。"走,我带你去外面转一圈,消消气,不过哥们儿,你这生的到底是哪门子气啊?"吴勇问。

应天说:"他就是闲得不耐烦了,找揍嘛。"

吴勇带着乔远,沿着画廊门口的路,向东走。只是一条普通的两车道柏油路,没什么特别。"但很快就会不一样了。"吴勇说,他指给乔远看几间破破烂烂的厂房,介绍说它们即将成为画廊、工作室还有咖啡馆。乔远趴在黑乎乎的窗玻璃往里看,什么也看不清楚——眼前的一切,还有他们面临的未来,都像在黑玻璃后面混沌一片的房间,似乎是那种立体主义的画,通通成为平面而棱角尖锐的几何体。797、798、799,他们依次走过这些数字编号代表的区域。到路东的尽头,又折向南。拐角处,几个穿着深蓝色工作服的工人,麻木地、像看外星人一样盯着他们。乔远猜想自己脸上肯定还有打斗的痕迹。他觉得不好意思,说:"我们又在你的画廊闹出事来了。"

"我也想找人打一架,可是,打架解决问题吗?"吴勇说,"都是非典闹的,脑子都不清楚了。"

乔远不知道吴勇是不是指的自己,他倒是很长时间都脑子不清楚。"我想,我只是憋坏了。你知道学校现在的情况吗?连打架都找不到人了。"

"情况很严重。"

"这不是关键,关键是,所有人都不知道自己怎么了,我们都没被感染,可是我们还是不一样了。牛牛昨天还说应天不是好人,今天他们就抱着哭在一起,什么世道?"

"什么意思?又跟我玩儿'意义'那一套?"吴勇问。

"说真的,吴勇,我知道你昨天还担心被我传染,你不用不承认,你没错。我也没错,但我们都不一样了,因为这奇怪的病。不骗你说,我昨天真的感觉很好,被水淋过以后,可后来,又不对了。"

"可能,是这样的。"

"所以还是打一架吧，不然怎么释放呢？"乔远辩解着。

"不是为女人？"

"不是。"乔远肯定地说，"如果是为了女人，我就不会把她和应天留在那里，我自己倒跟你出来闲逛……"他觉得自己说得并不真诚，他还是依稀想知道，他们此刻在画廊里，会做些什么、聊些什么。

"其实也不是闲逛，我是想带你看看这里，虽然这里会被规划成高新科技园区，但至少这几年，这里主要是艺术家们在活动。我觉得你真的可以考虑搬过来，应天说过那个学校的职位，其实……不适合你。"

为什么又是应天说？这个该死的应天，总是比乔远更善于预见将来。他总以为自己更有远见吗？什么后海会火、艺术区会火，什么让所有人都摘口罩，女人们又总是主动对他投怀送抱……那种无名的情绪，不知从何而来，似乎正在这燥热起来的世界里膨胀。

他们又转了一个弯，往来时的方向走回去。废弃的墨绿色的大型机器，堆置在路边，散发出铁锈的苦涩气息。乔远没有说话，他希望吴勇会以为他只是在沉默地思考着刚刚的提议——到艺术区来。

这里的空间是开放的，工业时代遗留下的废墟，像老朽的寡妇在等待涅槃重生。它不是封闭的、规整的，就像巨大的休息日的游乐场，只有粗犷的建筑与机器静静地，等待着新一场狂欢。苏荷区、布鲁克林、塞纳河左岸、蓬皮杜……这些世界现当代艺术圣地的基因，也许真的会在这里落地、生长。

蓝天之上，云朵虚假地停滞着，像一个玻璃罩子将世界笼罩起来，他们身处其中每个人，其实都想砸碎那让人窒息的玻璃罩，乔远想。

还没有走进年与时空画廊，先听见牛牛的哭声。她又哭了。女人们的状况，永远这般层出不穷。但这一次哭，牛牛明显放肆起来，几乎已是号啕。

他们快步走进画廊，看见应天还在洗手间门口。他无奈地摊开手，又耸耸肩，略带委屈地说着："我可什么也没干。"

"怎么回事？"吴勇问应天。

应天悄声说，乔远几乎是从他的口型上艰难判断出语义，"来例假了，没准备……"

"什么？"乔远话音刚出，应天又嘘了一声，暗示乔远声音小一点儿。洗手间里的哭声却减弱了，像是长跑者进入最拖沓疲乏的时期。

"乔老师？"

"牛牛，你先开门。"乔远大声说。

她很听话，开了门，乔远见她用那只毛茸茸的背包挡在身后，又紧贴着墙挪出来。眼睛红红的，胸口起伏着，是还在啜泣。

"哭什么啊？"乔远假装轻松地问。

牛牛激动起来，突然蹲在地上，"我受不了了，乔老师。什么事我都遇上了。"

乔远轻拍着她的背，"不就是例假吗？没什么大不了。"他想莫非还有别的事？

"真丢人，我没有准备，我不知道它会突然来，我总是这样，什么都没准备好，事情就突然发生了。他被隔离了，我都来不及跟他说句话，他就被隔离了。我已经大三了，可是我学分不够，没有实习过，家里没钱，我没什么背景，我什么都比不过别人，可我不想这样……"

"哦，我也不想这样。"乔远不太会哄女孩。

乔远去艺术区外的便利店，帮牛牛买了卫生巾，因为她自己没法去。她后来又躲回洗手间了，自行隔离起来。三个男人都不愿意去做这件事——买卫生巾。况且便利店离他们，还有一段不远的距离。应天不愿负责任，他说："乔老师的学生，该乔老师去。"吴勇大概也是这么想的。

乔远第一次买卫生巾。他拿不准该选什么品牌，最后选了粉红色包装的，他是画家，画家对色彩永远比对价格更敏感。他本来以为这会很难堪，但竟然没有。他坦然地结账，甚至还有些自豪。

收银员戴着口罩，露出的两只眼睛里，也没有显出任何反常的怪异情绪。乔远相信，这或许是一种对于责任感的暗示——无论如何，在便利店买卫生巾的男人，他的生活里，一定有个需要他照顾和负责任的，而且多半还是一个爱撒娇的女孩子。这当然是不错的事。

他拎着塑料袋回到画廊，一种英雄救美的自豪感让他心情也开始好起来。这不算什么大事，但这些天里，他们已经经历太多大事了。

牛牛倒是很快便让自己平静下来了。她收拾好自己，可能在洗手间里还偷偷洗了洗裤子上的血迹，又用干手机烘干，很是忙碌了一阵。她再次开门出来的时候，看上去容光焕发，真是奇迹。她主动招呼着乔远和应天，"该回去了！"她到底是个乐观开朗的女孩，乔远想。

再次翻墙回学校的时候，牛牛没有再让他们帮忙，她费力地蹬上矮墙，表情严肃而坚决。应天兴致也不是太高，他没再说那些挑逗或打趣的话。他们相约明天还在这里见，一起去亦庄参加"蓝天不设防"的活动。谁也没问为什么得去。也许是因为，他们都意识到，今天的一切，都暂未了结。所以，他们还有明天。明天，又是不一样的一天了。牛牛还说，也许她会再多叫几个同学去，他们可以坐公交车，如果应天的车坐不下的话。

乔远跟在牛牛后面，也翻上了那处矮墙。他希望这是最后一次了——但他没对此毫无信心：下一次，他们就可以不必费力地从学校大门进出了吗，带着那种平静的、倦怠的，当然更可能是无所畏惧的，笑容。

3

乔远在这天早上的电话里问牛牛："你那边几只？"学生们把男生都称"头"，女生都叫"只"，他们喜欢这样"两头""三只"地叫来叫去。

"只有我一头。"牛牛的声音听上去很沮丧。

"你一只。"乔远纠正她，她是女孩，女孩不论"头"。

"我一头，因为我是牛牛。"她说。

牛牛说她们都不去，因为"觉得这事儿没什么用"。放风筝？学校里也可以放风筝嘛，为什么要斜穿整个北京城，跑到亦庄去呢？

"跟她们解释不清楚。"牛牛很愤怒。

亦庄开发区在北京东南角，这里的一切都簇新得像是电脑里的效果图。这样的时候，路上更是见不到人，零星跑过一辆汽车，也惊慌地像被追赶着。出了城区，他们驶向更开阔的地带。国道边开始出现一些大红色的标语，不知道这些标语给谁看。再往前走，远远能看见白色幕布，上面有蓝色的字母。只是那些幕布，被风刮得一刻也不能停息，完全看不明白那些字母表示的含义。他们的目的地，是一片不知做何用途的砂石地，可能是未待开发的地产用地，平整、宽阔，有两个足球场大。杂草一丛一丛的。已经零散到了一些人，都是开车来的。汽车就散乱停放在边缘区域。

走到中央，看见一些装置、影像作品已经布置起来。在一只巨大的追光灯前面，他们找到了吴勇。他换了纯白色衬衣、白色裤子，很容易被发现。"不能被抢了风头。"吴勇笑着解释起自己为何穿了一身白色，但他并不愿意对此再深究了，所以他说，"来了两百多人。"似乎很满意。可是看上去，并没有那么多人，也许是这里太空旷。乔远想。

那些风筝都整齐码放在不远的地方，一大块塑料布上面，花花绿绿的，很喜庆，让乔远再想起家乡的傩戏。一些无所事事的人，三五成群站着说话，其中一些人还戴着口罩，气氛沉闷。还有音乐，是交响乐，乔远不知道是不是《命运》。

牛牛觉得那些装置很好玩，金属制的巨大水滴，肥胖的大力水手，还有一些奇怪的木头做的东西，看不出是什么。地面也被艺术家做了手脚，一些三维立体画，从特定位置看过去，像是地面绽裂开来，形成一道幽深的沟壑。牛牛走到那个位置，抬起脚又收回来，摇摇晃晃地。

"不虚此行吗？"乔远问她。应天已经不知到什么地方去了，很多人似乎都认识应天，他们在艺术区早有来往。

"还说不好，只是，挺好玩儿的。"牛牛谨慎地回答。

"你昨天为什么跟他打架？"她突然问乔远。

"不为什么，闹着玩儿。"

"哦。"她似懂非懂地点头，又说，"是不是好多了？"

乔远惊讶地看着她，他相信她的话不是对他讲的，她只是需要这样问问自己，是不是好多了，这世界。

"他们很快就结束隔离了，也许明天，也许后天，快回来了。"牛牛说。

"不会有事的。"乔远说的，是内心的愿望,但他知道牛牛会相信他。虽然来的路上，牛牛刚给他看过短信，简单几个字，"生不如死，在这儿。"牛牛觉得难过，乔远想象着发短信的男生，腼腆、内向，在夜深的时候仔细聆听自己身体发出的讯号，想念着她，然后在电量所余无多的手机里，按出这样的句子，生不如死。

可是，所有人都是要生还的，不是吗？他们临别前，这样彼此承诺过。

乔远和牛牛，他们漫无目的地又走了走。到中午一点，音乐声停止，一些穿着黑色T恤的年轻人，开始分发那些风筝。他们的T恤背面，都写着白色的字"我们能战胜"。一个黄头发的年轻人把一只不大的黄色风筝交给乔远的时候，也这样说，我们能战胜。乔远在他的眼睛里，看出一种熟悉的东西，但是他说不好——那是一种什么东西。

乔远和牛牛分到的风筝，是一只蜜蜂。"哈，竟然是只蜜蜂。"牛牛觉得这也很好玩。他们打开那只风筝，发现那只蜜蜂，戴了一个口罩！

"今天是顺风还是逆风？"牛牛问乔远。

乔远也不知道，但他答道："如果顺风，我们就逆着飞。"

牛牛笑起来，乔远发现这是两天来第一次听见她这么大声笑出来，像昨天她放声大哭一样，都是一些不被隐藏和设防的悲喜。

没有人宣布活动开始，也没有人讲话和发言，没有烦琐的程序，拿到风筝的人就自行放起来，先是一只孙悟空飞了起来，孙猴子戴着一个大口罩，后来，耶稣、佛祖也飞起来了，还有机器猫、蝴蝶、燕子、小熊……它们都有一个口罩。

但人们的心思并不在口罩上，为了在风势并不完美的天气里，让这些大大小小、五颜六色的风筝飞起来，人们必须快速跑动，尽力避开地上偶然出现的一丛丛的杂草。有人被砖石绊倒了，嘻嘻哈哈地爬起来，拎开缠绕在身上的风筝线，再接着跑。有人跑的时候又撞到了其他人，但只要那些细细的透明的风筝线没有纠缠到一起，其实都没什么关系。

他们的蜜蜂也飞起来了。牛牛不愿意跑，她想暗示乔远，她还在生理期。乔远先跑起来，牛牛站在另一头，端着那只蜜蜂。乔远看见蜜蜂贴在牛牛的胸前，让她看起来，就像一只肥滚滚的大黄蜂。她不会知道。因为她的目光都在天上。依然是纯蓝的天，但这天没有一点扰乱视线的云朵飘来。这里是偏远而空阔的亦庄开发区，连云朵都不愿意前来。

天空却热闹起来，那些风筝，渐渐地越来越高，一只一只，都像要远离地面，直升而去。它们欢快地招展着各自的小翅膀，似乎告诉地面的人群，它们会就这样离开，不再回来。

乔远跑起来，喊了声"放"。牛牛松了手。蜜蜂呼啦啦贴着地面滚了两下，终于也挣扎着，飞起来了。乔远不敢停下，一手拉着风筝线，拼命地跑。

牛牛大叫起来，很多人都在莫名其妙地大叫。

放风筝并不难，你需要的，不过抓住那根隐约的线，以及一直这样跑下去。乔远感到手上传来沉重的力量那是风的力量，风把风筝们送上蓝天，也通过风筝，把它的力量传递给放风筝的每一个人。

乔远发现自己其实不必再跑了。蜜蜂已经可以稳稳当当地飞在半空，和蝴蝶、耶稣还有牛魔王，并排在一起——不是最高的那只，也不是最低的。

乔远停下来，控制着那根线，仿佛那根看起来不怎么结实的线，才是他此刻能握住的最紧要的东西。线勒在毫无防备措施的手心，有种尖锐的痛感，像握着一把小刀。但他会一直咬着牙，保持这种仰头向上的姿态，然后坚持下去，等待一切结束的那一刻——因为这，其实已经是人们所能做的全部。

傍晚，乔远和牛牛随吴勇的车一起回城。应天被一些扎着皮带、穿着黑色警服的警察带走了，理由是"组织非法集会"。

可是，应天又不是组织者——那些带走应天的人似乎并不喜欢这样的解释。

"我们有证据，你们自己写的责任书，带走领头的就行。"他们办事讲究，向应天礼貌地出示过墨绿色封皮的小证件。其中一个警察，照一张纸上读着一些什么东西。乔远只是远远地看着，并不能听清。那警察的口罩下，嘴唇迅速地嚅动，像里面有只小肉虫在爬。他们彬彬有礼地请应天跟他们走。但警车没有停在旁边，于是他们凭空指向刚才来时的方向，似乎他们把警车停在一个十分遥远的地方了。

"只是放风筝，有什么问题啊？"所有人都面面相觑，相互询问，或试图解释，是的，只是放风筝，没什么问题。

"要我再念一次吗？现在特殊时期，不允许组织任何大型集会。超过两百人，就算大型集会。"领头的警察一边把那张纸慢悠悠叠起来，一边大声嚷道。

应天倒是一脸无所谓的模样，他看上去还有些享受这样的时刻。在众目睽睽下，像被出卖的革命者一样被押送，多么与众不同的离场——所有人都将因为这个时刻而记住，或者感激他，毕竟是应天，在为他们所有人的行为付出代价。事实上，应天的表情是凝重的，但乔远看出了那凝重里的欢快。他不知道他们会把应天怎么样。非法集会？特殊时期？未经审批？大型活动？这些关键词，就像一块块砖头，不知道终将垒出一座什么样的建筑。

"像电影一样……"牛牛惊魂未定地说。她还说刚才注意到，"那些人，他们给他戴口罩了。"而那些警察自己，也是全副武装的，连手套、脚套也是齐全的。乔远希望告诉他们，"蓝天不设防"活动的最后，所有人可都是要摘掉口罩的。而提出这个好点子的应天，现在，戴上了口罩。

"真不敢相信。"牛牛在吴勇的奔驰越野车后座上，被冷气吹得瑟瑟发抖。

吴勇开着车，一句话也没有说。

乔远想起下午活动开始前，一袭白衣的吴勇，像蓝天之下一个虚幻的鬼影。

"为什么带应天走？"乔远终于没能忍住，他希望自己的语气里没有太多的怨恨及责备——这不是容易的事。但现在也不是该他怨恨的时候。吴勇的越野车，在傍晚时分的高速公路上慢悠悠缓行，像小心翼翼地拨开云层的鸟，忐忑、迟疑着，在天色近晚、街灯未明的薄暮里，惊恐不已地寻找方向。

"是应天在责任书上签的字。"吴勇答道。

"责任书？"牛牛问。

"是的，责任书。我们搞这样的事，总要有个人负责任的。"吴勇张望着，他似乎不知道眼前的高速出口是否正确，干脆踩了刹车，但很快又加速了——他们就这样离开了那个似是而非的高速出口。

"为什么是应天签字？这不是你的活动吗？"牛牛困惑地问吴勇，听起来她已经疲惫不堪了，这终究是漫长的一天。

"不知道，他喜欢当老大，这样行吗？"吴勇大声说，"我只是想做点有影响的事，我现在，说实话，我还需要什么呢？只是想做点事，但应天不一样，他还需要这样的名分，只是，说实话，不知道为什么又不允许我们搞活动了，明明说好的，那些人又反悔了。"

乔远还想问什么，但牛牛在后排座位上按住了他摊在自己膝盖上的那只手，暗示他别再问下去了。

牛牛感叹着："现在，做什么事都不容易。他们应该像你这么想，就好了。"

乔远问："应天会不会有事？"

吴勇摇头，"不清楚，但应该不会有大事的，原来艺术节的时候，也来过警察带了人走，不过关两天，批评教育一下，没大事的。"

乔远希望他说的是真的，而不仅仅是一种美好的愿望。他很长时间，都把愿望当成事实对待了，但它们终究不一样。事实会永远存在，而愿望，并不一定。

乔远也不难想象，那些发生在吴勇和应天之间的对话，或许就在昨天，心事重重的吴勇与毫不在意的应天的那些谈话——如果他们真的有过交谈的话。但也许，那些对话也是不必要的。他们彼此理解，心照不宣、达成共识。应天成为名义上的组织者，他需要这样的名义，就像应天需要靠"策划"、靠脑子赚钱的生活一样——一种虚幻的、如同风筝一样高蹈晴空、却又是摇摇欲坠的象征。而事实上的组织者吴勇，打电话找来两百人，并没有留下任何文字记录。他清白地脱身了，成为一袭白衣的隐者。人们会记住他的年与时空画廊——艺术区最早一家由民间资本开办的画廊。他们互取所需，像人们通常做的那些事。

只是应天被带走了，这是唯一的意外。年与时空画廊作为活动的支持方，也许会受些影响。也许也不会，毕竟活动的场地，远在亦庄。但现在谁也不知道究竟会如何——那该是明天的事了。

"我本来是想帮应天的，他需要一次这样的经历，他得组织过大型行为艺术的活动，然后，他才能在这圈子里待下去啊。"吴勇沉默了一会儿，才说。

吴勇的电话响了，他看了一眼，没去理会。

电话铃声刚落，成排的路灯突然亮了起来，微弱的金黄光芒，像这天下午他们一起放飞的那些风筝，悬浮在头顶之上。而它与人们之间的那段距离，似乎触手可及，但又遥不可及。

4

乔远再见到牛牛的时候，已经是盛夏。八月，北京的高校开始复课。非典和这个春天一样，成为短暂又深刻的那种记忆。学生们从各地陆续返校。他们带着简单的行李，不再需要翻墙进入校园。学校朝南开的棕红色大铁门，仍然没有开放。门卫处检测体温的安检装置还在。他们一个个，带着模糊的歉意，通过那个会"哔哔"作响的机器——在检测出高温的时候。

人多了起来，只是夹竹桃粉红色的花朵已经不见了，他们都错过了这一年的花期。当然，他们同样错过的，还有这大半个学期的课程，于是他们需要在八月里，把落下的课程补回来。这似乎是合理的事。只是天气炎热，老师和学生们，都像劫后余生的幸存者，带着一种随时会爆发的怨念。教室里没有空调，电风扇呼啦啦吹动的声音，反而让一切更为寂静。谁都没有说出那种话，"谁让你们当时要离开的？看，现在还得把课都补回来，这是八月，本该是暑假。"——所有人心里都在这么想。

乔远的美术欣赏选修课，本就无所谓。那天乔远走进一百人的大教室，一个烈日灼人的天气。十几个学生，疏疏拉拉地坐开，彼此远离着。

乔远那天讲了讲"所谓行为艺术"的历史。他希望这会是比较有意思的话题。但学生们和他一样，兴味索然。他们都还有更复杂的功课——比如英语、政治——需要应付。于是一堂课倒更像是一次"行为艺术"的表演——师生共同完成，还有电风扇参与其中——显露出荒诞以及发人深思的古怪。

下课后，乔远在教室外的走廊里碰见了牛牛。他不知道她是否专门来这里等他下课的——不太像。她非典期间还在学校，所以，她不需要补课，她可以名正言顺地放暑假，在八月的北京。

乔远觉得她看上去长高了一些——尽管这也是不太可能的事情，或许是她的眼神让他有了这种错觉。她看上去有些疲惫，不再大呼小叫地对乔远讲话。她只是点头、微笑，似乎这已经足够表达他们这几个月里所积淀的那些情绪。

他们一起去食堂吃饭。乔远想起这大概是他们第一次吃饭。在"蓝天不设防"的活动之后，应天被警察带走，两天之后放出来了。因为剧情改变了——没人知道为什么。因为警察的出现，媒体开始大规模报道这次活动，但报道中并没人提起警察、非法集会这样的词，他们只说，这是很好的活动，随后又有更多的消息源源不断传来：放风筝的活动会继续下去，在八达岭长城、前门、平安大街……在北京各个地方轮流开展。更多的风筝从山东潍坊运来北京。运风筝的车还可以走专门的绿色通道。危机的时刻里，人们释放出如此的善意。

牛牛知道这些，但她还知道更多。

她说吴勇上了电视。而乔远从来不看电视。她说："他成了名人。"语气听起来有点怪。

乔远想起那天在吴勇的奔驰车后座上，受了惊吓的牛牛的那些感慨——"现在，做什么事都不容易了，如果他们都像吴勇这么想，就好了。"吴勇只是想做艺术，可是人们不都是这么想的。

但牛牛说，不是的，真的不是的。

食堂很吵,饭菜依然无味,好在他们可以坦然坐在这里吃饭,不必担心那些看不见的病毒。非典得到控制,逐渐淡去,像一场肆虐并让人面目全非的青春痘——终是会逐渐淡去的。

乔远问及牛牛的那个男孩。她很乐于谈及他,"他没事,他们都没事,多好,我们下午会一起去图书馆。"然后,她又说,那个男孩才是她现在珍惜的人,而不是吴勇。

"跟吴勇有什么关系?"乔远并不理解,他在那次活动之后又见过吴勇两次,应天都在场。他们看上去没什么芥蒂,或许只是乔远没有发现他们的芥蒂而已。应天被警察带走那两天,网络上有一些零星的消息,谈论着艺术家们抗击非典的活动是否应被算成为"非法集会"。这些议论也许有用,因为更多人都知道了这件事,并形成一种压力——应天认为这决定了事情后来的发展,"蓝天不设防"会继续下去,风筝会在北京城东南西北的天空中陆续起飞。这让应天得意,于是他可以忽略掉那两天在派出所临时被看管的经历。

但牛牛说:"整个事情,都是吴勇故意的。是他故意找来了警察。因为他知道,这样才有用,警察都来了,事情闹大了,然而越来越大,然后,他就成功了。"

"你为什么这样说?"现在,乔远对所有的事情都不再轻易相信了——这是一种获得?还是失去?说不好。

"我就是知道。"牛牛很肯定,"我还知道,那些风筝,让吴勇大赚了一笔。"

"什么?不是风筝厂赞助的吗?"

"一开始是,后来量太大,政府就出钱买了,你也知道的,这事儿闹大了。"

"吴勇为什么能赚钱?"

"风筝厂感谢他吧,我想,可是一笔不小的钱。"

乔远开始相信她的话,凭着一种直觉。

吴勇的事并没有让他惊讶,乔远惊讶的,只是告诉自己这些事的,是牛牛。

牛牛说她看错了吴勇,他不是艺术家。

她一度是年与时空画廊的常客,在六月、七月的那段时间里——乔远只知道这么多。

她没再说下去。但是她的神情却足以令她自圆其说。她一度和吴勇亲密过,只有亲密之后的人们,才会感受到幻灭。是的,幻灭,这使她看起来和从前不太一样,更成熟,也更疲倦而无所谓,那个在洗手间忘记带卫生巾的女孩,和现在坐在乔远面前,胡乱划拉着盘子里的几颗青菜,一边解释着"吴勇如何获利"的姑娘,她们是如此不同——乔远这么理解。

牛牛说起这个夏天，她其实可以不再留在学校的，但她还在这里，因为她想"陪他上课"。隔离的事情已经过去了，现在，他们正在度过这个属于彼此的夏天。

只有乔远，仍然面对着这个疲乏的世界，但转机仍然存在。他计划月底的时候去一次敦煌——这是一个酝酿多年却终未成形的计划。八月底九月初的时候，他会有大半个月的闲暇。他没有告诉牛牛去敦煌的事，因为这只是他自己的事，他吝啬地希望可以不与别人分享，也或许，只是因为他对自己缺乏信心，他不知道自己是否真的会站在那些洞窟上佛像前，低眉凝视。那些慈悲的神的面庞，他曾经在画册上无数次抚摸过的面庞，是否终将如自己所愿那般给予他启示或力量，令他可以面对随之而来的全部——毕竟，这世上的一切都从未停止过运转、从未凝滞不动。

【作者简介】周李立，女，1984年生于四川，现居北京。中国作协会员。2008年开始发表小说。中短篇小说集《欢喜腾》入选2013年度"21世纪文学之星"丛书。获第四届汉语文学女评委奖、第六届"茅台杯"《小说选刊》奖新人奖。

选自《人民文学》2017年第10期

黑 画 眉

老 藤

1

谁也说不清这个世界上到底有多少种气味。作为生命与生命之间的联系，它无影无踪，却又无处不在；它能决定运势、左右食欲，却又平淡无奇，被人忽略不计。每个人都有选择气味的权利，豆花小嫚喜欢的气味与众不同，她对紫花苜蓿青储后散发出的干草味十分入迷，这气味温暖、香甜、清新，让人入静止躁。由此，她对那些以紫花苜蓿为饲料的家畜也很喜爱，比如牛、马、羊，当然，她最偏爱的还是驴，这不仅因为驴散发出的干草味比较纯，还因为她对驴有一段刻骨铭心的记忆。

小嫚上学时，每天要路过一个叫五魁驴肉馆的饭店。清早，饭店门前的木桩上总会拴着不同的驴。小嫚和同学小黑经过这里，小黑说，我讨厌这根木桩，拴在木桩上的驴就像绑在绞刑架上的人，真可怜！小嫚走过去摸摸驴的脊背，看看驴的眼睛，与牛眼的执拗、马眼的惊惧和羊眼的呆滞相比，驴眼要生动许多，透过这双眼睛，似乎能看到清澈流淌的蒲河以及河畔繁茂的紫花苜蓿。紫花苜蓿长满蒲河两岸，夏天，紫色的花海像彩绸一样随风起伏，似乎要将蒲河水染碧成朱；到了秋季，勤快的农户将它收割打捆，垛在河边，像一座座迷彩碉堡。小嫚和小黑放学后常到这些草垛捉迷藏，玩耍够了，带着满头草屑回家，干草味儿浸透在她儿时的记忆里。

小嫚从来不做梦，尽管她处在一个多梦的年纪。她认为女人做梦都是闲得，不信，白天推磨磨两筲豆子，看晚上还做不做梦。但不屑于做梦的她，突然做了一个奇怪的梦，这个梦让她第一次感到，原来梦是有重量的。

小嫚说的磨豆子，是她每天都要重复的工作，这是石磨豆花最大的卖点。小嫚的石磨豆花从祖辈开始，就忌用铁器，石磨、木桶、陶缸，连舀水都用葫芦水瓢。机器磨出的豆花吃起来有股铁锈味儿，只有手工石磨磨出的豆花才是原汁原味儿。小嫚家的石磨豆花店是甜水镇名副其实的老字号。清晨，赶着上班或出工的人到石磨豆花喝碗咸豆花，吃张热油饼，如同有钱人下馆子，是一件很体面的事。大腹便便的镇长牛志也常常在清早光临石磨豆花。牛志开辆黑色切诺基，威风霸气，往店门口一横，进到店里人未落座，话先爆棚：小嫚，两碗石磨豆花、一张油饼！麻溜点，赶着下乡呢！邻桌吃豆花的人便想，甜水已经算乡下了，再下乡，就是要到村里去。牛镇长虽姓牛，却是驴脾气，顺毛摩挲怎么都成，要是戗茬顶牛，便会尥蹶子。牛志对甜水百姓的事很上心，比如说石磨豆花的老井能留下来，就是牛志的功劳。为防控地下水位下降，县水利局不允许居民私自打井，原有的水井也要封填，要求居民一律用自来水。石磨豆花不行，用了自来水这豆花就变味了。牛志来吃豆花时小嫚说了这事。牛志筷子一拍：石磨豆花老井比我牛志岁数都大，要封井先把我撤了再说！一句话，石磨豆花院子里的老井免去了被填的命运。

　　小嫚男人在外跑船，她和父亲经营石磨豆花店，店不大，人气却旺。父亲说，豆花是穷人的盛宴，只要甜水镇还有穷人，石磨豆花生意就不会差。父亲过世后，小嫚和丈夫商量店还开不开。男人说，算了吧，你一个女人撑不起门面，店虽小，该打理的事一样不少。小嫚说，石磨豆花若是关了，街坊邻居喝不上豆花、吃不成油饼，咱不成了罪人？男人说，我是大副，船上离不开。小嫚犹豫了一会儿说，你安心跑船吧，我留在甜水接班开店。男人很担心，说有上门找碴儿的无赖咋办？小嫚说，我养条狼狗，看谁敢来欺负我。男人也觉得石磨豆花关了可惜，就说，那就买吧。小嫚果真就养了条威风凛凛的黑贝，继续留用父亲在世时就雇的邻居全婶，还新收了个叫雷子的哑巴当帮工，石磨豆花店在众人的期待中又重新开张。教过小嫚的甜水中学高老师说，小嫚你做了件好事，石磨豆花要是关了，甜水人的记忆就没滋味了。与大城市一样，甜水的生活节奏也像上足了发条的钟表，时针、分针、秒针争先恐后往前跑，人们疲于这种刷屏般的节奏，开始怀念慢悠悠的过去。甜水人一怀旧就想吃石磨豆花，很多家爷爷吃、父亲吃，到了自己这一代还是吃，吃石磨豆花已经成了一种回味。

　　小嫚这个梦清晰真切，如同现实中情景再现，她甚至知道自己在做梦，却无法改变梦的走向。她梦到了镇东面那条芦花摇曳的苇河。甜水镇东临苇河，西接蒲河，北靠椅子山，全婶的老伴全叔说这是绝佳风水宝地，要是在古代，说不准就被阴阳先生选了去做皇陵圣地。甜水人都暗暗庆幸，要真的被选为皇家陵园，甜水人还能在这里居住吗？苇河东岸除了甜水中学外，还有个只有一间房的小城隍庙。庙建于何时已无从查考，小庙像甜水中学的私生子，孤零零地站在一片油菜地里。苇河西岸是店铺林立的镇中心，镇上街道不多，却干净，家家户户门前屋后栽有核桃、李子和山楂。从苇河西岸到东岸去上学，没有桥，只能踩着河底几块青石过河，好在水不深，流也不急，站在青石上可以看到水中游来游去的小鱼。有机智的学生用细绳拴住空罐头瓶，里面放一点饭团，将瓶置于水中，待贪吃小鱼儿进到瓶中，再猛地提起来，会捉住许多青脊银腹的小鱼儿。养着小鱼的罐头瓶就成排地放在教室窗台上，成为一道风景，老师也懒得管。河底的青石路东头通甜水中学，西头是甜水有名的五魁驴肉馆。小嫚的梦就出现在这样一个真切的环境里。

梦中，小黑向她求救，说马五魁要害他。马五魁是五魁驴肉馆老板，一个能把账算到骨头里的生意人。他的驴肉馆，三百六十五天一天一头驴，大年三十也不收刀。驴肉馆门前的场院成了驴的鬼门关，有驮货或拉车的驴经过这里，不用吆喝便会加快步伐，逃离这血腥之地。马五魁是临夏人，黄胡子，单眼皮，将军肚，喜欢穿无领白汗衫，二十几岁开驴肉馆，开到了四十几岁，算是甜水先富起来的一拨人。梦里，小嫚见到浑身湿漉漉的小黑被绑在木桩上，正痛苦地挣扎，见到她小黑说："小嫚你快救我。"小嫚说你已经淹死了，怎么会在这儿？小黑说我惦记这些驴，天天在河边为驴引路，怕它们掉到河里。小嫚说，你死后我为你哭过好多回，你平时在哪里呀？小黑说，河水又湿又冷，没有落脚的地方，我就在芦花里蜷着。小嫚哭着上前给小黑松绑，她闻到了一股紫花苜蓿干草味儿，这气味像一截点燃的蚊香，把她从梦境中熏醒。醒后小嫚觉得蹊跷，怎么平白无故会做这样一个梦？小黑多年前放学时，遇到椅子山跑山洪，浅浅的苇河顿时激流狂奔，柳罐斗大小的石头在河里翻滚，小黑不知怎么发现一头被洪水冲走的小驴，为了救这头小驴，小黑不幸溺水身亡，这件事让她难过了很久。小黑是她最好的朋友，两人在紫花苜蓿草垛间捉迷藏时，头上沾满草屑的情景历久弥新。

小嫚有事愿意和全婶说。全婶油饼烙得好，为小嫚出主意也能拿捏好火候。小嫚说了昨夜的梦，全婶听后摇摇头，说这个梦她圆不了，得回去问老伴。全婶老伴全叔外号全大下巴，是甜水镇骡马市场上的牲口牙纪。牙纪是一个几近消亡的古老职业，说白了就是骡马交易中介，凭牙口判断牲口年龄，在交易中捅袖袖、定价码，有黑话一样的指语，什么伸七捏八勾子九，讨价还价全在袖子里搞定。全叔和牲口打了一辈子交道，对牲口说的话比人还多。骡马市场上的客户常常见全叔和一头牛、一匹马独自对话，说了些什么谁也不知道。全叔吃素，身上却带煞气，街上的恶狗都怕他，再厉害的狗见到他要么摇尾示好，要么就夹着尾巴溜掉。

全叔对小嫚梦的解析简单至极：石磨豆花要来新人了。小嫚有些不解，小黑求救和店里来新人有什么关系？再说，自己从没有想过要雇人的事。小嫚没有多问，这个梦在心里如同一筲待磨的豆子，越胀越大，越来越沉。

2

　　五魁驴肉馆欠了石磨豆花两年的账，每次催要，马五魁都是一副死猪不怕开水烫的无赖相。马五魁老账不还，新账还在增加，小嫚面子矮，不愿意撕破脸皮，驴肉馆来赊石磨豆花，还是照给不误。五魁驴肉馆那么大的生意，一点石磨豆花几个钱？马五魁不至于总是赖账不还吧。小嫚不知道，马五魁欠账不还有他的目的，就想让小嫚来求他。马五魁天天吃驴三件，甜水有几个跳广场舞的女人喜欢跟他搓麻，但小嫚对马五魁颇为不屑，认为马五魁有点像捞上岸的河豚，一个劲儿地膨胀。有钱又怎样？小嫚对全婶说，有了钱就咋呼的男人其实不值钱。全婶的话更狠：马五魁算什么？连驴都不如。

　　但是，小嫚免不了与马五魁打交道，两年欠账，对于本小利薄的石磨豆花来说不是小数。小嫚来找马五魁，叼着烟的马五魁正和三个女人搓麻将，见小嫚来了，马五魁一边搓麻将一边说，要不要打一圈儿小嫚，赢了给你，输了算哥的。小嫚说，我还要忙着磨豆子，麻烦你把账结一下。马五魁说，好说好说，不就几个豆花钱吗？明儿个就结。小嫚站在那里没动，马五魁说过多少次明儿个了，也不见他结账。麻桌中有个抽烟的女人叫季子红，在石磨豆花旁开了个保健品专卖店，店面冷清，便总是忽悠一些老人搞促销活动，有上当的老人举报到镇工商所，工商所所长侯仲杰发狠话要查。让举报人失望的是，侯仲杰到季子红店里查了几次，查处的事便没了下文。季子红见小嫚不走，劝小嫚："回去吧小嫚，不说明儿个结吗。"小嫚知道等下去也不会有结果，就扭头离开了。房间里满是刺鼻的烟味儿，小嫚差点被呛出眼泪来，她不理解那三个女人怎么能坐得住。

　　第二天再去，马五魁把小嫚领到办公室，关上门说，现在青藏铁路通了，我想去西藏旅游，带上你怎样？开销由我出。小嫚冷冷地说，我没工夫，天天两筲豆子等我磨呢。马五魁脸色有点绿，道，多少女人想跟我去我都没答应，给你面子你还不识抬举。小嫚不想和他纠缠，说，别人去我不管，我知道自己没有理由和你去旅游。马五魁办公室里挂着一张唐卡，唐卡下有转经筒、香炉，他走到转经筒前轻轻拨动了一下，经筒开始转动。他说，我们做生意的应该到西藏求个活佛保佑，听说挺准的。小嫚说，我等着结账呢马老板。马五魁说，坏了坏了，会计去县城看病了，慢性阑尾炎，今早走的，你下次再来吧。小嫚叹口气，那我明天再来。

　　再次来五魁驴肉馆，还没进门，小嫚看到门前木桩上拴着一头黑驴。很瘦的一头驴，皮毛暗淡，沾满尘土。她停下脚步，这么一头驴马五魁也忍心杀？她过去抚摸了一下黑驴的鬃毛，鬃毛很乱，缺少梳理。黑驴抬头看着小嫚，目光哀怜，小嫚觉得这目光好熟悉，似乎在哪里见过。黑驴除却眼圈、嘴头、前胸口、两耳内侧是白色，其他部位皆为黑色。拴驴的木桩很粗，小黑当年叫它索魂桩。木桩是槐木，嶙峋的树皮早已磨掉，露出裂开的木纹，泛着黑乎乎的油腻。小媭转身到河边薅了一把紫花苜蓿放在驴跟前，黑驴甩甩尾巴，并不低头吃草，目光一直跟着小媭。

马五魁已经在窗内观察了好一会儿，看到小媭去河边薅草，便推门出来。这是一头抵账的驴子，因为太瘦，他正愁着催肥。催肥需要几麻袋豆粕，现在饲料看涨，买豆粕要花不少钱。他不明白小媭怎么会对这头黑驴感兴趣，看了一会儿，下意识发出一声坏笑。怎么？看上这头驴了？马五魁叼着烟从饭店走出来。

这么瘦的一头驴，你也杀？小媭看着腆肚劈叉的马五魁问。马五魁脖子上挂着一个蜜蜡观音，精致庄严的观音与无领老头衫很不搭。

不杀驴，我卖什么？马五魁将燃着的烟头掷在地上，上前拍了拍黑驴的脖颈道，瘦不打紧，至少驴三件和驴板肠能卖好价。

小媭心里一紧，再看黑驴，两只大眼睛还在望着她，眼角似乎有些湿。小媭叹了口气，她知道自己无法救这头驴，不管什么驴，也不管胖瘦，只要往五魁驴肉馆门前索魂桩上一拴，就等于判了死刑。她对马五魁说，我是来结账的。

马五魁眼睛眨了眨，又点燃一支烟，深吸几口，吐出个慢慢放大的烟圈，又一口气将烟圈吹破，然后说："这样吧，看你可怜这头黑驴，我就做点善事，你把黑驴牵回去，顶两年豆花账，咱俩两不亏，怎样？"

小媭心里算了一下，黑驴顶两年的豆花账，亏马五魁想得出，这是明睁眼露占便宜。马五魁见她没有回话，又跟了一句："不顶就算了，侯所长预定了明晚的驴三件，明天一早这驴就下锅了。"说完，斜眼观察小媭，他知道自己的话标枪一样击中了小媭的软肋。或许，黑驴能听懂马五魁的话，马五魁下锅一句刚说完，黑驴竟然伸长脖子叫了三声，叫声凄切，让人心里发颤。马五魁被吓了一跳，嘴上骂一声，朝驴尻踹了一脚。小媭听到驴叫后忽然想起高老师说过，驴叫在古代是受人追捧的美声，古代的竹林七贤、曹丕皇帝都学过驴叫。高老师是甜水中学历史老师，教过小媭，是石磨豆花常客，有时吃完豆花也不回学校，到隔壁找全叔对弈。高老师对驴叫的褒扬影响了小媭，她听到黑驴的叫声不但不反感，反而觉得很是嘹亮。她说，顶账就顶账，这驴我要了。马五魁愣了一下，似有一朵花在脸上绽开，说好好好，我这就写字据。小媭摸了摸黑驴的脊背，有一种皮包骨的手感，心中对这头驴充满怜悯。马五魁拿来字据，小媭看了一眼，签上名字，亲自解开缰绳，牵着黑驴，头也不回地走了。马五魁拿着一纸字据，斜靠着那根索魂桩，看着小媭牵驴慢慢走远，又点上一支烟大口大口抽起来。

雷子见小嫚牵着一头黑驴回来，跑过来接了缰绳，嘴笑得合不拢。雷子没学过哑语，无法与人交流，在甜水几乎没有朋友，有了驴，雷子就有了伙伴。石磨豆花西面是蒲河，河边有草甸，草甸上是大片野生紫花苜蓿，正适合放牧。以往，雷子没活儿的时候就到河边玩耍，持一根竹竿钓鱼，现在有了驴，他就有了营生。全叔听老伴说小嫚牵了头驴回来，感到很意外，小嫚买驴不找他当参谋，这事说不过去啊，他便来看看到底是头什么驴。小嫚说，马五魁顶账给我，我就牵回来了。全叔明白了，掰开驴嘴看了看，目光泛出神采："才三岁，好驴！"小嫚疑惑地问："这么瘦，好在哪儿呀？"这是广灵驴呀！全叔兴奋地说，五白一黑，叫黑画眉，通人性，能负重，还长寿，拉磨拉车那是一等一！黑画眉？小嫚觉得这个名字好，这名字像人、像鸟，就是不像一头驴，但全叔这么叫，就等于给这头驴子命了名。她琢磨，那晚的梦是不是与这头黑驴有关？

小嫚开始留心黑画眉。雷子教它拉磨，拴好套后，黑画眉竟然不戴蒙眼就默默地围着磨道转圈。黑画眉拉磨用心，每一步都走得坚实有力，只要小嫚在看，黑画眉就兴奋，大大的眼睛如同黑玛瑙一般流光溢彩。小嫚觉得没有必要将黑画眉的眼睛蒙上，让一个人稀里糊涂干活且不好，让一头驴蒙眼拉磨就好吗？

黑画眉颇有君子之风，它的礼让完全颠覆了小嫚对驴的认识。黑画眉的石槽也是黑贝的饭碗，雷子喂食时没有偏向，同步进行，将不同的饲料各置一边，中间用一块隔板分开。黑贝吃东西时，黑画眉不会去石槽吃草料，它站在一边静静地看着。黑贝狼吞虎咽的时候，它还会甩甩尾巴，不时打个响鼻，像自己吃到了可口的饲料一样高兴。雷子不会说话，却能看出黑画眉的谦让，就比比画画想给黑贝另准备一个食盆。小嫚没有同意，在同一个石槽子吃食，像人一个锅吃饭一样，黑贝和黑画眉同属石磨豆花，为什么要分槽饲养呢？

小嫚男人休渔期回来，黑画眉在草地上撒欢跑了两圈儿，把河畔的野鸭惊得扑棱棱飞走。男人说，这驴懂得里外，就应该是咱家的牲口。小嫚说，不要用牲口这个字眼，它是黑画眉。

驴一岁等于人七年，三岁的黑画眉正处于青春期，浑身散发着活力。一次，雷子牵它去镇东粮站驮黄豆，路过五魁驴肉馆门前它忽然停下了，盯着那根曾经拴过自己的索魂桩，两只耳朵矛一样前竖。索魂桩上拴着一头灰秃秃的小母驴，低眉顺眼，眼睛盯着地面，地上有一摊似血似油的污渍。黑画眉走过去，在毛驴身上嗅了个遍，毛驴很顺从，两只耳朵向后并拢，这是表示亲昵的动作。黑画眉和毛驴头顶头靠在一起。马五魁出来了，高声说，这是小嫚那头驴吗？小嫚都喂啥喂得这么肥？说完，在驴背上拍了一巴掌。黑画眉甩甩脖颈上的鬃，用力喷了个响鼻。黑画眉不一样的

371

响鼻表达不同的情绪，喜悦，响鼻清脆响亮，忧郁，响鼻低沉拉长，不满，则是一种喷射。黑画眉这声响鼻，很明显在表达对马五魁的不满。

3

　　三个月，黑画眉不催自肥。小嫚说这要归功于雷子，雷子和黑画眉兄弟般相处，一早一晚都散放黑画眉去蒲河边吃紫花苜蓿，有夜草可吃的黑画眉怎能不肥？

　　黑画眉来到石磨豆花后，不用戴笼头，也不用缰绳，除了拉磨上套外，其他时间都是散放。雷子只要在它脖子上拍两下，黑画眉就会跟着走，雷子在前，黑贝在中间，黑画眉殿后，在蒲河畔构成一幅优美的乡村图画。

　　让小嫚对黑画眉心生敬意的是黑画眉在母驴的问题上绝不苟且。东街邓皮匠家一头母驴到了发情期，邓皮匠相中了威风凛凛的黑画眉，来找小嫚求情，让黑画眉配种。小嫚懒得处理这等事，便请全叔来办。邓皮匠家的母驴是一头晋南驴，清秀细致，背腰平直，算得上是驴中佳丽。邓皮匠在它的宽额上系了一个红缨，看起来更加楚楚动人。整整三天，黑画眉不为所动，无论母驴如何表示亲昵，黑画眉总是雕塑一样，邓皮匠只得牵着母驴无功而返。

　　让小嫚始料不及的是，一向温驯的黑画眉竟然把杨光给踢了。杨光是谁啊？甜水街面有名的愣头青，城管中队长，他姐夫就是大名鼎鼎的牛志。一日，雷子去河边放驴，在店里忙碌的小嫚忽然听到黑贝狂叫起来，黑贝从不谎叫，叫得这般激烈，肯定是遇到了歹人。小嫚记得三伏天一个夜晚，因天热，她只穿件内衣开着窗子睡觉，半夜里黑贝忽然狂叫起来。她被惊醒后打着手电到院子查看，发现院墙根有一只皮凉鞋，黑贝的嘴角带着血渍。她知道院子进来人了，被黑贝咬了一口跳墙而逃，慌乱中落下了这只皮凉鞋。黑贝的狂吠让她想起了那天夜晚的事，雷子毕竟是个哑巴，没法与人交流，她便快步来到河边，只见杨光正捂着裤裆蹲在地上哎哟哎哟叫唤。原来，杨光是来没收黑画眉的，他手持一根柳条抽打驴肚皮想赶驴走，结果被黑画眉踢在裤裆处。雷子则抱紧黑贝，不让黑贝再冲上去撕咬。杨光个头不高，权力不小，甜水镇大小店面都拿他当盘硬菜。他到石磨豆花吃早饭从不付钱，吃完撂下一句：记我姐夫账上。其实，牛志吃豆花不欠账，每次都扔下十块钱，找零都不要。牛志有这样一个小舅子，跟着吃了不少挂落儿。杨光蹲在草地上说，镇上有规定，散放牲口一律罚没，这黑驴还敢踢我，今天不把你送到驴肉馆宰了，我他妈不姓杨！说完，又哎哟哎哟叫个不停，看来黑画眉这一蹄子蹬在了要害处。

　　你怎么能抽驴肚子呢？驴和马的肚子是万万抽不得的，若是马，一抽就惊，若是驴，则会尥蹶子踢人。小嫚解释说，杨队长你可要记住，打哪儿也不能打驴肚子。

小嫚不明白杨光怎么会忽然来这一手，如果不让放牧，通知一声不就完了，为什么要等到黑画眉体壮膘肥再来执法？她怀疑背后有人捣鬼。她说，黑画眉还要回去拉磨，你把它没收了，明早就没豆花吃了，到那时甜水镇都会知道是你没收了黑画眉。杨光一双小眼睛转了转，道，你说咋整？小嫚说，先让黑画眉回去拉磨，明天再去找你商量处罚的事。杨光常来吃石磨豆花，他也不希望明天没有豆花吃，此外，黑画眉没有缰绳，他想牵也无法牵，黑画眉又不会主动跟他走，便点点头同意了。杨光想站起来，弓着腰又蹲下了，气哼哼地道："我还没娶媳妇，要是被这黑驴踢废了，你要负责任。"小嫚轻轻一笑："杨队长，你还是找驴算账吧。"

　　午后，小嫚去镇里找牛志。牛志中午有接待，下午正歪在沙发犯困，见小嫚进来，耷拉着眼皮问："啥事？"小嫚说了杨光要没收黑画眉，请牛镇长给讲讲情，镇上禁止放牧的事也没见到告示，怎么说没收就没收？牛志性子直，听完小嫚的诉苦眼睛顿时瞪圆了，骂道："这个二百五又让人当枪使了！"抄起电话打给杨光，劈头盖脸一顿骂。原来，这主意是季子红出的，季子红为了给侯所长弄驴三件，鼓动他没收黑画眉，然后卖给驴肉馆，驴三件给侯所长，驴肉钱就留给城管队当经费，马五魁那边她去说。牛镇长在电话里骂，你再听那个骚娘们儿的馊主意，我就把你给骗了！小嫚觉得牛志真是个好人，骂小舅子就像骂三孙子，不搞官官相护。有牛志撑腰，黑画眉总算安全了。不过，她想不通季子红这么做是为什么，她明明和马五魁穿一条裤子，为什么又去傍侯所长呢？

　　说起季子红，全婶对这个时髦女人的评价与众不同。她也不容易，全婶说，街面上的事不是女人说了算，不能把脏水都泼到女人身上。全婶的话让小嫚憋在肚子里的气消了不少，季子红的确不容易，上次忽悠老年人高价买保健品的事虽然摆平，但侯所长水蛭一样吸住了她。侯所长小气、猥琐，害着疝气，没有哪个女人会看上他，相貌出众的季子红更不会喜欢他。有一次季子红来吃豆花，对小嫚抱怨侯所长太色，隔三岔五到店里拿玛卡胶囊吃，也不知道吃了后到哪里去寻欢作乐。侯所长喜欢肉，早晨也要到五魁驴肉馆吃驴肉包子，他说早晨不吃肉，一天没精神。他和季子红之间的关系说不清道不明。小嫚有点同情季子红，尽管黑画眉的事让她再来吃豆花有些不自然，但小嫚并不把话说破。倒是被姐夫撸了一顿的杨光缓过神儿来，酒后找上门对季子红破口大骂，说你给相好的弄驴三件，差点让驴把我给废了，你缺德不缺德！这些话被全婶听到后告诉了小嫚，小嫚说，人总有犯浑的时候，过去了就让它过去吧。

　　黑画眉危机解除，小嫚松了一口气，这件事也应了全叔的一句话：仁畜自有天助。

　　小嫚觉得黑画眉不是一头驴，而是一个不会说话的人，甚至比人更值得信任。

她每次看黑画眉，它都会打一个响鼻，甩一甩尾巴，她知道这是在向主人示意。仔细观察黑画眉，越看越像小黑，小黑虎头虎脑，长得像电影《闪闪的红星》里的潘冬子。当年，小黑跳进苇河救驴的情景恍若就在昨天，河水中那头小驴浮上浮下，下游几十米就是陡坡深潭，小驴被冲下去必死无疑。小黑将书包塞给她，三两下脱下褂子跳进河里，用力将驴往河岸推，待岸上同学拉住驴时，他却脚下一滑栽进激流，被山洪冲下深潭。小黑为了一头驴结束了十五岁的生命。小黑落入深潭，第一个跳下去救人的是马五魁，那时马五魁还年轻，身体也棒，他潜水摸到了小黑，和众人一起合力将他打捞上岸。小黑的死让小嫚精神恍惚了很久，学习成绩直线下降，每次打开课本，看到的要么是小黑，要么是那头被救的小驴。小嫚就是那段时间对驴眼有了刻骨铭心的印象。小嫚没有考上高中，初中毕业就跟父亲学做石磨豆花。父亲说，一招鲜、吃遍天，学会了石磨豆花，一辈子饿不着。

我怎么看到黑画眉总想起小黑？她问全婶。

小黑是淹死的，淹死的人不能托生，全婶说，你去城隍庙烧点纸吧，老全说当年那个学生溺水后，苇河再没发过水，也就再没淹死人，死人的魂魄只能挂在芦花上摇荡。小嫚很清楚这是迷信，但为了小黑，她还是去城隍庙烧了两刀黄表纸。小黑是多好的男孩啊，好人的灵魂应该有个归宿。回来时，遇到了站在河边剔牙的马五魁，马五魁看小嫚去城隍庙烧纸感到奇怪，那地方只有给死人报庙、送盘缠才去，小嫚无缘无故去烧什么纸？他好奇地问："你去城隍庙干什么？"小嫚不愿意与他搭话，便没头没脑地回了一句："替你送盘缠。"一句话把马五魁的脸说得煞白，骂了声操，便扭头回去了。

小嫚轻松了不少，心里那一筲泡好的豆子磨成豆汁流走了。其实，她知道这么做有点愚昧，但不管用什么办法，能做到心理安慰就达到目的了。

回到石磨豆花，黑画眉正在葫芦架下站着，见到她竟迎上来，在她身上嗅了嗅，好像在寻找什么。她抬起手臂闻了闻自己的衣袖，结果闻到了紫花苜蓿浓郁的干草味。她想，这回可好了，自己和黑画眉气味相投了。

4

马五魁也有苦恼的时候，他的苦恼在季子红身上。季子红本来答应跟他去西藏，最后却跟侯所长去了，为此，马五魁大发牢骚，说有多少钱也不如有权好使。

事实并不是马五魁想的那么不堪，季子红去西藏从某种意义上讲是响应镇政府号召。镇政府召开民营企业发展工作会，牛志在大会上批评说，你们这些个体户都照镜子看看，个顶个鼠目寸光，整天守着甜水一亩三分地，能有多大出息？你们要走出去，深圳、海南、西藏，只要有路的地方都应该去，开阔视野，取回真经，把企业做强做大。侯所长领会镇长意见快，散会第二天，就给镇上的个体户发通知，要组织大家去西部考察，其中最重要的一站是西藏。季子红当然不会错过这个机会，她来动员小嫚一起去，小嫚说，我一个卖石磨豆花的，去西藏抢人家酥油茶生意吗？季子红不这么想，她有她的打算，就这样，季子红跟侯所长去了西藏。

被放了鸽子的马五魁决定不去西藏，他说老子不能步人后尘，要去，就去东北！他带着几个喜欢跳广场舞的女麻友去了东北，长白山、威虎山、大顶子山，转了一路山，打了一路麻将。跟他去的女人回来说，马五魁将整个东北骂了一圈，好像不是去旅游，而是去打架。

季子红从西藏回来，人黑了不少，与侯所长的关系近了许多，两人可以毫无顾忌地在一张小桌子上吃豆花。季子红是个爱炫耀的女人。小嫚在洗碗，季子红拉着小嫚从厨房来到餐厅，在她崭新的苹果手机上一张张翻照片。这张咋样？这可是纳木错，圣湖！不厌其烦地给小嫚分享她在雪域高原上的快乐。小嫚本不想看，但禁不住季子红的一再介绍，便在围裙上擦擦手，接过手机翻看。手机里的照片全都人大景小，去西藏是为了看景色而去，你照些大头贴回来有啥用？在椅子山也能照，还用上青藏高原？但她嘴上不说，她不想扫季子红的兴。照片无所谓，倒是季子红手机皮套上的味道引起了她的好奇，这味道怪怪的，闻到后像有只无形的小虫往鼻子里钻。问季子红这是什么味儿，季子红神秘地说，费洛蒙香水儿，你不懂。

晚上，去西藏的考察队员在五魁驴肉馆聚会，侯所长高原反应没缓过来，加上马五魁不怀好意猛劝酒，侯所长酒有点高。晚上九点，季子红打电话，说小嫚你看好狗，侯所长喝多了，要喝碗豆花解解酒。店已经打烊，但季子红来电话，小嫚不得不起身应酬。她让住在厢房的雷子拴好黑贝，自己打开院门，见季子红扶着侯所长摇摇晃晃正走过来。

多了？小嫚问。多了，季子红说，侯所长和马五魁拼酒，一人一瓶，两人都萎了。

侯所长意识有些模糊，嘟哝道："我鞋呢？我不能光着脚。"

小嫚和季子红低头看，侯所长脚上是一双崭新的鳄鱼牌皮鞋。季子红说："新鞋，他担心丢在五魁驴肉馆。"

雷子将黑贝拴好之后，把黑画眉也拴在葫芦架上。拴住才安全，这是上次杨光来没收黑画眉后，雷子心里生出的想法。

小嫚热了两碗豆花端上桌，又上了一盘油饼。石磨豆花的确能解酒，这个结论是牛志得出的，牛志每次醉酒都来喝两碗石磨豆花。牛志的经验是，豆花要热，多放胡椒，这样几口喝下去，体内的酒会变成汗排出来，酒困自然解除。牛志把这一经验分享给大家，无意中为石磨豆花做了广告，让午后和晚餐之后的石磨豆花，又多了一份生意。

季子红正在减肥不愿意多吃，侯所长却胃口大开，吱溜吱溜两碗豆花不一会儿就见了底。令人奇怪的是侯所长吃豆花不出汗，而是走肾多尿，吃完两碗豆花就说要出去方便。雷子已经回厢房，两个女人又不便扶他，侯所长便自己到院子里解手。因为醉酒，视线不清的侯所长靠在了黑画眉的尻子上方便起来，大概他把黑画眉当作一堵墙，把石槽当成了小便池子，正在他解开腰带的时候，黑画眉本能地向后蹬了一腿。这一腿，便把侯所长踢趴下了。小嫚和季子红闻声出来，见状急忙扶起侯所长，好在黑画眉蹄下留情，侯所长没有受伤，只在屁股上留下一大块瘀青。被扶起的侯所长说，我还没来得及方便，就被马五魁推倒了。季子红知道他真的多了，只好扶他到院外方便，小嫚摇摇头回屋了。侯所长这泡尿时间不短，院子外草地里扑扑腾腾动静不小，过了好一会儿，外面才恢复平静。小嫚出门看，人已不见踪影，知道是走了，便关门熄灯，不再去理会。

次日一早，黑画眉已经拉完磨，小嫚和全婶正在店里忙，季子红急匆匆赶来。季子红头没梳、脸没洗、妆没化，一副憔悴的模样让小嫚很吃惊，她一向注重装扮，今天这是怎么了？

我的手机不见了，你看到我手机了吗？季子红很急切。

小嫚和全婶店里店外找了个遍，也没有找到。季子红几乎要哭了，天哪，这可如何是好？现在的网络可是能杀人呀！小嫚说你丢部手机，跟网络有什么关系？季子红的眼泪还是下来了，道："你不知道小嫚，手机里有些东西是不能给人看的。"小嫚恍然大悟，照片！季子红丢的手机里肯定有不可示人的照片！这时，雷子出来把缰绳解开，提着鱼竿领着黑画眉和黑贝去了河边。

小嫚，你再好好找找，你找到手机我给你一万块。季子红开始悬赏，看出来她要急疯了。

你还是回家好好找找吧，床底、枕下，还有卫生间，用别的电话拨一下，小嫚说。季子红说都找遍了，手机被我设了静音，能打通却没人接。季子红脸色有些灰黄，丢失的手机如同一枚无声炸弹，将她瞬间炸回了原形。

我得离开甜水了，她说，手机里的东西一旦流出来，我没法在甜水做生意了。季子红红着眼圈说，小嫚，姐以前有对不住你的地方，你别往心里去，姐打算离开甜水去县城。

小嫚和全婶不知怎么安慰她，看来丢失的手机太重要了。本来想留个撒手锏，没想到成了我的致命伤，我是自作自受！季子红喃喃地说。说这些话时她精神有些恍惚，很像昨日侯所长醉酒的状态。

要不要找全叔算算？小嫚说。

季子红摇摇头："知道的人越少越好。"

突然，草地上的黑画眉叫起来，叫声划开晨雾，在蒲河两岸久久地回响。黑画眉早晨去草地从不叫，今天这是怎么了？小嫚站在院子里向外张望，雷子是聋哑人，他在河边钓鱼，听不见黑画眉的叫声。小嫚感到奇怪，对季子红说，我们去看看黑画眉是不是踩到了水蛇。两人来到黑画眉旁，发现黑画眉面前是压倒的一片紫花苜蓿，草地上，季子红的手机赫然在目。天哪！季子红扑腾跪下去，双手抱住手机，禁不住喜极而泣。她想起来了，昨夜侯所长借着酒力，在河边的草地上与她好一顿忙活，应该是激情中将手机掉在了草丛里。或许是手机上的费洛蒙香水刺激了黑画眉，让它引吭高叫。季子红说，我要买一千斤黑豆犒劳它，黑画眉发现的不是一部手机，是我的命啊！

5

黑画眉挽救了季子红，这让季子红对黑画眉的态度发生了一百八十度转变，她真的买了一千斤黑豆送来做饲料。小嫚不收，季子红说，这是黑画眉应得的奖赏。不仅送黑豆，季子红还经常过来给黑画眉梳理皮毛，她在网上买了一个小铜铃铛挂在黑画眉脖子上，这样，黑画眉拉磨时便有了悦耳的铃声伴奏。季子红渐渐与侯所长变得疏远，也不再去五魁驴肉馆搓麻，她甚至戒掉了烟瘾，只要空闲，她要么在店里做瑜伽，要么就到石磨豆花来为黑画眉梳理鬃毛，与小嫚说说话，话题总是围绕着黑画眉展开。季子红问，小嫚，你相信人会变吗？小嫚说，当然会变，坏人能变成好人，好人也会变成坏人。季子红望着窗外的黑画眉说，它怎么能找到我的手机？季子红一直想不通，手机若是黑贝叼回来这不奇怪，黑画眉发现后叫个不停便有些不可思议。小嫚想了想，道："站在我们的角度，黑画眉是一头驴，如果站在黑画眉的角度看我们，我们又是什么呢？全叔说过，用蠢驴这个词来骂人，恰恰说明人比驴蠢。"

季子红的变化让侯所长和马五魁产生了越来越深的矛盾，他们都认为季子红因为喜欢对方而冷落自己，他们没想到自己的竞争对手原来是一头驴。

问题爆发在一张网络照片上。在当地网络论坛，有人发了一张侯所长与季子红的合影。如果说是一般合影哪怕亲密一点也不会有问题，关键是这张照片透露出的信息涉及信仰，照片上的侯所长和季子红正在一尊佛像前虔诚地上香祈祷，看上去如同一对新人在拜天地。照片被人举报到纪委，把它上升到信仰不纯的高度。上级一调查，问题就来了，你侯所长带人去考察经济，到庙里干什么？去了就去了，还拜佛上香，还拍照留念，这举动就太离谱了。上级下令，侯所长停职检查，并严厉问责了甜水镇安排的考察举动，牛志为此领了个记过处分。牛志很窝火，这事到底是谁举报的？牛志的驴脾气上来了，非要查个水落石出，要让举报人吃不了兜着走！

根据侯所长的怀疑，牛志把马五魁叫到办公室，问他是怎么回事。马五魁万分委屈地说，牛镇长啊，我整天搓麻将什么网不网的，根本就不会弄。马五魁说的是实话，他真不会上网，他办公室的电脑只会斗地主。接着马五魁发出一声坏笑，小声说，侯所长遍地撒情种，不知哪粒长出刺来了。马五魁这话说得狠，还真把牛志说服了。他知道，马五魁要想整侯所长会有一百种办法，唯独不会选择时髦的高科技。

牛志来找季子红，问她西藏拜佛的照片都发给过谁。季子红说她微信朋友圈有五百人，应该都能看到这些照片。牛志一听傻眼了，这个范围就不好调查了，就问，你猜网上照片是谁发的？季子红说你别查了镇长，这照片是我发的，要问罪你就找我吧。牛志不相信季子红的话，但他很佩服季子红的担当，便哈哈大笑说，算了，你挺爷们儿的，我过去小瞧你了。季子红说，过去的我，你小瞧不冤枉，现在的我，你高看也没错，因为我有榜样。牛志好奇地问，能给季老板当榜样肯定不赖，你是说豆花小嫚吧？季子红摇摇头，不是，是黑画眉。牛志张大了嘴，你在学一头驴？季子红点点头，没错。牛志说，你带我去看看这头驴，到底有什么好。

季子红带牛志来到磨坊，用一把梳毛刷为黑画眉梳理。黑画眉见了牛志，两只耳朵摇动了一下，便盯着牛志的裤裆看，开始，牛志并不在意，但黑画眉目不转睛地看他裤裆，把他看得有些发毛。他低头一瞅，发现裤裆开着，露出大红的裤头儿，急忙转身扣好扣子，对季子红说，这驴是挺神的。季子红说，每次看到它，我总会想起吉祥天母，那是绿度母的护法，吉祥天母坐骑是一头马骡，马骡的父亲就是黑画眉这样强健的驴，天母骑着骡子飞行在天空、地上、地下，因此有骡子天王之称。牛志听不懂什么骡子天王，他看季子红一副虔诚的模样，摇摇头说，看来你去西藏收获还真不小。

侯所长坚信照片和上访信都是马五魁干的，原因是季子红跟自己去了西藏，马五魁心头醋意一直未消。侯所长在甜水深耕十年，从专管员到所长，一路积累了不少资源，他不想栽在一个自己的管理对象手上。作为马五魁昔日的朋友，对五魁驴肉馆的猫腻他早有所知，比如用骡子肉来假冒驴肉，用五粮醇假冒五粮液，还用鸭肉抹驴油假冒驴肉串，等等。尤其是骡子肉一事，要是被甜水人知道了，他马五魁就没法在甜水街面上混了，因为甜水人非常忌讳吃骡子肉，认为老年人吃了会诱发旧患，年轻人吃了不生孩子，马五魁这么干真是缺了大德。

马五魁用骡子肉充当驴肉的做法小嫚早就听说过,她和高老师、全叔议论过此事。高老师说,驴肉香,马肉臭,打死不吃骡子肉。古人既然有这个谚语,肯定是从生活实践中得出来的结论,马五魁这么干太不讲究了。全叔的话则总是带有某种神秘色彩,他说,驴也好骡子也罢,都不要吃为好,古人的餐桌上根本没有这两道菜。很多忌讳都是用命换来的,马五魁自己姓马,却肆无忌惮地杀驴宰骡,人不报天也会报。

五魁驴肉馆的厄运果然被全叔言中。县食药卫生站对五魁驴肉馆进行了突击抽检,发现了驴肉馆长期以骡子肉充当驴肉的造假问题,勒令驴肉馆停业整顿。消息一出来,人们大呼上当,驴肉馆的一些常客更是忧心忡忡,担心稀里糊涂吃下去的骡子肉不知何时会在体内兴风作浪。马五魁成了人人唾弃的害人精,连那几个跳广场舞的女人都和他划清了界线。

小嫚虽然觉得马五魁粗鄙,但五魁驴肉馆毕竟是二十多年的老店。她还记得上学时的五魁驴肉馆,门前挂着四个带飘带的大红幌子,像四个大红灯笼,喜庆红火。驴肉馆虽然欠账,但每天都从石磨豆花进货,算是老主顾。她和季子红说,侯仲杰在赌气,冤家宜解不宜结,还是化解了好。季子红说,黑画眉让我悟出了许多禅意,我不再参与马、侯之间的是是非非了。小嫚只能自己去和侯仲杰谈。

侯仲杰被停职后门庭冷落,以前天天泡在饭局上的他深感世态炎凉,跟随他去西藏的大大小小企业主都土遁了一样,连个电话也不打。一大早,他泡了一壶墨汁样浓的普洱,在家里闷头喝茶。小嫚敲门进来,他端着茶碗愣了半天,才问:"你怎么来了,有事?"小嫚说,来看看你,你现在是虎落平川,心情肯定不好。小嫚这么一说,侯仲杰便开始大骂,骂举报人,骂那些势利眼的小老板,骂上级不分青红皂白就停他的职。骂了一大通,才回头说,危难见真情,小嫚你能来看哥,哥就是被停职也认了,毕竟在甜水还有你这个朋友。小嫚在侯仲杰大骂的时候,看到地上有一只皮凉鞋,这是一只很眼熟的皮凉鞋,她忽然想起来了,这不是那天落在自家院子里皮凉鞋的另一只吗?再看侯仲杰没穿袜子的右小腿,一道深色的伤疤十分显眼。

你和马五魁之间的梁子能解就解吧,僵下去对谁都不好。小嫚说。

侯仲杰没想到小嫚来给马五魁说情,拧着眉头问:"马五魁让你来的?不对,应该是季子红,季子红天天往你那里跑,是她让你来的吧?"

没有谁让我来。小嫚说,我是希望驴肉馆别倒,毕竟是家老店,黄了可惜,马五魁能拉直那些弯弯肠子,你就大人大量一回。

侯仲杰摇摇头:"这小子太阴,竟然写匿名信,网上发照片,我咽不下这口气。"

小嫚说,你应该知道我的黑画眉吧,那是马五魁顶账给我的,季子红当年撺掇杨光没收它，说是为了你要吃驴三件。后来这件事被牛镇长拦下了，按理说黑画眉应该痛恨害自己的人吧，但黑画眉没有这么做，那天晚上你和季子红在草地上打滚，结果季子红手机丢了，手机里的东西把季子红吓得要死，店都不想开了。你知道谁把手机找回来的？是黑画眉！黑画眉在吃草时发现了手机。这件事让季子红知道了什么叫放下，什么叫感恩，我劝你还是息事宁人为好，再说，人还不如一头驴吗？

小嫚一番话把侯仲杰说动了心。他眨眨眼，嘴唇努了努，道："那不是便宜了马五魁，我都停职了，他却毫发未损。"

马五魁怎么能毫发未损？驴肉馆停业整顿，厨子服务员都回家了。小嫚说，你停职，他停业，你们扯平了。

侯仲杰还在犹豫，他在甜水一向威风八面，这次栽了跟头有点抬不起头来，关键是季子红不再理他，让他大有赔了女人又折兵的羞耻感。他的心态小嫚猜得一清二楚。要想从根本上解决问题，必须把季子红这枚绣球从两头狮子中间摘除，否则，马、侯不会和解。

你不要以为季子红倒向了马五魁一边，季子红现在的心思与你们二人无关，全在黑画眉身上。黑画眉是她最好的朋友，你们俩都败给了黑画眉，季子红也不是过去的季子红了，从西藏回来，她成了一个端庄贤淑的女人。

侯仲杰有些怀疑，甜水街上梨花带雨、摇曳多姿的季子红会变成一个文静淑女？而且仅仅因为一头驴子。

侯所长，有些事你该学学我，得饶人处且饶人吧，你看你这只皮凉鞋，它的另一只在哪儿你应该比我清楚，可是我没有声张。我想，给别人留面子，也就是给自己留出路。

侯仲杰的脸色突然涨红了，红得像猴腚，他喝了一口普洱，擦擦嘴角的茶汁，道："你别说了小嫚，哥给你面子，你去和马五魁说吧，这事到此为止！"

从侯仲杰家出来，小嫚直接去了五魁驴肉馆。馆内冷冷清清，厨师、服务员已经放假，昔日喧嚣的麻将室也没了动静。马五魁一个人坐在办公室里抽烟，眼皮有些浮肿，左腮像馒头一样隆起。见小嫚进来，他坐着没起身，不耐烦地说："来要账？我说小嫚，咱能不能别落井下石。"

小嫚摇摇头说："马老板，我不是来讨账的，我是为你的驴肉馆才来，你我都是做生意的，民不和官斗的道理不会不明白，你和侯所长斗，你有多大的胜算？"

马五魁站起身，哭丧着脸说，哪是我要和他斗？是他揪着我不放，县食药卫生站站长是他中专同学，他要找我麻烦还不是易如反掌，我正为这事犯愁呢。

小嫚把自己去做侯所长工作、侯所长也答应和解的事告诉了他，让他主动上门两人把话说开。马五魁有些发蒙，结结巴巴地问，小嫚小嫚，你、你怎么会帮我？我挺对不住你的啊。小嫚冷冷地说，我帮你是因为黑画眉，你没杀这头通人性的驴，是你的一份福报。

马五魁一个劲儿地点头，小嫚帮他的理由原来在这里，这让他心里很惭愧，做生意都盼着邻居倒，谁像小嫚有这种菩萨心？难怪季子红早就说，小嫚就像一碗不温不火的石磨豆花，虽说不是高大上的海参鲍鱼，但人人都喜爱。

6

马五魁和侯所长交恶全甜水镇都知道，包括牛志在内的许多人都认为两人的矛盾不可调和，龙虎相斗，必有一伤。全叔不这么看，他对高老师说，马、侯两人虽然势同水火，但有人还是能摆平的。高老师问，你是说牛志？全叔摇摇头，是小嫚，只有小嫚出面，这场龙虎斗才能化干戈为玉帛。高老师有点不信，小嫚的话就那么管用？这两个人可都是甜水镇响当当的人物。全叔说，依我对小嫚的了解，她肯定会出手。小嫚果然出手了，当全婶把小嫚出手的结果告诉全叔和高老师时，正与全叔对弈的高老师下巴仿佛坠了秤砣，张大的嘴半天没合上。

全叔说，小嫚是看了黑画眉的面子。高老师捏着一枚棋子，却不知落到哪里，他满脑子都是黑画眉。黑画眉种种异常之举通过全婶的嘴他没少听，比如黑画眉会在早晨或黄昏时低头朝老井里看，眼睛眯起来，像人一样笑。而早晨和晚上看老井，老井里的水就是一面镜子，难道黑画眉在照镜子？全叔说，驴看井不奇怪，西藏的野驴在干旱缺水的时候会在河湾用蹄子刨出一口井来，当地人叫驴井，野驴除了自己饮用外，还为其他动物提供水源。

高老师落下棋子，问全叔，我看黑画眉时总有种似曾相识的感觉，我就瞎想，黑画眉是不是被小黑附体了？

全叔盯着棋盘，没有回答。

全婶把高老师这句话告诉小嫚，小嫚扑哧一下笑了："我和小黑同桌，又亲如兄妹，小黑为何会来吓我？话又说回来，小黑的魂魄要能附体倒是好事，他游荡的灵魂也好有个安置。不过，听说附体的东西有鬼魅味儿，而黑画眉身上却是实实在在的紫花苜蓿干草味儿。"

全婶活了五十多年，从没听说什么鬼魅味儿，问全叔，全叔说，鬼魅味就是啥味儿也没有，气味发自体物，而鬼魅因为是虚化的魂魄，是灵气，所以什么味也不会有。全婶说，小嫚小小年纪怎么会懂这些呢？全叔道，玄机不玄，有些人对很多东西能无师自通。

高老师的历史课不饱和，校长让他把生物课兼起来，他欣然接受。但第一天上生物课，他就被一个学生问住了。学生的问题很简单，为什么说六畜兴旺，而不是七畜八畜或九畜？他说这个问题一两句说不清，等下堂课再讲。放学后他请全叔到石磨豆花吃饭，想请教一下六畜方面的学问。这种知识问网络靠不住，全叔作为牲口牙纪，应该有权威答案。

两碗石磨豆花，一把嫩葱，一碟豆瓣酱，几盘小菜，两人相对而坐，小酌长叙。与全叔交往多年，高老师对动物植物兴趣大增。高老师认为，全叔带给他的是一个全新的观念体系，这个体系不是把人作为万物之灵，而是作为万物中平等的一员来看待，这让高老师有了许多新看法。全叔自己带了酒，是用牛膝、杜仲等几味中药泡的药酒，他每晚喝二两，不多也不会少。高老师承认知识储备不足，一个六畜问题就把自己难住了，只能来求助全叔。店里食客已经陆续离开，高老师让小嫚也过来坐下。

所谓六畜，就是马牛羊豕犬鸡，是人早期饲养驯化的动物，后来成为家畜，马牛羊为上品，猪狗鸡为下品，此六者皆入属相，可以借物喻人，故有六畜之说。全叔开门见山，从来不云山雾罩兜圈子。

高老师点点头："看来，六畜乃家畜中的精英。"

六畜以马为首，之后的五畜可对应五味、五色、五音、五德、五行，演绎出一个超乎牲畜的世界。全叔果然学识渊博，一个六畜概念，竟能发散出这般大道理。高老师心中敬佩不已。

坐在一旁的小嫚突然插话问，驴呢？怎么评价驴？

全叔扭头朝窗外看了看，灯光下，黑画眉正安静地在石槽前吃草料，黑贝趴在一边，下颌平放在两只前爪上，几条葫芦蔓爬到石槽上方的棚架，大大小小的葫芦悬挂着，一副恬静惬意的田园景象。见全叔没有回答，小嫚接着说，我老是觉得黑画眉不是一般的驴，它能听懂我的话。

驴当然能听懂人话，古代文人雅士多喜欢骑驴，北宋的王安石官至宰相，却一直骑驴不骑马，就是因为驴通人性，懂人话。全叔说，西汉时期，朝中有四宝之说，是琥珀、珊瑚、翠玉和驴，驴被称为奇畜，在御花园中放养。很可惜，后来驴的地位江河日下，究其原因，在人不在驴，驴还是驴，人却不是古时的人了。

小嫚说，驴通人性，为什么在六畜之外？小嫚问到了核心。

谁说驴在六畜之外？全叔的下巴高高扬起来，语气不容置疑，不对，应该是六畜之上！小嫚和高老师都愣了一下，全叔可谓语出惊人，六畜之上，驴的地位将超越牛马。

两人把话说开。马五魁有些发蒙,结结巴巴地问,小嫚小嫚,你、你怎么会帮我?我挺对不住你的啊。小嫚冷冷地说,我帮你是因为黑画眉,你没杀这头通人性的驴,是你的一份福报。

马五魁一个劲儿地点头,小嫚帮他的理由原来在这里,这让他心里很惭愧,做生意都盼着邻居倒,谁像小嫚有这种菩萨心?难怪季子红早就说,小嫚就像一碗不温不火的石磨豆花,虽说不是高大上的海参鲍鱼,但人人都喜爱。

6

马五魁和侯所长交恶全甜水镇都知道,包括牛志在内的许多人都认为两人的矛盾不可调和,龙虎相斗,必有一伤。全叔不这么看,他对高老师说,马、侯两人虽然势同水火,但有人还是能摆平的。高老师问,你是说牛志?全叔摇摇头,是小嫚,只有小嫚出面,这场龙虎斗才能化干戈为玉帛。高老师有点不信,小嫚的话就那么管用?这两个人可都是甜水镇响当当的人物。全叔说,依我对小嫚的了解,她肯定会出手。小嫚果然出手了,当全婶把小嫚出手的结果告诉全叔和高老师时,正与全叔对弈的高老师下巴仿佛坠了秤砣,张大的嘴半天没合上。

全叔说,小嫚是看了黑画眉的面子。高老师捏着一枚棋子,却不知落到哪里,他满脑子都是黑画眉。黑画眉种种异常之举通过全婶的嘴他没少听,比如黑画眉会在早晨或黄昏时低头朝老井里看,眼睛眯起来,像人一样笑。而早晨和晚上看老井,老井里的水就是一面镜子,难道黑画眉在照镜子?全叔说,驴看井不奇怪,西藏的野驴在干旱缺水的时候会在河湾用蹄子刨出一口井来,当地人叫驴井,野驴除了自己饮用外,还为其他动物提供水源。

高老师落下棋子,问全叔,我看黑画眉时总有种似曾相识的感觉,我就瞎想,黑画眉是不是被小黑附体了?

全叔盯着棋盘,没有回答。

全婶把高老师这句话告诉小嫚,小嫚扑哧一下笑了:"我和小黑同桌,又亲如兄妹,小黑为何会来吓我?话又说回来,小黑的魂魄要能附体倒是好事,他游荡的灵魂也好有个安置。不过,听说附体的东西有鬼魅味儿,而黑画眉身上却是实实在在的紫花苜蓿干草味儿。"

全婶活了五十多年,从没听说什么鬼魅味儿,问全叔,全叔说,鬼魅味就是啥味儿也没有,气味发自体物,而鬼魅因为是虚化的魂魄,是灵气,所以什么味也不会有。全婶说,小嫚小小年纪怎么会懂这些呢?全叔道,玄机不玄,有些人对很多东西能无师自通。

高老师的历史课不饱和，校长让他把生物课兼起来，他欣然接受。但第一天上生物课，他就被一个学生问住了。学生的问题很简单，为什么说六畜兴旺，而不是七畜八畜或九畜？他说这个问题一两句说不清，等下堂课再讲。放学后他请全叔到石磨豆花吃饭，想请教一下六畜方面的学问。这种知识问网络靠不住，全叔作为牲口牙纪，应该有权威答案。

两碗石磨豆花，一把嫩葱，一碟豆瓣酱，几盘小菜，两人相对而坐，小酌长叙。与全叔交往多年，高老师对动物植物兴趣大增。高老师认为，全叔带给他的是一个全新的观念体系，这个体系不是把人作为万物之灵，而是作为万物中平等的一员来看待，这让高老师有了许多新看法。全叔自己带了酒，是用牛膝、杜仲等几味中药泡的药酒，他每晚喝二两，不多也不会少。高老师承认知识储备不足，一个六畜问题就把自己难住了，只能来求助全叔。店里食客已经陆续离开，高老师让小嫚也过来坐下。

所谓六畜，就是马牛羊豕犬鸡，是人早期饲养驯化的动物，后来成为家畜，马牛羊为上品，猪狗鸡为下品，此六者皆入属相，可以借物喻人，故有六畜之说。全叔开门见山，从来不云山雾罩兜圈子。

高老师点点头："看来，六畜乃家畜中的精英。"

六畜以马为首，之后的五畜可对应五味、五色、五音、五德、五行，演绎出一个超乎牲畜的世界。全叔果然学识渊博，一个六畜概念，竟能发散出这般大道理。高老师心中敬佩不已。

坐在一旁的小嫚突然插话问，驴呢？怎么评价驴？

全叔扭头朝窗外看了看，灯光下，黑画眉正安静地在石槽前吃草料，黑贝趴在一边，下颌平放在两只前爪上，几条葫芦蔓爬到石槽上方的棚架，大大小小的葫芦悬挂着，一副恬静惬意的田园景象。见全叔没有回答，小嫚接着说，我老是觉得黑画眉不是一般的驴，它能听懂我的话。

驴当然能听懂人话，古代文人雅士多喜欢骑驴，北宋的王安石官至宰相，却一直骑驴不骑马，就是因为驴通人性，懂人话。全叔说，西汉时期，朝中有四宝之说，是琥珀、珊瑚、翠玉和驴，驴被称为奇畜，在御花园中放养。很可惜，后来驴的地位江河日下，究其原因，在人不在驴，驴还是驴，人却不是古时的人了。

小嫚说，驴通人性，为什么在六畜之外？小嫚问到了核心。

谁说驴在六畜之外？全叔的下巴高高扬起来，语气不容置疑，不对，应该是六畜之上！小嫚和高老师都愣了一下，全叔可谓语出惊人，六畜之上，驴的地位将超越牛马。

全叔说，驴比牛马驯化为役畜要早很多，说明它辈分在六畜之上；驴能怀仁含义、顺天应时，说明其德行在六畜之上。驴与人气味相投，水流湿，云从龙，说明它志气在六畜之上。

小嫚问，什么叫怀仁含义、顺天应时？

天性慈悲，解人危难，顺德从善，这就是怀仁含义。全叔打着手势道，打个比方说，马会骇，牛能惊，但驴不会狂厥，不会伤人。驴在路上遇到倒卧之人，要么绕行，要么跨越，绝不会践踏。所谓顺天，就是顺从使命，人让驴拉磨，驴就无怨无悔地转圈儿，这是役畜的天职，尽天职亦是顺人道；驴在夜晚会叫，但它从不乱叫，驴叫与更次相应，叫声是替人打更，这不就是应时吗？

高老师插话，气味一说怎么讲？

全叔说，动物以气味辨亲疏，眼里不分美丑妍媸，包括发情求偶，皆以气味为信号，同声相应、同气相求就是这个道理。

驴有这么多好处，人真不该辜负驴。小嫚心生感慨。

全叔接着说，驴在六畜之上还有原因，六畜乃六牲，六牲充庖为祭可为常理，而驴在六牲之外，故不可杀之过当，这是对驴的敬畏。民间有句话常常被误读，即天上龙肉、地上驴肉，此言不是说龙肉、驴肉如何美味，而是强调龙肉驴肉吃不得。想想看，龙作为民族之图腾，皇权之象征，能吃吗？敢吃吗？同样，对怀仁含义的驴你又如何下得了刀、张得了口？

小嫚道，全叔这话应该让马五魁听听。

释家有偈语，万事皆空因果不空，马五魁总有回头的一天。全叔问小嫚，你不说当年他还下河救过小黑吗？小嫚说是的，当时马五魁第一个跳下深潭，很勇敢。

7

季子红的保健品店不开了，她加盟了一家医药公司，开连锁药店。季子红在做出这一决定前对小嫚说，当年，看到有人凭两只甲鱼就能卖三年鳖精，我觉得这是本事，便开始搞保健品。入了行我才知道，这钱赚得心慌，人一辈子还是活得踏实好，心安，才有幸福感，所以我要改行，正经卖药。

季子红让雷子帮忙做一件事，就是把她店里某些保健品装入纸箱，趁着夜幕，挖个深坑埋掉。之所以选择夜里埋，怕有人看到给起了去。

药店开业那天，来了几十个熟人，门前摆了七八个鲜花花篮，其中就有马五魁和侯所长的花篮。马五魁和侯所长握手言和后，两人各得其所，侯所长停职两个月后得以复职，马五魁的驴肉馆交了罚款后，也正常营业。两人都感谢小嫚，如果没有小嫚从中斡旋，打到今天两人也不见得有胜负。

药店开业，没有致辞，没有剪彩，季子红只请牛镇长将牌匾上一块红绸布一把扯下就算礼成。雷子帮忙放了一挂三万响的鞭，鞭很响，但雷子是聋哑人，不怕，别人都捂着耳朵，唯有他站在那里憨憨地笑。鞭炮放完，众人放下捂耳的手，却听到隔壁传来一阵嘹亮的驴叫声。驴叫好似合着短促的节拍，众人都伸直了脖子，倾听这不期而遇的驴叫。

没有人发现，季子红的眼角有泪水流出，她能听懂黑画眉为何而叫。

黑画眉停止叫声后，小嫚对季子红说，你这药店里很奇怪，没有来苏水味儿，也没有中药味儿，倒是满屋子紫花苜蓿干草味儿。季子红点点头说，不是紫花苜蓿，是黑画眉的味道。

开业仪式结束，马五魁请侯所长吃饭，不去五魁驴肉馆，而是去椅子山水库边一户农家乐吃鱼。邀请小嫚和季子红，两人婉言谢绝了。她们都希望两人真能和好，而男人和好的标志就是一顿透酒，借着酒劲揭掉最后一层窗纸。

季子红要到椅子山北面的青堆镇进一批药，如果从公路绕过去，开车得小半天，如果从椅子山下小路过去，也就十几里。小嫚说让雷子去吧，黑画眉已经配了挂胶轮车，几个钟头就把药拉回来了。季子红同意了，给雷子写了便条，让他赶车去山后的青堆镇。从甜水去青堆镇全是五尺宽的田间土路，典型的牛马道，走不了汽车。都说老马识途，其实，真正认道儿的是驴，驴车拉了货，只要绕过椅子山，不用人赶，自己就会把车拉回来。雷子去拉过几次黄豆，返回路上往麻袋上一靠，抱着鞭子就呼呼大睡，觉醒时，已在石磨豆花门前了。

雷子拉了一车药，将驴车赶过椅子山，走上那条窄窄的牛马道，道旁开着成片的山菊花，稗草已经成熟，那是牛马的最爱，黑画眉对此视而不见，它从不在路上捡东西吃。它吃东西除了院子里的石槽，再就是蒲河边的野草滩。黑画眉步伐平稳踏实，午后的阳光似乎有催眠的效果，在沉寂世界里的雷子特别爱睡觉，不知不觉已经打起鼾声。雷子是孤儿，流浪来到甜水，到石磨豆花乞讨被小嫚收留，他很感激小嫚，视小嫚为恩人，自觉担负起保护小嫚的责任。一次，一个货车司机醉酒在石磨豆花纠缠小嫚，他拎着把铡刀就过来了，把个司机吓得屁滚尿流逃走了。当然，他拎着铡刀不是来拼命，小嫚和司机发生争吵时，雷子正在给黑画眉铡草，全婶过来向他勾勾手，他没多想卸下铡刀拎着就过去了。这件事在甜水传开，街头小混混都不敢来石磨豆花滋事，一来怕那条咬人下死口的黑贝，二来怕拎着铡刀拼命的雷子。杨光曾经在外面说，和谁打也不能和雷子打，因为他听不见，到了法庭上法官也愁。杨光说过在甜水他只怕他姐夫，后来出了铡刀事件后，甜水人都知道杨光还怕雷子。

晃晃悠悠的驴车什么时候停下的没人知道，雷子睡得太沉，昨夜他垫了磨道，又新錾了磨齿，睡觉已是子夜。

小嫚和季子红估计雷子应该回来的时间却没有回来，便有些不放心，说去看看吧，别出什么意外。在通往椅子山草绳一样的小路上，两人看到熟悉的驴车停在路中间一动不动，快步走过去，两人顿时吓呆了。黑画眉前面躺着个人，仔细一看，是马五魁。马五魁喝醉了，呕吐后就伴着一堆呕吐物睡在了路中央。小路很窄，马五魁前面一横，驴车就过不去了。两人叫醒马五魁，又推醒沉睡的雷子。小嫚和季子红都感到后怕，若是黑画眉不停下，那么驴车就会碾过马五魁，这么重的驴车碾过去，马五魁肯定去城隍庙报到了。

马五魁明白了事情经过后，酒被吓醒大半。他和侯所长酒喝得很开，都觉得再闹下去对不住小嫚一片苦心，人家小嫚图啥呀？人家是真心实意帮咱们，再说咱这么对着干，让季子红也瞧不起。两人说话掏心窝，酒就下得快，结果都喝高了。侯所长在农家乐就睡了，他觉得自己还能走，便摇摇晃晃往回走，没想走到半道酒劲上来，就倒在路中央稀里糊涂睡着了。本来已经站起的马五魁，看着黑画眉好一会儿，突然扑腾一声跪在黑画眉蹄前："仁义啊，你比人还仁义啊！人遇到醉鬼都会迈过去，你一头驴子却怕伤到我，停下来保护我。"马五魁真流泪了，他知道，是黑画眉救了自己一命。

一周后，马五魁来找小嫚，还清了欠账。他说，五魁驴肉馆不开了，他上次去椅子山吃饭，发现椅子山上植被茂盛，各种野生菌类资源丰富，他准备将驴肉馆改成菌王火锅城，从此与肉类告别。马五魁信心满满，临走时说，当然，石磨豆花还是要天天进货，作为菌王火锅永远的配菜。

马五魁真的回头了，全叔的话又一次应验。

小嫚很开心，她觉得整个院子甚至整个甜水镇里都充满了紫花苜蓿的干草味儿。夜里，小嫚又做了一个梦，梦见小黑在新开的菌王火锅城门前垛草。她问，你垛什么呢？小黑说，紫花苜蓿啊，城隍庙里闹饥荒呢。小嫚说，我来帮你一起垛。她抓起一捆紫花苜蓿，闻着香甜清新的干草味儿，舍不得放手。醒来发现，自己抱着枕头睡了一夜。

【作者简介】老藤，本名滕贞甫，1963年冬月生于山东即墨，中国作协会员，辽宁作协主席团委员。出版长篇小说《樱花之旅》《鼓掌》《腊头驿》三部，小说集《没有乌鸦的城市》《无雨辽西》《大水》《会殇》四部，文化随笔集《儒学笔记》《探古求今说儒学》两部。